团团，别闹

情情奔赴你

美人无霜 ㊟

上册

青岛出版集团 | 青岛出版社

图书在版编目（CIP）数据

悄悄奔赴你/美人无霜著. 一青岛:青岛出版社,2024. 1
ISBN 978-7-5736-1316-5

Ⅰ. ①悄… Ⅱ. ①美… Ⅲ. ①长篇小说－中国－当代 Ⅳ. ①I247. 5

中国国家版本馆CIP数据核字（2023）第205361号

QIAOQIAO BENFU NI

书　　名　悄悄奔赴你
作　　者　美人无霜
出版发行　青岛出版社（青岛市崂山区海尔路182号）
本社网址　http://www.qdpub.com
邮购电话　18613853563
责任编辑　郭红霞
校　　对　李晓晓
装帧设计　千　千
照　　排　梁　霞
印　　刷　三河市良远印务有限公司
出版日期　2024年1月第1版　2024年1月第1次印刷
开　　本　32开（880mm×1230mm）
印　　张　19
字　　数　584千
书　　号　ISBN 978-7-5736-1316-5
定　　价　69.80元（全2册）
编校印装质量、盗版监督服务电话 4006532017 0532-68068050

目录

上册

目录

下册

第一章
变回少女

雨势渐大，雨水不断从窗外打落在书桌上，桌面上摆放的纸箱已经被雨水打湿。

小小的一团雪色身影攀着纸箱，吃力地从里面跳了出来，因为使劲，一下子控制不住，雪团冲出了桌面，往地面摔去。

苏瓷惊慌地闭上眼睛，全身紧绷，下一秒，身体上并没有疼痛传来。

苏瓷缓慢地睁开眼睛，少年的一张俊脸在她的眼前放大。

他的头发被雨水打湿了，水珠顺着头发滑过他棱角分明的侧脸，从下巴上滴落。他漆黑的眼睛盯着苏瓷，仿佛深不见底，让人不敢直视。

苏瓷眨了眨眼，他回来了。

陆折垂眸，看了一眼手掌上白白的兔子，随即将它放在床上。

房间比较窄小，床是单人款式，上面铺着一层颜色灰蒙蒙的床单。苏瓷乖乖地趴在床上，不敢乱动，唯恐下一刻又被困进小小的纸箱里。

这样已经 3 天了，她不得不接受自己变成一只兔子且是一只手掌大的幼兔的事实。那天，也是面前的这个少年把她捡了回来。

苏瓷神色复杂地看着他。她记得，陆折是书里的女主角的哥哥——书里只出现过几次的“男炮灰”角色。

一次是书里交代女主角重获新生前如何作天作地，被所有人抛弃，而男配角陆折依然守护着女主角，为她付出一切，甚至为她死去。

另外一次是女主角重获新生后，对这位一直被她嫌弃的哥哥有所改观。

陆折最后出现的情节是女主角在他的坟前祭扫。

还没来得及整理思绪，苏瓷便看见陆折拉上了窗帘，开始脱身上的湿衣服。

少年身姿颀长，肩宽腰窄。

在他举手穿衣间，苏瓷清晰地看到了他胸前薄薄的一层肌肉，均匀有力、线条流畅，完全不像穿着衣服时那么瘦弱。

穿上黑色T恤衫的陆折，再配上自身那原本就没有表情的脸，整个人显得挺拔冷漠。

目光落到苏瓷身上，陆折拿起旁边的毛巾将苏瓷裹了起来。毛巾暖和但不柔软，少年的力气也大，苏瓷感到脑袋被粗糙的毛巾擦得很不舒服。

苏瓷身上雪白的兔毛被揉得完全奓开，更像雪团了，呆萌呆萌的。苏瓷蹬了蹬小短腿。

就在她想要从少年冰凉的手掌中挣脱时，门铃突然响起。

门被打开。

“哥……哥……”站在门外的赵优优神色激动又有点儿胆怯，迟疑地喊了陆折一声。她再开口时，语气坚定了很多：“哥哥！”

赵优优努力地按捺住自己的激动情绪，想到自己重获新生前作天作地被所有人抛弃的时候，只有陆折这个一直被她嫌弃、性格孤僻的哥哥救她，就不由得红了眼眶。

她目光诚恳、心怀感激地看着面前的少年。现在的陆折并没有为了救她而死去，还好好的，活生生地站在她面前。

陆折神色淡淡地看着赵优优：“有事？”

此时，一直乖乖窝在陆折手里的苏瓷终于反应过来，这个女孩儿是女主角。苏瓷记得，女主角重获新生后，因为感激才愿意喊陆折哥哥。

赵优优红着眼睛看着陆折。她睡了一觉，醒来就回到了3年前。一想到为她死去的陆折，她就迫不及待地跑来找他，想要确认这不是梦。

对上陆折疏离的目光，她想开口说点儿什么，却发现自己根本不能告诉陆折她重获新生这样让人惊异的事。

赵优优吸了吸鼻子："哥哥，你最近过得好吗？"

如果在以前，她绝对不会说这样的话，恨不得离陆折远远的。

陆折面无表情，一双漆黑的眼睛里没有任何情绪波动："嗯。"

赵优优以前最讨厌这样冷淡疏离的陆折，但现在不会了。她第一次对陆折绽开了笑容。

她这时才发现陆折手里的苏瓷。

"好可爱。哥哥，你什么时候养了一只兔子？"赵优优主动伸手，一下子将兔子抱了过去，"哥哥，这是你给我准备的生日礼物吧？"

过几天是她的生日，赵优优觉得兔子应该是陆折给她准备的生日礼物，不然依照他冷淡的性子，他怎么可能突然养宠物？

突然被女主角赵优优抱在怀里，又听到对方的话，苏瓷愣住了。

她要被送给赵优优？

苏瓷还没来得及反应，身上的疼痛感让她的兔毛瞬间奓起。

赵优优竟然拔她的毛！

苏瓷最怕疼了，现在被硬生生地拔掉兔毛，疼得想骂人，红红的眼睛里泪光闪闪。

赵优优一只手捧着苏瓷，另一只手轻抚苏瓷的头，欢喜地对陆折说道："兔子真的好可爱。"

说着，她又不自觉地揪起一撮兔毛……

赵优优有个小习惯，摸到毛茸茸的东西就会下意识地拔毛。

苏瓷疼得浑身发颤。不行，她不能跟赵优优走，否则会被拔秃的！

苏瓷挣扎起来，四条小短腿胡乱蹬着。她宁愿待在陆折身边天天啃胡萝卜，也不要变成秃头兔子。

"哥哥，谢谢你的生日礼物。啊，它是不是想咬我啊？"赵优优按住了手里不安分的苏瓷，"兔子有点儿凶，回去后我要训练它。"

陆折没有出声，神色淡淡的。

因为刚重获新生，赵优优的心情还激动得厉害，确定陆折还活着，她松了一口气："哥哥，你还没有吃晚饭吧？我不打扰你了。"

她需要回家好好想想之后会发生什么事，以免重蹈覆辙。

苏瓷背部的毛又被赵优优拔掉了几根。眼看赵优优要带她离开，苏瓷挣扎得更厉害了。

“啊——”赵优优的手被兔子的爪子挠了一下，她疼得赶紧松开手，导致苏瓷直接摔在了地上。

苏瓷被摔得一时发蒙，反应过来时发现自己已经在陆折的手心里了。

看着将她捡起来的陆折，苏瓷丝毫不介意对方的大手冷冰冰的，轻舔了一下他的指尖，又亲昵地用又晕又痛的脑袋去蹭他的手掌心。

苏瓷内心大喊：看在我这样乖巧软萌的分儿上，不要将我送走啊！

“兔子没有受伤吧？”幼兔的爪子并不锋利，赵优优看见自己的手并没有被挠破，这才伸手想要把兔子接过去。

苏瓷蜷成一团，恨不得缩进陆折的怀里。

手上的兔子软绵绵的，陆折垂下眼帘看着被舔过的指尖。

他隔开了赵优优伸过来的手。

“哥哥？”赵优优疑惑地看向他。

“兔子是我捡回来的，不是送给你的礼物。”话音刚落，陆折就感觉到掌心里的兔子更使劲地蹭着他的手，乖巧得不行。

赵优优这才发现是自己误会了，但也不觉得尴尬：“啊，原来是你捡的。”

也好，她不收陆折的礼物，这样可以减少他们之间的牵扯。

赵优优离开了。

苏瓷趴在灰色的床单上，一颗心终于踏实下来。

她差点儿就成为秃头小兔子了！

苏瓷气愤地哼了哼。就凭刚才赵优优对她这样软萌可爱的小兔子大下毒手，不管书里描写的女主角如何脱胎换骨，多么温柔聪明，她对这个女主角已经好感全无。

外面的雨越下越大，打在窗上响个不停。

苏瓷神色恹恹地趴着，一想到自己有可能一辈子都是兔子，连生气的力气都没有了。

喝完水，陆折拿起角落的哑铃，开始做训练。

苏瓷趴在床上看少年做着弯举动作，一下又一下，速度并不快，甚至有点儿僵硬，但能清晰地看到陆折手臂上突显的肌肉，紧绷结实，像蕴藏着惊人的爆发力。

苏瓷安静地看着，当目光落到陆折的手腕上时，发现那里出现了一个图标。她使劲地眨了眨眼，确认自己没有眼花。陆折的手腕内侧有一个分成 10 小格的横条图标，其中 3 格是红色的，旁边标注了 3 年。

那是什么？

“那是生命值。”

突然，苏瓷的脑海里出现一个奶声奶气的声音。

她吓得用两只小爪子抱住了她的兔头，这是出现了幻听？

“谁在说话？”

小奶音丝毫不担心自己会吓破苏瓷的兔子胆：“我是系统，主人你绑定了我，所以现在我能看到每个人的生命值，1 格代表 1 年，陆折的生命值显示 3 格，代表他最多还只有 3 年的寿命。”

苏瓷惊讶地抬起兔头：“什么是系统？”

小奶音带着几分骄傲：“你可以理解为我是超高科技的服务器，顶级的智能程序。反正，我很厉害的。”苏瓷听完它的自夸，终于明白了这是怎么回事。

苏瓷看着陆折还在举哑铃，他只有 3 年寿命？

男配角真可怜。

接着，苏瓷听到小奶音说：“只要你亲陆折一次，他就多 1 天寿命。”

小奶音说的每一个字她都懂，但组合在一起，她的大脑就不明白了。她亲陆折一次，陆折就能多活 1 天？

小奶音：“没错。”

苏瓷现在只是一只兔子，都管不了自己了，哪里有能力去管别人的生死？说不定她死得比陆折更快。

这样想着，苏瓷心里越发难受了。她什么都不怕，唯独怕丑和死亡。

小奶音又说：“你和陆折的命运被绑定在一起的，他死你也会死。”

苏瓷闻言气得眼睛更加红了，自己都变成一只兔子了，还不够惨吗？现在，她的命还要跟短命男配角绑定在一起？

这是什么人间惨剧？！

小奶音：“亲陆折，奖励是可以恢复人形。”

听到脑海里的小奶音，苏瓷一双红眼睛亮得惊人。

真的吗？别骗她！

如果亲陆折能恢复人形，她可以把陆折的嘴巴亲肿！

小奶音：“招财从来不会骗人。”

苏瓷慢慢消化着小奶音的话，很快就想通了。

所以，她就是救男配角的工具人；反过来，陆折也是帮她恢复人形的工具人。

苏瓷知道有办法变回人，并不需要一辈子当兔子，心情瞬间变好。她问小奶音，招财是不是它的名字。

“这是前主人给我改的名字，现在你是我的主人。”

苏瓷意识到，这应该是她以后的“金手指”。

她心情愉悦地眯了眯眼睛，招财太俗气，没有什么品位，于是帮它重新起了一个名字：富贵。

也不知道过了多久，陆折将手里的哑铃放下了。

陆折刚锻炼完，手臂充血，肌肉紧绷到极致。感受到肌肉一下一下地抽动，陆折神色不变，紧握着拳头，才能消除一些无力感。

就算他每天锻炼，对病情的作用也微乎其微。

陆折将哑铃放回角落，转过身，一眼对上了苏瓷那双亮晶晶的红眼睛。

陆折的住处比较简陋，窄小的客厅里几乎没有摆放饭桌的空间，窗户旁是褪了色的沙发和茶几，正前方是电视柜和电视，小小的地方一目了然。

苏瓷趴在茶几上，看着放在自己面前的一碗兔粮，有点儿惊讶。她凑近闻了闻，有燕麦片、玉米、青草的味道，不难闻但也算不上好闻。

陆折终于意识到她只是一只幼兔，不适合且不喜欢吃胡萝卜！

苏瓷是一个很惜命的人，为了不饿死，深呼吸几口气，还是忍着恶心吃了一口兔粮，青草的味道果然很重。

就在苏瓷小口吃着兔粮的时候，陆折把一碟子小炒牛肉放在她的旁边，然后坐在沙发上，准备吃晚饭。

好香！苏瓷瞬间觉得嘴里的兔粮难以下咽。

陆折发现原本埋头吃兔粮的兔子停了下来，直愣愣地盯着那碟牛肉，仿佛下一秒便要扑过去。

漆黑的眼睛里终于有了波动，陆折将冰凉的指尖抵在苏瓷淡粉色的小鼻子上，声音冷淡地说："不能吃。"

这是炒过的肉，偏咸还有油，不适合兔子吃。

苏瓷的眼睛更红了。

呜——她太惨了，现在连肉都吃不上了。

清早，雨已经停了，整个城市像被洗涤了一遍，空气中弥漫着青草和泥土的气息，给人一种充满生机的感觉。

睡意蒙眬中，手臂像被毛茸茸的东西蹭了一下，痒痒的，陆折睁开了眼睛。

他侧头看去，那只雪团似的幼兔不知道什么时候上了他的床，正用身上的毛蹭着他的手臂，向他靠近。

陆折一把抓住兔子，把兔子提到眼前。

突然对上少年的眼睛，苏瓷愣了愣。他醒了？她还想偷亲他呢。

现在偷亲失败，苏瓷有点儿丧气，两只兔耳朵无力地垂了下来。

小小的幼兔，可怜巴巴地耷拉着耳朵，萌得让人心颤。陆折盯着面前的幼兔，目光柔了几分，抬起另一只手，用指尖轻轻地捏上她的耳朵，兔耳朵毛茸茸的，有点儿软。

要知道兔子的耳朵上有很多血管，突然被少年冰凉的手指轻捏了一下，苏瓷浑身颤了颤。酥酥麻麻的异样感传遍全身，直接让苏瓷软了身体。

她的耳朵怎么这么敏感？！

面前的幼兔差不多一只手掌大小，完全可以放进他的水杯里，一双红眼睛亮亮的，像两颗耀眼的红宝石。陆折看着呆呆地盯着他的苏瓷，心里一阵柔软。

他又拨弄了几下兔子淡粉的耳朵，感受到它在他的掌心里微微发颤，勾了勾唇。

一中校内的绿化环境很好，经过昨晚的大雨，道路两旁的大树叶子翠绿，白兰花瓣落了一地，校园内花香弥漫。

经过一个晚上的时间，赵优优已经平静下来。

今天她不再像以前那般无知，一味地听从别人的话，化着浓浓的妆，以致完全掩盖了自己清丽的容貌。现在，她正值 18 岁的青葱年纪，根本不需要粉底修饰。

闻着校园内久违的花香，她神采奕奕地来到了教室里。

如她所料，原本吵闹的教室在她踏进去的那一刻，瞬间变得安静。

赵优优迎上同学们惊讶的目光，神色不变，落落大方。

“为什么我觉得赵优优变好看了？”

“我去，那个是赵优优？放了 2 天假，怎么她看上去与平常不同了？”

“她今天好像没有化妆？”

突然卸下浓妆、气质大变的赵优优引起了众人热议。

坐在最后一排的陆折放下背包，在座位上坐了下来，并没有关注引起骚动的赵优优。

他出门的时候就发现了，自己的左腿也开始变得无力，以致今天到学校的时间比往常晚了几分钟。

陆折眼帘低垂，目光黯了黯。

旁边的李栋梁将原本跟陆折形成楚河汉界的桌子往陆折这边挪了挪，贱兮兮地笑道：“陆折，赵优优这个周末是不是去整容了？她怎么突然漂亮这么多？”

陆折是年级第一名，加上外表出色，原本在学校里人气很高。然而，赵优优在学校论坛上爆料，说陆折是她父母领养的孩子，虽然名义上是她的哥哥，但实际上是供她家人使唤的用人。此话一出，陆折一下子从神坛跌落。

男生庆幸少了一个强劲的对手，女生则粉红色爱心碎落一地。

更让人震惊的是，这个学期开学的时候，赵优优在论坛上晒了一份陆折的病历报告，现在全校的人都知道陆折身患绝症。

原本就性格孤僻，再加上养子、用人、绝症患者的身份，陆折彻底成了班上同学们避之不及的存在。

有多少人同情他，就有多少人嘲笑他，恶意中伤他的情况更是屡见不鲜。曾有人在论坛上留言："既然陆折命不久矣，为什么不退学？"

陆折抬起眼帘，冷冷地看了李栋梁一眼。

对上陆折的目光，李栋梁心里有点儿发毛："算了，当我没问。"

陆折拉开背包，准备掏出课本上课，指尖却触碰到毛茸茸的软物。

他垂眸，看见背包里雪白的小兔子睁着红宝石般的眼睛，呆呆地看着他。

陆折沉默。这兔子究竟是什么时候钻进他的背包里的？

苏瓷没有躲藏，用坚定的眼神依赖十足地看着他。

陆折的性子太冷了，面对这样温驯、不带攻击性的小萌物，他竟然面无表情。

苏瓷原本以为自己撒个娇，卖一下萌，就能很顺利地让陆折亲她。毕竟像她这样软萌的小动物，一般人很难拒绝。

然而，一般人里不包括陆折。

从把她捡回来起，除了给她准备吃的，或者偶尔摸摸她的头，陆折对她再也没有其他亲昵的举动。

陆折太冷淡了，她实在不好靠近。

让陆折亲她谈何容易？

今早，她偷偷钻进背包里，为的就是跟在陆折身边，多一些跟他接触的机会。她才不要待在纸箱里面坐以待毙。

顶着陆折审视的目光，她用脑袋蹭了蹭他伸进来的手，软萌乖巧极了。

陆折第一次养宠物，不知道其他兔子是不是也这样：有点儿闹，自己从纸箱里跳出来好几次；又有点儿乖，会睁着大眼睛可怜巴巴地看着他，还喜欢用软软的脑袋蹭他的手掌心。

感受到手掌心处的暖意，陆折轻抚了几下兔子。

他没有把背包的拉链全部拉上，而是留了一个小口，然后将背包放进了抽屉里。

赵优优的变化让班上的同学很吃惊，以至几节课下来大家还在讨论。

尤其是男生，之前对她一脸浓妆、作天作地的模样很反感。而现在，在白蓝相间的校服的衬托下，她显得朝气蓬勃、秀气好看，男生们纷纷红了脸，班级里的起哄声接连不断。

他们突然意识到，现在的赵优优比隔壁班的“校花”也不差多少。

苏瓷即使躲在背包里，也能听到其他人对赵优优的议论声，他们话里话外都在表达对赵优优的变化的惊讶和夸赞之意。

然而，让苏瓷匪夷所思的是，明明赵优优在以前是学渣，而现在竟然可以考到班级前10名，甚至年级前10名。赵优优就像换了一个脑子，从学渣变成了学霸。

苏瓷羡慕地从背包里探出小脑袋看向陆折，现在只求自己赶紧恢复人形。

体育课快开始了，班上的同学陆续离开教室赶去了体育馆。

原本趴在桌面上睡觉的李栋梁立刻精神起来，拿起角落的篮球，一边转着球一边大步往外走去。

“优优，我们也走吧，快要上课了。”凌惠催促同桌赵优优。

她发现赵优优不仅变漂亮了，而且性格好像也变了。赵优优不像以前那样尖锐、咄咄逼人了，还会温柔地对她笑，她挺喜欢赵优优这样的变化。

赵优优看向坐在最后一排的陆折。

陆折因为身体有病不能上体育课。所以，全班同学都去上体育课的时候，陆折只能一个人待在教室里。

赵优优收回目光：“好，我们走吧。”

教室内只剩下陆折，安静得过分。

一团雪白的东西悄悄地从背包里钻出来，直接跳上了陆折的腿。

陆折没有停下正在写字的右手，而是用左手轻易抓住了趴在他的腿上的兔子。

他将兔子放在桌面上，说话的声音很好听：“别乱动。”

苏瓷乖乖地趴着，开始仔细打量陆折。他侧脸线条流畅，眉头浅浅皱着，白皙的皮肤又让他的气质多了几分忧郁。苏瓷不得不承认，陆折即使是一个男配角，也是一个帅气逼人的男配角。

陆折放下笔的时候，一眼看见白色的小幼兔安静地趴在他的课本上，乖巧得过分。

他低下头。

苏瓷看着在面前放大的俊脸，一双眼睛亮了起来，祈祷对方快亲亲她这样可爱的小宝贝。

陆折伸手揉了揉兔子的脑袋，然后拿起苏瓷身后的杯子，径直往教室外走去。

看着陆折走出教室的身影，苏瓷神色郁闷地趴了下来，求亲又失败了。

这时，一个高瘦的男生走进教室，环视一圈后走向陆折的座位。

苏瓷没想到会有人突然出现，于是趴在桌面上一动不动。显然，对方也没有在意陆折的课桌上的小兔子。

他快速地从抽屉里拿出陆折的背包，将自己手上的手表拿下来藏了进去。

看着对方拙劣的手段，苏瓷瞪圆了眼睛。更可气的是，苏瓷清晰地看到这家伙的手腕上的生命值，足足有 5 个黄色的小格子。

富贵告诉过她，横条上的 1 个红色格子代表 1 年，1 个黄色格子代表 10 年，1 个绿色格子除了代表 10 年，还表示此人会长命百岁。

哪怕没有看到他手腕旁边的数字，苏瓷也知道对方至少还有 50 年的寿命。

这个男生品性不行，寿命倒挺长。

苏瓷看着对方把背包重新塞回抽屉里，然后匆忙离开，一双红眼睛微微眯起。

陆折回到座位上，发现原本在桌面上的兔子此时正趴在地上。

他把兔子捡起来，却不知道苏瓷刚刚完成了一件伟大的事情——至少对如今的苏瓷来说此事非常不容易，累死她了。

上完体育课，班上的人陆续回到教室里。运动完，每个人都神清气爽，原本安静的教室顿时变得闹哄哄的。

安静地看着书的陆折在一片闹腾声中显得异常孤傲。

李栋梁拍着篮球走进来，脸上满是汗水，头发、后背都湿透了。

他回到座位上，拧开饮料猛灌了几口，才靠着椅背坐下。他侧过头看向旁边的陆折，觉得班上的男生都去打篮球了，而陆折只能一个人坐在教室里，啧，还挺可怜的。

这时，坐在前排座位的贾明洋突然一顿翻找，皱着眉嘟囔道：“不见了。”

旁边的同桌惊讶地问道：“怎么会无缘无故地不见？会不会落在哪里了？”

他记得贾明洋的手表是这个月初买的，听说是贾明洋的爸爸从国外带回来的。贾明洋向大家展示手表的时候，还引得众人羡慕。

“我上体育课前把手表放在了抽屉里，不可能落在其他地方。”贾明洋语气肯定地说。

“难道被偷了？”同桌惊愕地说。

“我的手表又没有长腿，肯定是被偷了！”

贾明洋直接往最后一排座位走去，拍了一下陆折的桌面，质问他：“是你偷了我的手表？”

抽屉里的苏瓷听到男生质问陆折，忙竖起了兔耳朵，准备听戏。

陆折抬起眼帘看向对方。

“我的手表不见了，刚才只有你在教室里，是不是你偷的？”贾明洋声音很大，把周围的同学都吸引了过来。

赵优优刚回到教室，听到对方的话也愣了愣。

对上陆折冷淡的目光，贾明洋毫不心虚：“把我的手表还我！”

陆折神色依旧淡淡的：“我这里没有你的手表。”

“我的手表就放在抽屉里，刚才只有你一个人在教室里，不是你拿了还会是谁？”贾明洋语气肯定，引得周围的人开始议论纷纷。

陆折冷声开口：“证据呢？”

贾明洋抬起下巴：“你敢让人搜你的抽屉或者背包吗？”

李栋梁跟贾明洋不对付，懒懒地怼他：“你没有证据，凭什么搜别人的东西？你怀疑手表被偷了，直接去查监控啊。”

“呵，监控前两天坏了。”贾明洋一副志在必得的样子，“要不，我去告诉老师，让老师来搜。”

抽屉里的苏瓷哼了哼，觉得这男生太不要脸了。

“等一下。”赵优优走了过来，“大家都是同学，没有必要将事情闹大。”

她记得，以前也发生过这样的事。陆折不同意搜他的背包，贾明洋将此事上报老师，最后老师在陆折的背包里搜出了手表。陆折虽然不承认偷了手表，但证据确凿，只能被学校记过。

她不能让这样的事情再次发生。

赵优优神色复杂地看了陆折一眼，柔声问贾明洋："是不是让你搜背包，你就不找老师？"

贾明洋对着漂亮的赵优优态度还算好："对，不过陆折真偷了我的手表的话，要向我道歉，而且要去操场上跑 10 圈。"

闻言，周围的人都安静了下来。

在操场上跑 10 圈对其他人来说最多就是辛苦一会儿，但对体育课都不能上的陆折来说，这就相当于要他的半条命吧。这惩罚够狠毒。

赵优优语气温柔地劝着陆折："哥哥，让他搜吧，跑 10 圈总比把事情闹大好。"

赵优优权衡了一下，觉得与其被全校知道陆折是小偷，让陆折受尽歧视和辱骂，不如他现在直接道歉并去操场上跑 10 圈。

抽屉里的苏瓷气得直咬兔牙，赵优优话里的意思不就是直接承认陆折拿了手表吗？赵优优是在帮陆折还是在陷害他？作为陆折名义上的妹妹，她至少应该信任陆折吧？！

苏瓷偷偷地从抽屉里探出小脑袋去看陆折。

少年坐在椅子上，面部僵硬，低垂着眼帘，浓密的睫毛上仿佛都沾了冷意，出口的话带着几分嘲讽意味："我凭什么要答应你？"

李栋梁像没有骨头似的靠着椅背看热闹，时不时插嘴："贾明洋，你只说了陆折偷了手表要受的惩罚，要是人家根本没有拿你的手表呢？白白被你冤枉？这也太不公平了。"

"如果陆折没有偷手表，我向他道歉，并且罚跑操场 10 圈，这样公平了？"贾明洋毫不在意地说道。

陆折平静地说道："15 圈。"

贾明洋直接应下："行，我要搜你的背包。"

他早就看陆折不顺眼了，在陆折还没有被爆出身世和身患绝症的时候，"校花"姜梦琪最欣赏的人就是陆折。如果陆折成了小偷，姜梦琪必定会后悔欣赏这样的人，也会后悔曾经为这样的人而冷落他。

“哥哥，让他搜吧。”知道此事的后果，赵优优真的希望不要将事情闹大。

“把背包给我。”贾明洋直接伸手把陆折的背包从抽屉里拉了出来。

看戏的苏瓷原本一只小脚踩着背包带，现在背包突然被扯走，被害得在抽屉里翻了个跟头。

幸好不疼，但她很生气。

贾明洋拿到背包，就差把“兴奋”两个字写在脑门儿上了。他当着众人的面直接打开背包，将里面的东西全部倒在了桌面上。

钥匙、书、笔记本、笔……

他的手表呢？

贾明洋傻眼，再次翻找了一遍背包，但里面空空如也，什么都没有。

“你把我的手表藏在哪里了？为什么手表不在你的背包里？”贾明洋大声质问。

赵优优也愣住了，背包里没有手表？

陆折站起来，身材高大，神色冷淡，气势莫名地让人心颤。他冷嘲道：“看到背包里没有手表，你还想诬陷我？”

“我明明……”贾明洋恼怒地咬着牙。

陆折冷冷地看着他：“道歉吧。”

贾明洋捏紧手，神色狼狈又气愤。

“贾明洋，这是不是你的手表？”

这时，一个男生从垃圾桶旁边捡起一只表面已经破碎的手表，上面还有黏糊糊的液体，看着像果汁。

贾明洋看见自己心爱的手表竟然坏了，还脏兮兮的，脸色瞬间变得难看又震惊。

“手表找到了。啧，贾明洋你这是造谣全靠一张嘴啊，赶紧道歉吧。”李栋梁看见贾明洋吃瘪，心情爽得很。

“对！不！起！”贾明洋涨红了一张脸，既气恼也心疼，他的手表为什么会在垃圾桶那里？！

陆折语气很冷淡：“放学后，操场见。”

李栋梁笑个不停：“贾明洋，你要跑 15 圈，我们全班人都听到了，别想抵赖。”

贾明洋狠狠地瞪了李栋梁一眼，愤愤离开。

赵优优神色恍惚，想要对陆折说什么，但陆折一个眼神都没有给她。

上课铃响起，众人看完热闹赶紧回到自己的座位上。

李栋梁准备趴下来睡觉，下一秒看见同桌的抽屉里跳出了一个雪团一样的东西，那东西落在了陆折的腿上。

他惊得睁大了眼睛。那是一只幼兔，雪白的毛毛，淡粉的耳朵，眼睛红得像宝石，好可爱！

看见小兔子的脑袋轻轻地蹭着陆折的手掌心，李栋梁立刻把自己的桌子挪向陆折那边。他凑过去问："陆折，你带了一只兔子来学校？"

陆折的手掌心被兔子蹭得痒痒的，他回应了一声："嗯。"

"你借我玩儿一下。"李栋梁盯着小兔子，舍不得挪开目光。

他觉得小兔子摸起来肯定很软。

"不借。"陆折看着黑板，指尖轻轻地捏着小兔子的耳朵。

苏瓷的兔耳朵很敏感，被陆折修长的手指捏着，她直接趴了下来。她说过了，不要捏她的耳朵！

李栋梁不死心，刚刚还是班里的小霸王，此时完全变了态度："刚才我帮你怼了贾明洋，你让我摸一摸小兔子吧。"

李栋梁虽然人高马大，但是一直有颗柔软的心，从小到大都喜欢毛茸茸的小动物。但是他妈妈对动物毛过敏，家里不能养。

现在看见软萌的小兔子，他恨不得直接据为己有。

陆折直接拆穿他："你刚才是在看热闹。"

李栋梁的脸皮厚，他试图提条件："我给你买 1 个月的早餐，你让我摸摸它。"

陆折拒绝："不行。"

"我给你 100 块钱，你把兔子借我玩儿 1 个小时？"李栋梁知道陆折被赶出了养父家，而且要治病，身上肯定没什么钱。

苏瓷白了李栋梁一眼，才不愿意被他撸毛。她用两只爪子紧紧地抱住陆折的手指，把脑袋埋进他的手掌心里。

陆折的手掌被兔子拱得暖暖的，冷漠的脸上终于有了笑意："不行。"

李栋梁还想说什么，却看到讲台那边的数学老师正看着他，只能讪讪地闭上嘴，眼巴巴地看着陆折摸兔子。

兔子的耳朵毛茸茸的，好可爱。

兔子的鼻子也是淡粉色的，好可爱。

兔子的小脚毛茸茸的，白白的，好可爱。

中午放学后，苏瓷被陆折抱着，看着远处操场上跑步的贾明洋。

贾明洋顶着太阳跑得汗流浃背。

活该！想到自己咬完那只手表不能洗嘴巴，苏瓷就恨不得让对方多跑几圈。

看见贾明洋跑到第10圈时速度越来越慢，陆折依然面无表情，一点儿也不同情对方。

陆折看得出来，二人对峙的时候，贾明洋肯定的语气以及发现背包里没有手表时脸上震惊的表情，都说明手表的事是贾明洋在搞小动作。陆折疑惑的是，手表最后怎么会出现在垃圾桶旁……

他低头去看掌心上的兔子，想起他回来时，兔子在地上。

他举起兔子，与兔子四目相对。

苏瓷眨了眨眼，一双红眼睛水水的、亮亮的。

她施恩求报啊，他快亲亲她！

橙黄色的阳光照在树上，穿透树叶，投下斑驳光影。

一身校服的少年身姿颀长、神色忧郁，和手上雪白的小兔子相视无言，怎么看都美好得如同一幅画。

苏瓷的小腿不自在地动了动，她期待地看着陆折。

“陆折！”不远处，李栋梁飞跑过来，气喘吁吁地说，“陆折，你给我摸摸它吧。”

他觉得，今天不摸一下兔子，他会失眠的。

“不给。”陆折直接拒绝。

就差一点点，她都感觉到陆折要亲她了，竟然被打断了！

苏瓷红着一双眼睛，瞪着眼前这个脑残粉。

她要被气死了！

“啊，你看，兔兔看我了，它喜欢我！”李栋梁看见小兔子呆呆地看着他，被萌得不行，恨不得马上伸手揉一揉兔子的脑袋。

呵！苏瓷又白了他一眼。

“你看，它又看我了。”

苏瓷看着对方伸过来想要摸她的手，手腕内侧是6个黄色的格子，60年！

苏瓷羡慕得眼睛更加红了。

他们都这么长命吗？！

她再看看抱着她且只剩3年寿命的陆折，短命男配角无疑！

“啊，小兔子在看我的手，肯定是想我抱它。”李栋梁原本还算阳光帅气，现在直接笑成了地主家的傻儿子。

苏瓷被气得索性闭上了眼睛。

看着小兔子闭眼，李栋梁这个粗汉又被萌得心“怦怦”直跳：“折哥，小兔子是不是软软的？你给我摸一下，就一下。”

班里的小霸王什么时候求过人？为了摸兔子，他才不在乎什么面子。

陆折躲开李栋梁伸过来的手，淡淡地瞥了他一眼：“贾明洋还有4圈跑完。”

说完，他抱着兔子转身离去。

摸不到兔子，李栋梁哭丧着脸，对那边累成狗的贾明洋大声吼着：“贾明洋你磨磨叽叽干什么呢？还是不是男人？跑得这么慢，你别耽误我回家吃饭！”

那边的贾明洋喘着粗气，衣服都湿透了，听到李栋梁的话，一口气卡在胸口，差点儿没被气死。

谁要他在这里监督？快滚！

每周的一、三、五和休息日，陆折都会去电脑店里做兼职。

电脑店的方老板个子不高，体形偏胖，鬈发让其满是肥肉的脸显得更圆了，整个人给人一种有点儿邋遢的感觉。

“你小子来了？行，你看着店。儿子，你在这儿玩儿，老爸先上楼做饭。”方老板叮嘱完就拿起桌面上的钥匙上楼了。

方老板的儿子叫方快乐，今年3岁多，白白嫩嫩的，五官精致，看着不太像方老板。

看见陆折来了，小快乐自己吃力地转动着小轮椅来到陆折身旁，乖乖地打招呼："折哥哥，你今天晚了 5 分钟。"

小家伙很聪明，早已经学会看时间，100 以内的加减法也全都会了。

陆折用冰凉的大手摸了摸他的脑袋，薄唇微勾："嗯，今天有点儿事。"

他把背包放下来，拉开拉链，将兔子拿出来，免得兔子待在背包里太闷。

小快乐看见桌面上雪白的小兔子，黑溜溜的眼睛瞬间睁大了："兔……兔子？"

他有点儿害怕，又有点儿喜欢："折哥哥，这是小兔子？"

"嗯。"

小快乐羡慕地看着小兔子："小兔子有 4 条腿，肯定跑得很快。"

面前的小孩儿声音稚嫩，长得粉雕玉琢的，像小天使。但苏瓷发现他坐在轮椅上，没有双腿，像天使被折断了翅膀。

小快乐语气欢快地说："爸爸说，等有钱后，他就帮快乐装两条腿，到时候我就可以走路了，也可以像小兔子那样跑得快快的。"

小快乐并不知道，就算装了义肢，他正常走路都需要吃不少苦头，更别提像正常人那样跑步了。

苏瓷看着他，眼神多了几分惋惜之意。

"折哥哥，小兔子有名字吗？"小快乐问陆折。

陆折回答得干脆："没有。"

"啊，小兔子没有名字？"小快乐惊得张大了小嘴巴，"你快给小兔子起一个名字，不然小兔子会伤心的。"

陆折沉默了一会儿，看向那雪团一样的兔子，随口说道："团团。"

"小兔子叫团团吗？"小快乐眨了眨黑亮的大眼睛。

"嗯。"

苏瓷没想到陆折会给她起名字。

团团？什么团团？一团东西？还是他觉得她胖成团？

怎么想这都不是好名字，她哼唧了一声！

"折哥哥，团团会咬人吗？"小快乐又问陆折。

“不会。”

闻言，小快乐伸出手，用短短的小手指轻轻地碰了一下小兔子，见小兔子没有抵触，他的眼睛亮了起来：“团团乖，不要咬快乐。”

说着，他用小手指又碰了一下兔子。

就这样简单的触碰，小快乐已经乐开了花，露出了白白的小牙齿。

苏瓷没有动。

她看见了小快乐手腕内侧的生命值，只有细细的一条红色格子，而且红色部分没有占满格子。

苏瓷凑近他的手腕，只见格子旁边标注着：1 天。

他还只有 1 天的生命？

苏瓷红红的眼睛里满是震惊之色。她难以想象面前这个白白嫩嫩的小孩儿还只有 1 天生命。

她把富贵喊了出来：“他的寿命只剩下 1 天？会不会是出错了？”

富贵：“不会出错！”

苏瓷对上小快乐黑溜溜、含着笑意的眼睛，问富贵：“可以救他吗？我亲他的话，他的寿命可以增加吗？”

富贵：“我不知道你能不能救他，但你只有亲陆折才能增加生命，对其他人无效。”

苏瓷：“你不知道？”

富贵：“以前的主人都只能看到一个人的生命值，从来没有出现过你这样可以看到所有人的生命值的情况，所以我不知道你能不能救他。”

苏瓷：“哦。”

富贵：“你不要伤心。”

苏瓷：“我不伤心，寿命天定。”

苏瓷接受得很快。她变成兔子前，就是心脏病病发死的，也算是短命的过来人了。

富贵还以为主人会哭着让自己想办法救人，毕竟上一任主人就是一个很善良、泪腺很发达、颇富同情心的女孩儿，没想到现任主人竟是一个冷心肠的人。

知道自己的吻只对陆折有用后，苏瓷的心情很复杂，她做不了救世主，只是一只弱小又无助的小兔子，帮不了任何人。

小快乐看见苏瓷跳向自己，圆溜溜的大眼睛更亮了。

他从口袋里掏出自己珍藏起来舍不得吃的两颗糖，贴心地剥了糖纸，然后递给苏瓷一颗："这是糖，你一颗我一颗，我们是好朋友啦。"

小家伙记得爸爸说过，好孩子要学会分享东西。

陆折坐在旁边的电脑前，一边在键盘上操作，一边出声制止快乐："兔子不能吃糖。"

小快乐黑亮的大眼睛笑得弯弯的，可爱得能让人心都化了："我知道了，小兔子吃胡萝卜。"

陆折想起自己捡到这只兔子后，连续喂了 3 天胡萝卜，白皙的脸上闪过一丝窘迫之色。

工作日，陆折在电脑店里的工作时间是晚上六点到九点，休息日是早上九点到晚上六点。

下班后，陆折手里捧着兔子离开。

电脑店旁边有一条类似夜市的街道，两边摆了不少地摊，路过一个小饰物摊位时，陆折停了下来。

坐在小凳子上的老奶奶笑着开口："小伙子，随便看看，我这里的首饰都很受女孩儿欢迎。"

陆折从地摊上拿起一条细细的红绳，凑近看，上面还绑着一个指甲大小的碧绿色小葫芦。哪怕周围光线不好，苏瓷也能看出小葫芦是塑料的，质量并不怎么样。

"小伙子，你要送女朋友？我这里有更好的手链。"

说完，老奶奶就从她在腰前挂着的包里掏出另外一条手绳。一样的红绳，只是小葫芦的颜色和质地变成了白色的玉石，质量明显比陆折手里的好。

老奶奶还是头一回遇到长得这么周正的小伙子，也不想坑他："你买给女朋友的话，就买这条手绳，她准会喜欢。"

陆折接过老奶奶递过来的手绳，还不忘纠正她："不是女朋友。"

他将红绳绕在兔子的后腿上，白玉小葫芦随着兔子的动作左右晃动，十分可爱。

陆折把手绳送给她？她抬头，却只看到少年的下颌。

陆折问："多少钱？"

老奶奶没什么坏心眼儿，说话也诚恳：“虽然这条手绳上的葫芦是玉的边料做的，但是不便宜，要 300 块钱。如果你是买给兔子的，刚才那条手绳就可以，只要 30 块钱。”

“嗯，就要这条。”陆折把钱付给老奶奶后，抱着兔子离开了。

街灯在道路上投下一道道影子。

窝在陆折的手上，苏瓷扭头看了一眼自己脚上的红绳，觉得有点儿寒碜。这是她第一次戴这么便宜的首饰。

第二天早上，陆折拉开背包，果然，雪团子似的小兔不知道什么时候偷藏进去了。

陆折将兔子举到面前，轻点了一下兔子粉嫩的鼻子：“在家待着。”

再次被抓包，苏瓷懊恼得不行，不会这辈子都没有机会恢复成人了吧？

想到这儿，她咬了咬兔牙，两条腿往后退了退，不管不顾地使劲一跳，冲向了面前的俊脸。

陆折一惊，随即接住掉落的兔子。

嘴唇被撞了一下，不疼，却怪怪的，他垂眸看向兔子，只觉得那一双红眼睛亮得惊人。

陆折叹了一口气，将兔子放回纸箱里，觉得自己应该去买一个兔笼子回来了。

最终他还是把兔子留在了家里。

陆折走得不快，感觉到左腿上的麻痹感比昨天更强烈了。

或许过不了多久，他就连走路都成问题了。

陆折的房间里很安静。

红色的绳子绕在苏瓷雪白纤细的脚踝上，白玉小葫芦被莹润的肌肤衬得灵巧精致。

苏瓷惊喜地看向自己的身体，浑身雪白，玲珑有致，墨黑的长发遮挡住上半身，美得像勾人的小妖精。

意识到自己还没有穿衣服，苏瓷一把扯过床上的灰色被单。

站在陈旧的衣柜前，苏瓷打开衣柜。如她所料，陆折的衣服不多，只有几套，其中两套还是校服。

苏瓷没的选，只好穿上陆折的校服。

她现在的身高跟以前差不多，应该是一米六八。但蓝白相间的校服穿在身上又宽又大，衣摆落在她的大腿的位置，裤子也很长，她将裤脚卷起几层，才露出绑着红绳的纤细脚踝。

苏瓷很好奇自己现在的长相。毕竟有赵优优这个例子，她对自己现在的模样还是很期待的。

洗手间的墙壁上挂着一面小方镜，面积不大，却足够让苏瓷清晰地打量自己的模样。

镜子里的少女红唇雪肤，五官精致，一双眼睛水汪汪的，眼尾下那颗小小的泪痣让她的气质多了几分妩媚感。

以前，她在娱乐圈里是出了名的漂亮，而现在这张脸比她先前的还要漂亮几分。

以前她的长相偏清纯，只要她稍稍红了眼，就一副我见犹怜的样子，让人心疼不已；而现在，她的模样是可纯可欲的。她挑了挑眉，泪痣衬得她的一双眼睛像是会勾魂似的，让人挪不开视线。

苏瓷摸了摸自己的脸蛋儿，光滑细腻，手感不错。

这副皮囊确定是小兔精，而不是狐狸精？

苏瓷越打量自己越满意，挑不出任何毛病，硬要说出缺点的话，就是太完美。

她把富贵喊了出来："我现在是不是全世界最漂亮的女人？"

富贵："不知道。"

"嗯？"苏瓷拉长尾音，语气带了几分威胁之意。

富贵瑟瑟发抖："在富贵眼里，主人是全世界最漂亮的女人。"

苏瓷弯了弯唇，心满意足："我的恢复时间是多长？"

她可不相信自己亲了陆折一次，就能一直维持人形。

富贵："5 个小时，亲一次可以增加 1 个小时。"

苏瓷眯了眯眼："也就是说，下一次我再亲陆折，就可以维持 6 个小时的人形？"

富贵："没错。"

苏瓷看了一眼墙壁上的挂钟。现在是 7 点多，也就是说她中午 12 点多就会变回兔子。

时间不多了。

早上的马路熙熙攘攘的，大家不是赶着上学就是赶去上班，阳光洒在街道边的绿树上，绿叶显得越发碧绿透亮了。

女孩儿穿着不合身的校服，踩着大好几码的鞋子，从远处走来，精致的脸让行人忍不住回头。

苏瓷想吃早餐，却想起自己身上没有钱，刚才经过早餐店的时候，都快要被香味馋哭了。

她好饿！停在路口处，苏瓷无奈地等待着绿灯。

“姐姐好漂亮。”

苏瓷听到了奶声奶气的夸赞。她低头看去，发现竟然是小快乐，他后面还站着正在打电话的方老板。

“姐姐漂亮。”小快乐见苏瓷看向自己，黑溜溜的大眼睛亮了起来，伸手在口袋里掏啊掏，拿出了两颗糖。

“姐姐吃。”小快乐大方地将其中一颗糖分给了苏瓷。

苏瓷看着他肉乎乎的小手，目光落在他的手腕内侧上，红色的格子现在变成了一条红线，而且颜色越来越浅，快要消失了，旁边标注着：30 秒。

苏瓷的心蓦地狂跳了一下。

小快乐白嫩嫩的脸蛋儿上绽放着大大的笑容，整个人像一个小天使。

不管苏瓷是兔子，还是变回人，小快乐都喜欢请她吃糖。

20 秒。

17 秒。

12 秒。

红色的线条浅得苏瓷几乎看不见了。

苏瓷感觉到自己的心脏在猛烈跳动着，嗓子像被什么东西堵住了。

10 秒。

突然，一个踩着滑轮的年轻男孩儿被路边的台阶绊了一下，一时刹不住，整个人向小快乐扑去，慌乱中，年轻男孩儿的手把小快乐推向了马路。

众人惊恐地看着迷你版的小轮椅快速滑了出去。

“富贵！”苏瓷大脑卡顿了一下。

打完电话的方老板反应过来时，前面一辆车就快要撞上小快乐的轮椅了。方老板大惊失色地跑了过去。

“啊——”有人眼看着小快乐就要被车子碾轧，惊慌地尖叫起来。

下一秒，迷你版小轮椅被一只过分白皙的手拉住了，苏瓷用力将小轮椅往后一拉，自己在地面上滚了一圈，躲开了堪堪擦着她的身体驶过的车子。

车子呼啸而过，拂起了她的长发。

鞋子太大了，苏瓷扑出去的时候，一个踉跄扑倒在地。

就差那么一点点，她就救不了小快乐了。

方老板被吓得两条腿直发软。

他快速跑向儿子，看见儿子没事，又立刻走向苏瓷，想要扶起她。

苏瓷还沉浸在刚才的慌乱情绪里，没有理会方老板伸过来想要扶起她的手，自己站了起来。

方老板颤抖着声音，对着苏瓷鞠躬道谢，神色带着劫后余生的苍白：“谢谢你，小姑娘，我太感谢你了。”

差一点儿……他的儿子就没了。

现在他两条腿都是软的，手也直颤抖。

踩着滑轮的年轻男孩儿看到自己差点儿害死一个人，也被吓蒙了。

他第一次遇到这样惊慌的事情，声音发颤地对方老板道歉：“对……对不起，刚才我是无心的。”

“你的无心差点儿害死我儿子！要不是这位小姑娘……”方老板想到刚才车子擦着小姑娘开过的惊险场景，深吸一口气，对着男孩儿一顿骂，“广场、公园那些地方还不够你玩儿滑轮？在大马路上，你非得穿着滑轮出来？你知不知道这有多危险？！”

年轻男孩儿红了眼睛，也被吓到了：“对不起。”

方老板看着儿子小快乐，也红了双眼：“我也有错。我就该死死地抓着儿子的轮椅，一刻都不放手。”

众人一阵后怕，谁也没想到平常的早上会出现这么惊险的一幕，幸好女孩儿救下了孩子。

再看看女孩儿，众人这才发现她长得很漂亮，真应了那句“人美心善”，她挽救了两个家庭。

方老板平静下来后又赶紧问苏瓷：“小姑娘，你摔伤了吧？走，我送你去医院检查一下。”

此时的方老板对苏瓷充满感激之情，儿子是他的命，苏瓷救了他的儿子，就是他的救命恩人。

“我没事。”苏瓷摇了摇头。

她当时看到小快乐的生命值逐渐减少，所以在轮椅滑出去的时候，才会比所有人反应得快。

“你是我的救命恩人，我真不知道怎么才能报答你。”方老板激动起来，一时之间不知道怎么报答面前的小姑娘。

“不用报答。”她顺手而已。

“漂亮姐姐吃糖。”小快乐肉乎乎的小手里依然握着那两颗糖，完全没有意识到自己刚才差点儿死掉。

苏瓷垂眸，看见小快乐的手腕上多了 7 个黄色格子。

苏瓷拿起小快乐手里的一颗糖：“谢谢。”

苏瓷离开时，嘴里含着小快乐送的糖，问富贵：“为什么小快乐被救后，寿命变成了 70 年？”

富贵正吃着甜得像是棉花糖的一团金黄色东西——这是苏瓷救人后它得到的奖励。

富贵满足地打了一个饱嗝：“死结被解开了，人就会拥有正常状态下该有的寿命。”

苏瓷眯了眯眼，所以小快乐这一次没有死，就能活到 70 几岁。

富贵：“主人，你为什么救他？”

它以为主人不会救人的。

苏瓷：“你没听到他喊我‘漂亮姐姐’？”

富贵：“……”

所以，它家主人是喜欢听“彩虹屁”吗？

陆折在下课的时候接到了方老板的电话，说让他过去一趟。

电脑店里，方老板把今早的惊险事情告诉了陆折：“幸亏有那个见义勇为的小姑娘，否则……”

他一阵后怕。

陆折没想到今早竟然发生了这样的事。

他看向旁边坐在轮椅上的小快乐。

小家伙嘴里含着一颗甜甜的糖，听见爸爸提到苏瓷，笑得眉眼弯弯，奶声奶气地对陆折说："漂亮姐姐吃了快乐的糖。"

陆折用冰凉的大手安慰似的摸了摸他的脑袋。

"阿折，那个小姑娘什么都没有说，拿了快乐的一颗糖就走了，这样的大恩情，我还没有好好答谢她。"方老板问陆折，"我记得她身上穿着你们学校的校服，她应该是一中的学生。她长得很白很漂亮，你有印象吗？"

陆折沉默。

方老板继续说道："小姑娘长得这么漂亮，在你们学校肯定很出众，应该是你们学校的校花。"

在他看来，那个小姑娘的长相应该很难有人比得过。

"我想找到小姑娘，正式地感谢她。"这样的大恩情，他必须郑重地感谢对方，而不是连对方姓甚名谁都不知道。他心里过意不去的。

陆折一向不太关注校内的同学，听方老板这样说，一时很难回答。

显然，方老板也知道陆折的性子，没有追问下去。

在外面闲逛了一圈，苏瓷回到了陆折的住处。

她出来才知道，陆折住的小区多么老旧，周围几乎没有绿化，只有露天的停车场和一个自行车棚，而且棚顶生锈了，很破旧。

苏瓷在客厅的冰箱里找到一个又冷又硬的面包，可怜兮兮地啃着。如果不是快要变回兔子了，她想要煮一碗泡面，总比啃冷面包好。

她刚吃完最后一口面包，门外传来了钥匙开锁的声音。

苏瓷被吓得噎了一下，陆折回来了？

身体的反应比大脑快，她从沙发上跳起，立刻跑回房间，一颗心仿佛要从嘴巴里跳出来。她看了一眼自己的身体，然后打开衣柜，整个人躲了进去。

陆折打开门进来，走到冰箱前，从里面拿出一瓶水，正准备拧开，却发现冰箱里的面包不见了。

眼帘轻颤了一下，他关上冰箱门，转过身发现了沙发上的包装袋，上面沾着面包渣。

陆折的神色瞬间沉了下来，他环顾了一下四周，然后大步往卧室走去。

卧室里，原本立在地上的纸箱被压扁了，里面的兔子也不见了。

陆折一脸寒意，狠厉的目光最后落在衣柜上。

柜子里面，苏瓷抱着自己的双腿，一头乌黑柔顺的长发自然地垂在背后，小脸儿白净，一副我见犹怜的样子。

慌张之余，苏瓷终于回过味来。她干吗要藏起来啊？

苏瓷抿了抿唇，努力按捺住疯狂跳动的心。她才不怕陆折！她只是一时之间不知道怎么面对陆折而已。

外面，陆折伸出手，直接打开了衣柜，只见柜子里，雪白的兔子在他的校服上安静地端坐着，一双红眼睛呆呆地看着他。

陆折："……"

兔子是怎么跑到他的衣柜里的？

陆折俯身抱起兔子，下一秒，目光顿住。

陆折拎起自己的校服，只见校服的背面蹭了一块黑色的污迹。他闻了闻，是汽油的味道。

苏瓷傻眼了，那污迹肯定是救小快乐的时候蹭到的。

她抬起头，心虚地瞄了一眼陆折。但在她的这个角度，她只能看见少年坚硬的下巴，看不到他脸上的神色。

第二天，班里很热闹。

赵优优坐到座位上的时候，同桌凌惠立刻凑过来："优优，我听说我们学校收到了外校人员寄来的感谢信，好像是因为我们学校一个很漂亮的女生救了他的儿子。校长很重视这件事。"

凌惠对赵优优挤了挤眼："虽然大家都在猜是你还是校花救的人，但是我知道是你，只有你昨天请假不在学校。"

她抱住赵优优的手臂："优优，我没猜错吧？是你救的人吧？"

赵优优想起自己昨天早上在路上扶起了一个摔倒的小孩儿，就点了点头。

见赵优优承认救人的是她，凌惠激动地握住她的手："真的是你！他们还在猜是不是校花姜梦琪，也不想想，像她那样高傲的性格，她怎么可能救人？"

赵优优笑了笑。

昨天在路上看见一个小男孩儿摔倒在地，磕破了膝盖，她扶起小男孩儿后又用纸巾帮他捂住伤口止血。后来，小男孩儿的家长赶来，很感谢她，但她没有想到对方竟然会写感谢信。

最后一排座位处，陆折放下背包，然后将背包里的兔子放进抽屉里。

昨天亲了陆折真的变成人后，苏瓷就打消了跟陆折来学校的念头。毕竟她总不能当着这么多人的面亲陆折，然后恢复人形。

她没想到的是，陆折离开前将她放进了背包里。

出门时，苏瓷看见陆折不仅关好了窗，还在门边放了一根头发。她知道，陆折是觉得昨天有人闯进他的住处了。

幸好小区破旧，没有安装监控，否则陆折就发现她了。

李栋梁刚走到座位上，就看见陆折从背包里掏出了兔子。

"陆折，不对，折哥！"李栋梁一把丢开自己的粉红色背包，赶紧把自己的桌子挪向陆折，"折哥，你把小兔子带来了？让我看看。我不摸，就看一眼。"

苏瓷从抽屉里探出脑袋，然后跳到陆折的大腿上。她不想再待在窄小又黑暗的地方。

陆折轻抚兔毛，任由兔子趴在他的腿上。

"啊啊啊——"李栋梁惊呼，眼巴巴地看着陆折腿上的兔子，觉得萌得不行，"一天没见，小兔子更可爱了！"

李栋梁忍住伸手抚摩兔子的冲动，只是痴痴地看着。天哪，兔子闭眼睡觉的样子也太可爱了吧！

苏瓷没有理会脑残粉李栋梁，而是在听周围人的议论声：是赵优优还是校花救人事件。有人断定，校花昨天早早就来学校了，应该是赵优优救的人。

苏瓷觉得，赵优优不愧是女主角，救了人不仅能收到家长的感谢信，而且全班同学都知道了，还真是自带女主角光环。

下课的时候，赵优优被喊去了校主任的办公室。

看着站在旁边的校花姜梦琪，赵优优大概猜到主任找她们来是为什么了。

“学校收到一封家长的感谢信，这件事你们应该都知道了。”主任没有板着严肃的脸，而是笑得亲切，“学校很重视这件事情。这种乐于助人的精神值得宣扬，所以学校决定让救人的学生登 1 个月的光荣榜。”

光荣榜一般是各方面都很优秀并拿了大奖的学生才有机会登上的。登 1 个月的光荣榜的奖励，足以看出学校对这件事的重视程度。

赵优优一脸惊讶的表情。

旁边的姜梦琪则表情郁闷。她没有救人，看来救人的是赵优优。

以前，赵优优常化浓妆，加上性格娇蛮，姜梦琪是不把她放在眼里的。只是姜梦琪没有想到，现在的赵优优突然变了性子，不光素颜，人也变得文雅了。最近，很多人拿赵优优跟她比，甚至有人认为赵优优长得比她好看！

现在赵优优救了人，可以上光荣榜，这样的殊荣让姜梦琪怄气得很。

姜梦琪对校主任说道：“我没有救人。”

校主任的目光移向了赵优优。

赵优优知道自己能上光荣榜，心里忍不住窃喜：“我昨天确实帮助过一个小男孩儿，小男孩儿的家长已经向我道谢。”

校主任笑了：“家长特意写感谢信给学校，显然是非常感激你舍命救他的儿子。你回去好好准备稿子，下星期一在升旗台上分享救人的事迹。另外，会有人负责把你的照片放在光荣榜上。”

她舍命去救人?

不对啊，她只是扶起路边摔倒的小孩儿，帮小孩儿止血而已。

赵优优嘴角的笑意凝固，心里有了不祥的预感！她搞错了！

校主任看见赵优优表情愕然，问道：“怎么了？”

赵优优张了张嘴，想要说什么，却不知道怎么开口。现在不仅是她误会了，所有人都误会了！

她心里惴惴不安，但想到那位家长不知道救命恩人的名字，而且她的确帮助过一个小男孩儿，那慌乱的心绪又平静下来。

两个人从校主任的办公室回来后，赵优优救人这件事很快在校内传开了。

校主任把赵优优的名字报给了校长。

最近，一中在评选先进学校，出现学生舍身救人的事迹，正好可以给学校增添光彩，这也是学校如此重视这次的救人事件的主要原因。

校长觉得，如果领导看到家长当面感谢他们的学生，更有利于学校评选的事。

方老板接到学校打来的电话，说找到了救他儿子的学生，让他下午去学校一趟，总算舒了一口气。

昨天的事情依然历历在目，晚上睡觉时他还做了噩梦，梦到儿子没有被救下。梦里撕心裂肺的感觉让他醒来后依然心惊胆战，冒出一身冷汗。

所以，他才写了感谢信，想再次感谢那位做好事不留名的小姑娘。

想到这儿，方老板摸了摸儿子的头："下午爸爸带你去见昨天的姐姐，好不好？"

小快乐很喜欢那个姐姐，听到爸爸的话，圆圆的大眼睛一下子亮了起来。他奶声奶气地回道："好，我还要给姐姐糖。"

下午，校长和校主任一起来到校门口迎接领导。正好，方老板推着小快乐也来到了学校。

看见方老板，校长面露喜色，希望这一次的救人事件能为学校的评选助力。

另一边，被老师喊到教室门口的赵优优听到写感谢信的家长来了，要当面感谢她时，被吓得浑身颤抖。

"老师，我……我还要上课。"

"不会耽搁太久，人家家长特意带着孩子赶来学校，想当面感谢你。"老师说道。

赵优优根本不想过去，只要和家长见面，大家都会发现她冒认救人的事。

她不能去！

"怎么了？你不用担心，你们班主任同意了，校长也在场，别让大家久等。"这是好事，老师不明白这个学生怎么一脸为难的表情。

听到校长也在，赵优优顿时白了脸色。这样炎热的天气，她硬是出了冷汗。

休息室内，方老板正向校长和领导们描述昨天的惊险场景。这时，老师领着赵优优走了进来。

方老板连忙站起。

老师发现赵优优低着头，一声不吭，就悄悄用手推了推她，心里有些疑惑。赵优优这样畏畏缩缩，真的很难让人联想到她舍命救人的样子。

赵优优的肩膀颤抖着，她缓慢地抬起头，一双眼睛里浸满了泪水。

显然，她被吓哭了。

方老板看着面前陌生的面孔，下意识地皱眉："这位学生不是救我儿子的恩人，你们是不是弄错了？"

"不是漂亮姐姐。"还握着两颗糖的小快乐没有看见苏瓷，噘起了小嘴巴。

注意到领导看过来的目光，校长神色尴尬，难堪到极致。

仅仅一个下午，救人事件大反转。

赵优优冒认救命恩人的事被人放在了学校论坛上，惹得众人群嘲。

同桌凌惠看着哭红眼睛的赵优优，也不知道怎么安慰她，只能帮忙递纸巾。

"我昨天早上确实帮助过一个小男孩儿。他摔倒了，我扶起他还帮他止了血。你今天早上问我是不是救过一个小男孩儿，我以为与这件事有关，不知道会这么巧的。"赵优优明着是解释给凌惠听，声音却足以让周围的同学都听到。

有人冷嘲："动动脑子都知道，只是扶起一个小男孩儿，家长会写感谢信来学校吗？"

"她不是去过校主任的办公室吗？校主任没有问清楚？"

"肯定问了啊，是她想要贪功吧。"

"我听说今天在场的不仅有记者，还有上面的领导。被人当场拆穿冒认救命恩人这样的丑事，她简直太丢我们学校的脸了。"

"我也觉得好丢人啊。人家家长当场说学校弄错人了，我光想想那场景都尴尬得脚趾抓地。"

"今早不是说赵优优会上光荣榜吗？她肯定虚荣心作祟，为了上光荣榜才冒认。”

听着周围的议论声，感受到那一道道讽刺的目光，赵优优面红耳赤，又小声哭起来。

“她有什么好哭的，最倒霉的是被她冒充的人好吗？”

“最该哭的是校长才对。我听说校长送领导离开的时候，脸都黑了。”

教室后面，苏瓷趴在陆折的怀里。好几个人发现了她的存在，但也只是惊讶地多看了几眼，并没有多嘴说什么。

毕竟陆折的旁边坐着李栋梁，谁敢多说兔子一句，小霸王立刻摆出要打架的姿态，活脱脱一个护兔使者。

苏瓷竖着两只耳朵，悠闲地听着有关赵优优的八卦。

没想到一个下午而已，赵优优就翻车了。

当听到家长带着坐轮椅的儿子来学校时，苏瓷才发现“吃瓜”吃到自己头上了。原来他们说的救命恩人是她。

苏瓷想到自己昨天偷穿了陆折的校服，显然方老板误以为她是一中的学生。

赵优优竟然冒认此事，那活该被当场拆穿、打脸。

那么危险的时刻，她去救人时还摔了一跤，要是真被赵优优抢了功劳，会怄死的。

苏瓷被陆折修长的手指轻挠着背，舒服地哼了一声。

刚才上课的时候，他一边听课一边用手轻捏着她的耳朵，搞得她现在浑身发软。

她都说了，不要玩儿她的耳朵啦！

第二章

向他求亲亲

放学后，陆折来到了电脑店里。

方老板跟他说了今天在学校的事。

“也不知道那个女生怎么想的，竟然冒认救命恩人，这样的事能冒认吗！”他当时很生气。如果不是对方哭了，他就要破口大骂了。

“不过，救快乐的小姑娘长得这么出众，你们学校的同学不可能不认识啊？”方老板不死心，“阿折，你有时间的话，能帮我留意一下吗？”

昨晚的梦太真实，梦里的伤痛即便到现在他都记得。没有郑重地向那个小姑娘道谢，他心里不踏实。

“我跟你形容一下那个小姑娘的样子，高高瘦瘦的，头发很长。”

闻言，趴在陆折怀里的苏瓷噘了噘嘴，随便一个女孩儿都长这样的。

方老板拍了一下腿：“对了，她的皮肤很白，五官很精致，反正就是长得好看，比今天那个冒认的女生好看得多。”

陆折沉默了一会儿，才开口问：“没其他特点了？”

方老板眯着眼睛回忆了一会儿，目光落在陆折怀里的兔子身上，猛地拍了一下脑袋：“我想起来了，那个女孩儿的脚踝上有条红绳，跟你这只兔子脚上的绳子很像。”

当时情况危急，小姑娘躺在马路上，他是不经意看见的，现在看见兔子脚上的绳才突然想起来。

苏瓷身体一僵，下意识地缩了缩自己绑着红绳的短腿。

陆折应了下来："方叔，我会帮你留意的。"

陆折晚上 9 点离开电脑店的时候，外面的街道上很热闹，现在才是夜市的高峰期。

闻着街上飘来的烧烤香味，在陆折怀里的苏瓷一双红眼睛亮亮的，馋得不行。除了那天恢复人形后吃了一个又硬又冷的面包，她这段时间吃兔粮吃得快要吐了。

一个女孩儿拿着一串烤鱿鱼从苏瓷面前经过，苏瓷羡慕得直咽口水。

然而，陆折并没有发现怀里的兔子正直勾勾地盯着街上的小吃，他的步速不快，比旁边的行人都要慢。

前面，一个女孩儿骑着自行车朝着他们的方向过来，陆折下意识地往旁边让了让。

下一秒，单手抱着兔子的陆折整个人突然摔坐在地。

苏瓷还没来得及反应，就已经被陆折护进了怀里。

骑自行车的女孩儿被吓了一跳。她没有撞上他啊，自己离他至少还有半米。

"你没事吧？我的车子没有碰到你。"女孩儿紧张地问倒在地上的陆折，担心自己遇上了碰瓷的人。

陆折低着头，看了一眼怀里的兔子，确认兔子没事就单手撑着地面缓慢地站了起来，无视周围投过来的奇怪目光，冷声说道："没事。"

女孩儿这才发现摔倒的少年长得很帅，愣了一下："没事就好。"

陆折抱着兔子离开。

昏黄的街灯灯光下，陆折的脸隐在夜色里，他整个人显得越发孤寂了。

苏瓷觉得怪怪的，不知道陆折怎么会突然摔倒。

回到住处，陆折给兔子准备好兔粮后，就去卧室拿着哑铃做弯举动作，一下一下，手臂上的肌肉紧绷有力。

大概做了 100 下弯举动作后，陆折又俯身开始做俯卧撑。

苏瓷无聊地给陆折数着数。数到 50 个的时候，她发现陆折还在继续，不禁惊讶地眨了眨眼。

她记得以前她拍综艺节目的时候，节目上的一个男明星做了 28 个俯卧撑就做不下去了。她那时候才知道，能一口气做 50 个俯卧撑的人已经很厉害了，而现在陆折似乎还很轻松。

苏瓷来了兴趣，继续数着。

数到 100 的时候，苏瓷见陆折还没有要停下来的意思，就放弃数数，调整好姿势认真观赏着帅哥健身。

陆折的额头上、脖子上、背部都是汗，校服已经被打湿了，贴在他的身上，苏瓷隐约能看见陆折结实的肌肉。

也不知道过了多久，陆折终于停了下来。

他靠墙坐在地板上喘着气，额前的刘海儿水洗过一般，虽然还是面无表情，但是一双漆黑的眼眸透着坚定之色。

看着眼前帅得一塌糊涂的少年，苏瓷灵机一动，直接往陆折的身上跳去。她正好可以亲他。

看见雪团似的兔子跳上他的腿，陆折扯了扯嘴角，冰冷的大手直接按住了兔子想要往上爬的小身体。

呜，苏瓷挣扎着，闻到了陆折身上浓重的气息，与他平常清冽的气息完全不一样。

陆折身上全是汗，也不能抱它，便捏了捏苏瓷的淡粉色耳朵。苏瓷顿时像泄了气的气球一样，身体软下来，不闹腾了。

陆折勾唇。

他把兔子放到书桌上，然后从抽屉里面拿出药，就着杯子里的水将药吃掉。

苏瓷探出脑袋往抽屉里看了一眼。

下一秒，她惊愕地看向陆折。渐冻症？陆折得的是渐冻症？

苏瓷曾经在网上看到过有关渐冻症的一些信息，比如手指及手臂无力、发麻，容易疲倦，肌肉抽动、萎缩，后期患者无法行走、语言不清、难以吞咽等。

她难以想象面前身材高大、强壮有力的帅气少年有一天会脆弱如枯萎的藤枝，脚尖轻踩即碎。

所以，刚才陆折在街道上突然摔倒，是因为他的腿已经开始无力了吗？

难怪他回到住处后，开始疯狂地锻炼。

另一边，赵优优顾不上被同学嘲笑，在放学后立刻离开，跑去了彩票店。

“小姑娘，今天又来买彩票？”店里的老板已经连续几天看见赵优优了。

“对啊。”赵优优羞赧地笑着。

她磨磨蹭蹭地选着号码，目光却落在那些进来的客人身上。

这时，一个穿着花裤子、戴着黑框眼镜的胖男人走了进来。赵优优的双眼顿时亮了起来，她捏紧了衣角。

她来彩票店守了这么多天，等的就是他。

“董建来了？你今天想要买什么号码？”卖彩票的老板认识这个穿花裤子的男人，毕竟对方在店里买了2年多的彩票，运气挺差的，一次都没有中奖。

董建挠了挠头，开始拿笔写自己要的号码，然后让老板把彩票给他。

赵优优走到董建身旁，盯着对方手里的彩票，但根本看不到上面的号码。

想了想，她笑得温柔：“叔叔，今天是我妈妈的生日，我刚才看见您买的号码里好像有我妈妈的生日。”

赵优优模样清丽，因为哭过，眼角还红红的，一副可怜兮兮的样子。她细声询问：“您能把手里的彩票卖给我吗？我想把这彩票送给我妈妈当生日礼物。我可以出100块钱。”

董建奇怪地看了她一眼：“你可以自己买一张。”

卖彩票的老板见小姑娘眼角红红的，多嘴了一句：“董建，你平常也没有中过奖，就把这张彩票让给这孝顺的小姑娘吧。这100块钱，你可以买更多的彩票，一点儿也不亏。”

担心董建不答应，赵优优赶紧掏出钱，真诚地看着对方：“可以吗，叔叔？”

董建挠了挠头，只好收下赵优优的钱，把彩票给她，反正自己又不亏。

“谢谢，叔叔真是大好人。”赵优优拿到彩票后，感激地看了对方一眼，随即离开了彩票店。

卖彩票的老板问董建："怎么样，重新买刚才的号码？"

"我改一个号。"董建想了想，把之前的一个号码改成了另外一个数字。

赵优优回到家后，努力按捺着激动的心情。直到夜里，她在电脑上看见中奖号码跟她手上的彩票的号码一模一样时，一颗心才平静下来。

她立刻把这个消息告诉了赵父、赵母。

"你说什么？ 500 万元？"赵母声调瞬间拔高。

赵优优被吓得赶紧捂住赵母的嘴巴："妈，小声一点儿。"

赵母看着女儿递到她面前的彩票，手忍不住颤抖起来。他们家的存款最多也就只有 5 万元而已。

旁边，身材矮小的赵父也激动起来，吞咽了几下口水，夹着烟的手颤了颤："优优，你确定中了 500 万元？"

赵优优用力点头："真的！"

另一个世界，中 500 万元的人就是今天那个叫董建的男人。

赵优优住在 5 楼，董建住在 8 楼。另一个世界他中奖后，小区的人都知道了，当时赵父还惋惜自己不爱买彩票。

重生回来，因为一直惦记着这件事，所以现在中奖的人是她了。

"领了这 500 万元后，我们给哥哥一点儿钱治病吧。"赵优优提议。

赵母拍了拍女儿的头："你这孩子是高兴疯了？说什么傻话！"

"不行。"赵父也反对，"他那个病根本就没有办法医治好，花钱治疗等于把钱丢掉。"

赵优优想到，她以前最后一次见陆折时，对方脸颊瘦削、肢体僵硬，走路的时候一条腿还是跛着的。渐冻症确实是不治之症。

赵父眼睛不大，眯起来时有几分阴狠的感觉，让人看着很不舒服。

"你让陆折明天回家一趟，把他的东西全部搬走。"

这笔钱是他们家的，陆折一点儿也别想分去。

显然，赵母的想法跟赵父一样，她说："对，我们白白养了他这么多年，没有理由现在还要被他拖累。钱是我们家的，跟他一点儿关系都没有。"

陆折身患绝症，早晚是个废人，对他们来说没什么用处。

赵父、赵母都害怕陆折会缠上来要钱。现在，他们恨不得立刻跟陆折断绝一切关系。

赵优优张了张嘴，最终没有多说什么。

教室里，李栋梁今天又换了一个新的粉红色背包。这家伙气质阳光，就算背这个颜色的背包也不显得奇怪，反而有一种满满的青春少年气息。

苏瓷闭着眼睛趴在陆折的腿上。大清早就被陆折带来学校，她需要补眠。

李栋梁兴奋地凑过来："折哥，我给小兔子带了很多好东西。"

苏瓷懒懒地抬起眼皮，看见李栋梁今天的背包上挂了一个小毛球，是粉红色的。

李栋梁打开背包，从里面掏出好几袋兔粮："折哥，这是我让人从国外带回来的兔粮，味道绝对好。你给小兔子喂这些，它的毛毛会变得又光滑又亮。"

苏瓷闭上眼，再贵的兔粮在她的嘴巴里都只有青草味。

陆折垂眸看了一眼兔子，然后看向李栋梁手里的兔粮，问他："一共多少钱？"

李栋梁连忙摇头："不要钱，我买给兔子的。"

陆折抬眸："不要了。"

李栋梁只好赶紧说道："120 元 1 包。"

他买了 3 包，也就是 360 元。对陆折来说，这一点儿都不便宜。

毕竟，陆折治病吃药要花不少钱。

"折哥，你让我摸一摸小兔子，算是抵钱吧。"每当看到陆折上课摸兔子时，李栋梁就眼红得不行。

陆折淡淡地看了他一眼："手机拿出来。"

李栋梁立马掏出手机，主动加了陆折的好友，然而下一秒，收到了来自陆折的转账。

看着陆折一片黑色的头像，李栋梁点进去，就见对方的朋友圈什么内容都没有。

陆折太过分了！

小兔子这么可爱，他不用它的照片做头像就算了，朋友圈也不发它的照片！

这简直天理难容!

李栋梁还没来得及吐槽，赵优优就走了过来。

今天她的精神状态很好，连同学们嘲笑她的目光她也不太在意。

赵优优站在陆折的座位前：“哥哥。”

她虽然感激陆折重获新生前救过她，但是正如赵父所说，陆折的病没有办法医治好，就算给陆折一部分钱，也起不到多大的作用。

旁边的李栋梁一脸看好戏的表情，觉得陆折这个名义上的妹妹有点儿虚伪。

明明赵优优之前性格泼辣，又作又蠢，没想到这段时间突然变化这么大，像换了一个人似的，变成了一朵“小白花”。

昨天冒领功劳不成功，她在班上哭得可怜兮兮的，不知道的人还以为她受了天大的委屈呢。

“有事？”陆折抬眸。

“爸爸让你回家一趟。”赵优优咬了咬唇，“你还有一些衣服在家里……爸爸说……今天放学后你可以拿走。”

旁边的李栋梁闻言撇了撇嘴。

她这是让陆折赶紧把东西收拾走，彻底滚蛋的意思呗。

苏瓷眯着眼，陆折修长的手指一下一下地抚着她的背，很是舒服。听到赵优优的话，她哼了一声，继续睡觉。

“嗯。”陆折应下。

赵家所在的小区有一定年头了，但维护得好，周围的绿化也做得好，所以环境比陆折所在的小区好很多。

苏瓷从陆折的背包里探出脑袋，看见陆折站在门前按下了门铃。

开门的是一个脸部瘦削的中年妇女，眼尾上翘，一头鬈发，一副势利的样子，显然是赵优优的母亲。

“进来吧，你的东西我们都没有动，你看看有什么是需要拿走的。”

知道女儿中了 500 万元，赵母兴奋得一整晚都没有睡，但气色依然很好，这会儿看见陆折，没有再骂他是吃白食的。

客厅那边，赵父嘴里叼着一根烟，手里拿着手机。看见陆折进来，他抬头瞥了陆折一眼，没有出声。

自从女儿在陆折的房间里发现他的病历后，赵父就没有给过陆折好脸色。在他看来，这十几年他是白养陆折了。

他在陆折身上一点儿好处都没有捞到。

陆折走去了他原来的房间。

苏瓷从背包里探出小脑袋，打量着四周。

她发现，这个房间比陆折的出租屋还要小，显然是小杂物房，除了一张单人床和一个小衣柜，什么都没有了。

陆折打开衣柜，从柜底拿出一个小盒子，里面是一枚金色的徽章。

陆折盯着徽章看了一会儿，然后将其放进裤袋里。

“哥哥！”赵优优站在房间门口喊道。

放学的时候，她原本是想跟陆折一起回来的，但今天要值日，且因为冒领功劳的事，其他值日生故意把垃圾留给她清理。

赵优优心里有点儿愧疚：“哥哥，你吃了晚饭再走吧？”

“不用。”陆折拒绝，随即走了出去。

门口的铃声再次响起，一声声接连不断，门外的人明显很急躁。

“是谁啊？夺命似的。”赵母起身去开门。

门外站着一男一女，男人戴着眼镜、穿着花裤子，女人身材肥胖。

赵母疑惑地看着面前神色愤怒的二人：“你们找谁？”

“找你女儿赵优优。”董建的妻子李长芳一把推开门，从赵母旁边挤进屋子里，“你女儿呢？赶紧让她把彩票还给我们！”

“什么你们的彩票？”赵母听到对方提及彩票，心猛地一跳，有点儿慌张。

“你女儿从我老公手上骗走了彩票，那张彩票的奖金是500万元，赶紧还给我们！”李长芳体形壮硕、声音洪亮，赵优优在房间里就将说话声听得一清二楚。

她被吓得愣住。

赵母并不是软弱的性格——赵优优以前的泼辣和娇蛮性子就是遗传自她。

“我不懂你说的什么500万元。你们擅自闯进我家，再不走我就报警了。”

陆折从里面走出来，赵优优战战兢兢地跟在他身后。

“就是你吧？年纪轻轻的，竟然把我老公的彩票骗走！快把彩票拿出来！”李长芳看见一头长发、长相清丽的赵优优，更加生气了，狠狠地瞪着她，“把500万元还给我们！”

赵母赶紧反驳：“什么500万元？你疯了？我们家哪里有500万元？”

“哼，彩票店老板可以做证。就在昨晚，你女儿在彩票店将我老公的彩票骗走了。”李长芳恨死赵优优了。

苏瓷正探出小脑袋看热闹，听到李长芳的话，愣了愣。

苏瓷想起来了，赵优优确实中了500万元的彩票，但现在才知道原来彩票是别人的，赵优优抢了别人的财运。

抢人财运是缺德的事。

苏瓷觉得，重生后的赵优优品行也没有变得多好，只不过是换了一种方式作妖而已，本性难移啊。

“我不知道你在说什么。”赵母直接否认。她担心陆折听到什么话，不耐烦地对他说道：“你还不赶紧收拾行李走，要留在这里看戏？”

陆折面无表情地开口：“那些东西我不要了，你可以丢掉。”

说完，他往外走去。

啊，他不看热闹了？苏瓷回头，看见那一对夫妻气得想对赵优优动手。

“妹子，昨天确实是你从我手上把彩票骗走了。你跟我说你妈妈的生日时间跟我买的彩票号码一样，求我把彩票卖给你。”董建的额头上全是汗，知道自己买的彩票中了500万元，但彩票被人骗走了，他一直处于崩溃中，妻子也一直骂他。

赵优优脸色苍白，咬了咬唇：“我……我没有骗你的彩票。我给了你100元……我是买的。”

“呵呵。”李长芳冷笑一声，掏出100元直接丢向赵优优，“你的钱拿回去，把彩票还给我们！”

赵优优一脸无辜的表情：“是他愿意卖给我的。而且，他完全可以自己重新买一次。”

赵优优不知道中奖的号码是多少，只知道董建会中奖，所以才会想办法拿到他手上的彩票。

“别说这么多废话，反正把彩票还给我们。”昨晚李长芳听丈夫述说了一遍事情的经过，都快要气死了。

赵优优就是故意骗走她丈夫手中的彩票的。

“他把彩票卖给我女儿，彩票就是我女儿的，你们不要在这里胡搅蛮缠，赶紧离开我们家。”赵母从他们的话中大致知道了事情的经过。

反正现在那500万元就是他们家的，谁也别想拿走。

“小妹，事情发展到现在的地步，我们两家平分这500万元吧？我家做生意失败欠了200多万元，这笔钱正好能让我还债。”董建也不指望对方能够完全把钱吐出来。

赵父半眯着的眼睛里闪着狠光，直接反对：“我们一分都不会给你们，你们赶紧离开。”

闻言，李长芳一下子就怒了，上前揪着赵优优的衣服就要扇过去。

离开赵家后，陆折要去电脑店。

苏瓷神色郁闷地趴在背包里，有些惋惜。她想知道事情的后续。

陆折走进店里，正好看见方老板在收拾东西。

“阿折，你来了？”方老板笑容满面，把票据放好，然后关上店门，“走，我们上楼喝酒。”

陆折很少看见方老板这么开心，忍不住问他：“有高兴的事情？”

“我找到了一位好技师，没多久小快乐就可以安装义肢了。”

好的假肢重要，但技术精湛的技师更重要。

方老板了解过，如果技师安装假肢的技术不好，那么病人安装假肢后，连接部位很容易被磨破皮或者会被磨出水泡。

他不想小快乐遭这样的罪，所以一直在寻找好技师。

陆折知道这件事，冷漠的脸上也多了喜悦之色：“恭喜方叔。”

方老板感慨地叹了一口气。

对陆折的病，他也了解一些。当初他雇用陆折也是出于同情，可是后来发现陆折的能力很强，对方不仅自学了编程，还帮了他很多忙。

现在他快要熬过来了，但陆折不一样，陆折的尽头是死路。

方老板炒了几道小菜，又拿出早已经准备好的啤酒，担心陆折不会喝酒：“你陪我喝几口就可以。”

陆折笑了笑，白皙的脸上露出一个浅浅的小酒窝：“没关系，我也想知道自己的酒量怎么样。”

18 岁的陆折还没有喝过酒。

“行，要是你喝醉了，我送你回去。”方老板把脆脆的花生米丢进嘴里，然后打开啤酒。

背包里，苏瓷在打哈欠，好无聊啊。

最后，陆折是被方老板送回出租屋的。

直到方老板离开，门被关上，苏瓷才从背包里钻出来。

她看向闭着眼睛侧躺在床上的陆折。

显然，他喝醉了。

苏瓷凑近陆折，闻到了他身上淡淡的酒气，夹杂着他身上清冽的气息，并不难闻。

她伸出小爪子，推了推陆折的手臂，他没有任何反应。

苏瓷的一双红眼睛瞬间亮起，她没多想，往前跳了一步，小脑袋凑到了陆折的俊脸前轻轻地碰了一下，成功了！

苏瓷安静地等着。

过了好一会儿，她看见自己再次变成了人形，皮肤雪白，两条腿纤细修长。

苏瓷勾起红唇，一把扯过旁边的被单盖上陆折的头。

她来到衣柜前，熟练地穿上了陆折的校服。

换好后，苏瓷伸手去拉盖在陆折头上的被单。下一秒，她猝不及防地对上了少年漆黑清亮的眼睛。

啊啊啊，他醒了？

苏瓷一时不知所措，待在原地不敢动，抿着唇，有点儿紧张地看着躺在床上的陆折。

她该怎么解释自己的身份？

安静的房间里，苏瓷听到了自己狂乱的心跳声。

过了一会儿，少年依然一动不动地躺着。

苏瓷的胆子大了一些，她挪动着脚步上前。

突然，躺在床上的少年翻身而起，吓得苏瓷瞪大眼睛，僵在原地。

陆折白皙的俊脸上带着醉酒后的红晕，漆黑的眼睛少了几分清冷感，变得湿亮。

他盯着苏瓷：“你是谁？”

苏瓷的心一下提起，他这是喝醉了还是没有醉？

既然他发现了，正好她可以借此机会说她的事：“陆折，我……”

苏瓷的话还没说完，就被陆折打断了。少年皱着眉说：“这是团团的。”

嗯？苏瓷不明所以。

陆折快步走过来，直接蹲在苏瓷面前。无视她惊愕的表情，少年冰冷的大手直接握住了她的脚踝。

脚突然被抬起，苏瓷一个不稳，直接摔坐在床边。

“你做什么？”

陆折淡淡地看了她一眼，苏瓷分明看见了他眼里的嫌弃之色。

“这是团团的。”

这是他买给团团的！

看见他的大手摩挲着她脚踝上的那条红绳，苏瓷才明白陆折在说什么。

她眨了眨眼，面前的少年脸颊泛红，眼眸湿润。他真的醉了？

苏瓷舒了一口气，挣了挣被陆折握住的脚踝，却发现挣不开：“放手。”

陆折重复道：“这是团团的。”

他握紧苏瓷细细的脚踝，低头开始拉扯那根红绳。很显然，他要把红绳解下来。

苏瓷也不跟醉酒的人争辩什么，双手撑在床上，任由自己的脚搭在陆折的膝盖上。

苏瓷现在的皮肤很好，雪白又光滑细腻，就连两只脚也漂亮可爱得紧，因为太过娇嫩，小巧的脚指头和脚踝还透着淡淡的粉色，纤细、羸弱。

被少年的大手握着，她的脚踝仿佛轻轻一折便会断掉。

陆折垂眸，认真地解着脚踝上的红绳。

红绳上的白玉小葫芦被他拉扯得晃个不停。

不知道是不是得渐冻症的原因，陆折的手一直都是冰冰凉凉的，他带着薄茧的手不断地摩擦着她的脚背，痒痒的，惹得苏瓷的小腿泛起一片小疙瘩。

平常被陆折抱着不需要走路时还不觉得，现在她的脚被他这样握着，她发现她除了兔耳朵很敏感，脚也敏感得过分。

以前她在网上看过，小兔子的脚不让人随意触摸，那是兔子的敏感区。

现在感受着脚上传来的阵阵酥麻，她算是深刻体会到了这点，确实很敏感！

苏瓷受不了地缩了缩脚："你动作快些。"

终于，陆折将红绳从苏瓷的脚踝上解了下来。

苏瓷收回了脚，赶紧踩在冰凉的地面上。脚上的痒意稍稍缓解后，她安静地看着陆折，倒想看看接下来他还有什么惊人的举动。

陆折拿回红绳，一眼不看坐在床边美得惊人的苏瓷，握着红绳，开始在房间里找兔子。

苏瓷看着少年的举动，一阵无语。她就在床边，他上哪里找她？

她伸出长腿，用脚尖碰了碰站在书桌前翻找抽屉的醉酒少年，好心地告诉他："别找了，我在这里。"

陆折回头，嫌弃地看了苏瓷一眼："团团比你好看。"

坐在床边的苏瓷一下子站了起来！他攻击她什么都行，就是不能说她不好看！

她兔子的模样怎么可能比她现在好看？

她把富贵喊了出来："全世界谁最好看？"

富贵显然听出了苏瓷咬牙切齿的劲儿："在富贵心里，主人是全世界最好看的女人。"

苏瓷翘起嘴角，听听，这才是人话。

那边，陆折原本清亮的眼睛越来越呆滞，白皙的脸越来越红，显然是醉意完全上来了。

他转过头，走向苏瓷："给团团的。"

苏瓷愣愣地看着陆折再次蹲下来，握着她的脚踝，把刚才那根从她的脚上解下来的红绳重新给她戴上。

他真是醉得不轻！

此时，赵家的房子里的几个人正闹成一团。

看见父母被打，赵优优没有办法就报警了。

最后，只能同意和解的董建和李长芳咬牙切齿地从警局里出来，看见走在后面的赵家三口，李长芳狠狠地“呸”了一声。

“我们走着瞧。”

她家在 8 楼，赵家就在 5 楼——她要对付赵家还不容易？

第二天，赵优优打开门的时候，就看见了堵在她家门口的垃圾，甚至有一些发臭的污水正往外流。她被臭得差点儿把早餐吐出来。

她算是明白李长芳说的“走着瞧”是怎么回事了。

房间内很安静。陆折醒来时，外面已经大亮。暖洋洋的阳光照进来，刺得他再次闭上眼睛。

过了好一会儿，陆折再睁开眼睛时，漆黑的眼眸里一片清明。

脑袋有点儿疼，陆折记得昨晚陪方老板喝酒，他好像喝醉了，然后一整晚都在做梦。

梦里，他握着兔子的小脚帮兔子戴红绳。

不对，他还梦见一个女孩儿，她的脚踝上也绑着一根红绳。他记不清她的样子了，但记得她娇声呵斥他，让他别闹。

又密又长的睫毛遮挡住了陆折眼里的情绪。

思绪收拢，他起身时发现床边放着他的校服，而兔子窝在校服里，只露出小脑袋，睡得很香。

到教室的时候，苏瓷被陆折从背包里拿出来才清醒过来。

昨晚陆折闹了很久，重复解红绳、戴红绳。最后她困意袭来，迷迷糊糊地睡了过去。

没想到一觉醒来，她又变回兔子了。

别问她有什么感受，问就是后悔！她被陆折闹得忘记了趁机亲他。

抬头看着冷着一张脸的少年，她很难想象他就是昨晚那个傻子似的握着她的脚闹了大半夜的人。

“听说我们班来了一个转校生。”

“我刚才经过老师的办公室的时候看见了，转校生又高又帅，对方家里还给学校捐了一座图书馆。”

“现在是高三，怎么还有人转校？”

赵优优今早心情不太好。赵母想要跟那家人理论，被她阻止了，因为没有证据证明是那家人放的垃圾。她也不想母亲再跟那对不讲理的夫妻争论什么，免得又打起来。

她被李长芳打了巴掌的脸还红肿着，过了一个晚上都没有消肿，说话扯动脸部时还会疼。

她吸了吸鼻子，不管是前天冒认救人的事还是彩票这件事，她的心里都很委屈。

她确实救人了，并没有说谎，只是救的对象不一样而已，所以问心无愧。

至于彩票，她付了钱，那是名正言顺、你情我愿的买卖。没想到董建后来自己改了号码，她认为这不能怪她。

赵优优眼角红红的，不经意抬眸时，看见不远处走来一个男生。

赵优优瞬间愣住，是他?

上课时，老师带着转校生走进了教室。

“请新同学自我介绍一下。”

男生身形瘦削、五官硬朗、目光嚣张，给人一种生人勿近的感觉，一看就不好惹。

“傅白礼。”

转校生的出现引起众人一片热议。

这人好帅，妥妥就是校草的颜值。

“转校生好帅啊！我刚才听其他人说，他家给学校捐了一座图书馆。他颜值高又有钱，欣赏他的人肯定很多。”凌惠压低声音，激动地对旁边的赵优优说道。

“对啊。”赵优优神色恍惚。

她想起自己以前不管不顾、不要脸地追在傅白礼身后，受尽别人的嘲笑。

现在的她已经醒悟，清楚地知道自己跟傅白礼的家世差距，所以不会喜欢他了。

老师说道：“傅同学，最后一排还有一个空位，你暂时坐那里。”

傅白礼大步往空位走去，挑着眉梢，嘴角挂着一丝痞笑，引得周围的女生又是一阵心动。

傅白礼的座位在陆折的右侧，两个人之间隔着过道。

下课的时候，傅白礼的位置边围了不少人。

尤其是女生，积极主动地问他在学习上有没有需要帮忙的地方。好些男生对傅白礼嚣张的神态看不过眼，却不敢招惹他，毕竟都听说了傅白礼的家世很好。

苏瓷趴在陆折的腿上，动了动耳朵，懒懒地抬起眼皮，觉得很吵。

听着周围的议论声，她想起来了，这个转校生就是书里的男主角。

男主角出现了，作为男配角的陆折彻底成了透明般的存在。

她看向对面的傅白礼。

傅白礼表情冷酷，仿佛全世界数他最厉害。听到周围的人夸赞傅白礼是校草，她忍不住翻了个白眼。

如果陆折不是因患病面部变得僵硬，两颊有些凹陷，傅白礼哪里比得上陆折？

而且，陆折是年级第一名，傅白礼只是学渣而已。

可惜，傅白礼的男主角光环太亮，闪得众人瞎了眼，放着年级第一名不爱，竟然去追捧学渣。

苏瓷侧过头，闭上眼继续睡觉。

仅仅一天的时间，傅白礼的名字便在学校论坛里占了几十个帖子，不少人在上面求照片，还有不少女生特意经过傅白礼所在的教室，又或者等在校门外，只为了跟傅白礼“偶遇”。

放学的时候，傅白礼上了一辆限量版的豪车，众人看得目瞪口呆。

苏瓷从陆折的背包里探出小脑袋，好吧，男主角的主角光环更亮了。

夜里，月光皎洁，晚风拂去一天的闷热空气，喧闹的城市终于安静下来。

苏瓷趴着，看着陆折神色专注地敲打着键盘。

电脑里是她完全看不懂的编码，屏幕的光映在少年的侧脸上，衬得他五官的轮廓更加立体了。

苏瓷看得有些入迷。

她发现，陆折的每一处五官都符合她的审美，眉眼清秀、鼻梁直挺、薄唇性感，身材更不用说了，宽肩窄腰大长腿，就连陆折敲键盘的手指也修长好看。

苏瓷突然觉得，自己亲陆折一点儿也不亏。

可气的是，他不亲她！

她这样可爱软萌的兔子，难道就没有让他情感泛滥，想要亲亲她的冲动吗？

想到这儿，苏瓷咬了咬牙，把富贵喊出来："你有办法帮我弄晕陆折，让我可以为所欲为，随意亲他吗？"

富贵瑟瑟发抖："不能，我不能控制任何人。"

苏瓷嫌弃不已："要你何用！"

富贵的心好委屈，但富贵不说。

苏瓷用两只小爪子挠了挠头，有点儿郁闷。难道她还要等陆折下一次醉酒才有机会恢复人形？

夜色渐浓，陆折刚洗完澡，脸上还沾着没有擦干的水珠。他走到床边，顺手就提起趴在床上的兔子，准备把兔子关进兔子笼里。

意识到陆折的意图，苏瓷挣扎得厉害。

陆折自从买了兔子笼，每天晚上睡觉的时候，都会把她关进笼子里，导致她夜里想要偷亲他的计划完全落空。

现在他又想把她关进去，苏瓷不乐意了。

她胡乱蹬着四只短腿，软软的身体扭动个不停，一双红眼睛可怜巴巴地看着陆折。

陆折停了下来，苏瓷也停止扭动。

陆折问手上的苏瓷："不想进去？"

苏瓷赶紧点点头，还乖乖地用自己的脑袋去蹭他的手掌心。

她才不愿意被关在笼子里，强烈要求睡床！

陆折知道这只兔子有几分灵性，却没想到兔子真能听懂他的话。

冰冷的手掌心被蹭得发痒，陆折勾了勾唇，把兔子笼关上，然后转身关掉了房间里的灯。

苏瓷重新趴在床上，下一秒，感受到旁边的位置陷了下去。

皇天不负有心"兔"！

闻着旁边的少年清冽的气息，苏瓷激动得小心脏猛跳个不停。但她没有乱动，安静地等着陆折入睡。

房间里很安静，只有风扇转动的声音，偶尔从窗外传来一两声车子鸣笛声。

苏瓷的眼皮越来越重，她好困啊，陆折睡着了吗?

片刻后，苏瓷的眼睛完全合上了。

也不知道过了多久，肌肉突然抽动让原本有了睡意的陆折睁开了眼睛。

这段时间，他身上的肌肉抽动得越来越频繁。

陆折睁着眼睛，思绪放空，等待肌肉停止抽动。

突然，他冰冷的手背被软软的、暖暖的东西蹭了一下，这才想起兔子睡在他的床上。

陆折侧过身，借着窗外的月光，看到兔子蜷缩着身子睡得正香。

陆折漆黑的眼睛里浮起浅浅的笑意。他发现这只小宠物最近时时刻刻都想亲近他。

将兔子抱在胸前，陆折低头亲了一下这个软软的小东西。

夜色深深，房间里没有装空调，老旧的风扇也吹不走房间里的闷热感。

苏瓷最怕热了。

感受到旁边冰冰凉凉的东西，迷糊间，她下意识地贴了过去，手自然而然地抱住了“大冰块”。

苏瓷觉得不够，头还蹭了蹭“冰块”，感受到凉意传来才满意。

睡梦中，陆折感觉到自己的腰上有什么东西，胸口也被软软的东西蹭着。

他伸手去摸，手指所到之处是光滑、细腻的肌肤。

他猛地睁开眼睛，低头看去。

朦胧的月光下，苏瓷软软的脸蛋儿靠着他的胸口，皮肤白皙如雪。

陆折浑身僵硬，一把扯过旁边的被单盖在女孩儿的身体上。接着，他按下床头灯的开关，昏暗的房间瞬间亮起。

突然的亮光让苏瓷的眉头皱了皱，她下意识地把头埋进被单里：“好困，怎么把灯打开了？”

她的声音带着睡意，柔软好听，像在撒娇。

陆折站在床边，看着钻进被单里的身姿纤细的女孩儿，完全清醒了过来。

他质问苏瓷：“你是谁？”

被单里的苏瓷动了一下，继续埋头睡觉。

等不到回应，陆折俯身想要摇醒对方，下一秒，他的目光不经意间落在了女孩儿的脚踝上——团团的红绳？

陆折用力闭了闭眼，努力抑制住脑海里荒谬的想法。

陆折伸手掀开被单的一角，让女孩儿的脸露出来，声音冰冷地开口道：“你起来！”

灯光刺眼，苏瓷好看的眉毛皱了起来，非常不情愿地睁开了眼睛。

陆折的脸逐渐清晰起来，苏瓷眨了眨眼，记起自己要亲陆折的。

“是陆折啊，太好了，我要亲你。”

苏瓷伸出两条胳膊，快速地攀上陆折的肩膀。刚凑近他，苏瓷感受到掌心下少年的肩膀瞬间绷紧了。

她觉得有点儿不对劲。

苏瓷目光一转，落在自己攀着陆折的肩膀的胳膊上。

她愣了一下。

想到什么，苏瓷立刻低下头。

啊——苏瓷不敢相信，在心里疯狂地呼喊着富贵。

“富贵，快出来，我好像当着陆折的面变回人了！”

要死了！要死了！苏瓷想过很多种自己在陆折面前变成人的场景，但从没有想过是在床上！这么让她猝不及防……

最重要的是，她变回人时全身竟然是裸着的。她是不是……被陆折看光了？

看了一眼面前皱着眉、漆黑的眼睛正看着她的少年，苏瓷赶紧拉了拉身上快要滑落的被单。

她什么面子都没有了！

苏瓷问富贵：“我怎么会突然变成人？”

富贵：“是他亲了兔子。”

苏瓷难以置信地看向陆折。为什么他偏偏在她睡着的时候亲她？她毫无准备！

陆折眉头紧皱：“你是谁？为什么在我的房间里？”

苏瓷愣愣地看着陆折冷漠地推开她，看向她的眼神只有质疑。

努力稳住心神，她一双乌黑的眼睛可怜兮兮地看着陆折，声音温柔地说：“我是你养的兔子。你亲我一下，我就可以变成人。”

苏瓷一脸纯真的样子。

陆折的眉头紧皱：“兔子？”

他的目光再次落在苏瓷的脚踝上，上面戴着他帮团团绑的红绳，而且团团也不见了。

苏瓷点了点头：“你给我起名叫团团。”她期待地看着他，“我没有骗你，你只对小快乐说过这个名字，其他人都不知道。”

苏瓷担心陆折以为她是什么妖魔鬼怪，只能如实告诉陆折她不是真的兔子，而是人，但不知道为什么会变成兔子。

这样的事情极度荒谬，让人难以置信。

陆折看向她：“你家在哪里？”

苏瓷没想到自己给自己挖了个坑，低垂着眼帘，声音低低地说：“我不知道。我只记得自己不属于这里，我的名字叫苏瓷。”

陆折捏了捏眉心，大半夜发生这样的事情，他的思绪很紊乱：“既然你现在变成人了，明天就离开吧。”

陆折要把她赶走？

她怎么能走？估计她明天还没有踏出这个门，就变回兔子了。

苏瓷可怜兮兮地看着陆折，解释道：“陆折，我不能离开。我变回人的时间只有几个小时，需要亲你才能一直维持人形。我也不知道原因……反正离开你，我很快就会变成兔子。

“而且我亲你，可以帮你……帮你……”

“富贵，这是怎么回事？”苏瓷发现，自己想要说的话怎么也说不出来。

富贵：“主人，你能看见生命值这件事不能告诉任何人，亲陆折能帮他延长寿命这件事也不能说。这是天机。”

她能看到一个人的寿命，这是违背天理的事。

苏瓷沉默了一会儿，一只手捂着身上的被单，一只手去拉陆折的衣摆，对陆折说道：“我这么可爱的兔子会被人捉走的。”

她纤细的手指在灯光下透着粉色，显得整个人非常柔弱。苏瓷表情惊恐地说：“说不定我还会被人吃掉。你养了我这么多天，忍心让我被人吃掉吗？”

说着，她像兔子那样，用脑袋蹭了蹭陆折垂在一侧的手掌。

得不到回应，苏瓷暗自咬咬牙，掰着自己漂亮的手指开始自说自话。

“而且，我可以给你洗衣服。

“我可以给你做饭。

“我还可以给你打扫房子。”

数完一遍，苏瓷笑盈盈地对陆折说：“我很有用处的。”

想到陆折没钱，可能养不起她，她又贴心地补充道：“我还可以自己赚钱，不会增加你的负担。”

陆折垂眸，看着苏瓷拉扯他的衣摆的手指，那手指嫩生生的，透着淡粉色，和团团的颜色一样。

他语气很冷淡：“我这里只有一个房间，没有给你住的地方。”

“没关系，我可以住杂物房。”苏瓷知道客厅旁边有一个小小的杂物房。

陆折看着她，从她的手里抽回衣摆，拿起自己的枕头往外走去：“现在很晚了，我到外面睡。”

门被关上，苏瓷眨了眨眼：“富贵，他这是同意我在这里住下了？”

富贵：“主人这么漂亮，还十项全能，他绝对是同意你在这里住下的。”

富贵毫无原则，先吹一番“彩虹屁”。

苏瓷满意地点了点头：“但我刚才的话都是骗他的。

“我不会洗衣服。”

从小到大，她的衣服都是保姆负责洗的，就算家里破产后，她进了娱乐圈，也有专门的生活助理照顾她。

“我不会做饭。”

她只喜欢吃东西，从来没有进过厨房。

“我也不会打扫卫生。”

别说扫把，她连抹布都没有碰过。

富贵昧着良心说：“主人你是全世界最漂亮的女人，不需要学这些事。”

富贵突然意识到，现任主人表面上看着是一颗香甜的白奶糖，实际上是一颗带着咸味的黑色芝麻球。

第二天，房间的门被敲响。

这一次苏瓷没有犯迷糊，还记得自己身份暴露的事。这会儿听到敲门声，再困她还是起床了。

“早。”苏瓷笑盈盈地对陆折打招呼。

她穿着陆折的黑色T恤衫，长度刚好，显得两条长腿白皙笔直，还有点儿性感。

陆折看了一眼，想起之前自己的校服无缘无故地被弄脏，现在看来，显然是她弄的。

“我拿衣服。”陆折走进了卧室。

苏瓷赶紧让开，知道他要换校服去学校了。

担心陆折赶她走，她现在只能装成一个乖巧的小可怜：“你要去上学啦？路上注意安全，我会在这里乖乖等你回来的。”

陆折从衣柜里拿出校服，转过身看见苏瓷光着两只脚无措地站在门旁，可能因为地面冰凉，她的脚趾微微蜷缩着。

收回目光，陆折冷声说道：“中午我会带你去买衣服。”

他总不能让她一直穿他的衣服。

闻言，苏瓷双眼一亮：“还有内衣裤。”

陆折看了她一眼：“嗯。”

他在卫生间换上校服后，便离开了。

这段时间跟陆折接触下来，苏瓷知道他很难靠近。但只要陆折不赶她离开，她就有很多机会和时间与他慢慢磨合。

想到这儿，苏瓷愉快地哼起小曲，回到床上补眠。

清晨，学生陆续来到学校。

一辆车赫然停在校门口，引得众人连连感叹。不少人认得这辆车，知道这是接送傅白礼的。

果然，车门被打开，傅白礼从车子里下来。

他没有穿校服，而是穿着一身黑色的休闲装，帅得让周围的女生想要尖叫。

傅白礼全程无视众人，高冷地往学校走去。

“那个就是隔壁班的转校生？好帅，难怪昨天论坛上全是关于他的帖子。”短发女生对旁边的校花姜梦琪说道。

姜梦琪慢慢地回过神，下巴微抬，眼神高傲："傅白礼是S市傅家的唯一继承人。"

昨天听到傅白礼的名字，她就觉得耳熟，特意回去问父亲，没有想到傅白礼真的是傅家继承人。

她家也算有钱，但跟傅家相比，差了十万八千里。

"傅家？"短发女生一脸疑惑的表情。

"你不需要知道，那不是你能接触的世界。"姜梦琪语气中带着满满的自傲之意。

短发女生点了点头："啊，梦琪，那是陆折。"

作为姜梦琪的跟班，她当然知道对方喜欢过陆折。

陆折长得好，成绩又优秀，以前是学校里的风云人物。

但自从陆折被赵优优在论坛里爆出身世以及身患绝症的事，天之骄子便一下掉下了神坛。

现在大家都不关注陆折了。

姜梦琪看过去，只见陆折身上穿着校服，身姿挺拔，神色冷淡。以前陆折在她的眼里有多帅气，现在她看见他就觉得有多晦气。

她收回目光："不要在我面前提他。"

陆折来到教室，刚坐下，正与傅白礼聊天的李栋梁立刻凑了过来："折哥，你来了？

"你快让小兔子出来，今天我带了一只乌龟，想让乌龟和你的兔子赛跑。"

李栋梁喜欢毛茸茸的小宠物，可惜只能养不长毛的。

他从一个透明盒子里将他的"小王八蛋"拿了出来。

陆折淡淡地瞥了他一眼："没带兔子。"

想到家里的那只"兔子"，再看看面前的这只乌龟，陆折勾了勾唇："就算带了，我的兔子也不会跟你的龟赛跑。"

李栋梁听到陆折说没带兔子，哀号一声，质问他："你怎么能不带兔子来？你不玩儿兔子不会寂寞？手不会痒吗？"

"不会。"

李栋梁一脸丧气的表情，嫌弃地把乌龟放回盒子里。他今天一天的心情都不会好了。

早上有四节课，最后一节原本是数学课，但数学老师有点儿事，就与下午的自习课调换了。

自习课上，不少人在自觉地刷题。毕竟临近高考，他们不得不紧张起来。

而最后一排座位之间的气氛与前排截然相反。

陆折做题又快又准，早已经做完一套试卷，现在在看其他的书。

李栋梁把椅子拉到傅白礼那边，两个人打起了游戏。

李栋梁家里的长辈与傅家有过几次合作，所以李栋梁跟傅白礼早已认识。

要是苏瓷在，必定会吐槽书里的李栋梁是男主角傅白礼的三大跟班之一。

“礼哥，你怎么会来D市，还转来一中？”李栋梁纯粹是陪玩儿。在他看来，打游戏还不如玩儿兔子有趣。

傅白礼随意地靠着椅背，手上动作很快：“奶奶身体不好，我陪她回来散散心。我在哪里上学都一样。”

李栋梁赞同地点了点头，像他们这样的学渣，换个学校就是换个睡觉和打游戏的地方而已。

他看了一眼旁边的陆折，他们哪里需要像陆折这样认真学习？

不过，能次次拿下年级第一名，还远远高出第二名20多分的人确实很牛，他作为学渣还是非常佩服陆折的。

下课铃响起，陆折把手里的书放进背包里，然后起身离开。

“折哥，你中午回家吗？”李栋梁抬头问从旁边走过的陆折。

“嗯。”

“下午你记得把兔兔带来，我给它买了漂亮的粉红色蝴蝶结，它戴着肯定好看。”李栋梁说道。

陆折继续往外走：“不带。”

李栋梁垮下脸，没心思打游戏了。他对上傅白礼疑惑的眼神，立刻分享道：“陆折养了一只很可爱的小白兔。”

傅白礼低头继续打游戏，显然对此一点儿兴趣也没有。

陆折回到住处的时候，正好是中午十二点。

他刚打开门，苏瓷立刻迎了上来：“你回来了？”

苏瓷上身还穿着他宽大的黑色T恤衫，下身勉强穿了一条长裤，裤脚卷起好几层，露出了纤细的脚踝。

陆折将一双白色的布鞋放在她的面前——是他在回来的路上买的。

“我不知道你的码数，你先穿着，如果不合适就重新买一双。”

苏瓷哪里会拒绝：“谢谢呀。”

她抬脚穿上鞋子，虽然偏大但是比穿他的鞋子好多了。

“好了，我们走吧。”

除了救小快乐那次，这是她第二次以人的状态外出。

然而，刚走出小区几步，苏瓷就高兴不起来了。

她发现白布鞋的鞋底很硌脚，显然是很便宜的鞋子，一点儿质感都没有，不知道是不是受兔子状态影响，现在她的脚依然敏感得过分。

陆折走在前面，衣摆突然被拉住。

他回头，一下子对上了苏瓷乌黑水润的眼睛。

“陆折，我们要走路去吗？”她有点儿不好意思地开口，“要走多远啊？我脚疼。”

听到苏瓷说脚疼，他皱了皱眉，从楼上下来到大门口，还没有走几步路。而且，从这里去商场只需要走 10 多分钟，并不算远，陆折没打算打车。

苏瓷担心他不信，脱下一只白布鞋，让陆折看她的脚。

阳光下，女孩儿的脚雪白如玉，她圆润的脚指头被磨得发红。

上次她穿他的鞋子外出，脚就起水泡了，不过变回兔子后经常被陆折抱着，并不需要自己走路。

陆折是被粗养大的，在儿童福利院的时候，衣服、鞋子穿到破洞也会继续穿，就算被赵家收养，也没被娇养过，衣服、鞋子只要能穿就行。

他第一次知道，世界上竟然有这么娇气的人，走几步路都会把脚磨红。

苏瓷看见陆折的眉头紧皱，小声开口：“如果不远，我……我可以坚持一会儿。”

不，她根本不想走。

苏瓷以前是被娇养大的，但也没有这样娇气过。

现在这副身体简直让她又爱又恨。

陆折转过身说：“打车吧。”

中午阳光毒辣，刚从车上下来，苏瓷就感觉到了扑面而来的热气。

她跟着陆折走进了一家小型商场。

逛商场的人不多，陆折和苏瓷颜值出众，走在商场里特别惹眼，引得路过的人频频回头看他们。

商场一楼几乎全是化妆品和饰品专卖店，于是二人上了二楼。

"先去买鞋子。"

陆折之前帮苏瓷买的白布鞋是39码的，显然不适合她。而且她这么娇气，根本穿不了这种质量的鞋子。

苏瓷点了点头，跟着陆折走进一家女鞋专卖店。

销售员迎了上来，满脸笑容地说："欢迎光临，请问有什么可以帮到两位？"

陆折："帮她挑一双鞋子，质地要软的。"

销售员看见这样帅气的男生，不由得眼睛一亮，再看看男生旁边的女孩儿，瞬间移不开目光了，女孩儿精致漂亮得犹如仙女。

销售员终于回过神来："两位这边请。"

销售员拿起一双镶嵌水晶亮片的鞋："这个款式的鞋很时尚，是今年的大热款，小姐你要试试吗？"

陆折看着凉鞋上的高跟，皱了皱眉："不合适她，不要高跟的。"

她穿布鞋都磨脚，高跟更不行了。

苏瓷也摇了摇头，觉得这鞋子的款式不好看。

销售员拿起另一双粉色漆皮款式的鞋子，鞋面上有一个大蝴蝶结："这是平底鞋，最近销量很好，鞋底比较软。"

陆折捏了捏鞋底，语气淡淡地说："鞋底不够软。"

销售员微愣，这款鞋子的鞋底还不柔软？来买鞋子的客人大多注重款式，像他这样只关注鞋底软不软的客人还真少见。

销售员只好拿来另一款鞋子："这是今早到店里的新款，鞋底绝对够软。"

陆折接过鞋子捏了捏，确定鞋底足够软才递给苏瓷："你试穿一下。"

苏瓷看着他手上的鞋子，米白色，设计很简单。

销售员半蹲下来，准备帮助苏瓷试穿鞋子。她看着苏瓷脱掉一只布鞋，脚伸了出来。

服务过这么多女客人，销售员第一次看见这么漂亮的脚，小巧精致，脚指头圆润可爱。

鞋子的码数合适，鞋底和脚指头的位置的质地都很软。

陆折问她："合适吗？"

苏瓷摇摇头，走到陆折身边，微微踮起脚凑到他的耳边说："这鞋子不便宜。"

她看了鞋子上的标价，要600元。

以前就算再贵的鞋子，苏瓷都不会放在眼里，但现在不一样了。她寄人篱下，而陆折一个住着旧小区的房子的高中生，每天还要吃药，哪里会有钱？

苏瓷以前听家里用人闲聊，说男人都要面子，便低声对陆折说："我们再看看其他的吧。"

苏瓷突然凑近，温热的气息洒在他的耳朵上，有点儿痒。

陆折垂眸问她："鞋子码数合适吗？"

"刚好。"

陆折让销售员结账。

"陆折？"苏瓷有些惊讶，600元对陆折来说不是小数目。

对上女孩儿惊愕的目光，陆折勾了勾唇："我付得起。"

听到这话，苏瓷不出声了。

既然陆折愿意给她买，她哪里会反对？毕竟这双鞋子适合她穿，比刚才那双白布鞋舒服多了。

苏瓷穿着舒适的新鞋子跟着陆折来到了女装服饰店。

她长得漂亮，身材玲珑有致，穿什么衣服都好看，店员一直夸她漂亮。

苏瓷把富贵喊了出来，让它多学学。

富贵："富贵最近已经学了不少。"

主人喜欢听"彩虹屁"，它必须下狠功夫学习。

苏瓷挑了好几套新衣服，布料都是偏柔软的。陆折没有反对，一声不吭地帮她付了钱。

以前买东西时，苏瓷都是自己刷卡，现在终于有点儿明白为什么女人喜欢让男人帮忙付钱了，没别的，就是爽。

她站在一边等待陆折付钱，问富贵它都学了什么。

富贵的小奶音激动得微颤："主人你的眼睛黑得像葡萄，脸尖得像瓜子，嘴巴红得像樱桃，头发像瀑布……"

苏瓷几乎窒息："你可以住嘴了！"

一颗大瓜子上放着两颗葡萄和一颗樱桃？

这是什么鬼？

富贵委屈，人类不是都喜欢这样的赞美之词吗？

看见陆折付完钱，苏瓷没有理会富贵，走到他身边："今天花的钱我会还你，不会让你吃亏的。"

陆折淡淡地看了她一眼："随便你。"

苏瓷要买内衣裤，陆折因为要帮她付钱，就和她一起进了店。

苏瓷对内衣裤的要求比衣服更高，毕竟是贴身的东西，一定要舒服。

她也不知道现在自己的上围是多少，便拿起一套白色的内衣走向试衣间："陆折，你在外面等我啊。"

过了好一会儿，她从门缝里伸出手来："陆折，这件不合适，你让店员帮我换大一码的。"

陆折看过去，只见女孩儿淡粉的手指上挂着她刚拿进去的白色内衣，内衣上面点缀着蕾丝花边。

他移开目光，并没有上前，而是让女店员过去帮忙。

苏瓷从试衣间出来，看见陆折面无表情地站在原地，脸上没有一点儿窘迫的神色。

"我换好了。"苏瓷身上穿着今天新买的裙子，浅烟紫色衬得她的模样愈加漂亮动人了，只要挑挑眼尾就能迷倒一大片人。

苏瓷对自己的打扮是很满意的。

她一点儿也不害羞，直接问面前的少年："陆折，我好看吗？"

陆折没有回答她的问题，看了一眼时间："我下午还有课。吃完饭后，我给你钱，你自己打车回去。"

苏瓷乖乖应着："好吧。"

午饭时，苏瓷吃得很尽兴。吃了这么久的兔粮，现在终于可以吃人类的食物，她早就馋了。

对面，陆折倒了杯茶放到苏瓷的手边："饱了吗？"

苏瓷一双眼睛亮亮的："饱了。"

陆折掏出钱递给苏瓷："你打车回去，知道地址吗？"

"知道的。"她第一次变成人跑出来的时候，就留意了周围的路牌。

"我放学后要去店里上班，晚饭你可以到外面吃。"

苏瓷看着自己手里的钱，突然有点儿同情陆折。

别人像他这个年纪还是家里的宠儿，只关心学习就行，陆折却只能一边上学一边工作。

现在，他还多了她这个养起来很费劲的大包袱。

他真是小可怜。

从餐厅出来，陆折准备离开时，苏瓷赶紧拉住他："陆折，你还不能走。你忘了一件很重要的事。"

陆折看向她。

苏瓷期待地看向他："你忘记亲我了。"她掰着漂亮的手指给陆折数数，"从凌晨开始计算，我就要变回兔子了。这样不行，陆折，你要多亲亲我。"

苏瓷拉着他来到了洗手间的拐弯处，这个时间走廊里没有什么人。

苏瓷眨了眨眼，问他："是你主动？还是我主动？反正效果都一样。"

女孩儿一双眼睛亮亮地看着陆折，一点儿羞意也没有。

陆折没有动。

"快点儿，趁着现在没有人。"苏瓷催促他，唯恐他拒绝。

苏瓷知道陆折有多难靠近，明明她的样子长得很漂亮，却要担心面前的少年不愿意靠近她，太惨了！

过了好一会儿，陆折叹了一口气。

他伸出手，冰冷的大手落在苏瓷的眼睛上，捂住了她明亮得过分的眼睛。

苏瓷愣了愣，配合地闭上了眼。

突然，一阵失重感传来，苏瓷还没有来得及反应，下一秒她的身体就落入了陆折的怀里。

苏瓷发现，她变回兔子了！

她赶紧抬起头，眼巴巴地看向陆折。

看着怀里惊愕又可怜的小兔子，陆折的眼底含了几分笑意，他低头亲了亲它。

第三章
娇气第一名

离开商场，陆折到底没有赶上上课时间，来到教室的时候已经迟到了 10 多分钟。

这是他第一次迟到。

老师对这个身患绝症的尖子生很宽容，并没有多说什么，直接让他回座位。

"折哥，"李栋梁看见陆折坐下来，立刻凑过去，"带兔子了吗？"

陆折拿出课本："没有。"

李栋梁瞬间垂下了头，无聊地趴在桌面上，感叹看不见兔子的日子好没意思。

楼梯的拐弯处，傅白礼垂眸看着面前这个神色娇羞、怯怯地不敢看他的女生，双手插在口袋里，有点儿居高临下的感觉："你很怕我？"

跟其他女生不一样，面前这个女生好几次碰见他都会第一时间躲开。

欲擒故纵？她现在确实引起了他的注意。

赵优优的眼角红红的，她无奈地说："不是。请你让一让，现在上课了。"

下午出门的时候，她家门口又被倒了很多垃圾。

这一次，她的妈妈上楼跟董建夫妻理论，差点儿被推下楼，她也被对方难听的话气得哭了一场。

傅白礼身材高大，并没有让开。面前的女孩儿说话的时候有气无力的，眼睛红红的，像一只小兔子，他不禁想要逗一逗。

“反正你已经迟到了，再晚一点儿有区别？”傅白礼拦在赵优优面前，“你一直躲着我，是不是喜欢我？”

“你……”赵优优难以置信地抬头看着他。

重获新生前，她喜欢他、追逐他，傅白礼对她不屑一顾。

赵优优委屈地咬了咬唇。凭什么她喜欢他的时候，他可以不理不睬；现在她不想喜欢他了，他就缠过来？

她鼓起勇气看着傅白礼说：“你想多了，我并不喜欢你。”担心傅白礼不相信，赵优优极力辩解着，“我喜欢的是陆折。我才不喜欢你。”

她不怕自己的谎言被拆穿。虽然她不喜欢陆折，但是知道陆折喜欢她。

傅白礼脸上的笑容消失，冷嘲道：“陆折？你喜欢一个短命鬼？”

赵优优被傅白礼看得心脏乱跳，立刻低下了头：“与你无关。”

“确实与我无关。”傅白礼冷冷地笑了一声，转身离开。

教室内只有老师的讲课声，突然后门被人一脚踢开。

众人看去，只见傅白礼大步走进来，浑身带着怒气，也不知道是谁招惹了这位大少爷。

傅白礼拉开椅子，随意地靠在椅背上，瞥了一眼过道那边的陆折。

嘁，死书呆子。

苏瓷离开商场后，突然想起自己没有陆折的住处的钥匙，就算回去也进不去屋子。

想到陆折今晚要去打工，晚上 9 点才下班，她郁闷地叹了一口气，总不能一整天都在外面等着，只能去学校找陆折拿钥匙。

夏天太阳猛烈，毒辣的阳光将街道两边的枝叶都烤得弯了腰。

苏瓷很怕热，买了一杯加冰的奶茶闲逛着，也不急着去学校找陆折，反正他没有那么快放学。

苏瓷一边吸着甜甜的奶茶，一边看路上行人手腕内侧露出来的生命值，发现大多数人是黄色格子。她好像还没有见过有绿色格子的寿命过百的人。

她把富贵叫了出来："为什么我看不到自己的生命值？"

富贵："富贵也不知道。"

苏瓷："之前你说过我和陆折的命运被绑在一起，他死我就死了。也就是说，陆折的生命值就是我的生命值？"

富贵："不是的，陆折死主人你肯定死，但是你死了陆折不一定会死。"

苏瓷郁闷，狠狠地咬着嘴里的吸管，也不奢望得到公平待遇了："也就是说，我的寿命是未知的，对吧？"

富贵瑟瑟发抖："是的。"

苏瓷哼了一声，又狠狠地吸了一大口奶茶。

这时，前面一个穿金戴银、头发花白的老奶奶慢慢地走来，身后跟着两个穿黑色西装的高大男人，引人注目极了，显然老奶奶的身份不一般。

苏瓷看过去，目光落在老奶奶的手上。

对方的手腕处只有一条若隐若现的细细红线。

这样的情况苏瓷已经不是第一次遇到了，之前小快乐临近死亡的时候就是这样。

老奶奶的寿命只剩下 1 分钟了。

苏瓷打量着对方的神色。

老奶奶面色红润，并不像要病发的样子。

那是意外？

老奶奶身后跟着两个这么高大的保镖，会有什么意外？

苏瓷并不是喜欢多管闲事的人。在她看来，如果有这样两个强壮的保镖在，老奶奶依然会死去，那她这样瘦弱无力的小女生，就更加没有办法阻止意外发生了。

惋惜地看了一眼老奶奶手上几乎消失的红线，苏瓷与老奶奶擦肩而过。

富贵："主人，救她！救她！"

苏瓷："你没看见老奶奶身后有保镖在吗？你觉得我这细胳膊细腿

的，能做什么？”

富贵：“楼上的重物掉落，会砸在她的头上。主人，快救她！”

苏瓷咬着吸管的动作一顿。她不可思议地抬起头，正好看见高楼上方有东西掉落。

身体比大脑诚实，苏瓷一把丢开手里的奶茶，快步推开她旁边的老奶奶：“小心！”

保镖看见老夫人突然被推了一把，立刻上前稳住老夫人，其中一个保镖转身就要抓住苏瓷，还大声呵斥：“你做什么？！”

只听“砰”一声，一个玻璃水壶摔碎在保镖面前。

两个保镖和老奶奶都愣住了。

苏瓷抬头往高楼上看去，什么都看不到，也不知道玻璃水壶是从哪层掉下来的。

“我救了老奶奶。”苏瓷瞪了一眼想要抓住她的保镖。

“谢谢你，小姑娘。”

老奶奶看着地面上的玻璃碎片，一阵后怕，心想如果不是这个小姑娘推开她，这么大的玻璃水壶砸在她的头上，恐怕她会当场死亡。

她吩咐保镖：“你立刻报警，查清楚刚才是谁高空抛物，该怎么处理就怎么处理。”

保镖应声：“是，老夫人。”

老奶奶走近苏瓷，笑得和蔼慈祥：“你救了我一命。”

苏瓷眨了眨眼，大方承认：“是啊。”

老奶奶邀请苏瓷到家里做客，苏瓷欣然答应，反正现在也回不了家。

看着别墅里的豪华装潢，苏瓷想，也难怪老奶奶出入需要保镖跟随。

老夫人换了一身衣服，依然穿金戴银，脖子上多了条翡翠珠子项链。

苏瓷坐在酒红色的沙发上，喝着用人沏好的茶，举止姿态恰到好处，没有半点儿紧张的神色。

老夫人看得频频点头，显然对眼前的小姑娘很是喜爱，除了是她的救命恩人，小姑娘还长得好看。

她见过不少千金，单论相貌，还没有哪位的长相比得上这个小姑娘的。哪怕眼尾下方长了一颗勾人的泪痣，但小姑娘眼神纯净，品性必定很好。

“刚才真的多亏了你。”老夫人感慨道，“没想到我这么轻易就在鬼门关走了一遭。”

苏瓷认同地点了点头。

她看着老夫人的手腕，上面已经变成了 2 个黄色格子和 3 个红色格子，旁边标注：23 年。

苏瓷认真地对老夫人说：“大难不死，必有后福。”

小姑娘的声音好听，刚才被她救了一回，现在听到她这样说，老夫人笑了起来，布满岁月痕迹的面容愈加和蔼：“你说得对。”

这时，一个高大的身影从外面大步走了进来：“奶奶，你怎么样？没有受伤吧？”

“我没事。你不是在学校吗？怎么突然回来了？”老夫人问孙子。

“管家说你遇到意外，我不放心。”傅白礼抿着唇，俊脸上带了几分紧张的神色。

苏瓷慢悠悠地喝了口茶，这才知道老夫人原来是傅白礼的奶奶。

“我没事，多亏了这个小姑娘，是她救了我，我们要好好答谢她。”傅老夫人笑着向孙子介绍，“她叫苏瓷。”而后老夫人又对苏瓷道：“这是我的孙子，他叫傅白礼。”

傅白礼性格嚣张，但也知道分寸，对苏瓷道谢：“谢谢你顺手救了我奶奶。”

顺手？

她怎么觉得傅白礼把她的救命之恩说得这么轻松？

“这张卡里面有 2 万元，是给你的谢礼。”傅白礼掏出了一张卡。

苏瓷微愣。

傅白礼用 2 万块钱打发她？

看见面前的女孩儿愣愣地看着他，傅白礼下意识地皱眉，毕竟对他犯花痴的女生太多了，除了赵优优。

傅白礼神色冷淡地问苏瓷：“你不要？”

苏瓷接过卡：“要！”

她付出了劳动，为什么不要？！

傅白礼见此，神色又淡了几分，开始送客："我让司机送你离开。"

"哦。"苏瓷对傅白礼这个男主角一点儿好印象都没有，拿着卡，对老夫人说了"再见"后就离开了。

苏瓷让司机送自己去陆折的学校。

不是一中的学生不能进学校，苏瓷便找了一个遮阳的位置待着等陆折放学。

她这才有空问富贵："你为什么知道傅老夫人会怎么死？"

又吃完一团金色的棉花糖一样的东西，富贵很满足："上次主人救人后，富贵就得到了一团金色棉花糖，吃完后就能预测到人是怎么死的。"

苏瓷惊讶："你刚才为什么一直让我救人？"

富贵："主人救人，富贵又可以得到一团金色棉花糖。"

苏瓷嗤笑了一声："所以，是你得好处我卖力呗。"

富贵瑟瑟发抖："主人是世界上最善良的人。"

苏瓷："我只承认我是最漂亮的女人，一点儿也不善良。你别指望我帮你救人。"

富贵："吃金色棉花糖可以让富贵升级，等富贵升级以后，主人会得到一个大惊喜。"

苏瓷："我不稀罕。"

她没有问惊喜是什么，只想让富贵闭嘴。

也不知道等了多久，苏瓷热得雪色的脸透着浅浅的粉色，很漂亮。

从她面前走过的学生都忍不住回头看她，好些男生红了脸。

苏瓷半点儿眼神也没有分给其他人，看见熟悉的高大身影缓慢地从校内走出来，她的一双眼睛终于亮了起来。

"陆折。"

等陆折走出校门，她赶紧拉住他的衣摆。

对上陆折惊讶的目光，她解释道："你没有给我钥匙，我回不去。"

陆折静默，确实忘了给她钥匙。

苏瓷告诉他："我在学校门口站了很久。"

陆折的眼里出现抱歉之色。

苏瓷继续对他说：“我站得两条腿都发软，走不了路了。”

“对不起。”陆折道歉。

确实是他忘记把钥匙给她了。

苏瓷黑白分明的眼睛里有狡黠之色一闪而过：“没关系，你回去把备用的钥匙交给我就行。”

他要是给了她钥匙，那就代表不会赶她走了。

陆折应声：“嗯。”

苏瓷瞬间笑了起来，眼睛里映着夕阳的柔光，声音轻轻的，有点儿像在撒娇：“陆折，我腿软，待会儿走到没有人的地方，你背背我吧。”

不打车了，她帮小可怜省钱。

陆折没有应声。

苏瓷不紧不慢地跟在他身后，丝毫不管周围人震惊的目光。

哪里来的这么漂亮的女生？她不会是陆折的女朋友吧？

苏瓷拒绝自己一个人回住处，那里什么都没有，还不如跟陆折去电脑店。

从学校到电脑店，走小巷比较近，陆折也习惯走小巷。

苏瓷跟在他身后，才发现陆折走路的时候左腿有点儿奇怪。他的病情严重了？

她在想，自己亲陆折会让他增加寿命，那是不是意味着可以让他的病好起来？

正当她想问富贵的时候，走在前面的少年突然停了下来。

陆折向前微倾身体，微弯膝盖：“上来吧。”

嗯？苏瓷原本只是想逗逗陆折而已，没有想到他真会背她。

苏瓷有些犹豫。

“上来。”陆折重复了一遍。

苏瓷眨了眨眼，红唇弯起。

她趴在陆折的背上，用两只手臂搂住他的脖子，凑到他的耳边轻声夸他：“陆折，你怎么这么好啊？”

陆折没有应声。

小巷子很安静，夕阳的光落在地面上，映出二人重叠的身影。

苏瓷看着地面上的影子，问陆折：“陆折，我轻吧？”

之前她还是兔子的时候经常看陆折锻炼，当然知道他只是看起来瘦削，其实身上肌肉可不少。她身形纤瘦，对他来说肯定是不重的。

原本一声不吭的陆折突然开口："不轻。"

淡淡的两个字，一下子让苏瓷奓毛了。如果她现在还是兔子，雪白的兔毛必定全部奓开了。

陆折说她不轻，四舍五入就是觉得她胖！

体重和样貌对女孩儿来说就是不能触碰的逆鳞。

她贴着陆折的后背，凑近他的耳边气哼哼地说道："我哪里重了？该瘦的地方纤细，该长肉的地方一点儿也不含糊，身材标准得很！"

耳边是女孩儿咬牙切齿的声音，温热的气息喷洒在耳郭上，陆折觉得耳朵有点儿痒。

他看着前方，漆黑的眼睛里浮起一丝笑意："嗯。"

苏瓷哼了一声，目光落在陆折的耳朵上，惊讶地发现他的耳朵上长着一颗小小的痣，竟然有几分可爱。

她伸出指尖轻轻地碰了碰他的耳朵。

背着她的少年顿时僵了僵。

"苏瓷。"陆折声音冷淡。

"在呢。"苏瓷像是发现了什么稀罕的事，笑着说道，"你的左耳朵上有一颗小痣，我的左眼尾下也有一颗小痣，不过你的没有我的可爱。"

背上的女孩儿身体软软的，笑声悦耳。

苏瓷说着又用手指碰了碰他的耳朵。

陆折再开口，声音里多了一丝无奈之意："嗯。"

一路上，陆折走得不慢，但走得很稳。

快要走出小巷子的时候，苏瓷从他的背上跳了下来，跟在陆折的身侧："方老板看到我肯定很惊讶。"

陆折看了她一眼，推开了电脑店的门。

店铺里，小快乐正坐在小轮椅上玩儿着他的玩具，方老板正在修电脑。

"折哥哥来了。"小快乐看见陆折，黑溜溜的大眼睛亮晶晶的。等看见陆折身旁的苏瓷时，他惊得张开小嘴巴，激动得把手里的玩具都丢开了："是漂亮姐姐！爸爸，是漂亮姐姐！"

小快乐虽然只见过苏瓷一次，但是已经记住她了。

“臭小子，什么漂亮……”方老板从电脑后抬起头看见苏瓷时，表情与小快乐如出一辙。

“救……救命恩人。”他丢开手里的工具，激动得赶紧站了起来，“小折，你帮我找到救命恩人了？太好了！”

苏瓷用手碰了碰旁边的陆折，笑盈盈地说道：“我没有说错吧。”

陆折很聪明，一下子就反应过来，之前方老板口中一直提及的救命恩人原来是苏瓷。

皮肤很白，一头长发，穿着一中的校服，脚上还绑着跟兔子一样的红绳，这些形容的就是苏瓷。

方老板赶紧来到苏瓷面前，激动得想要跟苏瓷握手，但看到自己两只手都沾满了灰，又立刻在自己的衣服上蹭了蹭手。

小姑娘一双手白白净净的，方老板到底没好意思把手伸出去，害怕弄脏她的手。

方老板平复了一下情绪，感激地看着苏瓷：“总算找到你了。上次你救了我儿子，我还没有好好感谢你。”

“上次你已经道谢了。”她也吃了小快乐的糖。

“这么重的恩情，哪里是一句道谢就能偿还的？以后有需要帮忙的地方，你尽管找我。”方老板真诚地承诺。

苏瓷随意地应了一声，觉得自己没有什么需要方老板帮忙的地方。她需要的人是陆折。

小快乐自己滑着小轮椅来到了苏瓷脚边，仰起小脑袋看着她：“漂亮姐姐。”

苏瓷低下头：“还记得我？”

小快乐用力地点了点头：“姐姐漂亮，快乐记得的。”

苏瓷对小家伙的“彩虹屁”很受用，回了他一个大大的笑容：“下次请你吃糖。”

旁边的方老板拍了拍陆折的肩膀：“小折，这次真谢谢你帮我找到救命恩人。”

他总算松了一口气。

陆折摇了摇头：“我也是刚知道方叔你说的救命恩人是她。”

方老板惊讶地开口："你早就认识小姑娘了？"

"嗯。"

方老板感慨地又拍了拍陆折的肩膀："这就是缘分啊。"

他雇用陆折，陆折的朋友救了他的儿子。

他看见小姑娘正在逗小快乐，把陆折拉到一旁，压低声音问："小折，你朋友喜欢吃什么？我炒几个菜好好招待她。"

陆折回答："我不清楚。"

方老板瞥了他一眼："你这小子，怎么这都不知道？男孩子就该主……"

话戛然而止，方老板觉得陆折跟小姑娘模样般配，还是朋友，说不定两个人以后可以成为小情侣。但他突然想到陆折的病，接下来的话怎么也说不下去了。

如果身体健康，陆折还能谈一场花季恋爱。

他之前特意上网了解过渐冻症这个病，知道这个病是没有办法治愈的。那个小姑娘青春漂亮，一生还有很长，而陆折的一生一眼可以看到底。绝症会吸光他的生命力，让他慢慢死去。

两个人不可能在一起。

方老板替陆折感到心酸："没事，我待会儿问问小姑娘爱吃什么菜。对了，明天有一个单子，你接吗？"

方老板会接活卖开发的产品，还接上门修理电脑的单子，有时候陆折也会帮忙。考虑到陆折的情况，方老板没有抽取陆折的提成。

"嗯。"

"我把地址发给你。"

从认识陆折开始，他没有一天不替陆折感到惋惜。

撇开陆折的高颜值、优秀的学习成绩不说，他的电脑技术也很厉害，年纪轻轻的，陆折就开发了几款产品。这几款产品，之前方老板牵线帮陆折卖出了不低的价格。

如果不是因为渐冻症，陆折的未来必定是一片光明的。

陆折真诚地道谢："谢谢方叔。"

做晚饭的时候，方老板大展厨艺。

苏瓷觉得菜的味道挺好的，吃了不少。从电脑店离开的时候，她还有点儿撑。

陆折看了苏瓷一眼，走进附近的便利店给她买了一瓶酸奶："喝吧。"

苏瓷接过酸奶，插上吸管小口吸起来，在心里默默收回曾经吐槽陆折是直男的话。

小可怜还挺细心的。

"陆折，我们现在不回去吗？"苏瓷跟着陆折，前面不是回小区的路。

"家里没有你的生活用品。"

陆折带苏瓷去了超市，毛巾、牙刷、牙膏、拖鞋……全都要买。

苏瓷哪里买过这些东西啊，只能咬着吸管乖乖地跟在陆折身侧，看他推着购物车慢慢帮她挑选东西。

"陆折，我喜欢粉色的牙刷。

"杯子要白色的那个。

"毛巾要挑柔软的。

"沐浴露我要水蜜桃那个香味。

"这双拖鞋的鞋底够软吗？"

苏瓷只动口，全程都是陆折动手。

看着站在货架前安静地帮她挑选拖鞋的少年，苏瓷把嘴里的吸管咬得完全弯曲了。

她怎么有种自己很恶毒，在欺负小可怜的错觉？

陆折挑了一双浅粉色的软底拖鞋，让苏瓷试穿："你试试。"

苏瓷试了一下，满意地点了点头："很舒服。"

"嗯。"陆折将拖鞋放进了购物车里。

两个人从超市出来时，陆折的两只手上都提着东西，苏瓷自认不是没良心的人："陆折，我帮你提一些。"

陆折看着女孩儿伸过来的手，白嫩纤细得很，一点儿也不像是能干活的手。

"不用。"陆折拒绝了。

苏瓷也没有坚持，从陆折手上的袋子里拿出一瓶饮料，拧开盖子后递到陆折的唇边："我喂你喝水，你的嘴唇都干了。"

苏瓷觉得陆折太能干了。如果自己不做点儿什么事，她都要嫌弃自己了。

陆折并没有让苏瓷喂，而是放下手里的袋子，自己拿着瓶子连续灌了两口饮料。

好吧，她唯一的表现机会也被剥夺了。

两个人回到住处的时候，夜色已深，高高的月亮只露出半边脸。

苏瓷打开杂物房的门，按开灯。

因为长久不开窗户，杂物房里一股霉味，除了几张破损的椅子、几个纸箱，什么都没有了，又小又空。

苏瓷目测，这里只能放下一张单人床和一个小衣柜，再多东西就放不下了。

她一阵心酸，自己手头上除了 2 万块钱，什么都没有，就算重新租房子也租不了多久。

而且她花了陆折不少钱，到时候还要把钱还给他。

苏瓷觉得自己需要想办法赚钱了。

心塞地从杂物房里退出来，苏瓷准备开始打扫卫生，今晚就要睡这里了。

陆折从卧室里走出来，对苏瓷说道："我铺了新的床单，枕头也换了新的，你睡我的房间。"

苏瓷看向他身后，发现单人床上的灰色床单已经被换成了浅粉色的，就连枕头也是配套的颜色。

这是刚才在超市他帮她挑的。

"你呢？"苏瓷问面前的少年。

"我会清理杂物房。"

他的意思很明显，他睡杂物房。

苏瓷的心像被什么东西轻轻地戳了一下，她直接问陆折："你怎么对我这么好啊？收留我，给我买衣服、鞋子和生活用品，现在还把你的房间让出来，陆折你是不是喜欢我啊？"

陆折淡淡地瞥了她一眼："不是，是你让我收留你的。

"你不需要多想，你是兔子的时候，我也给你买了兔粮和笼子。"

说完，陆折就去清理杂物房了。

苏瓷抿了抿唇，问富贵："陆折的话是什么意思？难道我在他的眼里依然是一只兔子吗？"

富贵："主人就算是兔子，也是全世界最可爱的兔子！"

苏瓷："滚……"

富贵："好嘞。"

洗完澡后，苏瓷敲了敲杂物房的门。

很快，陆折打开了门。

杂物房已经被打扫干净，窗户也被打开了，但味道依然不好闻。

苏瓷走进去，发现里面只放了一张折叠床。

一时间，苏瓷觉得陆折更可怜了。

"要不，还是我住这里？"苏瓷虽然娇气，但是觉得自己不是不能吃苦的人。

"不用。"对陆折来说，睡哪里都一样。他对这些没有要求。

他还在儿童福利院的时候，二十几个小孩儿挤在一张大床铺上，每天晚上睡觉都要缩着身子。所以对他来说，睡折叠床不是什么辛苦的事。

苏瓷抬头，一双眼睛认真地打量着陆折。下一秒，她走上前拉住陆折的衣摆："陆折，你该亲我了。"

陆折低下头："等你变回兔子才能亲。"

苏瓷一脸不可思议的神色："为什么？"

他这是愿意亲小兔子，不愿意亲她？

面前的女孩儿刚洗完澡，身上穿着新买的白色棉裙，棉裙布料柔软贴肤，裙摆上绣着几朵可爱的小花，少女气息浓重。陆折往后退了一步，远离她："这样对你比较公平，也减少彼此的顾虑。"

想到自己每次需要变回兔子陆折才愿意亲她，苏瓷赶紧开口："我不介意，也没有顾虑。"

亲她是有利于她也有利于他的好事，不应该在意她的形态，多多益善才对！

说着，苏瓷踮起脚，急得直接用胳膊搂住了陆折的脖子，主动靠近他。

陆折反应过来，抬起手，掌心捂住了苏瓷的小嘴，拒绝她：

“不行！”

苏瓷愣住了。她这是被嫌弃了？

掌下的红唇柔软，陌生的触感传来，陆折觉得掌心有点儿痒。他抿了抿唇：“这件事没有商量，如果你不接受，可以离……”

话还没有说完，陆折发现苏瓷张开嘴巴想要咬他的手掌心。

他赶紧松开手。

苏瓷心不甘情不愿地点点头：“我听你的。”

毕竟目前她有求于人，至于以后还听不听他的，再另说。

“陆折。”苏瓷舔了舔唇，故意问他，“有点儿咸，陆折，我是不是吃到你的汗了？”

夏天很热，加上杂物房通风不畅，就更加闷热了，陆折刚打扫完卫生，身上确实出了不少汗。

陆折淡淡地看了苏瓷一眼，漆黑的眼睛里无波无澜，然后把她关在了门外。

苏瓷眨了眨眼：“陆折是害羞了还是生气了？”

富贵瑟瑟发抖，不敢说陆折是被气到了。

苏瓷走进房间，粉色的床让原本冰冰冷冷的房间添了一点儿暖色。

苏瓷将目光落在书桌上印着小兔子图案的杯子上，觉得非常可爱，她的眼光真好。

她拿起杯子，发现里面还有半杯温热的水，应该是陆折在她洗澡时给她倒的。

明明看着那么冷的人，却细心得过分，刚才她对陆折的那一点儿不满，消散了。

第二天早上，阳光透过窗户照在室内，小小的杂物室明亮起来。

门外传来一阵阵扰人的声响，陆折勉强睁开眼睛，慢腾腾地从折叠床上起来。

他打开门，声响更吵了。

陆折往外走去，才发现嘈杂声是从厨房里传来的。

“你在做什么？”

陆折的声音还有点儿沙哑，他猛然出声，吓得苏瓷差点儿烫到手。

“早啊。”苏瓷转过身，告诉陆折，“我在做早餐。”

陆折看了一眼地面上的水迹、橱柜上洒落的米、砧板上的油迹，突然不理解“很会做饭”的含义了。

闻着厨房内浓郁的焦味，陆折不动声色地走上前去。

他来到苏瓷身旁，掀起锅盖，只见里面是浓稠得快要成饭的粥。

苏瓷有点儿懊恼：“我的水放少了。”

陆折又看了一眼旁边的锅里的胡萝卜，大块小块相差明显，已被炒得发焦。

苏瓷小声吐槽：“这胡萝卜太难炒了，怎么炒都是硬的。”

今天早上，苏瓷没有赖床，早早起来只为给陆折做早餐。

这两天都是陆折在照顾她，苏瓷觉得自己既然是寄人篱下，就需要拿出点儿态度来，好让陆折知道她不是白吃白住的人。

为了向陆折表现自己最美好的一面，她特意换上了昨天新买的裙子，头发半绾，看起来多了几分温柔气息。

她的模样是漂亮的，但早餐，她做得一塌糊涂。

苏瓷可怜兮兮地看着陆折，伸出自己被刀子划了一下的手指。

好印象肯定是没有了，那她就争取同情吧。

苏瓷可怜兮兮地说道：“陆折，为了给你做早餐，我挨刀子了。”

她睁着眼睛说瞎话：“刚才流了很多血，也不知道会不会感染。”

陆折垂眸。

女孩儿淡粉色的指尖上确实多了一道红痕，但明显没有流血，甚至都不需要包扎擦药。

苏瓷黑眸湿润，小脸儿白皙，像是受了天大的委屈。陆折不用想就知道，她之前说的很会打扫卫生，还有洗衣服、擅长做饭，必定是骗人的。

陆折终于开口：“你去外面坐着。”

苏瓷乖乖点头，很有自知之明，没有提出要留在厨房里帮忙。

过了好一会儿，陆折端出了香糯、黏稠的白粥，那被炒焦的胡萝卜也换成了清爽小菜，还多了一碟蒸好的奶黄包。

苏瓷看了一眼坐在对面的陆折。少年的脸上没有什么表情，却让苏瓷觉得他好厉害。

反正厨艺比她好的人，苏瓷都觉得好厉害。

苏瓷夹起奶黄包咬了一口，口感绵软，里面还有香香的奶黄流出。

比起之前每天只能吃兔粮或者啃胡萝卜的日子，苏瓷觉得现在能吃上奶黄包实在太幸福了。

陆折告诉苏瓷："下午我要出去一趟。"

"你去哪里？"

"工作。"

方老板把客户的地址发给他了。

苏瓷想也不想地直接说道："我陪你去。"

一个人待在这里太无聊了，她还不如跟在陆折身边："我保证，我不会妨碍你工作。"

她的话音刚落，门铃响了。

陆折打开门，只见门外站着一个穿着西装的中年男人，对方身后还跟着两个人，手里提满礼袋。

"请问苏瓷小姐住在这里吗？"中年男人问陆折。

"你找我？"

听到是找自己的，苏瓷赶紧走出来，随即认出对方是傅家的管家。

傅管家笑道："苏瓷小姐，这些是老夫人送给你的答谢礼物。"

苏瓷还记得傅白礼用钱随意打发她的事："那天你们家少爷给过我 2 万块钱了。"

傅管家听出女孩儿的讽刺之意，脸上依然维持着礼貌的笑容："老夫人说，她得亲自答谢你。这些礼物都是老夫人花费不少心思亲自挑选的，还请苏瓷小姐收下。"他继续说道，"警方已经找到高空抛物的人。这次多亏苏瓷小姐，老夫人才逃过一劫。老夫人说了，以后苏瓷小姐有需要帮忙的地方，随时可以找傅家。"

以前，不少人为了追求傅白礼，想方设法地靠近他，其中一个追求者甚至把心机用在了老夫人身上。

这次苏瓷救下老夫人的事情太过巧合，不得不让傅白礼有所顾虑。

苏瓷聪明，一下子就听明白傅管家的话了。直到昨晚警方调查出真相，傅家才派人来送礼道谢。豪门里面，谁还没个心眼儿？

她理解他们行事谨慎小心，但不妨碍内心不喜欢他们这样。

当然，自己该得的答谢礼她会收下。

傅管家态度很好："苏瓷小姐有什么需要，随时可以去傅家找我。"

苏瓷随口应下，并未当真。

临走前，傅管家忍不住看了一眼站在苏瓷旁边的少年。

苏瓷去拆答谢礼，发现好几个袋子里面装的都是衣服，质地柔软，款式新颖，挺符合她的审美的。

她继续打开小礼盒，里面装着首饰，钻石项链、黄金手镯、水钻耳环，估算下来应该价值几十万元。

苏瓷有点儿遗憾谢礼不是现金——毕竟她现在太穷了。

但她一想到缺钱的时候可以把这些首饰卖掉，心情又好起来。

她凑到陆折的身边告诉他："昨天我救了一个老奶奶，所以他们今天来向我道谢。"苏瓷丝毫没有害羞，问得直白，"我是不是人美心善？"

女孩儿白皙的脸上带着得意之色，一双眼睛亮晶晶地看着他。陆折还没有应声，她就开始自夸："漂亮的人没我善良，善良的人没我漂亮。呜——我是什么绝世大宝贝啊！"

说完，绝世大宝贝兴致勃勃地继续去拆礼盒。陆折漆黑的眼底掠过一丝浅笑。

下午，苏瓷要跟着陆折出门。

陆折淡淡地开口："很远。"

苏瓷很贴心地说："没关系。我们节省一些，可以搭公交车。"

反正她没有搭过公交车。

陆折："外面很晒。"

苏瓷晃了晃自己手里的伞："你不用担心我，我带了伞。快走吧，让客户等是不好的行为。"

陆折没有再应声。

下午的太阳依旧猛烈，地面被烤得烫脚。

苏瓷跟着陆折来到一栋大厦前。

因为是周六，公司里只有一个负责工作对接的年轻女员工。

女员工长相温婉，礼貌地给陆折和苏瓷倒了水："那边的两台电脑都是有问题的。"

公司的网管最近请假，所以他们只能从外面找人上门修理。

陆折起身："我去看看。"

苏瓷立刻说道："你安心工作，我会乖乖地在这里等你的。"

陆折看了她一眼，转身去检查电脑。

女员工艳羡地看着苏瓷："你和你男朋友的感情真好。"

苏瓷摇了摇头："他不是我男朋友。"

"啊，对不起。"女员工赶紧道歉。少年和这个女孩儿长相出众，看起来很般配，她还以为二人是情侣。

"没关系。"苏瓷笑道，"说不定以后是呢。"

女员工愣了愣，随即轻笑起来，刚皱起来的眉头也舒展开来。

"你笑起来真好看。"苏瓷很少夸人。

女员工眼里的笑意更浓了。被一个漂亮的女孩儿夸好看，她不由得羞赧起来："你……你也很好看。"

苏瓷赞同地点了点头。

她将目光落在女员工的手腕上，想不明白为什么这个女员工会在 20 分钟后死去。

富贵："富贵知道，富贵知道，主人你救救她。"

苏瓷垂下眼帘："我不想多管闲事。"

富贵默默退了回去。

女员工担心苏瓷等得无聊，柔声问道："你饿吗？茶水间里有零食，我去拿给你。"

苏瓷看了她一眼："好啊。"

很快，女员工拿了很多零食回来，全是女孩子喜欢吃的："吃这些东西不会上火，热量也低，你可以放心吃。"

苏瓷挑了水蜜桃味的酸奶棒，慢慢咬着。她看了一眼女员工的生命值，只剩下 15 分钟了。

女员工对上她的目光，抿唇笑了笑。

这样说话、举止都温柔的女人，苏瓷很难想明白对方为什么会在 15 分钟后死。

富贵又跑了出来："富贵知道啊，主人可以问我。"

苏瓷咬着酸奶棒，嘴里满是水蜜桃味："说吧。"

富贵讲话的小奶音很激动："她要割腕！"

苏瓷轻眯了一下眼睛："你是说她待会儿要割腕？"

富贵："是的，主人快救她。"

金色棉花糖太好吃了，富贵还想吃。

苏瓷安静地吃着酸奶棒，不知道在想什么。

10分钟后，陆折工作完，走到女员工身边告诉她："电脑已经没有问题。"

"辛苦你了。"女员工把维修费付给了陆折，"我送你们出去。"

苏瓷笑道："谢谢你的零食，很好吃。我们不麻烦你了，自己走就行。"

"好，那我就不送你们了。"女员工对苏瓷温柔地笑了笑，转身进去查看电脑。

苏瓷舔了舔唇上的甜味，悄悄地拉着陆折藏在了一旁的储物柜后面。

陆折疑惑地看着她。

苏瓷眨了眨眼，对着陆折比了个手势："嘘！"

还有5分钟。

富贵忍不住问："主人不是不救她吗？"

"你没有听过，吃别人的食物会嘴软？"

储物柜后的空间很小，勉强能容纳两个人。

此时，苏瓷的身体紧紧地贴着陆折的胸膛，她浅蓝色的连衣裙蹭着他黑色的裤子，气氛暧昧得很。

苏瓷脸皮再厚，白皙的脸还是染上了红晕。

苏瓷想要挪开一点儿距离，然而才动了一下，面前的陆折明显僵住了。

看见陆折垂眸，苏瓷立刻伸手捂住了他的眼睛。

眼前漆黑一片，陆折听见女孩儿压低声音，恶人先告状："你别乱动。"

他很少跟女孩儿接触，不知道女孩儿是不是都像苏瓷这样，娇气又狡黠。

"嗯。"陆折低低地应了一声。

苏瓷的手还捂着陆折的眼睛，她蜗牛般继续往外挪动，想要避免这样紧贴的尴尬。

但她刚挪开一小步，下一秒陆折就用手紧扣住她的手腕。

少年掌心冰冷，指腹粗糙。

苏瓷想让陆折不要闹，捂着他的眼睛的手却被他拿开。

陆折深深地看了她一眼，低头凑近她的耳朵，把刚才那句话还给了她："不要乱动。"

他还没到全身没有知觉的地步。

苏瓷正想说些什么，女员工的脚步声传来。

女员工打开办公室的门，走了进去。

周围又安静下来。

默默算了一下时间，苏瓷压低声音对陆折说："快，我们出去。"

办公室的门没有被关上，苏瓷拉着陆折走到门口的时候，一眼就看到女员工正握着刀对着自己的手腕。

女员工惊讶地看着出现在门口的两个人："你们怎么回来了？"

"我落了东西，回来拿。"苏瓷语气镇定，声音好听，"你是在割腕？"

女员工愣了愣，显然被苏瓷问蒙了。

她握着刀子不放："你们别过来。"

苏瓷点了点头："我不会过去。"她问女员工，"为什么要死？一刀下去，你看着血从自己的身体内流光，不害怕吗？不觉得煎熬吗？"

女员工苍白的脸上带着沉痛之色："你还小，不懂有一些事情会比死更恐怖、更难忍。"

苏瓷点了点头："我确实不懂，不懂有什么事会比死更可怕。"

女员工握着刀的手发颤，满眼悲伤之色。

"我可能不能与你感同身受，但知道生命只有一次，没有什么东西比生命更珍贵。"苏瓷看着她，柔声道，"在这个世界上，活着对很多人来说是一种奢望。"

重获新生前，苏瓷一直有严重的心脏病，小时候就知道自己活不长。

然而，她没有一天想过放弃生命。

就算后来家里破产，父母双亡，她依然没有想过放弃自己的生命。

多活一天对她来说都是幸福的事情。

现在的她是健康的。虽然看不到自己的生命值，她的命运还与短命的陆折绑在一起，但是她依然感激，依然惜命。

陆折也一样，哪怕知道自己身患绝症，还是好好上学、打工、吃药、锻炼，每天认真地活着。

她和他都知道，每过一天就少一天。

苏瓷将目光落在女员工手里的刀子上，试图劝说对方："每一件事情都有解决的办法，我们不一定要选择这样极端的方式。这只是逃避，并不能解决问题。"她慢慢地靠近女员工，"或许你可以告诉我发生了什么事，我们一起想办法解决。你可以向我倾诉、吐槽，总比把事情憋在心里要好。"

女员工摇了摇头，紧紧抿着唇，目光也变得茫然起来。

苏瓷继续开导她："任何一件事都会有解决的办法。"

女员工低喃："我可以说吗？"

苏瓷肯定地点了点头："当然，我很愿意聆听。"

女员工沉思了好一会儿，才缓慢地开口："我……我被拍了不雅照。"

一个人憋得太久，一旦开口，继续说下去就没那么难了："他一直用照片要挟我。每天看到他那张恶心的脸我就想吐……我不想死，但又拿他根本没有办法。"

女员工将手里的刀挪开，整个人像是失去了力气。她并不是真的想死，只是没有办法而已。

刚进入职场的时候，她年少无知，看不清上司狰狞的面目，被骗着拍了照片。

"所以，你选择在办公室里割腕，想让那个男人良心不安？"苏瓷一脸不认同的表情，"这样的做法很蠢。你死了，他不会受到任何惩罚，只会过得很好。"

女员工痛苦地哭了起来："我知道，但……这是我唯一获得解脱的办法了。"

苏瓷看着她："你可以报警。"

女员工摇了摇头："他设置了定时发送邮件功能，只要他被抓，照片就会立刻被发给我的家人和朋友。"

沉默了一会儿，苏瓷偏头去看旁边的少年："陆折，你可以吗？"

陆折走到一台电脑前："男人不能说不可以。"

女员工意识到什么，咬了咬唇，说："我知道他的电脑的IP地址 。"

"嗯。"陆折打开电脑，修长的手指在键盘上快速敲打起来。

苏瓷低头去看女员工的手腕，发现上面多了5个黄色格子，也就是说她以后还有50年的寿命。

苏瓷勾了勾唇，转过头去看坐在电脑前的陆折。

嗯，认真的陆折真帅。

要是陆折能好好配合，让她多多亲他，就更帅了。

没多久，陆折停下来问女员工："应该是这个文件夹，你看看。"

他离开座位，没有去看电脑里面的照片。

女员工握着鼠标的手颤抖着。她点开文件夹，眼泪瞬间流了下来。

"是的。"她极力控制着自己的手，删除了文件。

女员工发现旁边有一个加密的文件夹，想到了什么，瞬间心跳加速："请问你能帮忙打开这个加密的文件夹吗？"

她知道那个男人私吞了公司不少钱，证据就在这个文件夹里。她要举报他。

"嗯。"陆折轻易地打开了加密的文件夹。

女员工感觉自己的心脏快要从喉咙里跳出来了。这一次，她一定要把证据全部上交给警察，让这个坏人受到法律的制裁。

女员工感激地看着苏瓷和陆折："谢谢你们，如果不是你们，我刚才已经……"

她曾经幻想有谁能伸手帮她，但得到的只有绝望。没想到在她想要放弃时，终于有人向她伸出了援手。

女员工真诚地看着面前的二人："谢谢！"

"我刚才吃过你的零食，那算是你的谢礼了，"苏瓷舔了舔唇，"还挺好吃的。"

女员工被逗笑，眼里有了生机："我叫李冉。我能知道你的名字吗？"

苏瓷弯唇笑了笑："苏瓷。"

李冉在心里默念了几遍这个名字。

两个人从大厦出来时，太阳已经没有来时那么毒辣了。

苏瓷把手里的伞递给陆折，笑盈盈地看着他：“陆折，你能帮我撑伞吗？我的手突然好酸。”

陆折已经知道，之前苏瓷可怜兮兮、一脸纯真的样子都是装出来的，现在这副小无赖、心里时常憋着坏水的模样才是苏瓷的真面目。

他从她手里接过了伞。

苏瓷立刻跳到伞底下，一点儿也舍不得让自己被太阳晒。

“陆折，我刚才又救了一个人。”

陆折点了点头：“嗯。”

她确实挽救了一条生命。

苏瓷睨了他一眼：“你都不夸夸我？”

陆折没有接她的话，而是问道：“你怎么知道她要割腕？”

苏瓷像早知道李冉的举动，所以才拉着他藏到了储物柜后面。

阳光下，苏瓷的脸愈加白皙透亮，她想告诉他实话，但富贵不允许。她只能忽悠陆折：“我细心啊，观察到李冉不对劲了。”

陆折的脸上没有什么表情，苏瓷也不知道他有没有相信她的话。

苏瓷伸手去拉他的衣摆：“陆折你过来……”

她的话还没有说完，下一秒，陆折整个人往前倒去。

“陆折！”苏瓷赶紧拉了他一把。

上一次在夜市的时候，陆折已经摔过一次了。

陆折踉跄了一下，但因为反应及时，并没有摔倒在地。

苏瓷皱眉。她不是亲了陆折吗？为什么他现在连走路也成问题了？

富贵：“主人亲陆折只能让他延长寿命，他的病情并不会好转。”

“为什么之前你不告诉我？”

富贵声音很小：“主人没有问。”

陆折已经稳住身体，继续帮苏瓷撑着伞，但步速明显慢了。

“有什么方法能让陆折好起来？”

富贵极不情愿地告诉她：“陆折吃足够多的金色棉花糖就可以痊愈。”

苏瓷眯了眯眼：“刚才我救下李冉，你得到金色棉花糖了？”

富贵高兴地说：“富贵得到了，谢谢主人。”

苏瓷：“交出来，陆折需要它。”

富贵觉得委屈极了。

苏瓷才不管它。由于它竟然对她隐瞒了这么重要的事情，所以她把富贵关了起来。

知道金色棉花糖的用处后，苏瓷深深觉得自己就是陆折的工具人！

她偏过头去看着沉默得快要隐形的陆少年："陆折，你是有多幸运才能遇到我这样的绝世大宝贝啊。"

回到住处的时候，苏瓷热得脸颊红扑扑的，一双眼睛却亮晶晶的。

她在沙发上坐下："好热！"

天气一天比一天热，客厅里只有风扇，苏瓷觉得吹出来的风都是热的。

看见陆折在沙发另一边坐下，她赶紧挨过去。

也不知道是不是受渐冻症影响，陆折的皮肤摸起来冰冰凉凉的，她靠着他能降温。

"陆折，我想吃桃子。"刚才回来的时候，她看见小区门口有一个阿姨在卖水蜜桃，所以让陆折买了几个。

陆折正在回复方老板的信息，听到她的话，淡淡地看了她一眼："自己去洗。"

"早上我给你做早餐的时候手受伤了。"苏瓷伸出受伤的那根手指。

女孩儿粉嫩的指尖上有一道细细的、已经快消失不见的痕迹，陆折收回目光："小伤口不妨碍你吃桃子。"

苏瓷丝毫不觉得自己厚颜无耻，凑近陆折："我不能洗桃子，伤口碰水会发炎的。"她可怜巴巴地看着陆折，"我吃不了桃子就会伤心，伤心了，伤口的恢复速度会变慢。你忍心吗？"

绕了一圈儿，苏瓷就是想让陆折帮她洗桃子、削皮。

陆折起身离开，冷声说道："你要吃，自己洗。"

才短短几天，他发现只要自己稍稍退后一步，苏瓷就会逼近一大步。

陆折意识到这是一个很严重的问题。

看着少年走进他的杂物房，苏瓷有点儿傻眼了。她怎么觉得陆折在嫌弃她？！

哼，自己洗就自己洗。

陆折的东西不多，他已经把他的电脑、衣服，还有生活用品从原本的房间里搬了过来，有的东西放在一个小柜子里，衣服堆放在一张椅子上，显得很逼仄。

陆折站在折叠床边，正举着哑铃做弯举动作，一下又一下，手臂上的肌肉充血绷紧到极致。

杂物房里没有风扇，才一会儿，陆折的额头上已经布满了汗。

汗水顺着他棱角分明的侧脸流到敞开的领口里，有一种无声的性感。

而这时，门被敲响。

陆折不打算帮苏瓷洗桃子和削皮。她太娇气了，他不会惯着她。

陆折继续做着锻炼。

门外的苏瓷又敲了几下门，而里面的人依然没有反应。她气得用脚尖踢了踢门："陆折，药箱在哪里啊？我的手流血了。"

下一秒，门被打开。

苏瓷还没来得及收回脚，一下子踢在了陆折的小腿上。

女孩儿的力气并不大，而且鞋子很软，踢在陆折的腿上就像挠痒痒。

陆折将目光落在苏瓷的手上，只见她被划破的指尖正流着血。

苏瓷可怜兮兮地把自己的手指头伸到陆折面前："你看，这回我真的血流不止了。"

"怎么弄的？"

苏瓷哀怨地看向他，理直气壮地推卸责任："怪你不帮我削桃子。"

陆折没有出声，转身去拿药箱。

沙发上，苏瓷坐在陆折身旁，理所当然地让陆折给她包扎伤口。

陆折一只手托着她的手，另一只手拿着蘸了药水的棉花给她擦着伤口。

药水沾到伤口上时，苏瓷缩了缩手指。

她被划了一道小口子的手指，就像一块美玉上多了一条刮痕。

陆折皱眉，没有想到苏瓷连削果皮这样简单的事情都做不好，娇气程度还真是刷新他的认知。

苏瓷痛得哼了几声，看着低头认真给她处理伤口的少年，开口道："我太惨了，早上受伤，现在又受伤了。我该不会成倒霉小宝贝了吧？"

陆折把止血贴缠在她又细又白的手指上，冷声说道："你不是倒霉，是笨。"

这人笨手笨脚的，干啥啥不行，娇气第一名。

陆折叹了一口气，已经清楚认识到自己捡回来的不是一只可爱的小兔子，而是一个小麻烦。

苏瓷不可思议地瞪圆了眼："富贵，我没有听错吧？陆折说我笨？"

被放出来的富贵一阵激动："主人，陆折嫌弃你笨，你不要把棉花糖给他，给富贵！"

苏瓷头一回被嫌弃笨，气哼哼地就想答应富贵。

陆折收拾好药箱走进厨房，再出来时手里拿着一个洗好的水蜜桃，因为新鲜，桃子水灵灵的，看着就很清甜。

他拿过水果刀，水蜜桃在他的大手里快速转动起来。

不到一分钟，陆折便把桃子削好，还切成均匀的小块放在了小碟子里。

苏瓷哪里还记得上一秒在生气？她笑盈盈地吃了一口桃子："陆折，你好厉害啊。"

水蜜桃很新鲜，吃在嘴里甜甜的。

苏瓷吃得开心，小嘴巴也变得甜甜的："要是没有你，我怎么办啊？"

陆折没有回应她随口冒出的"彩虹屁"，起身准备去做晚饭。

下一秒，他的衣摆被苏瓷拉住了。

苏瓷嘴里还吃着水蜜桃，声音含混地说："你先别走。"

"嗯？"

苏瓷手指攥着他的衣摆不放："你是不是忘了什么？"

陆折明白她话里的意思："等你变回兔子。"

算起来，她至少能维持人形到明天。

她说道："这次不一样。"

"什么不一样？"

苏瓷仰起头："你靠近一点儿。"

陆折垂眸看着沙发上的女孩儿。她雪肤墨发，身上穿着一条浅蓝色的连衣裙，红唇因为沾了水蜜桃汁，显得水润光泽。哪怕陆折平常再不关注女生，也知道面前的苏瓷是极漂亮的。

而她毫无所觉似的，一双眼睛亮晶晶地看着他，催促他。

要是他不照做，她便会用眼神指责他，仿佛他做了什么不可思议的事情。

陆折弯下腰。

水蜜桃的香甜气味让陆折下意识地抿紧了唇。他低垂下眼帘，脸上神色不显。

他抬起头正要离开，下一秒，女孩儿的手一把搂住了他的脖子，将他重新拉向她。陆折猝不及防。

苏瓷开口："别动。"

两人靠得很近，呼吸相闻，唇没有相触，在陆折看不到的地方，一团金色棉花糖进到他的嘴里，渐渐消失。

陆折弯着腰，浑身紧绷，撑在沙发上的手臂青筋突显。

前后不到 10 秒，苏瓷放开他问："你有什么感觉吗？"

对上她黑亮的眼眸，陆折站直，冷声说道："没有。"

苏瓷眨了眨眼："没有吗？"

她还以为陆折会感觉到异样。

不过，他看不见自己吃了什么，没有感觉也是正常的。

不对，什么叫没有感觉？对着她这样的绝世大美人，他多多少少有点儿感觉吧？

而面前的少年神色冷淡，眼睛里也毫无波澜，仿佛刚才没有发生任何事。

苏瓷懊恼地用脚尖踢了踢陆折："你还是不是男人啊？"

陆折淡淡地瞥了她一眼，转身离开了。

第二天，苏瓷醒来吃过陆折给她准备的早餐后，便去商场了。她要去商场二楼的手机店买手机。

昨天陆折提出给她买手机，但想到小可怜也没有什么钱，苏瓷决定自己掏钱买，反正她的手上有傅家给的 2 万元。

苏瓷花了将近3000元，肉疼得要命。要是以前，3000元还不够她买一件衣服的。

她现在好穷啊。

苏瓷第一时间输入了陆折的手机号码。以前她都是被要联系方式的，现在反倒是她主动问陆折要电话号码，角色完全调换了。

少年又冷又硬又直，还瞎了眼，被她这么一个绝世大美人亲近还不情不愿的。

每次他都只是亲一两次让她维持人形，她想要多亲几次都不被允许。

反正陆折不是瞎了眼就是审美有问题，苏瓷是绝对不会怀疑自己的魅力的。

她从手机店里出来时，时间还早。

昨晚睡觉的时候，她把新安装的空调的温度调得太低了，没想到今天就感冒了。

鼻音有点儿重，头晕晕的，喉咙也干得难受，苏瓷准备回去吃点儿感冒药。

突然，一个小男孩儿从苏瓷旁边的店里冲了出来，直接撞向苏瓷。

苏瓷的手一抖，新手机直接摔落在地，幸亏屏幕没有被摔坏，她赶紧捡起手机。

小男孩儿的妈妈从店里走了出来，先声夺人："刚才是你自己拿不稳手机的，与我儿子无关！你的手机要是坏了，你可别赖我儿子！"

苏瓷皱眉："阿姨，你儿子刚才撞了我一下，你应该让他向我道歉，而不是急于帮他推卸责任。"

"你这个人怎么这么小气，居然跟小孩子计较？"小男孩儿的妈妈嗓门儿很大，听见自己被喊阿姨，声音更大了，"我跟你长得差不多，怎么就是阿姨了？你懂不懂得尊重人？"

苏瓷看了对方一眼。

女人一头大鬈发，脸大如饼，身上穿着普通的条纹T恤衫和长裤。

苏瓷突然发现原来自己不是最自恋的。

苏瓷笑了："阿姨真会开玩笑，你平常必定很少照镜子。"

话音刚落，苏瓷无意间瞥到了小男孩儿的手腕，发现上面只有一条细细的红线，旁边标注：1 小时。

苏瓷问富贵："他是怎么死的？"

富贵："小男孩儿在电梯上玩儿，一不小心从上面滚了下来，流血过多而死。"

苏瓷眨了眨眼，认真地对中年女人说道："刚才你儿子撞我的事情我不追究了，但作为一个母亲，你应该好好教导和看管自己的孩子。"

中年女人牵着儿子的手，气愤地瞪了苏瓷一眼："我怎么教我的儿子关你什么事？要你在这儿指手画脚的？"

说完，她拉着孩子走了。

苏瓷站在原地，看着小男孩儿从她身旁经过，他手腕上代表生命值的红线若隐若现。

她握紧手机，最后只能叹了一口气。

跟中年女人争执一番后，苏瓷觉得头更疼了，呼出的气息也有点儿烫。难道她发烧了？

苏瓷正想摸一摸自己的额头，却觉得头顶发痒，脑袋两侧像有什么东西快要冒出来。

苏瓷突然想到，自己快要变回兔子时就有过这样的感觉。

她这是要变回兔子了？

不对，昨晚睡觉前，她向陆折求了 2 次亲吻。

头顶越来越痒，仿佛下一秒真的会有东西钻出来，她单手捂住头顶，看了看四周，也不知道洗手间在哪里。

苏瓷急得头痛，摸到自己的头顶真的有东西要冒出来了。

她用手死死地捂着头顶，咬了咬牙，只能快速地跑进附近的服装店。

来不及跟女店员说什么，苏瓷直接拿起架子上的几件衣服："试衣间在哪里？"

"那边。"女店员还没有反应过来，便看见苏瓷拿着衣服跑进了试衣间。

关上试衣间的门后，苏瓷才松了一口气。

试衣间里有全身镜，苏瓷看向镜子里的自己，不由得满眼震惊之色。

她的头顶上冒出了一对兔耳朵！

第四章
别捏我的耳朵

教室内，陆折刚做完试卷，裤袋里的手机突然振动起来。

他看了一眼电话号码，是陌生来电，便挂掉了电话。

过了两秒，手机又振动起来。

陆折皱了皱眉，接通了电话。

电话那头，苏瓷着急的声音传来："陆折，我出事了，你赶紧来救我。"

陆折握着手机的手一紧，整个人猛地站了起来。

一阵椅子摩擦地面的声音吸引了所有人的注意力，众人就看见陆折从教室后门跑了出去。

李栋梁惊讶得傻眼了，他的同桌这是在老师的眼皮底下逃课了？

教室内出现一阵小骚动。

老师沉着脸，用力拍了拍桌面："不许说话，继续做卷子。"

他走到陆折的位置，看到桌面上那张字迹工整、写满答案的试卷后，脸色才缓和下来。

陆折赶到服装店时，看见女店员正站在试衣间门前不断敲着门："小姐？请问有什么需要帮忙的吗？"

女孩儿在试衣间内待了半个小时，里面毫无动静。

陆折快步走过去："苏瓷，我来了。"

试衣间里面，苏瓷惊喜地出声："陆折……"

听到苏瓷的声音，陆折才松了一口气，示意女店员离开。

苏瓷把门打开了一条缝隙："陆折，只能你进来。"

"嗯。"陆折快速进去，门再次被关上。

这时，店里来了别的顾客，门外的女店员只能先招待客人。

苏瓷急得都快哭了："陆折，你来了……"

陆折看着面前突然长出一对兔耳朵的女孩儿，眼里闪过惊愕之色："怎么回事？"

"你快亲我。"苏瓷着急地凑近陆折，就要亲他。

陆折背靠门板，看着就要亲上来的女孩儿，漆黑的眼里浮现浅浅的笑意，低声说道："别急。"

试衣间的空间本来就很小，现在两个人站在里面空间就显得更窄了。

听到陆折的话，苏瓷凶巴巴地瞪着他。她能不急吗？一双兔耳朵突然冒出来，刚才女店员在门外敲了很久的门，就差撞门了。

这么情况紧急的时候，陆折竟然让她别急！

他不是男人！

苏瓷又急又气，才不管陆折的话，双手直接攀上他的肩膀，抬头想亲上去。

陆折偏开头，看着两只淡粉色的兔耳朵在眼前晃来晃去，到底没忍住，伸出手轻轻地捏了一下苏瓷的兔耳朵。

原本攀着陆折的肩膀的苏瓷，顿时浑身无力地靠在陆折的身上。她气愤地一口咬在陆折的手上："浑蛋，别捏我的耳朵！"

呜——陆折竟然又捏她的耳朵！

她还是兔子的时候，陆折就爱玩儿她的兔耳朵。那时候因为被他抱着，也不觉得怎么样，而现在她变成了人，他竟然还捏她的兔耳朵……

苏瓷觉得自己快站不住了。

被咬了一下，陆折闷哼一声，沉着声音制止苏瓷："别闹！"

"谁闹了？谁先动的手？"苏瓷气鼓鼓地瞪着陆折，"陆折，你快搂紧我，我都要掉下去了。”

女孩儿的身体软软的，还带着少女馨香，就这样没有骨头般靠着他。

陆折的眼里闪过讶异之色，他才明白原来苏瓷的兔耳朵这么敏感。

“对不起。”他不知道捏她的耳朵，她的反应会这么大。

苏瓷哼了一声，今天算是发现了陆折的小怪癖——爱捏兔耳朵。

苏瓷摸了摸自己的头顶。她已经亲了陆折好几下，为什么她的兔耳朵还没有消失？

苏瓷皱眉，召唤富贵：“为什么我会突然长出兔耳朵？”

富贵：“主人生病了，维持人形的能量不足，兔耳朵才会跑出来。”

苏瓷想到自己现在确实感冒了，好像还发烧。

富贵：“主人的病好了，兔耳朵就会收回去。”

听了富贵的话，苏瓷傻眼。

也就是说，如果她的感冒好不了，她就要一直顶着这对兔耳朵？

“就算长了兔耳朵，主人在富贵眼里依然是全世界最漂亮的女人。”

富贵不放过任何一个吹“彩虹屁”的机会，只希望主人多宠宠它，不要把所有的金色棉花糖都给陆折。

她靠在陆折的胸前，告诉他：“陆折，我生病了，要等病好兔耳朵才会消失。我现在这个样子怎么回去？”

试衣间里面有一张小凳子，陆折让浑身无力的苏瓷先坐下。

苏瓷不明所以地看着他：“你要做什么？”

“你等一会儿。”说着，陆折走出去，又快速把门关上了。

女店员正在招呼其他客人，看见高大的少年从试衣间里出来，拿起一顶帽子走到收银台那边结账，之后又拿着帽子走回了试衣间。

女店员一阵好奇，也不知道发生了什么事。

试衣间里，陆折把帽子递给苏瓷：“你戴上。”

这会儿苏瓷已经没有那么害怕了，故意逗他：“你帮我戴。”

陆折没有应声，上前准备帮她戴上帽子：“你的耳朵……”

苏瓷的两只兔耳朵竖着，戴不下帽子。

苏瓷也意识到这个问题，吸了一口气，试图控制自己的兔耳朵。

下一秒，陆折就看到苏瓷原本还竖着的两只兔耳朵软软地垂在两侧。

“怎么样？”苏瓷有点儿得意。她学会控制兔耳朵了。

陆折拿着帽子的手渐渐收紧。任他心再冷，也被苏瓷这副模样萌得心尖颤了颤。

他垂下眼帘，动作迅速地替她戴上了帽子。

苏瓷把帽子的卷边往下压了压，正好严实地遮住了她的两只兔耳朵。

苏瓷这才开心起来。

她伸手握住陆折的衣摆：“我们现在可以走了。”

陆折问她：“能站起来？”

苏瓷摇了摇头：“你扶我。”

要不是商场人太多，苏瓷肯定厚着脸皮让陆折背她。

“嗯。”陆折配合地扶起她，苏瓷则毫不客气地靠在他的胸前。

女店员刚好招呼完客人，转头就看见帅气的男生半搂着女孩儿走了出来。

女店员赶紧上前：“请问两位有什么需要帮忙的吗？”

苏瓷装作虚弱的模样，礼貌地开口：“刚才我突然不舒服，借用了你们的试衣间，很抱歉给你们添麻烦了。”

女店员赶紧表示：“没关系。”

苏瓷和陆折走到商场一楼时，正好一家店播放着儿歌：“小白兔白又白，两只耳朵竖起来，爱吃萝卜和青菜，蹦蹦跳跳真可爱……”

突然听到熟悉的歌谣，苏瓷哪怕脸皮再厚，也禁不住红了脸。

她抬起头看向陆折，少年正好低下头。两个人四目相对，她一眼就看见了他眼底的笑意。

苏瓷羞得偏开头，脸更加红了，感觉被嘲笑了！

儿歌还在继续，看着苏瓷脸颊红红的样子，陆折扬起嘴角，脸上露出一个浅浅的酒窝。

快要走出商场时，苏瓷突然想起之前撞了她的小男孩儿，距离他出事还有十几分钟。

商场很大，电梯很多，苏瓷根本不知道上哪里去找他。而且依照那个中年女人的脾性，就算她去阻拦也会被女人责怪多管闲事的。

苏瓷抿了抿唇："等一下，我打一个电话。"

接着，陆折看见苏瓷掏出手机拨打了急救电话，听到她说商场这里发生了意外，有人受重伤。

苏瓷很快便挂断电话。哪怕她现在想要金色棉花糖救陆折，但也很清楚自己的能力。

她算了算时间，估计救护车能在小男孩儿发生意外的时候赶到。

她能做的只有这些了。

注意到陆折的目光，苏瓷说道："你别这样看着我，反正我什么都不能告诉你。"

她知道自己在陆折面前打这个电话会让他讶异和疑惑，但以后这样的事情会有很多，既然很难瞒他，就没有必要辛苦遮掩。

陆折："嗯。"

"你不追问吗？"

陆折勾了勾唇："你会告诉我？"

苏瓷摇头："不会！"

十几分钟后，苏瓷和陆折已经离开商场。

商场内，一层与二层之间的层距最大，电梯也是最长的。

中年女人两只手提满了东西，骂骂咧咧地带着儿子走到了电梯处。

今天真晦气，先是儿子撞了一个女孩儿，刚才她在超市又被购物车刮伤了脚后跟。她气得跟推车的人吵了起来。

她提着购物袋站在儿子后面，嘴里依然骂个不停。小男孩儿把自己的超人玩具放在电梯的扶手上，让它随着扶手移动。

突然，小男孩儿手里的玩具从扶手上掉了下去。

"我的超人……"看着玩具掉下去，小男孩儿心急去捡，但脚下踩空，整个人直接从电梯上滚了下去。

"小辉！"

看见儿子从电梯上滚落下去，中年女人被吓得瞪大了眼，惊慌地大叫出声。

小男孩儿躺在电梯口处，血从他的后脑处漫延开来。

中年女人丢开手里的东西，快速跑到了儿子身边："小辉，小辉，你别吓妈妈……"

不少人围上前来，有人制止中年女人："你别挪动他。"

中年女人平常吵架战斗力强悍，但遇上这样的事情一点儿主意都没有了，整个人惊慌失措，哭得满脸都是泪："救命！求求你们，快救救我的儿子！

"好多血，好多血，求你们快救我儿子！"

中年女人哭喊着，手上已经沾满了血。

有人提出："帮忙打电话叫救护车吧。"

有人开口："刚才有人打电话叫救护车了，不过小男孩儿流了这么多血，不及时止血，恐怕……"

大家都知道救护车从医院以最快的速度赶到商场，也要 20 分钟左右。

眼看着小男孩儿血流得越来越多，周围的人一脸不忍的表情："有懂救护的人吗？赶紧帮忙救人啊！"

然而围观的人没有学过救护的，不敢上前。

这时商场的安保人员赶了过来，一看小男孩儿的情况，心中暗道不好。

众人都替这位中年女人感到绝望。

突然，商场门口外竟然响起了救护车的声音。

救护车竟然赶到了？

中年女人看着突然出现的医护人员，眼泪流得更凶了，完全没了与别人对骂时的嚣张样子。

商场那边的情形怎么样，苏瓷并不知道。

她现在正头痛地躺在床上。

"陆折，我饿了。"折腾了一上午，她又是头痛又是肚子饿。

"我去煮点儿粥。"

"我不想吃粥。"苏瓷可怜兮兮地看着陆折，开始点菜，"我想吃杧果蛋糕，想吃街头那家的烤鸭、蜜酱鸡翅、烤翅，还有蟹黄小笼包……"

现在生病了，苏瓷变得更馋了。

陆折垂眸看着躺在床上念菜谱的女孩儿，打断了她的话："只有白粥。”

苏瓷眼巴巴地看着他：“我现在是病人，身体很虚弱。你不是应该满足我的一切要求吗？”

苏瓷太会利用自己的优势了。陆折移开视线，直接不理会她的问题：“你先睡会儿。”

说完，他径直走出了卧室。

苏瓷傻眼，自己这是被陆折无视了？

陷入自我怀疑之中的苏瓷忍着头痛从床上起来，走到镜子前。

因为发烧，她白皙的脸颊泛着浅浅的红晕，一双眸子水润潋滟，小泪痣也勾人得很。她头上顶着一双兔耳朵，随意一个表情都可爱极了。

好吧，她再次确定陆折的眼神不好，审美有问题！

陆折进来的时候，苏瓷已经睡着了。

床上的苏瓷眼睛紧闭，兔耳朵软软地垂在两侧，难得地乖巧恬静。

他准备喊醒她，而他的手不受控制地落在了女孩儿淡粉色的兔耳朵上。

兔耳朵软软的，很好摸。

陆折勾了勾唇，任由兔耳朵上白色的毛蹭得他掌心发痒。

苏瓷是被陆折叫醒的，迷迷糊糊地睁开眼睛，感觉头痛得很。

陆折问苏瓷：“粥煮好了，你要在房间里吃，还是到客厅去吃？”

苏瓷有气无力地说道：“我不想动。”

陆折搬来一张小桌子，然后把煮好的粥放在上面。

看着碗里加了玉米、香菇、肉末的粥，苏瓷乖乖地吃起来。

不得不说，陆折的厨艺很好，哪怕苏瓷挑剔也很爱吃陆折做的饭菜。

吃完饭后，苏瓷靠在床头上直勾勾地看着陆折：“陆折，我想喝水。”

陆折把碗和小桌子收拾好，去倒了一杯温水，顺道把药递给了她。

苏瓷乖乖吃了药，又对他说道：“陆折，我有点儿热，你帮我调一下空调温度。”

陆折走到空调前伸手探了一下温度，然后拿起遥控器调成适宜的温度。

“陆折，我想吃桃子了。”苏瓷又提要求。

陆折看了她一眼，而苏瓷表情无辜地看着他。

陆折没有应声，转身走出了房间。过了好一会儿，他端着一盘被切成小块的桃子走进来，桃子块上还插着牙签。

吃完了桃子，苏瓷心满意足，又看向旁边的陆折。少年穿着蓝白色的校服，面容冷峻，身姿颀长，怎么看怎么帅气，哪一处都是苏瓷喜欢的。

她继续提无理要求：“陆折，我想亲你了。”

担心他不配合，苏瓷又说道：“亲完我就休息。”

陆折叹了一口气，但也俯下身主动在苏瓷的嘴唇上轻轻碰了一下：“快点儿睡。”

苏瓷坏坏地问陆折：“你会不会被我传染啊？”她说完摇了摇头，自问自答，“哦，应该不会，因为我们没有口水交换。”

陆折深深地看了她一眼，转身走了出去。

门被关上，苏瓷躺在床上笑了起来，一双兔耳朵晃呀晃的，像极了一只流氓兔。

陆折刚走到客厅里，门铃声就响了起来。

他打开门，看见赵优优站在门外。

“有事？”陆折问门外的人。

赵优优柔声说道：“今天你突然冲出教室，是不是发生什么事了？我有点儿担心你。”

她从来没有见过陆折这么失态，肯定是发生什么重要的事情了。

陆折冷冷地说：“我没事。”

“最近家里也不太平，住在楼上的一对夫妻因为彩票的事情，每天都把垃圾倒在我们家门口。妈妈和爸爸好几次跟他们理论都差点儿被打了。哥哥，你能回去帮忙协调一下吗？”在赵优优看来，董建夫妻这么欺负人，就是仗着赵优优家没有能压住他们夫妻二人的人。

陆折身材高大，外表冷酷，看起来就不好欺负。有他在，那对夫妻起码不会这么放肆。

陆折神色淡淡地看着她：“我已经离开赵家了。”

现在的陆折确实跟他们家没有关系了。

想到这儿，赵优优有点儿羞愧：“就算你已经离开赵家，也是我的哥哥。”

他救过她，她不会忘记的。

赵优优没有再提让陆折回去的事，而是问道：“你不让我进屋坐坐吗？”

卧室里，苏瓷漂亮的眉头皱起。她听到赵优优来了。

苏瓷想要出去，但想到自己还顶着兔耳朵，现在的样子不能让其他人见到。

她走到卧室门前，竖着耳朵偷听外面陆折和赵优优的谈话内容。

听到赵优优想要进来，苏瓷眉梢上挑，眼里闪过狡黠之色。

门外，赵优优脸上带着浅笑，等待着陆折邀请她进屋。

就在这时，卧室里传来女孩儿说话的声音：“陆折，我睡不着，你进来陪我说说话。”

女孩儿声音很好听，又带着一股子肆意的娇气，显然是被娇惯出来的。

赵优优愣了愣，难以置信地看向陆折。

这怎么可能？

“你……你不是一个人住？”赵优优很难相信，陆折会跟一个女孩儿住在一起。

陆折直接回她：“这与你无关。”

赵优优脸色难看地离开了。

走在旧小区狭窄又昏暗的楼道里，她完全记不起重获新生前的陆折与哪个女孩儿有接触。

陆折的住所在这样破的地方，还身患绝症，根本就不会有人愿意跟他来往，毕竟现在的陆折就是一个包袱。

重获新生前，她最后见到陆折的时候，他的病已经很严重，脸颊瘦削，四肢僵硬以致显得很怪异。即便是现在想起，她心里多多少少还是有点儿嫌弃，更别提别人。

所以，陆折的房间里面的女孩儿是谁？他们是什么关系？

想起刚才那女孩儿对陆折撒娇的语气，赵优优心里莫名地有些不舒服。

因为她发现陆折为了那个女孩儿，没有让她进屋。

卧室里，苏瓷没有等到陆折进来，于是从床上起来，鞋子都没有穿就打开门走了出去。原本她想要旁敲侧击地问陆折他和赵优优的事情，毕竟书上说他为了救赵优优而死。以前，她会夸一句这个炮灰男配角还挺深情的，但现在完全不一样了。

她和陆折互为对方的工具人。她身心干净，陆折也必须身心干净。

不然，她会怄死的。

苏瓷皱着眉，白净的脸上满是不爽的表情。

在客厅里没有看见陆折的身影，听到厨房里面有声音，苏瓷赶紧走过去。

来到厨房门口，她一眼看到站在橱柜前正低头认真清洗碗碟的高大少年。

不知道怎么的，苏瓷觉得心里鼓胀的小气球像是被一根针戳了一下，顿时什么气都没有了。

苏瓷问富贵："陆折怎么这么帅？"

富贵并不想回答这个问题。因为陆折是跟它抢金色棉花糖的人，它和他是敌对关系——它并不想夸赞敌人。

富贵："主人，书里设定的是男主角傅白礼最帅。"

苏瓷撇了撇嘴，一脸嫌弃的表情："那个傅抠抠只会打架，动不动就对赵优优大喊大叫，脾气暴躁得像精神病患者，还是一个学渣。你告诉我，他哪里帅？"

富贵不敢反驳，委委屈屈地继续开口："那陆折比傅白礼帅一点儿？"

苏瓷挑眉："嗯？"

富贵瑟瑟发抖："在富贵眼里，陆折是全世界最帅的人！"

苏瓷轻哼一声，走向了那个世界上最帅的人。

她用脚尖踢了他一下："陆折，你刚才怎么不应我？"

陆折冲洗着碗碟，没有看旁边的女孩儿："不是说头痛吗？你该休息了。"

少年动作熟练，一看就是经常做这样的事情。

"我睡不着。"苏瓷凑近他，一双眼睛直勾勾地盯着他，问得直白，

"陆折，你是不是喜欢赵优优啊？"

陆折没有理会她的话。

苏瓷不死心地靠近他。

陆折穿着夏天的短袖校服，露出的手臂精壮有力。她多看了一眼，然后边掰着自己的手指边说："赵优优长得没有我漂亮，身材没有我好，声音没有我的好听，皮肤没有我白，也没有我善良可爱……"苏瓷数了好一会儿，故作惊叹道，"原来我的优点这么多啊！"

陆折已经习惯她的厚脸皮程度，没有吭声。

"陆折，你的审美一定要在线，别看不到我的优秀。"苏瓷拉着他的衣摆，无耻地提要求，"在我还没有完全恢复成人前，你要保持身心干净。当然，这段时间我也不会喜欢别人。"

陆折将洗好的碗碟放在一旁，这才看向苏瓷："你想多了。"

他不会喜欢谁，更加不会有谁喜欢他。

他很清楚，苏瓷平常也只是逗一逗他，想要看他无措和窘迫的样子而已。

陆折叹了一口气："你去休息吧，我回学校了。"

少年神色淡淡的，让人看不懂他在想什么。

苏瓷不喜欢这样的陆折。

眼尾勾起，苏瓷又有了主意："你抱我回房间，我忘记穿鞋了。"

陆折垂眸，只见女孩儿刚才踢他的脚确实光着，纤细的脚踝上还缠着他买的红绳。

陆折皱眉："怎么不穿鞋？"

"我着急找你啊。"苏瓷催促他，"快点儿，地面好冰。"

陆折弯腰，将人抱了起来。

靠在少年温暖的怀里，苏瓷抬起下巴就想往陆折的唇上亲去。趁着他两只手正抱着她，不能反抗，她正可以为所欲为。

怀里的兔子聪明、狡黠得很，陆折偏开头，不断收紧手，只能压着声音训斥她："团团，你乖点儿！"

偷亲没有成功，苏瓷气得两只兔耳朵一颤一颤的。

医院那边，听到医生说抢救成功，儿子没有生命危险时，中年女人终于舒了一口气，瘫坐在医院走廊里的长椅上。

医生说，如果不是抢救及时，孩子就会失血过多而死。

现在想想，她都后怕得浑身发颤、冷汗直冒，仿佛已经感受到失去儿子的惨痛心情。

也不知道是哪位好心人及时帮她打了急救电话，她必定每天为好心人祈福。

而这时的苏瓷已经睡着了，只有富贵知道，它的主人又得到了一团金色棉花糖。

苏瓷这次的感冒来得快也去得快，三天不到，她的兔耳朵就收回去了。

看着陆折递给她的钱，苏瓷疑惑：“你怎么突然给我钱？”

陆折看着坐在沙发上已经恢复成平常模样的女孩儿：“我会离开几天。”

“你要去哪里？”苏瓷没有接陆折给的钱。

“去 B 市参加比赛。”

老师前几天找过他，说帮他报名参加了全国的“希望杯”数学比赛。

闻言，苏瓷立刻说道：“我跟你一起去。”

她才不要自己一个人待在这里，那些外卖怎么比得上陆折的厨艺。

陆折仿佛早猜到她会这样说：“你不能跟去。”他告诉她，“你没有任何证件，上不了飞机。”

苏瓷愣了愣，确实如此。

她气恼地看着陆折：“我不能跟着你，你很开心？”

她那小眼神要多幽怨有多幽怨，如果兔耳朵没有收回去，此刻她的两只兔耳朵必定是耷拉着的。

陆折难得见到她憋屈的模样，眼底的笑意已经藏不住：“不是。”

苏瓷气得哼了一声。

沉思片刻，她突然笑了起来：“我没有身份证没关系，变回兔子，你带着兔子上飞机就好了啊。”想到这里，苏瓷一脸高兴的表情，“我真是个小机灵鬼。我先去收拾衣服，到时候你帮我带过去。”

看着女孩儿欢快地跑回卧室的身影，陆折捏了捏眉心。

他们到达 B 市已经是下午，天气炎热。

刚走出机场，陆折就把苏瓷从笼子里拿出来，捧在手上。

苏瓷在有氧机舱里待了这么久，早就委屈死了，现在被陆折捧在手心里才舒心一些。

对面的赵优优没有想到陆折对那只兔子竟然如此喜爱，就连参加比赛也把兔子带上了。

“哥哥，我可以抱抱它吗？”她也很喜欢毛茸茸的小宠物。

苏瓷知道，赵优优靠着女主角光环得到了参赛的名额。

苏瓷还知道，这次比赛赵优优会拿到三等奖。

不过，这些事都与她无关。

现在听到赵优优想抱她，苏瓷在心里翻了个白眼。她可还记得被对方拔兔毛的事。

苏瓷伸出两只小爪子抱住陆折的手指，用眼神警告他，不许让其他人抱她！

赵优优伸手想要抱兔子。

陆折拒绝了：“她不喜欢你。”

闻言，苏瓷满意地用自己的脑袋蹭了蹭他的掌心。

赵优优没有想到陆折这么直白，哪怕知道陆折性格冷淡，终归还是觉得羞耻。

除了陆折和赵优优，还有其他两名学生参加比赛。

到了酒店，领队的黄老师开始分配房间。

赵优优和其中一个女生同住双人房，陆折本来是和另一个男生住一间双人房。

“不好意思，我想单独住一间房。”陆折向黄老师提出，“我可以自己支付房费。”

考虑到陆折的身体，黄老师温和地说道：“哪里需要你们支付房费，我帮你再开一间房。”

刚推开房门走进去，陆折就看到手里的苏瓷迫不及待地用爪子示意他快点儿。

他摸了摸她的脑袋，毛茸茸的手感极好。

还是小兔子比较可爱。

摸了好几下，陆折捧着兔子走进洗手间。

他低头对着兔子亲了一下，然后把小兔子放在地上，从背包里把准备好的衣服拿出来。

准备妥当，陆折就出去了。

门被关上好一会儿后，雪团似的小幼兔变成了身姿曼妙的少女。

苏瓷从洗手间里走出来，身上的浅烟紫色连衣裙衬得她的皮肤白皙透亮：“终于变回来了！”

她光着脚踩在灰色的地毯上，走到床边坐了下来。

陆折把苏瓷的行李拿出来，慢慢整理着：“我订了饭菜，待会儿服务员会送来。你先吃，我要下楼找黄老师，之后还要去看比赛场地。”

苏瓷点了点头，没有要求跟着去。

她看着这间并不算大的单人房，中间摆放着一张大床，床尾是电视柜和电视，靠窗的位置放着两张单人椅和一个小茶几。

突然想到了什么，苏瓷用脚尖碰了碰面前的陆折。

少年回头，看见女孩儿一双黑眸笑盈盈的，眼底是他熟悉的不怀好意的眼神。

果然，下一秒，他听见她开口：“陆折，这里只有一张床，今晚我们要一起睡吗？”

太阳穴抽了抽，陆折深吸了一口气：“我会向服务员多要一床被子的。”

苏瓷得意地说道：“就算多一床被子，我们还是同床共枕了。”

哪怕夜里和陆折睡在一起，她也不害怕陆折会对她做什么。

吃过饭后，苏瓷没有听陆折的话留在房间里，而是准备出去闲逛。

天色雅苑是私人开设的饭馆，并不对外开放，古色古香的装潢配着外面栽种着青竹的庭院，显得格外雅致。

几个人刚用完餐，从包间里出来。

何家的小霸王何尔盟嘴里叼着一根烟，慢悠悠地走在后面。看着前面端着仪态的女人，他神色不爽：“她还真把自己当作苏家的千金了！”

旁边的沈隽推了推鼻梁上的眼镜：“现在苏家那位正主又不在了，苏父、苏母只能把她当替身了，毕竟她从小在苏家长大。只不过，以前我还以为她是一只小白兔，没想到她藏得这么深。”

何尔盟拿下嘴上的烟："替身？她也配？"

几个人走出门。

前面的秦施烟回过头来，取下墨镜，眼尾处的一颗小泪痣很惹眼："经纪人在等我，下午还有通告。今天跟几位用餐很愉快，我们下次见。"

沈隽嘴角带着淡淡的笑意，点了点头。

秦施烟对他温柔一笑，然而下一秒，看着远处的身影，整个人愣在了原地。

何尔盟顺着她的目光看去，刹那间激动得捏紧了手上的烟，被烫伤也顾不上："是她？"

很快，女孩儿纤细的身影消失在了转弯处。

何尔盟丢掉手里被捏灭的烟，就想追上去。

秦施烟瞬间回神："何大少，你认错人了。"

何尔盟狠狠地瞪了她一眼："放你的狗屁！"

他朝那个方向疯狂跑去。

沈隽转头看去，却什么都没有看到："你们看见谁了？"

秦施烟漂亮的脸上恢复温柔的神色，眼尾下的小泪痣与她的长相有点儿不符："何大少看见一个跟那位长得很像的女孩儿。"

沈隽这才反应过来。

这样的情况已经不是第一次发生了，以前看见一个相似的背影或者一张侧脸，何尔盟都会误以为是那位，然后疯了般追过去。

他还不能接受苏家千金已经去世的事实。

走了一会儿，又渴又累的苏瓷走进了一家饮料店。

纤细的身影已经消失不见，何尔盟看着街道上来来往往的行人，用力踢了一脚旁边的树干，心情灰暗。

这时，他的手机响起。

"沈隽说你看见了小瓷？"他接通电话后，电话那头，男人低沉的声音传来。

何尔盟呼吸有点儿不稳："远哥，这一次我没有认错人，看到的人绝对是苏瓷！"他语气肯定地说，"苏瓷没有死！"

电话那头，苏致远沉默了一下，问："人呢？"

何尔盟抹了一把脸上的汗。小霸王何时这么狼狈过？他声音低了下来："我追过来的时候，就看不到人了……"

苏致远沉声说道："我会让人调查附近的监控。"

看完比赛场地后，陆折与其他人一起回到了酒店里。

赵优优喊住陆折，提议道："哥哥，来之前我已经做好功课了，知道这里有哪些好吃的东西。现在时间还早，我们一起去吧。"

陆折冷冷地拒绝了她："不去。"

看着陆折高大的身影消失在电梯里，赵优优眼里闪过委屈之色。

她失落地往酒店门口走去，迎面走来一个长相漂亮的少女。

少女穿着浅烟紫色的裙子，皮肤白皙，就像一朵在炎夏里盛放的紫罗兰，精致漂亮得让人挪不开视线。

重生后，赵优优一直被学校里的人称为校花，所以对自己的长相很自信。

而现在，看着眼前的这个少女，赵优优被惊艳到了。

她自我安慰着：像这样的女孩儿大多数是有钱家庭娇养或用钱堆出来的，跟她这样天然的长相不一样。

苏瓷早就看到赵优优了，走到她身边时，睨了对方一眼，便淡然走过。

夜里，整座城市浸入了一片夜色中。

苏瓷洗完澡出来，踩着白色的一次性拖鞋走到床边，看着少年整理被子。

陆折找酒店服务员要了一床被子，把被子叠成条状摆在了床中间。

苏瓷算是发现了，小可怜有一颗保守的心："我又不担心你会对我做什么，你不用在床中间放被子。"

陆折回道："我怕你夜里睡过来。"

苏瓷：呵，有被气到！

陆折洗完澡出来时，苏瓷已经躺在床上睡着了。他之前弄好的被子，被女孩儿幼稚地推到了一侧。见她只给他留了一个窄小的位置，陆折无奈地笑了笑，就着苏瓷留给他的位置躺了下来。

陆折这段时间已经习惯了窄小的折叠床，所以现在也不觉得有什么问题。

他闭上眼睛刚要入睡，手上的肌肉又开始抽动。陆折已经习惯了这样的抽动反应——让他惊讶的是，这几天肌肉抽动的次数明显减少了。

沉沉夜色中，陆折紧闭着眼睛，等待着肌肉停止抽动。

就在这时，旁边传来一阵“窸窸窣窣”的声音。

下一瞬，软绵绵的触感靠了过来，女孩儿突然钻进了他的怀里。

“苏瓷！”

“在呢！”苏瓷将那碍事的被子一脚踢开，抱着陆折笑道，“陆折，你今天才亲了我一次，我很快就要变回兔子了。”

女孩儿的身体又软又香，没有骨头似的靠着他。

陆折身体紧绷：“你睡回去！我明天再亲！”

苏瓷不满：“为什么要等明天？你明天就要去比赛了。”

陆折身上的肌肉一阵抽动，怀里的苏瓷又极不安分，像鱼一样动来动去。他浑身紧绷，薄唇抿紧，想要呵斥她让她别闹。

苏瓷一双眼眸亮亮地看着气急败坏的少年。她双手主动搂上他的脖子，没羞没臊地指控着：“别凶我。想我不闹，你可以求求我。”

对于捉弄陆折，故意惹他生气这件事，她乐此不疲。

陆折翻身在上方，把双手撑在苏瓷的两侧，唯恐压着她。而苏瓷突然把他往下拉，他猝不及防地趴在了她的身上。

陆折陷入了一片柔软触感中。

他狠狠地咬了咬牙，低声斥道：“放手！”

苏瓷哪里乖乖听过他的话？

她眉眼弯弯：“陆折，你好重啊，压得我都快要喘不过气来了。”

陆折：“……”

怎么会有这样憋着一肚子坏水儿的女孩儿？陆折叹了一口气。

他低头凑到苏瓷的耳边，低哑的嗓音带着几分轻哄的意味：“别闹了。”

接着，他伸手轻轻摸了摸她的头。

少年的轻抚温柔至极，苏瓷瞬间安静下来。她觉得这一次有点儿不一样，心脏像被人用指尖轻轻地戳了一下，有点儿酥，有点儿麻。

“睡吧，我明天要比赛。”陆折清冷的嗓音在安静的房间里显得越发低沉。

苏瓷乖乖点头。

被苏瓷闹了这么一场，陆折的肌肉抽动已经停止。他看着从窗外透进来的月光，有点儿后悔刚才对女孩儿这样纵容。

她太聪明了，一次次地试探他的底线，一步步将他逼得后退。

陆折轻轻挪开女孩儿搭在他的腰上的手臂，背对着女孩儿，闭眼睡去。

清晨，整座城市沐浴在金色的阳光中。

陆折是被什么东西拱醒的。

他睁开眼低头看去，只见苏瓷的脑袋正往他的怀里钻，白净的脸蛋儿靠着他的胸口无意识地蹭着。

眸色沉了沉，陆折伸手将人推开。

房间里开了空调，温度有点儿低，他起身将掉在地上的被子捡起，轻轻盖在了苏瓷的身上。

这时，门铃响起，来人是赵优优。

“哥，早啊，你准备好了吗？我是来找你一起下楼吃早餐的。黄老师说 9 点在大堂集合。”赵优优今天特意穿了一条嫩黄色的裙子。

裙子是新买的，衬得她的模样越发白皙清丽，她很喜欢这身打扮。

她催促着陆折：“哥，其他人已经下去吃早餐了，我们也抓紧时间吧。”

陆折拒绝道：“我不去，你自己去吧。”

陆折刚洗过脸，眉骨上的水珠顺着他冷硬的侧脸滑下，没入领口里，透着几分难言的性感气息。

赵优优看傻眼了。

“吵死了。”

此时，苏瓷不满的声音突然从房间里面传来，完全打破了赵优优的遐想。

赵优优满脸震惊之色：陆折的房间里有女人？！

她不可思议地往里看去，只见陆折的床上躺着一个人，对方身上盖着被子，一只脚却从被子下露出，小小的一只，雪般白皙，纤细的脚踝上还缠着一根红绳。

陆折的房间里出现了女人，两个人昨晚是一起睡的？

赵优优感觉脑袋一阵眩晕，有点儿思考不过来了。

看着面前冷淡的陆折，赵优优心里酸酸的，有一种被人抢走了她的专属玩具的委屈感。

明明是自己先不要的人，但现在有人要了，她又开始舍不得。

赵优优眼圈发红，脸色难看地看了陆折一眼："我先下去了。"

说完，她快步离开了。

陆折关上门，转过身便看见苏瓷拥着被子从床上坐了起来，白净的脸上满是困意。

苏瓷用幽怨的眼神看着陆折："赵优优找你吃早餐？"

唯恐苏瓷语出惊人，陆折直接告诉她："我拒绝了。"

苏瓷当然听见他拒绝赵优优了，否则自己早就露面了。

苏瓷趴下来，看着陆折低头检查背包里的证件和文具。

她双手托着脸颊，笑意盈盈地说："我不跟你说'比赛加油'了，反正你肯定拿第一名。"

陆折侧过头看向她："为什么这么肯定我会拿第一名？如果我没有拿到呢？"

苏瓷瞥了他一眼，理所当然地说道："第一名就是你的。"

苏瓷坐起身，脚踝上的白玉小葫芦随着她的动作晃了晃。

她盯着陆折说道："要不你跟我打赌，你拿了第一名就答应我一件事，要是没有拿第一名就答应我两件事。"

陆折笑了笑，没有应声，拿起背包往外走去。

这不是选择题。

陆折走了之后，苏瓷继续补眠，再起来的时候已经是中午了。

看着服务员送来的午饭，苏瓷才知道陆折早已给她订好餐了。

小可怜真是贴心。

苏家。

苏致远刚从公司回来，一向紧锁的眉头难得舒展了几分。

“大少爷，你回来了？”华嫂看着苏致远回来，赶紧打招呼。

“我妈呢？”苏致远五官精致，却没有半点儿女气，气质偏冷，给人一种矜贵公子的疏离感。

“夫人在小姐的房间里。”华嫂的目光中有几分不忍，她是苏家的老用人了。

小姐是她看着长大的。说句大不敬的话，她把小姐看作半个女儿。那样漂亮娇气的人儿就这样没有了，苏家上下都悲伤了很久。

“我去看看。”苏致远很久没有踏进妹妹的房间了，里面的一切都保持原样，每一件摆设都是妹妹喜欢的。

苏致远看见苏母坐在妹妹的床上发呆，大步走了过去：“妈。”

“你回来了？”苏母看着半蹲在她身前的大儿子，一下子红了眼眶，“我想瓷瓷了。”

女儿就是她的心肝宝贝，现在人没有了，她连呼吸都难受。

苏致远从文件袋里拿出一沓照片：“妈，你看，是瓷瓷。”

照片是监控上的截图。

苏母拿着照片的手颤抖着。她想要仔细看看手里的照片，却被涌出的眼泪模糊了眼睛。

苏致远拿来纸巾递给母亲：“妈，瓷瓷没有死。”

“你找到她了吗？”苏母的声音都是颤抖的，保养得极好的脸上满是泪水，她丝毫顾不上自己失态的样子，“瓷瓷在哪里？快带我去见她！”

苏致远神色黯了下来：“还没有查出她去了哪里，不过我们现在能确定瓷瓷没有死。我会尽快找到她的。”

苏母激动不已：“你爸爸知道吗？”

苏致远摇了摇头：“还没有告诉他。”

“我给你爸打电话。”

自从女儿没有了以后，好几次深夜里她都听见丈夫在哭泣。

第五章

团团，别闹

陆折和苏瓷回到住处的时候已经是第二天下午。

她趴在陆折的手掌心上，眼巴巴地看着陆折，希望陆折赶紧亲她！

陆折看着掌心上急得几乎要跳脚的小兔子——很可爱，而这样可爱的团子变成人后又坏得很。

得不到回应的苏瓷更急了，用脑袋去蹭陆折的手掌心。

陆折不紧不慢地将兔子放在床上。想起苏瓷昨天在火锅店里凑在他耳边笑他耳朵红了的模样，他揉了揉她的脑袋，接着轻捏了一下她的耳朵。

下一瞬，兔子直接趴在了床上。

陆折勾唇，凑近软成一团的兔子，漆黑的眼里满是笑意。

在兔子可怜巴巴地看了他片刻后，陆折才低头亲了一下。

门被关上。

苏瓷一边扯过旁边的被单遮住自己的身体，一边抱怨陆折又捏她的耳朵。

等苏瓷恢复体力出来的时候，便看见陆折蹙着眉，身上背着背包。

苏瓷疑惑地问："你要出去？"

陆折点了点头："我有事，要出去两天。"

他们才刚从B市回来，还没有好好歇息呢。

“发生什么事了？”

“院长病重，我去看看她。”

陆折收到了儿童福利院朋友发来的信息，说院长病重，让他回去看看。

苏瓷沉默了一会儿，一声不吭地转身回房。

陆折着急往外走，朋友的车已经在外面等着了。

他刚打开门，后面便传来了拉箱子的声音。

苏瓷把刚放回去的行李箱又拉了出来：“你怎么不等我？”

她瞪大眼睛看着陆折。

“你不用去，从这里开车过去要两个多小时，路上会很累。”

而且儿童福利院很偏僻，她去了也不会喜欢。

苏瓷直接把行李箱交给了他：“好重！你帮我拿着。我们是搭车过去？”

陆折再次提醒她：“一路上会很辛苦。”

苏瓷一点儿也不在意：“我是吃苦耐劳的人。”

陆折勾唇：“嗯。”

他只希望她到时候别哭。

陆折的朋友叫胖福，比陆折大两岁，没有念大学，现在自己开了一家小饭店，生意还算不错。

饭店的伙食好，他以前还算瘦削的身材还没有到中年就开始发福了。

他和陆折小时候都受过院长的恩惠，知道院长病重，两个人第一时间就想回去。

胖福看了看时间，正准备打电话给陆折时，就看到高大的少年拉着行李箱从旧小区里走了出来。

胖福打开后备箱，降下车窗：“我们去两三天，你又是背包又是拿箱子的，这不像你的风格啊。”

就在这时，苏瓷从陆折的背后探出头来：“箱子是我的。”

胖福瞬间蒙了。

陆折将行李箱放好，又打开车门让苏瓷先坐进去。

“阿折，你不介绍一下？”

胖福哪里见过这样漂亮的女孩儿，有点儿拘束。幸好来之前洗了一遍车子，车内也喷了空气清新剂，否则，他都不好意思让这么精致的女孩儿坐他的车。

“她叫苏瓷。”陆折又向苏瓷介绍胖福：“他叫祈福。”

胖福没敢直视苏瓷：“可以叫我胖福。”

苏瓷觉得对方除了长相讨喜，名字也讨喜。她看了一眼对方的生命值，是6个黄色格子，至少还有60年的寿命，确实是有福气的人。

一路上，苏瓷发现胖福的性格与陆折的截然相反。

陆折不爱说话，胖福却是一路说个不停。他是一家小饭店的老板，每天要招呼不同的客人，知道的趣事也多。

苏瓷靠着车窗，听得认真，时不时搭上一两句话。

车子开上高速，苏瓷有点儿困，坐了一上午的飞机，还没来得及休息。

她用手碰了碰旁边闭眼养神的少年。

陆折看向她。

“我困了。”苏瓷可怜巴巴地与他对视。

陆折脸上的神色在隧道明灭的光里柔和了几分：“还有两个小时才到，你先睡一会儿。”

他原本想让女孩儿靠着他的肩膀睡一会儿，却不料苏瓷伸手拍了拍他的大腿：“我睡这儿。”

陆折：“……”

苏瓷直接躺了下来，头枕在陆折的大腿上。

从下往上看陆折，她只能看到他的下巴。她故意抱怨：“陆折，你的大腿太硬了，一点儿也不舒服。”

陆折平常坚持锻炼，腿上的肌肉自然紧绷，哪里像她的腿那样柔软。

陆折皱眉：“你起来。”

苏瓷可不会听他的，闭上眼睛表示拒绝。

陆折试图让自己腿上的肌肉放软，打开旁边的背包，从里面拿出一件干净的衣服垫在女孩儿的后脑勺下面，又拿出一件干净的衣服盖在她的腿上。

感受到腿上的暖意，苏瓷睁开眼睛赞赏地看了陆折一眼。

胖福时不时地朝后视镜看去，当然看到了陆折在做什么。

虽然陆折没有明说他跟苏瓷的关系，但是在胖福看来，两个人并不像朋友那样简单。

苏瓷是真的累了，没多久就睡着了。

睡梦中，她转了个身，头转向了陆折。

陆折浑身一僵，赶紧伸手将她的头挪开。

下一秒，苏瓷感觉不舒服就又靠过去，还蹭了蹭。

陆折咬着牙，再次将人推开。

苏瓷是被陆折推醒的，睁开眼便对上少年过分漆黑的眼眸："到了？"

陆折板着脸，推开她："没有，你坐好。"

苏瓷坐起来，以为是陆折的腿麻了，主动伸手去帮他捏大腿："是不是被我枕麻了？"

女孩儿的手软软的，陆折腿上的肌肉瞬间绷紧。赶在自己失态前，他隔开她的手："不用了。"

苏瓷也没有坚持，打了个哈欠，没有骨头似的靠在陆折的肩膀上："我继续睡了。"

陆折闭了闭眼，才应声："嗯。"

他们到儿童福利院时已经是傍晚，橙黄的夕阳余晖落在屋顶上，映照着"开心快乐屋"几个大字。

苏瓷第一次来儿童福利院，原本以为儿童福利院会给她一种陈旧、凄凉的感觉，此时看着墙面上充满童趣的油画，才发现自己想错了。

出来接他们的是一个年轻女孩儿，是儿童福利院的工作人员。

工作人员在前面带路："院长应该醒了，你们跟我来。"

他们路过一间教室时，里面的孩子睁着好奇又纯真的眼睛看向他们。

苏瓷好奇，陆折小时候是不是也像这些小萝卜头一样可爱？

院长昨天才从医院回来，此刻躺在床上，病容很明显。

"是小折？"院长头上有不少银发，脸上是岁月留下的深深刻痕，眉目和善，气质祥和，很受小孩子们喜爱。

看到院长要坐起来，陆折连忙上前帮她在背后垫了一个枕头："院长，是我。"

"小折还是没有变，依然这么细心。"院长拿过旁边床头柜上的眼镜戴上，发现旁边还有一个陌生的女孩儿，"这位是……？"

"院长奶奶好，我是陆折的朋友，跟他一起来看看您。"苏瓷上前，小嘴里的甜话不要钱似的，“陆折经常向我提起您，说您和善，一直对他很好……”

院长顺着苏瓷的话，聊起了陆折小时候的事。

陆折从小就不太爱说话。平常小朋友们凑在一起玩儿游戏，他就独自坐在角落里捧着一本书看，也不知道看不看得懂，反正自己能待上一整天。

他从不像其他孩子那样闹情绪，也不会与其他孩子发生争执，是一个特别好带的孩子。

苏瓷已经想象出那个画面：一个缩小版的陆折，小脸蛋儿绷得紧紧的，独自坐在角落里看着书，可爱，又懂事得让人心疼。

苏瓷看向笔直地站在她身旁的少年，小陆折长大了依然是小可怜。

陆折倒了杯温水给院长。

院长这才发现自己有点儿口干，接过陆折递过来的水：“小折这孩子真是细心。”

“院长，我带了很多好东西给孩子，您也夸夸我啊。”胖福从外面走进来。他刚才把带来的物资从车里搬下来，让工作人员分发给孩子们。

院长布满皱纹的脸上带着浓浓笑意：“你是祈福吧，胖了。”

“我的伙食太好，控制不住嘴巴就开始长膘了。”胖福走过来，“您的身体好些了吗？”

院长笑着点了点头：“好，好，好。”

一旁的苏瓷看到了院长的生命值，漂亮的脸上没有了笑意。

院长的手腕上是红色的线条，旁边标注着 2 个月的时间。

苏瓷问富贵：“院长是病死的？”

富贵：“是的，主人你救不了她。”

否则，它早就迫不及待地让主人救人了。

苏瓷：“嗯。”

如果是意外，她还有机会救人。但现在，她束手无策。

院长的精神不太好，跟她聊了一会儿，他们就从房间里退了出来。

“我问过照顾院长的工作人员，她说院长的情况不太好。她老人家可能也清楚自己的身体状况，不愿意再住院。”其实胖福也清楚，院长现在的状况只能是熬时间。他无奈地叹了一口气：“明天等院长精神好点儿，我们跟她谈谈。如果她坚持不愿再去医院，我们就多陪她说说话。”

“你说得对，我去找工作人员问问有没有空房间，我们今晚在这里睡。”陆折道。

这里比较偏僻，附近没有宾馆，开车去城镇中心要半个多小时。

陆折看向旁边的苏瓷：“今晚我们住这里，你要是不适应，我可以带你去找酒店。”

“不用。”苏瓷摇了摇头。

陆折小时候都能在这里睡，难不成她还比不上小陆折？

儿童福利院内还有两间空房，每一间都有 8 张上下床，相对应地，房内还有 8 个小柜子，是给孩子们放自己的衣物的。

床上已经铺好被子，是浅蓝色的被套。

苏瓷没有过睡上下床的经历，不敢睡上铺，担心自己半夜从上面滚下来，只能睡下铺。

夜里的儿童福利院很安静，偶尔传来孩子们的嬉笑声。

上下床都是硬木板，只垫了一层薄薄的软垫，木板硌得苏瓷浑身都疼。

她躺在床上翻来覆去，怎么也睡不着，便拿起手机给陆折发消息。

另外的房间内，此时胖福正在跟陆折聊天。

他好奇了一路，还是忍不住问出了口：“你和苏瓷是情侣？”

陆折擦着头发，冷声说道：“不是。”

不考虑陆折的身体问题，胖福小声说道：“你们俩还挺配的。”

两个人一个帅，一个美，怎么看都相配。

胖福问陆折：“苏瓷知道你的病？”

“嗯。”

苏瓷知道陆折的病，还愿意跟陆折走在一起，胖福确定：“苏瓷喜欢你。”

一路上，他看见苏瓷一直黏着陆折，二人之间显然是苏瓷更主动。

陆折低垂下眼帘：“不是。”

他知道，苏瓷跟在他身边只是为了维持人形，而不是喜欢他。

胖福觉得自己没有看错：“怎么不是？我看得出她……”

陆折把毛巾丢向胖福，盖在了他的头上：“我的命不长了。”

陆折的话直接堵住了胖福的嘴。

胖福一把扯下头上的毛巾，看见陆折神色淡淡的，嘴角挂着自嘲的笑容。

就在这时，敲门声打破了房间内的尴尬气氛。

“谁在敲门？”胖福正要起身，陆折已经走到了门口。

穿着雾蓝色裙子的苏瓷站在门外，看见陆折，笑弯了眼。

“有事？”陆折问她。

苏瓷用眼神控诉他：“你没有回我的信息。”

“我刚才没有看手机，怎么了？”

“我睡不着。”她有点儿不好意思，“床太硬了。”

苏瓷不承认是自己娇气，只认为是这副身体娇气而已。

陆折小时候睡了好几年这里的床，明白她睡不习惯的原因：“我帮你找床垫。”

苏瓷点了点头，哪里会不答应？

胖福眼看着陆折就这样被苏瓷叫走了。

他还记得，小时候的陆折不喜欢跟女孩子接触，即使长大了也一样。可刚刚，他看见陆折是被苏瓷拉着手离开的，而且陆折没有甩开苏瓷的手。啧，这人身体比嘴巴诚实。

这里不光空气好，晚上夜空中还有很多星星。

苏瓷不急着回去铺床，让陆折带她在周围走走。

儿童福利院的后面有一个小草坡，旁边搭建了不少滑梯和其他游乐设施。

苏瓷坐在小秋千上，侧过头对帮她推秋千的少年说：“人有生老病死。”

她不能告诉陆折，院长只有 2 个月的寿命。

陆折看向她：“我知道。”

“假如喜欢你的人不在了，会有另一个人替补上。”

院长真的不在了，她也会关心、照顾陆折，好好赚钱养他。

陆折幽幽地看了她一眼，她确实很容易找到喜欢她的人。

苏瓷不知道陆折有没有收到她的暗示，目光坚定地看着他：“反正谁离开你，我都不会离开你的。”

毕竟，她和他的命运绑定在一起了。

陆折推着秋千，看见女孩儿雾蓝色的裙摆在月色下绽放：“嗯。”

苏瓷的眼尾上挑，小泪痣在夜色里衬得她分外妖娆。她问陆折：

“陆折，都说在草坡上亲吻特别浪漫，你要尝试一下吗？”

陆折已经习惯苏瓷时不时逗他了，深深地看了她一眼：“明天我会让院长帮忙出一份证明，然后就带你去派出所办理身份证。”

苏瓷没有身份证，在这个社会上寸步难行。

苏瓷点了点头：“好。”

她从秋千上下来，拉着陆折往旁边的草坡走去：“快，你躺下。”

月光下，漂亮的女孩儿一脸跃跃欲试的表情。

陆折扶额，浑身的清冷气息被眼前这个一肚子坏水儿的女孩儿磨得荡然无存。

苏瓷看着躺在草坡上的面容清俊的少年，趴在他的胸口上笑个不停，鼻子却有点儿酸：“陆折，你真好。”

晚上没有吃饱，胖福跑到附近的一家小超市买了两桶泡面回来。

他正大口吸溜着面，房间的门突然被打开。

看着走进来的陆折，胖福差点儿把嘴里的面喷出来。

他使劲把嘴里的面咽了下去，抹了一下嘴，惊讶地问道：“我去！你去滚草堆了，怎么身上都是草？”

陆折没有应声。

想到刚才苏瓷趴在他的胸口上想要亲他，他的手伸出捂住了自己的嘴，而女孩儿的唇落在了他的手背上，少年黑色短发下的耳朵逐渐泛红。

清晨，苏瓷是被孩子们的嬉笑声吵醒的。

她从房间里出来，就看见好几个小孩儿正围着胖福玩闹。

另一边，有好几个孩子围着陆折，不知道在做什么。

苏瓷走过去，围在陆折身边的几个小孩儿看见她，一脸害羞和好奇的表情。其中一个长得白嫩的小女孩儿没有忍住，奶声奶气地说道：“姐姐好漂亮。”

旁边的小男孩儿抢着开口：“我知道，我知道，这是天使姐姐。”

另外一个穿着红色T恤衫的男孩儿反驳道：“是神仙姐姐。”

他有点儿害羞，脸蛋儿红红的。

一大早就收到这么多甜甜的“彩虹屁”，苏瓷本来还泛着困意的眼睛瞬间亮了起来。她赞同地点了点头：“你们有一双发现美的眼睛，眼光太好了，不愧是祖国可爱的花朵。”

得到夸赞，旁边的小女孩儿笑弯了眼睛：“漂亮姐姐夸图图厉害！”

“我也厉害！”

小萝卜头们争着围了过来：“我最厉害……”

苏瓷凭着一张漂亮的脸，一下子打入了孩子圈。她正想对陆折炫耀，却看见陆折从围栏里抱起一只白色的兔子。

陆折抱其他的兔子？！

苏瓷走过去，目光挑剔地看着陆折怀里的大白兔：“毛色不够纯，手感看着就不光滑，眼睛无神，身形肥硕。”苏瓷鉴定完毕，“这只兔子一点儿也不可爱。”

陆折笑了：“它很温驯。”

苏瓷直勾勾地盯着陆折摸兔子的大手：“陆折，你是要‘红杏出墙’吗？”

她凑近他，看见陆折的手竟然在摸兔子的耳朵。她一下子就心酸了，记得陆折之前也很喜欢捏她的兔耳朵。

苏瓷轻哼一声，瞪着陆折手里那只表情呆滞的兔子：“今晚就吃红烧兔头！”

旁边的小女孩儿恐惧地摇头：“不吃兔兔，不能吃兔兔！”

“兔兔是朋友，不能吃。它好乖的。”穿着红衣服的小男孩儿也赶紧劝苏瓷。

陆折意味不明地看着苏瓷，声音难得轻柔：“别闹，你不能吃同类。”

苏瓷：“……”

苏瓷把富贵喊了出来：“陆折怎么这么可恶，当着我的面抱别的兔子！”

富贵兴奋不已：“太过分了！主人，他这是出轨的行为，你不能纵容！”富贵开始实施离间计，“主人你应该惩罚陆折，下次不要把金色棉花糖都给他。”

最好都留给它。

苏瓷将陆折手里的兔子抱走，丢给红衣服的小男孩儿，像极了童话里的坏巫女：“你快抱走这只丑兔子，不然我今晚就要吃麻辣兔头。”

小男孩儿被吓得赶紧抱住兔子：“姐姐坏，不能吃兔兔哇！我们快把兔兔藏起来！”

说着，几个小萝卜头连忙抱着兔子逃命去了。

苏瓷主动拉过陆折的手，牵着他走到洗手台前：“你摸过其他的兔子了，要把手洗干净。”

陆折看着苏瓷白皙柔软的手在水龙头下用力揉搓着他的大手。

“这么在意我抱其他的兔子？”他觉得有几分好笑。

揉搓了几下，苏瓷觉得陆折的手已经洗干净了。

她关上水龙头，帮他甩了甩手上的水，目光怨怼地瞪着他：“你太贪心了，有了我，还去抱其他的兔子！它们有我可爱吗？有我漂亮吗？”苏瓷挨近陆折，将他洗干净的大手放在她的脸颊上，“你只能摸我，只能抱我！”

陆折抱其他的兔子就是不行！

苏瓷的脸白皙光滑，触感细腻，软软的，她蹭得陆折的手掌心渐渐发热。

怎么会有这样的女孩儿？明明提出的是无理又霸道的要求，她却理所当然得让他难以拒绝。

陆折低声问她：“如果我不答应呢？”

苏瓷瞬间奓毛，凶巴巴地看着他：“你抱一只兔子，我就吃一次麻辣兔头！”

陆折被逗得低声笑了起来。

苏瓷这才发现他笑的时候，左侧的脸上有一个浅浅的小酒窝。她稀罕地多看了几眼，喜欢得不行。

少年的小酒窝是灌了蜜吧，不然她为什么会觉得这么甜？

院长醒来后，陆折和胖福去看她。

苏瓷自己一个人在儿童福利院里闲逛，听说这里收留了二十几个小孩儿，大的已经上初中，小的才一两岁。

看着那一张张纯真可爱的笑脸，苏瓷不明白，为什么会有人舍得丢弃他们。

苏瓷想到了陆折，他也是被丢到儿童福利院的。

苏瓷走进一间教室，里面摆放着整齐的桌椅，显然是孩子们平常上课、吃饭的地方。教室前面放着一架钢琴，看起来有些旧，应该是好心人捐赠的。

苏瓷在钢琴前坐下，纤细的手指在琴键上跳跃，悦耳的钢琴声缓缓响起。

她弹完一首钢琴曲时，旁边已经站了好几个小萝卜头。大家都睁着黑溜溜又好奇的大眼睛看着她。

苏瓷问他们："好听吗？"

"好听，姐姐是天使吗？"小男孩儿觉得面前这个姐姐好漂亮。

苏瓷摇头："天使会拯救人，会帮助大家。"

但她不能。

"那姐姐是什么？"旁边的小女孩儿疑惑地看着苏瓷。

"姐姐是漂亮的妖精！哪个小孩子不听话，我就会吃掉他！"苏瓷看向他们，"你们听话吗？"

"听话，我最听话了。"

"宝宝也听话。"

"听姐姐的话，别吃我。"

啧，小孩子比陆折好哄多了。

"天才他快死了。"这时，一个小男孩儿指着角落那边，"姐姐，甄天才他快死了，你吃掉他吧。"

苏瓷看过去，才发现角落里坐着一个小男孩儿。

苏瓷问他们："他怎么快死了？"

旁边大一点儿的男孩儿告诉苏瓷："护工姐姐说天才的心脏出了问题，如果不跳了他就会死。"

心脏病吗？苏瓷走过去，才发现这个叫天才的小男孩儿长得很好看，只是脸色苍白，一双黑眼睛愣愣地看着她，很安静。

苏瓷想起昨晚院长讲的陆折小时候的事情，那时候的陆折是不是就像面前这个小男孩儿一样，独自坐在角落里，安静地看着其他孩子玩耍？

"你叫甄天才？"苏瓷靠着墙壁，学着小男孩儿的姿势坐了下来。

小男孩儿点了点头，目光疑惑地看着陌生的姐姐。

"为什么不跟其他的小朋友玩儿？"苏瓷问他。

甄天才摇了摇头。

"你生病了？"

甄天才黑溜溜的大眼睛里的光黯了下来。他点了点头："我很快就会死掉。"

他偷偷听到其他人说他活不久。

孩子稚嫩的声音里的绝望之意让苏瓷愣了愣。

她伸手将甄天才的小手翻过来，只见他的手腕上是 6 个黄色格子，也就是说他还有 60 年的寿命。

苏瓷笑了。

"不会。"苏瓷摸了摸他的脑袋，"你不会死。"

甄天才疑惑地看着她。

"你知道我是谁吗？"苏瓷问他。

甄天才又摇了摇头。

"我是天使。"苏瓷笑盈盈地说道，"漂亮的天使姐姐告诉你，你不会死，会活很久。"

甄天才睁大了眼睛，高兴又不敢相信。

苏瓷伸出手指："天使不会说谎。你要是不相信，我跟你拉钩。"

甄天才小心翼翼地伸出自己的小手指，迟疑地勾上了苏瓷的手指。

苏瓷勾紧了他的小手指："小天才可以活很久，跟其他的小朋友一样久。所以你可以做很多你想做的事，不用担心会死。"

甄天才的大眼睛像小星星般亮起，他用力地点了点头："嗯。"

天使姐姐说他不会死。

苏瓷觉得小孩子真是太好哄了，要是陆折也这样容易哄，那自己求亲吻时就容易多了。

她往外走去，正好看见陆折来找她。

"你回房拿行李箱，待会儿我们去派出所办理你的身份证。"

孤儿凭着儿童福利院开的相关证明，成年后可以去当地派出所办理身份证，他刚才拜托院长帮苏瓷开了一份证明。

"我们要回去了？"苏瓷问他。

"嗯，办完身份证我们就回去。"

胖福那边还有事，不能耽搁太久。

车子里，苏瓷降下车窗，看着外面一张张纯真的小脸儿，他们热情地对她挥手说着再见，尤其是甄天才——小家伙站在几个小孩子身后，笑得腼腆，跟她说：“天使姐姐再见。”

苏瓷笑了，这些小萝卜头真可爱，希望他们能快乐长大。

苏瓷和陆折到达当地派出所时，负责工作对接的是一个女警员。

她让苏瓷先填写资料和提交了照片。

最后苏瓷留下了地址。

等苏瓷他们离开后，女警员看着照片里的苏瓷，总觉得像在哪里见过。

“你怎么一直盯着人家的照片，有问题？”旁边的男警员用手肘碰了碰女警员，“不过，这女孩儿长得真是漂亮，总感觉好像在哪里见过。”

“你也觉得熟悉？”女警员问他。

“嗯。”男警员没有想起来，“算了，别想了，赶紧工作吧。”

女警员把照片放好，准备录入资料时，目光落在了刚才女孩儿填写的名字上。

苏瓷？

女警员皱眉，突然拿起照片站了起来。她记起自己在哪里见过这个女孩儿了，这是苏家要找的人！

此时的苏家。

秦施烟今天没有通告，特意来苏家看望苏母：“阿姨，这是我刚才亲手做的，您尝尝。”

说完，她把手里提着的盒子交给了华嫂。

她也算是从小在苏家长大的，但以前走的是苏家的后门。

自从她父亲救了苏盛国，从苏家的司机变成苏盛国的救命恩人后，她才有机会成为苏家千金的玩伴，从苏家的正门进出。

苏母神色淡淡的：“放着吧，我现在没有胃口。”

秦施烟赶紧关心地问道：“阿姨，您是身体不舒服？”

不知道是不是她的错觉，自从她在眼尾点了一颗与苏瓷一样的小泪痣后，苏母对她的态度就大不如前了。

秦施烟的眸色微沉。

原本她打算让苏家人在她身上看到苏瓷的影子。她跟在苏瓷身旁多年，多多少少学到些苏瓷的行为举止，而且不介意成为苏瓷的影子。

然而，她觉得自己点泪痣这一步棋可能走错了，苏母对她的态度明显冷淡很多。

但没关系，她自认是一个有耐性又聪明的人。

秦施烟整理好思绪，才开口："阿姨，我昨晚梦见瓷瓷了。"

苏母这才看向她，情绪明显有了起伏："你梦见她什么了？"

"我梦见以前跟瓷瓷一起玩闹的日子。我跟瓷瓷一起长大，现在她不在，我每天都想她。"秦施烟的声音充满伤心失落之意，眼里也泛起了泪光，她问得直白，"阿姨，您是不是不喜欢我这颗跟瓷瓷一样的泪痣啊？"

苏母确实不喜欢。在她看来，女儿的一切都是独一无二的。她并不喜欢秦施烟这种刻意模仿女儿的举动。

"我只是太想念瓷瓷，甚至在想，当初被绑架的人为什么不是我？掉进海里的人为什么不是我？"秦施烟眼里溢满泪水，脸上是真真切切的伤心神色，"所以，我去点了这颗跟瓷瓷一样的泪痣，这样照镜子时，就能想起瓷瓷。"

苏母再疼爱女儿，也说不出让人代替女儿去死的话。想到秦施烟这孩子从小与女儿一起长大，她叹了一口气："你有心了。"

自从前天儿子给她看了女儿的照片，告诉她女儿没有死，她的伤心情绪已经变成着急。儿子和丈夫都派人去找了，她相信不用多久便能把女儿找回来。不过，这件事她没有声张。在女儿被找回来前，他们都不打算公开此事。

秦施烟看见苏母的目光柔和了几分，知道自己的话打动了她。

接下来，她顺着苏瓷的话题跟苏母继续聊下去，时不时提起苏瓷的一些趣事，苏母的脸上逐渐有了笑意。哼，苏瓷哪里有什么趣事？被苏家娇惯长大的千金小姐，根本就没有把她当成朋友。

苏瓷又娇气又做作，平常变着法子捉弄她，而这些在苏母看来，都是女儿的趣事。

真令人讨厌。

幸好，苏瓷已经不在了。

秦施烟想起那天碰见的女孩儿，眼神又是一沉，真是祸害遗千年。

跟苏母聊了一番，哄得苏母喜笑颜开后，秦施烟才离开。

她刚走到花园里，就看见刚从外面回来的苏致远，不由得心上一喜，神色愈加温柔：“苏大哥，你回来了？”

苏致远对她颔首后，直接从她身旁走过，丝毫没有停留的意思。

秦施烟咬了咬唇。

她的模样虽然比不上苏瓷，但是在娱乐圈里也胜过无数女明星。

而苏致远对她的喜欢视而不见，如果不是因为苏瓷，恐怕连眼神都不愿意给她。

苏致远走进屋，告诉沙发上的苏母：“妈，我明天飞D市一趟，很快回来。”

“你找到瓷瓷了？”苏母打了一个激灵，挺直了背。

“不是，是生意上的事。我和爸爸会让手下的人加快速度找的，相信妹妹很快就会回来！”

他收到了警方的消息，说苏瓷在D市。他打算赶过去一趟，亲自将妹妹接回来。在没有亲眼看见妹妹前，他不想让母亲再次失望。

苏母的神色黯了下去：“我让华嫂帮你收拾行李。路上注意安全。”

苏致远应声：“好，我会的。”

陆折去学校后，苏瓷无聊得发慌。

她看了一眼时间，打算去接陆折放学，然后跟他一起去店里上班。

外面太阳猛烈，她的皮肤白皙，她自然很疼惜自己，涂抹了一层防晒霜后，换上美美的裙子，带上雨伞，才慢悠悠地出门。

走路是不可能走路的，她打车来到学校门口，发现时间还早。

苏瓷正打算到附近的饮料店坐一会儿，却看到一个女生哭着从学校门口走了出来。

女生一边擦眼泪，一边伤心地哭着。

下一秒，女生被保安大叔拦住了。还没有到放学时间，学生没有请假条不能离校。

女生跟保安争吵起来。

苏瓷撑着伞站在校门外多看了几眼，无意间看到女生的生命值只剩下10分钟了。

苏瓷皱了皱眉，问富贵：“这个女生是怎么死的？”

富贵：“她要跳楼。主人，救她拿金色棉花糖。”

富贵记得昨天主人因为陆折抱了其他的兔子生气了，说不定这一次的金色棉花糖就是它的。

富贵：“主人救人，主人救人……”

苏瓷被吵死了：“你闭嘴。”

她看见女生没有被允许出校，反身往校内走去。

苏瓷赶紧追上前，却被保安大叔拦住：“你是学校的学生吗？”

苏瓷表情乖巧地告诉保安大叔：“我有急事，来找哥哥的。”

“进入学校要登记，你先填一下表。”保安大叔让苏瓷登记。

眼看着女生就要走远，苏瓷赶紧填表。

女生哭着走上天台，苏瓷在后面悄悄跟着，爬了六层楼梯，两腿都有些发酸了。

寻死的方式这么多，女生为什么非要跑上天台？

呜——她为了救人，为了陆折，付出太多了。

苏瓷喘着气，好不容易来到天台上，看见那个女生已经坐在了栏杆上。

“等……等一下！”苏瓷连忙出声制止对方。

女生看着突然冒出来的人，大声喊道：“你别过来！”

“哦，我不过去。那边的太阳很晒，我站这里就好。”苏瓷站的位置正好晒不到太阳。

女生：“……”

苏瓷缓了几口气后，问女生：“你要跳下去？”

“关你什么事？”女生一边哭，一边呵斥苏瓷。

苏瓷的目光落在对方胸前别着的学生名牌上。

沈雪？苏瓷觉得这名字有点儿熟悉。

苏瓷抿了抿唇，努力回想着，终于记起书里有一个炮灰女配角叫沈雪。

苏瓷记得，这个女配角确实死掉了，书里只提到一句：她落得悲惨下场。

原来，她是从天台上跳下去的。

看着面前这个明显被降智的女配角，苏瓷叹了一口气：“确实不关我的事，我上来只是想吹吹风。不过，你的长相还算漂亮，你若是真跳下去，你的脸就毁了，头骨炸裂，脸也会裂开，说不定眼珠子也会掉出来。你确定要跳吗？”

听到苏瓷的话，沈雪整个人愣住了。

她握紧了栏杆，弱弱地说道：“不……不关你的事。”

“我知道。我就是上来吹吹风的。”苏瓷撑着伞，优雅地站在楼梯口处看着她，“你要跳的话，能等我离开学校再跳吗？我害怕看见你恐怖的样子，会做噩梦的。”

“你……”沈雪呼吸一窒，对方究竟是想要她跳，还是在劝她不要跳啊？！

“唉。”苏瓷又叹了一口气，“你为什么要死？因为在赵优优面前丢脸？还是因为被傅白礼伤了心？”

沈雪瞪大了眼睛：“你怎么知道？”

苏瓷告诉她：“事情在全校都传开了。”

沈雪更想死了。

“我说，你的眼光也太差了，傅白礼那样的人值得你为他死？”苏瓷完全不懂。

“不许你诋毁他。”沈雪还是很喜欢傅白礼的。

苏瓷撇了撇嘴，一脸不屑的表情：“我说的是事实，他长得没有我的陆折帅，成绩没有我的陆折优秀，性格还没有我的陆折温柔。”

啊，这样一比较，她发现陆折更好了。

“你说你图傅白礼什么？图他眼瞎？那你比他更眼瞎。”苏瓷语气里带了几分恨铁不成钢和嫌弃的意味。这样容易为别人放弃自己的生命的人，她看不起。

沈雪不哭了，咬着牙。

她就没有见过这样劝人的人！

“你这个人说话怎么这么可恶？”沈雪抹了一把眼泪，气呼呼地瞪着苏瓷。

天台上阳光特别猛烈，一点儿风都没有，苏瓷快要热死了。

她没好气地说道：“忠言逆耳，我说的都是事实。一个傅白礼而已，长得比他帅的人多了去了，你至于为他去死吗？说不定他都不知道你叫什么名字。”

书里说，炮灰女配角死了后，男主角傅白礼也不知道为他死的这个女生叫什么名字。

沈雪这不是白死了吗？

以前苏瓷听说过不少为爱寻死的事，只觉得那些人又蠢又可怜。

面前的沈雪跟那些人一样是恋爱脑，世上明明有一大片森林，非得撞死在一棵长得不怎么样的树上，傻不傻啊？！

苏瓷看了一眼对方握紧栏杆的手，手腕上的生命值已经变成了黄色格子，虽然没有看到寿命是多少，但是知道沈雪不会跳下去了。

“你还不下来？”苏瓷问沈雪，“快放学了，我要去找陆折。”

对方都不想死了，她哪里还会在这里浪费时间？

看着苏瓷真要转身离开，沈雪赶紧把人喊住：“啊啊啊，你别走。你不怕我真的跳下去吗？”

苏瓷摇了摇头：“不怕。”

沈雪傻眼了。

“等一下，等一下！”沈雪赶紧喊住苏瓷。

苏瓷皱着眉看向她：“你还有事？”

下课铃已经响了，她赶着去找陆折。

沈雪咬了咬唇，眼睛红红的，脸也红红的，不好意思地看着苏瓷：“我腿软，你过来扶我下去可以吗？”

刚才一心想死还不觉得，现在自己坐在栏杆上，沈雪才感觉自己就像被吊在半空中，吓人得很，她的两条腿都在发抖。

苏瓷不可思议地看着她：“刚才我以为你连死都不怕，还想夸你厉害来着。”

没想到现在这么胆小，她到底哪里来的勇气跳楼？

苏瓷撑着伞走过去，把自己的手递给沈雪：“你赶紧下来，我赶时间。”

沈雪寻死没死成，现在感到一阵羞耻。她握住了苏瓷的手，从栏杆上慢慢下来。

站在地上的时候，沈雪双腿还有点儿抖。

寻死的冲动消失后，沈雪现在心里只剩下后怕的感觉。要不是对方劝说，她真会跳下去的。

“谢谢你。”沈雪现在对面前这个女孩儿充满感激之情，是对方救了她。

苏瓷笑道："我刚才救了你一命吧？"

沈雪点了点头。

"救命之恩应该涌泉相报，这话没错吧？"苏瓷又问她。

沈雪又点了点头。

苏瓷自认是施恩求报的人，愉悦地眯了眯眼："既然这样，你欠我一个人情。"

苏瓷看见沈雪愣神的样子，瞪向对方："你不想认？"

"不是，我知道了。"沈雪赶紧应下。

"你加我的好友。"苏瓷掏出手机。

沈雪添加了苏瓷的微信，看见对方的头像是一张漂亮的自拍照，但其实真人更好看。哪怕沈雪一向觉得自己长得好看，面对这样的顶级颜值，也不得不服气。

"我走了。需要帮忙的时候，我会主动联系你的。"苏瓷也不知道陆折离开学校没有。

苏瓷出现得突然，离开得也突然。沈雪还没来得及多说什么，对方的裙摆已经消失在了楼梯口。

苏瓷打电话给陆折，知道他已经在学校外面了，就让他在巷子口等她。

"陆折，我好累啊。"苏瓷看见陆折，把手里的伞递给了他，自己像没有骨头似的靠在他身上。

陆折单手撑着伞，另一只手任由她抱着："怎么来了？"

苏瓷理所当然地说道："来接你放学、陪你工作啊。"

陆折把伞倾向女孩儿，阳光被完全遮挡在外。

"陆折，今天你们班上发生什么事了？"苏瓷开始"吃瓜"。

她觉得赵优优肯定和沈雪起了冲突，然后傅白礼偏帮赵优优，才刺激得沈雪想跳楼。

陆折看了她一眼："不知道。"

他一向不关注别人的事。

苏瓷没有追问："我刚才在你们学校的天台上救下一个想要跳楼的女生。如果不是我及时出现，她就死掉了。"

陆折安静地听着她的话。她好像总能碰上这样的事情，然后救人。

“我这样人美心善的女孩儿就是天使。”苏瓷毫不羞耻地自夸起来，“但我并不想做天使，因为天使要拯救世人。”

而她很自私。

陆折看见苏瓷眉心微蹙，低声安慰：“你只需要做你自己。”

苏瓷点点头，又摇摇头，目光晶亮地看着陆折，笑盈盈道：“不，我要做你的小天使。”

她不喜欢成为拯救世人的天使，但愿意成为陆折的天使。

陆折没有应声。

苏瓷想到了什么：“给你一点儿好东西。”

她要把刚才救下沈雪得到的金色棉花糖给他。

“嗯？”陆折垂眸，只见女孩儿的一双眼睛亮亮的，眼底是他熟悉的狡黠之色。

他有种不好的预感。

果然，苏瓷说：“跟我来。”

“嗯？”

苏瓷直接把人往小巷子里拉去，一脸期待的表情。

小巷子这边很少有人来，苏瓷拉着陆折走到两面墙的中间，那里正好能容下两个人。

苏瓷眼里溢满笑意。她最喜欢看陆折一脸无奈却又纵容她的神色。

“我有好东西给你。”她道。

富贵很喜欢金色棉花糖来着。

陆折听到苏瓷的话，深深地看了她一眼，任由她靠近自己，两人相距只有一指宽。

陆折把遮阳伞侧放，遮住了他与苏瓷的身体。

路人经过，只能看见遮阳伞以及伞下女孩儿与少年的下半身。

夕阳落下。

他们从小巷子里出来时，苏瓷的一双眼睛更亮了。

陆折推门走进店里，苏瓷跟在他身后，白皙的脸上满是得意之色。

小快乐看见苏瓷来了，黑溜溜的大眼睛瞬间变得发亮：“瓷姐姐。”

“小瓷也来了。”方老板笑道。

“我陪陆折一起看店。”苏瓷说道。

方老板意味深长地看了陆折一眼，既替他开心又替他难过。

“瓷姐姐，我明天就会有腿啦！”小快乐迫不及待地跟苏瓷分享着这个令人高兴的消息。

爸爸告诉他，明天他就可以装上两条腿，然后很快就能像其他的小朋友那样走路、上学了。

苏瓷伸手摸了摸小快乐的脑袋：“好棒！等你能走路，我陪你去游乐场玩儿。”

听到苏瓷的话，小快乐的一双眼睛更加亮了，他还没有去过游乐场呢。

他用力地点头：“瓷姐姐，我会快快学会走路。”他又问苏瓷，“如果快乐明天就能走路，我们后天能去游乐场吗？”

“你问问陆折哥哥，我也没有去过游乐场，我们需要陆折哥哥带着。”苏瓷把球抛给了陆折。

“陆折哥哥，可以吗？”小快乐一双大眼睛期待地看着他。

苏瓷也学着小快乐，期待地看着陆折：“陆折哥哥，可以吗？”

面对一大一小的黑亮眼睛，陆折不自在地咳了一声：“嗯。”

有陆折看店，方老板可以推着小快乐出去逛逛夜市了。

苏瓷搬来小凳子坐在收银台后面，认真看店。

这时，两个男生走进店里，目光不经意间看到坐在收银台后的苏瓷，眼里都闪过惊艳之色。

陆折走到两个人面前，神色冷淡，眸色深沉，挡住了两个人看向苏瓷的视线：“买什么？”

其中一个男生还没回过神来：“随……随便。”

男生旁边戴眼镜的朋友用手肘碰了他一下。

“电脑，我想要组装电脑，麻烦你帮忙选配置。”男生的脸有些红，他目光时不时地看向收银台那边，“要最好的配置。”

陆折漆黑的眼睛里带着冷意：“嗯。”

不到一分钟，陆折就把最贵最好的配置都拿给了男生：“这一套齐全了。”

男生看着账单暗自吸了一口气，然而察觉到收银台后的女孩儿的目光，还是硬着头皮付了钱。

看见陆折收了钱，苏瓷学着店里工作人员的样子，对男生笑道：“谢谢，欢迎下次再来。”

男生瞬间被打了鸡血似的，觉得花这么多钱买面前这女孩儿的一个甜甜笑容，值了。

两个男生在店里磨蹭了一会儿，才带着昂贵的电脑离开。

“陆折，卖出一台电脑，你会有提成吧？”苏瓷问旁边的少年。

“嗯。”陆折的神色很淡，想到刚才苏瓷对着其他人笑盈盈的模样，他冷冷地说道，“下次你不用来，店里出入的人多，比较乱。”

苏瓷摇摇头，凑到陆折的耳边，问得直白：“陆折，刚才那个男生一直盯着我看，你吃醋了吗？”

陆折垂下眼帘，抿紧薄唇。

苏瓷看着少年耳朵上的小痣，唇几乎贴上了他的耳垂，声音更轻了：“你放心，你长得比他好看多了，我只看你。”

陆折想问，如果出现长得比他好看的人，她是不是就会看向别人？

他这念头刚起，下一秒，他的耳朵就被苏瓷的唇轻碰了一下。

异样的酥麻感从尾骨蹿起，陆折的唇抿得更紧了，他急忙偏开头。

旁边的苏瓷笑得一脸无辜：“陆折，你耳朵上的小痣真可爱。”

那小痣比她的小泪痣还要可爱，她想要咬一口来着，但没舍得。

两个人回到小区的时候已经是九点多，夜色深浓，偶尔传来孩子的嬉笑声。

苏瓷手里拿着陆折买给她的烤串，吃得一脸满足的样子。她第一次知道夜市里的小吃这么好吃。

苏瓷把沾到酱汁的手伸到陆折面前：“陆折，我的手蹭到酱汁了，你帮我擦擦。”

走廊里的灯光昏黄，苏瓷的手白皙纤细，她淡粉色的指甲上确实蹭到了酱汁。

陆折掏出纸巾，轻轻擦着她的手。

苏瓷咬了一口肉，看着少年垂眸认真擦拭她的手的模样，心尖发软。她将烤串递到少年嘴边，问他：“你要咬一口吗？”

话音落地，走廊的另一头，一个男人低沉的声音突然响起：“瓷瓷。”

苏瓷愣了愣，和陆折同时看向男人。

一个身材高大、长相出众的男人从昏暗的地方走了出来，神色有些激动：“瓷瓷，过来。”

陆折握着苏瓷的指尖的手紧了紧。

空间窄小的客厅里，气氛有点儿尴尬。

苏瓷坐在陆折身旁，看着对面的陌生男人：“你是我哥哥？”

她什么时候有亲哥了？

重获新生前，她是苏家的独生女，现在变成了一只兔子。

除非，对方也是一只兔子。

苏致远想过很多找到妹妹的情形，唯独没有想到，妹妹竟然不认识他了。

“我叫苏致远，你叫苏瓷。我是你的哥哥。”苏致远神色凝重地看着苏瓷，“你不记得了？那妈妈呢？爸爸呢？你还记得吗？”

苏瓷莫名其妙地看着他。她的父母她当然记得，但是对他的父母并不认识：“你是不是认错人了？我不认识你。”

苏致远挑眉：“你觉得还有谁会长得跟你一样？”

他和妹妹都遗传了父母的好基因，苏家人的颜值在B市是出了名的。

苏瓷点了点头，也觉得不可能有谁会长得像她，毕竟她的容貌是独一无二的！

“也有可能你是看中了我的美貌，想把我骗走。”苏瓷真的不认识对方。

苏致远无语地看了妹妹一眼。虽然他这妹妹失忆了，自恋的毛病倒是一点儿没有改变。

他掏出一张照片递给苏瓷：“上面是爸爸、妈妈、弟弟、我，还有你，如果你怀疑照片是假的，我们可以做血缘关系鉴定。”

苏瓷抿紧唇，照片里面的人确实和她一样，而且对方语气肯定，并不像在说假话。

她有点儿茫然和措手不及。面对这个突然冒出来的哥哥，她有一种说不出的亲切感，而且对方的五官确实与她有几分相像。

“那就做鉴定。”她也想知道这是怎么回事。

“好。”苏致远看了一眼坐在妹妹旁边的男生，眸色微沉，“后天我们去做鉴定。”

现在妹妹把他当作陌生人，他只能等鉴定报告出来，才能把人带走。

苏致远带着手下离开后，客厅内恢复安静。

苏瓷眨了眨眼，问陆折：“如果苏致远真是我的哥哥，你觉得我该怎么办？”

少年一直沉默，听到苏瓷的问话，这才开口：“如果你真是他的妹妹，是苏家的千金小姐，应该回到家人的身边。”

陆折脸上的神色很淡，让人看不出他的想法。

“苏家在B市，我回去的话，你不会舍不得吗？”她现在也离不开他。

陆折皱眉：“这里不适合你。”

她总有一天要离开的。如果她能找到家人，也是好事。

苏瓷气恼地问富贵：“陆折这是赶我走的意思？”

今天富贵只得到了主人分给它的一小团金色棉花糖：“主人，陆折好像不喜欢你留下，你不要把金色棉花糖给他了。”

闻言，苏瓷凶巴巴地瞪向陆折：“我离开你，谁帮我维持人形？”

陆折看着她说：“你离开前，我可以一次亲很多遍，足够让你维持人形很长时间。”

苏瓷真的生气了。平常她求他多亲一次，陆折都会推开她，现在为了让她离开，竟然愿意透支？

她冷哼一声，直接坐在陆折的大腿上，下巴微抬：“你亲！”

他不是要透支吗？

看着突然坐上他的大腿的女孩儿，陆折冷声说道：“下去。”

苏瓷瞪他：“你不是说可以一次亲很多遍吗？现在给你亲。”

腿上的苏瓷像一只奓毛的兔子，凶巴巴的，仿佛下一秒就要扑过来咬他。

尽管知道自己此时该顺苏瓷的毛，然而这一次，陆折并不想纵容她。

“下去。”陆折漆黑的眼睛看着她，神色冷冷的。

苏瓷才不听他的：“你说话不算话？”

薄唇微抿，陆折把手搭在苏瓷的腰上，想要将她从他的大腿上抱下来。

看出陆折的意图，苏瓷伸出手臂一把搂住他的脖子，身体紧贴着他："我不下去，你赶紧亲完了事。"

怀里的苏瓷紧紧搂着他的脖子，身体胡乱地蹭着他，陆折声音更冷了："下去！"

苏瓷气笑了。

这人抱着她这样的绝世美人，竟然还能坐怀不乱！

她绝对不承认是自己的魅力不够！

她紧紧搂住陆折，头埋在他的肩窝处，红唇时不时碰上他的脖子，温热的气息也落在他的脖子上："不下。"

"苏瓷！"陆折浑身绷紧，搭在苏瓷腰上的手微微用了力。

苏瓷耍着无赖，紧紧地缠着陆折。

感觉到陆折要拉开她，苏瓷直接对着他的脖子咬了下去。

陆折被刺激得浑身颤了颤。苏瓷有点儿得意，咬着他不放，还哼了一声。

女孩儿哪里用了力气？

微痛、微痒，甚至有种被咬住了命脉的刺激感传来，陆折漆黑的眼睛越发幽深。他握着苏瓷的细腰的大手不自觉地收紧。清冷神色再次消失，他又一次败退："团团，别闹。"

苏瓷咬着他不放。

陆折的神色在灯光下柔和了几分，他低低地叹了一声："我没有想赶你走，只是觉得如果你找到了家人，应该回到他们的身边。"

苏瓷心里胀满气的小气球就这样被陆折用一句话戳破了。

她松开嘴，气恼地瞪着陆折，指责他："你刚才还说一次性亲完，让我离开。"

他是不是早就有这样的想法了？

陆折沉默了一会儿，才开口："对不起。"

苏瓷依然搂着他不放："算了，等鉴定报告出来再说。"

生完气，苏瓷开始指责他："我的腰疼，你握得太紧了，弄疼我了。"

陆折这才意识到刚才失控了："对不起。"

他松开了手。

苏瓷舔了舔唇，又变成了磨人的小妖精："我被你气得腿都软了，抱我回房。"

她无力地靠着陆折。

陆折淡淡地睨了她一眼，一点儿脾气也没有，大手再次扣上她的细腰。

少年的体力极好，哪怕苏瓷像无尾熊一样挂在他身上，他依然能稳稳地将人抱回房。

当苏致远拿来亲子鉴定报告，苏瓷看见结果时，她的内心并不震惊。

苏致远还告诉她，她被人绑架，最后掉进了海里，众人都以为她死了。

他让人将报告收了起来，看向沉默不语的妹妹，伸手摸了摸她的头，笑道："知道是我的妹妹，你很失望？"

苏致远手上的温度跟陆折一贯的冰凉触感完全不一样，是哥哥该有的温暖。

苏瓷神色复杂地看着他，摇了摇头："不是。"

原主掉进海里死去，她变成了这里的苏瓷，变成了苏家的千金——这是她没有想过的结果。她一直以为自己就是一只可怜又弱小无助的小兔子而已。

"爸爸和妈妈都很想你。自从你出事，妈妈几乎每天都哭，爸爸早出晚归的，一直让人找你，最近还病了一场，就连弟弟也整天念着你。"苏致远温柔地看着失而复得的妹妹，"我们都相信你没有死。现在终于找到你了，我们一家人终于完整了。"

苏瓷闻言，心揪了起来。她知道这不是她该有的感情，是原主的。

苏瓷垂下眼帘，沉默着。

苏致远继续说道："小瓷，我已经让人订好机票，我们今晚就回家。"

在没有拿到鉴定报告前，他就已经让人订了机票。他确定她就是自己的妹妹，鉴定报告只是用来说服失忆的苏瓷而已。

"这么快？"苏瓷惊得抬眸。

"爸爸已经知道我找到你了，妈妈那边我还瞒着。"苏致远眉眼间的郁色尽散，笑道，"我知道你失忆了，但没关系。回去后，我会找最好的医生帮你治疗。"

苏瓷没有应声，想到了陆折。

要是她离开了，陆折怎么办？

看见妹妹没有回应，苏致远问她："你不愿意回家？小瓷，妈妈在等你。"

苏瓷听到这话，心更是揪紧了。

她知道这都是原主的反应。

苏瓷捏紧了手指。

她知道自己占了原主的身体，既然如此，就该承担该有的责任。

“我会回去的。”苏瓷话音刚落，心上揪痛的感觉瞬间消失了。

车子停在旧小区的门口。

苏致远陪苏瓷上楼收拾行李。其实按照他的意思，是没有必要收拾的，苏家什么东西都有，但他知道妹妹要回来，是想向那个少年道别。

他也感激对方收留和照顾他的妹妹。

今天陆折不需要去店里工作，放学后直接回到了住处。

陆折看见沙发上坐着的苏瓷，还有自称苏瓷的哥哥的男人，目光沉了沉。

“你回来了？”苏瓷站起来走向陆折。

“哥，我想跟他聊一聊。”说完，她就把陆折拉进了自己的房间。

看着门被关上，苏致远皱眉，总觉得妹妹很在乎这个少年。

夕阳西下，房间里没有开灯，光线昏暗。

苏瓷关上门后，把陆折堵在门板前：“陆折，怎么办？我是苏家的女儿。”

陆折垂眸看着面前皱着眉的女孩儿，知道她在纠结、犹豫。

陆折低声叹了一口气：“苏瓷，你的家人找了你很久，你回去吧。”

苏瓷一下子变成奓毛的兔子，黑眸使劲瞪着他。

他还是希望她离开！

陆折继续说道：“你应该待在家人的身边。”

这样娇气的女孩儿，应该活在家人的庇护下，睡最柔软的床，穿最漂亮的衣服、最舒服的鞋子，吃最好的菜肴，而不是跟在他身边吃苦。

而且，他能照顾她的时间不长了。苏瓷回到家人的身边，是最好的选择。

苏瓷知道陆折是为她好。

她直勾勾地看着他：“如果你要我留下，我就不走。”

陆折与她对视着，没有回应她，答案显而易见。

苏瓷觉得陆折简直没有心！

她气得抬起下巴，睨了陆折一眼：“陆折，你不仅眼瞎还不是男人。

放着我这样的绝世大宝贝不要，你会后悔的。”

陆折一点儿脾气都没有：“嗯。”

苏瓷还是好生气，双手攀上陆折的肩膀，咬牙切齿地说道：“我哥订了今晚的机票，我待会儿就要走了。”

陆折愣了愣。

苏瓷踮起脚，嘴唇直接贴在了陆折冰凉的薄唇上：“所以，你现在可以透支了。”

平常陆折亲的都是兔子状态的她，没有什么心理负担，而这一次明显不一样。

苏瓷将下巴微抬，意思不言而喻。

陆折沉默地看了面前的女孩儿一眼，低头靠近，她漂亮的眼眸里倒映着他的身影。

室内很安静，苏瓷难得有点儿紧张，仿佛听到心跳声在耳边响起。下一秒，她突然变回兔子。

陆折微愣：“团团。”

他立刻把兔子抱在怀里。看着兔子被气得更红的眼睛，他轻笑出声，温柔地亲向小兔子。

最后一抹夕阳余晖消失在天际，房间内的光线完全暗了下来。

苏瓷脸上发热，感觉头昏脑涨。

门突然被敲响。

“小瓷，你们聊完了吗？我们要赶飞机。”苏致远在门外敲门。

昏暗的光线中，苏瓷只觉得少年的动作更用力了。

苏致远又敲了敲门。

这时，房间内才响起苏瓷讲话的声音：“等一下。”

苏瓷恢复过来，气鼓鼓地推开陆折，没再看他，打开门快速走了出去。

“哥，我们走吧。”

苏致远问匆匆走在前面的妹妹：“你不是说要收拾行李？”

“我发现没有什么需要带走的东西。”苏瓷低着头，快步往外走去。

门被关上，房间内安静下来，陆折站着没动，眼里的冷光尽退，浮现浅浅的笑意。

第六章

分隔两地

一路上，苏瓷还在懊恼！

“小瓷你放心，那个少年收留和照顾了你，苏家欠他一个人情。如果他有什么需要，我们会帮助他的。”苏致远知道她舍不得那个少年。

“嗯。”苏瓷低声应着。

苏瓷他们到达 B 市的时候，已经是夜里十点多。

苏瓷一路上听苏致远回忆着以前的事，心里难免有所触动。

她意识到，苏家是一个有爱的家庭，父母相爱，兄妹姐弟和睦。

她听得一颗心越发柔软了。

在苏致远出现后，苏瓷上网查了苏家的资料。苏家位于市中心，地产界的龙头。能与苏家抗衡的只有陆家，两家是敌对关系。

车子开进了苏家的大门，别墅里亮堂堂的，显然里面的人还没有休息。

苏瓷跟着苏致远下了车。

“小瓷，你对家里的环境有印象吗？”苏致远问妹妹。

苏瓷摇了摇头，并没有原主的这部分记忆。

“没关系，我们可以慢慢找回记忆。”苏致远带她往里走去。

两个人还没走到门口，便看见门口站着好些人，其中站在前面的一对夫妻是苏父和苏母。

苏母神色激动，到底没有忍住，痛哭出声。

苏父搂着妻子，依然俊朗的面容上难掩激动之色，眼里也泛起了泪光。

苏母推开丈夫，连忙上前抱住女儿。思女成狂的她眼泪直流：“瓷瓷，你终于回来了。”

苏瓷被抱着，感受到苏母对女儿的浓浓思念，心里一阵揪痛。

她下意识地回抱住苏母：“妈妈，我回来了。”

坐在客厅里，苏母握着苏瓷的手，一脸疼惜和疼爱的表情。听到大儿子说女儿失忆了，她更心疼了：“瓷瓷，你瘦了。”

女儿肯定吃了很多苦。

“没瘦，我昨天称了，还重了半斤。”

主要是陆折的厨艺好，做的菜很合她的口味，她经常管不住嘴巴。

要知道对她这样的大美女来说，哪怕只是重半斤，也是一件很罪恶的事！

苏母眼里的悲伤情绪一下子被女儿的话逗得消散了。她摸了摸女儿的头：“是吗？你坐这么久的飞机，饿不饿？累不累？我让人给你准备吃的东西。你的房间一直有人负责打扫，待会儿你好好休息。”

苏瓷摇了摇头。她吃了飞机餐，并不饿。

“既然小瓷回来了，我们就办一次庆祝宴，让大家都知道她回来了。”苏父出了名地疼妻子、疼女儿。现在苏家的明珠回来了，他当然要庆祝一番，广而告之，好堵住那些小人的嘴巴。

苏瓷对宴会的事情无所谓，点了点头。

“姐姐！”这时，门口那边出现了一个小胖墩儿。小胖墩儿白白嫩嫩的，被人牵着走了进来。

苏瓷看过去，知道他应该就是她的弟弟苏宁。

“姐姐回来了。”苏宁3岁多，五官已经很端正漂亮了。

苏宁前段时间被送去了外公外婆家，苏母突然知道找到女儿了，急急忙忙让人把小儿子也接了回来。

苏宁走到苏瓷面前，有点儿羞涩地看着姐姐：“宁宁想姐姐。”

苏瓷摸了摸他的头。

下一秒，小苏宁从口袋里掏出了一个小布丁，递给苏瓷：“布丁给姐姐吃。”

小苏宁最喜欢吃布丁了，也最喜欢和姐姐分享东西。

苏瓷微微一笑，准备接过弟弟的这个见面礼。目光落在弟弟的手腕上时，苏瓷愣了一下。

“富贵，我弟弟是怎么死的？”

小苏宁的生命值是一条红线，他只剩下 7 天的寿命了。

富贵：“主人，富贵只能知道 3 天内的死亡原因，7 天后的事富贵看不到的。”富贵补充道，“主人，只要富贵多多吃金色棉花糖，就能看到 7 天甚至更久之后的事了。”

反正金色棉花糖是个好东西，能帮助它升级。

苏瓷没有应声，看着面前白嫩嫩、软乎乎且有点儿害羞的弟弟，接过了他的小布丁。

“谢谢。”苏瓷对他笑了笑。

小苏宁羞得把肉乎乎的小身体藏在了妈妈的身后。

苏瓷把目光移向其他的家人，只见苏母的手腕上是一条红线，标注着 1 个月，苏父同样是 1 个月。

“爸，我已经让手下全部撤回来了。”苏致远刚打完电话从外面走进来，身上的西装外套已经脱掉，衣袖挽着。

苏瓷现在才发现，这位哥哥的生命值也只有 3 个月。

合着苏家的人都短命？

按下各种思绪，苏瓷被苏母带去了二楼。

苏瓷的房间很大，室内的布置偏向米白色，淡雅、温馨。地板上铺着一层白色的羊毛地毯，宽大的落地窗外有一个大阳台，透过素雅的飘纱窗帘，苏瓷看到外面种了不少花草。

这里的一切完全符合她的品位。

“瓷瓷，你早点儿休息，妈妈明天再跟你好好聊天。”苏母眼里满是对女儿的不舍之情，唯恐女儿又不见了。

苏瓷走上前抱了抱苏母：“妈妈晚安。”

感受到女儿的体温，苏母一颗心安定了下来：“好，晚安。”

门被关上。

苏瓷连忙掏出手机，发现上面一条消息和一个未接电话都没有。

她气恼地咬了咬牙，陆折他没有心！

苏瓷泡了一个舒服的热水澡，白皙的脸蛋儿被热气蒸得红扑扑的，一双眼睛也越发湿亮。

她身上穿的是苏母给她准备好的新睡衣。

苏母疼爱女儿，基本上每个月都会帮女儿换一批新衣服，绝不让女儿穿重复的款式。衣服都是按照以前的尺寸定做的，而现在，苏瓷觉得衣服有点儿紧了。

她走到床边，又看了一眼手机，依然没有收到任何消息。

她气得咬牙。

苏瓷选定一个最美角度后，对陆折发出了视频通话的邀请。

她有点儿紧张，顺手拿过旁边柜子上的小镜子，看着镜子里面明眸皓齿的自己才放下心来。

过了好一会儿，视频通话被接通了。

手机屏幕里，陆折的一张俊脸在苏瓷面前放大。

"陆折。"苏瓷一双眼睛亮晶晶的。

屏幕对面的陆折愣了愣。

他刚锻炼完，额上布满汗水。他按下接通按键后，没想到苏瓷的脸会突然跳出来，这才反应过来是视频通话。

苏瓷问他："你怎么这么久才接通？"

"在锻炼。"陆折第一次和人视频，看着屏幕里苏瓷被放大的脸，还有点儿不适应，"到家了？"

"嗯。"苏瓷怨愤地看着他，"我等了很久都没有收到你的信息，你是不是一点儿都不关心我的安全？"

刚做完俯卧撑，陆折有点儿喘，走到床边坐了下来，看着屏幕里面的苏瓷，眼里的冷意退去。他没有回应她的问题，而是认真地问道："他们对你好吗？"

应该是好的，她那样娇气，显然就是从小被娇养大的。

"好啊。"

她感受到了苏家人的真情实意。唯一让她忧愁的是，他们会相继死去。目前为止，她还不知道死因。

苏瓷有点儿郁闷，只能等到他们死亡前 3 天才能知道原因。

这也就意味着，她有很长一段时间不能见陆折。

苏瓷眼巴巴地看着手机屏幕里的少年："你想好上哪所大学了吗？"

如果陆折报考 B 市的大学，那他们就能经常见面了。按照他的成绩，他考 B 大完全没有问题。

陆折眸色微黯："还没有考虑。"

"你还没有想好？"她期待地看着陆折，"你想考 B 大吗？这样我们就能经常见面了。"

苏瓷一想到 2 个多月后，陆折也能来 B 市，心情瞬间好了起来。

"你想我考 B 大？"

苏瓷点了点头："当然。如果你不考 B 大，我去你那边也可以。"

陆折被苏瓷眼里的光烫了一下："你不用考来这边。"

"你要报考 B 大吗？"苏瓷笑了。

柔光落在女孩儿的眼里，像映着温柔的星光。刚开始她还因为陆折没有发信息给她而生气，现在只盼着他来 B 市找她。

冰壳有了裂缝，被封住的心蓦地跳动了一下，陆折的薄唇也微微勾起，他回："嗯。"

他或许可以去看看她生活的地方。

得到回应，苏瓷笑弯了眼睛。

然后，她语重心长地叮嘱陆折："还剩下近 2 个月，其他人的糟心事你不要理会，只管学习，记得要考来 B 大找我。"

"嗯。"陆折一一应下。

苏瓷心情好了，轻哼一声便挂断了视频通话。

苏瓷在通讯录里找到了沈雪，工具人可以派上用场了。

旧小区那边，陆折低着头坐在折叠床上，手里依然握着手机，屏幕已经黑了下来。

月光落在窗外的树梢上，周围安静一片。

陆折漆黑的眼底情绪起伏，有放纵，有沉溺，最后平静了下来。

清早，金色的阳光透过白色的窗纱照进房间里。

苏瓷是被手机的消息提醒声吵醒的。

她懒懒地睁开眼睛，眼里是浓浓的困意，迷糊地拿过手机，半眯着眼睛看了一眼，是沈雪发来的消息。

苏瓷这才有兴趣点开消息。

沈雪发来的是一个视频，苏瓷一眼就看到了站在升旗台上的少年，眼里的困意尽散。

她坐起身，任由两侧的头发垂下，认真看着屏幕里正在演讲的陆折。

少年穿着一身校服，身姿挺拔，神色淡淡的。清晨的阳光落在他的发顶上，给他镀了一层柔光。

苏瓷心尖一软，靠在床头认真地看着视频里的少年。

啊啊啊，陆折怎么这么帅！

沈雪发了视频后，又连续发了几条信息，说为了拍陆折，手机差点儿被老师没收了。

苏瓷反复看了两遍视频，才回复沈雪："视频怎么这么短？"

收到消息的沈雪："……"

陆折拿了全国"希望杯"数学比赛的第一名，所以学校让他领奖发言。课间操的时间也就 20 分钟而已，难不成苏瓷还想要听陆折的全部发言？

苏瓷又发了消息过去："你在学校遇见陆折时，只要有机会拍视频，都拍了发给我！"

工具人沈雪："你喜欢陆折啊？"

苏瓷消息回复得很快："这个你别管。如果有人找陆折的麻烦，或者其他女生向他表白之类的，你要第一时间告诉我。"

沈雪终于意识到，难怪苏瓷要她还人情，原来是需要人盯梢！

工具人沈雪："你放心，学校里不会有人向陆折表白的。"

她觉得苏瓷是白操心，大家都知道陆折身患绝症，而且是孤儿，哪里还会喜欢他。现在学校里的女生基本都在迷恋傅白礼。

哪怕她现在醒悟过来，没有那么喜欢傅白礼了，但傅白礼从她身边走过时，她的心还是跳得厉害。

至于陆折——他在学校里是大家熟知的一个学习很厉害的隐形人。

苏瓷："不行，你要盯着，说不定有人跟我一样，有一双慧眼呢。"

工具人沈雪："行！"

苏瓷退出聊天后，又看了一遍视频，然后保存。

她已经睡不着了，洗漱了一下，换上新裙子就下楼了。

“瓷瓷，怎么这么早醒来？休息得好吗？”

苏母早就跟丈夫在楼下等着了。女儿回来了，二人激动得一整晚都没有睡着，总害怕闭眼后，这是一场梦。

“爸爸早，妈妈早。”苏瓷走过去，“我睡得很好。”

床是熟悉的软度，昨天夜里跟陆折视频后，她睡得很香。

苏母眼里满含笑意：“那就好，我准备了你最喜欢吃的早餐。”

“谢谢妈妈。”苏瓷心里有点儿暖，真切感受到了苏母的爱。

苏瓷跟苏母走去饭厅那边，问道：“哥哥和小宁呢？”

旁边的苏父开口：“你哥在外面跑步，小宁刚起床，待会儿就下来了。”

他的话音刚落，苏致远便从外面走进来了。

他身上穿着白色的运动服，整个人帅气得无与伦比。苏瓷不得不承认，这个哥哥完全符合小说男主角的形象。

当然，苏瓷的心是偏向陆折的，她觉得哥哥再帅都比不上陆折。

不知道妹妹的心已经偏到天际的苏致远对苏瓷笑道：“小瓷睡醒了？”

苏瓷跟他打招呼：“哥哥，早。”

“早，看着精神不错。”

“昨晚睡得好。”她没有半点儿不适应的感觉。

“那就好。爸、妈，我先去换衣服。”苏致远每天都有晨跑的习惯，除非天气不好，否则就算冬天也会坚持早上起来跑步，非常自律。

“去吧。”苏母让人把早餐端出来，“瓷瓷要多吃一点儿。”

哪怕女儿说自己胖了，但做母亲的总盼着孩子多吃一点儿，多长肉。

苏瓷乖乖应声：“好啊。”

没多久，小苏宁也下来了。

他身上穿着一条背带裤，里面配着一件印着恐龙图案的白T恤衫，脸蛋儿白嫩嫩的，可爱得让人想要捏捏他的脸蛋儿。

他自觉地走到了苏母的另一边，那里有他的专属儿童座椅。

苏瓷看了一眼小家伙的手腕，只见上面的生命值减少了将近半天的时间。

小苏宁看起来很健康，并不像有什么病，那应该就是意外。

而苏父、苏母和苏致远身体健康，没有生病，而且苏父和苏母的生命值相同，苏瓷猜测二人是同时死去的。

苏瓷按捺住纷杂的思绪，陪着家人一起用餐。

不得不说，苏家一家人的相处氛围很温馨。

苏瓷以前也身处豪门，从小到大她的父母都很忙，没有很多时间陪伴她。他们会在物质方面补偿她，把她想要的一切东西都捧到她的面前，但这种一家人温馨相处的感觉，她很少体会到。

吃过早餐后，苏父和苏致远都出门了。

苏瓷陪着苏母喝茶聊天，小苏宁则在一旁自己玩儿。

苏母昨天问过大儿子，知道女儿被一个少年收留，儿子还告诉了她关于少年的情况。

苏母同情和感激这个少年，从女儿的笑容看得出来，女儿没有吃苦。

“收留你的那个年轻人叫陆折？”苏母问女儿。

“哥哥告诉您了？”

苏母笑着点了点头：“嗯，陆折收留和照顾你，就是我们苏家的恩人，我准备好好感谢他。他有什么需要的？”

苏瓷眼睛一亮：“妈妈，他缺钱。”

她不想陆折为了赚钱接那么多工作。现在天气炎热，他上门帮人维修电脑会很辛苦。

苏母知道陆折是一个孤儿，而且身患绝症，确实是缺钱：“好，我知道了。”

苏瓷准备给陆折发一条信息，叮嘱他要是她家里人给他钱，他一定要收下，千万别客气。

这时，华嫂走过来对苏母说道：“太太，秦小姐来了。”

以前，秦施烟的父亲只是苏家的司机，秦施烟哪里能这样经常出入苏家？

现在，靠着苏家，她不仅成了别人眼里的秦小姐，还凭借苏家养女的名号进入了娱乐圈。

在娱乐圈，大家都知道她的后台是苏家，根本没有人敢找她的麻烦，就连她的经纪公司也把不少好资源给了她，这也是她才出道不到半年就红起来的原因。

女儿回来了，苏母心情很好："小秦来了？让她进来吧。"

苏母保养得当，加上底子好，哪怕到了中年，依然保持着貌美的模样。跟女儿坐在一起，她更像是大姐姐。

苏父年轻的时候也是出了名的贵公子。

苏致远长得像苏父，苏瓷长得像苏母，小苏宁的长相也偏向苏母，一家子的颜值都很高。

秦施烟是以百年一遇的"绝色美女"称号出道的，她的长相在娱乐圈里面也算拔尖，然而跟苏家人的颜值相比，瞬间失去颜色，变成路人。

这也是她心里硌硬的地方。

秦施烟的父母长相普通，她经常想，要是她的父母是苏父、苏母，她绝对能长得更美。

秦施烟走进屋里，在看见沙发上的人时，震惊得脸上的笑意凝固，瞳孔微微收缩。

苏瓷怎么在这里？

她什么时候回苏家的？

"小秦你也很震惊吧？"苏母看见她惊愕的模样，笑了，"我们找到瓷瓷了，她平安归来了。"

秦施烟使劲压下心底的震惊情绪。下一秒，她双眼泛红，眼角泛出泪花："瓷瓷没有死。"

她快步走到苏瓷身边，双手张开想要抱住苏瓷："瓷瓷，我好想你。"

秦施烟看着伸手抵住她的苏瓷，神色僵住："瓷瓷？"

"我不认识你。"

苏家人就算了，这位是谁啊？她哭得这么难看，还想抱自己？

除了苏家人，苏瓷只给陆折抱！

秦施烟神色尴尬地收回双手，疑惑地看向苏母："阿姨，瓷瓷这是怎么了？”

“瓷瓷失忆了，暂时不记得我们。”苏母叹了一口气。

虽然女儿不记得自己了，但是女儿能回来，她已别无所求。

秦施烟更惊讶了。苏瓷失忆了？看来她之前猜对了。

秦施烟在对面的沙发上坐下来，脸上带了几分着急之色：“怎么会失忆？瓷瓷怎么可能忘记我们？除非……”

“除非我不是苏瓷。”苏瓷靠在沙发上，下巴微抬，“你是这个意思吗？”

秦施烟愣了愣，赶紧摇头：“我不是这个意思。”

失忆的苏瓷比以前更可恶。

“瓷瓷做了亲子鉴定，就算不做鉴定，我也不会认错我的女儿。”苏母被苏父疼爱惯了，性子柔软，但作为母亲，也可以强势起来，“小秦，瓷瓷是不是我的女儿，不是你能质问的事情，记住你自己的身份。”

秦施烟脸色一白，赶紧道歉：“对不起阿姨，对不起瓷瓷，我只是太激动了，才会一时说错话。瓷瓷，我是秦施烟，是你从小到大的玩伴。”

这就是豪门中人的嘴脸，只要她说错一句话，他们随时可以跟她翻脸。

她的父亲为了救苏父，一条腿瘸了，而他们只给了几百万元打发他们家。要不是她父亲提出让她做苏瓷的玩伴，恐怕苏家人就彻底将他们家的救命之恩忘记了。

“是吗？”苏瓷明显对这个玩伴没有什么好感，语气淡淡的。她当然能分辨对方说的是人话还是鬼话。显然，这个秦施烟说的就是鬼话。

“就算瓷瓷失忆了，她也是我的女儿，这是毋庸置疑的事实。你身为瓷瓷的好友，在这样的情形下应该关心她，而不是第一时间质疑她。”苏母不允许别人说自己的女儿不好的话。

女儿就是她的心头肉。

秦施烟脸色白了又白：“阿姨，我知道的。是我不好，对不起。”

她放在身侧的手瞬间握紧。

“烟姐姐，给你吃。”这时，小苏宁跑到了秦施烟的身旁，把自己喜欢的小布丁递给了她。

“小宁好乖，谢谢你送给烟姐姐的礼物。烟姐姐还不饿，小宁吃吧，这是你最喜欢的布丁。”秦施烟放软了语气，摸了摸苏宁的头。

对面，苏瓷看着弟弟黏在秦施烟的身旁，显然很喜欢对方。

昨晚小家伙看见她的时候，神色怯怯的，对她并没有对秦施烟这般亲近。

接下来，秦施烟一边陪着小苏宁玩儿，一边跟苏母聊天。

她刚才说错话了，现在从哪里跌倒的就从哪里爬起来，一直跟苏母聊苏瓷的事。

至于苏瓷的冷眼，秦施烟不仅装作没有看见，还热切地对苏瓷嘘寒问暖，且点到即止，态度让人很舒服。

苏瓷勾了勾唇，她的这位玩伴，有点儿不简单。

陆折到店里时，看见方老板在门口挂了“暂停营业”的牌子。

方老板张罗了一桌子菜。

“小折，今天是你的生日。你把小瓷也叫过来，我们好好给你庆祝。”说着，他拍了拍陆折的肩膀。

“找瓷姐姐，给折哥哥过生日！”小快乐已经装上了义肢，但需要定期去康复中心练习走路，所以暂时还坐在小轮椅上。

“她的家人找到她了。他们已经回家了。”

方老板震惊：“回去哪里？”

“B 市。”陆折看着方老板，“方叔，苏瓷是苏家的千金。”

方老板更震惊了。B 市的苏家这么有名，国内没有人不知道。

难怪苏瓷气质不俗，那般模样也不是一般人家能养出来的。

方老板沉默了好一会儿，深深地叹了一口气。

原本他还幻想着苏瓷和陆折两个人会有点儿什么，而现在，苏瓷是苏家的千金，陆折再优秀，能力再强，终归是一个孤儿，而且是一个身患绝症的孤儿，两个人能在一起吗？

方老板收起脸上的哀色：“小瓷不在没关系，我和快乐陪你过生日。”

“谢谢方叔。”陆折知道方老板在想什么。

但方老板想的事，他从来没有想过。

陆折喝了一些酒后，意识有点儿不清醒，是被方老板送回住处的。

躺在折叠床上，陆折闭着眼，缓解着头晕的感觉。

此时，他的手机响起。

陆折摸索着拿起手机，按下接听键，苏瓷轻柔的声音传来："陆折。"

陆折睁开眼睛，漆黑的眼眸湿润："嗯。"

"陆折，生日快乐。"苏瓷将脸凑近屏幕。

陆折这才发现，苏瓷的头上多了一对兔耳朵。他立刻坐起身来，沉声问道："你的兔耳朵又出来了？"

"不是，这是我买的发饰。今天是你的生日，我想让你看看我的兔耳朵，虽然不是真的，但这是最像的。"

她知道陆折喜欢她的兔耳朵，所以今晚特意跑出去买了这个发饰，挑了好久才找到。这头箍上的兔耳朵跟她的兔耳朵最像了。

苏瓷笑盈盈地看着陆折，说道："要是你现在在我旁边，我就允许你捏捏我的兔耳朵。"

陆折漆黑的眸色深了深，低声说道："团团，别诱惑我。"

他会贪心的。

苏瓷最不喜欢听话了。陆折让她别诱惑他，她偏要逆着陆折的意思来。

她把镜头拉近自己，盛世美颜根本不害怕放大，笑着跟陆折说道："不骗你，下次我要是生病了，就让你摸摸我的兔耳朵，当作是送给你的生日礼物。"

苏瓷自恋得很，觉得她的礼物就是无价的，毕竟其他人根本不可能看见她的兔耳朵，更别提摸了。

陆折垂下眼帘，低低笑出了声。

苏瓷很少看见陆折笑，也很少听见陆折的笑声："你笑什么？"

少年抬眸，一双漆黑的眼睛与屏幕里的苏瓷对视着，薄唇勾起："团团，别作。"

她会哭的。

苏瓷哪里听得出陆折的意思，看着陆折左侧脸上浅浅的小酒窝，想要伸手戳一戳："陆折，你再笑一笑。"

少年眼里醉意深深，对女孩儿轻笑了一声："很晚了，睡吧。"

挂断视频后，陆折躺在折叠床上，闭上眼睛，任由一颗心不自主地沉溺。

苏瓷在苏家的这几天都乖乖地待在苏母的身边，给了苏母足够的安全感。

苏母看着工作人员给女儿量出来的尺码，才发现女儿个子又长高了，就连上身的尺码也变了。难怪她看女儿穿着之前定做的衣服有点儿不合适，原来是尺码偏小了。

对 3 个儿女的相貌，苏母是很自豪的。

尤其是女儿，愈加漂亮出众，就连身材也玲珑有致，完美得挑不出瑕疵。

她这样捧在手掌心里长大的女儿，将来也不知道什么样的人才配得上。

这时，小苏宁走了进来。他刚睡完午觉，困意还没有完全消失，神色呆呆的，加上长得白嫩，小团子的模样简直让人心都要化了。

他走到苏母身旁，小手自然而然地拉着自己妈妈的手。

"睡醒了？"苏母摸了摸他的头。

小苏宁想到布丁，不由得咽了咽口水："妈妈，我想吃布丁。"

苏母说道："妈妈还有事情要忙，让姐姐带你去拿。"

苏母清楚以前小儿子很喜欢缠着女儿，不过女儿一向没有耐心，经常陪弟弟玩儿一会儿就不耐烦了，基本都是由秦施烟跟小儿子玩儿。渐渐地，小儿子跟女儿就不太亲近了，反倒跟秦施烟比较亲近。

苏瓷量好全身的尺码后，走过来牵起小苏宁的小手，看见上面的生命值只有 4 天，眸色黯了黯："走吧，姐姐带你去吃布丁。"

突然被姐姐牵着，小苏宁有点儿胆怯，又有点儿害羞。

苏母笑了："好，你们两个去玩儿吧。"

小苏宁跟着苏瓷来到了一楼。

"你要哪种味道的布丁？"苏瓷打开冰箱，发现里面有一大格空间摆满了各式布丁，显然是特意为小家伙准备的。

"草莓布丁。"小苏宁黑溜溜的大眼睛看见苏瓷拿起一个粉色的小布丁时，瞬间亮了起来。

苏瓷把小布丁递给他：“小苏宁除了草莓味的布丁还喜欢吃什么？”

小苏宁拿着心爱的布丁，回答道：“喜欢吃烟姐姐做的布丁。”

“烟姐姐？”苏瓷眯了眯眼，“秦施烟？”

小苏宁点了点小脑袋：“烟姐姐做的布丁好吃。”

苏瓷摸了摸他的头，又问道：“你喜欢姐姐还是喜欢烟姐姐？”

听到姐姐的这个问题，小苏宁很纠结。因为平常妈妈问他喜欢爸爸还是喜欢妈妈，他每次回答喜欢妈妈的时候，爸爸都会板着脸不开心。

所以，他如果选了姐姐或者选了烟姐姐，另外一个人就会不开心。

但妈妈说过，小孩子不能撒谎。

小苏宁愁得两条小眉毛都皱起来了，噘了噘小嘴巴，还是诚实地说道：“烟姐姐。”

这一刻，苏瓷好想把小家伙手里的布丁抢回来。

小苏宁偷偷看了姐姐一眼，害怕姐姐伤心，赶紧强调：“我也喜欢姐姐。”

苏瓷半蹲下来，看着小家伙：“但你更喜欢那个秦施烟，对吧？”

小苏宁握紧了布丁。姐姐凶凶的，他有点儿怕。

苏瓷可不是温柔的性格，伸出手捧住了小苏宁的脸颊。小苏宁嘴巴顿时被挤得嘟了起来，像一条小金鱼。

她又揉搓了一把他的头发，弄得乱乱的，将他的脸蛋儿也揉得红红的，小天使瞬间变成了小可怜。

“小苏宁不喜欢姐姐，姐姐伤心死了。”苏瓷装模作样地揉了揉眼睛。

小苏宁被吓得一把丢开手里的布丁，赶紧抱着姐姐着急地说道：“喜欢姐姐，宁宁喜欢姐姐。”他动作熟练地用小手拍了拍苏瓷，安抚着，“宁宁不喜欢烟姐姐了，只喜欢姐姐，姐姐别哭。”

“真的？”苏瓷停下了揉眼睛的动作。

小苏宁挺直腰板儿，腆着小肚子，可爱得不行：“宁宁不撒谎。”

苏瓷觉得这个弟弟真好骗，至少比陆折容易骗。

她忍不住捏了捏他肉乎乎的脸蛋儿：“好吧，我相信你。”

小苏宁看见自己终于把姐姐哄好了，这才笑了起来：“姐姐哭，羞羞。”

“小滑头。走，带你去玩儿游戏。”苏瓷把他的布丁捡起塞回他的手里，牵着他的另一只小手，往客厅走去。

小苏宁声音稚嫩地小声说道：“姐姐跟宁宁玩儿，不要嫌弃宁宁麻烦。”

“我什么时候嫌弃你麻烦了？”说完，苏瓷脚下一顿，“我以前说的吗？”

小苏宁嘬起小嘴巴，黑溜溜的大眼睛里有委屈之色。

苏瓷半蹲在他面前，揉了揉他的脑袋，语气温柔地说：“对不起，姐姐无心说了让小苏宁伤心的话，姐姐错了。你是小天使，不是小麻烦。姐姐很喜欢你的。”

小苏宁圆圆的眼睛亮了起来：“宁宁也喜欢姐姐。”

“走，你的布丁分姐姐一半。”

“好，宁宁分姐姐一半。”

小苏宁的生命值只剩下 3 天时，苏瓷从富贵的口中知道了弟弟将被淹死。

苏家前院有一个喷水池，后院有一个荷花池塘，苏瓷知道后，立刻让人去检查一遍荷花池塘的围栏。

“小姐，喷水池和池塘的围栏都没有任何问题。”管家向苏瓷汇报。

“让人随时留意一下这两处。”苏瓷一向小心，既然知道了原因，就要把一切苗头扼杀在摇篮里。

管家虽然不明白苏瓷的用意，但是依然吩咐下去，让人加强巡查。

到了最后一天，苏瓷看见小苏宁的生命值没变化，就知道危险还没有过去。

一大清早，苏瓷便起来陪着小苏宁。

自从苏瓷表明自己不会嫌弃他是麻烦后，小苏宁对她亲近了很多，也没有之前害怕的神色了。

小孩子很好哄，也很纯真。

午饭过后，苏瓷看见小苏宁睡着，自己也正好犯困，便准备回房间午睡一会儿，打算等小苏宁睡醒再陪他玩儿。

下午的阳光越发猛烈，院子里的树木被烤得蔫蔫的，叶子卷了边儿。

苏瓷突然醒来，心慌得厉害，想到小苏宁，赶紧跑去他的房间。

打开房门后，苏瓷没有看到他的身影。

苏瓷扯住经过的用人："我弟弟呢？"

用人赶紧回道："秦小姐来接小少爷出去玩儿了。"

苏瓷皱紧眉："秦施烟？为什么没有人告诉我？你们为什么让我弟弟跟她出去？怎么不拦着？"

苏家上下都知道苏瓷失忆了，忘记了以前的事情。用人赶紧解释："小姐，以前是你同意秦小姐帮忙带小少爷外出游玩的。小少爷身边跟着司机、保姆，还有保镖，你说过秦小姐带小少爷外出不需要再向你汇报。"

以前苏瓷不耐烦带小苏宁玩儿，都是推给秦施烟照顾弟弟。

苏瓷愣了愣："秦施烟带我弟弟去哪里了？"

用人回答："秦小姐没有交代，只说下午四点前把小少爷送回来。"

苏瓷继续问："我爸妈呢？"

"先生去公司了，太太有事外出。"话音刚落，用人便看见自家小姐快速地跑下了楼。

苏瓷从苏母那里问来了秦施烟的联系方式，然而秦施烟的电话一直没有人接听。

苏瓷打电话给照顾弟弟的那个保姆，才知道秦施烟带着弟弟去了游泳池！

苏瓷气死了，千防万防的，没想到问题出在秦施烟这里。秦施烟竟然带小苏宁去游泳池。

苏瓷不需要多想，小苏宁就是在游泳池淹死的。

游泳馆内。

自从知道苏瓷回到苏家后，秦施烟就隐隐感到不安，觉得自己会失去苏家这座靠山。所以，她迫切地想要做些什么。苏父、苏母偏爱苏瓷，苏致远则是对她不理不睬——无论她抛再多媚眼，都像抛给了盲人。

苏家上下唯一喜欢她的，只有苏宁这个小孩儿。

她知道，苏宁喜欢她胜过喜欢苏瓷这个亲姐姐。

她必须抓紧苏宁这个筹码。今天她没有通告，正好可以带他出来玩儿。

秦施烟让保姆和保镖等在游泳馆外，因为这个泳池是苏家的产业之一，属于私人游泳馆，外人不能随意进出，所以并不会存在什么危险。

“宁宁，来，烟姐姐给你套好救生圈，待会儿烟姐姐游完就教你。你先坐在泳池边看我游。”秦施烟今天约了私教，来游泳就是为了保持身材。

“好。”小苏宁穿着游泳裤，乖乖地坐在泳池边，两只小脚在泳池里踢水玩儿。

苏宁一向好带，秦施烟让人端来一杯果汁给他，随即就跟着私教游到了泳池的另一边。

私教长得俊朗，身材很好，游泳技术也厉害，还是秦施烟的粉丝。这人痴迷的目光，让秦施烟很受用。

两个人时不时对上的目光和肌肤接触，让周围的水温似乎也逐渐升高。

没多久，秦施烟便将私教拉出泳池，往更衣室走去。

车子停在游泳馆外，苏瓷看着坐在大堂外面的保姆和保镖，眸色一沉：“我弟弟呢？”

“小姐。”月嫂赶紧站起来，“秦小姐和小少爷在里面游泳。”

“你们为什么不跟进去？！”苏瓷咬牙丢下这么一句话，就往里面跑去。

苏瓷一向不擅长跑步。她以前有心脏病，根本不能做剧烈运动，跑步是不可能做的事情。

这副身体显然也很少运动，苏瓷只觉得自己的两条腿像是灌了铅，根本跑不起来。终于，她呼吸急促地一把推开了游泳馆的门。

目光落在游泳池那边，她几乎目眦欲裂！

小苏宁在泳池里挣扎着，而周围一个人都没有，更没看到秦施烟的影子。

苏瓷快速冲过去，毫不犹豫地跳进了泳池里。

后面，月嫂和保镖也跟了过来，看见面前的情形，立刻跑过去救人。

苏瓷游到弟弟的身旁，一把托住了他的小身板。

“别怕，姐姐在这里。”她紧紧地抱着弟弟。

小家伙被水呛得脸色发白，两只小手也紧紧地抱住了姐姐。

苏瓷带着他游到泳池边上，上面的保镖赶紧将人抱上去，月嫂也拿过休息椅上的毛巾，将小少爷裹住。

“天哪，这是怎么回事？小少爷怎么会溺水？秦小姐呢？”月嫂被吓得帮苏宁擦身体的手直抖。

如果不是小姐及时冲进来，这么大的泳池里只有小少爷一个人……小少爷岂不是要被活活淹死？

小少爷要是出了什么事，后果根本不是他们可以承担的。

这样想着，月嫂一边心里发颤，一边问苏宁：“小少爷，你没事吧，哪里难受？”

苏瓷从泳池里上来，顾不上全身湿透，快步走到弟弟身边：“有没有哪里不舒服？”

小苏宁小脸儿苍白，哽咽着说：“宁宁害怕。”

苏瓷打量着弟弟的脸色。他应该是刚掉下泳池没多久，她来得还算及时。

她帮他擦去脸上的泪水：“没事了，以后小苏宁会平平安安、长命百岁。”

小苏宁的手腕上，现在是一排绿色的格子。

小苏宁依赖地靠着姐姐，还是很害怕。

这时，更衣室的门被打开，秦施烟跟私教从里面走了出来。

秦施烟脸上还带着几分妩媚之色，眼角处都是风情。

当她看到游泳馆内突然多出的几个人时，脸上的笑容僵住。

苏瓷怎么会在这里？

心猛地一紧，秦施烟快步走过去，疑惑地问道：“瓷瓷，你怎么来了？”

“秦小姐，你去哪里了？你答应看管好我们家小少爷，却丢下他一个人在泳池里，害得我们家小少爷差点儿出事了！”月嫂没控制住，立刻指责秦施烟，也间接向苏瓷表明，是秦施烟答应看管好小少爷，小少爷出事，全是因为秦施烟。

秦施烟这才注意到，被苏瓷搂住的苏宁小脸儿苍白，全身被毛巾包裹着，一副害怕的神色。

就连苏瓷浑身也湿透了。

秦施烟心下惊慌，赶紧上前：“宁宁怎么了？”

苏宁要是出了什么事，她和她的家人就完了！

“滚！”苏瓷狠狠用力，一把将秦施烟伸过来的手拍开了。

“啪”的一声，痛得秦施烟皱起了眉。

“别用你的脏手碰我弟弟！”苏瓷白皙的脸上全是冷意，一双黑眸冷冷地看向秦施烟，“你将我弟弟带出来却不看好他！你知不知道，他刚才差点儿在泳池里淹死？！”

这个女人，竟然丢下小苏宁跑去跟男人在更衣室里厮混？！

苏瓷怒得心里犹如火烧。只有她知道，要不是她赶来，小苏宁是真的会被淹死。

秦施烟连忙解释：“瓷瓷，我不知道，我只是离开一会儿……”

“啪”的一声，苏瓷直接打在了秦施烟的脸上：“闭嘴！”

对秦施烟的废话，她一个字都不想听。

苏瓷狠狠地瞪了对方一眼，吃力地抱起小苏宁往外走去。

秦施烟愣在原地，难以置信地捂着被打的脸。

苏瓷打她？

苏瓷以前捉弄她、嘲笑她，但不至于对她动手，而失忆后竟然变得这么强势，还打她！

秦施烟愤怒又委屈。

“你没事吧？”私教一直站在旁边，根本不敢插嘴。苏瓷气势逼人、气质出众，一看就不是普通人，他一个小教练哪里敢替秦施烟出头？

秦施烟恼怒：“你滚！”

一行人回到苏家时，苏母已经回来了。

看见女儿和小儿子浑身都是湿的，她被吓得赶紧上前：“发生什么事了？你们怎么全身都湿了？”

苏瓷让人立刻带小苏宁回房换衣服：“妈，没事了。我先去换衣服，待会儿跟您解释。”

“好，快去吧。”苏母让人赶紧煮姜汤，哪怕是大热天，也担心女儿和小儿子受寒。

吩咐完后，苏母让月嫂汇报今天的事情。

苏瓷换掉湿衣服下楼的时候，只见苏母保养得当的脸上布满怒意。

“瓷瓷，过来妈妈这边坐。”苏母压下心头的怒意，拍了拍苏瓷的手，“幸好你赶过去了，不然，宁宁他……”

一想起小儿子会有什么意外，苏母就后怕到发抖。

“妈妈，不管我失忆前与秦施烟的友谊怎么样，但我现在很讨厌她。”苏瓷一向不是藏着掖着的性格。

她确实很不喜欢秦施烟。

“妈妈知道。”就算苏瓷不说，冲着今天的事，苏母也会追究的。苏母对旁边的管家吩咐道：“以后禁止秦施烟自由出入苏家。还有，对外声明，她跟苏家没任何关系。”

管家赶紧应下。太太生气了，也就意味着秦施烟不能再倚仗苏家了。

苏瓷听到苏母的决定，并没有干涉。

哪怕与秦施烟接触不多，她也看出对方心计不少，能远离这样的人是好事。

陪苏母聊了一会儿，苏瓷才回房。救下了小苏宁，她总算能松一口气了。

苏瓷躺在床上，正好收到一条信息，是沈雪发来的。

她赶紧点开信息，见沈雪发来的是一张陆折走进医院的图片。

工具人沈雪：“我害怕被陆折发现，没有跟进去。”

苏瓷：“谢谢。”

陆折怎么会去医院？生病了？

苏瓷皱眉，想到陆折的病，猜测他可能是去复诊。虽然之前他吃过几次金色棉花糖了，但她也不知道他现在的身体状况怎么样了。

此时的医院里，陆折告诉医生最近他的情况好了不少，想知道这是不是意味着他的情况有所好转。

医生看着手里的检查报告，知道这个少年一直都积极配合治疗，不想打击对方，但渐冻症是一种致命的慢性进行性神经系统变性疾病，目前没有治愈的方法，患者一般患病 3 到 5 年就会死亡，只有小部分患者能坚持 10 年以上。

看到少年眼里的期待之色，医生有些不忍心："你好好配合治疗。"

陆折神色黯然地接过检查报告："嗯 。"

从医院里出来，陆折接到了苏瓷的视频通话。

屏幕上显现出女孩儿一张过分白皙的脸："陆折，我今天很生气。"

陆折走到路边的树荫下，脸上神色淡淡的，声音却是温柔的："怎么了？"

苏瓷气哼哼地把今天的事告诉了陆折："我弟弟差点儿就没有了。"

陆折安静地听着女孩儿述说完事情的经过："你弟弟现在还好吗？"

"现在没事了。"苏瓷趴在床上。她刚才换上了一条白色的裙子，领口开得有点儿低，这样趴下来，瞬间露出了大片雪白肌肤。

陆折移开目光："好好坐着。"

苏瓷哪里会听他的，看见陆折别开脸，耳朵对着镜头，直白地说道："陆折，我想你了。你想我回去找你吗？我有好东西给你。"

她今天又得到了一团金色棉花糖。

陆折捏紧手里的报告，低声回道："不想。"

闻言，屏幕那头的苏瓷生气了，直接挂断了视频通话。

苏瓷问富贵："是我的魅力不够吗？我拥有这样的盛世美颜，陆折竟然说不想见我？"

她一向自信，但每次都被陆折拒绝，不得不开始怀疑自己的魅力。

富贵精神抖擞起来："主人在富贵的眼里是全世界最美的人，像星星一样耀眼的大眼睛，尖尖的瓜子脸，直直的鼻子。陆折不懂得欣赏，主人不要把金色棉花糖给他啦。"

苏瓷忍住了翻白眼的冲动："你确定你形容的不是外星人？"

富贵一阵委屈。它问过好友霸道了，霸道说主人肯定喜欢听这样的赞美。

它夸得不对？怪不得霸道说女人的心思难猜。

每次它以为陆折把主人惹生气了，主人不会把金色棉花糖给陆折的时候，下一秒陆折的一个眼神、一句话，主人的气就消了，主人还会乐呵呵地送上金色棉花糖。

陆折怕不是有什么魔力吧？不然他怎么会让苏瓷变得这么乖顺？

秦施烟一直在客厅里等待父亲秦志明回来。

“爸爸！”秦施烟喊了一声。

“小烟回来了？你今天不用工作？”秦志明跛着脚，慢慢走到沙发那边。他刚跟朋友下完棋，还喝了点儿酒。

“今天没有通告。爸爸你跟隔壁的石头叔去喝酒了？”秦施烟闻到了父亲身上淡淡的酒味。

秦志明挠了挠头：“就喝了两杯。”

自从秦志明救下苏父后，他的一条腿就瘸了。苏父为了报答他，给了他几百万元当作答谢。现在他住的房子也是苏父送的，就连女儿能这么顺利地进入娱乐圈，也是因为苏家。

秦志明现在有钱，女儿在娱乐圈里面也赚到不少钱，所以并不需要继续工作，闲时就找邻居下下棋、喝喝酒。

虽然他的一条腿瘸了，但是现在他的生活很惬意，并不需要再像以前那样奔波，他觉得挺值得的。

秦施烟看着窝囊的父亲，已经失去了训斥他的力气。

小时候，知道爸爸是苏家的司机，她已经意识到自己与苏瓷的差距。苏瓷住在漂亮的别墅里，穿着漂亮的公主裙，整个人白白嫩嫩的，是精致漂亮的小公主。而她住在破旧的城中村里，周围都是衣衫褴褛的租客。

她经常想，如果苏父、苏母是她的父母就好了。她小时候最大的愿望就是成为苏瓷。

现在长大了，她清楚地知道她的愿望不会实现了。她不会成为苏瓷，但能成为有钱人。

靠着苏家，她顺利进入了娱乐圈，成为当红小花，资源也比其他小花要好。

但今天，她因为一时的失误造成了大错。

她没想到苏宁会差点儿溺死。

她不能失去苏家这个靠山！

“爸爸，你昨天不是说奶奶从乡下寄来一些特产吗？”秦施烟笑着提议，“明天你送一些给苏叔叔家吧？你好像很久没有去看他们了。”

她让爸爸去苏家，就是为了提醒苏家人他爸爸的救命之恩。她不打算将今天的事告诉爸爸，否则就太刻意了。

“我哪里好意思去打扰先生和太太？”秦志明很有自知之明。

现在他的一切东西都是苏家给的，而且他之前也耍过点儿小聪明，提出让女儿成为苏瓷的玩伴，让女儿有了出入豪门的机会，早早就给女儿铺好了路。

其他的事，他不敢多想。

“爸，你是苏叔叔的救命恩人！前几天阿姨还提起你了。她很感激你。”秦施烟看不惯父亲这样卑微的姿态。

“先生和太太都有心了，但那些土特产哪里能送给他们？太丢人了。”秦志明挥了挥手拒绝。

“苏家有钱，什么东西没有见过？难道你要送翡翠玉石？你要真送这些，苏叔叔和阿姨也看不上。”秦施烟提醒父亲，“我们家是什么境况，阿姨他们能不清楚？送那些名贵的东西反倒让他们误以为我们上赶着攀附他们。”

秦志明愣了愣，觉得女儿的话很有道理。

秦施烟很会拿捏自己的父亲：“我们送家乡的土特产，是为了表明小小心意，并不是特意讨好他们。”

她在苏家这么久，当然知道苏家人的性格。

他们省吃俭用买的再昂贵的礼物，在苏家人眼里估计也是转手就能丢掉的玩意儿。

这就是她家与苏家的差别。

“你说得对。”秦志明被女儿说服了，“明天我就把土特产送去苏家。”

他就当作是感谢苏家一直照看他的女儿。

苏母担心小儿子受惊吓过度，除了昨天夜里哄他睡觉，今天早上起来后也一直陪在他身边。

“妈妈，姐姐起床了吗？”小苏宁还记得，昨天他掉进游泳池，是姐姐救了他。

他害怕的时候，姐姐像超人一样救了他，还说会保护他。

他超级喜欢姐姐。等他长成男子汉，要好好保护姐姐。

苏母摸着小儿子的头："今天姐姐要去上学，等放学了再陪宁宁。"

小儿子的性格跟他的哥哥姐姐的都不一样，他特别软萌乖巧，简直就是小天使。想到昨天他差点儿出事，她就心有余悸。

小苏宁乖乖点头："好，宁宁等姐姐。"

小孩子忘性大，已经忘记了昨天溺水的恐惧感，只记得姐姐会保护他。

这时，苏瓷从楼上下来，眼里还带着浓浓的困意。

她身上穿着创明高中的校服，跟陆折的不一样。创明高中是贵族学校，女生的校服是白衬衫和格子裙，男生的则是白衬衫和长裤。

苏瓷身材好，穿着短裙，一双笔直纤细的长腿完全显露出来。

"瓷瓷下来了，过来吃早餐。"苏母让人把女儿的早餐端上来，"最近公司忙，你爸爸和你大哥已经出门了。"

看见女儿走近，苏母发现女儿身上的校服明显偏小了，不仅上身有点儿紧，就连裙子也显得短了："看我这记性，忘记给你重新定做校服了。"

当然，苏母看见女儿穿着校服也这么好看，非常自豪。

女儿完全继承了她的美貌，甚至比她更美。

"姐姐漂亮。"小苏宁瞪着圆圆的大眼睛呆呆地看着自己的姐姐。

他的姐姐好漂亮。

苏瓷收获小迷弟一枚，不想上学的郁闷心情好了起来："妈妈，不用定做了，反正快高考了。"

她这样穿也好看，就是有点儿紧。

这时，管家向苏母汇报："太太，秦志明在门外。"

苏母想到昨天秦施烟的事，下意识地皱眉："大清早的，他来做什么？"

"他说想要送一些家乡特产给先生和太太。"管家问道，"让他进来吗？"

"带他进来吧。"

秦志明在苏家开车的那几年，她也算清楚对方的人品。加上他救过她的丈夫，即使秦施烟做错事了，她也不至于怪秦志明。

管家退出去后，苏母告诉苏瓷，秦志明是秦施烟的父亲。

苏瓷小口吃着熬得又香又糯的粥，很快便看见管家带着一个长相普通、个子不高、走路有点儿跛的中年男人进来。

男人手里提着好几袋东西，神色拘谨，模样还算忠厚，不是奸诈狡猾的相貌。

“太太好，小姐好，小少爷好。”秦志明态度恭谨。

苏母性子也善良，没有特意为难秦志明，问对方有没有吃早餐。

“吃过了，谢谢太太关心。”秦志明很是不好意思，“我带来一些家乡特产给先生和太太尝尝，这是我小小的心意。施烟那孩子给你们添麻烦了。她平常有什么做得不好的地方，太太尽管告诉我，我会好好教育她的。”

哪怕女儿没有跟他说什么，但昨天她的神色异常，他这个做父亲的总会猜到。

“是你女儿让你来的？”苏母给小苏宁铺好餐巾，免得他弄脏衣服。

秦志明赶紧否认：“不是，不是。”他神色更加拘束，“这些年承蒙你们照顾，我才过上安稳的生活，施烟那孩子的工作也很顺利。我是来感谢先生和太太的。”

苏瓷收回目光。秦施烟的心机不浅，但她的父亲倒是明白人。

苏瓷要赶着去学校，没有继续听秦施烟的父亲说了什么。反正她知道苏母虽然看着柔弱，但是事关孩子的问题，苏母就会变得强势起来。秦施烟打的如意算盘只会落空。

车子停在创明高中的门口，苏瓷从车上下来，往学校里走去，一路上注意到不少投向她的目光。她一向漂亮，对众人的视线已经习以为常。

因为她没有以前的记忆，大哥已经告诉过她以前的班级还有座位。苏瓷不紧不慢地往教室走去。

看到苏瓷出现在教室里，班上的人都难以置信、目瞪口呆。

“苏瓷回来了？！”

“我去！我这不是撞见鬼了吧？！”

“苏瓷没有死！”

“嘶，好痛，我不是在做梦，苏瓷真的回来了。”

…………

周围的人议论纷纷。这么久没有找到她，大家都以为她已经死了。

苏瓷刚坐下，一个高大的身影便急急忙忙地赶来。

那人站在苏瓷的面前，愣愣地看着她，一下子红了眼。

苏瓷不明所以地看向来人。

“瓷瓷，真的是你？！”何尔盟这个小霸王看着苏瓷红了眼，“我就知道你不会死！”

叱咤风云的校霸现在就像一只惨兮兮的急需主人安慰的小狗。

之前苏瓷出事，有人私底下谈论苏瓷死了。何尔盟听到后，将那人狠狠地揍了一顿。

那一次之后，没有人敢在校内议论苏瓷的生死问题。

“我认识你？”苏瓷不喜欢被人这样直勾勾地盯着。

何尔盟像被人一拳打在了胸口上，备受打击：“你不认识我？”

苏瓷摇了摇头：“我失忆了。”

何尔盟和周围的人再次震惊。

苏瓷失忆了？

现在苏瓷安然回来，却失忆了，引得众人好奇不已。

“瓷瓷，你什么时候回来的？为什么苏大哥没有告诉我？”何尔盟一阵伤心，遗憾没有第一时间知道苏瓷回来。

“难道是你掉进海里的时候头被撞了？你的头会不会痛？

“你是头部受伤导致失忆？

“瓷瓷，我是何尔盟，你什么时候能想起我？

“不行，我要带你去医院。”

何尔盟霸占了苏瓷的同桌的位置，不停念叨。

苏瓷忍无可忍：“你安静一点儿。”

何尔盟被苏瓷呵斥了一声，立刻闭嘴，眼睛湿湿地看着苏瓷，神情委屈得不行，片刻后又开口：“瓷瓷，我是关心你。”

之前苏瓷失踪，何尔盟觉得自己都快要疯掉了。

现在看见苏瓷安然地坐在自己身边，他感觉像在做梦，迫切地想要跟她说话，好让她回应自己。

苏瓷皱眉：“我以前和你……”

她有点儿担心原主跟面前这个何尔盟有特殊的关系。

何尔盟期待地看着她。

“我以前和你是什么关系？”苏瓷问他。

他激动地看着苏瓷：“瓷瓷，我是你的男朋友。”

小霸王这是要趁着苏瓷失忆，做她的男朋友呢。

他好卑鄙！但是他们不敢说！

“瓷瓷，我真的是你的男朋友，你以前可喜欢我了。”何尔盟撒起谎来完全不眨眼。

苏瓷这回更加肯定了。她冷冷地睨了对方一眼：“你长得不够帅气，我不可能喜欢你。”

女孩儿的话简直像一把刀，直接插进了何尔盟的胸口。众人忍不住偷笑。

“瓷瓷，你忘记了，我是校草，全校我最帅。”何尔盟赶紧辩解。

“我们学校男生的颜值还挺低的。”苏瓷看着他，“你是年级第一名吗？”

苏瓷的第二把“刀”，又狠狠地捅进了何尔盟的胸口。

何尔盟深吸一口气，像一个害羞的小媳妇，不好意思地看了苏瓷一眼：“我是年级第一名。”

苏瓷惊讶地多看了他一眼。

何尔盟挺直腰背：“年级倒数第一名。瓷瓷你是年级顺数第一名。现在两个年级第一名都被我们拿下了，瓷瓷我们真配。”

苏瓷第一次意识到，她的脸皮原来不是最厚的。

“你赶紧离开，别妨碍我！”苏瓷已经确定她跟何尔盟没有任何关系了。

现在只有陆折入得了她的眼。

可恶的是，那人竟然不想见她！

“瓷瓷……”何尔盟直勾勾地看着苏瓷白皙的脸。他发现，一段时间不见，他的瓷瓷更漂亮了，怎么看都看不腻。

苏瓷没好气地说道：“你赶紧滚吧。”

“我上完课再来看你。你想喝牛奶或者想吃点儿什么零食吗？我帮你去买。”何尔盟恋恋不舍地说。

苏瓷发现对方真的难缠：“没有，看见你就饱了，请你赶紧离开。”

小霸王何尔盟害羞地看了苏瓷一眼：“原来我对瓷瓷来说，是秀色可餐。”

苏瓷：“……”

放学后，苏瓷又被何尔盟缠上了。

“我要回家，难道你还要跟着？”苏瓷下巴微抬，高傲地瞪着他。

何尔盟双眼一亮：“瓷瓷，你愿意让我上车？”

他表情期待地看着苏瓷，就差没有将“舔狗”二字写在脸上了。

苏瓷一把关上车门，降下车窗，直接说道：“我不喜欢你，你别烦我。”

车外的何尔盟点了点头：“我知道。”

他不是第一次被她拒绝了。

“反正除了我，没有人配得上你。我会一直等瓷瓷喜欢上我的。”何尔盟一双眼睛湿漉漉地看着苏瓷。

小霸王变成了小奶狗。

苏瓷关上车窗，懒得继续搭理他。

回到苏家后，苏瓷陪着小苏宁玩儿了一会儿，便回房了。

她看着一整天都没有动静的手机，气得把已经收进行李箱的兔耳朵发箍掏出来丢到了一边。

原本她还打算假期时回去找陆折，然后戴上兔耳朵给他看。

但陆折一点儿惦记她的心都没有，她现在决定不给他摸兔耳朵了。

第七章

我只自私这一次

放学的时候，大家早早地离开了教室。

李栋梁看着陆折收拾好东西准备回家，赶紧背上粉色的背包，抱上他的小灰兔跟上陆折。

“折哥，我今天顺路，跟你一起走。”李栋梁走在陆折的身侧。

陆折应了一声：“嗯。”

“折哥，最近很长时间没有看见你带小兔子来了，我去你家看看它吧？”李栋梁打着去看陆折的兔子的幌子，想让自己的小灰兔跟小白兔配对。

他是开明的家长，赞成婚姻自由。小白兔要是跟他家的小灰兔对上了眼，两只兔子就可以自由恋爱，然后配种。

陆折神色淡淡地看了他一眼：“兔子不在了。”

“什么叫不在？难道它……？”李栋梁难以置信，惊讶地看着陆折，“兔子死了？”

陆折冷冷地瞪他：“不在我家。”

李栋梁舒了一口气：“吓死我了。”他抱着灰兔，“没事，我上你家坐坐。做你的同桌这么久了，我都没有去过你家。”

他才不相信陆折的话，看得出陆折很喜欢小白兔，不会舍得把兔子交给其他人的，兔子肯定在家。

李栋梁是打定了主意，要让他的小灰兔和陆折的小白兔在一起。

李栋梁有意识地跟陆折科普：“折哥，你家的兔子有 3 个月大吗？你知不知道，小型的兔子一般在 3 个月左右就会进入性成熟期？我家的灰兔就快到 3 个月了，要是合适的话，你看，让它们……？”

李栋梁一脸“你懂”的意思。

陆折睨了他一眼，懒得搭理他。

李栋梁受了冷眼也毫不介意，一路缠着陆折，誓要去他家。

走进旧小区，陆折边掏出钥匙，边看了一眼旁边抱着灰兔的李栋梁：“不管兔子在不在我家，她都不可能跟你的兔子发生什么的。”

他冷淡地瞥了一眼李栋梁怀里的灰兔。

李栋梁丝毫没有被看穿的尴尬之色：“折哥，我就是想来你家坐坐。”

陆折收回目光，下一秒，门从里面被人打开。

“陆折，你回来了。”

苏瓷穿着一条白色的裙子，明眸皓齿的，漂亮得不像话。最惹眼的是，她头上还顶着一对兔耳朵。

天哪！李栋梁被萌到了！

目光落在苏瓷的兔耳朵上，陆折眸色深了深。

他偏过头，看见旁边的李栋梁抱着灰兔，一脸惊愕的表情。李栋梁死死盯着女孩儿的兔耳朵。

陆折的薄唇微抿，他上前一步，将苏瓷推进屋，然后完全遮挡住了李栋梁的目光。

“折……折哥。”李栋梁惊呆的模样跟他怀里的灰兔一样，傻气十足，“折哥，你家藏着一只兔子精？！”

天！这女孩儿也太漂亮了。

她还戴着雪白的毛茸茸的兔耳朵发箍，活脱脱一只兔子精。就算她的兔耳朵是假的，他也好想摸一摸。

“你可以离开了。”陆折挡在门前，漆黑的眼睛冷冷地看着李栋梁，直接对他下了逐客令。

李栋梁知道这个同桌不好相处，也不好招惹。此时被他睨了一眼，李栋梁不禁心里发颤："行，行，行，我懂，我懂。"

他不是不识趣的人，看见屋里的女孩儿这身打扮，哪里敢做电灯泡？

不过，他这个同桌还真是深藏不露，房间里竟然藏了这么漂亮的女孩儿。

门在面前被"啪"的一声关上，李栋梁尴尬地摸了摸鼻子。

他看着自己怀里的灰兔，同情地揉了揉它的兔头："崽儿啊，你的爱情道路真是不顺，还想着带你见见你的'媳妇'来着，没想到你'岳父'有事，看来只能下次了。"

李栋梁抱着灰兔子灰溜溜地离开了。

门被关上，苏瓷看向陆折，问他："你这是什么表情？是惊喜还是惊吓？李栋梁怎么跟你回来了？"

陆折看着苏瓷头顶上的兔耳朵发箍，叹了一口气："他想进来坐坐。"

陆折没有告诉她，李栋梁傻傻地抱着他的灰兔子是来找兔子配种的，她知道这事后必定会生气。

他问她："怎么来了？"

"我快要维持不住人形了，当然要来找你啊。"

还有几天时间，她就维持不住人形了。

陆折眸色有点儿深："你什么时候来的？"

"我中午就到了。"苏瓷看着他，"我等了很久。你看见我不觉得惊喜吗？"

陆折没有应声，其实惊吓比惊喜多。

苏瓷也不指望他能说什么动听的话，指了指自己头上的发箍："这对兔耳朵跟我原来的兔耳朵很像吧？"

"嗯。"陆折觉得没有她的真耳朵好看。

苏瓷又问："我很可爱吧？"

陆折已经习惯了她的自恋："嗯。"

她不可爱谁可爱？

苏瓷得到回应，当着陆折的面把头上的兔耳朵拿了下来，得意地说："可爱也不让你摸！"

谁让他一直不找她，她就要让他能看不能摸！

陆折："……"

苏瓷把兔耳朵发箍丢到一边，走到陆折身边，一双眼睛可怜巴巴地看着他："陆折，我饿了。为了等你，我从早上到现在都没有吃东西。"

她其实在飞机上吃过午饭了，不过东西味道不好，吃得不多。

陆折眼里的冷意退去："怎么不给我发信息？"

"给你惊喜啊。你还没有说看见我开不开心。"苏瓷挨近他，少年的体温依然冰冷。

陆折垂眸，低声应着："嗯，我去做晚饭。"

苏瓷看着陆折的背影，笑得像狡诈的小狐狸。

陆折平常一个人吃饭，随便填饱肚子就行。现在多了一个人，他把冰箱里的存货都拿了出来。

苏瓷站在厨房门口。以前她以为男人穿围裙肯定不好看，而现在看着陆折，发现围裙也是挑人的。

苏瓷看着陆折做饭的模样，怎么看怎么顺眼。

她靠着厨房的门，慢悠悠地开口："陆折，你是不是天天盼着我回来啊？"

回来时，她惊讶地发现卧室还是她离开时的样子，而且每一处都很干净。

她原以为陆折会搬回卧室，毕竟杂物房那么小，连一张像样的床都没有。

现在看来，陆折肯定是希望她回来，在等她回来。

苏瓷的眉眼间尽是得意之色，她算是发现了，陆折喜欢口是心非。

陆折切菜的动作没有停，声音淡淡的："还没来得及整理。"

"你猜我相不相信？"苏瓷认定陆折就是把房间留给她的。不然，他有时间打扫卫生，没有时间搬回去？

她才不会信！

苏瓷心情很好，走进厨房，整个人没有骨头似的靠在他的背上："陆折，说谎这样幼稚的事情，我弟弟都不屑做。"

苏瓷丝毫没有因自己经常张嘴就来的谎话而感到羞耻。

苏瓷的身体很软很暖，还带着少女的香味。

陆折的眸色渐深，他冷声斥道："站好。"

苏瓷哪里会听他的话，脸皮极厚："我饿得站不稳了。"

陆折："……"

陆折做了3道菜，摆盘漂亮、香气诱人。苏瓷夹了一片肉片，吃出肉被炒得很嫩。她递了一个满意的眼神给陆折。

这时，她的手机突然响起，是一个陌生电话号码来电。

她刚接通电话，电话那头便传来了何尔盟的声音："瓷瓷，你去哪里了？"

苏瓷："我去哪里，关你什么事啊？"

旁边，陆折清晰地听到了苏瓷的手机里传来的男声，仍安静地吃着饭。

"我去苏家找你，苏伯母说你去D市了。你有什么事？我可以陪你。"电话那头，小霸王何尔盟语气着急。

这两天看见苏瓷他都觉得像在做梦。现在她突然离开了，他担心得不行，害怕她又不见了。

"我不需要你陪。"苏瓷直接拒绝。

何尔盟放低声音，委屈地问："瓷瓷，你什么时候回来呀？"

苏瓷随意回道："不知道。"

何尔盟很热情："瓷瓷，你回来告诉我，我去接机。"

"不用！"

何尔盟还想说什么，苏瓷打断了他的话："没其他事情，我挂电话了。"

"等一下。"电话那头的何尔盟深吸一口气，语气带了几分羞涩之意，"你早点儿回来，我会很想你的。"

下一秒，苏瓷挂断了电话。

她放下手机，不经意地对上了陆折漆黑的眸子。

突然，她莫名其妙地有些心虚。

"这个人好烦。"苏瓷乖乖地解释，"他喜欢我，但我不喜欢他。他长得没有你帅，成绩没有你好，我怎么可能喜欢他？"

苏瓷递了一个放心的眼神给他："你安心吧。"

陆折淡淡地看了她一眼，把菜夹到她的碗里："吃饭。"

吃完晚饭后，陆折在厨房里洗碗。

苏瓷早早去洗澡了。今天奔波一天，天气炎热，她出了不少汗。

陆折从厨房里出来时，正好看见苏瓷裹着一条白色的浴巾从洗手间里走出来。

苏瓷捂着胸前的浴巾，向他解释："我忘记拿衣服了。"

陆折偏开目光，不去看女孩儿过分白皙的肩膀还有漂亮的锁骨，冷声说道："赶紧回房穿衣服。"

苏瓷原本还有点儿害羞，但发现陆折不敢看她，就想捉弄一下他："刚才水太热了，我有点儿头晕，你抱我回房吧。"

说着，她装模作样地往陆折身上靠去。

苏瓷热得小脸儿白里透红，一双眼睛亮得很，哪里有半点儿要晕倒的样子？

陆折真想捏一捏她的脸，看看脸皮到底有多厚！

他试图将靠在身上的人推开，冷着脸开口："站好。"

苏瓷踩着软底拖鞋，气得用脚尖踢了踢他："我站不好！"

她再次深深怀疑，陆折不是男人。

陆折像瞎了般，竟然对她的漂亮样子视而不见！

女孩儿力气不重，陆折的小腿被踢这么一下，像是挠痒。

接收到她怨愤的眸色，陆折叹了一口气，将人抱起。

苏瓷上一秒还气得鼓着脸，这一瞬，眼里溢满笑意，还主动搂住他的脖子，头在他的下巴处蹭了蹭："你就不能主动一点儿吗？"

下巴被苏瓷的头发蹭得痒痒的，陆折呼吸间也满是她身上的香味。

他语气纵容地说道："你就不能乖一点儿？"

女孩儿磨人，憋着一肚子整人的坏主意，却又让他无可奈何。

苏瓷抱紧他，笑声得意："才不。"

第二天，苏瓷早早醒来。

她换上了休闲的短袖和长裤，还抹好了防晒霜，准备与陆折一起去找小快乐。

她答应过小快乐，等他装上了义肢，能走路了，便让陆折带她和小快乐一起去游乐园，现在正好兑现这个承诺。

她打开房门，一眼看到客厅里穿着一身休闲装的陆折。

平常陆折都是穿校服，今天换了一身黑色衣服，俊脸显得越发白皙。哪怕他面无表情，也帅气得过分。

苏瓷觉得自己的小心脏猛跳了几下。

“我们出发吧。”苏瓷走向陆折，“我没有去过游乐园，你要好好带着我。”

她以前有心脏病，根本没有去过游乐园，一是去了也玩儿不了什么，二是没有人陪她去。

陆折的神色柔和了几分，他说道：“我也没有去过。”

苏瓷笑了：“太好了，这是我们的第一次。”

陆折眼底藏了浅浅的笑意：“嗯。”

知道今天要去游乐园，小快乐早早就起床了，还自己收拾了小背包，带上了他的水壶、纸巾、小毛巾……然后乖乖地坐在小轮椅上，等待苏瓷和陆折来接他。

方老板打着哈欠，摸了摸儿子的头，叮嘱着：“你要是走累了或者腿疼，记得告诉折哥哥，知道吗？”

儿子练习走路不久，还需要磨合。

小快乐乖乖地点了点头：“知道。”

这时，苏瓷和陆折推开店门走了进来。

小快乐黑溜溜的大眼睛亮了起来：“瓷姐姐，折哥哥。”

“你们来了？这小家伙一大早就起来了，收拾完背包就等着出门了。”方老板笑道，“人交给你们了，我再去睡一会儿。”

“没问题。走吧，小快乐。”苏瓷上前去推小快乐的轮椅，明白他暂时还不适宜走太多路。

“爸爸再见。”小快乐高兴地朝方老板挥了挥小手。

方老板点了点头：“玩儿得开心点儿。”

因为是假期，游乐园的游客很多，游玩项目都需要排队。

3个人都是第一次来游乐园，陆折还好，旁边的苏瓷和小快乐都瞪圆了一双黑眸，不停地看着四周的游玩设施。

"陆折，我要玩儿那个。"苏瓷指着远处的旋转木马。她怕死，不敢玩儿刺激的项目。

小快乐也目不转睛地看着旋转木马："我也想玩儿。"

陆折瞬间有种自己带着两个孩子出门的错觉。

旋转木马这边排队的人不多，苏瓷把小快乐抱上一匹小彩马，自己坐在小快乐后面的小白马上，对站在围栏外面的陆折挥了挥手："你记得把我拍得美美的。"

前面的小快乐奶声奶气地说道："折哥哥，小快乐要帅气的。"

"嗯。"看着镜头里面笑逐颜开的女孩儿，陆折按下了拍摄键。

将照片发到自己的手机里后，陆折删除了发送消息的记录。

苏瓷把小快乐抱下来，凑近陆折："拍好了吗？"

陆折把她的手机还给她。

苏瓷迫不及待地看她自己的美照。她打开照片，忍不住控诉他："果然是直男，你把我拍得好胖。"

陆折看着照片里眉目弯弯、漂亮得过分的女孩儿，一点儿也没有看出她哪里胖了。

苏瓷看了几眼，又开始自夸："幸好我长得美，才抵得住你的直男拍照技术。"

小快乐第一次坐旋转木马，整个人兴奋得不行，一双眼睛亮得快要赶上灯泡了。

"累吗？"陆折打开他的小轮椅，让他坐回去。

小快乐摇了摇头："折哥哥，我们去那边玩儿吧。"

他伸出小手指头，指着不远处的儿童小型跳楼机。

"嗯。"

太阳好晒，陪着小快乐玩儿了好几个项目后，苏瓷累得不行。

她在休息区里坐着，手拉着陆折的衣摆："我想吃雪糕。"

小快乐的眼睛一亮，他咽了一下口水："我……我也想吃。"

"我去买。"陆折全程照顾着苏瓷和小快乐，一点儿脾气都没有。

休息区旁边就有一个休闲站，里面有饮料和雪糕。

陆折身形高大，长得又出众，排队的时候引得不少女孩儿偷偷打量他。

苏瓷看得眯了眯眼，问旁边的小快乐：“姐姐好看吗？”

“好看，姐姐漂亮。”小快乐3岁半，已经极具审美能力了。

“陆折哥哥帅气吗？”苏瓷继续问他。

小快乐点了点头：“帅。”说完，他觉得还不够，又加了一句，“超级帅。”

“瓷姐姐和陆折哥哥站在一起好看吗？”

小快乐又点了点头：“好看，超好看。”

苏瓷满意地摸了摸他的脑袋：“小快乐的眼光真好。”

不像陆折，审美能力不在正常人的范围内。

等吃完雪糕，苏瓷就不愿意再在太阳下晒了。她看过游乐园的游玩地图，这里有电影院。

“我们去看电影。”

正好10分钟后有一场电影要放映。

小快乐没有看过电影，一脸期待的样子。

苏瓷他们走进电影院的时候，前面坐满了人，只剩下最后一排位置。

苏瓷要坐在陆折身旁，陆折要照顾小快乐，所以陆折坐在二人的中间。

陆折帮小快乐戴上了儿童3D眼镜后，影厅内的灯光暗了下来。影片开始，小快乐兴奋地看着大屏幕。

陆折转回身，看到苏瓷白皙的小手伸了过来。

苏瓷把眼镜递给陆折：“我也要你帮我戴。”

陆折接过眼镜，把苏瓷的头发别在耳后，帮她戴上了眼镜。

屏幕上的光映在陆折的脸上，显得他的神色有几分柔和。

“好了。”陆折收回手。

影院放的是游乐园的主题电影，小快乐好奇，看得大眼睛一眨不眨。

而另一边的苏瓷昏昏欲睡，手臂挨着陆折搭在扶手上的手，汲取着他的皮肤上的凉意。

苏瓷借着屏幕上的光仔细地打量着陆折棱角分明的侧脸、完美的下颌线，心动得很。

她索性单手托着腮，直勾勾地盯着他。

陆折比电影有意思多了。

对苏瓷的灼灼目光，陆折不可能没有感觉。他不自在地咳了一声，偏过头对她说道："看电影。"

苏瓷摇了摇头："女主角没有我好看，看着没意思。"

陆折："……"

这时，苏瓷发现坐在前面的情侣把头凑到了一起。

苏瓷的眼睛亮了起来，她伸手碰了碰陆折的手臂。

少年压低声音问她："怎么了？"

苏瓷舔了舔唇，有点儿兴奋："你看，他们都亲起来了。"

下一秒，苏瓷又说道："陆折，你记得伸手捂住小快乐的眼睛。"

说完，她抬起下巴，主动凑近了他。

香甜的气息袭来，陆折愣了一下。他闷哼一声，抬起手捂住了小快乐的眼睛，另一只手挡在了自己的嘴前。

手背一阵酥麻，苏瓷柔软的唇瓣让陆折心尖发颤。

陆折眸色渐沉，深深地看了苏瓷一眼。

小快乐一脸茫然的表情，想要拿开陆折的手："折哥哥，快乐看不到电影啦。"

陆折脸上的神色不变，松开了捂着小快乐的眼睛的手。

苏瓷偷亲没有成功，乖乖坐好，一双眼睛像浸了一汪水，潋滟动人。她轻笑出声："陆折，你真是胆小鬼。"

少年的下巴收紧，耳朵在昏暗的光线下越来越红，他无奈地训斥她："你闭嘴吧。"

苏瓷笑倒在他的肩膀上。

车子里，陆折看着一左一右靠着他熟睡的小快乐和苏瓷，放松身体，让他们靠得舒服些。

夕阳余晖落在车子里，想到在电影院里的情形，他闭了闭眼。

这时，苏瓷的手机响起。

一路上，苏瓷让陆折帮忙拍照，她的手机一直在他的手上。

陆折看着手机里的陌生来电，目光微动。

看了一眼靠着他熟睡的苏瓷，他按下了接听键。

“瓷瓷，你后天回来吗？那天我有聚会，想邀请你过来玩儿。”电话那头，何尔盟的语气小心翼翼的，他希望苏瓷能来，又担心被她拒绝。

好一会儿没有得到回应的何尔盟，语气更温柔了：“瓷瓷？”

陆折握着手机，垂眸看向胸口前的苏瓷，压低了声音说道：“她睡着了。”

“我去！”听到电话里传来的竟然是一个陌生的男声，何尔盟瞬间奓毛，“你是谁？你怎么会拿着瓷瓷的手机？你让她听电话！”

陆折冷冷地开口：“她睡着了。等她醒来，我会帮你转达。”

“你放屁！我用你转达吗？你到底是谁？！怎么会跟瓷瓷在一起？！！”何尔盟骂出口，然而下一秒，电话被挂断了。

陆折放下手机，下巴贴着苏瓷的额发，声音低沉又温柔：“我只自私这一次。”

车子在电脑店前停下时，苏瓷醒了，看见陆折动作小心地抱着小快乐下车，然后单手抱着孩子，另外一只手提着从车尾箱里拿出来的折叠小轮椅往电脑店里面走去。

苏瓷安静地看着他的背影，少年已经有了男人的强壮体魄。

方老板守在电脑店里，看见陆折抱着儿子进来，赶紧起身上前：“辛苦了，今天你们带着他累了吧？”

“不会的，方叔。小快乐今天玩儿得很开心。”陆折把小快乐交给方老板。

方老板有点儿感慨地接过熟睡的儿子。

以前儿子的腿不能走，他尽量避免带他去公园或者游乐园，虽然那是小孩子的天堂，但是对儿子来说，不是快乐的地方。

现在儿子慢慢能走了，他希望儿子能过上正常小孩儿的生活，能获得更多快乐。

“小折，谢谢你。”方老板问陆折，“苏瓷呢？”

“她在车上。”

“她不是回苏家了，怎么又回来了？”对苏瓷回来的事，方老板很惊讶。知道苏瓷的身份后，他总觉得苏瓷跟他们不属于同一阶层。

陆折：“她有事。”

方老板不好多说什么，换了话题："对了，你上个月交给我的那款新产品，有买家联系我了，要是能成功，价格起码是 6 位数。"

如果不是个人开发的产品，对方也不会将价格压得这么狠。在他看来，陆折开发的产品起码价值 7 位数。

"谢谢方叔。"

"这有什么好谢的，你平常帮了我不少忙。"方老板停顿了一下，犹豫着开口，"不过，我想过了，要不我们合伙开一家公司吧？"

虽说陆折现在还在上学，但他从不小看陆折的能力。

都说穷人的孩子早当家，陆折早早就出来赚钱给自己治病，换其他人是这样的身世和身患绝症，估计早就崩溃了。

既然陆折有能力，与其在他的小店里打工，不如创业。

"但是还缺少一笔资金，如果你同意跟我合伙，我回头不管是卖店还是借钱，都会把资金凑齐。"方老板想要给儿子更好的生活，想拼一拼。

陆折："我需要回去考虑一下。"

"是该考虑。你先好好想，不急。"方老板知道开公司不是容易的事情，得有计划，每一步都要走稳。

从电脑店里出来，陆折看到了趴在车窗上的女孩儿。

"你怎么这么久啊？"苏瓷把下巴搁在手臂上，懒洋洋地抬眸看着他。

陆折大步走过去。不知道是不是病情有点儿好转，他现在哪怕走得快也没有之前那样会踱脚的情况，而且没有再摔倒了。

陆折坐上车："跟方叔聊了一会儿。"他帮苏瓷把车窗关了回去，"还困吗？"

苏瓷摇了摇头，自发自觉地往陆折身上靠去，整个人懒洋洋的。

车子往陆折的住处开去。

苏瓷靠着陆折，无聊地牵过他的手把玩。

"陆折，你的手真大。"苏瓷伸直手掌，和陆折的大手相对比，显得她的手好小。

陆折没有应声，低头看着靠在他的肩膀上的苏瓷，声音里多了几分不自然之意："刚才你睡着，我帮你接了一个电话。"

“嗯？”苏瓷不在意地应了一声。

陆折面无表情地继续说：“是昨晚打电话给你的男生，问你后天能不能回去参加聚会。”

苏瓷这才来了兴趣，看向陆折：“你怎么回答的？”

陆折说：“我告诉他，我会帮他转达。”

苏瓷打量着陆折的神色，只见他神色淡淡的，看不出任何想法。

“就这样？”

接到其他男生打给她的电话，他一点儿也不生气？

陆折回道：“嗯。”

苏瓷气恼地瞪了他一眼，不想搭理他了。

第二天，苏瓷吃过早餐就跟着陆折去看店了。

方老板看见黏在陆折身边的苏瓷，笑了笑，心里却替陆折担忧。

苏瓷从B市回来，又整天跟着陆折，要说她对陆折没什么感觉，方老板是不相信的。

但苏瓷是苏家的千金小姐，不管将来需不需要联姻，苏家人都不可能让她跟陆折在一起。

先不说陆折的身世问题，仅是考虑陆折的病，苏家就不可能让苏瓷跟陆折在一起。

这是很现实的问题。

如果他有女儿，也不希望女儿与一个身患绝症的人在一起。

但情理上，他绝对是偏向陆折的，希望陆折有一段美好的回忆。

方老板替陆折纠结着。最后，他惋惜地看了陆折一眼。

“昨天小快乐的外婆送来几瓶青梅酒，中午吃饭的时候我们尝尝。女孩子都爱喝这个。”方老板抛去各种想法，对陆折和苏瓷说道。

苏瓷提醒陆折：“我可以喝，但是你不能喝酒。你沾酒就醉了。”

陆折第一次喝酒的时候，她也是在场的。他喝两杯酒就醉，而且闹了她一晚上。

方老板笑了：“青梅酒的度数不高。不过小折的酒量确实不行，以后他还要多练练。”

“嗯。”陆折勾起唇角。

这时，小快乐从楼上慢慢走下来，手里还拿着一个小本子和一支笔。等过完这个暑假，他就要去幼儿园了。

小家伙知道自己能去上学后，开心得不行，还开始拿笔涂涂画画。

方老板出去买菜，陆折看店，而苏瓷无聊地坐在小圆桌那边，单手托着腮看小快乐在纸上乱画。

“这两个是什么？”苏瓷问他。

小快乐转动着黑溜溜的大眼睛，有点儿害羞：“是瓷姐姐和折哥哥啦。”

苏瓷看着那只有两个圆圆的脑袋的图案：“在你的眼里，我是这么丑的吗？”

“姐姐漂亮。”小快乐赶紧说道。

苏瓷挑了挑眼尾，拿过小快乐的本子和笔：“借我一下。”

她走到收银台那边，眼睛亮亮地看着陆折：“你会画画吗？”

苏瓷直接把本子塞进了陆折的手里。

陆折抬眸：“画什么？”

“当然是画我。”苏瓷搬来小凳子坐在陆折身旁，得意地说，“我做你的模特，你好好画。”

像她这样漂亮的模特，他百年一遇啊。

陆折看了她一眼，拿起笔在小本子上勾画起来。

苏瓷坐直了身体，力求自己的姿态最美。

然而，前后不到2分钟，陆折便停下了笔：“画好了。”

他把本子塞回了苏瓷的手里。

“画好了？”苏瓷有点儿惊讶，“你是不是骗我？”

陆折勾唇。

小快乐很好奇，走了过来，探头去看苏瓷打开的本子。

下一秒，小快乐惊得张大了嘴巴：“啊，是小兔子！”小快乐笑得肉乎乎的小肚子一颤一颤的，“瓷姐姐是一只肥兔子！”

苏瓷嘴角的笑意消失了，气恼地看着陆折：“在你眼里，我只是一只兔子？”

而且她还是一只圆滚滚的兔子？

陆折眼里浮现了笑意：“兔子很可爱。”

你也很可爱。

方老板买完菜回来的时候，脸上的神色并不太好。

苏瓷好奇地问道："发生什么事了吗？"

"唉，刚才我在市场门口差点儿被车撞到了，还以为要没命了。"方老板一阵后怕。要是他有什么事，儿子这么小可怎么办？

苏瓷看了一眼方老板的生命值，告诉他："不用担心，你是长寿的面相，以后遇到什么危险都会逢凶化吉的。"

如果其他人说这话，方老板肯定不会相信。但苏瓷不一样——她救过他的儿子，而且一身贵气，莫名其妙地，她的话就是让他忍不住信服。

方老板的眉头舒展开来，他笑道："我去给你们炒几个菜。"

苏瓷看向坐在电脑前的陆折，凑过去，只看见一屏幕的代码。她对他说道："陆折，我看你也是长寿的面相，以后你遇到什么危险也会逢凶化吉的。"

有她在呢，他肯定长寿。

呜——她真是绝世大宝贝！

陆折没有停下敲打键盘的手指，只淡淡地应了一声，并没有在意苏瓷说的话。

没过多久，方老板就张罗好了中午饭。

他从冰箱里拿出小快乐的外婆送来的青梅酒，说这样炎热的天气，喝点儿冰凉酸甜的东西最合适。

苏瓷喝了一小杯青梅酒，发现味道很好。

以前她的身体不适合喝酒，但现在不一样了，她这副身体除了过分娇气之外，很健康。

"这青梅酒味道好吧？"方老板看见苏瓷自己又倒了一杯酒，"这是小快乐的外婆亲手酿制的，小快乐的妈妈以前也很喜欢喝。"

小快乐眨了眨眼，乖乖地吃着饭。

"不过不能喝太多，这酒的后劲还挺足的。"方老板乐呵呵地说道。

苏瓷并不担心喝醉，反正有陆折在。

当她喝完第三杯青梅酒的时候，富贵忍不住跳了出来。

富贵着急得不行："主人，你不能再喝了。你再喝，你的兔耳朵就要冒出来了。"

苏瓷握着酒杯的手顿了顿："什么？"

富贵赶紧解释："喝酒伤身伤元气，你的元气少了一点儿，兔耳朵就会冒出来。这跟生病是一个道理。"

苏瓷傻眼了："你怎么不早点儿告诉我？！"

富贵瑟瑟发抖："主人，我忘记了。"

苏瓷担心自己会在方老板和小快乐面前冒出兔耳朵，赶紧放下手里的杯子，不敢再碰。

然而，当感受到头顶上熟悉的痒意时，苏瓷意识到太晚了。

桌底下，一只小手突然拉扯了一下陆折的衣摆。

他幽幽地看向旁边的苏瓷，只见她可怜巴巴地看着他。

这时，方老板起身去厨房盛饭。苏瓷赶紧凑过去："陆折，我们现在要立刻回去。"

陆折不明所以："嗯？"

苏瓷红着脸说："我的兔耳朵快要冒出来啦！"

陆折下意识地看了一眼她的头顶，眉心皱起："怎么回事？"

"我才想起我不能喝酒。"苏瓷拉着他的衣摆，"快带我回去。"

方老板盛完饭走了出来："小折，厨房里还有很多饭，你们多吃点儿。"

"我们吃饱了。方叔，我下午请假。"

"怎么了？"

"我……我喝醉了，陆折要送我回去。"苏瓷身体一软，直接靠在了陆折的身上。

方老板后悔没提醒苏瓷不要多喝："小折，你赶紧送小瓷回去吧。"

"好。"陆折扶着苏瓷下楼。

走出电脑店后，苏瓷笑了起来："陆折，我机灵吧？懂得装醉。"

陆折挑眉："忘记自己喝醉会长出兔耳朵这样重要的事情，你确定你机灵？"

苏瓷没有办法辩解，只能替富贵背锅。

"你先站着。"陆折让苏瓷站好，自己跑进了附近的精品店。

没过多久，他拿着帽子大步走回来，帮苏瓷戴上帽子。

苏瓷惴惴不安的心安定了下来。她目光灼灼地看着面前的少年："陆折你这么好，回去后，我让你摸耳朵。"

陆折神色不明地看了她一眼，没有应声。

坐在车子里，苏瓷感觉到自己的兔耳朵真的冒出来了，被吓得赶紧捂好帽子。

直到回到住处，苏瓷才摘掉帽子。看着镜子里面顶着一对兔耳朵的自己，她问富贵："这一次我的兔耳朵什么时候能收回去？"

富贵："主人的酒意散去，兔耳朵就会收回去了。"

苏瓷闻言，一双黑眸亮了亮。散酒气不需要多长时间，她不用担心像上次生病那样，好几天不能外出。

她这样想着，心情好了起来，开始打量镜子里面的自己。

她本来就长得漂亮，现在喝了酒，一双眼睛水汪汪的，白皙的脸上也透着浅浅的粉红色，漂亮得不可思议。

如果待会儿还能无视她，那陆折真的不是男人！

苏瓷走出房间，在厨房里找到了陆折。

少年穿着围裙，正站在橱柜前忙碌着。

"你在做什么？"

"解酒汤。"他上网查了解酒汤的做法，并不难。

苏瓷心里打着坏主意，哪里愿意喝什么解酒汤？酒意一下子散去，她这双兔耳朵就立刻收回去了。

她走过去，拉住陆折的手："我不喝这个，又没有醉。"

陆折垂眸看着她，只见女孩儿的一双黑眸特别晶亮，里面泛着水光，并不像她说的那么回事。

苏瓷拉着他走出厨房："陆折，趁着这次机会，我让你摸摸我的耳朵。"

毛茸茸的兔耳朵近在眼前，苏瓷大方地让他摸。

看陆折没有动，苏瓷催促着："你快点儿啊！"

难道她的兔耳朵对陆折失去了吸引力？这不可能吧？！

她的兔耳朵，她自己看了都喜欢得不行，想要摸一摸，陆折不可能不喜欢的。

"你确定？"陆折微抿薄唇。

上一次，他捏了她的耳朵，她连站着都成问题。

陆折这样一问，苏瓷有点儿犹豫了。

担心待会儿自己站不稳，她把陆折拉到沙发那边坐下："好了，我坐着就不怕摔倒了。你快摸！"

陆折觉得好笑："嗯。"

她别后悔就行。

听见少年应声，苏瓷主动把头凑近他，好让他摸她的耳朵："你要轻一点儿。"

陆折的大手冰冰凉凉的，他摸上苏瓷的淡粉色的兔耳朵时，苏瓷的兔耳朵抖了抖。

兔耳朵软软的、毛茸茸的，手感非常好。

耳朵刚被大手摸了一下，苏瓷瞬间瘫软在了陆折的怀里。她把头抵在陆折的胸口处，声音无力地提醒他："陆折，只……只能摸一下。"

陆折勾了勾唇，没有应声，大手一下一下地抚着她的兔耳朵，丝毫没有停下来的意思。

苏瓷一双黑眸像是浸了水，潋滟动人。她靠着陆折，气得想要咬陆折："只能摸一下！"

都说了只能摸一下，但现在她已经数不清自己的兔耳朵被陆折摸了几下："我亏了！亏了！"

陆折的手掌心被兔耳朵上雪白的毛毛蹭得发痒，听到苏瓷的话，他低笑出声："刚才是谁一直催着我摸耳朵的？"

他不摸，她还想生气来着。

别问，苏瓷后悔死了。

她现在浑身无力，像是砧板上的肥兔子，只能任由陆折宰割。

陆折笑着问她："以后还使不使坏了？"

他哪里能猜不到她的意图？

苏瓷可怜巴巴地看着陆折："呜——不能再摸了。"

陆折对上苏瓷委屈的眼神，声音里多了几分轻柔之意："以后乖一点儿。"

"我哪里不乖？"苏瓷不满。

陆折勾起薄唇，脸颊上的小酒窝露了出来：“哪里都不乖。”

这样说着，他低头，在软软的兔耳朵上亲了一下。

苏瓷脸色涨红，感觉自己的心软得快要化了。

假期的最后一天，苏瓷要回 B 市。

陆折帮忙收拾好行李箱后，掏出一张卡递给苏瓷。

苏瓷神色惊讶，并没有接卡片：“怎么了？”

“这是你的家人给我的，你拿回去吧。”

之前她的家人派人过来给了他这张卡，答谢他照顾了苏瓷。

他可以赚钱，并不需要她的家里人给的钱。

“为什么不要？这是你该拿的钱。我家有钱，你不需要替我心疼。”她恨不得拿钱把他养起来。

陆折神色很淡：“你拿回去。”

苏瓷不听他的，一双眼睛定定地看着他：“你拿着！如果你有什么急事也可以用上。你要是真介意，就当作是我借给你的，以后再还我。”

快高考了，她不希望他那么辛苦，顶着大太阳在外面做兼职。

陆折并不是因为自尊心受不了才不愿意收下她家的钱，而是觉得没有必要。现在见苏瓷瞪着他，大有他不收下钱她就扑过来咬他一口的架势，他叹了一口气：“嗯，就当我借你的。”

苏瓷这才笑起来，转眼又开始提要求：“我回去后，你要主动联系我。”

“嗯。”

“要多跟我视频。”

“嗯。”

“晚上要跟我说晚安。”

“嗯。还有吗？”

苏瓷丢开手里的手机，一把抱住陆折的腰：“我有点儿不想回去了。”

陆折冷硬的神色柔了几分，低声承诺道：“我会报考 B 大。”

在她还需要他的时候，他会一直待在她的身边。

苏瓷刚回到苏家，苏母和小苏宁立刻围了上来。

“刚搭完飞机，瓷瓷你累不累？我让厨房给你准备了吃的东西。”苏母对女儿一向娇纵。这次苏瓷出远门没有带保姆，甚至没有带保镖，苏母就一直担心得不行。如果不是女儿每天给她发信息报平安，她必定担心死。

“姐姐累累。”小苏宁连布丁也顾不上吃了，黏着苏瓷，小手有模有样地给苏瓷捶着腿，乖得不行。

“我不累。”苏瓷摸了摸他的脑袋，发现小苏宁和小快乐都属于性格安静、乖巧的孩子，还挺适合做朋友的。

苏母问道：“瓷瓷，你这次去了D市，之后就不用往那边跑了吧？”

女儿只说那边还有事，并没有详细说清楚是什么事，但她隐隐猜到跟那个少年有关。

苏瓷摇了摇头：“不用了。”

高考完，陆折就要过来了。

苏母这才安心。突然想起什么，她说道：“瓷瓷，何家的那个小儿子何尔盟来找你几回了，我告诉他你还没有回来。他是不是有什么急事？”

苏母知道，何家的这个小儿子从几年前就一直追求女儿了。但女儿现在年纪小，她和丈夫都不希望女儿谈恋爱。而且，她也知道女儿的眼光高，不会喜欢何家的那个小儿子，学校的其他男生就更不用说了。

所以，她和丈夫对女儿的恋爱问题很放心。

“我知道了。我会联系他的。”苏瓷随口应道，根本没打算理会何尔盟。

“对了，还有一件事，”苏母笑着告诉她，“你爸爸决定在10天后举办一个宴会，向大家宣布你回来的事。”

不然，那些人还以为她家的瓷瓷真的死了。

“10天后？”苏瓷愣了愣。

“怎么了？”苏母看见女儿反应有点儿大，问道，“瓷瓷你不愿意吗？”

“不是。”苏瓷抿了抿唇，看见苏母的手腕上的生命值也是10天。这也就意味着，他们是在举办宴会当天出事的。

苏母摸了摸女儿的头："那天只会邀请一些好友，并不会让记者来，不会有闲杂人员。"

苏瓷按下各种心思，点了点头："好。"

第二天，苏瓷刚走进教室，就看见何尔盟光明正大地坐在了她的同桌的位子上。

"瓷瓷，你来了？"何尔盟看见苏瓷就像闻到了肉香的小狗，立刻精神抖擞起来。

"瓷瓷，我给你带了很多早餐，你看看喜欢吃什么？"何尔盟穿着创明高中的校服，很帅气。

苏瓷直接拒绝："我不吃。"

何尔盟围着苏瓷转："瓷瓷你在家吃过了？没关系，你下课饿的时候，可以吃一些点心。这是我让家里的厨师特意给你做的，你肯定喜欢。"

"我不饿，你拿回去自己吃吧。要上课了，你还在这里做什么？"

换作其他女生被小霸王这样用心讨好，一颗心早就软化了，但这不代表苏瓷会软化。

班上的人偷偷看着他们，不禁感叹，小霸王算是遇到对手了。

当然，也有小部分人觉得苏瓷太高傲了，何尔盟追求她这么久，她一直都不理不睬的，也不知道在她眼里什么样的男生才配得上她。

"瓷瓷，我好几天没有见你了。"何尔盟黑亮的眼睛炙热地看着她，"你去了D市？那天我打电话给你，接电话的男生是谁？"

当时，他气愤得差点儿买机票飞去D市找她。

苏瓷推开他凑过来的脸："跟你没有关系。"

何尔盟满脸悲伤的表情，委屈地看着她："瓷瓷，我就是吃醋了，所以想知道那个男的是谁。为什么他可以拿到你的手机，还能帮你接电话？"停顿了一下，他猜测道，"难道瓷瓷的手机被偷了？"

相比之下，他还真的宁愿苏瓷的手机被偷了。

苏瓷忍不住翻了个白眼："你的手机才被偷了。"

她干脆直接往何尔盟的胸口插刀："手机是我让他帮我拿着的。他能帮我接电话，我高兴还来不及呢，你说我跟他是什么关系？"

苏瓷也不知道自己和陆折现在是什么关系。

何尔盟愣了愣，深吸了一口气："瓷瓷，这笑话一点儿也不好笑。

你要是不想吃早餐，我这就拿走。”

他站起来，随后将那精心准备的几大盒早点顺手给了后面位子的人，把对方惊得神色呆滞。

“瓷瓷，我先回去上课，你有什么需要，让人去隔壁班喊我就行。”何尔盟不舍地看着她。

苏瓷没好气地赶人道：“你快走吧。”

一个学渣不好好上学，满脑子谈恋爱的事，还希望她喜欢他？怎么可能？！

她和陆折都是年级第一名，还没有谈情说爱呢！

何尔盟离开教室后，帅气的脸上哪里还有半点儿小奶狗的可怜样子，眉眼间满是浓烈的暴戾之色。等他查清楚电话那头的男生是谁，一定要弄死对方。

班上的人对小霸王被苏瓷气得暴走又或者伤透心的模样已经见怪不怪。而且，他们再次见识到了苏瓷的高傲和心冷。

第一组角落那边的位子上，一个女生高兴地在论坛上发帖子：“校霸再次被校花拒绝。”

作为苏瓷的同班同学，每次苏瓷这里有什么风吹草动，她都会第一时间将消息发到论坛上。

没多久，帖子下便有不少人留言。

她用手碰了碰同桌：“朵雨，你说这是苏瓷第几次无情地拒绝校霸了？”

温朵雨被碰了一下，吓得挺直了腰背：“什么？”

“你没听我说话吗？”女生翻了个白眼，“我问你苏瓷已经拒绝何尔盟多少次了？”

“我不知道。”温朵雨精神不太好。

女生撇了撇嘴，语气里带着酸意：“你这两天怎么回事？跟你说话，你老是走神儿。你以为你是苏瓷啊，眼睛可以长在头顶上？”

温朵雨不敢还嘴，动了动唇，最后还是开口：“你能借我 5000 块钱吗？”

“什么？”女生惊讶地看了温朵雨一眼，“你上周才问我借了 2000 块钱，还没有还给我呢。”

女生撇了撇嘴：“你什么时候把钱还给我？”

温朵雨握着笔的手指指节泛白，低声说道："我现在没有钱，会尽快还你的。"

"尽快是什么时候？"女生有点儿不满意，"也不知道学校招你们来是为了什么，年级第一名是苏瓷，年级第二和第三名都不是你们这些特困生。你的成绩在班上也只是前20名，也没有多优秀啊。"

她再次说道："真搞不懂学校为什么招你们进来。"

温朵雨低着头，没有吭声，唇被咬得发白。

女生觉得无趣，又撇了撇嘴，继续刷论坛。

放学后苏瓷接到了司机的电话。因为车子在路上出了点儿问题，会晚一点儿来，她只能在教室里等着。

"瓷瓷，你坐我的车回去吧？"何尔盟又跑来了。

他的五官出色，加上家世好，眉目间天生带着嚣张的肆意气息，他之前告诉苏瓷他是校草，确实没有说谎。

苏瓷瞥了他一眼，嫌弃道："快高考了，你作为年级倒数第一名，请坐远一点儿，蠢是会传染人的。"

何尔盟的脸皮厚，被苏瓷鄙视了他也丝毫不介意："瓷瓷，你知道高考对我们这些人来说并不重要的。"

别人靠高考改变命运，而对他们这些人来说，高考拿到好成绩只是锦上添花而已。

苏瓷单手托着腮，无语地白了他一眼："别为你自己的蠢找借口。"

何尔盟目光灼灼地看着苏瓷："瓷瓷希望我认真学习？"

"你学不学习跟我没有关系。"

她现在只关心陆折的成绩。不过陆折的成绩好，好像也不需要她关心。

这时，苏瓷的手机铃声响起，是司机打来的电话。

她背起书包，没理会还在念叨的何尔盟，直接离开了。

"瓷瓷，等等我。"何尔盟追上苏瓷，"瓷瓷，我能坐你的车子回家吗？"

苏瓷无奈地说道："你说了这么多话，嘴巴不累吗？"

"不累，谢谢瓷瓷关心。"何尔盟一双眼睛亮晶晶地看着苏瓷。

苏瓷不想理会他，突然有点儿庆幸陆折平常不爱说话。陆折性格冷，与何尔盟截然不同。

这时，一个女生低着头从一旁经过，不小心碰到了苏瓷。

“你怎么走路的？！”何尔盟一把推开女生，转头紧张地问苏瓷：“你怎么样？没有被撞伤吧？痛不痛？需要我帮你揉揉吗？”

苏瓷拍开他伸过来的手：“我又不是玻璃，一碰就碎。”她看向那个被何尔盟推得撞上墙壁的女生：“你没事吧？”

温朵雨摇摇头，离开了。

不经意间，苏瓷看见了对方的生命值，只剩下 15 分钟了。

富贵焦急的声音响起：“世界上最漂亮、最善良的主人，救她！快救她啦！”

它好久没有吃到金色棉花糖了。现在陆折不在，主人应该会把金色棉花糖给它。

苏瓷问富贵：“她是怎么死的？”

富贵：“她是过马路时被车撞死的。”

苏瓷看着走在前面的女生，有点儿惊讶：“是意外？”

富贵：“不是，是她自己要死的。”

苏瓷：“哦，那就是自杀。”

苏瓷最怕遇到病死和自己寻死的人——前者是因为她无能为力，后者是因为，如果对方决心寻死，她还是无能为力……

富贵：“主人，救她！”

“知道了，你可以闭嘴了。”

就算要救人，她也要弄清楚情况啊。

苏瓷跟了上去。

“瓷瓷……”何尔盟瞬间化身为苏瓷的小尾巴。苏瓷走到哪儿，他跟到哪儿。

苏瓷坐上车，对何尔盟一脸的期待神色视而不见，直接关上了车门。

苏瓷开口：“方叔，跟着前面背绿色书包的女孩儿。”她靠在椅背上，补充道，“你在后面慢慢跟着就行。”

就这样，黑色的豪车慢慢地跟着前面的温朵雨，而她毫未察觉。

只剩下 2 分钟时，温朵雨在红绿灯处的斑马线边停了下来。

苏瓷下车来到女生身旁。对方低着头，苏瓷看不到对方此时的神色。

现在是下班和放学时间，路上的车辆很多，周围一片嘈杂。

人行横道的绿灯转成红灯时，温朵雨终于抬起了头。

苏瓷注意着她的举动。

就在马路上的车子急速前行时，温朵雨突然要冲出去，而同一时间，苏瓷及时拉住了她的手臂。

温朵雨脚下一顿，惊讶地回头，发现拉着她的人竟然是苏瓷！

苏瓷语气很淡然："现在是红灯，路上这么多车，你确定要冲出去？

"你应该学过交通规则吧？乱闯马路，害人害己。"

苏瓷拉着她的手臂，才发现她的手臂是冰凉的，还微微颤抖着。

眼前的人在害怕？害怕什么？怕死吗？

温朵雨想要收回手臂："苏同学，我……我不是……"

"我看见你想冲到马路上的。"苏瓷语气有点儿冷，"你说你不是闯红灯，那冲出去做什么？路上的车子这么多，你胡乱冲出去等于是找死！"

温朵雨垂下眼帘，躲开了苏瓷犀利的目光。

"我说对了？"苏瓷松开她，发现她的生命值依然没有变化。

她看着温朵雨问："你在害怕什么？被我猜对了？"

温朵雨连肩膀也颤抖起来。

这时，人行横道的红灯转换成了绿灯。

苏瓷很不喜欢不珍惜生命的人，说得直白："你有没有想过，你突然冲出去，撞上你的司机会很无辜？他不仅要背负责任，而且精神和心灵都会受创伤。"

温朵雨一张脸瞬间变白了："对不起。"

苏瓷叹了一口气："你为什么要自杀？"

她颤抖成这样，到底哪里来的勇气想要冲到马路上？

温朵雨咬着唇没吭声。

"你还要继续自杀？"苏瓷看着她说道，"我能救你第一次，并不能救你第二次。生命很宝贵，你应该知道。"

温朵雨瞬间红了眼睛，茫然地看着苏瓷。

苏瓷是校花，长得漂亮，家世好，学习成绩也优秀，走到哪儿都是焦点，怎么会懂得她这样的特困生的卑微和困难?

苏瓷很聪明，一眼看出了对方的想法：“你连死都不怕，还有什么事是难以启齿的？你可以告诉我你想死的原因，或许我可以帮你。”

对方与沈雪不一样，苏瓷可以刺激沈雪，那是因为知道沈雪只是一时冲动，而面前这个女生的生命值并没有发生变化，显然还没有打消自杀的念头。

温朵雨看着苏瓷，满脸难以置信之色。

苏瓷长得太漂亮了，而且不喜欢与班上的同学过多接触，就像天上的仙女，而现在仙女正向她伸出援手。

看见她神色呆呆的，苏瓷索性将人带回了车里。

苏瓷关上车门，马路上的喧闹声被阻挡在了车外。

苏瓷把车子里的纸巾递给女生：“说吧。”

温朵雨小声说道：“谢谢。”

她不好意思地擦了擦眼泪，过了好一会儿，才慢慢地开口：“我家的经济情况不好，爸爸出事故离世了，妈妈因为爸爸离开，精神恍惚以致出车祸，痊愈后身体留下很严重的后遗症，经常要吃药调养。”

温朵雨并不抱怨自己的出身。只是父母相继出事，这样的困境让她快要喘不过气来。

“我想赚钱给妈妈治病，就加了一个兼职群帮忙刷单，没想到这是一个骗局。”温朵雨咬了咬唇，继续说道，“我对骗子的话信以为真，就交了钱。刚开始确实赚到了钱，但后来我发现要拿回被套进去的钱，就需要充更多的钱进去。那些钱是妈妈的医药费，我不能赔掉……”

她哭着说道：“那时候我被利益蒙了眼，傻乎乎地一次又一次充钱，等终于意识到自己被骗了，已经来不及了……”

苏瓷皱眉，对这样的骗术不了解。

前面的方叔听到温朵雨的话，忍不住开口：“小姑娘，你这是被套路了。网上这样的骗术很多，我邻居的小女儿也是这样被骗了几百块钱。”

他还听说有些大学生被骗得更多，甚至贷款了。

苏瓷问温朵雨：“你被骗了多少钱？”

温朵雨脸色苍白：“12000 块钱，有 2000 块钱是我问同桌借的。”

1 万块钱对她家来说就是巨款了。她拿这笔钱的事，根本不敢告诉妈妈。

方叔忍不住叹息了一声："你被骗得还挺多的。"

苏瓷听完温朵雨的话，眉心舒展。只要是钱能解决的事，她都不觉得是什么大事。

她问温朵雨："你和骗子的聊天记录或者其他证据都在吗？"

温朵雨点了点头："在的，我没有删，今天对方还在催促我充钱。"

所以她才想着问同桌再借5000块钱。

明知道是骗局，她却难以抽身，最后才想到了死。

"方叔，待会儿你带她去报警，看能不能把钱追回来。"苏瓷叮嘱方叔。

"是，小姐。"方叔有点儿惊讶，又觉得自家小姐失忆后，性格改变了不少。以前要是遇上这样的事情，小姐并不会理会。

温朵雨怔怔地看着苏瓷，没想到对方不仅救了她，还要帮她。

她眼眶发红，诚挚地看着苏瓷："谢谢你。"

"我只不过是顺手而为。如果钱追不回来，我可以借钱给你，等你以后有钱了再还给我。"

温朵雨感激地看着苏瓷。别人说苏瓷高傲得不近人情，但她发现那些人都错了，苏瓷外表冰冷，却有一颗温热的心。

苏瓷并不知道温朵雨心里怎么想，只是发现对方的生命值变成了黄色格子——65年。

苏瓷勾起红唇。又收到一团金色棉花糖，她要替陆折攒着。

晚上，苏瓷与陆折视频时，告诉他自己今天又做了好事。

陆折发现，从他认识苏瓷开始，她好像帮助过不少人。他知道，她虽然平常喜欢逗人，但其实是一个非常善良的人。

陆折语气淡淡的："帮助人的时候，你要注意安全。"

"你放心，我知道的。"苏瓷很怕死的，救人的时候必定会先确认自己是安全的才行动。

第二天，苏瓷来到教室时，看见温朵雨的脸色好了很多，情绪也平稳下来。

温朵雨不经意间对上苏瓷的目光，害羞地对苏瓷笑了笑。

苏瓷的司机带她去报警，她把全部证据都提交了，能追回钱的概率很大。

温朵雨经过昨天的事情，心境变了很多。她昨天回到家里，看着坐在饭桌旁等她回家吃饭的妈妈，忍不住鼻子发酸。

她觉得自己想用死来逃避问题，真的很愚蠢、很自私。如果苏瓷没有拉住她，恐怕她被车撞死后，妈妈也很难熬过去。

现在，她真的很感激苏瓷救下她。对她来说，苏瓷就是她的救赎。

“我刚才在学校门口碰见苏瓷了。”温朵雨的同桌凑过来告诉她，“今天苏瓷又换了一辆车，她家里到底有多少辆豪车啊？！”

温朵雨低着头看书，没有参与同桌的话题。

苏瓷这么漂亮、这么善良、这么优秀，她要向苏瓷学习，追随苏瓷的脚步，努力向苏瓷靠近。

温朵雨沉默着，同桌很不满：“我在跟你说话，你听到了吗？！”

温朵雨点了点头：“听到了。”

同桌这才继续开口：“苏瓷的命真好，从小就娇生惯养。你看小霸王何尔盟每次被苏瓷拒绝后，虽然生气，但是也无可奈何，还不是因为他不敢得罪苏家？”

温朵雨觉得，像苏瓷这样漂亮的女孩儿，就该生在富裕的家庭，被呵护着长大。

同桌压低声音对温朵雨说：“苏瓷现在这么作，还高傲地拒绝何尔盟，我就等着苏瓷‘自打脸’的一天。”

温朵雨听出了同桌语气里浓浓的酸意，忍不住开口：“我们都是同学，你不要总是存着等同学出丑的心，这样不好。而且，苏瓷不喜欢何尔盟，干脆利落地拒绝对方并没有错，这不是高傲。”

她觉得苏瓷的做法没有问题，感情就该这样，不喜欢就拒绝，不拖泥带水，不给别人假希望。

“你竟然维护苏瓷？”同桌突然被怼，难以置信地看着温朵雨。

温朵雨平时被欺负了都不会吭声，现在为了苏瓷，反驳她的话？

温朵雨这次没有沉默：“你不要天天说苏瓷的坏话，她很好的。”

同桌满脸难以置信之色，气得咬牙：“你别忘了，你还欠我2000块钱。”

温朵雨抿了抿唇，语气坚决地说：“我会还你的。等高考完，我就去打工，赚到钱立刻还你。”

苏瓷是她的救命恩人，是非常好的人，她不想再听同桌诋毁苏瓷了。

同桌没想到温朵雨的转变这么大，一时无言以对。

D 市那边，陆折正跟方老板谈开公司的事情。

“你同意了？”方老板脸上一喜。

陆折：“方叔，我准备报考 B 大。”

方老板意味深长地看着他：“为了小瓷？”

陆折微微勾起嘴角，脸上难得带了几分不好意思的神色：“嗯，她希望我在 B 市读大学。”

闻言，方老板哪里还不懂陆折的意思？苏瓷想要陆折去 B 市，陆折就去。如果不是因为喜欢，陆折这样的冷性子，哪里会听苏瓷的话？

“你想好了？苏家那边……”方老板有点儿迟疑地说道。

陆折垂下眼帘，以黑长浓密的睫毛遮挡住了眼里的情绪：“方叔，我知道自己的情况，你想的那些问题都不会存在。”

方老板深深地叹了一口气。

陆折这样优秀的年轻人还真少有，可惜就是命不好。

他带着长辈的惋惜和同情的心情，拍了拍陆折的肩膀。

陆折会意地笑了笑：“我高考完就会去 B 市。如果在这里开公司，我可能兼顾不了。”

“你的意思是把公司开在 B 市？”方老板皱眉，沉思起来，“B 市的机会固然很多，但资金是一个问题，把公司开在那边，成本会增加不少。”

他想给儿子更好的生活，B 市当然是更好的选择，但这也意味着他们需要更多的资金。

“方叔，你不用担心资金的问题。苏家给了我一笔钱，就当我借苏家的。”

哪怕苏瓷不介意他的身世和病情，他也不希望当自己站在苏瓷身旁时，她会被别人看低或者嘲笑。

第八章

身陷火海

离宴会举行还有 3 天时，苏瓷终于从富贵那里知道了苏父、苏母是火灾致死。

苏瓷惊愕道："有人蓄意谋杀？！"

富贵："是有人故意放火。"

富贵只知道死因，并不知道火灾的发生地点。

家里？宴会上？可能性太多，她很难救人。

接下来的两天，苏瓷让管家准备了很多灭火器。管家虽然疑惑，但还是照做了。

宴会在国际酒店里举行，苏家租下了一整层楼，酒店的范围太大，苏瓷救人的难度更大了。

酒店大厅内来了不少宾客。

苏致远一身黑色修身的西装，五官精致出众。作为苏家的未来继承人，他是宾客们争相攀附的对象。

"致远哥，瓷瓷怎么还没有出来？"何尔盟身上也穿着一身黑色的西装，少了几分稚气，越发帅气了。

对这个天天都想抢走自己妹妹的人，苏致远一直不太待见。不过，当初妹妹生死未卜，何尔盟疯了一样找她，还大哭过几场，倒让他对何尔盟有所改观。

至少，何尔盟是真的喜欢他的妹妹。

苏致远回道："女孩子要装扮。"

"其他女孩儿才需要装扮，瓷瓷这么漂亮，不需要装扮。"何尔盟简直就是苏瓷的颜值的第一吹捧者。

苏致远无语地看了他一眼。

这时，苏瓷跟着苏父、苏母出来了。

她原本就长得漂亮，今天化了淡妆，穿着一条镶满水钻的蓝色渐变礼服，漂亮得让人挪不开视线。

苏致远看了一眼旁边的何尔盟，果然，对方看直了眼。

没出息！

何尔盟看见苏致远走过去，也赶紧跟了过去。近看之下，他发现苏瓷更漂亮了。

小霸王何尔盟的一颗心脏没出息地猛跳个不停，他直愣愣地看着苏瓷："瓷瓷，你今天真好看！"

苏瓷已经习惯了何尔盟的痴迷目光，没好气道："我天天都好看。"

"对，瓷瓷天天都好看。"苏瓷说什么，何尔盟就应什么。

苏瓷不理他，何尔盟依然眼巴巴地看着苏瓷，还跟苏父和苏母打招呼。

苏母觉得何家这个小儿子是真的很喜欢她的女儿，苏父却不一样，用锐利的目光审视着何尔盟，显然不太欣赏。无论怎么看，他都觉得对方配不上他的女儿。

周围的人看见苏父和苏母带着苏家千金出来了，不少人过来攀谈。

众人不得不感叹，苏家人站在一起，就是一道亮丽的风景线。

先不说以前颜值出名的苏父和苏母，现在继承人苏致远、千金苏瓷，甚至用人抱着的小奶娃苏宁，都有逆天的颜值。

苏瓷的心思根本不在宴会上，她看着苏父和苏母手腕上的生命值，心口发紧。

原本想过让苏父改宴会时间，但邀请函早早被派发出去了，她也想不到改变宴会时间的理由。重要的是，她不能确定起火的地点是否在酒店里。

现在，苏父和苏母的生命值只有10分钟了，看来发生火灾的地方确实就是酒店。

苏瓷皱紧了眉头。

满堂宾客都在，她需要想办法把父母带离酒店。

注意到女儿神色有异，苏母关心道："小瓷，怎么了？"

苏瓷想到什么，放缓声音，语气虚弱地说："妈妈，我很不舒服，你和爸爸能不能陪我回去？我不想留在这里。"

她知道自己的借口很蹩脚，但现在情况危急，不能再犹豫了。

"怎么了？你哪里不舒服？"苏母神色紧张地看着女儿，"我带你去休息室，让医生过来给你看看？"

苏瓷摇头："我想回家。"

她并不需要医生，只想赶紧带着家人离开这里。

看见女儿态度坚决，苏母说："先跟你爸爸说一声，我陪你回去。"

苏瓷赶紧说道："我们一起走。"

"宴会才刚开始，你哥哥和你爸爸要留在这里招待宾客。"

否则，苏家就失礼了。

苏瓷看着苏母的手腕上的红线越来越浅，直接拉着苏母的手，想要去找苏父一起离开。

突然，大厅里响起警铃的声音。

苏瓷的心瞬间沉了下去。

"着火了！下面着火了！快，大家赶紧逃！"

也不知道是谁在门口喊了一声，前一秒还在侃侃而谈的宾客瞬间惊得四处奔逃，整个大厅乱了起来。

"瓷瓷，你跟着我走！"苏母牵着女儿的手，要去找小儿子。

然而，周围乱成一团，有惊叫声，有叫骂声，大家争先恐后地往外冲着。

苏瓷被挤得好几次松开了母亲的手。

走到门口处，苏母一把将苏瓷推到门外："瓷瓷，你弟弟还在里面，我过去找他，你赶紧离开！"

她看见用人抱着小儿子落在了宾客后面。

"妈妈……"苏瓷还没来得及回应，直接被挤进了人群。

有人大喊："快跑！再不跑就来不及了！"

苏瓷想要逆着人群往回走，下一刻，她的手就被人拉住了。

"何尔盟？"

何尔盟拉着苏瓷的手："瓷瓷，那儿有一条通道可以出去，我们走那边。"

"你赶紧走。我妈妈和弟弟还在里面，我要去找他们。"苏瓷想要挣脱何尔盟的手，却被对方握得更紧了。

何尔盟没有了往常的小奶狗姿态，沉着脸色："瓷瓷，别闹！消防员快到了。现在这样的情况，你能救谁？我带你离开。"

他强势地拽着苏瓷不放。

苏瓷要气死了，却挣脱不得，被何尔盟半拉半拖地带离了酒店。

酒店里的火势越烧越大，而消防员还没有赶来。

苏瓷被何尔盟顺利地带了出来。何尔盟刚松开她的手，她就打了他一个耳光："我不用你管！"

何尔盟摸了摸被打的侧脸，目光灼灼地看着苏瓷："被你打了我也不后悔。我不能看着你出事。"

苏瓷不想理会他，着急地看向酒店，只见里面火势猛烈。

"瓷瓷！"这时，苏致远抱着小苏宁出来了。

小家伙早已经哭花了脸。

苏瓷赶紧跑上前："哥哥，爸爸和妈妈呢？"

"他们还没有出来？"苏致远只找到弟弟，没有看见父母。

发现父母还没有出来，他的脸色很难看，就算他现在想要上去救人也不可能了。

苏瓷眉头紧锁，还是阻止不了事情发生吗？

这时，不知道从哪里出来的方老板突然叫住了苏瓷："小瓷，你看见陆折了吗？"

"方叔？"苏瓷的心早已经乱成一团，看见突然出现的方老板，她一脸震惊的表情，"你怎么在这里？陆折也来了？"

方老板神色着急："我和陆折来这边有事。经过酒店时，他听说上面着火了，知道你在里面，就冲进去找你了。"

苏瓷感觉脑袋发蒙，什么都听不见了。

陆陆续续有人从酒店里逃了出来，火势很大，有好些晚出来的人被烧伤了手脚。

苏致远已经打电话派人手过来。

苏瓷紧紧盯着大火从窗口蹿出——火势蔓延得越来越大的酒店。

陆折也在里面。他进去找她了。

苏瓷想起昨晚在电话里陆折问她宴会在哪里举办。当时她随口告诉了他，根本没有多想。

原来他昨天就在 B 市。

苏瓷浑身颤抖，听不到旁边的哥哥在说什么，也听不到小苏宁的哭喊声，更听不到周围的嘈杂声。

方老板看着凶猛的火势，眼眶泛红，额头上全是汗，声音带着哽咽："我应该阻止他进去的。"

他们明明是来 B 市找地方开公司的，没想到转眼间，陆折就陷入了火海之中，生死未卜。

他看了一眼苏瓷，只见小姑娘直愣愣地站着，平常白皙的脸在火光的映照下显得分外苍白。

何尔盟找到一条干净的毛巾，又往毛巾上倒了些水："瓷瓷，你的脸和手都脏了，我帮你擦擦。"

对比其他人的狼狈样子，何尔盟全身还算清爽干净，在人群中越发显眼了。

说着，他拿着毛巾就要帮苏瓷擦脸上的灰尘。

苏瓷偏开头，躲过了他的手："不用你管。"

"消防员快到了，苏伯父和苏伯母会没事的。"何尔盟知道她心里难受，沉声安慰着，一脸心疼的表情。

苏瓷没有应声。

她理智稍稍回归，问富贵："陆折的生命值还有 3 年多，是不是意味着他现在不会死？"

如果是平常，她不会问这样低级的问题，但此时急需一个肯定的答案。

富贵："主人，陆折有 3 年多的生命值，代表他 3 年后才会死。"

苏瓷的唇依然抿成直线，她不敢问富贵，苏父和苏母是不是已经死在里面了。

之前每一次救人都是成功的，以至这一次，她也以为自己能力挽狂澜。

她后悔自己顾虑太多，刚才就应该强势地带父母离开这里。

周围乱成一片，消防员和救护车先后赶到了。

担心其他人会碰到苏瓷，何尔盟想要护着她离开这里。

然而苏瓷固执得很，根本不愿意让他触碰。

他只能站在一旁守着。他刚才打电话回何家报平安，家里老头子催促他回去。

何尔盟看着苏瓷，根本放不下心。苏家两位长辈如果真的葬身火海，恐怕未来的很长一段时间里，苏家会有大动荡。

“瓷瓷，你先回去？”苏致远脸上的神色不好，眉眼间满是忧色。父母生死未卜，现在他要把妹妹和弟弟安顿好。

苏瓷摇了摇头：“哥，我不走。”

她要等陆折和父母出来。

酒店里面，灼人的温度和呛鼻的浓烟几乎让人窒息。

苏母不断咳嗽着，使劲去搬压在丈夫背上的重物。

丈夫昏迷不醒，眼看火势就要蔓延到这里，苏母陷入了绝望情绪之中。

这时，一个身影经过。

陆折观察着周围的火势，看见不远处有人快要被大火吞噬。

眸色沉了沉，陆折一把将长餐桌上的桌布抽了出来，拿过旁边一瓶瓶的矿泉水倒在上面，将桌布披在身上冲了过去。

“求求你，救救我丈夫！”苏母看见冲进来的年轻人，眼里燃起了希望。

陆折把打湿的桌布丢给苏母，上前去搬压在苏父身上的重物。

陆折的手臂上青筋暴起，他狠狠咬牙，用力一掀，终于掀起了砸在苏父身上的重物。

陆折沉声说道：“你扶着，我来背他。”

苏母连忙站起身，协助少年背起她的丈夫。

火快要烧近身，陆折背起苏父，突然脚下一个踉跄，连带着苏父差点儿扑向大火里。

苏母被吓了一跳。

陆折稳住脚步，咬牙忍受着突如其来的肌肉抽动。

“我们冲出去。”陆折对旁边的苏母说道。

苏母赶紧把那条被打湿的桌布披在身上，将另一半搭在丈夫的身上。

火势太大了，苏母绝望地看着少年：“你快走吧，不用管我们，能走一个是一个。”

丈夫还处在昏迷中，她看得出少年背得很吃力，不想让他被他们拖累。

陆折的额上布满汗水，他咬紧牙，看着前面的熊熊烈火，侧过身，狠狠一脚踹向其中一间房的房门。

门板毫无所动。

陆折放下身上的苏父，又狠狠踹向房门。

他连续狠踹了十几下，“嗒”一声，门锁松了。

陆折最后一脚踹上去，门终于被踹开了。

趁火势还没有蔓延进房间，陆折冲了进去。

他观察了一番，房间里根本没有窗户。他又走进洗手间，把水龙头开到最大，扯过一旁的几条毛巾全部打湿。

“捂着鼻子。”陆折把一条毛巾递给苏母，“我们从那边过去，那里的火势比较小。”

苏母感激地接过毛巾，明白如果没有面前这个少年，她和丈夫恐怕已经葬身火海。

陆折用另外一条毛巾围住苏父的口鼻，然后重新背起对方。

苏瓷站得两腿发麻，还是紧紧盯着酒店门口，不断祈祷消防员能把陆折和父母救出来。

何尔盟看见苏瓷的唇都干了，拧开矿泉水瓶递给她：“瓷瓷，你喝口水。”

苏瓷没有接水瓶。

小苏宁已经被保镖送回家，苏致远也在安排人手协助消防员，争取多一点儿力量救人。

方老板站在不远处，也着急地等着陆折出来。

苏瓷白皙的脸上蹭了灰，唇也泛干，给人一种高高在上的仙女落难的感觉。

何尔盟觉得自己对苏瓷这张漂亮的脸怎么看也看不腻。

就在想要问苏瓷饿不饿时，他看见她的眼睛突然亮了起来，嘴角也高高翘起。

下一秒，苏瓷提起礼服，快速跑向酒店。

一转头，何尔盟看见一个高大的少年背着苏伯父走了出来，苏伯母神色狼狈地跟在后面。

他们没有死，都出来了。

医护人员把还在陆折背上的苏父扶下来，送去医院。

苏致远看见父母，悬着的心终于安放下来："妈妈，你没事吧？"

"我没事，多亏这个少年救了我和你爸。"苏母感激地看着陆折，原以为自己和丈夫会被火烧死。

"是你？"苏致远的神色惊讶，他没有想到照顾过妹妹的那个少年竟然救了他的父母。

"致远，你认识他？"

"他就是陆折。之前是他一直在照顾小瓷。"苏致远看向妹妹，敛下目光，"妈，你先陪爸爸去医院，弟弟已经回家了，待会儿我和妹妹去医院看你们。"

苏母吸入不少浓烟，身体有点儿不舒服，也担心丈夫的身体，便跟随着医护人员上了救护车。

"陆折。"苏瓷目光灼灼地看着面前狼狈的少年，"谢谢你把我的父母救出来。"

看见苏瓷安然无恙，陆折松了一口气："我不知道他们是你的爸爸妈妈。"

但他很庆幸自己能救下他们。

"反正就是谢谢你。"苏瓷凑近他，"方叔说你去酒店找我，你怎么这么笨啊，明知道里面起火，还冲进去。"

陆折看着她，目光幽深。

下一秒，他听到苏瓷说："但我好喜欢你为了我失去理智啊。"

苏瓷眼睛亮晶晶的："你肯定把我看得很重，比你自己还重要，才会冒着危险救我。"苏瓷担心地问他，"你有没有受伤？"

陆折摇了摇头："没有。"

目光落在苏瓷的脸上，陆折发现她的左侧脸上沾了灰，便举起手，碰上她的脸。

"啪！"清脆的声音响起。

"谁让你碰她的？"何尔盟狠狠地打落陆折的手，英挺的眉目间凝着戾气，目光犀利地审视着陆折。

"何尔盟，你疯了？！"苏瓷使劲地瞪了何尔盟一眼，然后一把握住陆折刚才被拍打的手，放在她的脸上，"他爱怎么碰我都行。"

"苏瓷！"何尔盟难以置信地看着眼前这一幕。

苏瓷竟然让这个男生摸她的脸？

苏瓷才不愿意理会何尔盟，一直看着陆折："我的脸脏了，你帮我擦擦。"

苏瓷带着撒娇意味的话，让何尔盟的心口像被刀尖刺了一下，又痛又酸。刚才他想帮她擦脸，她断然拒绝！而现在，她主动让这个不知道从哪里冒出来的男生给她擦脸！

何尔盟一双眼泛了红意，眼里的犀利之色退去，眼睛湿湿地看着苏瓷："瓷瓷，我也可以帮你擦脸。"

"不用你，我只要他！"苏瓷拒绝得明明白白。

陆折看着自己沾了灰的手，随即把手收了回去。

苏瓷的眸色一沉，她不满地看向陆折。

陆折在自己的衣服上蹭了几下手心，又擦了几下手背，确定干净了才伸出手，冰冷的指尖触碰上苏瓷的脸。

他用粗糙的指腹轻轻地将她脸上的灰擦去。

何尔盟看得只想将对方揍死，咬牙切齿地问："那天接电话的人，就是他？"

"是他又怎么样？"苏瓷看见陆折和苏父、苏母已经平安，心情好了起来。

之前何尔盟还想着派人去 D 市调查，现在看来是不需要了。

他想要问苏瓷是不是喜欢这个男生，但看见苏瓷的态度，话到嘴边又使劲咽了下去。

他担心听到答案。

何尔盟一双眼睛死死地盯着陆折触碰苏瓷的脸的手，想把对方的手砍掉。

陆折冷冷地看向何尔盟。

两个人的目光对视，气氛瞬间变得很僵。

苏致远打完电话走了过来："瓷瓷，我们去医院看爸爸妈妈。"

苏瓷看向陆折。

陆折："去吧。"

苏致远对陆折说道："感谢你救了我的父母，你对苏家的恩情，我记住了。"

陆折目光有点儿深沉："我只是做我该做的事。"

就算对方不是苏瓷的父母，他也会救人。

苏致远很感激面前的少年，如果不是他，父母可能就葬身火海了："不管怎么说，我们苏家欠你两个人情。"

苏致远带着不情愿的苏瓷离开。

方老板这时才有机会走到陆折身旁："小折，你没事吧？"

陆折摇了摇头："我没事。"

"你真的吓死我了，我还以为……"方老板赶紧"呸"了一声，把脑子里不好的念头吐掉，"你没事真的太好了。"

他差点儿被吓死。

苏瓷离开后，何尔盟也没有必要留下。

临走前，他目光狠厉地盯着陆折，舌头舔了一下硬腭，警告出声："我记住你了。如果不想被我弄死，你就离苏瓷远一点儿。"

他守了苏瓷 3 年，苏瓷是他的。

陆折神色冰冷，漆黑的眼睛迎上何尔盟的审视："随便你。"

毕竟，不需要对方动手，他也活不长。

何尔盟一向是学校里的小霸王，讽刺地看了对方一眼。逞口舌之快的人他见过不少——最后那些人还不是被他打趴下了？

最后，何尔盟嘲弄地扯了扯嘴角，离开了。

“小折，我听说那个人姓何。”方老板替陆折担忧，对方不是他们这些普通的市民招惹得起的。

“方叔，不用担心，没事的。”陆折拍了拍方老板，“我们还要去看场地。”

方老板没有忘记这次来 B 市的目的，神色纠结地看着陆折：“你的身体没事？要不，我们先回宾馆休息，晚点儿再去看？”

里面那么大的火，陆折又救了人，身体还带着病，方老板担心陆折会太累。

“没事，我们抓紧时间再多看几个地方吧。”

他们买了明天的机票，时间不多了。

方老板当然也知道现在的情况，叹了一口气：“好，我们走吧。”

晚上，苏瓷和苏致远一起坐车从医院回了家。

苏父已经醒了，但背部受了重伤，需要住院一段时间，苏母留在医院里照顾他。

小苏宁自己坐在饭桌旁，看见苏致远和苏瓷回来，黑溜溜的大眼睛一亮：“哥哥！姐姐！”

小家伙今天经历了火灾的场面，被吓到了。因苏父、苏母，还有哥哥、姐姐都不在家，他哭了好几次，用人哄了好久才平复下来。

苏瓷上前摸了摸小苏宁的头：“宁宁在家乖吗？”

小苏宁完全忘记自己哭了好久的事，点了点头：“乖。”

“爸爸、妈妈还有事，这几天不回家，姐姐照顾你可以吗？”苏瓷问他。

现在的姐姐不嫌弃他是小麻烦了，他很喜欢跟姐姐玩儿，于是奶声奶气地回答：“可以。”

苏瓷又摸了摸他的头：“真乖。”

苏致远看见妹妹现在愿意照顾弟弟，眼里浮现了温柔之色。他让人把饭送去书房，今天的事影响很大，有很多事需要处理。

苏瓷陪着小苏宁吃完饭后，让人带小家伙去洗澡。

一回到房间里，苏瓷便打电话给陆折，没有几秒，电话便被接通了。

“陆折你现在在哪里？”苏瓷坐在床边，身上依然穿着宴会上的礼服。

“怎么了？”

少年清冷的声音从电话那头传来，周围还有些嘈杂。

“你告诉我你在哪里，我待会儿去找你。”下午的时候地点不合适，她都没有好好跟他说话。

陆折正和方老板在宾馆附近的小餐馆里吃饭，环境不太好，人多嘈杂，苏瓷哪里能来这样的地方？

他垂下眼帘：“你不用过来，我待会儿去找你。”

他知道她今天必定是要见到他的。

苏瓷笑了起来：“我把我家的地址发给你。”

挂了电话，陆折对上了方老板的目光。

“是小瓷？”方老板道。

好像除了苏瓷，陆折没有其他的朋友了。

“嗯，我去见见她。”陆折低头，加快了吃饭的速度。

方老板笑道：“我们明天就要离开，你是该去见见她，之后你们要好长一段时间不能见面。”

来了B市后，他对苏家有了更深的了解。今天他们跑了很多家写字楼，其中几处就是苏家的产业。

而这些写字楼对苏家来说，也只是不值一提的小产业而已。

陆折跟苏瓷之间的差距，仿佛看不到底的深渊。

从小餐馆里出来，陆折打车去了苏家。

苏家就像地处城市中心的城堡，而苏瓷是城堡里被娇养着的公主。

过了好一会儿，铁门被打开。

陆折看见那个娇气的公主出来了，觉得自己就像站在黑暗处偷窥公主的恶贼。

“陆折。”苏瓷走出来，看见站在树底下的高大少年，不满道，“你怎么站在那里？我差点儿没有看见你。”

陆折走到路灯下。橘色的灯光柔和了他的五官，他问女孩儿：“吃饭了吗？”

“吃了。”苏瓷走近他，直接牵住他的手，想要把人带回家。

陆折没有动，神色淡淡地看着苏瓷：“我不进去了。”

“你要我站在门口跟你聊天吗？我会很累的。”苏瓷提起裙摆，把脚伸出来让他看。

苏瓷的脚上穿着银色的细跟高跟鞋，而她纤细的脚踝上，依然戴着与礼服极不相配的廉价红绳。

苏瓷对陆折眨了眨眼，调侃道：“你放心，我爸妈还在医院里，哥哥在书房里工作，弟弟也睡觉了，他们不会知道你来了。”

她拉着陆折往里走去。

对上门卫惊讶的目光，苏瓷凶巴巴地威胁：“你什么也没有看见！”

门卫挺直腰板儿，识趣地偏开头，当作什么都没有看见。

苏家的前院是花园和喷水池，后院有一个荷花池塘，池塘中心还特意建了一座凉亭，夏天坐在凉亭内观赏荷花是最好的光景。

后院四处安装了路灯，周围的光线并不会黑暗。

苏瓷拉着陆折走进凉亭。

刚坐下，她就踢掉了脚上的高跟鞋，穿了一整天，她的脚早就痛死了。

“不舒服？”陆折知道女孩儿的身体有多娇气，穿着有点儿硬的鞋子都能把脚磨红。现在她穿着高跟鞋，显然不好受。

苏瓷伸出两只脚：“脚痛。”

借着凉亭上的暖黄灯光，陆折看见女孩儿的脚后跟被磨得通红，眸色顿时深了深：“回去后记得擦药。”

“嗯。”苏瓷敷衍地应着。

苏瓷的心思不在自己的脚上，她眨了眨眼，对陆折说道：“陆折，现在瞒着家里人偷偷把你带回家，像不像偷情？我觉得好刺激啊。”

陆折幽幽地看了她一眼。

苏瓷等不到回应，用脚尖去踢他的小腿：“我说得不对吗？”

陆折知道如何顺她的毛：“嗯。”

苏瓷弯起红唇，往陆折的身边挪近，继续问道：“我现在穿着礼服，漂亮吗？”

月亮倒映在池塘波光粼粼的水面上。

陆折看着月色下美得像是妖精的女孩儿，心漏跳了一拍。

他轻应了一声：“嗯。”

苏瓷哪里满意？

她挨近他，手臂主动攀附上他的肩膀，下一秒，感觉少年的身体颤了一下。

“怎么了？”她停下动作。

陆折摇了摇头：“没事，你坐好。”

苏瓷的礼服领口有点儿低，他只要低头，便能看见她胸前的风景。

苏瓷才不听他的，手在刚才触碰的位置摸了摸，下一瞬，陆折的身体僵住了。

苏瓷皱眉，站起身，直接扯开陆折的衣领，才发现少年的肩膀被烧伤了。

苏瓷生气了：“你受伤了怎么不告诉我？”

对上苏瓷担忧又心疼的目光，陆折声音里的冷淡之意退去：“不严重，擦点儿药就好。”

苏瓷瞪他：“那你擦药了吗？”

陆折被质问得无言以对。

下午离开火灾现场后，他一直跟着方老板在外面跑，还没有来得及擦药。

苏瓷抿着唇，生气地看了陆折一眼，离开了。

陆折僵冷的脸在夜色中多了几分冷意。

也不知道过了多久，苏瓷回来时，手里拿着药膏。

她看着陆折，命令道：“你把衣服脱了。”

陆折扶额：“你把药给我，我回去擦。”

苏瓷在他身旁坐下，纤细白嫩的手指拽上他的衣摆：“我帮你脱。”

陆折握住她的手，语气无奈又纵容：“我自己脱。”

话音刚落，陆折便看见苏瓷的眼睛瞬间亮起。

见她目光灼灼地看着他，陆折有几分不自在，犹豫着说：“我可以把衣领拉低一点儿。”

苏瓷赶紧反驳：“不行！”

她就是要看他脱衣服。之前每天都看陆折锻炼，她知道他的身材有多好。

“你快脱啊。”苏瓷心急地催促着，像极了调戏良家妇女的小流氓。

“待会儿有人来……”

苏瓷直接打断他的话：“不会有人来，监控也看不到凉亭这边，你放心脱。”苏瓷嫌弃他磨蹭，眼尾轻挑，“快啊。”

陆折深深地看了她一眼，咬了咬牙，把身上的黑色T恤衫脱掉了。

夜里的微风拂过，陆折下意识地挺直腰背：“药给我，我自己擦。”

苏瓷站起，光着的雪足踩在地板上，一脸跃跃欲试的表情。

“你看不到自己的后背，我帮你擦。”她得了便宜还卖乖，“有我伺候你，你是不是很高兴？”

苏瓷眼睛一眨不眨地看着陆折。他平常都是穿着蓝白色的校服，身形高大劲瘦，就是高高瘦瘦的少年，脱了衣服却很有看头，薄薄的一层肌肉，线条完美，并不会过分羸弱，也不会壮得难看。

苏瓷喜欢得很。

陆折抵不过女孩儿过分灼热的目光，偏开了头：“不是说要帮我擦药吗？”

“哦。”苏瓷被少年的姿色迷昏了头，此时才回过神来。

陆折转过身体，背对苏瓷，后肩上的伤口完全暴露在苏瓷眼前。

伤口有苏瓷的半个手掌大，被烧得起了水泡，此时显然水泡被蹭破了，伤口发红，旁边有干了的血迹。

这样的伤口，苏瓷看着都觉得很痛。

而陆折从下午到晚上都没有处理伤口，是怎么忍受疼痛的？

陆折垂眸，看着荷花塘里月亮的倒影，听着附近草丛里的一两声虫鸣，周围显得越发安静。

过了好一会儿，感受不到身后的动静，陆折问苏瓷：“好了？”

苏瓷没有回应。

陆折正想转身去看她，下一秒，苏瓷软软的小手抚上了他的背。

陆折背上的肌肉不由得绷紧，然后，像有什么东西落在了他的伤口旁。

微微的痛意和痒意，让陆折将腰挺得更直，背肌绷紧得都有些发痛。

陆折皱紧眉头：“苏瓷……”

“别动。”苏瓷按住他，阻止他想要转身的动作。

这一次，陆折的感受更清晰了！

柔软的唇落在伤口旁，轻轻的，陆折有种刺激的微痛感，只觉得挠人得很。

浑身紧绷得厉害，陆折努力忍耐着尾椎骨传来的阵阵麻意："团团！"

少年低沉的声音微微发哑。

苏瓷抬起头来："弄疼你了？"

陆折的眸色逐渐变深，他低声应着："嗯。"

她这样亲他，比火烧还让他难受！

苏瓷刚才是疼惜少年受伤："对不起，我帮你擦药，伤口都发红了。"

她用棉签蘸了药膏，轻轻涂抹在伤口上。

可能是疼了，陆折肩膀微颤了一下。

苏瓷放轻力度，一边帮他涂药，一边轻轻吹着伤口，试图减轻他的痛意。

陆折垂下眼帘，夜色中，眸色莫测。

"好了，你洗澡的时候一定要注意，不要把伤口打湿了，否则伤口会发炎。"

"嗯。"陆折拿过衣服准备穿回去，却被女孩儿拉住了手。

"你还不能穿衣服，药还没有干，衣服会把药蹭掉的。"苏瓷瞪他，"你不能白白浪费我的劳动成果。"

陆折扶额。

所以她要他光着上身坐在凉亭内？

苏瓷笑了笑，在他惊愕的目光中，主动坐在了他的大腿上，勾起唇角，理直气壮地说："石凳很硬，坐着不舒服。"

陆折低声问她："我的腿不硬？"

他记得，她嫌弃过他的腿枕着不舒服。

苏瓷靠在他的怀里，神色慵懒："比石头舒服些。"

陆折经常锻炼，大腿上都是肌肉，坐着也不舒服，但比起石凳，她宁愿坐在他的腿上。

陆折的体温偏低，在这么炎热的夏天里，她靠着他很舒服。

女孩儿的身体又软又轻，紧靠着他，礼服的领口有点儿低。

陆折偏开视线，下巴绷紧，冷声说道："团团，坐好。"

苏瓷没羞没臊惯了："刚帮你擦完药，我现在好累啊，没有力气了，坐不好。"她抬眸，有点儿委屈地指责他，"你是过河拆桥，用完我就要丢开吗？"

陆折没了脾气："不是。"

苏瓷这才笑起来，如果不是担心逼得太厉害，早就想要摸摸他身上紧绷的肌肉了。

夜色渐深，池塘里的荷花在风中摇晃着。

苏瓷想起什么，红唇翘起："陆折，这里没人，你该亲亲我了。"

上一次救下温朵雨，她拿到的金色棉花糖还存着。富贵天天觊觎，她都没舍得给它。

陆折淡淡地瞥了她一眼。见女孩儿眼里藏着他熟悉的精光，他咳了一声："之前的次数已经足够让你维持人形很久。"

苏瓷才不承认，睁着眼睛说瞎话："你数错了。"

凉亭的暖黄灯光下，苏瓷小脸儿白皙，目光亮亮地看着他。大有他拒绝，她便会一口咬过来的意思。

陆折低头。四目相对，他看见了她眼里的盈盈笑意。

他没有动。

僵持好一会儿，苏瓷放弃了。她靠近他，把得到的金色棉花糖给他，才聊起正事："你怎么突然来 B 市？"

陆折调整姿势，试图让苏瓷靠得舒服一点儿："方叔想跟我合作开一家公司，我们过来看看办公场地。"

苏瓷有点儿惊讶，但知道陆折有能力："之前你怎么不告诉我？"

如果不是今天发生事故，她都不知道他来了。

"时间不够，我和方叔买了明天早上的机票。"他知道苏瓷要参加宴会，必定很忙。

"你明天就要走了？"

"嗯。"

苏瓷不满："我才见到你。"

陆折给她顺毛："我很快就过来。"

苏瓷这才又笑了。

夜色浓浓，时间已经不早了。

肩膀上的药膏早已干透，在苏瓷的调笑声中，陆折穿好了衣服。

陆折示意苏瓷站起来，苏瓷没有动，而是提起裙摆让陆折看她光着的脚，开始耍赖："我还没有穿鞋，你抱我回去吧。"

别墅里有很多用人，她的哥哥也在。陆折是被她偷偷摸摸带进来的，若抱她回去，众人就发现他了。

女孩儿不介意，但陆折不能放纵她这样。

陆折把苏瓷抱起，放在石凳上。

苏瓷气得瞪他："陆折。"

陆折捡起地上的高跟鞋，在女孩儿惊愕的目光中单膝半蹲下来，握起她的一只脚，拍拍女孩儿脚背上的灰尘，然后帮她穿上了鞋子。

上一秒苏瓷还气鼓鼓的，这一秒就被安抚好了。

看着他神色专注地帮她穿鞋，明明没有喝酒，苏瓷却觉得自己要醉了。

怎么办，陆折这样好，她好想把他藏起来。

"小瓷！"

突然响起的声音打破了安静的气氛。

苏瓷抬头，一眼看到了站在凉亭外的大哥。他眉头紧蹙，不悦地看着她。

书房里，苏瓷站在书桌前，心里惴惴不安。如果大哥骂陆折，她就一力承担此事，反正是自己主动缠着陆折的。

苏致远看着妹妹："陆折来了，你怎么不带他进来？"

苏瓷不知道哥哥是怎么发现她和陆折在后院的，有点儿庆幸哥哥来得晚，自己坐陆折腿上的场面没有被看到。

苏瓷回答道："他害羞。"

苏致远没好气地看了妹妹一眼："他来苏家做什么？"

"我要感谢他救了爸爸和妈妈。他不让我去找他，我只好让他来找我。"感谢是顺带的，她想见陆折是真的。

"你还知道感谢人家？陆折对我们家有救命之恩。"苏致远不赞同地说道，"你怎么能让他跪在地上给你穿鞋？"

闻言，苏瓷有点儿愕然。

“小瓷，陆折不仅对你有照顾之恩，还是爸爸、妈妈的救命恩人，你不能随意欺负他。”苏致远知道自己妹妹的脾性，从小到大妹妹被娇养惯了，喜欢捉弄人。

苏瓷惊讶得赶紧反驳：“哥哥，我没有欺负陆折。”

陆折帮她穿鞋绝对是自发行为啊！

苏致远明显不相信苏瓷的话，提醒妹妹：“等爸爸出院，我们会郑重感谢他。”

苏瓷没有解释，大哥误会就误会吧。

高考结束后，陆折的班级举办聚会。

晚上，包间里坐满了人，气氛和谐，不少人开始畅谈未来和心仪的大学。

原本陆折没打算参加聚会。方老板嫌他太冷了，身上缺少年轻人的朝气，加上他也没有什么朋友，难得毕业聚会——方老板不愿意让他留在店里，便劝他参加聚会。

此时，陆折坐在角落位置，腰背挺直，面容冷漠，与周围的热闹气氛格格不入，与对面被人群簇拥着的傅白礼更是形成鲜明对比。

众人知道傅白礼是傅家的少爷，平常在班上不敢跟他过多接触，现在趁着这样轻松的氛围，不少人想要借机讨好他。

另一边的座位上，赵优优打扮得很漂亮，穿着一件浅粉色的碎花裙子，头发也精心做了造型，心情很好，眉宇间没有了之前的郁色。

前段时间赵母用赵优优中彩票的钱买了新房子，赵优优才觉得这一世不一样了。而且，重获新生前连大学也考不上的她现在有信心考上重点大学。

她喝了几口甜米酒，看着安静地坐着的陆折，端起酒杯走向了他。

“哥哥，毕业快乐。”

哪怕在同一个班上，平常陆折跟她也完全没有交流，疏离极了。

赵优优深知陆折的性格，没有责怪他：“你想好要上哪所大学了吗？”

陆折成绩优秀，可以选择国内的任何一所学校。

陆折神色淡淡地回道："不知道。"

赵优优今天打扮得漂亮，一站起来就引得不少人关注。，尤其是傅白礼，看见她站在陆折身旁，只觉得碍眼。

傅白礼大步走过去，一把拉住了赵优优的手："我有事情跟你谈。"

在众人震惊的目光中，傅白礼扯着赵优优的胳膊离开了包间。

陆折的神色没有丝毫变化，他安静地吃着东西，做着背景板。

消防过道里，傅白礼将赵优优抵在了墙上。

他哑着声音，沉着脸盯着面前的女孩儿："怎么不理我？生我的气？"

赵优优被对方困着，一下红了脸，声音无端变得娇弱起来："你别这样。"

明明重获新生前傅白礼很讨厌她，甚至不愿多看她一眼，现在却每天都不要脸地追求她，让她心悦的同时又难以置信。

"你说上大学前不想谈恋爱，我尊重你；现在高考结束了，你该跟我在一起了吧？"

傅白礼觉得赵优优今晚很漂亮。现在她娇羞又软弱地看着他，让他有种热血沸腾的感觉。

她怎么这么可爱，就像一只纯良的小白兔。

别的女生都上赶着往他身边凑，只有赵优优对他不理不睬，不愿意搭理他。偏偏他又对这样的她喜欢得要命，恨不得把心都掏给她！

傅白礼低头想要亲赵优优，被赵优优的手隔开了。

"你的家人不喜欢我。"

赵优优上一次被傅白礼带去傅家，明显感受到了傅老太太不喜欢她。而且，傅老太太眼神犀利，让她很不舒服。

她记得，重获新生前傅白礼的奶奶在他们高考前就去世了。

傅白礼把她遮挡在嘴巴前的手挪开："我会劝服她老人家的。"

包间内的气氛越来越热烈，有人点了酒，班长带着头，一桌一桌地去碰杯。

陆折放下手里的筷子，掏出手机看了一眼时间，准备离开。

这时，他的手机响起。

电话那头，苏瓷问他："陆折，你在几号包间？"

陆折一向聪明，反应很快："你在哪里？"

"你先告诉我。"

"你现在在哪里？我过去找你。"

陆折快步往外走去，打开包间的门，一眼看到了站在门外的苏瓷。

苏瓷手里还拿着电话，笑盈盈地看着他："惊喜吗？"

陆折挂了电话，清冷的声音在嘈杂的环境里格外悦耳："你怎么来了？"

苏瓷笑道："庆祝你毕业啊。"

假的！她是来盯人的，防止有人趁机向陆折表白。

她没有去参加班上的毕业聚会，就是因为知道有好些男生准备跟她表白。有人向她透露，何尔盟会在聚会上再次跟她告白。

陆折问她："吃饭了？"

"没有，我赶着来见你。"苏瓷眼巴巴地看着他，"我又累又饿。"

"先进去吃点儿东西。"包间里不少人在喝酒，环境乱又嘈杂，陆折本不想让苏瓷进去，但听到她说饿了，也顾虑不了太多了。

陆折带着苏瓷走进包间，里面上一秒还在吵闹的人，突然安静了下来。

看着站在陆折身旁的苏瓷，众人满眼惊艳之色。

赵优优和校花姜梦琪在学校已经算是很好看的了，然而，眼前的女孩儿漂亮得让人挪不开视线，就连女孩儿拉着陆折衣摆的手指都纤细又白皙，精致得不像话。

陆折原本坐在角落里，但那边没有空位了。

"折哥，这边有空位。"李栋梁主动招手。

他没想到陆折把他家的小妖精带出来了，看看众人的反应，和他当初一模一样，都被陆折的小妖精惊艳到了。

陆折带着苏瓷在空位上坐下。

离得近了，大家发现女孩儿更漂亮了，皮肤白皙、五官精致。

陆折让服务员送来一套干净的碗筷，用热水烫洗了一遍，才开始帮苏瓷夹菜。

跟苏瓷生活了一段时间，他了解她的口味。

苏瓷紧挨着陆折，对其他人偷偷打量的目光视而不见，喝着陆折帮她倒的果汁，又吃陆折帮她夹的菜，漂亮的脸上布满笑意：“陆折，你喝酒了？”

包间里充斥着酒的气味。

陆折：“没有。”

灯光下，少年眉目越发出众，眼神清明，没有半点儿醉意。

她继续问：“刚才有人对你表白吗？”

陆折淡淡地看了她一眼：“没有。”

苏瓷笑了，这才放心地填肚子。她确实饿了。

周围的人就见陆折时不时地给女孩儿夹菜，女孩儿吃得腮帮鼓鼓，小嘴红润，漂亮又勾人。啧，陆折从哪里找了这么一个漂亮的妖精？

众人一阵艳羡。

有胆子大一点儿的男生主动凑过来，红着脸对苏瓷说：“你……你好，这里还有好吃的菜，你喜欢吃什么？我给你点。”

苏瓷慢条斯理地咀嚼完嘴里的食物，拒绝道：“我只吃陆折夹的。”

陆折的眼睛里浮现浅浅的笑意，他一声没吭，继续帮苏瓷夹菜。

苏瓷的出现，让学校的人突然发觉陆折一点儿也不可怜，人家有一个谁也比不过的漂亮女朋友。

之前嘲笑陆折不知好歹地拒绝校花的人，脸被打肿了。

两个人回到住处时已经是晚上 9 点多了。

苏瓷没有带行李过来，她的房间和衣物用品还在，陆折保存得好好的。

赶了一路，风尘仆仆的，苏瓷洗完澡出来后，直接去敲了陆折的房间的门。

拧了拧门把，苏瓷发现门没有锁。

她直接打开门，只见陆折正在地面上做俯卧撑。

少年一向自律，几乎每天都会锻炼身体。

看见女孩儿进来，陆折停下了动作。

“你继续啊，别管我。”苏瓷坐在他的折叠床上，目光灼灼地看着他，“我好久没有看你做俯卧撑了。你继续做，我不妨碍你。”

陆折淡淡地看了她一眼，真的继续做俯卧撑了。

少年身上还是穿着校服，因为运动出了不少汗，衣服背部都打湿了，贴着他的后背，背肌若隐若现，充满力量和爆发感。

苏瓷看得认真。

谁说工作中的男人最帅？她觉得运动中的男人最帅才对。

“陆折……”

她的话音刚起，陆折放置在一旁的手机突然响起。

陆折起身：“怎么了？”

苏瓷抿了抿唇：“你先接电话。”

电话是胖福打来的，陆折下意识地皱眉，有种不好的预感，接通了电话。

“阿折，老院长去世了。”

陆折握紧了手机。

“我待会儿去接你，你收拾一下。”胖福说道。

院长去世，他们必须回儿童福利院一趟。

苏瓷没有听到手机那头的人说了什么，看见陆折的脸色沉了下来，赶紧问道：“发生什么事情了？”

“院长不在了，待会儿胖福来接我，你……”陆折犹豫了。

上一次去儿童福利院的时候，苏瓷就吃了不少苦头。他们现在连夜赶过去，她会更辛苦。

苏瓷语气肯定地说：“我跟你一起去。”

胖福来得很快，看见站在陆折身旁的苏瓷，也没有惊讶：“上车吧。”

相比上一次去儿童福利院，这一次三个人的心情很沉重，胖福也没有说笑话的心思，只是安静地开着车。

现在是晚上 10 点多，平常这个时间苏瓷已经躺在床上了。车子里光线昏暗，她开始犯困。

陆折声音清冷，语气却温柔：“你先睡，到了我会喊醒你。”

苏瓷直接往陆折身上靠去。

突然，陆折低头凑近苏瓷的耳边，压低声音，有些咬牙切齿地说道：“别乱动，你到底睡不睡？！”

他漆黑的眼底哪里还有什么清冷之色，只有说不出的暗流。

“我睡不着。”苏瓷眼巴巴地看着陆折，“要不你抱抱我？”

陆折扶额："不想睡那就别睡了，你坐好。"

谁会像她这样，软得像没有骨头似的赖在别人身上？

夜深人静，高速公路上的车辆很少，只偶尔响起一两声鸣笛声。

苏瓷被陆折扶正了身体。他不允许她这样紧贴着他。

苏瓷知道他心情不好，只好乖乖地端正坐姿。

胖福提前跟儿童福利院的工作人员打过招呼，上次接待他们的那个女工作人员一直在等他们。

深夜，医院里有种说不出的宁静和瘆人的感觉。

苏瓷上一次看见院长的时候，院长还在跟她谈论陆折小时候的事，而现在，这位老人已经永远长眠。

哪怕早已经知道院长只有两个月的寿命，但当苏瓷真正面对这一幕时，心里还是很难过，也有种无力感。她知道老院长会死，却不能阻止。

一旁的胖福红了眼，眼泪直流，很是伤心。

苏瓷转过头去看旁边的陆折，少年瘦削的脸上神色沉着，让人看不透他在想什么。白炽灯的光落在他的脸上，让他的脸有种说不出的苍白感。苏瓷知道，陆折在伤心。

她紧握住了他的手。

胖福已经泣不成声，最后是陆折扶着他上的车。

他趴在方向盘上又哭了好一会儿，陆折给他递了纸巾。

这样安静的夜，有种说不出的寂寥和哀伤气氛。

考虑到现在已经是深夜，儿童福利院那边的孩子和工作人员已经熟睡，不好打扰他们，胖福找了医院附近的一家宾馆住宿。

这家宾馆简陋，住客比较杂，刚才办理入住手续的时候，苏瓷就看见了好几个醉酒的人，甚至有人不断打量苏瓷，目光恨不得粘在她的身上。

陆折检查完房间，确定没有安全问题，才对苏瓷说道："你睡吧，我就在对面，有什么事打电话给我。"

苏瓷坐在床边，拉着他的衣摆："我能跟你睡吗？"

陆折淡淡地看了她一眼："不行。"

"为什么？"苏瓷眼巴巴地看着他，"我们又不是没有一起睡过。"

之前她和陆折睡在一起时也好好的。

她相信他啊。

“你放心，我不会闹你。”苏瓷保证。

她知道陆折心情不好，会乖乖的。

陆折冷声拒绝：“不行！”他将自己的衣摆从苏瓷的手中抽回，“早点儿休息。”

苏瓷躺在床上，心尖上像有无数只蚂蚁爬来爬去，痒得不行。

她翻过身，无奈地闭上眼睛。

过了好一会儿，她又不耐烦地翻到另一侧，仍睡不着。

明明奔波了一路，她已经困极了，还是睡不着。

苏瓷闭着眼，开始在心里默数：一个陆折、两个陆折、三个陆折……

她越数，越想陆折。

苏瓷睁开眼睛看了一眼时间，凌晨3点多。

对她这样爱美的女孩儿来说，熬夜就等于放纵自己变丑。

这是很罪过的事情。

苏瓷从床上下来，直接去找陆折。

宾馆的走廊里很安静，苏瓷来到对面的房门前，按响了门铃。

陆折刚打开门，一个纤细的身影就快速从他的身侧钻进了屋，并飞快地脱掉鞋子，钻进了他的被窝里。

陆折：“……”

苏瓷从被窝里探出头来，目光灼灼地看着门旁的陆折：“我担心你伤心得睡不着，想来陪陪你。”

她才按下门铃没几秒，他就来开门了，肯定是没有睡着的。

陆折：“不用。”

苏瓷眨了眨眼：“那我睡不着，你陪陪我吧。”

陆折冷声说道：“你回去睡。”

苏瓷无赖得很，直接闭上了眼睛：“我没有带房卡，开不了门。”

她就是故意的。

“这么晚了，你不要麻烦工作人员。”苏瓷极“贴心”地补充。

陆折深深地看了她一眼，关上了门。

苏瓷紧闭着眼睛，过了好一会儿，感觉到身旁的位置下陷，知道是陆折躺了下来。

偷偷翘起红唇，苏瓷侧过身，慢慢往陆折的身旁挪去，烦乱的心绪终于安稳下来，不禁用脑袋蹭了蹭陆折的胸口。

陆折："苏瓷！"

"在呢。"苏瓷的眼睛依然闭着，她打着哈欠声音含混地说道，"我困了。"

说完，她没有再乱动，靠着陆折睡了过去。

房内恢复安静。

陆折确实没有睡，一直在回想以前在儿童福利院的生活。院长是在他的成长过程中唯一向他表现善意的长者。

他还沉浸在难受的情绪中，苏瓷就来了。

胸口被女孩儿靠着，有点儿发软，陆折低低地叹了一口气，手搭上女孩儿的腰，慢慢闭上了眼睛。

第二天，阳光透过窗帘的缝隙照进室内。

苏瓷醒来的时候，已经接近中午，她的身旁已经没有了陆折的身影。

陆折是午饭过后回来的。苏瓷看着穿了一身黑衣、神色严肃的少年，感受到了他的难过情绪。

苏瓷问他："事情办完了？"

陆折："嗯，待会儿要去儿童福利院一趟，我们今晚回 D 市。"

苏瓷乖乖点头："好。"

胖福在大厅办理退房手续。苏瓷看到他时，发现他红肿的眼睛里布满红血丝，显然哭了很久。

车里气氛沉郁，谁也没有开口说话的意思。

从宾馆去儿童福利院的路程不远，10 多分钟就能到达。

陆折他们到的时候，儿童福利院的孩子们已经午睡醒来，正在空地上玩耍。

见工作人员在收拾老院长的遗物，陆折和胖福便去帮忙。

苏瓷没有跟着去。

孩子们还记得她，看见她又来了，高兴得不行。

小孩子最纯粹了，喜欢漂亮的东西，也喜欢漂亮的姐姐。他们围着苏瓷，争抢着和她打招呼。

孩子们还小，并不明白老院长离世代表了什么。工作人员告诉他们，老院长变成了一缕阳光，太阳升起的时候，就是老院长在守护他们。

一堆小萝卜头里，苏瓷没有看见上次的小男孩儿甄天才。

“小天才呢？”苏瓷问他们。

一个穿着红色衣服的小男孩儿告诉她：“甄天才在房间里换新衣服，待会儿他的新爸爸、妈妈就来接他了。”

苏瓷愣了愣，有人领养甄天才？

领养者都喜欢健康活泼的孩子，而甄天才性格安静腼腆，心脏还有问题，大多数人不愿意收养这样的孩子。

现在有夫妻愿意收养甄天才，苏瓷希望他以后能过上幸福的生活。

看见陆折走回来，苏瓷问他：“事情都办好了？”

“没有，拿水给你。”陆折拧开矿泉水瓶的瓶盖，把水递给她。

苏瓷这才察觉自己确实渴了，连续喝了几口水：“你去忙吧，我自己待着就好。”

陆折看了她一眼，有点儿惊讶她突然变这么乖。

然而下一秒，苏瓷便凑到他的耳边说道：“陆折，我是不是很体贴啊？”苏瓷的唇几乎要亲上陆折的耳朵，她说，“等回去后，你要好好亲我。”

知道他心情不好，她这两天就做贴心的小天使。

陆折淡淡地睨了她一眼，离开了。

苏瓷抿唇，他这是答应还是没有答应？

这时，一辆白色的车子停在了儿童福利院的门口，在空地上玩耍的孩子们都停了下来，好奇地围了过去。

其中一个小男孩儿高兴地说道：“肯定是甄天才的新爸爸、妈妈来接他了。”

另一个孩子：“快喊甄天才出来。”

孩子们又激动又兴奋。在他们看来，能拥有爸爸、妈妈是一件很幸福的事。大家都替甄天才高兴。

苏瓷看向门口，只见一个中年男人和一个中年女人从车上下来了。

中年男人穿着一件不合身的宽松西装，旁边的中年女人穿了一条大印花的连衣裙。

儿童福利院的女工作人员赶紧上前：“张先生、张太太，欢迎你们的到来。”

中年男人笑着说道：“我们过来接孩子。”

好几个小孩子害羞地藏在苏瓷的身后。

有人看到甄天才从里面走出来，高兴地喊：“甄天才出来了！”

苏瓷看过去，只见甄天才从走廊里走了出来。小家伙身上穿着新衣服，一双黑眼睛里是隐藏不住的喜色，显然很高兴有人愿意领养他。

“这就是天才吧？快过来，以后我就是你的妈妈了！”中年女人的嗓门儿有点儿大，可能是她看见孩子比较激动。

甄天才害羞又怕生，偷偷地看了女工作人员一眼，得到对方鼓励的眼神后，才走到那个中年女人的面前。

苏瓷看见小家伙的两只小手无措地背在身后，显然甄天才很紧张。

中年男人笑呵呵地看着甄天才，把一个玩具熊随意地塞进甄天才的怀里：“以后我就是你的爸爸，她就是你的妈妈，去了我们家后，你要乖巧听话，知道吗？”

甄天才抱着玩具熊，茫然地点了点头。

工作人员上前来：“张先生、张太太，你们可以先跟孩子交流一下，我这边还需要整理一些手续资料，待会儿需要两位签字。”

工作人员的脸上也满是笑意，儿童福利院的孩子能够被领养，他们也很开心。

中年男人笑呵呵地说道：“好，你先去忙吧，我们跟孩子说说话。”

工作人员离开后，小孩子们看着两个陌生人，害羞地散开，跑到不远处偷偷看他们。大家都很羡慕甄天才有爸爸、妈妈了。

苏瓷看着那对夫妻跟甄天才交流，下意识地眯了眯眼。

对人的表情管理和演技，她还是能分辨的。

这对夫妻的笑容敷衍，尤其是中年女人，在工作人员离开后，看了3次手表，脸上神色有点儿不耐烦，并没有领养孩子应有的欣喜之色。

中年男人笑呵呵地对甄天才说着什么，然后被妻子拉走了。

苏瓷皱眉，看了小天才一眼，悄悄地跟了过去。

她偷偷藏在拐角处的绿植后。

“你不是说这孩子的性格很好吗？怎么我跟他说话，他屁都不放一个，一声不吭的？他不会有什么自闭症吧？”中年女人语气很不满。

中年男人安抚着妻子：“没有。我问过了，他只有心脏病，精神方面应该是没有问题的。小孩子怕生，不说话也正常。”

“有心脏病还不够？”中年女人没好气地说道，“如果不是你出的烂主意，说什么领养他可以讨好你的老板，好让你晋升，我是绝对不会养一个有病的废物的。”

“你也知道我老板的女儿有白血病，而且是熊猫血；这个孩子正好也是熊猫血，多巧啊。”中年男人继续安抚妻子，“等带他回去后，我就把消息告诉老板，把这个儿子献给他，成为他女儿的移动血库。作为交换条件，我要总经理的位置，他肯定愿意。”

“你别忘记了，他有心脏病。我担心他以后是一个大麻烦。”中年女人被丈夫安抚了下来。

“他要真有什么事，我们又不是医生，难道还要我们救人？”中年男人拍了拍妻子的手，“你别想这么多，按照之前我们说好的，我晋升为总经理后，你安心做总经理太太。”

这句话完全戳中了中年女人的心，她这才笑起来。

“走吧，去哄哄孩子，别吓到他。”中年男人提醒妻子。

中年女人瞪着丈夫：“知道了，你以为我笨吗？”

“你们不是笨，是狠毒！”苏瓷从拐角处走出来，黑眸冷冷地看向那两个人，眼底带着怒意。

看见突然有人冒出来，中年女人心下一惊，立刻厉声斥问：“你……你是谁？怎么在这里？”

苏瓷扯了扯嘴角，冷冷地嘲笑道：“你说话别这么大声，会吓到周围的孩子，不是音量大就能遮掩你的心虚。”

“小姑娘，你说笑了，我们有什么心虚的？”中年男人明显比妻子镇定，语气里带着几分试探之意，不确定苏瓷有没有听到他们刚才的谈话内容。

苏瓷微抬下巴：“你们不安好心，收养甄天才是为了让他给你的老板的女儿治病。”

她根本没有跟对方拐弯抹角、打哑谜的意思，直接表明自己听到了谈话内容。

中年女人惊愕地看向丈夫。

中年男人紧紧握住妻子的手，示意她镇定，又对苏瓷说：“小姑娘，有些玩笑是不能乱开的。我们夫妻无子无女，难得看中这个小孩子了，想要收养他，你知不知道你随意诬蔑我们，那孩子会错失好不容易得来的被领养的机会？”

听到丈夫的话，中年女人上一秒还慌乱的心瞬间安定了下来。

这个小姑娘无凭无据，根本没有人会相信她的话。

“如果不是我们夫妻善良，大发善心，根本不会有人愿意领养一个有心脏病的孩子。”中年女人挺直腰杆儿，“你没看见吗，那个孩子知道我们要成为他的父母时有多开心？他能成为我们的儿子，以后的生活就不用愁了。小姑娘你不要随便开玩笑，破坏孩子的好事。”

苏瓷忍不住翻了一个白眼，还是第一次遇到这样厚脸皮、黑心肠的人。

“跟着你们过幸福的生活？”苏瓷声音很冷，“甄天才只有5岁，还有心脏病！你们心肠肯定烂透了，不然怎么会把坏主意打到一个小孩子身上？”

她冷冷地看着面前这对夫妻：“你们这是要他的命。”

苏瓷觉得这对夫妻简直又歹毒又恶心。

她看了一眼他们手上的生命值，男的还有30多年，女的还有40多年。这两个人目测已经30多岁，也就是说，男的能活到60多岁，女的能活到70多岁。

苏瓷心情不爽：“为什么这么坏的人，寿命这么长？”

富贵：“主人，寿命是天注定的，富贵也不知道。”

夫妻二人被苏瓷讽刺的话骂得神色难看，正想要反驳，女工作人员找来了，陆折也来了。

“张先生、张太太，资料已经整理好了，请两位在领养证明上签字。”女工作人员把资料递给夫妻二人。

“好，好，好。”中年男人笑呵呵地伸手去接资料。

下一秒，一只白皙精致的小手伸了过来，一把将资料夺了过去。

苏瓷冷冷地说道：“呵，你们还真敢签！”

“苏小姐？”女工作人员不明所以地看向苏瓷。

陆折走到苏瓷的身旁：“怎么了？”

在几个人的注视下，上一秒还冷着脸的苏瓷瞬间转换了脸色，看向身旁的少年，可怜兮兮地说道：“陆折，这两个人欺负我！”

第九章

他们喊你姐夫

女孩儿的变脸速度简直让人叹为观止。

尤其是那对夫妻，错愕地看着苏瓷。到底谁欺负谁？上一秒还跟他们据理力争的人，下一秒立刻变成了委屈的小白兔？

陆折皱眉："发生什么事情了？"

苏瓷开始告状："这两个人不是好人，收养小天才是有目的的。我听到了他们的谈话。被我拆穿后，他们恼羞成怒，开始骂我。"

她长得漂亮，一张白皙的小脸儿在阳光下明媚动人，乌眸里泛着水光，怎么看怎么让人喜欢。别说是被别人欺负，就算是她欺负别人，也会让人下意识地觉得是合理的事。

"你说谎！"中年女人急着反驳，"你这小姑娘是怎么回事？我们一片好心领养儿童福利院的孩子，你为什么要诬蔑我们？破坏孩子的好事对你有什么好处？你别说谎话全靠一张嘴。"

中年夫妻觉得，反正对方无凭无据，根本证明不了什么。

女工作人员没想到会突然发生这样的事情："苏小姐，你听到张先生和张太太说了什么？"

领养者都是经过调查的，只有符合条件的夫妻才有领养资格。张先生和张太太没有子女，而且经济条件不错，也不介意甄天才有心脏病，这是难得的好事。

眼看着甄天才就要被领养，女工作人员不希望出什么意外。毕竟，甄天才这个孩子有心脏病，错过这一次机会，估计很难有其他人愿意领养他了。

陆折垂眸看向苏瓷，也问她："你听到了什么？"

苏瓷直接转述中年男人的话："他说，他的老板的女儿有白血病，需要熊猫血，而小天才正好是熊猫血，他收养小天才，是为了让小天才成为他的老板的女儿的移动血库。作为交换条件，他要当总经理。"

苏瓷不屑地撇了撇嘴："被我发现后，他们就开始骂我。"

女工作人员一脸难以置信的表情："张先生、张太太，苏小姐说的话是真的？"

他们领养甄天才是怀着这样狠毒的目的？

"你……"中年女人没遇过这样牙尖嘴利的女孩儿，气得半死。

中年男人比妻子镇定多了，握住妻子的手："今天我们来是领养孩子，做好事的，现在你们儿童福利院闹这样一出，以后谁还敢来领养这些小孩儿？"

中年男人的话里明显带了威胁的意味：事情继续闹大，受影响的只会是儿童福利院的这些孩子。

"再说了，你这样诬蔑我们，让我们夫妻名誉受损，你知不知道我可以去告你？"中年男人的手段很多，在他看来，这样年轻又自以为正义的小姑娘他见多了，这种人脑子不清醒，认为自己是在做好事，实际上真要碰上什么事，比谁都先退缩。

"我相信她的话。"少年低沉的声音响起，"验证你们有没有说谎很简单，只要确认你的老板的女儿是不是患有白血病，是不是需要输熊猫血，这件事就能一清二楚。"

苏瓷听到陆折说相信她，立刻递了一个满意的眼神给他。

女工作人员同意地点了点头，要是苏小姐没有说谎，那么这对夫妻怀有这样歹毒的目的，就不能领养甄天才了。

中年男人的脸色黑了下来，他死不承认地说道："就算我老板的女儿有病又怎么样？这也不代表我领养那个孩子就是让他去献血。"

比起中年夫妻气急败坏的样子，苏瓷神色轻松，像逗老鼠般嘲弄道：“是不是像你们这样黑心的人，脸皮都特别厚？只要脸皮没有被撕烂，就一直死撑着？”

中年男人的脸色难看到了极点，他厉声警告苏瓷：“你说话注意一点儿！”

苏瓷像是被吓到了一般，立刻靠向陆折，可怜巴巴地看向他：“陆折，他凶我，还想打我。”

“你……”中年男人气得太阳穴直抽。

阳光下，陆折漆黑的眼睛里隐着笑意。

哪怕知道苏瓷只是装模作样，他还是往前挪了挪身体，站在她身前，挡住了中年男人凶狠的目光。

中年男人奈何不了苏瓷，直接跟女工作人员谈：“你看这件事情怎么解决？你们这样欺负我们夫妻，今天我们就走，孩子我们也不敢要了，谁爱领养谁领养！”

女工作人员陷入两难境地。孩子已经收拾好行李，满心期待有新爸爸、妈妈。如果她现在告诉他这对夫妻不领养他了，孩子必定会很受打击。但是，如果苏小姐的话是真的，那么孩子绝对不能跟这对夫妻走。

女工作人员沉默了。

苏瓷看着这对夫妻气急败坏的模样，轻笑了一声：“不逗你们了，你们这样丑的嘴脸我欣赏不来。”

在夫妻俩怒得瞪目时，苏瓷掏出手机，把刚才的录音放了出来。

听到录音，中年夫妻暗道不好，没想到小妮子这么贼，竟然还录音！

一开始，中年夫妻以为对方没有证据才会一脸镇定的样子，毕竟正常情况下，要有证据早就掏出来了。苏瓷却不，偏偏喜欢逗着人玩儿，一步一步地把中年夫妻的嘴脸撕开，最后才给了他们致命一击。

录音的音质很好，音量也不小，足以让在场的人听得一清二楚。

女工作人员很愤怒：“张先生、张太太，你们太过分了！孩子这样小，还有心脏病，你们打着这么狠毒的主意，简直没有良知！”

中年夫妻的脸色尴尬又难看，哪怕脸皮再厚、再无耻，当场被拆穿，他们哪里还嚣张得起来？

中年男人开始打感情牌：“我们这样做也是为了救人。我老板的女儿需要注射血小板，但熊猫血很稀有，库存量很少。我们夫妻看小女孩儿这么小就得了这种病，实在是很可怜她，才打算让甄天才这个孩子献血。这是救人的好事。”

“你闭嘴吧。”苏瓷一阵无语，“我们的耳朵很好，没有聋。录音里你说得很清楚，就是想用甄天才换总经理的职位，现在却把自己说成救世主，脸皮真是厚得连子弹也打不穿。”

苏瓷突然发现自己的脸皮一点儿也不厚，这对中年夫妻厚颜无耻，才是厚脸皮之王。

陆折看向苏瓷。

此时的她眼里有光，像伸出爪子的兔子，奶凶奶凶地攻击着坏人。

女工作人员开口道：“张先生、张太太，由于领养孩子的目的不单纯，你们不能带孩子离开。”

中年男人依然不死心：“你确定？错过我们夫妻，你觉得以后还会有人愿意领养一个有心脏病的孩子？”

“这不是张先生应该操心的问题。”女工作人员不傻，就算孩子一直待在儿童福利院里，也比掉入狼窝好。

“哼！”中年女人怒哼一声，知道自己和丈夫的如意算盘打不响了，现在也不需要遮遮掩掩了，“你还以为我想要一个有病的废物啊？不养就不养，有什么了不起的？！”

说着，中年女人就要拉着丈夫离开。

“你们知不知道自己为什么这么久都没有生出孩子？”苏瓷说的话成功地让二人停下了脚步。

看见中年夫妻将目光转过来，她翘起红唇，冷嘲出声：“因为你们太缺德。”

“你说什么？！”中年男人的神色变得凶狠起来，没有孩子是他们夫妻的痛脚，被人这样说出来，他一下子暴怒了。

陆折将苏瓷护在身后：“要动手？！”

少年身形高大，脸色冰冷，足足比中年男人高半个头。

中年男人对上少年漆黑的眼睛，气势瞬间弱了几分：“懒得理你们。”

中年夫妻转身离开，走了几步，发现了躲在拐弯处的甄天才。

对上小天才明亮的大眼睛，中年夫妻脸上多了一丝不自在的神色。

“不是我们不愿意领养你，是你们儿童福利院的人不同意。”中年女人被孩子纯真的眼神看得有些不好意思。

甄天才怀里还抱着那只中年男人随手塞给他的玩具熊。

中年夫妻灰溜溜地离开了。

小天才从知道自己被领养到现在希望落空，没有哭闹或者埋怨过，懂事得过分。

苏瓷记得小天才见到那对中年夫妻时害羞却期待的模样。他再懂事，也只是一个小孩子。每一个小孩子都希望自己有爸爸、妈妈的。

苏瓷在想，陆折小时候是不是也像小天才这样，让人格外心疼?

她看向一旁的陆折。

他和小天才一样安静地坐着，一大一小两个人的性格还真是相像。

胖福知道了事情的经过。由于他跟陆折都在儿童福利院待过，当然清楚孤儿对父母的渴望。他和陆折也曾渴望像正常小孩儿那样，有疼爱自己的爸爸、妈妈。

虽然小天才这次逃过了火坑，但是以后的确很难遇到愿意领养他的人了。不仅因为他有心脏病，还因为他的年龄已经 5 岁了。

领养者都偏向于领养年纪比较小的孤儿，尤其是还没有开始记事的小孩儿，毕竟这样的孩子养大以后跟自己也比较亲近。

胖福从心底里心疼跟自己同样出身的小天才。

小天才知道苏瓷和陆折他们要离开了：“瓷姐姐再见。”

苏瓷摸了摸他的脑袋，问他：“会很不开心吗？”

小天才愣愣地看着苏瓷，黑溜溜的大眼睛里突然溢满眼泪，诚实地点了点头：“有一点点。”

“一点点？”苏瓷看着他脸上的眼泪，很心疼。

小天才不喜欢说谎，抿了抿小嘴巴，悲伤已然藏不住了，哽咽着回答：“很多不开心。”

他是没有人要的孩子。

“哭出来就好了。你是小孩子，想哭就哭，想笑就笑，没有必要忍着。”苏瓷摸了摸他的小脑袋。怎么才 5 岁他就活成了小老头? 陆折小时候是不是也这样?

“嗯。”小天才用小手抹了一把眼泪，点了点头。

“我走了，以后有机会再见。”苏瓷对他挥手。

小天才满眼不舍之色，但还是乖乖地对着苏瓷举起了小手：“瓷姐姐再见。”

关上车窗，胖福启动了车子。

苏瓷看了一眼依然愣愣地站在车外的小天才，收回了目光，整个人往陆折身上靠去：“以后他会遇到愿意收养他的人吗？”

苏瓷一直不认为自己是感性的人，但觉得小天才这孩子乖得就像一个天使，他该生活在幸福的家庭里，享受父母的疼爱。

陆折任由苏瓷靠着他，语气淡淡地说：“不知道。”

苏瓷抿紧唇，抬头去看陆折。少年神色如常，看着她的目光却很温柔。苏瓷往前面的驾驶座看了一眼，胖福正在认真开车。

苏瓷抬头，在陆折的唇上快速亲了一下，然后开口：“胖福，开回儿童福利院吧。”

“你落下东西了？”胖福减慢了车速。

“嗯，我落下了小天才。”苏瓷勾起嘴角，笑盈盈地对上了陆折惊愕的目光。

她没有养过小陆折，养一个小天才也可以。

苏瓷掏出手机，直接拨打苏母的电话：“妈妈，我给小苏宁找一个朋友，你觉得怎么样？”

苏母有点儿惊讶，但没有特别大的反应。女儿给小儿子找玩伴，在她眼里算是很正常的事情，毕竟苏瓷小时候也有秦施烟这个玩伴。

苏母很想念女儿，反倒惦记着女儿什么时候回来。

苏瓷跟苏母汇报过后，又打了大哥苏致远的电话，把儿童福利院的事情说了一遍。

车子开走后，小天才吸了吸鼻子，安静地站在原地看向儿童福利院的外面。瓷姐姐说他是小孩子，想哭就可以哭出来。

他抿着小嘴巴，眼泪“哗哗”地从眼睛里流了出来。他只哭一次，以后会很坚强的。

小家伙一边无声地哭着，一边揉着自己的眼睛。

泪眼朦胧中，他看见刚才离开的车子又回来了。

小天才呆呆地看着车子停在门口，看着苏瓷姐姐从车上下来。

苏瓷看着站在门口哭的小家伙，好笑又觉得心疼："小天才，我落了很重要的东西，忘记带走了。"

小天才稚嫩的声音里充满疑惑之意："姐姐落了什么？"

"你呀！"苏瓷摸了摸他的头，"你愿意跟我走吗？我带你去我家。"

小天才就是再聪明，也只是一个5岁的小孩子，听到苏瓷的话，明显没有反应过来。

苏瓷问他："我做你的姐姐，你要跟我回家吗？"

她不是爱心泛滥的人。儿童福利院里的每一个小孩子都很可爱、很可怜，但她唯独想带小天才走。

因为她在小天才的身上看到了陆折小时候的影子。

她想，陆折小时候是不是也像小天才这样，站在门口伤心地哭着，盼着有人来领养他？

苏瓷回过头去看向站在车子旁边的陆折，夕阳下，少年身姿颀长、眉目清俊。

她没有告诉陆折她藏着巨大的私心。她想让家里养这个孩子，是因为小天才像陆折小时候的样子。

一行人回到D市已经是晚上了。

苏瓷看着坐在客厅里有点儿不知所措的小天才，笑了笑："明天我们要赶飞机，你要早点儿休息，去睡吧。"

"好。"小天才穿着陆折那双足足比他的脚大了一倍的拖鞋，乖巧地去了苏瓷给他安排的房间休息。

苏瓷关掉电视，眉梢微挑，敲响了杂物房的门。

门被打开，陆折站在门后。

她笑盈盈地看着他，开口道："小天才睡我的房间，看来我今晚要跟你挤一挤了。"

她挤什么？挤折叠床啊？

陆折刚锻炼完，身上出了不少汗。

他看着要进来的苏瓷，冷声说道："折叠床睡不下两个人。"

苏瓷从少年身旁钻进房里，笑道：“没关系，我的体形瘦，而且我又不会嫌弃跟你挤在一起。”

陆折已经熟知苏瓷的性格，看见她已经坐在折叠床边上，抿了抿唇，拿过衣服去洗澡了。

陆折出去后，苏瓷开始认真打量他的房间。

之前她也进来过几次，但没有好好观察过这间屋子。

苏瓷想起大哥苏致远的房间，比陆折这个小杂物房大了不知多少倍，而且每一个摆件都价值不菲。

哪怕小苏宁只是一个奶娃子，他的房间也很大，甚至他的床都比这间屋子大。

看着简陋的房间，苏瓷想到小可怜每天住在这样的小杂物房里，心里酸酸的。

苏瓷突然记起，之前她还是兔子的时候，跟着陆折去赵优优家里收拾行李，陆折在那里的房间好像也是杂物房改造的，并没有比这里大多少。

苏瓷觉得更心酸了，小可怜一直都在这样的环境下长大。

脱掉鞋子，整个人躺在陆折的折叠床上，苏瓷发现这折叠床躺着一点儿也不舒服。

她翻了翻身，依然觉得不舒服，有种随时要掉下去的感觉。

陆折在这里睡了这么久，是怎么熬过来的?

苏瓷有点儿后悔提出睡折叠床了，但一想到能跟陆折躺在一起，又觉得还是可以忍耐的。

也不知道过了多久，门再次被打开。

陆折洗完澡进来，带着一身湿气，脸上的水珠没有擦干，顺着侧脸滑向脖子。

看着在折叠床上翻来覆去——蠕动得像一条虫子的苏瓷，陆折觉得好笑，知道她娇气，必定是睡不惯这样的床的。

“躺得不舒服？”陆折居高临下地看着女孩儿。

苏瓷停下翻身的动作，忍着身体突然冒出来的异样感，让开一点儿位置给陆折，闷声回道：“没有。”她催促他，“你快躺下来。”

身体内的感觉好奇怪，让她迫切地想要做点儿什么宣泄这样的难受感觉。

陆折看着那仅剩的空位，勾了勾唇：“我去客厅睡沙发。”

苏瓷哪里愿意放过好不容易得来的同床共枕的机会？加上她的身体又难受起来，现在她只想靠近陆折。

她从折叠床上下来：“你先躺。”

“穿上鞋子。”陆折见苏瓷又光着脚直接踩在地面上，下意识地皱眉。他的房间跟她的不一样，地面上没有铺地毯，她不穿鞋很容易受凉。

闻言，苏瓷听话地穿上鞋子，一脸迫不及待的表情：“你快睡下啊。”

陆折深深地看了她一眼，然后在折叠床上躺了下来。

少年身材高大，躺下来后，几乎占了折叠床三分之二的位置，哪里还有什么空余的地方让苏瓷躺？

其实陆折的这张折叠床已经是加大版，长一米九，宽将近 80 厘米，但是要躺下两个人还是很勉强。

陆折单手放在后脑勺下，漆黑的眼睛里带着几分笑意：“你睡不下了。”

苏瓷发现，陆折变坏了。

她轻哼一声，一脚踢掉鞋子，纤细的身体直接钻进陆折的怀里，紧紧靠着他。

陆折下意识地接住苏瓷，害怕她掉下去，身体还往旁边挪了挪，尽量让出更多的位置。

苏瓷勾起嘴角，眼里带着得意之色：“我现在不就睡下了？”

“这样躺着，你不难受吗？”

“难受。”苏瓷得了便宜还卖乖，“陆折，你抱紧一点儿，我要掉下去了。”

她软软地趴在陆折的怀里，眉梢轻挑，开口道：“我明天就要回 B 市了，你还有一段时间才能和方叔过来。你是不是该亲我了？”

陆折算了算时间，确实是。

他没有动，想要像往常那样，等女孩儿变回兔子再亲她。

然而，这一次苏瓷并不想让他继续躲避：“陆折，你在怕什么？”

明明两人经历了很多，相处时也偶尔带着亲密，但陆折在他和她之间划了一条分界线。每次她进一步，他便会退回分界线的另一边。仿佛坚守着这条分界线，不逾越，他便能随时离开。

陆折对上苏瓷的眼睛，女孩儿的眸光清亮，像是能一眼看穿他的防备和顾忌。

“陆折，你是胆小鬼？”她看着眉目冷然的少年，总想做点儿什么事让他失控又无可奈何。苏瓷道：“你别说你不喜欢我，我又不是傻子。如果你否认，真的不喜欢我，那我找别人……”

女孩儿控诉的声音突然止住，有什么东西在她的唇上轻点了一下，柔软、冰凉，只是轻轻碰了一下。

接着，陆折低沉的声音在她的耳边响起：“行了吗？”

苏瓷回神，满眼惊喜又有点儿难以置信，她的嘴角高高翘起，赶紧摇摇头，贪心地说：“不够呀，你再多亲几次。”

看吧，看吧，她就知道，他喜欢她！

陆折凉凉的唇再次落在苏瓷的红唇上，依然是轻轻一碰便撤离，极其绅士：“满意了吗？”

房间里只开了一盏小灯。昏黄的灯光下，苏瓷的小脸儿染上浅浅的红晕，她乖乖地点头，不闹了：“陆折，我收回刚才的话。”

他踏出分界线，向她走来，就别想再退缩回去。

杂物房里没有空调，只有摇着头的落地风扇，哪怕夏天的夜里偶尔吹过凉风，温度依然很高。

陆折温热的气息落在苏瓷的脸上，她觉得自己热得快要出汗了。

夜色浓浓，月光洒在窗台上。

低头看着熟睡的苏瓷，陆折叹了一口气。

她的不断靠近已经让他毫无底线了。

第二天，小天才早早就醒来了。因为是在陌生的地方，小家伙很没有安全感。他起来刷牙洗脸后，乖乖地坐在客厅的沙发上等待苏瓷和陆折醒来。

小天才知道今天自己要跟瓷姐姐回她的家，又是期待，又是紧张，还有点儿害怕。

瓷姐姐的家人会不会不喜欢他，他的心脏病会不会给瓷姐姐和她的家人造成麻烦？

5岁的小天才已经懂得很多事了，知道自己跟其他孩子是不一样的。其他孩子可以跑、可以玩耍，他只能安静地待着。护工姐姐告诉过他，如果他生病了会很麻烦。

有时候有大人来领养孩子，他偷偷听到有人说过他是“包袱”，不能带他回家。

他不知道“包袱”是什么意思，但知道肯定是不好的东西，因为他们看见他时，不会对他笑。

小天才小小年纪，已经有了很多担心和忧虑的事。

高兴的心情消失，小家伙有点儿不安起来。

他不是讨人喜欢的孩子。

太阳已经高高挂起，陆折看了一眼时间，将近8点了。

想到苏瓷的航班时间是10点多，从这里出发去机场也要20多分钟，他不得不将她叫醒。

苏瓷好困啊。这两天都在路上奔波，她都没来得及好好休息，现在被陆折喊醒，怨愤地看了他一眼后，又蹭到他的怀里，继续闭上眼睛睡觉。

“待会儿要赶飞机。”陆折清冷的声音里多了几分慵懒之意，好听得让人耳朵发软。

“好困。”苏瓷软软的声音在他的怀里闷闷地响起。

苏瓷的长发落在陆折的手臂上，他摸了摸。这些细软的发丝让他掌心发痒。

他松开女孩儿，起身开门出去。

苏瓷看了一眼被关上的门，继续闭上眼睡觉。

陆折在客厅里看见了安静地坐在沙发上的甄天才。小家伙板着白嫩的脸，脸上是小孩子不该有的成熟神色。

陆折走过去：“醒了？”

小天才看见陆折，有点儿害羞地和他打招呼：“陆折哥哥早。”

知道这个陆折哥哥也是从儿童福利院出来的，哪怕对方神色冷漠，小家伙也不怕他，反倒有种同伴的亲切感。

陆折问他："早餐有什么想吃的？"

小天才平常在儿童福利院里吃的早餐都是固定的，并不会点餐，摇了摇头："都可以。"

陆折没有多问，走进厨房开始做早餐。

还在赵家的时候，赵家每天的早、午、晚三餐都是陆折承包的。他做得不好吃还会被骂，所以练就了一手很好的厨艺。

将准备好的早餐端上饭桌后，陆折示意小天才先吃。

然后，陆折走进洗手间，把漱口杯的水装满，在牙刷上挤上牙膏，回到杂物房，见苏瓷依然在闭眼沉睡。

陆折伸手过去，把苏瓷拉起，柔声说道："早餐已经做好了，牙膏也给你挤好了，赶紧起来。"

清冷的少年突然温柔起来最具杀伤力，让人毫无抵抗的能力。

苏瓷睁开眼帘，手臂攀在他的肩膀上，"喃喃"道："你怎么这么好啊？"

陆折轻笑："起来。"

"起不来了，你抱我。"苏瓷要着赖，小脸儿白皙精致，脸皮却极厚。

陆折薄唇微抿。

小天才已经坐在了饭桌旁，惊讶地看着陆折哥哥抱着瓷姐姐从房间里走了出来。

苏瓷回到苏家的时候已经是下午。

知道苏瓷要回来，还要带回一个小孩子，苏母特意从医院赶了回来。苏父身上还有伤，暂时还没有出院。

苏瓷看见旁边的小天才脸蛋儿紧绷，小手也紧握着，显然很紧张。她摸了摸他的脑袋："不用害怕，姐姐的家人都会喜欢你的。"

小天才点点头，两道小眉毛依然紧皱着，并没有放松下来。

苏瓷牵着小天才的手，往屋里走去。

苏母已经在客厅里等着，看见女儿回来，立刻笑了起来，连忙让人给女儿准备吃的东西。

"前几天你走得那么匆忙，妈妈一直很担心你。下次你出门记得带保镖。”苏母抱紧女儿。

“好，我都听您的。”苏瓷看了一眼坐在苏母旁边的小苏宁，故意问妈妈，“几天不见，不知道小苏宁有没有想姐姐？”

“有想姐姐。”小苏宁立刻从苏母身旁探出头来，奶声奶气地说道，“宁宁超级想姐姐。”

苏瓷看着弟弟那圆滚滚的小肚子，笑道：“宁宁是不是又长胖了？”

小苏宁五官精致，满身都是肉肉，萌萌的。

“妈妈说宁宁长肉好看。”小苏宁有点儿骄傲。

苏瓷伸手过去捏捏他的脸蛋儿，然后把身旁的小天才拉过来：“妈妈，他叫甄天才，就是我在电话里跟您说过的孩子。”

苏母很善良，一直在做慈善，听女儿说了小天才的事后，就对他很同情。现在看见小天才眉清目秀的，一脸乖巧的样子，她发自内心地喜欢，主动亲近他：“你叫甄天才？”

小天才依然有点儿紧张：“阿姨好。”

苏母摸摸他的头，笑道：“不用害怕，以后这里就是你的家。”

小苏宁在旁边探出头来看这个陌生的哥哥。

“他叫苏宁，比你小，是弟弟，我相信你们可以成为好兄弟、好朋友。”苏母没有勉强小天才叫自己妈妈，也不会强制帮他改名字，想等他大一点儿，懂事了，再让他自己做选择。

“苏宁弟弟好，我叫甄天才。”小天才板着小脸儿，一双大眼睛认真地看着小苏宁。他想对苏宁弟弟笑一笑的，但笑不出来。苏宁弟弟会不会不喜欢他啊？

小苏宁看着陌生的哥哥，有点儿害羞，但还是很勇敢地应声：“哥哥好。”

小苏宁只有 3 岁，家里的哥哥和姐姐都比他大很多，不能经常陪他玩儿。实际上，他很寂寞。

现在家里多了一个和他差不多年龄的孩子，小苏宁很高兴。他把自己最喜欢的布丁拿出来递给小天才：“哥哥吃。”

小天才第一次收到来自朋友的礼物，黑溜溜的大眼睛无措地看向苏瓷。

“拿着吧，弟弟喜欢你。”

小天才的双眼一亮，他伸出小手，害羞地接过小苏宁给他的布丁：“谢谢。”

小孩子很纯真，一会儿就混熟了。

苏母让用人带两个孩子去玩儿。她问女儿：“小瓷，陆折不仅照顾过你，还救了我和你爸爸，是我们苏家的大恩人，我们应该好好感谢他。你对他比较熟悉，觉得我们应该准备什么礼物给他？”

苏瓷回想着陆折喜欢什么东西，却发现他好像没有特别喜欢的。

除了电脑，他对什么事物都是淡淡的。就连她这样的绝世美女在他面前晃，他都能视而不见。

“我跟你爸爸商量过了，如果陆折愿意，我们可以为他提供医疗团队，帮他找治疗渐冻症的专家，还可以帮他寻找亲生父母。”

专家对陆折也没有用，最多就是能帮他延长几年寿命，还不如让陆折多亲她几下，多吃点儿金色棉花糖呢。

至于寻找亲生父母的事情，在她看来，能把孩子丢在儿童福利院的父母，找回来又能怎么样呢？

苏瓷说道：“还有几天他就要来 B 市了，到时候我问问他。”

“他要过来？”苏母有点儿惊讶。

苏瓷点了点头：“他报考 B 大，我准备跟他上同一所大学。”

苏母熟知女儿的性格，也听出了女儿语气里的喜悦之意。苏母心里有点儿想法，试探地问：“瓷瓷，你喜欢陆折？”

苏瓷眨了眨眼，回答得坦荡：“喜欢啊。”

以前亲近陆折只是因为要维持人形，但慢慢地，她就起了贪心。

哪怕以前没有谈过恋爱，她也知道自己是喜欢陆折的，所以才会时时刻刻想亲他，才会想黏着他，才会因为担心聚会上有其他女生向他表白，立刻去找他。

她喜欢陆折，想让陆折成为她的。

苏母闻言皱眉，认为陆折照顾过女儿一段时间，或许女儿是错把感恩当作喜欢了。

苏母再次问道：“妈妈问你的喜欢，不是指对家人的喜欢，也不是指对朋友的喜欢。”

女儿一向高傲。对学校里的小男生一个都看不上，就连何家的小儿子她也不喜欢。苏母觉得女儿在感情方面还没有开窍。

苏瓷说得认真："妈妈，我喜欢陆折。"

她从没有想过掩藏自己对陆折的感情。陆折又不是见不得人，既然她喜欢他就大方承认。

闻言，苏母的一颗心沉了下去，她只好劝道："你还小，以后会知道什么是喜欢的。"

听到苏母的话，苏瓷摇了摇头："妈妈，何尔盟一直在追求我，我对他没有任何感觉，知道自己不喜欢他，甚至不想理会他，而陆折不一样。

"我看见陆折会开心，甚至会心跳加速。我可能不知道什么是喜欢，"苏瓷指了指自己心脏的位置，"但是这里不会撒谎。"

苏母被女儿的一番话惊住了。她年轻的时候和丈夫相爱，他们经历过不少误会才好不容易修成正果。

苏母没想到，自己一直认为感情上不开窍、性格又有点儿高傲的女儿，对待感情比谁都坦诚和炙热。

苏母的心一直往下沉，她问："瓷瓷，你和陆折在一起了？"

苏母把苏瓷问得怔住了。

她和陆折并没有确认男女关系！

在苏瓷的想法里，她已经视陆折为自己的所有物，陆折肯定也是这样想的。

但突然想到那人冷冰冰的样子，她又不确定了。

看见女儿愣住的样子，苏母便知道她和陆折应该还没在一起，暗自舒了一口气："瓷瓷，陆折也喜欢你？"

苏瓷抿了抿唇，回答不出来，因为没有问过陆折这个问题。

看着女儿答不上来的模样，苏母更惊讶了："陆折不喜欢你？"

虽然不希望女儿跟陆折这个少年在一起，但是知道女儿喜欢对方，对方却不喜欢女儿时，苏母纠结起来。

怎么会有人不喜欢她的女儿？女儿在她眼里就是千般好，万般好。

"我不知道。"苏瓷语气肯定地说，"不管他现在喜不喜欢我，以后肯定会喜欢的，反正我们肯定要在一起。"

她和陆折就是绝配，是天作之合！

这样想着，苏瓷笑着抱住苏母：“妈妈您放心，陆折会喜欢我的。”

苏母感觉有些为难。她不是看重家庭背景的人，虽然陆折出身不好，是孤儿，但他的人品好，模样跟女儿也相配，可偏偏对方身患绝症。

苏母知道女儿的性格。虽说女儿娇生惯养，性子却一点儿也不软弱，反倒很有主见。这是女儿第一次喜欢一个人，如果她和丈夫强行阻拦，可能会起反作用。

苏母定了定神，觉得现在二人还没有在一起，阻拦还来得及。

电脑店的货已经全部被转让出去，店铺也被卖掉了，方老板这一次是下定了决心创业。尽管创业的风险很大，有可能赔掉他的全部家产，但是看着旁边神色沉着的少年，他觉得值得赌一次。

他觉得自己不会看错人，陆折就是有才能的人。而且就算自己赌输了，大不了就回来摆地摊，他跟儿子小快乐怎么也能活下去。

“这都是你的行李？”方老板惊讶地看着陆折。

陆折身上背着背包，手上还各拉着一个大行李箱。

他和儿子小快乐两个人也就一个大行李箱而已，而陆折一个单身汉竟然有这么多行李！

在他的印象中，陆折的衣服并不多，其中两套还是校服。不过想到之后他们就要在B市安定下来，估计陆折这是准备把全部家当都搬过去。

“我儿子听到要搬家，还以为是去旅游，从昨晚到现在脸上的笑容就没有停过。听说小瓷也在B市，这孩子更是迫不及待了。”方老板看着在一旁玩耍的小快乐，脸上是父亲对儿子的溺爱之情。

“这傻孩子也不知道，现在他的瓷姐姐并不是他想见就能见的。”方老板看了陆折一眼，叹了一口气。

陆折和方老板晚上才到达B市。

这是小快乐第一次坐飞机。小家伙一开始很兴奋，到后面就睡着了。

“小折，你早点儿休息。明天我们一早去把场地的合同签下来，尽早把公司搞起来。”方老板抱着熟睡的儿子，脸色疲倦，但眼睛里是对未来的憧憬之色。

“嗯，方叔你也早点儿休息。”

陆折刚放好行李，手机就响了起来，不需要多想，已经知道手机那头的人是谁。

陆折接通视频通话，苏瓷漂亮的脸立刻出现在屏幕里。

苏瓷眨了眨眼，故意调侃他：“陆折，你这一次接得这么快，是不是一直在等我的电话？”

“嗯。”陆折轻应了一声。

苏瓷一双眼睛更亮了，眼神还很得意，像是在说她果然没有猜错。

“你现在已经到B市了？”苏瓷知道陆折是下午的航班，算着时间给他打的电话。

陆折看着屏幕里的女孩儿，清冷的眉目柔和了几分：“嗯，到了。”

“我爸爸、妈妈想要上门感谢你，你什么时候有空儿啊？”

苏父明天就可以出院了，而且苏瓷也想见陆折。

陆折之前就听苏瓷说过，为了感谢他的救命之恩，她的父母想要与他见一面。

他想了想，回道：“我明天没有空儿，后天可以吗？”

明天他和方老板约了场地的负责人签合同。

“好，我告诉他们。”苏瓷笑着说道，“今天妈妈问我是不是喜欢你。”

苏瓷的话让陆折握着手机的手一紧。

他漆黑的眼睛专注地看着她。

而这时，原本坐着的苏瓷突然趴在了床上。

陆折不经意地看了一眼，眸色深了深，立刻转开目光：“苏瓷，坐好。”

“我一直举着手机，手好累啊，这样趴着舒服。”苏瓷特意挑选的这条睡裙。

陆折语气淡淡的：“坐起来，不然我挂视频了。”

苏瓷：“……”

她觉得自己快要被陆折气死了，这人是石头吗？脑筋死死的，简直太不解风情了！

苏瓷知道陆折说的是真的，咬了咬牙，气愤地坐了起来，神色幽怨地看着他："坐起来了。"

陆折这才看向苏瓷，只见她气鼓着一张脸，正很不爽地看着他。

陆折勾起薄唇，轻笑出声："你乖一点儿。"

他希望她别整天想那么多歪主意。

苏瓷不满了。她哪里不乖了？

"你怎么回答的？"陆折这才问她。

苏瓷现在有点儿生气，不想告诉他了。然而，对上屏幕里少年漆黑的眼睛，苏瓷还是没有骨气地开了口："你想知道吗？"

"嗯。"他想知道。

苏瓷刚才挫败的心情瞬间好转了，眉眼间难掩得意之色："你说点儿好听的话哄哄我，我就告诉你。"

她没有听过陆折夸赞她。

暖黄的灯光打在女孩儿的脸上，衬得她小脸儿瓷白如玉，一双眼睛仿佛缀满了星子。陆折的喉结上下滑动了一下，他低声说道："团团，我想知道。"

苏瓷觉得自己要完了。对方连夸都没有夸她，只一个眼神，她就觉得自己心尖都颤了。

别说骨气，就连骨头，苏瓷都能不要了。她说道："我告诉妈妈，我喜欢你。"

苏瓷坦诚又直白。陆折直直地看着她，轻声叫道："团团。"

平常苏瓷喜欢缠着他、亲吻他、捉弄他，看他为她失控的模样，他都看成是她在玩闹。

此时，听到苏瓷间接表白的话，陆折控制不住，只觉得自己的心脏狠狠地抽动了一下，有点儿痛。

苏瓷的脸皮厚，她说完后仍然目光灼灼地看着陆折："妈妈问我们是什么关系，我都没有回答上来。"

她又说道："陆折，我说了我喜欢你，该你说了。"

一人一次，这样才公平。

想到陆折接下来的话，苏瓷有点儿紧张，下意识地挺直了腰，耳朵恨不得竖起来。

快告白，她已经准备好了。

苏瓷觉得，如果现在陆折能在她身旁就好了，她就可以在陆折向她告白后亲亲他了。

女孩儿的眼睛亮晶晶的，陆折抿了抿唇，沉声说道："团团，你知道我有绝症的。"

苏瓷点了点头："我知道，这不是问题。我要听的不是这个。"

"我的病就是最大的问题。"陆折看着她说，"渐冻症患者的身体会逐渐萎缩、发麻、无力，直至瘫痪。而且，我只有 3 ~ 5 年的寿命。"

少年声音多了几分喑哑的感觉："团团，这样的我，你确定还要喜欢吗？"

他一直知道自己活不长，所以可以陪她玩闹，陪她做她喜欢做的事情。她喜欢他待在她身边，他也可以留在 B 市。

其他的事，陆折不敢多想，也不能想。

苏瓷脸上的笑意消失，眼神变得认真："喜欢。"她告诉陆折，"你的病不是问题。陆折，你可以活很久。"

听着苏瓷哄他的话，陆折轻笑了一声："团团，我是认真的。"

"我也是认真的，你只要跟我在一起就好。"

陆折漆黑的眼睛里面溢满了温柔之色："嗯。"

只要她愿意，只要他的身体还能动，他就待在她身边。

第二天，陆折和方老板把小快乐也带了出来。放他一个小孩儿在宾馆里面，方老板不放心。

三个人乘车去了何盛大厦，等待与负责人碰面。

"负责人还没有来？"方老板看了一眼时间，已经过了 20 分钟，"对方不会临时爽约吧？"

陆折："应该不会。方叔，我们再等等。"

又过了 5 分钟，负责人终于来了。

负责人态度还算好："对不起，让两位久等了，实在是很抱歉，有点儿事情耽搁了。"

方老板脸色这才缓和了几分："没事，陈经理，我们现在签约吧。"

"先等一下，这次签约由我们二少负责，他马上就过来了，请稍等。"陈经理接到何总的电话，说二少爷已经放假，需要多点儿锻炼机会，让二少爷跟在他身边学习。

这次的签约很简单，只是小合同，由二少爷来负责绝对不会出错。其实，他就是让二少爷过过场面而已。

方老板和陆折只好继续等陈经理口中的二少爷。

很快，停好车子的何尔盟走进大厦，英俊的脸上全是肆意的神色。

公司里的员工并不是第一次看见何家二少爷了，但看着他手插裤袋、帅气又随意的模样，还是忍不住多看了几眼。

何尔盟推开会议室的门，快步走进去，准备赶紧完事走人。老头子就是看他闲着不顺眼，变着法子折腾他，真是无聊。有这个时间，他还不如想想法子怎么追苏瓷。

他大步走了进去：“有什么文件是要我签的？”

“二少爷来了？”陈经理笑呵呵地欢迎着。

方老板和陆折看向来人，发现对方竟然是何尔盟。

看到坐在一旁的陆折，何尔盟目光一凝：“是你？”

何尔盟目光狠厉，冷笑出声：“陈经理，现在什么猫狗都配跟我们何盛集团签合同了？”

那次在火灾现场见过陆折后，何尔盟已经让人调查了陆折，知道陆折不仅是一个孤儿，而且身患绝症。

这样一个人根本就不配跟苏瓷站在一起，更别提让苏瓷喜欢了。

“二少爷，这……”陈经理不明所以，“先前已经谈好了，他们要租下大厦的一整层楼。”

何尔盟挑眉，目光嚣张地看着陆折，一字一顿地说道：“我们不租！”

一个快死的孤儿而已，他随便动动手指头，都能玩儿死这人。

听到何尔盟说不租办公楼给他们，方老板立刻质问：“我们已经谈好了，难道何盛集团这样不讲信用？”

陈经理也没想到会出现这样的状况，提醒何尔盟：“二少爷，合同已经准备好了。”

何尔盟冷冷地看着陈经理：“你聋了？没听到我说不租？还签什么合同？！”

何尔盟抬起下巴，直视着陆折：“地方，你别想租了。不管是我们何盛集团的，还是其他地方，你都别想。至于苏瓷，她是我的，你离她远一点儿。”

陆折抬眸，对上对方狠戾的眼神，淡淡地说：“她是她自己的。”

何尔盟怎么看陆折怎么觉得不爽：“你找死？哦，我忘了，就算你不找死，也很快会死。”

“二少爷，你别太欺负人了。”方老板忍不住出声。

这位二少爷不仅言而无信，还进行人身攻击，戳人的死穴，太过分了。

“这样算什么欺负？”何尔盟不以为然，警告陆折，“乖乖滚吧，要是我再发现你缠着苏瓷，就让你尝尝后悔的滋味。”

陆折轻笑出声：“你错了，不是我缠着她，是她需要我待在她身边。”

陆折这句话让对面的何尔盟几近暴怒。

离开大厦后，方老板依然骂骂咧咧的。刚才要不是被那个陈经理和保安拉住，何家那个二少爷还要缠着陆折打架呢。

“小折，没想到你身手这么好。”方老板想到那个何二少受了陆折几拳，笑了起来，那人简直活该。

幸亏大家都知道是何尔盟先动的手，就算何家追究起来，也是他们没理。

陆折沉声说道：“方叔，不好意思，因为我签不了约了。”

“没事，我们重新找其他地方。B 市这么大，不可能全是何家的产业。”方老板牵着儿子，心里依然充满动力。

陆折点了点头，眼神却黯了几分。

苏家。

“瓷瓷还没有好吗？我们可以出门了。”苏母已经让人备好车子了，准备出发去找陆折。

她让人准备了不少礼物，诚意满满。

苏瓷换上了漂亮的裙子。豆沙色的连衣裙衬得她肤白如雪，裙子是量身定制的，修腰的设计，衬得她的细腰不盈一握。

她脚上穿着软底的素白单鞋，纤细脚踝上的红绳很是惹眼。

“我可以了。”苏瓷为了见陆折，特意涂了蜜橘色的唇釉。

这时，苏致远也下来了。

“大哥，你也去吗？”

苏致远摸了摸苏瓷的头：“你和爸爸、妈妈去。公司还有事情，下次有机会，我再好好感谢陆折。”

苏瓷看着大哥伸出来的手，他的手腕内侧的生命值只剩下不到 2 个月了。

她按捺住复杂的思绪，点了点头：“好。”

苏父和苏母坐在前面一辆车上，苏瓷和小苏宁、小天才坐在另外一辆车上。

来了苏家几天，小天才已经没有之前那么紧张了。

苏家跟其他豪门不一样，没有不近人情的家规和无情的争斗，氛围温馨。

苏母是娇柔善良的性格，苏父在商场上手段厉害，但是回到家里并不会严肃地板着脸；至于苏致远，虽然掌权者的气势很强，但在家里只是一个平易近人的大哥哥；小奶娃苏宁就更不用提了，整天黏着小天才，二人相处得很好。就连现在坐在车子里，小苏宁也选择坐在小天才的身旁。两个小朋友凑在一起不知道在说些什么。

苏瓷发信息给陆折，告诉他他们已经出发了。

陆折还没有找到合适的房子，现在和方老板暂时住在宾馆里，环境不太好。

一行人来到房门前，苏瓷主动按了门铃。

下一秒，门被人从里面打开了。

“陆折，我来了。”苏瓷笑看着他。

“进来吧。”陆折看到苏瓷身后的苏父、苏母，主动打招呼：“苏伯父、苏伯母，欢迎。”

苏瓷站在陆折的身旁，眼里带笑地看着他。

少年身上穿了一件白色 T 恤衫，与平常穿一身黑色衣服的冷硬气质不一样，多了几分休闲和爽朗的感觉，眉目越发清俊。

此时，门外的苏父神色震惊地看着面前的少年。

他与陆家的陆沉是从小到大的死对头，就连对方穿开裆裤的样子也见过，此时看到面前这个叫陆折的少年，脑海里全是陆沉那家伙的样子。

苏父心惊不已。

陆折是孤儿，陆沉那家伙也丢了儿子……不会这么巧，陆折就是陆沉那家伙的儿子吧？

苏母看见丈夫愣着不动，拉了拉他："我们进去啊。"

苏父收敛了眼底的惊愕之色，跟着妻子走了进去。

身后的两个小矮萝卜头跟着父母进去。经过陆折身边的时候，小天才礼貌地跟陆折打招呼："陆折哥哥好。"

他很喜欢这个跟他同是儿童福利院出身的大哥哥。

小苏宁不认识陆折，但也是有礼貌的好孩子，跟着小天才喊道："陆折哥哥好。"

苏瓷看着走进去的父母，弯腰分别敲了敲两个小萝卜头的额头："不是喊陆折哥哥。"

小天才和小苏宁疑惑地看向姐姐。

苏瓷压着声音，音量却足以让陆折听到："你们要喊他姐夫。"

小天才和小苏宁的脑子里只知道姐姐是什么，还不明白姐夫的意思，但都是听话的乖宝宝，姐姐说要喊姐夫，他们便乖乖地点头应下。

小天才张嘴准备喊姐夫，却被苏瓷捂住了小嘴巴。

小家伙瞪圆了眼睛。

"小声一点儿，这是我们的秘密，不能让其他人听见。"苏瓷脸皮再厚，也不敢在父母面前这么嚣张。

小天才会意，对着陆折悄悄地喊了一声："姐夫。"

苏瓷很满意。

小苏宁有样学样，也像小天才那样小声地喊着："姐夫。"

站在苏瓷旁边的陆折幽幽地看了他们一眼，黑色短发下的耳尖通红。

"你们站在门口做什么？"苏母和苏父坐下后，发现几个小的还站在门口。

苏瓷偷偷用指尖在陆折垂在一侧的手背上蹭了蹭，然后笑盈盈地往里面走去。

陆折垂下眼帘，遮挡住眼里的笑意，走了过去。

苏父到底是经过大事的人，心里的震惊情绪已经平复下来，认真地打量着陆折这个少年。

陆沉那个家伙长得像随时招蜂引蝶的花狐狸，而陆折眉目周正，除了五官有几分陆沉那家伙的影子，眼神和气质完全不像。

苏父心下纠结。

“苏伯父、苏伯母，这里比较简陋，招待不周的地方请见谅。”一向冰冷淡定的少年，在面对苏瓷的父母时，到底多了几分拘谨和紧张感。

苏父摆了摆手：“我们不讲究这些，今天来是想要感谢你的救命之恩。火灾的时候，你救了我们，之前还照顾过我的女儿，我们都十分感激你。你是苏家的救命恩人，有什么想要的东西，尽管开口。”

撇开陆折是不是陆沉那家伙的儿子先不提，这个年轻人对苏家有大恩，他们苏家确实应该好好报答他。

陆折看了对面的苏瓷一眼，摇了摇头：“我没有什么想要的东西。不管当时在火灾现场被困的人是谁，我都会帮忙。”

他在火灾现场时并不知道自己救下的人竟然是苏瓷的父母，后来知道了一阵庆幸，却没有想过以此挟恩图报。

一旁的苏瓷有点儿着急，不停地对陆折使眼色。她家有很多钱，他要点儿钱也比什么都不要好。

苏父听妻子说过陆折这个少年品性好。他也看出来了，这点跟陆沉那个家伙完全不像。陆沉手段多多，又狠毒，苏父在他的手上吃过好几回暗亏。

“你施恩不求报，但我们苏家欠了人情不会不还。”苏父坦诚道，“我们知道你是孤儿，而且身患渐冻症。”

苏父没有拿出商场上那一套交谈方式，而是用一位长辈对晚辈疼惜的口吻说：“我们可以为你提供最好的治疗条件。”

哪怕渐冻症这个病没有办法医治，至少优秀的医疗团队能帮助陆折缓解病情。

“如果你有意愿，我可以帮你找回亲生父母。”

虽然不能确定陆折是陆沉的儿子，但陆折对苏家有救命之恩，他可以暂时抛开对陆沉那只花狐狸的敌视，调查陆折是不是对方的儿子。

陆折闻言摇了摇头："谢谢苏伯父、苏伯母的好意，但我不需要。"

一旁的苏母开口："你不想找父母，我们能理解，但希望你不要拒绝治疗。我们已经让人去联系这方面最有权威的专家了。"

陆折用余光看了苏瓷一眼，应下了。

如果治疗有用，他希望有更多时间陪她。

苏母这才松了一口气。陆折这个少年看起来无欲无求，什么东西都不要，他们想报恩也无从下手。

这时，苏父让人将车里准备好的答谢礼搬上来，这都是苏母准备的："这些礼物你收下吧，不要拒绝。你救了我们，这是你该得的。"

"对，对，对。"一旁的苏瓷也开口，眼睛半眯，语气带着威胁之意，"不许不收。"

陆折没有再拒绝。

不一会儿，房间里就堆满了礼物盒。

苏母比较细心，笑道："我听瓷瓷说你之后会一直待在 B 市，你找到住处了？如果没有，我们可以提供。"

一套房子对苏家来说并不算什么。

陆折拒绝了："谢谢苏伯母，我已经在找房子，很快就能定下来。"

苏母没有勉强："如果你有什么需要苏家帮忙的地方，尽管开口。治病方面只要专家到了，我会尽快让人跟你联系。"

自从女儿告诉她喜欢陆折的事，不管是出于私心还是想要报恩的心，苏母都希望陆折这个年轻人把病治好，哪怕没有治愈的办法，能缓解病情也是好的。

陆折："谢谢。"

苏父昨天才出院，身体还没完全恢复，并不能久坐，跟陆折谈了一会儿，便准备离开。

他还需要派人去调查陆折的身世。哪怕陆折不想找父母，但他想知道陆折究竟是不是陆沉的儿子。

看着父母还有两个小萝卜头走在前面，苏瓷特意放慢了脚步。

看到他们走出去后，苏瓷转身，手臂攀附上了陆折的肩膀。

"苏瓷！"陆折被她的举动惊到，她的父母刚走出门。

"嘘！"苏瓷对着陆折眨了眨眼，"小声一点儿。"

陆折提醒她："你该走了。"

苏瓷眼眸里闪过狡黠之色："你亲亲我，我很快就走。"

陆折看着几乎挂在他身上的女孩儿，这才发现她不仅脸皮厚，而且胆子还大得很。

苏瓷眼神不怀好意："我今天涂了唇釉，我的唇是不是更好看了？"

陆折对女孩子用的唇膏一点儿也不了解，目光落在她的唇瓣上，发现她的唇确实跟她平常的唇色有点儿不一样。

他应着："嗯。"

苏瓷笑道："快，你尝尝，这个唇釉是水蜜桃味的，里面添加了糖果的成分，有点儿甜。"

陆折深知苏瓷的性子，不顺她的毛，她更要使坏。

少年冰凉的唇落在了女孩儿蜜橘色的唇上。他才刚刚靠近，就闻到了一股香甜的水蜜桃味，而女孩儿的唇比熟透的水蜜桃还要柔软。

陆折只是轻碰了一下，甜甜的香味便在唇齿之间满溢开来。

听着耳边少年有点儿重的呼吸声，苏瓷目光亮亮地看着他："味道怎么样？"

陆折漆黑的眼睛深深地看着她，声音里的冷意被击散："很好。"接着，他将唇贴近女孩儿的耳朵，气息有点儿热，"团团，你该走了。"

苏瓷一下子红了耳朵。

门被关上，陆折靠在门板上平复气息，伸出手指摸了摸唇，只见指尖上蹭到的是女孩儿蜜橘色的唇釉。

他舔了舔嘴角，漆黑的眼里泛着笑意，苏瓷的胆子越来越大了。

回到苏家，苏父问苏母："上一次你跟我提起陆折像一个人，这件事你还记得吗？"

苏母走到丈夫身旁坐了下来："对啊，但是我一时想不起来像谁。"

她总觉得像是在哪里见过这个人。

苏父问她："是不是像陆沉？"

苏母愣了愣，陆折的眉目长得可不正像陆沉吗？

只不过两个人的气质完全相反，陆折这个少年比较冰冷、沉静，而陆家家主的性格比较喜怒无常，以至她完全没有将两个人联系起来。

而她的丈夫不一样。因与陆沉从小到大都是死对头，所以他一眼便能看出陆折长得像陆沉。

“陆折是孤儿，而陆沉的儿子早早就丢了，难道陆折就是陆沉的孩子？”苏母一脸震惊的表情，怎么这么巧？

苏父点了点头：“可能性很大。”苏父告诉妻子，“我打算弄清楚陆折是不是陆沉的孩子。”

秦老爷子的70岁大寿，邀请了不少人，最为让人关注的就是陆家的陆沉和苏家的苏盛国，两个人都是掌权人，互看对方不顺眼。

苏父是和苏母一起出席宴会的。这么多年了，两个人保养得很好，气质甚至尤胜当年。

在场的宾客艳羡地看着苏父和苏母，不光男帅女娇，没想到这么多年了，两个人还这么恩爱。

而跟苏家这一对夫妻不一样，陆家的陆沉是独自一人出席的宴会。

这么多年过去，保养得当的不仅是苏父和苏母，陆沉也一样。

岁月对这个男人格外宽容，没有在他的脸上留下痕迹。不管是年轻的时候还是现在，提起B市最妖孽的男人，大家必定会想起陆沉，当年对陆沉前赴后继的女人可是数不胜数的。

此时，陆沉看着苏父，嘲笑出声：“听说你之前差点儿死在火里，我还以为你现在躺在医院里动不了，没想到今天能看见你。”

苏父毫不示弱：“我天生命大。”

陆沉扯了扯嘴角：“也对，祸害遗千年，哪里这么容易死？”

苏父笑道：“说起来，还多亏了救我的人，我想，你应该会有兴趣见见我的这个救命恩人。”

“你的脑子没有被火烧坏吧？我为什么有兴趣见救你的人？”陆沉神色慵懒，冷笑了一下，“见到对方，我还要骂他多管闲事，救了你这个祸害。”

苏父笑了：“你想见，我也不一定让你见。”

陆沉挑眉：“谁稀罕。”

“花狐狸，你今晚的火气有点儿重啊，不会是羡慕我有妻子在旁，你形单影只吧？”苏父知道陆沉的痛处在哪里。

当年陆沉的儿子丢失后，他的妻子温雅就跟他闹不和了。

陆沉这人脸皮也厚，在雨里跪求妻子不离婚的一幕曾经轰动整个B市。两个人确实没有离婚，不过温雅在儿子丢失后，一直对陆沉爱搭不理。哪怕陆沉厚着脸皮追妻，也得不到妻子的好脸色。

苏父每每这样打击陆沉，屡战屡胜。

果然，陆沉黑着一张脸，重哼一声，从苏父身侧经过时，重重地撞了一下苏父。

“盛国，你没事吧？”苏母赶紧扶稳丈夫，对陆沉和丈夫每次碰面都会吵上一架，甚至恨不得动手的幼稚行为很无语。

苏父看着得意走远的陆沉，站直身：“我没事。”

这两天，陆折和方老板分头行事。陆折负责找房子，方老板负责找办公的场地。

这样效率很高，陆折最后选定了一个靠近郊外的小区，虽然距离市中心有点儿远，但环境不错，小区里面的绿化也做得很好。

陆折租下了两室一厅的房子，方老板租下了他对面的房子，也是两室一厅，家具都很齐全，只需要拉着行李箱入住。

陆折把两个大的行李箱拉进了光线好的房间，把衣柜擦了一遍，然后打开行李箱。

之前方老板误以为陆折把全部家当都搬来了，但实际上两个行李箱里装的全是女孩儿的漂亮衣服。

陆折拿起布料轻薄又柔软的裙子，挂进衣柜里。

夜里，苏瓷跟陆折视频。她知道陆折已经搬进了租好的房子。

“我想去看看。”

“等我收拾好房子你再来。”

房间他还没有收拾好，目前还有点儿乱。

苏瓷目光一亮：“我后天过去？”

陆折勾唇：“嗯。”

这时，房门被人敲响。

苏瓷拿着手机，懒洋洋地从床上爬了起来。

她打开门，就看见站在门口的是两个小矮萝卜头。

“姐姐，给你吃。”小苏宁手里捧着一碟子切好的水蜜桃。

“宁宁好乖，谢谢。”苏瓷摸了摸他的头。

旁边的小天才手里也捧了东西，是洗好的车厘子：“瓷姐姐，给你。”

“谢谢小天才。”苏瓷也摸了摸他的脑袋。

等两个小家伙积极地把水果放进苏瓷的房里后，苏瓷蹲了下来，把手机屏幕对着两个人：“来，跟你们的姐夫打招呼。”

小天才和小苏宁好奇地看着手机屏幕里的陆折。

小天才下意识地喊道：“陆折哥哥好。”

小苏宁奶声奶气地提醒他：“姐姐说了，他是姐夫。”

“对，对，对，宁宁的记性真好。”苏瓷笑弯了眼眸，捏了捏弟弟肉肉的脸蛋儿。

这个弟弟真给姐姐争气！

小天才立刻纠正自己的错误，大喊了一声：“姐夫好！”

苏瓷笑得眼睛都眯起来了，把屏幕对向自己：“陆折，他们喊你姐夫呢，你没有表示吗？”

屏幕里，陆折漆黑的眼里是藏不住的笑意。他无奈地喊了一声：“团团，别闹！”

苏瓷“重色轻弟”，让两个小萝卜头离开，自己继续跟陆折聊天。

苏母在一楼看剧，看见小苏宁和小天才下来，笑着问道：“你们把水果都给姐姐了吗？”

小苏宁挺着小身板，特骄傲：“给了，给了。”

小天才也点了点头。

“姐姐在做什么？”苏母让两个孩子坐在她身旁。

小苏宁回答得很快：“姐姐在跟姐夫聊天。”

旁边的小天才反应过来，对小苏宁说道：“不能告诉别人陆折哥哥是姐夫，这是我们跟姐姐的秘密。”

听到两个孩子幼稚的话，苏母猛地愣了愣，心再次沉了下去。她知道，不能继续放任此事了。

第十章

陆折，你有家人了

下午的太阳猛烈，毒辣的阳光晒得人心烦。

陆折笔直地站在树底下，一辆白色豪车停在了他的面前，车窗降下，露出了女人保养得当的脸。

司机替陆折打开了车门。

“苏伯母。”陆折坐进了车子里，礼貌地和苏母打招呼。

苏母点了点头：“专家已经到了，我带你去医院一趟。”

陆折：“麻烦您了。”

车子开得很平稳，没有多久，便来到了全市最好的医院门口。

苏母下车，陆折跟在她身侧。

“在去检查之前，我想先带你去一个地方。”苏母对陆折说道，“你介意吗？”

陆折眸色一沉，摇了摇头，也没有问去什么地方，只是跟在苏母身后。

很快，在保镖的带领下，苏母和陆折来到了住院部。

上到5楼，看着楼道里标注的“渐冻症区”，陆折抿紧了薄唇。

这一层病房住的全是渐冻症患者：有的只能坐在轮椅上，身体萎缩，行动不便；有的已经不能行走，就连呼吸、进食都困难，只能躺在床上，靠着输营养液维持生命。

陆折平静地跟在苏母身后，经过一个个患者的病房。

这时，苏母开口：“陆折，瓷瓷告诉我，她喜欢你。”

她转身去看身后沉默的少年，脸上多了几分不忍之色，但还是问出了口：“你喜欢我女儿吗？”

这时，旁边一个女人推着轮椅上的渐冻症患者从他们身旁经过。

苏母、陆折都看向了那两个人.直到女人把轮椅上的患者推进病房，苏母和陆折才收回目光。

陆折的眸色很冷，紧抿的薄唇几乎失去了颜色，他顿时感觉浑身发麻。

他的梦醒了。

苏母看着沉默的少年，耐心地等待他回答。

“喜欢。”陆折声音有点儿哑，“我喜欢苏瓷。”

苏母对这个答案像是在意料之中，并没有多震惊。

陆折脸色逐渐变得惨白，一张脸显得越发冰冷：“不过请您放心，我不会有过多的想法。”

他比谁都清楚自己的生命不长，从不奢望什么，何况现在是苏瓷的妈妈主动找他，求着他离开她的女儿。

他这样站在黑暗处的人，确实没有资格觊觎苏家的小公主。

苏母听到陆折的话，有些不忍心，但还是继续说道：“阿姨知道你是好孩子，不过你和瓷瓷不适合，这些话本来不应该对你说的，但瓷瓷那孩子喜欢你。虽然她看起来是娇娇柔柔的样子，实际上性子傲得很，也有主见。她第一次喜欢人，要是被我强行阻止，绝对不会听的。”

苏母看着陆折又说：“我找你，是希望你拒绝她。”

温柔的人捅刀子最狠。

陆折安静地听着，眼神有点儿空洞。手臂肌肉抽动着，他无力地应了一声。

苏母松了一口气的同时，对陆折这个少年越发感激，也满是愧疚：“治疗渐冻症的费用会由苏家负担，你不需要担心。”

治疗的费用很高，并不是普通人能承担的。

陆折感觉嘴唇发干，喉咙干涩，声音有点儿沉地说道：“我会还的。”

“不需要还，你帮了苏家这么多，这是苏家该承担的。”苏母性格柔软善良。为了自己的孩子去伤害另一个孩子，让她觉得自己这是很自私的行为。她也讨厌这样的自己……但为了女儿，她可以成为坏人。

不管陆折是不是陆家的孩子，她对陆折的身世都没有意见。而且，她也认为陆折是一个品行很好的孩子。如果陆折身体健康，她必定不会阻拦女儿喜欢他。

可事与愿违，为了女儿，她只能做一个恶人。

苏母带着陆折去见了几位治疗渐冻症方面的权威专家。

陆折进行一系列检查后，最终得到的结果跟以往一样。

自从知道女儿喜欢陆折后，苏母也上网查过一些有关渐冻症的资料。

她了解到，渐冻症患者病发后，一般会在 3 ~ 5 年死亡，只有少数患者的生命能维持到 10 年，极罕见的患者在病发后生命能维持 30 年。

这也意味着，陆折的生命很可能在 3 年内结束。

这也是她不继续放任女儿喜欢陆折的原因。

苏瓷是在晚上才知道苏母带陆折去做检查这件事的。

她看向视频里的少年：“如果知道妈妈带你去医院检查身体，我肯定也会陪你去的。”

她已经好长一段时间没有拿到金色棉花糖给陆折了，也不知道陆折的身体现在恢复得怎么样了。

苏瓷问富贵：“治愈陆折的渐冻症究竟需要多少金色棉花糖？”

富贵：“主人，富贵也不知道。”

苏瓷开始嫌弃它：“为什么你什么都不知道？”

富贵有点儿害羞：“富贵在系统中的年龄相当于人类 3 岁的孩子。富贵还是个孩子。”

它还是孩子啦，主人对它的要求不要太多。

苏瓷呼吸一窒，难怪这家伙又傻又贪吃。

富贵似乎感受到苏瓷的嫌弃之意，赶紧表明：“只要主人多分一些棉花糖给富贵吃，富贵就可以升级了。”

富贵已经不奢望主人把金色棉花糖全都分给它了。现在对它来说，能从主人分给陆折的金色棉花糖里抠出一点点来，就很开心了。

苏瓷问它：“你升级后会多什么功能？”

富贵：“升级后能看到生命值一个月以内的人的死亡原因。”

这一点苏瓷早已经听富贵说过。但现在她没有金色棉花糖，也没办法分给它。

她看着屏幕里面的少年：“陆折，你检查的结果怎么样？”

陆折神色淡淡的：“结果跟以前一样。”

他应该庆幸，自己的病情没有恶化。

他深知渐冻症后期，他的肢体会僵化，身体会萎缩，就像今天在医院里面看见的渐冻症患者一样瘫痪在床上，不能进食，甚至呼吸困难，然后躺着等待死亡。

陆折想过，以后他变成了这副模样，不管苏瓷有没有嫌弃他，他都会离她远远的。

他不希望苏瓷成为今天在医院里推着丈夫的轮椅的那个女人。

然而，终究是他奢望太多。就连现在，他也不能继续陪着她。

“一样吗？”苏瓷眨了眨眼，在床上趴下来，调整了一个舒服的姿势，时不时晃着翘起的脚，“没关系，反正你会长命百岁。”

只要她拿到更多的金色棉花糖给他，他的病就可以好了。

陆折低笑了一声，长命百岁啊……

他不求长命百岁，只求能在她身边多待一年，现在这也成了奢望。

“你笑什么？”少年笑得很轻，但苏瓷听到了。

她喜欢看陆折被她逼得无可奈何又失控的样子，也喜欢看他笑出浅浅的小酒窝的样子。

反正，陆折是什么模样，她都喜欢。

屏幕里的女孩儿黑眸水汪汪的，白皙精致的脸离镜头很近，漂亮又有几分可爱，陆折对着她勾了勾唇。

苏瓷觉得自己好没有骨气啊，怎么陆折笑一笑，她的心尖都颤了？

苏瓷没羞没臊惯了，哪怕红着脸，也要逗他：“陆折，我想舔一舔你脸上的小酒窝，肯定很甜。”

陆折深深地看了她一眼，收敛起了眼底的笑意：“上一次你问我喜不喜欢你。”

苏瓷眨了眨眼。

他突然提起这样的问题，是要跟她告白吗？

苏瓷这样想着，一双眼亮了起来，期待地看着陆折。

陆折白皙的肤色在灯光下有几分惨白，神色越发冰冷：“苏瓷，我不喜欢你。”

苏瓷嘴角的笑意淡去。她看着陆折，凶巴巴地说道：“你一点儿也不会讲笑话。”

“不是笑话。”陆折垂下眼帘，神色冷得过分，“你太娇气，我不喜欢；你经常藏着一肚子坏水儿，我不喜欢；你喜欢捉弄人，我也不喜欢。”

苏瓷从床上坐起，紧握着手机，一双乌眸死死盯着屏幕里的陆折：“你在说谎。我长得这么好看，性格这么善良，你不可能不喜欢我。”

苏瓷死也不相信自己竟然被拒绝了。

这怎么可能？

陆折低声说道：“就连你的自恋，我也不喜欢。”

苏瓷觉得胸口闷得很，像被塞了一大团棉花，堵得心慌、难受。

她有种快要透不过气来的感觉，气愤地问陆折：“你在外面有了新的兔子？”

女孩儿的一句话，差点儿把陆折逼笑。他抬起眼眸，目光幽幽地看着她：“不是！”

苏瓷一向聪明，很快就反应过来了：“是因为今天我妈妈跟你说了什么？”

陆折没有应声。

“我妈妈不让我跟你在一起？”苏瓷像是找到了原因，“你放心，我会跟她沟通的……”

“不是。”陆折打断女孩儿的话，漆黑的眼底黯淡无光，“是我不喜欢你，与任何人无关。”

苏瓷气哼哼地瞪着陆折：“陆折，我生气了。”

她挂断了视频通话，不想再听让她难受的话。

陆折看着退出聊天界面的手机屏幕，脸色在灯光下显得越发惨白。

苏瓷被气到了，丢开手机躺在床上，胸口又酸又涩。她觉得陆折比石头还硬，还冷，石头都能被焐热了，陆折这人却越焐越冰。

怎么会有这样可恶的人？

啊，她气得浑身冒火！

此时，苏父和苏母的房间里，苏父对苏母说道："明早就能出鉴定结果。"

"如果陆折是陆家的孩子，也算一件好事……毕竟他以前受了不少苦。"苏母对陆折既感激又愧疚。

苏父点了点头，抛开对陆沉不爽的情绪，能帮陆折这个少年找回亲人，也算是报答陆折对苏家的救命之恩了。

而这时，门被敲响。

苏母打开门，便看见了站在门外的女儿："瓷瓷，怎么了？"

"妈妈，我有点儿事想要跟您谈。"苏瓷说道。

房间里，苏父笑着问女儿："怎么，你跟你妈妈谈什么秘密，爸爸不能听？"

"这是我和妈妈的秘密。"苏瓷把苏母拉了出去。

关上门后，走廊里有点儿安静，苏瓷直接对苏母说道："妈妈，我之前跟您说过我喜欢陆折。"

苏母心下一紧，知道肯定是陆折跟女儿说了什么。

苏瓷白皙的小脸儿上神色认真："但我没有告诉过您，错失陆折的话，我可能再也不会喜欢任何人了。"

"瓷瓷！"苏母震惊地看着女儿。

"妈妈，我喜欢陆折，希望您不要阻拦我们。"苏瓷神色认真地看着苏母，"因为您阻止不了。"

"瓷瓷！"苏母这回是真的被女儿惊到了。

"如果你是因为陆折的病，这不是问题。"苏瓷不知道怎么解释，"不管陆折的病怎么样，他还有多长时间可以活，我都想跟他在一起。"

"但他会死。"苏母意识到女儿是真的喜欢陆折，并不是说说而已，"如果他死了，你怎么办？"

如果陆折死了，瓷瓷这样喜欢他，那么会不会因为陆折而做出什么傻事？这就是苏母担心的事。

苏瓷反驳："他不会死。"

苏母听到女儿天真的话，摸了摸女儿的头，安抚道："瓷瓷，妈妈知道你喜欢陆折，但陆折告诉我他不喜欢你。"

她相信陆折的人品。他答应她远离瓷瓷，肯定会做到。

苏母的话像无形的刀插进苏瓷的胸口，想起陆折刚才在视频里说的话，苏瓷再也说不出话来。

苏母不忍心看女儿失落的模样，抚着女儿的头发，轻声说道："瓷瓷，你以后会遇到更加喜欢的人。"

苏瓷闷声反驳："不会。"

她丢下这么一句话，就离开了。

第二天，苏父拿到鉴定结果后，直接去了陆氏集团。

陆沉坐在办公桌后，慵懒地靠着椅背，脸上写满了不爽的表情，对着坐在沙发上的苏父嗤笑道："一大清早，你跑来找我做什么？不会是找骂吧？我今天可没有心情骂你。"

昨晚妻子把他赶去了书房睡，他今天的心情可不好。

苏父已经是几个孩子的父亲了，这么多年来，比起陆沉成熟很多，绝不会轻易被对方惹生气："我看出来了，你欲求不满，这一次是被温雅赶出了房门还是被她赶出了家门？"

陆沉被戳中了痛处，狠狠地瞪了苏父一眼："你想说的只是这些？可以滚了。"

"别啊。"苏父把文件袋拿出来，笑道，"我这次是来解救你的。来，你看看这份东西，待会儿别太感激我。"

"你在招呼小狗？"陆沉懒得搭理苏父。

苏父见状笑了："陆沉，你不看的话会后悔一辈子。"

陆沉挑了挑眉，这才站起身来："什么东西？你要是拿一堆废纸耍我，今天就别出这个门了。"

苏父不以为然："你放心，待会儿你看了绝对会感激我。"

陆沉嘲讽地扯了扯嘴角，毫不在意地拿起了苏父掏出来的文件袋。

他打开文件袋，掏出里面的资料，一眼便看到了文件上的几个大字，握着文件的手下意识地便收紧了。

陆沉快速往下看去，直到把最后一个字看完，才沉着脸问苏父：“你什么意思，伪造一份东西来耍我？”

他和苏父从小斗到大，经常整对方。他觉得这次又是苏父在耍手段。

苏父淡定地坐在沙发上：“你不继续往后看看？”

陆沉看了他一眼，才继续往后翻看资料，目光落在后面的一张照片上——那熟悉的眉眼吓得他差点儿软了腿。

他狠狠地看着苏父：“你以为找一个跟我长得相像的人，又伪造这么一份亲子鉴定，我就会相信这人是我的儿子？”

苏父了解陆沉的性格，正如陆沉了解他。他笑道：“陆沉，你不相信的话，可以自己去查。如果不是你儿子之前在火灾时救了我和我妻子，你以为我会有这闲心帮你找儿子？”苏父站起，拍了拍陆沉的肩膀，“花狐狸，这个是不是你的儿子，你去看一眼就知道了。”

看着苏父走出办公室，陆沉一双桃花眼半眯了起来。

房间里，苏瓷是被渴醒的，喉咙又干又涩。

她睁开眼睛，感到一阵头疼，四肢无力。

室内的空调温度冷得她下意识地在被窝里缩了缩身体，忍不住打了好几个喷嚏。

听到自己浓重的鼻音，苏瓷知道自己感冒了。

感冒？

苏瓷下意识地伸手去摸自己的头顶，果然，她的兔耳朵跑出来了。

糟了！

现在她在家里，兔耳朵冒出来了，如果被其他人发现……

苏瓷直接发了视频邀请给陆折。

那边的人很快速地接通了视频。

“陆折，我的兔耳朵跑出来了。”

不用苏瓷说，陆折已经看到女孩儿头上顶着的白色兔耳朵，下意识地皱眉：“你生病了？”

“嗯，被你气病了。”苏瓷理直气壮地诬蔑少年。

陆折问她：“吃感冒药了吗？”

苏瓷摇了摇头，头顶上的兔耳朵也跟着她的动作摇晃着，可爱得让人想捏一捏：“我房里没有感冒药。”

陆折挪开目光，不去看女孩儿的兔耳朵：“你戴上帽子，让人帮你买感冒药。”

苏瓷又摇了摇头：“不行，妈妈知道我感冒，肯定不放心，会送我去医院或者让家庭医生过来给我看病。”

陆折沉默了几秒，说道：“我去买药，待会儿送给你。”

“我要去找你。我不能待在家里，这里人多口杂，太容易暴露了。”

陆折到底担心女孩儿的病，把住处的地址告诉了她。

挂断视频通话后，苏瓷赶紧起床换衣服，洗完脸，看着镜子里顶着一双兔耳朵的自己，忍不住自我欣赏了几眼，本来就漂亮的一张脸，加上一对兔耳朵，简直就是小妖精。

从洗手间里出来，苏瓷戴上帽子，然后下了楼。

她用帽子将头上的兔耳朵遮严实，让司机准备车子开去陆折的住处。

车子开到小区门口时，苏瓷已经看见铁门旁站得笔直的少年。

现在已经将近中午，周围又没有遮阳的地方，陆折就这样顶着烈日等着她。

下车后，苏瓷快步走到陆折身前：“你怎么不在树荫下等我？”

女孩儿的鼻音有点儿重，她确实感冒了。陆折伸手去摸她的额头，体温正常，没有发烧。

他收回手，问她：“吃早餐了？”

苏瓷摇了摇头。

“先吃点儿早餐，再吃感冒药。”陆折带着她往小区里面走去。

苏瓷乖乖点头。

她第一次来陆折新租的房子。对比在D市那边的房子，她发现这个房子的面积大了很多，光线也明亮，周围打扫得干净，虽然简陋，但看着舒服。

“过来吃早餐。”陆折将刚煮好的粥端了出来。

苏瓷拿掉头上的帽子，一双白白软软的兔耳朵立刻冒了出来，惹得那边神色冰冷的少年多看了她一眼。

苏瓷一下子就注意到了。

她想起昨天陆折说不喜欢她的话，她的气还没有消呢。

苏瓷站在沙发旁，没有走过去。她今天穿着一条白色连衣裙，跟头上的白色兔耳朵特别相称。

她看了陆折一眼，故意说道："没胃口，不想吃。"

"吃药前要吃点儿东西垫肚子。"

"昨晚被你气饱了，"苏瓷眼神幽怨地看着他，"现在还没有消化。"

陆折沉声说道："先吃早餐再吃药，兔耳朵才会收回去。"

苏瓷现在哪里还愿意理会耳朵的问题？

她走到陆折面前，直勾勾地看着他："我被你气得要哭了。"

下一秒，她突然就红了眼眶。

在家里哭没有用，要哭，她就要当着陆折的面哭。

看着陆折突然变得慌乱的神色，苏瓷知道自己的哭技没有退步。

苏瓷说哭就哭，陆折被吓到了，漆黑的眼底多了几分惊慌之色，胸口处像是被人用力捏了一下，又酸又痛。

他赶紧认错："对不起。"

苏瓷不光红了眼，还逼出了泪花，泪珠子挂在眼眶里要掉不掉的，好不可怜。

不是苏瓷自夸，她是专门学过哭技的，知道自己怎么哭哪个角度最好看，还最可怜。

此时她红着眼睛，溢满泪花的黑眸就这样看着陆折，抿着红唇，也不吭声，无声哭泣的可怜样子简直能逼疯人。

陆折见过苏瓷撒娇的模样，也见过她故意使坏的模样，这是第一次看见她哭。

他的脸上哪里还有半点儿清冷之色？

陆折惊慌地伸出手，想要去擦拭女孩儿挂在睫毛上的泪珠，声音低沉，语气紧张又带着不自知的温柔之意："我错了，团团别哭。"

苏瓷红着眼睛看着他，站得有点儿累了，哭着还不忘撒娇："抱我。"

陆折哪里还会拒绝她，将人拉到旁边的椅子上。他刚坐下，苏瓷便自发自觉地侧坐在他的大腿上了。

苏瓷原本就感冒了，现在还要哭，鼻子塞得慌，很是难受。她可怜地吸了吸鼻子，闷声闷气地问陆折："你错在哪里了？"

陆折扶着女孩儿的腰免得她坐不稳，听到女孩儿的问话，低声说道："哪里都错了。"

惹她哭，就是他的错。

苏瓷轻哼了一声，平常悦耳的声音带着鼻音，可怜又可爱："你昨晚说我太娇气，你不喜欢。"

他的话，她都记在小本本上了，现在开始算账。

陆折对上女孩儿红红的眼睛。

顶着头上耷拉下来的兔耳朵，她现在像是一只可怜的兔子精。

他沉默了一下，回道："骗你的。"

苏瓷继续控诉："你还说，我经常藏着一肚子坏水儿，你也不喜欢。"

陆折眼神深沉："是我骗你的。"

"你说我喜欢捉弄人，你不喜欢，还有，你讨厌我自恋。"苏瓷的一双红眼睛直勾勾地瞪着他，她还是很气。

她就没有优点？

陆折叹了一口气，低头抵上女孩儿的额头："对不起，都是骗你的。"

苏瓷上一秒胸口还气鼓鼓的小气球直接被戳破了。这样四目相对，交换着呼吸，她哪里还生得起气？

她真的没有骨气。

"我以后的时间不多了，不能一直陪着你。"陆折冷漠的神色变得柔和，"你可以找到更好的人。"

上一秒刚瘪下去的小气球一下子又鼓了起来，苏瓷眼睛泛红地瞪着他："你让我找更好的人？所以，你希望我像亲你一样亲别人？还是你希望我像靠在你怀里这样被别人抱？你……"

"团团！"陆折打断女孩儿的话，目光黯下。

光听着苏瓷的话，他都忌妒得浑身发疼。

苏瓷哼了一声，软软地趴在陆折的怀里，手捂在他的胸口处："陆折，你这里难受吗？"

她昨天听了他的话，胸口堵得慌。

陆折的下巴贴着她的额头，他无力地轻喊了一声："团团。"

从知道自己患了绝症开始，他一直顺其自然地活着，哪天病发活不下去了也没有关系。

而现在，他贪心地希望自己能活久一点儿，病发的丑态能来得晚一点儿，待在苏瓷身边的时间多一点儿。

苏瓷手上用力，掌心贴着他的胸口，感受着里面那颗心猛烈地跳动着："陆折，我保证，你不会死。"她抬头看着他，继续说，"你不信，我们可以等 1 年、2 年、3 年，甚至更长的时间，你肯定会活得好好的。我不是跟你说过，我是你的天使吗？"

"团团。"陆折只觉得自己被捂住的胸口发烫。

"我现在重新问你一遍，你喜欢我吗？"苏瓷认真地看着他。

女孩儿眼角依然泛红，像是点了桃花色胭脂，头顶的兔子耳朵无力地耷拉了下来，可爱又可怜。

陆折抿了抿唇，喉咙发干，想到昨天答应她母亲的事，又想到她刚才无声流泪的样子，眸色黯了下来："嗯。"

苏瓷眼睛一亮，嘴上不满地说着："'嗯'是什么意思？我听不懂。"

陆折的薄唇贴着她粉嫩的兔耳朵，他语气温柔又无奈："喜欢。"

他现在说的话，才是真的。

苏瓷觉得自己的手掌心下的一颗心跳动得厉害，瞬间笑弯了眼眸。

"陆折，你说你是不是第一次见到我的时候就喜欢我了？"苏瓷忍不住开始得意忘形。

陆折轻笑出声："我第一次看见你时，你在垃圾桶旁，脏兮兮的一团。"

那是陆折捡到她时的情形。

苏瓷不服气，继续问道："是不是我第一次变成人的时候，你就被我惊艳到了？"

见女孩儿不依不饶，陆折一点儿脾气也没有："不是。"

什么时候喜欢她的，他也不知道。

苏瓷没好气地瞪了他一眼。这人都把她惹哭了，就不会说点儿好听的话哄哄她？

陆折像没有看到她哀怨的神色，搂紧她的腰，低声说道："昨晚我的那些话都是骗你的，但我不能跟你在一起是真的。"

苏瓷不悦地看着他。

陆折轻抚苏瓷细软的头发，继续说道："可能还有一年，又或者还有两年，团团，这样你还要跟我在一起吗？"

"要！"她肯定要跟他在一起啊。

听到苏瓷肯定的回答，陆折勾了勾唇，漆黑的眼睛微亮。

陆折越发搂紧她，薄唇发干："我会待在你身边，但我们不公开关系。如果将来你找到更喜欢的人……我会主动离开。"

这是他仅剩的底线了。

苏瓷微抬下巴，一口咬在他的喉结上。

她咬得不痛，但这种刺激感让陆折有些失控："团团。"

苏瓷松开嘴巴，看着少年清俊的眉眼，问他："你这是要做我的地下情人吗？"

陆折垂眸。

"随便你。"苏瓷应了下来，反正他们在一起就行。

在苏瓷看来，现在不管她怎么说陆折不会死，都不会有人相信。

她只能快快多攒一点儿金色棉花糖治好陆折。

解决完问题后，苏瓷吸了吸鼻子，闷声说道："陆折，我饿了。"

陆折伸手去碰饭桌上的碗壁，感觉到还是温热的："吃早餐？"

"你喂我。我被你气得生病，现在全身无力，你要好好照顾我。"苏瓷哭得快，收得也快，又变回了磨人精。

陆折一点儿脾气也没有："我没有喂过人。"

苏瓷笑了："没关系，我也没有被人喂过，正好我们都是第一次。"

陆折漆黑的眼里泛起了笑意。

苏瓷发现陆折吃了金色棉花糖后，不光走路的时候不跛了，就连他之前冰冷的脸上也有了不少光彩，虽然神色还是冷冷的，但以前被冰封的五官像是活过来了，更加清俊出尘。

她忍不住伸手摸了摸少年帅气的脸，直白地说道："陆折，我好想亲亲你，不过我现在感冒了，就暂时放过你吧。"

免得她把病毒传染给他。

她太善解人意了。

陆折低头，在苏瓷惊讶的目光中主动亲了亲她的唇："吃早餐。"

一顿早餐吃下来，苏瓷不仅坐在陆折的大腿上，还被他亲手喂，吃得很满意。

吃过感冒药后，苏瓷想睡了。

"这里有两个房间，其中一个是给我准备的吗？"苏瓷问陆折。

"嗯。"哪怕知道她现在已经有了苏家，他还是给她准备了房间。

苏瓷笑了起来，打开房门，发现里面已经布置好。

窗帘是杏黄色带着浅浅的碎花，分别挂在两侧，明亮的光线从小阳台外透进来，室内一片光亮。房子中间摆放着一张大床，上面铺着浅粉色的床单和被单。整个房间摆设简单，却很温馨舒服。

苏瓷踩在纯白的长毛地毯上，看见窗台上还摆着几个绿色的小盆栽。显然，陆折花了不少心思帮她布置房间。

苏瓷走到衣柜那边，打开衣柜门，惊讶地发现里面全是她在D市那边的衣物："你把我的衣服都带过来了？"

"嗯。"她的东西，他不想遗落在其他地方。

苏瓷拉开抽屉，里面放着叠得整齐的内衣裤。她不怀好意地看向陆折："我的内衣裤你也带来了？你还帮我叠好了？"

陆折移开目光："嗯。"

苏瓷看着少年泛红的耳尖，笑得得意，一双黑眸亮亮的："陆折，你这是有多喜欢我啊？"

"小人得志"这个词在她身上体现得淋漓尽致。

这时她躺在床上，要求陆折陪睡，还要求他讲故事。

"我只会讲《龟兔赛跑》的故事，你要听？"

苏瓷瞥了他一眼："那你唱歌吧。"

他声音好听，唱歌肯定也好听。

"我只会唱国歌。"

苏瓷吸了吸鼻子，将头埋进他的怀里，闷声说道："算了，我睡了，你抱紧一点儿。"

"好。"

他怀里的女孩儿逐渐安分下来。

也不知道过了多久，苏瓷睡着了。

陆折低头，伸手摸了摸她耷拉下来的柔软兔耳朵。

对苏伯母的承诺，他只能食言了。他想再陪苏瓷一年。

他偷了苏家的宝贝，这样自私又卑鄙的人，死后会下地狱吧？

到了晚上，苏瓷的兔耳朵还是没有收回去，她便打电话回家，告诉苏母自己心情不好，出去散散心。

苏母以为是自己阻拦女儿喜欢陆折这件事让女儿不开心了，一阵心疼却依然没有改口。女儿现在还小，等以后遇到更多的选择，会逐渐放下陆折的。

第二天，陆折早早起来做好早餐，留了一张字条在饭桌上便出门了。

上一次场地的事情被何尔盟搅崩，他和方老板还没有找到合适的场地。今天他们约好了一位中介工作人员，准备去看其他的办公场所。

这一次陆折和方老板挑选的场地距离市中心有点儿远，不过这栋大厦是新建的，环境很好，为了招商，租金也便宜不少。

方老板看了很满意，立刻问中介什么时候签订合同，希望早点儿把场地定下来，才能继续开展后面的工作。

“如果您愿意，我立刻回公司把合同打印出来，今天就能签订合同。”中介工作人员没有想到客户这么着急。

“就今天。”经过上一次的事，方老板算是怕了，为了避免夜长梦多，还是赶紧签下合同比较好。

陆折没有什么意见。

这时，中介工作人员突然接到一个电话。

方老板看着对方唯唯诺诺的表情，有种不好的预感。

中介工作人员挂了电话，说道：“很对不起，我老板打电话来说这一层楼早已经有人租下了，是我弄错了，对不起。”

果然是不好的事情，方老板皱眉：“这样的事情你怎么能弄错？我们谈了这么久，快要签合同了，你才来说弄错？”

中介工作人员有点儿不以为意：“很抱歉。”

方老板咬了咬牙：“你带我们去看楼上的那一层。”

刚才中介工作人员说七、八层还没有租出去，方老板有点儿讲究风水意头，七上八下，所以挑了第七层。

现在第七层被租掉，他只能看第八层。

“很抱歉，第八层也被租出去了。”

“你们公司是什么意思？刚才说第七和第八层都是空着的，转眼你就告诉我已经被租掉了？你们公司是要人玩儿吗？”方老板厉声质问对方。

明明谈好的事情，又被反悔，谁也会生气。

陆折抿紧薄唇，想到了什么。

下一秒，门外有人走了进来。

“就是要你们玩儿，你们又能怎样？”进来的人是何尔盟。

他早派人监视着方老板和陆折，他们找到哪家的场地，都会有人向他汇报。

他就是要玩儿死陆折。一个什么东西都没有的短命鬼，还想学人创业？

何尔盟神色嚣张：“我说过，不管是何家还是其他地方的办公楼，你们都别想租。”

方老板一阵气急：“你……”

“怎么，你们想打我？”何尔盟对上陆折冰冷的目光，扯了扯嘴角。

外面两个穿着黑色西装的保镖走了进来，笔直地站在何尔盟的身后。

上一次是他低估了陆折这个短命鬼的身手，吃了亏。这一次他有备而来，身后的保镖都是一等一的好身手。

“小折，我们走，不要在这里浪费时间。”方老板看着何尔盟身后的两个保镖，明白他们不能跟何尔盟硬碰硬。

说完，方老板一手抱着小快乐，一手拉着陆折离开，好汉不吃眼前亏。

看见方老板和陆折要走，何尔盟挑了挑眉，开口道：“过段时间瓷瓷过生日，到时候我会出席她的生日宴会，做她的舞伴，而你这样的短命鬼，别说参加宴会，连进入苏家的资格都没有。”

妄想一步登天吃天鹅肉，这样不自量力的人他见多了。

陆折脚下一顿，神色发冷。

“小折，别理他。随他怎么说，你知道小瓷喜欢的人是谁就够了。”方老板还真担心陆折会失控地跟何尔盟打起来，毕竟何尔盟身后有两个高大的保镖。

他们是普通市民，遇到这样仗势欺人的富家子弟，除了忍耐又能怎么样？他们真要争一口气，只是鸡蛋碰石头，自讨苦吃。

方老板是能屈能伸的人，使劲推着陆折离开。

从大厦出来后，方老板深深地舒了一口气，拍了拍陆折的肩膀：“没事，这一次谈不成，我们再找其他地方，创业开头确实难。再说了，何家也不能一手遮天，我就不信他能一直盯着我们。”

陆折说道：“他要针对的人是我。”

“那个何少爷就是疯狗，我们别理会他。他要不是命好，生在豪门，估计什么都不是。”方老板吐槽了一番，“除了长得帅一点儿，家里有钱，他还有什么？你放心，小瓷眼光好，绝对不会看上他。”

陆折想到住处里的苏瓷，冰冷的脸色柔和了下来：“嗯。”

“我们回去吧，今天看来是不行了，明天再找找。”方老板牵着小快乐的手：“儿子，回去爸爸给你做好吃的，好吗？”

小快乐乖乖地点了点头，奶声奶气地应着：“好。”

正当陆折和方老板要离开时，一辆黑色的豪车突然霸气地停在了他们的面前。

这样的豪车在平时很难见到，方老板不由得多看了一眼，不得不说，B 市有钱人真是很多。

此时，车窗降了下来，露出男人精致的侧脸。

方老板看了看男人，下意识地又看向旁边的陆折，惊讶地发现，陆折竟然跟车里面的男人有几分相像！

车子里，陆沉看着窗外的少年，跟照片一样，对方的眉眼长得很像他。

陆沉走下车，身上穿着一身宝蓝色的定制西装，既帅气又惹眼。他站在陆折面前，半眯着眼看向对方：“陆折？”

他昨天看到苏父给的资料后，立刻派人调查了一番，已经拿到陆折的部分资料，知道这个少年出身儿童福利院。

如果这件事不是苏父使的计谋，这个少年还真有可能是他的儿子。

陆沉信不过苏父给的亲子鉴定报告，所以要带这个少年亲自去做一次鉴定。

“如你所见，你该知道你长得和我很像。”陆沉发现这个少年虽然眉眼与他像，但气质完全不一样，有几分像老爷子。

方老板愣了愣。这是怎么回事？陆折的亲人找上门了？

陆折神色淡淡地看了对方一眼：“有事？”

“当然有事，你是孤儿，我丢了一个儿子，走，我们去做亲子鉴定。”陆沉毫不拐弯抹角。

虽然还不确定，但陆沉有种感觉，面前这个少年就是他的种。

陆折直接拒绝：“不去，我没有亲人。”

“你知不知道我是谁？”陆沉挑眉，40 多岁的男人依然妖孽，“我是陆家的掌权人，如果你是我的儿子，你知道这意味着什么。”

旁边的方老板震惊不已。

陆家？之前他了解苏瓷的家世时，顺道在网上查了一下陆家的信息，这两家在国内的知名度很高，何家放在这两家面前是不够看的。

刚才他还在感叹何尔盟那个纨绔子弟凭着出身好仗势欺人，现在一个大反转，陆折竟然有可能是陆家的人？

方老板觉得自己此时此刻脑子不能好好思考了。

这样的反转剧情也太刺激了。

陆折冷冷地说道：“陆家与我无关。”

陆沉神色意外地多看了面前这个少年一眼，少年还真有几分自家的老头子那清高又自傲的模样。

“不管陆家与你有没有关系，我都要带你去做亲子鉴定。”陆沉越看陆折越觉得这是他的种。

“我不会去。”陆折对旁边的方老板说道：“方叔，我们走吧。”

“啊？”方老板回过神来。

他们就这样走了？两个人长得这么像，说不定还真是父子。

虽然想劝陆折去做亲子鉴定，但这是陆折的事情，他并不能过多干涉。

“先生，我们要跟上去吗？”司机跟在陆沉身旁，禁不住神色激动起来。

他是陆家的老人，知道自从少爷丢了后，这件事就成了先生、太太还有陆老爷子心里的一道伤口，而且是永远不会痊愈的伤口。

刚才离开的那个年轻人极有可能就是陆家的孩子。

“跟啊。”陆沉想到昨晚自己又被妻子赶去书房，摸了摸下巴，开口道，“老曹，那孩子是不是很像我？”

司机老曹连忙点头：“像，除了眼睛、鼻子，嘴巴最像。”

“行了，你开车跟在他们身后，他不愿意做鉴定，就押着他去。”陆沉笑道。

“先生，少爷可能是一时震惊，还不能接受事实，先生你千万不要吓退少爷。”老曹深知陆沉的性子——陆家也只有太太能治他，就连老爷子也管不住他。

陆沉挑眉：“亲子鉴定还没有做，你就已经喊上少爷了？”

老曹满脸的喜色：“肯定没错。”

这里距离小区不是很远，所以陆折和方老板走路回去。

车子一直慢悠悠地开在陆折和方老板身后。

方老板忍住回头的冲动，说道：“小折，那辆车子一直跟在我们身后。”

“不用管。”

“小折，你为什么不答应那个人去做鉴定？如果他真是你父亲……”

陆折打断了方老板的话：“方叔，在知道自己有这个病后，我就已经打消找亲人的念头了。”

方老板神色一震。他张了张嘴，却发不出声音。他能说什么？

陆折就算是对方的儿子，相认了，又还有几年的命？他认了亲人，又要让家里人承受失去他的痛苦？

与其这样，他的亲人还不如不知道孩子在哪里，至少能幻想他活得幸福。

方老板替陆折心酸得眼角泛湿，陆折这孩子要是能自私一点儿该多好。

车子跟着陆折来到小区外，陆沉下车，看着周围的环境皱了皱眉。

看见陆折走进楼里，他继续跟了上去。

苏瓷的感冒还没有完全好，头顶上的兔耳朵还没有收回去。

她看了陆折留下的字条，知道他有事外出，便乖乖地吃他做的早餐，等他回来。

在她无聊得想打电话给他时，门铃声突然响起。

陆折回来了？

不对，陆折有钥匙，应该不会按门铃。

苏瓷回房将帽子戴上，确保自己的兔耳朵不会露出来后，才去开门。

将门打开，看见外面站着的高大少年，苏瓷这才高兴地上前扑进他的怀里："你回来了。我等你等得快要发霉，你亲我一下做补偿。"

"团团，"陆折接住她，脸上多了几分不自在之色，"站好。"

苏瓷被陆折扶着腰，正要不满时，不经意地对上了门外一双含笑的桃花眼。

还有其他人在？

陆沉摸了摸下巴，收敛起眼里的讶异之色："苏盛国的女儿？"

苏父经常向陆沉炫耀自己的女儿，陆沉当然认得苏瓷。放眼全国，又有几个人能长成苏家宝贝这样的容貌？苏父炫耀女儿不是没有道理的。

而现在，苏盛国的女儿好像跟他这个还没有确定的儿子在一起？

陆沉想到苏父知道这件事后跳脚盛怒的样子，递了一个赞赏的目光给陆折，不愧是他的种。

苏瓷看着陌生的男人，惊愕地发现对方的眉眼竟然跟陆折有几分相像！

有外人在，她没有继续赖在陆折的身上，小声问陆折："他是谁？"

"不认识。"陆折带着女孩儿走进屋去。

"怎么会不认识？我刚才说了，我有可能是你爸爸。"陆沉有种自己被嫌弃的感觉，上前想要说什么，然而下一秒，门直接被关上了。

陆沉愣住了。

"老曹，"陆沉问不远处守着的司机，"我记得这么多年来，不少人打着坏主意上赶着冒认我儿子，又或者想被我收养，怎么现在还有人不想成为陆家的孩子？”

老曹笑道：“少爷不贪富贵，品性纯良，其他人跟少爷没办法比。”

陆沉扯了扯嘴角，眼里多了几分悦色。

“少爷不愿意做亲子鉴定，接下来要怎么办？”老曹觉得里面的这位少年就是陆家丢失的少爷。

这时，住对面的方老板提着一袋垃圾走了出来，没想到那位陆家人还没离开。

他点了点头打招呼。

“等一下。”陆沉喊住对方。他刚才看见这个男人跟陆折走在一起，两个人好像很熟悉。

“陆先生有事？”

陆沉问他：“你跟陆折很熟？”

“我们认识将近两年了。之前我是他的老板，他在我的店里打工。”眼前这人如果是陆折的父亲，方老板还真想让对方心疼一下陆折这个孩子。

陆沉皱眉：“打工？”

他让人去调查了陆折，暂时只拿到部分资料，其他的信息还没来得及调查。

“他无父无母，只能靠打工养活自己。”

陆沉眼里的笑意消失：“我想知道陆折的事。”

方老板一脸为难的表情：“这是陆折的私事，我不方便透露。”

“就算你不说，我让人去调查只是时间上的问题而已。与其这样浪费时间，还不如由你来告知我。”

客厅里，被陆折带进门后，苏瓷一脸惊讶的表情：“那个人是谁？他竟然认识我！”

不对，应该说他认识她爸爸。

“陆折，你发现没有，他跟你长得很像。”

“吃过早餐了？”陆折摸了摸她戴着帽子的头。

他按门铃是为了提醒她。她果然聪明，知道戴上帽子才开门。

“吃过了。”苏瓷不满，“你在逃避我的问题。”

陆折又问她："感冒好点儿了？"

苏瓷鼻音没有那么重了："好了一点儿，你还没有回答我的问题，我刚才听那个男人说他可能是你爸爸，这是怎么回事啊？"

陆折伸手过去把她头上的帽子摘掉，见两只毛茸茸的兔耳朵竖了起来："吃药了？"

"吃了，你快回答我的问题。"苏瓷好奇死了，而陆折迟迟不回答她的问题。

陆折看着苏瓷的兔耳朵，告诉她："我不认识他，他要带我去做亲子鉴定。"

"你答应了？说不定他真是你的父亲。"

否则，他们的眉眼为什么会有几分相像？

"我没打算找回亲人。"

"为什么？"

抚摩着苏瓷的头发的手顿了顿，陆折忍不住捏了捏女孩儿粉嫩的耳朵尖。

"陆折。"苏瓷瞬间软了腿，无力地靠在陆折的怀里。

陆折低头，吻了吻她的耳朵尖，才低声说道："我的时间不多了，我只陪着你不好吗？"

苏瓷趴在陆折的怀里，听到陆折的话，她的眼睛亮了起来，高兴的同时她的心情又有点儿苦涩："好。"

苏瓷很聪明，看透了陆折的想法："陆折，你不要想太多。你不会死，有资格享受家人的疼爱。而且抛开生死这个问题不说，你真的不想找回家人？"

刚才那个男人认识她爸爸，显然身份不俗，如果认亲对陆折有好处，苏瓷倒是希望陆折找回亲人。

青春的年纪，她希望她的少年活得肆意快乐，而不是为了赚钱奔波劳累。

当然，陆折不愿意认亲人也没有关系，以后她可以养他。

陆折垂着眸，指尖拨着掌心里的兔耳朵，声音低低的："不想。"

他也不敢想。

苏瓷愣了愣，眨了眨眼，心里发酸，又有点儿懊恼，对着陆折坚硬的肩膀轻咬了一口："都说了，你别捏我的耳朵！"

她快要站不稳了。

陆折低笑出声，左侧脸上浅浅的小酒窝跑了出来，眉眼间少了几分冰冷之色，终于有了真实的少年感："对不起，没忍住。"

苏瓷觉得自己特别没有定力。陆折一笑，她浑身更无力了。

而此时方老板那边，陆沉正听他讲述陆折的事。

当陆沉听到陆折患有渐冻症时，脸上哪里还有半点儿笑意？他目光锐利地看着方老板："他有渐冻症？"

就连站在一旁的老曹心里也"咯噔"沉了一下。

"陆先生，你以为小折为什么不愿意跟你做亲子鉴定，为什么不愿意找回亲人？"方老板替陆折难受，"他知道自己的时间不多了，不想找了家人，又让家人失去他。"

这样谁受得了？

老曹听得眼角泛湿，他们家少爷吃了不少苦头。

别家的豪门子弟生活肆意，要什么东西没有？他们家少爷却吃着苦长大，现在还身患绝症。

老天爷这是要绝了陆家的后路？

陆沉眸色深沉，身上早已经没有了慵懒气息，声音罕见地变得沉重："他还有几年时间？"

"小折已经患病将近 1 年。"方老板说着陆折的情况，嘴里发苦，"渐冻症患者病发后，一般只有 3 年左右的寿命，少数有 5 年。"

方老板看着面色难看的陆沉："陆先生，今天你说小折有可能是你儿子时，我是真替陆折高兴。这孩子性子冷，但一颗心是热的。假如你是小折的父亲，假如想认回这个儿子，请务必好好对待他。"

一旁的老曹再也忍不住，擦了擦眼泪："先生，我们赶紧把少爷带回去吧。"

陆沉没有应声，大步往外走去。

回去的路上，老曹从后视镜里看了一眼车后座上的陆沉，欲言又止。

这时，陆沉开口："老曹，今天的这件事不能透露出去。"

老曹震惊："先生，你不打算把找到少爷的事情告诉太太和老爷子吗？”

要知道太太一直很惦记少爷，而老爷子年纪大了，总想见孙子一面。

陆沉捏了捏眉心：“还没有确定他是不是我的儿子，我会找机会跟他们说。”

老曹张了张嘴，只能应下。

陆家的老宅子地处市中心，却幽深清静，院子里的假山流水、花花草草的布局都是精心设计的，每一处景色都恰到好处，而且风水寓意很好。

陆沉走进屋里，管家上前接过他的外套。

“太太呢？出去了？”

管家毕恭毕敬地汇报着：“先生，太太在楼上，今天没有出去。”

陆沉单手解开了领口处的两颗纽扣，往楼上走去。

他推开房门，却没有发现妻子，洗手间里没有，衣帽间里也没有。

陆沉往外走去，意外地发现自己的书房的门被打开了，想到自己昨晚看完还没有收拾的资料，心猛地一跳，赶紧走进书房。

看见站在书房里的纤细身影，陆沉觉得自己的一颗心快要从喉咙里跳出来了。

“雅雅。”陆沉喊了妻子一声。

温雅转过身来，手里拿着一份资料。她一把将资料丢在书桌上，红着眼睛怒目看向陆沉。

就在温雅开口的前一秒，陆沉“咚”的一下，熟练地在她面前跪了下去：“雅雅，我错了。”

反正妻子不爽，就是他的错。

温雅一张明艳的脸上怒气半分未减：“你什么时候找到我儿子的？”

陆沉起身，赶紧走到妻子身旁：“就昨天，我昨晚才拿到这些资料。我没有要瞒你，只是还没有确定他是不是我们的儿子，担心给你希望，最后希望又落空。”

温雅听着丈夫的解释，怒意才稍减，眼睛依然红红的：“那现在呢？你确定了吗？”

“他不愿意做亲子鉴定。”陆沉声音沉了下来，眸色变得黯淡。

原本他想暂时隐瞒这件事的，没想到被妻子发现了。

“为什么？”温雅错愕不已。

陆沉神色复杂地看着妻子，一字一句地开口：“他有绝症，不想认亲。”

温雅感觉脑袋“嗡”的一声，一阵眩晕，整个人蒙掉了。

“雅雅！”陆沉扶住妻子，“他不一定是我们的……”

温雅漂亮的眼睛被泪蒙住了：“他在哪里？我要见他。”

“我已经去见过他，他并不想理会我。”陆沉心疼地帮妻子擦着眼泪，“你先平复心情，我明天带你去找他。”

他还真担心妻子会伤心得晕过去。

温雅深吸了一口气：“不，我现在就要去见他！”

陆沉对妻子一向唯命是从，抽过一旁的纸巾继续帮妻子擦着眼泪：“行，我带你去见他。他不愿意去做鉴定，我就让人押着他去。”

“你敢欺负儿子，就睡一个月的书房。”温雅哭着骂他。

陆沉小声嘟囔：“说不定他不是我们的儿子……”

温雅推开他：“我先去换衣服，你赶紧让人准备车子。”

车子里，老曹才刚听陆沉吩咐不要将这件事外传，要瞒着太太，没想到转眼间先生自己爆了出去。

不过，也只有太太能将先生拿捏得死死的。

“你说，待会儿儿子看见我，会不会嫌弃我老了？”温雅又紧张又伤心。一转眼儿子长大了，她也成了中年妇女。

“不会，你在我眼里是最漂亮的。”陆沉最会哄妻子，情话张嘴就来。

温雅的长相偏明艳高傲，眉目极有风情，加上她保养得当，不仅没有一丝老态，反倒更有女人味。

温雅心里全是儿子，根本没有心思去理会陆沉的甜言蜜语。

陆折正陪苏瓷睡午觉。女孩儿浑身发软地靠在他的怀里，一双兔耳朵被他反复轻捏。

“陆折。”苏瓷的一双黑眸像是能沁出水来，她可怜巴巴地开口，“我错了。”

陆折轻勾薄唇，指尖捏着她软软的兔耳朵，并没有松开：“还闹不闹了？”

她的胆子越来越大了，而且她尽爱逗弄人。

“我没有闹。”苏瓷眨了眨水色潋滟的眼眸，“我喜欢你的小酒窝，才舔的。”

陆折眼神一沉，捏着她的耳朵的手微微用力，苏瓷就差软成水了。

“团团，你是不是以为我不会对你怎么样？”

她就是这样认为的。

不过现在她的兔耳朵在少年的手上，她不敢应是。

“不要捏，我错了。”一向磨人的苏瓷软软地求饶着。

她眼泛水光，原本白皙的小脸儿透着浅浅的粉色，眼角下的小泪痣勾人得很。此时的她像是勾人魂的狐狸精。

要是别人看见苏瓷的这副模样，听到她这样乖巧地服软，早就丢了三魂七魄，但这并不包括陆折。

他用指尖轻轻地从女孩儿的兔耳朵上刮过，直逗得她的兔耳朵颤了又颤，好不可怜。

下一秒，陆折低下头，凑近她的兔耳朵，薄唇微张，一口含住了女孩儿的耳朵尖。

苏瓷不可思议地瞪大了眼睛，不仅耳朵轻颤，就连身体也颤了起来。

呜，她要被刺激死了！

而这时，门铃声响起。

陆折松开了苏瓷的耳朵，看着神色愣愣、眼尾泛红的苏瓷，勾了勾唇，压着声音问道：“知道教训了吗？”

她太作了。他总得让她尝点儿苦头，她才会收敛。

苏瓷乖乖点头。

陆折这才起身去开门。

门外站着的人自然是陆沉和温雅。

陆沉已经见过陆折了。温雅看着眼前眉眼与丈夫相像的少年，哪里还忍得住？

她一把抱住陆折：“乖儿子，妈妈终于找到你了。”

温雅这一辈子的泪水，几乎都是为儿子流的，就连当初要跟陆沉离婚的时候，她的眼睛都没有红一下。

“雅雅，我们还没有确定他……”陆沉看见妻子抱着陆折痛哭，想要上前将人拉开。

温雅紧紧抱着陆折不放：“不用鉴定，他就是我们的儿子。他左边的耳朵上有一颗小痣。”

陆沉左边的耳朵上也有一颗小痣。以前她跟母亲说过儿子不仅长得像陆沉，就连耳朵上的小痣也跟陆沉长在了同样的位置。她还吃醋来着，说儿子长得偏心。

陆沉往陆折的左侧耳朵看去，这才留意到陆折的耳垂上确实有一颗小痣。

其实，在第一眼看见陆折的时候，陆沉的心里已经有了计较，但他做事求稳，而且这件事还经了苏父的手，便不得不再三确认。

现在看来，陆折还真是他的儿子。

温雅明艳的脸上满是泪水，像是要把十几年来对儿子的想念之情全部发泄出来。

陆折任由对方抱着他，双手无力地垂下，垂着眼眸，不知道在想什么。

而对面被动静惊扰的方老板开门出来，看到眼前的一幕，哪里还不知道是怎么回事？

看来，陆折还真是陆家的孩子，他的亲生父母都找来了。

“爸爸，她为什么要抱着陆折哥哥哭啊？”小快乐探出了小脑袋。

方老板推着儿子进去：“因为她在开心。”

温雅抽噎不止，陆沉看不得妻子哭得这么伤心，赶紧上前扶住妻子：“好了，好了，找到儿子，我们好好谈，你这样反倒会吓到儿子。”

温雅这才松开陆折，红着眼对陆折解释：“妈妈是太想念你了。”

陆折垂在两侧的手发麻，低低地应了一声：“嗯。”

客厅内，温雅已经平复好情绪。她看过陆沉调查的资料，知道儿子在儿童福利院里的情况，一想到自己捧在手上的乖儿子吃了这么多苦头，鼻子一酸，又想落泪了。

“儿子，对不起，妈妈和爸爸这么晚才找到你。”温雅目光直直地看着陆折。

一转眼，她的儿子已经长得这么大，还这么帅气，她都没有好好陪在他身旁。

陆折喉咙发干，抬眸看向面前这对夫妻。哪怕他不承认，但血缘关系之间的感应是不一样的。

“我知道这对你来说很突然，但你确实是我们的儿子。是我们以前没有保护好你，把你弄丢了，妈妈真的对不起你。”

温雅嫁给陆沉前是温家的千金，性子也高傲。没有人能让她低头，唯独儿子例外。

“你能喊我们一声吗？”温雅渴求地看着他。

陆折站起身，看了温雅和陆沉一眼，走回了房间。

温雅害怕地问丈夫：“儿子是不是不愿意认我？”

陆沉紧紧握住妻子颤抖的手：“他只是一时间不能接受事实。”

这时，陆折走了出来，坐回原位，伸出了手。

他的手掌心上躺着一枚金色的小徽章。

看见小徽章，温雅捂着嘴巴又痛哭了起来。

房间里，苏瓷竖着兔耳朵，清楚地听到了外面的对话。

今早的那人真是陆折的父亲？现在就连陆折的母亲也找来了？

陆折的母亲哭得这么伤心，显然陆折并不是他们丢掉不要的孩子，这其中必定有什么原因。

苏瓷听着他们的对话，觉得现在多了两个疼爱陆折的人，很好。

也不知道过了多久，陆折开门走进来，又迅速把门关上了。

“能起来吗？”陆折问她。

苏瓷摇了摇头，眼神哀怨地看着他：“都怪你！”

陆折勾起嘴角，眉目间的清冷之色一下子化开，越发清俊好看了。

“听到我们的谈话了？”他问苏瓷。

“听到了。”苏瓷眼里满是笑意，“陆折，你有爸爸、妈妈，你有家人了。”

陆折轻应了一声："我现在跟他们回去一趟，晚上再回来。"

"你去吧，我会乖乖等你的。"苏瓷此时此刻贴心得很。

陆折笑了笑，伸手又捏了捏她的兔耳朵。

苏瓷要哭了："啊，陆折你真讨厌。"

傍晚的时候，苏瓷发现自己的耳朵缩回去了。

此时，陆折正好回来。她直接从沙发上下来，走向他："你跟你的家人相认完了？"

"嗯。"陆折原本是不打算认亲的。但亲生父母已经找上门，知道他的存在，哪怕他单方面不承认他们也没有用。

"你家里有什么人啊？他们对你好吗？"苏瓷从陆折父亲的穿着打扮能看出，对方并不是普通人。苏家虽为豪门却没有钩心斗角的事，只有温情，这样的家庭是例外，她担心陆折回家后会被为难。

"家里有爸爸、妈妈、爷爷。"陆家的人口很简单，看出了苏瓷眼里的担心之色，他安抚道，"他们很疼我。"

看见陆折，陆老爷子忍不住红着眼睛擦泪。吃晚饭前，陆折提出回来一趟，陆老爷子差点儿不愿意放人。

苏瓷这才放心，一把抱住陆折，懒洋洋地挂在他身上："我的耳朵缩回去了，我待会儿就回家，你也回家吧。"

他现在认回亲人，是有家的人了。

"嗯。"陆折抱起她，摸了摸她没有穿鞋的脚，发现有点儿冰凉，便将人放在沙发上，转身去拿她的鞋子，"不要光着脚踩地板。"

苏瓷乖乖点头。

陆折叹了一口气。她每次都会应下，转头又不管不顾。

他握着她过分纤细的脚踝，帮她穿上了鞋子。

苏瓷雪白的脚踝上依然绑着他当初给兔子买的那条红绳，白玉小葫芦挂在她的脚踝上，显得精致可爱。

他忍不住用指尖拨了一下那小葫芦，低声问道："你快要过生日了？"

苏瓷被他的手指上的薄茧磨得有点儿发痒，眼里泛着笑意，理直气壮地说道："我失忆了，不记得了。"

陆折没有继续追问。

他被陆家认回去后，苏瓷才知道这个陆家原来就是跟苏父不对付的陆家。

她看了看坐在旁边吃早餐的苏父，忍不住问道："爸爸，你跟陆家的关系有多不好？"

苏父疑惑："你怎么突然问起这些？"

"我就是好奇。"苏瓷试探地问，"我想知道苏家和陆家有多不和？"

苏父对上女儿求知的眼神，咳了一声，给她"科普"："其实陆家跟我们苏家没有什么过节儿，是爸爸和陆家的陆沉有私人恩怨而已。"

苏瓷舒了一口气："不是死仇就好。"

苏父笑道："怎么会？我和陆沉的关系最多就是水和油，天生不和，有我没他，有他没我。"

苏瓷："……"

苏父放下手里的报纸，神色温和地问她："你的生日宴会，想找谁当你的舞伴？"

苏瓷赶紧摇头。

除了陆折，她谁也不要。

悄悄奔赴你

美人无霜 ㊟

下 册

青岛出版集团 | 青岛出版社

第十一章
他的一辈子，是苏瓷的

陆折从楼上下来时，温雅早已经坐在客厅里等他了。

“昨晚睡得好吗？”温雅问儿子。

她昨天一晚上都没怎么睡，一直觉得自己像在做梦，唯恐闭眼醒来后儿子就不见了。夜里，她还好几次起床走到儿子的房门前，想等他醒来，第一时间看到他。

如果不是陆沉拉着温雅回房，她真的会在儿子的门前等上一整夜。

后来，她睡了两个小时就起床了，一大早就开始给陆折做早餐。

温雅一直养尊处优的，根本没怎么进过厨房，跟着家里的厨师现学现做，煮粥的时候还不小心把手烫伤了。但为了儿子，温雅丝毫不在意，只想把最好的东西都捧到儿子面前，好弥补这些年儿子缺失的母爱。

“很好。”陆折点了点头。

陆折的房间温雅一直给他留着，里面的装修风格从儿童到男孩儿再到少年一直变换，就连摆设也根据陆折的各个年龄段而改变。

温雅每一天都在等待儿子回来。

哪怕一晚上没怎么睡，温雅的脸色依然很好，她笑道：“那就好，如果你不喜欢房间的摆设，我立刻让人换掉。”

"不用麻烦了，都很好。"陆折对住宿条件一向没有什么要求。

温雅一阵心酸，儿子太懂事了。

"妈妈给你准备了早餐，过来吃一点儿。你爸爸已经让人去联系治疗渐冻症的专家了，他们下午就到。我陪你一起去做检查。"温雅想到儿子的病，鼻子又是一酸，眼角泛红。

"已经检查过了。"陆折告诉了温雅苏家为他请专家检查的事情。

"苏家？"温雅一脸惊讶的表情。

陆家跟苏家不和的事，纯粹是因为丈夫跟苏盛国从小到大互相看不顺眼。每次二人碰面，都会互相讽刺一番，以至外界都认为陆家和苏家不和。

"嗯。我救过苏伯父和苏伯母。"

温雅知道苏家前不久遭遇火灾的事，但没想到救人的竟然是她的儿子。

"崽崽，你没有受伤吧？"温雅急起来，将陆折小时候的小名也喊了出来。

陆折的神色有点儿不自然，他摇了摇头："没有。"

温雅舒了一口气，忧心道："你不想去检查也没有关系，我们把检查结果给医生，妈妈会让他们想办法的。"

她昨晚没睡着的时候，一直在搜索这方面的资料，越看心越痛。

不管怎么样，她都要想办法治疗儿子。

这时，陆老爷子从外面走了进来。他老人家每天都有早起锻炼身体的习惯。

"小折醒来了？"找回孙子后，他既开心又伤心。孙子被找回来了，却身患绝症，陆老爷子也将近一整晚没睡，一直在消化这个消息。

"爷爷，早。"

不管怎么说，陆老爷子对这个外表出色、不卑不亢的孙子是很喜欢的："过段时间我想举办一个宴会庆祝你回来，你觉得怎么样？"

温雅也有这个想法，自己的儿子被找回来了，确实应该庆祝一下。

然而，陆折直接拒绝了。

他认真地看着陆老爷子和温雅："不用特意举办宴会……我的时间也不长了。"

如果可以，他选择安静地回到陆家，以后若是病发了，也安静地死去。

“崽崽！”温雅一阵心疼。

她当然明白儿子的话里的意思。

“你这是什么话？陆家就是拼尽全力也会找人医治你。”陆老爷子年纪大了，听不得孙子说这样的话，“如果你不喜欢那么多人，到时候就办个家宴，只邀请相熟的亲朋好友。你好不容易回来，总不能藏着不让其他人知道。”

陆折知道这是家里人对他的爱，点头应了下来。

苏瓷的生日宴会在苏家举办，邀请的都是亲近的好友和生意上的合作伙伴。但让人震惊的是，苏家竟然也邀请了陆家的人。

众人都知道苏家和陆家不和，苏盛国和陆沉两位家主甚至在公开场合互相讽刺过对方。现在大家都在猜测这是怎么回事，也好奇陆家会不会应邀前来。

陆家，温雅看着缓慢地换着衣服的丈夫，皱起眉头催促道：“你能不能快点儿？”

“雅雅，不用着急，主角都是最后才出场。”陆沉挑了一套宝蓝色带暗纹的西装换上。

“今天的主角是苏家大小姐，你算哪家的主角？”温雅翻了翻白眼，“你穿黑色那套西装，崽崽都穿得比你成熟。”

这个妖孽，放出去一次，就是祸害其他人一次。

妻命不可违，陆沉委屈地看了妻子一眼，只能拿出放在衣柜角落里的那套黑色西装。

“这一次苏家邀请我们，是因为崽崽是他们家的救命恩人，并不是因为你。”温雅现在的心思全在儿子身上了，“宴会上你不能再跟苏盛国作对。要是你让崽崽为难了，就去睡 3 个月书房！”

在书房睡一个星期陆沉都忍受不了，听到妻子说睡 3 个月，哪里还敢造次？

陆沉挑了挑眉，积极承诺：“你放心，我保证骂不还口，打不还手。”

温雅这才满意。

陆折已经在楼下等待父母了。他穿着一身黑色定制西装，衬得他的容貌愈加帅气，清俊的眉目在灯光下显得异常耀眼。

温雅被丈夫扶着走下来，看见站在楼下的挺拔的儿子，眼眶一热。她的儿子长大成人了。

苏家今天特别热闹。

小天才和小苏宁都穿着一身儿童黑色西装，特别帅气。苏母交代两个用人一定要看好孩子。

小天才和小苏宁围在苏瓷的房门口偷偷看姐姐："姐姐漂亮。"

苏瓷今天确实漂亮，身上穿着一件裸粉色星空礼服，雪肤墨发，唇红齿白。

这时，小苏宁跑到苏瓷身边，双手捂着嘴巴，奶声奶气地说："姐姐，姐夫来啦。"

小苏宁虽然只见过陆折两次，但是小家伙的脑瓜聪明，记性好。陆折出现的时候，他一眼就认出来了。

虽然他还小，但知道姐姐喜欢姐夫，姐姐跟姐夫视频的时候会笑得很开心。所以，当小家伙看见陆折的时候，第一时间就想告诉姐姐。

"姐姐，姐夫来了。"小苏宁又重复了一遍。

苏瓷眼睛一亮，弯下腰摸了摸小家伙的脑袋："宁宁懂事了，不愧是我的弟弟。今晚姐姐奖你一个大布丁。"

小苏宁被姐姐夸奖了，还得到了奖励，黑溜溜的大眼睛亮亮的。

宴会上，宾客陆续到场。

陆折跟着父母来到苏家，瞬间吸引了在场所有人的目光。

陆沉长了一张妖孽的脸，一直以来都是焦点，旁边的温雅容貌明艳，这一对夫妻不管是十几年前还是现在，都般配得让人艳羡。

不过，这一回他们身侧还有一个长相出众的少年，少年的眉眼跟陆沉竟然有几分相像。

"那个不会是陆沉的儿子吧？"

"陆沉的儿子不是十几年前就丢了？"

"是丢了。这个怕不是私生子？我就说陆家不可能没有后人。"

"我还以为陆沉多爱温雅呢，还不是和别的男人一个德行？私生子都这么大了。”

“陆家家大业大，总要有后人继承产业。温雅的孩子丢了后，她都生不出孩子了，就算陆沉有私生子，也只能睁一只眼闭一只眼，否则怎么会把人带着一起出席宴会？”

女宾客们窃窃私语。温雅被陆沉疼爱了这么多年，她们早就心里泛酸了。尤其是温雅没有给陆家留下继承人居然还能把陆沉这个男人拿捏得死死的，让陆沉一点儿绯闻都没有。

现在看见陆家出现了私生子，她们哪里还能不吐酸话？

陆沉像是有所感应，睨了那群八卦的人一眼，正在窃窃私语的几个人登时被吓得住嘴。

这时，苏父和苏母走了出来，苏致远跟在他们身侧。

苏家人的颜值是出了名的高，而陆家人也不逊色。大家都觉得，整个 B 市最好看的人全生在了苏家和陆家。

“陆沉，我还以为你又会最后一个到场。”苏父很清楚他的性子。

陆沉挑了挑眉，一双桃花眼里带着笑意：“我今天心情好，给你几分面子。”

“苏伯父，苏伯母，苏大哥。”陆折向几个人打招呼。

苏父对陆折这个少年的印象很好，之前调查他的身世，然后透露给陆沉，也是出于报恩的目的，现在看他回了陆家，也替对方感到高兴。

“好。”苏父点了点头，问陆沉：“我帮你找回儿子，你该怎么谢我？”

陆沉是老狐狸了，苏父要从他身上讨便宜，哪里那么容易？

陆沉冷笑一声，半分不让：“我之前听你说过，我儿子是你们苏家的救命恩人，要说答谢，也该是你谢谢我们。”

苏父和陆沉你一句我一句，谁也没有占到便宜。

温雅和苏母已经习惯了这种情况。

“苏瓷快要下来了吧？”温雅问苏母。

“是啊。”苏母看见陆折已经回到父母身边，也替他开心。苏母和温雅也算认识，知道温雅找了儿子这么多年，必定会很疼他，苏母的心中对陆折也算少一点儿愧疚感了。

何尔盟也跟着自家大哥来到了苏家。不少名媛想要上前跟他搭讪，但他神色嚣张又跩跩的，半分眼神都没分给她们。

他在等苏瓷。

放假这么多天了，何尔盟都没有见过苏瓷，思念早已经泛滥成灾。

他无聊地跟在大哥身后，随意地应酬着上前攀谈的人。当他不经意间看见穿着一身黑色西装的陆折时，一脸震惊的表情。

陆折是什么身份，竟然出席苏瓷的宴会？

何尔盟神色震怒，下一秒又想起陆折救过苏父和苏母。

“你在看什么？”何尔杰拍了拍弟弟的肩膀，“走，陆家的人来了，我们也过去打招呼。”

虽然何家的实力很强，但比起陆家和苏家，何家还是差很远。

何尔盟按下心里的想法，跟着大哥走了过去。

“陆伯父、陆伯母，苏伯父、苏伯母，几位好。”何尔杰礼貌地跟他们打着招呼。

何尔盟走近，看着腰板儿挺直、神色冷淡的陆折，越发不爽。

“你们两兄弟也来了。”苏父笑道，“你父亲最近身体怎么样？”

何尔杰回道：“他老人家最近挺好的，就是经常惦记着要找苏伯父和陆伯父打高尔夫。”

“过阵子空闲了，我再约你父亲比一下。”

何尔杰的目光落在陆折的身上，他发现陆折长得跟陆沉很像。跟其他宾客一样，他心里有了想法：“陆伯父，这位是……？”

何尔盟立刻看向陆沉，刚才以为陆折是因为对苏家有恩才有机会出席宴会，但现在走近了才发现陆折是跟着陆家夫妇来的。

陆折、陆沉、陆家……

这是什么关系？

正当他心里有了一个不好的预感时，陆沉已经开口：“这个是我的儿子，我儿子找回来了。”

整个 B 市的人都知道，陆沉的儿子当年被拐走了。

这么多年过去了，大家早就默认陆家的这个儿子找不回来了。

现在，面前这位身材高大，长得跟陆沉相像的少年，就是陆家十几年前丢失的小少爷？

何尔杰愣了愣，很快便回过神来：“恭喜陆伯父、陆伯母。”

“你好，我叫何尔杰，你可以叫我一声何大哥。这位是我的弟弟，何尔盟。”何尔杰的性格跟弟弟何尔盟完全相反，他温文尔雅，说话的语气让人很舒服。

陆折握上对方伸过来的手：“你好，我是陆折。”

一旁的何尔盟难以置信地看着陆折。陆折就是陆家当年被拐的儿子？怎么会这么巧？

何尔盟打量着陆折，发现对方的眉眼与陆沉确实有几分像，脸色顿时变得难看起来。

哪怕何尔盟再浑、再不理事，也知道陆家的实力比何家大。

陆折成了陆家的人，他要整陆折就难多了。

周围的宾客时不时地看向这边，B 市最有实力的三家人现在齐聚在一起，看来苏家千金的面子不小。

这时，苏瓷出现了。

哪怕不少人已经见过苏瓷，依然被她惊艳到。

女孩儿一身裸粉色星空礼服，显露在外的皮肤雪白如玉，有着绝美的脸蛋儿和玲珑有致的身材，眼尾下那颗小泪痣妖娆勾人。

苏家人的颜值，真是让人羡慕又忌妒。

何尔盟在苏瓷出场的那一刻，已经将面前的陆折抛在了脑后，赶紧迎上去，眼睛紧紧地盯着苏瓷：“瓷瓷，你今天好漂亮！”

“我一向漂亮。”苏瓷微抬下巴，看向站在人群里的陆折。

他今天穿着一身黑色修身的西装，一副矜贵的模样。

“爸爸、妈妈、大哥，我来了。”苏瓷走了过去。

“瓷瓷今天好漂亮。”

礼服是苏母给女儿挑的。她果然没有挑错，女儿漂亮得让人挪不开视线。

苏瓷抿唇笑了笑，目光若有若无地从陆折的脸上滑过。陆折显然比她的道行高，根本一个眼神都没有分给她。

她有点儿不爽。

“瓷瓷，这两位是陆折的父母。”苏母给女儿介绍道。现在的苏瓷没有了以前的记忆，已经不认识陆沉和温雅。

“叔叔、阿姨，你们好。”苏瓷笑得眉眼弯弯，立刻化身为乖巧的后辈。

陆沉眼神含笑地瞥自己儿子一眼，啧，儿子跟他的性格还真是截然不同。明明儿子跟苏家的这个小公主搭上了，却要装作不熟。目光移向苏父，陆沉得意地摸了摸下巴，也不多说什么，就等着对方被气得跳脚的一天。

温雅以前见过苏瓷好几面，一直都羡慕苏母生了一个漂亮的女儿，没想到这么多年不见，苏家千金出落得更漂亮了。

最后，苏瓷才跟陆折打招呼："陆折。"

对面的少年神色淡淡地点了点头。

苏瓷眯了眯眼。虽然说两个人是地下情，但是突然被他这样冷淡对待，她心里总觉得不舒服。

"小瓷，待会儿你准备跳开场舞吗？"苏父上次问过女儿，但女儿说没有人选。

何尔盟主动伸出手邀请："瓷瓷，我可以成为你的舞伴吗？"

面对陆折这个情敌时，何尔盟是凶悍的狼狗；这会儿对着苏瓷，他已经变成小奶狗，目光期待地看着苏瓷，耐心地等待她的回应。

何尔杰知道弟弟一直喜欢苏家千金，看见他这副被苏瓷迷了眼的模样，觉得好笑，却没有出声反对。

苏瓷以余光看向陆折。少年微抿着唇，眼神很冷。

她这才满意地弯了弯眼眸："我不跟你跳，要跟陆折跳。"

苏瓷直接问陆折："你要跟我跳开场舞吗？"

陆折对上她亮晶晶的眼睛，静静地看着她，声音低沉地回道："我不会跳舞。"

陆折出身儿童福利院，即使后来被人收养，也只是勉强维持温饱，又哪里来的机会学跳舞？

"没关系，你跟着我跳就好。"苏瓷伸出手来。

她白皙的小手柔若无骨，陆折握上，收紧手，心尖也软了软。

何尔盟看着二人离开，目光沉了下来。

何尔杰拍了拍弟弟的肩膀。

这个弟弟平常闯下不少祸，吃点儿苦头也好。他也该知道，并不是什么事情都能让他称心如意的。

音乐响起，苏瓷拉着陆折进入舞池，众人的目光纷纷投向他们。

苏瓷和陆折的颜值实在是太出众了，就算两个人安静地站着什么也不做，也足以让人挪不开视线。

“你搂住我的腰啊。”苏瓷将手钻进了陆折的大手里，与他十指紧扣。

陆折单手搭在她的后腰上。

苏瓷贴近他：“我走一步，你走一步。”

“嗯。”

接着，苏瓷带着陆折跟着音乐慢慢地跳了起来。

“陆折，你抱紧一点儿。”苏瓷提要求。

少年的大手收紧。

“陆折，你踩到我了。”苏瓷抱怨。

少年耳朵一热：“对不起。”

“陆折，如果刚才我不提出让你和我跳舞，你会让我跟其他的男生跳舞吗？”苏瓷问他。

“不会。”

苏瓷闻言，笑了起来，刚才被少年忽视的不悦情绪一下子就消失了：“你再抱紧一点儿。”

那边，陆沉看着儿子跟苏瓷跳得合拍，笑着对苏父说道：“你女儿教人跳舞还挺厉害的。”

苏父一向以女儿为傲，此时听到陆沉夸赞女儿，也愿意给笑脸：“当然。”

苏母看着舞池里的女儿与陆折，脸色并不太好。看见丈夫神色愉悦，她又急又气，他都不知道，自家女儿快要被陆家小子拐跑了。

一支舞下来，苏瓷被陆折踩了好几脚。

她一双黑眸看着他：“你踩得我好痛。”

“对不起。”陆折漆黑的眼睛里带着几分窘迫之色。

“可惜周围有其他人在。”苏瓷叹了一口气。

陆折看向她。

果然，下一秒，苏瓷惋惜地说道：“不然，你就可以抱我、背我了。”

陆折轻笑出声："过去吧，苏伯母该着急了。"

苏瓷主动邀请他跳舞，苏伯母必定会不开心的。

苏瓷这才没有继续逗他，走回苏母身边，撒娇道："太久没有跳舞了，好累啊。"

苏母笑了起来："你这是缺少锻炼。要不明天开始，你早点儿起床，跟你大哥一起锻炼身体吧？"

苏瓷站直身体，可怜巴巴地看着苏母："不要，我现在又觉得不累了。"

苏母被女儿逗乐了，对女儿和陆折跳舞的事情也没那么介怀了。

苏瓷看着小天才吃着蛋糕，嘴巴上沾了不少奶油，双眼一亮，想到了什么。

陆折跟在父母身侧，不断有人上前跟父母攀谈。

这时，他垂在一侧的手被一只小手拉了拉。

陆折低下头，发现拉他的手的是沾着一嘴巴奶油的甄天才。

"有事？"陆折问小家伙。

小天才咧着小嘴巴笑了笑，然后小手把什么东西塞进了他的手掌心里，就跑开了。

陆折攥紧了掌心里的纸团，下意识地看向了跟在苏父和苏母身侧的苏瓷。

接着，苏瓷提着礼服上楼了。

陆折打开小纸团，上面写着：二楼见。

门被敲响，苏瓷将门打开，看着门外的陆折，笑着将他拉了进来。

"你找我上来有事吗？"

"让你陪我一起吃蛋糕。"

苏瓷让人准备了一个小蛋糕放在房间里，下面的大蛋糕是分给宾客的，这是属于她和陆折的。

苏瓷将小蛋糕切好，分了一半给陆折。

陆折是第一次进苏瓷在苏家的房间，房间是米白色调的，空气中还有她身上的香味。这才是娇养小公主的地方。

陆折觉得自己就像闯进了公主闺房的偷窥者。

小蛋糕被分成两半，更小了，陆折几口就吃完了。

“你为什么吃这么快？”旁边的苏瓷才吃了两小口。

苏瓷穿着裸粉色星空礼服坐在床边，唇边沾到了一点儿奶油，娇俏的样子怎么看怎么好看。

陆折：“你是今天的主角，消失太久不好，会被发现的。”

苏母一直留意着他和苏瓷的动静。如果他俩同时在宴会上消失太久，必定会被苏母注意到。

苏瓷丝毫不在意，咬了一口蛋糕，嘴里都是甜腻的奶香味：“你没有什么话要跟我说吗？”

“生日快乐。”陆折用指腹帮苏瓷擦去嘴角的奶油。

苏瓷眨了眨眼：“没有了？”

接着，陆折从口袋里掏出一个宝蓝色的小礼盒：“送给你的生日礼物。”

苏瓷打开小礼盒，里面是一条银色链子，上面有一只指甲大小的可爱小兔子：“我很喜欢，你帮我戴上。”

苏瓷注意到，陆折的手指上有好几道刀伤。看着这只笨拙的小兔子，她哪里会不知道这是陆折雕刻出来的？

如果不是她聪明、细心，必定不会多想，也不会知道陆折这么闷骚。

陆折在苏瓷的脚边蹲下，冰冷的大手握上她的脚踝，将她的脚放在他的膝盖上。

雪白的脚踝在他的黑色西装裤上显得越发白皙，有种致命的纤弱感。

陆折眸色微沉，手指灵活地解下她脚踝上的红绳，然后把新的链子戴了上去。笨笨的小兔子在女孩儿雪白的肤色衬托下，竟然多了几分精致感。

“戴好了。”陆折用指尖拨了一下上面的小兔子。

苏瓷晃了晃脚，脚踝上的小兔子也跟着晃动。她低头去看蹲在她脚边的少年：“谢谢你的生日礼物。”

陆折轻笑：“我们下去吧。”

“等一会儿再下去。”眼里的狡黠之色一闪而过，她直接伸手去拉扯陆折身上的西装。

陆折顺着苏瓷的动作，被她拉到了床上。

苏瓷翻身坐在陆折的腿上，脚边的小兔子不停晃动。

灯光下，苏瓷笑得像妖精："刚才我下楼看见你的时候，你猜我在想什么？"

陆折被苏瓷压着，也没有反抗，漆黑的眼睛半眯着看着她："想什么？"

苏瓷趴在他的胸口处，笑得灿烂："我在想，陆折穿着西装的样子真帅啊，我要扒掉他的衣服！"

陆折一直保持锻炼，身材很好，苏瓷早就想上手摸摸了。

陆折："……"

她胆子越来越大了，还真是什么都敢说。

陆折伸手扶正苏瓷："团团，起来。"

楼下满堂的宾客还在，他怎么会纵容她胡闹？

"我不扒你的衣服，你让我摸一下。"苏瓷很聪明，从上一次开始就在一步一步地试探陆折的底线。

苏瓷知道，对陆折这样无欲无求、又冷又硬的石头来说，只能一点点攻克，而且只能来软的。

"团团，别闹。"如果不是时机不允许，陆折还真想让苏瓷知道闹的后果。

苏瓷愉悦地眯了眯眼，看着陆折："那你亲亲我。"

陆折扶在苏瓷的腰部的手改为扣在她的后脑勺上。

他将人压向了自己。

苏瓷刚才吃过蛋糕，唇上还是一股子香甜的奶油味，软软的、香香的。

陆折的眸色深了深。

压着苏瓷的后脑勺的大手收紧，他将人更紧地压向自己，尝到了满嘴的奶油香。

突然，一只柔软的小手拉扯了一下他的西装下摆，陆折愣了愣。

苏瓷就摸了那么一下，差点儿没把陆折逼疯。他狠狠地咬着牙，在她的唇边低喊了一声："团团！"

苏瓷精致的眉眼间尽是得意之色："在呢。"

也不知道过了多久，陆折从苏瓷的房间里走了出来。

刚关上门，陆折就被从拐角处走出来的何尔盟喊住了。

陆折回头看向他。

"你们刚才在里面做什么？"何尔盟眼睛猩红，暴怒地质问道。

陆折知道对方显然一直在外面等着，声音很冷："与你无关。"

何尔盟冲过去，想要揪住陆折的衣服，却被陆折闪开了。

"陆折，你配吗？你配得上苏瓷吗？"何尔盟只要想到陆折刚从苏瓷的房间里出来，就想要弄死陆折。

陆折冷冷地看着他："至少她喜欢的人是我。"

陆折一针见血的话，直接把何尔盟逼成了困兽。

"你放屁！"何尔盟狠狠地瞪向陆折，"就算你现在是陆家的儿子又怎么样？你别忘了，你有绝症！你觉得自己还有几年的寿命？"

何尔盟冷冷地嘲讽道："哪怕她现在喜欢你又怎么样？我可以守在她身边。等你死了，我同样可以追求她。

"笑到最后的才是赢家，你只有 3 年不到的时间了吧，而我可以陪她一辈子！"

寿命只有 3 年不到的人，还没有自知之明，妄想跟苏瓷在一起？

陆折薄唇失去了颜色，手臂发麻，肌肉一下一下地抽动着。

他冷冷地看着何尔盟，声音低沉地说道："她希望我陪她一天，我就待在她身边一天。"

他的一辈子不长，但都是苏瓷的。

何尔盟听到陆折的话，嫉恨得红了眼，出口的话更伤人："陪她？你用什么陪她？你不会不知道，渐冻症患者 1 年后肢体就会萎缩，再严重连走路都成问题，只能瘫在床上，生活不能自理。"

何尔盟的太阳穴因为愤怒而抽动着，他质问着陆折："难道你想拖着那样的身体陪在苏瓷身旁？难不成你还想让她照顾将来变成废物的你？你应该比我更清楚，你将来会变成什么样。你要是真喜欢苏瓷，就应该离她远远的，不要拖累她。"

何尔盟狠狠地盯着陆折，一字一顿地说道："你明知道自己会死，还跟她在一起。你真自私！"

陆折垂下眼帘，脸色在走廊的灯光下显得异常苍白，薄唇上也没有一点儿血色，指尖冷得发麻。

他抬眸，漆黑的眼睛看向何尔盟："我已经做好准备。"

何尔盟气得咬肌紧绷，太阳穴直抽搐："你是要拖累苏瓷！"

这时，门被打开。

陆折和何尔盟同时看过去，站在门口的苏瓷神色冰冷。

"瓷瓷，陆折身患绝症，你不要跟他在一起。"何尔盟紧绷的脸柔和了下来，目光灼灼地看着苏瓷，"他活不久的，并不能陪你一辈子。"

苏瓷认真地看着他说："你有病吧？我记得我很清楚地跟你说过，我不喜欢你，我的事与你无关。"苏瓷狠起来，说的话比何尔盟说的还要伤人，"是我不喜欢你，你找陆折的麻烦有什么用？发泄你的不满情绪？你以为是小学生争夺玩具，打压别人就能把玩具抢过去？"

苏瓷的声音很好听，但她冰冷的语气像一把刀子，不断地扎进何尔盟的胸口："你这样愤怒又幼稚的行为，在我看来，只显得你很蠢。"

何尔盟难以置信地看着苏瓷，身体像被什么东西狠狠地重击了一下，差点儿站不稳。

他脸上的嚣张之色退去，眼睛猩红地看着苏瓷："瓷瓷，你在倚仗着我对你的喜欢伤害我。"

苏瓷摇了摇头，神色有点儿冷："你错了，我不是倚仗你的喜欢，而是因为我不喜欢你，根本不在乎会不会伤害你。你骂我喜欢的人，我骂你，这很公平。"

她冰冷的话，直扎得何尔盟胸口发闷，眼睛通红。

他死命地大口呼吸着，狠狠地看向苏瓷和陆折，胸口里全是不甘的情绪。

"我弟弟犯傻，给两位添麻烦了。"这时，何尔杰走了过来，脸上依然是温文尔雅的浅笑，拉扯住何尔盟的手，"今天多谢苏家的招待，家里还有事情，我们就不打扰了。"

"走吧。"何尔杰手下用力，半拉半拽地带着何尔盟离开了。

苏家千金喜欢陆家这个刚找回来的儿子，要是苏、陆两家强强联合，不是他们何家应付得来的。

何尔杰带着何尔盟离开后，走廊里恢复安静。

苏瓷走过去拉住陆折的手。前一秒还板着白皙的小脸儿怒怼别人的女孩儿，一转眼又恢复成了撒娇小可爱："你跟何尔盟的话，我听到了。"

陆折扯了扯泛白的唇，发麻的指尖被苏瓷握住才逐渐恢复知觉："虽然何尔盟是为了针对我，但说的话没有错。"他抬起冰凉的大手，将苏瓷的侧脸上那几根凌乱的碎发别在她的耳后，"团团，我确实自私。"

明知道自己快死了，他还想拥有她。

苏瓷不悦地看了他一眼："何尔盟说的话没有一句是对的，你现在说的话没有一句是我想听的。"

他不会死，他的一辈子会很长。

"你知道我现在想听什么话吗？"苏瓷用脚尖踢了踢陆折的脚，发泄着她的不爽情绪，脚踝上的笨兔子一蹦一跳的，好像也生气了。

陆折纵容地看着她："什么？"

"陆折长长的一辈子都是苏瓷的。"

宴会结束，陆沉和温雅带着陆折离开。

车子里，陆沉突然对儿子说道："刚才我看见你从二楼下来。"

看着窗外景致的陆折缓缓回过头来，对上了父亲带着调侃之意的眼神。

"儿子从二楼下来又怎么样？"温雅不明白丈夫的意思。

陆沉凑近妻子，告诉她："雅雅，你不知道，我们儿子跟苏家的小女儿走在一起了。"

"爸。"陆折无奈地喊了一声。

"走在一起是什么意思？"温雅下一秒反应了过来："崽崽，你在跟苏瓷谈恋爱？"

她还奇怪苏家的小女儿为什么邀请儿子跳舞，原来两个人是一对？

"不对啊。"温雅想起宴会上儿子跟苏瓷打招呼时的疏离样子，两个人并不像在谈恋爱，"为什么我看你和苏瓷之间很客气？"

"这还用说？他和苏家小女儿是瞒着我们在偷偷谈恋爱。"陆沉挑了挑眉眼，一脸看透的神色，"反正我是不会反对儿子谈恋爱的，他们防的肯定是苏盛国。"

“崽崽，是这样吗？”温雅觉得自己太不关心儿子了，就连儿子喜欢苏家千金这样重要的事情也不知道。

陆折微抿薄唇，面对父母的眼神，低声应了。

陆沉早已经知道两个人在一起了，并不惊讶。

而温雅不一样，突然知道儿子在恋爱的事情，既惊讶又紧张。

“刚才妈妈在苏瓷面前是不是太冷淡了？”温雅回想着刚才自己的表情、举止，有点儿懊恼没有对苏瓷亲切一点儿。

她怎么就没有看出两个孩子之间的不对劲呢？

“没有，没有，雅雅你什么时候都很温柔。”陆沉丝毫不顾身旁的儿子，谄媚地夸着妻子。

“都怪你。你早知道了，怎么不告诉我？”温雅狠狠地瞪了丈夫一眼。

陆沉脸皮厚，受了白眼也怡然自得，凑近妻子：“我怕你太激动，在苏家夫妻面前露馅儿了。”

“崽崽，苏盛国夫妻不知道你和苏瓷在一起了吗？”温雅问儿子。

陆折知道他和苏瓷的事情瞒不住父母：“我和苏瓷在一起的事情，苏伯父和苏伯母并不知道。我不打算让他们知道。”

“为什么？”

儿子要无名无分地跟苏瓷在一起？

“我的时间不多了，我跟苏瓷在一起的事情我没打算公开，而且她的父母也不会赞成我们在一起的。”陆折垂下的眼帘遮挡住了眼里的情绪。

温雅最听不得儿子说这样的话，眼角发酸发胀：“妈妈会让人尽全力医治你。你喜欢苏瓷，妈妈也会支持你。但崽崽以后不要说活不长的话，妈妈听了难受。”

她的儿子小时候聪明又乖巧，转眼就长这么大了，她还没有好好补偿他。她祈求上天，让儿子无病无痛，长命百岁。

陆折低低地应了一声。

陆沉也安静了下来，眼里闪过沉痛之色。

苏瓷和陆折的高考成绩出来了。

苏父知道女儿的成绩的第一时间，就打电话给陆沉了："今天高考成绩全都出来了，我女儿是这一届的状元！"

苏父在陆沉面前炫耀，是从来不需要拐弯抹角的。

以前，每次听到苏父炫耀孩子的时候，陆沉都哑口无言。

现在不一样了，陆沉靠在办公椅上，挑着眉，神色得意地对电话那头的苏父说道："哦，巧了，我儿子也是状元。"

今时不同往日，不只苏盛国可以炫耀女儿，他也可以炫耀儿子了。

"我打算到时候好好替我儿子庆祝。"陆沉自得地转动着椅子，"对了，你女儿报考哪里的大学？"

苏父记得调查资料里说陆折从小到大的成绩都很好，白便宜陆沉这个花狐狸了："怎么？你在向我取经？"

陆沉笑得比狐狸还要狡猾："对，对，对，我这不是很久没有做父亲的经验了吗？现在儿子考大学，我当然要好好给他挑选学校。"

陆沉放低姿态，替儿子打探着情报："说说你女儿报考哪所大学，你挑选的肯定没有问题，我参考参考。"

苏父丝毫没有察觉到陆沉的用意，心情大好，顺势回答了陆沉的问题："我女儿报考 B 大。"

"B 大好，离家近，方便。"陆沉笑得狡猾。

挂断电话后，他立即给妻子打电话邀功："雅雅，我打听到苏瓷要报 B 大，儿子也报 B 大吧……"

苏瓷早已经跟陆折约好了选同一所大学。对成绩，她一点儿也不意外。意外的是，她收到了来自父母和大哥的巨额转账，说是给她的奖励。

她发现了，家里人动不动就喜欢给她送钱。

就连小天才和小苏宁也掏出了他们的私房钱，屁颠屁颠地将一张红色的钞票塞到她手里，还夸着姐姐考试好棒，给她奖励。

两个小萝卜头又贴心又可爱。

大哥的生命值还有 1 个月，苏瓷只能等待，然后发现自己好几天没有见陆折了。

陆折最近都在忙开公司的事情。

虽然陆沉给他调派了一些人手，但是他也需要学习。

直到把公司的事情确定下来，他才有时间跟苏瓷见上一面。

陆折之前租的房子已经成了二人的约会地点。

苏瓷把从家里带过来的石榴塞到陆折的手里，理直气壮地说道："帮我剥。"

她最喜欢吃的水果不是水蜜桃，而是石榴。

但是石榴吃起来费劲，苏瓷最不愿意动手了。

陆折没有吭声，起身从厨房里拿来一个小碗，然后洗手，掰开石榴，开始剥石榴籽。

他穿着一件白色的衬衫，衣摆规规矩矩地束进了裤子里，纽扣也扣至领口，身姿挺拔。他因为吃了金色棉花糖，脸没有以前那么僵冷了，两侧脸颊也不再因为渐冻症而微微下陷，加上这段时间在忙公司的事情，身上少了几分少年的稚气，多了一点儿沉稳气息。

这个少年正在蜕变呢。

苏瓷很喜欢陆折穿白衬衫的模样，看起来格外清雅。

红宝石似的石榴籽被他修长的手指灵巧地剥了下来，落到碗里。

苏瓷捏起一颗石榴籽放进嘴里，轻轻一咬，石榴汁在舌尖上溅开，甜甜的。

不过，她喜欢一勺一勺地吃石榴籽，那样才爽。

"吃吧。"前后没有一分钟，陆折就剥了满满一碗石榴籽。

"陆折，你好厉害啊。"苏瓷嘴巴甜甜的，夸赞的话张口就来。

陆折已经习惯了她的"彩虹屁"："冰箱里有酸奶，我拿给你？"

陆折一向细心。

哪怕不住在这里，他还是会定期在冰箱里放一些苏瓷爱吃的东西，以备她随时过来。

酸奶有点儿冰，陆折先把酸奶放在茶几上，没有那么冰了，才拿给苏瓷喝。

苏瓷端着装满石榴籽的白瓷碗，全身放松地靠在陆折的身上。

"陆折，我们家后天要去旅游。"

苏家投资的度假山庄已经建好，苏母提议一家人去体验，苏父自然赞成。

陆折伸手去接她吐出来的石榴籽："去哪里？"

"我爸爸投资的度假山庄，应该会去两三天。"这时，苏瓷丢开手里的勺子，直接用手捏起一颗红红的石榴籽叼在唇上。

她跪坐在陆折的身旁，单手捧着陆折的一边脸，比石榴籽还红的嘴唇就亲了上去。

甜甜的石榴籽在两个人的唇间被碾碎成汁。

苏瓷使坏地把那颗石榴籽推进了陆折的嘴里，唇齿间全是石榴的香甜味道。

"要是能跟你一起旅游就好了。"

陆折低下头，把石榴籽吐在小碟子里："我最近有点儿忙。"

苏瓷点了点头。她不是任性的人，不会缠着陆折陪她去的。

这天早上，阳光明媚。

苏致远因为公司的事情，不能一起去度假，把苏父、苏母、苏瓷，还有两个小家伙送到机场，就离开了。

候机大厅里，陆家三口都在。陆沉挑着一双桃花眼，笑着跟苏父打招呼："嘿，早啊，你们去哪里？"

苏瓷看着站在陆父、陆母身后的高大少年，睡意蒙眬的双眼一亮，对着陆折挤了挤眼。

"我们去度假。怎么，你们也出远门？"苏父有妻子陪在身侧，心情愉悦。

陆沉眯着眼，笑起来就像一只花狐狸："我听说你们家的度假山庄建好了，已经开始营业，正要带妻子和孩子一起去给你捧场，你感动吧？"

苏父愣了愣，确认道："你也去山庄？"

陆沉挑了挑眉，笑道："难道我不能去？"

苏父并没有多想："难得你愿意送钱上门，我没有把钱推出门外不赚的道理。只不过，我们一家人也是去那里度假。"

陆沉打了个响指："哦，那太好了，人多热闹。"

一旁的苏母听到陆家人也是去度假山庄，觉得太巧合了。

她下意识地看向神色清冷的陆折，虽然相信这个少年的品性，但现在的情况未免太巧。

温雅主动走上前跟苏母搭话："他们两个每次见面都是话题不断，有时候我都觉得我是不是他们的电灯泡。"

苏母的思绪被打断，她笑了起来："可不是……"

苏瓷知道陆家人同样要去山庄度假，而且还跟他们乘同一班飞机，于是偷偷递了个得意的眼神给陆折。

哪里有这么凑巧？这分明就是早有预谋。

一路上，苏父和陆沉你一句我一句地斗个不停，而苏母也被温雅拉着走在前面，热聊最近的新款时装。

两个小萝卜头手牵着手走在中间，时不时地偷偷回头看后面的姐姐和姐夫。

苏瓷和陆折并行，中间却保持着一米的距离。

她转过头去看旁边面无表情的陆折，见他还真跟她不熟似的，笑道："你不是说最近很忙吗？"

陆折看向她："嗯，这几天我出来，要辛苦方叔了。"

苏瓷眨了眨眼，乌黑的眼眸里溢满笑意："陆折，承认吧，你就是想见我。"

少年目视前方，没有理会女孩儿的调侃，短发下的耳朵却悄悄红了。

苏瓷看着陆折红透了的耳朵，忍住了走过去咬他一下的冲动。

这个闷骚男，想见她就直说啊。她心情好，还会赏个亲亲给他。

到底顾忌着父母在前面，苏瓷没有去撩拨陆折。

上了飞机，苏瓷才知道他们两家人的座位也挨着。苏母和苏父带着孩子坐在前面，陆沉和温雅坐在过道的另一边。

苏瓷看着坐在她旁边的陆折，眉眼弯弯，压低声音问他："你是特意选的我旁边的位子吗？"

陆折摇了摇头："是我爸让人安排的。"

陆沉在感情上的经验比陆折这个儿子丰富多了，知道苏家人要外出旅游，积极地将消息上报给妻子后，让人调查了苏家人搭乘的航班，包了头等舱这里剩余的位置。

现在，头等舱里除了苏家和陆家的人，根本没有其他乘客。

苏瓷有点儿惊讶，发现陆折只是跟他父亲长相相似，性格完全相反。

她觉得庆幸，还好陆折性子比较高冷、沉默，而不是像他父亲那样奔放。

从B市飞去山庄那边需要2个小时。

苏瓷坐着无聊，却也没胆子凑近陆折。

她偷偷伸手过去，故意用指尖去够陆折搭在扶手上的手。

苏瓷的指尖像一条小虫，直往陆折的掌心里钻，一下一下地挠着他的手心。

陆折将手收紧，握住了苏瓷作乱的小手，无奈地看了她一眼，声音里多了几分纵容之意："别闹。"

苏瓷哪里乖乖听过他的话？她继续用指尖撩拨他，就是想看陆折无可奈何的样子。

这时，前面的苏母突然回过头来。苏瓷立即一本正经地看向窗外，手却依然被陆折握着。所幸有椅子遮挡着，苏母根本看不见他们的动作。

待苏母收回目光后，苏瓷转过脸，对着陆折笑得像一只偷腥成功的小狐狸。

这样漂亮动人的女孩儿，却满脑子的坏主意，简直让人气得牙痒痒，却又无可奈何。

陆折握紧她的小手，捏着她作乱的指尖递到唇边，看着女孩儿瞪圆的眼睛，直接张嘴咬了一下她的指尖。

苏瓷发现陆折学坏了，比她还坏！

下飞机的时候，苏瓷的小脸儿红红的，她乖巧地跟在父母身后，也不去逗弄陆折了。

机场外已经有车子在等候他们。

苏家的几个人上了车，陆家那边三个人也坐上了车子。

车子里，苏母问丈夫："陆家人怎么突然也去山庄度假，而且刚好跟我们同一天？"

同一天就算了，两家人还是乘坐同一班飞机，太多巧合就不是碰巧这么简单了。

苏父笑了笑："陆沉那个花狐狸什么都要跟我比。我无意间跟他提了一句要带你们游玩，这家伙就带着他的妻子和儿子出来了。"苏父已经习惯陆沉什么都要跟他争的行为，"花狐狸真无聊，就连出来度假这样的事也要跟我比一比。"

苏母知道丈夫根本就没有往女儿和陆折的事上想。

"不过，他比得过吗？我们这边有三个孩子，他就一个儿子。"

在这一点上，陆沉永远赢不了他。

苏母一阵无语，只要丈夫跟陆沉凑到一起，就会变得比小学生还要幼稚。

苏瓷坐在另一辆车子里，心情很好，根本不知道苏母在怀疑陆家人突然出现的意图。

度假山庄建在一个依山傍水的村子里，占地面积大，装修风格古色古香的，加上周围环境幽静，空气清新宜人，让人心情愉悦。

苏家的度假山庄前期宣传做得好，刚开始营业已经有不少游客前来游玩。

这里消费高，能来的游客大多身家不菲。

车子开到了山庄门口的停车场里，山庄的负责人早已经等在门口迎接他们。苏、陆两家人陆续下车。

"苏总，房间已经准备好了。"经理笑得恭谨。

众人的行李由一旁的工作人员负责拿去住处，经理带着苏父他们往里面走去。

今天刚好是周六，游客还不少。

经理一边介绍，一边向苏父汇报这几天的营业情况。

陆沉脸皮厚，直接向苏父要了两个房间，而且是紧挨着苏父他们的，美其名曰"住得近，方便一起玩儿"。

最后，苏父和苏母带着两个小孩子住豪华套房，苏瓷住在父母的旁边，陆沉和温雅住在苏瓷的隔壁，而陆折住在父母的对面。

山庄依山傍水，温度比外面低，偶尔还有一阵凉风吹过，很舒服。

进到房间后，苏瓷才发现房间后面不仅有院子，还有单独的露天温泉。

放好东西，苏瓷走出来，正好碰见了斜对面房间里出来的陆折，凑过去问他：“你的房间里有温泉吗？”

陆折应声：“嗯，在院子里。”

苏瓷闻言双眼一亮：“吃过晚饭后，我找你一起泡温泉。”

“不行。”陆折丝毫没有犹豫，直接拒绝。

苏瓷气得瞪圆了眼睛。

小情侣一起泡温泉啊，多浪漫、多亲昵的互动啊，陆折竟然拒绝她？！

苏瓷不死心，压低声音问陆折：“你就不想看看我穿泳衣的样子？”

虽然她没有带泳衣，但是待会儿可以问山庄的工作人员要啊。山庄里既然有温泉，就肯定会为客人提供泳衣的。再不然，行李箱里还有小背心和超短裤，她也可以换上泡温泉。

陆折无奈地看了苏瓷一眼：“不想。”

苏瓷不爽地抿了抿唇，她的身材自己看了都害羞，要是换上泳衣，绝对很有看头，而陆折竟然对她的身材一丁点儿兴趣都没有？

她瞪着陆折，然后上下看了他一番：“你不想看我的，但我想看你的。”

陆折今天穿得很休闲，上身是一件白 T 恤衫，下身是一条黑色长裤，简单又帅气。虽然他看起来身形劲瘦，但她知道他的身材极好。

陆折用手指捏了捏苏瓷白嫩的脸：“别想。”

他一眼看穿了苏瓷的心思。

苏瓷还想说什么，陆折的父母的房门就被打开了。

陆沉下意识地去看儿子：“哦，你们都在啊，准备去吃饭了吧？”

温雅看见苏瓷，神色温和地拉着苏瓷的小手，趁机说道：“阿姨一直以来都希望有一个像你这样漂亮乖巧的女儿。”

温雅只觉得苏瓷的小手软软的，白皙纤细，握着很舒服。

这样近的距离下看，温雅不得不惊叹，苏瓷果然是苏家娇养的宝贝，皮肤雪白光滑，嫩得像能掐出水来，一双眼睛水汪汪的，还真是一个水灵灵的女孩儿。

温雅越看苏瓷越喜欢，觉得苏瓷跟儿子极为般配：“我一直很羡慕你妈妈。我要是有一个像你这样的女儿，也心满意足了。”

苏瓷闻言，双眼亮了起来。

所以陆折的妈妈很喜欢她？

苏瓷是要跟陆折在一起的，知道他的家人喜欢她，非常高兴。

苏母和苏父这时也出来了。苏母看见女儿的手被温雅牵着，二人似乎聊得很融洽，心头一跳："瓷瓷，你进去看看弟弟他们怎么还没有出来。"

苏瓷乖乖应声，从温雅手里抽回了手。

温雅笑着对苏母说道："小瓷真是乖巧，果然小棉袄都很贴心。童芯啊，我每天都想有个像小瓷这样乖巧的女儿。"

苏母笑着摇了摇头："你别看她长得漂漂亮亮的，性子执拗得不行，有时候女儿娇养起来，比养儿子还费劲。"

温雅笑着附和，不敢再过多试探。

众人是在山庄的楼上吃的午饭，大厅与大山隔着一面玻璃，半山的风景尽收眼底，吃着美食，看着美景，让人心情愉悦。

苏瓷和陆折之间隔着一个小苏宁。

小家伙被苏瓷反复叮嘱过，有其他人在的时候，不能喊陆折姐夫，只能喊陆折哥哥，记住了苏瓷的话，一顿饭下来没有说漏嘴。

"听说你的山庄里还能泛舟？"陆沉问苏父。

"是有这个项目。你有兴趣？"苏父边给妻子夹菜边回道。

"是啊，大家一起去玩儿玩儿。不是还能钓鱼吗？"陆沉也给温雅夹着菜，献殷勤的程度丝毫不落后于对面的苏父，"我跟你比一场，赌西区的那块地。"

最近，他听说苏氏集团想要西区那块地。正好，他也有意拿下。

苏氏和陆氏两个集团实力不分伯仲，争夺起来只会浪费时间和资金，还不如一方退让。

但他和苏父都不可能主动退让，比赛定输赢再适合不过。

商界的人都不知道，那块上亿元的地皮的归属权就这样被陆沉和苏父以钓鱼输赢定下了。

一旁的温雅对苏母说道："他们男人去钓鱼，太阳这么晒，我和你就不去凑这个热闹了。我刚才听工作人员介绍，山庄里有一个大型的天然温泉，我跟你去泡泡温泉比较合适。"

苏母对钓鱼确实没有兴趣，笑着应下，又转头去问女儿："瓷瓷呢？”

“我去泛舟。”苏瓷对这个比较感兴趣。

“对，崽崽也陪着去吧。年轻人不用跟我们凑在一起。”温雅朝陆折说完，又笑着对苏母说：“让我儿子陪着去，瓷瓷可以放心玩儿。”

苏瓷直接应下。

苏母忧心地看了女儿一眼，将反对的话咽下，只能指望陆折记得他的承诺。

吃完饭，苏母原本是想让小苏宁和小天才跟着女儿他们一起去泛舟，也好避免女儿和陆折单独相处。

温雅显然比苏母精明，提醒苏母，两个孩子还小，靠近水比较危险，这才打消了苏母的念头。

山庄里的湖是人工的，花费不少人力、财力打造出来的。

阳光下，湖面水波粼粼。迎着微风，苏瓷看了一眼旁边的白衣少年，心也荡漾了起来。

没有其他人在，苏瓷任由陆折握紧了她的手。

苏瓷问陆折：“你爸妈是不是知道我们的关系啊？”

苏瓷一向聪明，看到温雅和陆沉不断给她和陆折制造相处的机会，哪里看不出来有情况？

“嗯，他们知道。”陆折并不赞成父母的做法，但也知道他们是为了他好。

苏瓷得意地看着陆折：“温雅阿姨说想要我这样的女儿，是希望我做她的儿媳妇吧？”

陆折觉得，此时苏瓷要是变回兔子，她的兔子尾巴肯定翘到天上去了。

“我爸妈很喜欢你。”陆折觉得自己很自私，明知道苏瓷不能嫁给他，也不可能成为陆家的儿媳妇，却自私地不想打破幻想。

湖边停着几艘崭新的小船，有工作人员负责看守。

苏瓷和陆折上了其中一艘船。带篷的小船正好可以遮挡阳光，而且两侧通风，可以看风景，这点很合苏瓷的心意。

这会儿的阳光没有那么毒辣了，苏瓷拉着陆折在船尾坐了下来。

苏瓷脱掉鞋，直接把脚放进了水里。

人工打造的湖清澈见底，冰凉的湖水没过脚背，苏瓷感觉很舒服。

陆折看着苏瓷脚踝上的小兔子在水里摇晃，半蹲在她身侧扶着她，唯恐她掉进水里。

山庄里空气清新，景色好，环境幽静，坐在小船上玩儿着清澈的湖水，身旁是喜欢的人，苏瓷觉得胸口处好像钻进了一条小鱼，一直在吹粉红色泡泡。

“你要坐下来吗？”苏瓷怂恿陆折。

陆折摇头：“水有点儿凉，不能泡太久。”

“哦。”苏瓷无聊地晃了晃脚。

玩儿了好一会儿，船快要靠岸时，苏瓷从水里把脚收回来，脚上全是水。

她拿着旁边的鞋子想要穿回去，下一秒，陆折将大手伸了过去，直接握住了她的脚踝。

“先把脚擦干。”陆折阻止了她穿鞋子的动作。

苏瓷想说这里没有毛巾，而且她穿的是凉鞋，脚湿着也没有关系。

然而看着半蹲在她身侧的陆折扯着他的衣摆去擦她的脚，苏瓷所有的话都被堵在了喉咙里。

“陆折……”苏瓷轻轻地喊了他一声。

“嗯。”少年应了一声，神色专注地擦着她脚上的水。

“陆折，你的衣服脏了。”苏瓷忍不住缩了缩脚，却被陆折握得更紧了。

苏瓷脸皮再厚，此时被陆折用他的衣服擦脚，也有些不好意思。

陆折却并不在意：“不会。”

苏瓷的脚背很白，脚指头也圆润可爱，陆折擦了几下，用手指钩过旁边的鞋子帮她穿上，还在她纤细的脚踝上将鞋子绑带系了个漂亮的蝴蝶结。

“好了。”帮苏瓷穿好鞋子后，陆折忍不住用指尖拨了一下她的脚踝上的笨兔子，才松开她的脚。

苏瓷双眸晶亮，忍不住凑过去亲了亲陆折凉凉的唇。

这么细心温柔的少年，是她的。

夕阳西下，山庄里只余最后一抹橙红色彩。

晚餐众人吃得很愉快，山庄里还放了一场烟花。

苏瓷他们用餐的位置绝佳，旁边是宽大的落地玻璃，能直接看见在天空盛放的烟火。

小苏宁和小天才兴奋不已，一阵欢呼。

趁着其他人都看向窗外的烟花，苏瓷回头去看陆折，发现陆折正好也在看她。

苏瓷弯了弯眼眸，这才高兴地看向外面绽放的烟花。

吃过晚饭后将近8点了，苏母陪着女儿回到女儿的房间，哪怕知道山庄里的安保很好，还是检查了一遍房间的门窗。

“妈妈，您回去休息吧，我自己待着就可以了。”苏瓷对苏母说道。

“你自己可以吗？我和你爸爸就在隔壁，有什么事情你就来敲门。”苏母叮嘱道。

“妈妈，有事我会打前台的电话找山庄里的工作人员，您和爸爸好好休息，不用担心我。”说完，苏瓷故意打了个哈欠。

她算是看出来了，妈妈磨磨蹭蹭的，像是不愿离开。

妈妈该不会是要守着她吧？

苏母看见女儿犯困的模样，这才笑道：“好，好，好，你累了就早点儿休息。”

“嗯。”苏瓷乖乖地应着。

直到苏母离开，关上门后，苏瓷才舒了一口气。

苏瓷从行李箱里拿出一件吊带小背心、一条超短牛仔裤，没有带泳衣，只好穿成这样泡温泉了。

苏瓷先洗了一个澡，才换上小背心和短裤。

从洗手间里出来，她拿起床上的手机，给陆折发了信息。

苏父、苏母的房间就在隔壁，她哪里敢去按陆折的房间的门铃？

然而，陆折只回了她“早点儿休息”。

苏瓷作惯了，哪里会听他的话？她又发了一条信息过去：“我要敲门了。”

发完信息，苏瓷笑着打开自己的房门。

果然，斜对面的房门已经被打开了，陆折笔直地站在门后。

“我就知道你会开门。”苏瓷走了过去，笑得得意。

陆折看着苏瓷一身清凉的装扮，眸色沉了沉：“找我有什么事？”

“我过来泡温泉啊。”她房间里也有温泉，但一个人泡有什么意思？苏瓷拉上陆折的手：“我们一起。”

她故意凑到陆折身边：“你不想吗？一起泡温泉，想想都刺激。”

“不想。”陆折漆黑的眼睛看着她，“你回自己的房间泡。”

苏瓷被拒绝，不爽地用脚尖踢了踢陆折的脚：“我就在这里泡，而且要跟你一起泡！”

苏瓷明显在穿着上花了心思，但陆折似乎没多大反应。她看了看自己，不明白到底是哪里出了问题。

“快啊。”苏瓷目光灼灼地看着他。

陆折抿了抿唇。

夜里的山庄很安静，月色也迷人。

苏瓷故意泼了一把水到对面的陆折身上。

她无趣地撇了撇嘴：“哪有人像你这样穿着衣服泡温泉的？”

陆折直接穿着身上的衣服进了水里，将身体遮得严严实实的。

陆折的脸被水打湿，神色柔和了几分，眉目越发清朗，他不去看对面明眸皓齿的苏瓷：“这样就行。”

“你为什么离我这么远？”苏瓷眼神幽怨地问他，“你过来，还是我过去？”

温泉池子有 2 米长、1 米宽，她和陆折分别在一头一尾。

陆折这才幽幽地看了苏瓷一眼。月色下，她就是一个想方设法地逗弄他的妖精。

苏瓷总是好了伤疤忘了疼，又开始作了。

陆折靠在池子边，双手打开分别搭在池壁上，勾了勾唇，轻笑了一声：“过来。”

苏瓷这才高兴。

她像一条狡猾的小鱼，一下子就溜进了陆折的怀里，软软地靠着他。

苏瓷有点儿得意地看着陆折，就是喜欢看他一步步为她后退的样子。

陆折对上苏瓷的眼睛，没有低头去看她在水里的迷人曲线，摸了摸她被打湿的长发，突然问她："还能维持人形多长时间？"

苏瓷数了数："应该到明天下午。"

陆折点了点头。

突然，他低下头，摸着苏瓷湿发的大手覆盖在她的后脑勺上，一下子将人压向自己。

薄唇还带着水珠，苏瓷惊得瞪圆了眼睛。

当二人一起沉到水里时，她下意识地抱紧了他。苏瓷不会闭气，推了推陆折，少年却纹丝不动。

苏瓷脑袋发蒙，只能任由陆折给她渡气。

从水里出来后，陆折看着无力地靠在他身上的苏瓷。

她小脸儿涨得通红，黑眸水光潋滟。

他拂开她脸侧的湿发，轻吻她的额头："还闹不闹？"

苏瓷乖乖地摇了摇头，好像是刺激过头，还没有回过神来。

陆折抱着苏瓷走出池子，拿过一旁的浴巾将人围了起来："我送你回房间。"

"我今晚在这里睡。"苏瓷趴在他的怀里，有气无力地使唤着他，"你去我的房间把衣服拿来。"

"要不再来一次？"陆折无奈，试图吓她。

回过神来的苏瓷在陆折怀里笑弯了眼睛："我们明天再试。"

陆折拿她没有办法，只能按她说的做。

拿好衣物，陆折正要关上苏瓷的房间的门时，旁边的房门突然被打开了。

陆折惊得握着门柄的手一紧。

"你在做什么？"出来的人是陆沉。

看见儿子站在苏瓷的房门前，陆沉挑着眉，故意调侃道："这么晚了，你准备找苏瓷做什么？不会是出去赏月吧？"

陆折拿着苏瓷的衣服的手往后藏了藏："不是。"

陆沉知道他这个儿子性格不像他，闷骚得很，于是笑道："你小心一点儿，要是被苏盛国发现了，啧……"

他意味深长地看了儿子一眼，便回房了。

关上门，陆沉立刻向妻子邀功："雅雅，我看见儿子去找苏瓷了……"

陆折叹了一口气，赶紧回房。

苏瓷早已经脱掉了身上的湿衣服，裹着浴巾，躺在被窝里。

陆折进来时，看见地面上被她随意丢在一旁的湿衣服，目光又沉了沉。

他将衣服递给苏瓷："衣服已经拿来了，你赶紧穿上。"

苏瓷坐起身，接过陆折递来的衣服，然后当着陆折的面，在被子里把裹在她身上的浴巾扯下丢了出来。

"团团！"陆折低低地喊了她一声。

休息了一会儿，已经恢复精力的苏瓷对陆折挤了挤眼，理直气壮地说道："我在换衣服，你别偷看。"

陆折不自在地咳了一声，走进了洗手间。

等他再出来时，苏瓷已经换好了衣服，正安静地坐在床上等他，像一个乖巧的小仙女。

陆折把吹风机插上电："过来，吹干头发才能睡。"

苏瓷小蜗牛般挪过去，直接躺在了陆折的大腿上："吹吧。"

陆折闭了闭眼，把苏瓷的脸转向了另一个方向，这才撩起她的湿发给她吹头发。

从下往上看，苏瓷只能看见陆折棱角分明的下颌线："陆折，你怎么这么细心啊？"

少年笑了笑。

"你细心得像爸爸。你不会是把我当作女儿在照顾吧？"

陆折的笑容凝固在脸上，他深深地看了她一眼："你说呢？"

第二天，苏母在走廊上碰见女儿和陆折在一起。

苏母看着一脸笑意的女儿，脸色并不好："瓷瓷，你要去哪里？"

苏瓷没想到会被妈妈抓包，却没有慌，而是笑着对苏母说："我准备去吃早餐，正好遇见陆折。我刚才问他下午有什么节目。"

陆折嘴角的笑意淡了几分，礼貌地向苏母问好："阿姨，早。"

苏母点了点头，摸了摸女儿的头发："我跟你爸爸也洗漱好了，准备去吃早餐。你先等等我们。"

苏瓷乖乖地点头："好啊。"

看见苏母转身走进房间，苏瓷偷偷地对陆折挤了挤眼。

陆折垂在一侧的手有点儿发麻，眼里的笑意退去。

吃过早餐后，苏父突然说有事，提出离开。

陆家这边三人没多久也走了。他们本来就是冲着苏家人才来山庄的，现在苏家的人离开了，再留下也没有意思。

回去的路上，陆沉摸着下巴说道："昨天苏盛国那家伙还约了我今天继续比赛钓鱼，怎么就突然说要离开了？这家伙还真是言而无信。"

温雅没有理会丈夫，看向一直沉默的儿子，以为他因为看不到苏瓷而不开心："没关系，过几天我举办一个茶会，把小瓷也邀请过来，到时候你们还可以见面。"

陆折看向父母："不必了，你们不需要费心让我和苏瓷在一起。"

"崽崽，怎么了？"温雅担心地看向儿子。

"苏伯母知道会不高兴的。"

苏家的人突然提出离开，是因为今早苏伯母看见他和苏瓷在一起。她虽然没有对他说什么，也没有指责他不遵守承诺，但是离开已经表明了她的态度。

温雅也是母亲，当然知道苏母在想什么。

每一个母亲都是自私的，所以儿子喜欢苏瓷，她和丈夫就想办法让儿子跟苏瓷在一起。

温雅愣了愣，还是开口："童芯不同意，妈妈可以去求她。"

她的崽崽从小到大吃了那么多苦头，现在时间也不多了，她自私地想要把他喜欢的一切都捧到他面前。

陆折摇了摇头，认真地看着父母："爸、妈，我们不能强迫苏伯父和苏伯母，让他们的宝贝跟一个患了绝症的人在一起。"

他现在活的每一天，都是偷来的。

苏瓷不属于他。

温雅一下子红了眼眶。

她的儿子这样乖、这样好，为什么要受这样的苦？

第十二章

你救了我的哥哥

大哥的生命值还有两个星期，苏瓷需要等到最后 3 天，才能知道大哥的死因。

“好了，我们走吧。”苏母打完电话走过来，让店里的销售人员把刚才挑选的衣服全部送去苏家。

“我们回家？”这几天苏母都让苏瓷陪着逛街、做美容、喝下午茶，恨不得把女儿拴在身边。苏母笑道：“刚才我接到大学好友的电话，她说她的儿子也考上 B 大了，要提前过来适应环境，所以开学前的这段时间，她儿子会暂时住在我们家。”

苏母跟好友在大学的时候关系很好，只不过对方远嫁了，她们才没有频繁联系。

现在好友的儿子过来 B 市上学，她正好可以帮助一下。

苏家别墅里的房间很多，别说来一个客人，就是来二三十个，也完全没有问题。

“我跟方琴是大学好友，没想到你跟她的儿子之后也会成为校友。”苏母觉得挺有缘分的，“那孩子已经到机场了，我们顺道去接他。”

苏瓷点了点头。

从商场这里出发去机场还需要一段时间，苏母跟她的那位好友一直在语音聊天。苏瓷无聊地坐在旁边，托着腮听妈妈跟那位方阿姨聊以前的事情。她觉得，妈妈跟对方在大学的时候感情应该很好。

苏瓷看妈妈聊得专注，悄悄地发了一条信息给陆折："你在做什么？"

这几天陆折很忙。晚上视频的时候，她看见他的桌面上放了一大堆文件，知道他和方叔的公司刚成立，事情比较多，所以懂事地没有打扰他。

陆折回复得很快："开会。"

苏瓷很贴心："哦，那你忙吧。"

陆折问她："你呢？"

苏瓷悄悄地看了苏母一眼，回复陆折："陪妈妈去接人，客人会在我家住一段时间。"

这时，车子正好停在机场外。

司机汇报："太太、小姐，到了。"

苏母降下车窗，一眼便看见了好友的孩子。

苏瓷快速地打字："接到人了。"

在苏母看过来前，她退出了聊天界面。

苏母让司机去把好友的孩子叫过来。

苏瓷放好手机，看向窗外，只见一个上身穿着一件白T恤，下身穿着一条洗得发白的裤子，肩膀上背着一个黑色的背包的瘦削男生，神色冷淡地跟在司机身后往她们这边走来。

"阿姨，您好。"男生声音有些低沉，很好听。

"你是季迟吧？"苏母看着男生，觉得他的长相与好友并不相像，五官应该更偏向他的父亲吧。

季迟点了点头："我是。"

苏母笑着说道："你不用太拘谨，我跟你妈妈是好友，即使她不交代，我也会帮忙照顾你的。这个是我的女儿苏瓷，她也考进了B大，以后你们就是校友了。"

季迟往苏母旁边看去，见女孩儿五官精致，眼尾下一颗小泪痣很惹眼。

苏瓷懒懒地抬起眼帘："你好。"

季迟礼貌地收回目光：“你好。”

司机打开副驾驶座的车门，季迟礼貌地道谢：“谢谢。”

苏母觉得好友的儿子拘谨得过分，便主动问他：“你母亲最近身体好吗？”

自从方琴家里出事后，方琴就很少跟她联系了。

“挺好的，谢谢您的关心。”季迟一板一眼地回答了苏母的问题。

“你和你妈妈有什么需要帮助的地方，尽管开口，不用客气。”苏母想起好友现在的情况，觉得惋惜的同时，还心疼她。

方琴的丈夫公司破产，后来还发生车祸人当场去世，留下了一大笔债务。方琴只能独自抚养儿子，打工还债。

苏母想要帮助方琴，但方琴性子倔强，不希望她们的友情因为金钱而变得不纯粹。除了有一次收债的人追上门，方琴无计可施，才不得不开口向苏母借钱。

这几年来，方琴已经陆续还清了债务，现在儿子也考上了B大，也算是终于守得云开见月明了。

季迟声音里少了几分冷淡之意：“谢谢阿姨。”

母亲跟他说过，阿姨是她的好友，但他没有必要处处麻烦阿姨。

他们回到苏家的时候，已经是傍晚。

季迟从母亲那里听说过苏家的情况，知道苏家是顶级豪门，能入住苏家一段时间，已经是幸运的事情。母亲一直叮嘱他，尽量不要给苏家或阿姨带去麻烦。

他看着用人带他去的房间，对方口中不值一提的客房，却比他的家还要大。

“季迟少爷，这里是二楼，左边第三个房间是小姐的，旁边的房间是苏宁小少爷和天才小少爷的。

季迟一一应下。

“季迟少爷，这些是太太让我拿给您的衣服，都是干净崭新的。您看看是否合身，如果不合适，太太说了，再重新给您添置。”用人很客气。

面前的男孩儿衣服破旧，裤子被洗得发白，但太太特意交代了要好好照顾，用人不敢小看对方。

季迟知道自己在苏家暂住，穿着身上的这些衣服并不合适。苏家这样的家世，他穿着一身破旧衣服在苏家进出，会对苏家造成不好的影响，甚至会让人看苏家的笑话。

季迟的自尊心强，但他不是不知好歹的人。

他看着用人手里的衣服，从里面挑了两套看起来最简单的衣服："我穿这两套就可以，其余的不需要了。"

哪怕是看起来设计得普普通通的衣服，布料的触感跟平常的衣服也不一样。

季迟抿了抿唇。就当作他欠苏家的，以后会还的。

季迟穿上用人送来的衣服下楼，看到客厅里阿姨正带着两个孩子玩儿，沙发上坐着的是神色慵懒的女孩儿。

"季迟下来了？"苏母留意到季迟下楼的身影，"嗯，你穿这身衣服真精神，待会儿就要吃晚饭了，先坐一会儿。"

"谢谢阿姨让人送来的衣服。"季迟换的是一身黑色衣服。衣服很有质感，加上他的身形高大，五官长得很好，这身衣服使他无端多了几分贵气。

"不用客气。"苏母拍了拍旁边的两个小家伙，对二人说："这个是季迟哥哥，你们要向哥哥问好。"

小天才很乖，声音稚嫩地对着季迟喊了一声："季迟哥哥好！"

季迟点了点头："你好。"

小苏宁的嘴里含着一口布丁，小嘴巴鼓鼓的，他捂住嘴巴，像是很着急地想把布丁吞下去。

苏瓷顺了顺他的背，哭笑不得："宁宁不用急。"

小苏宁点点头，腮帮依旧鼓鼓的，黑溜溜的眼睛圆圆的，小模样萌极了，逗得苏母和苏瓷笑个不停。

过了好一会儿，小苏宁终于把嘴里的布丁咽了下去，昂起头去看高大的季迟，小奶音里也像是沾上了布丁的甜味："季迟哥哥好。"

季迟发现，这个更小一点儿的孩子跟沙发上的苏瓷有几分相像，粉雕玉琢得像小天使。

苏母示意季迟坐下："小迟坐吧，不用拘谨。你平常喜欢吃什么，或者有什么东西是不吃的？”

季迟在对面的单人沙发上坐下，挺直腰背：“阿姨，我没有需要忌口的。”

苏母笑着点头：“那就好。”

小苏宁爬上了沙发，肉乎乎的身体靠近苏瓷。

“怎么了？”苏瓷正想发信息给陆折，看见弟弟靠过来，只好放下手机，扶住小苏宁的小身板。小家伙最近是不是又长肉了？

“姐姐，”小苏宁凑到苏瓷的耳边，还神神秘秘地伸出一只小手挡在姐姐的耳侧，偷偷地告诉苏瓷，“季迟哥哥像姐夫。”

什么？季迟像陆折？

她无语地伸手弹了弹小苏宁的脑袋：“这里笨笨的，罚你两天不能吃布丁。”

小苏宁还以为自己提起姐夫，姐姐会奖励他布丁。

他记得的，上一次他告诉姐姐姐夫来了，姐姐就奖励了好多布丁给他。为什么现在他觉得季迟哥哥像姐夫会被罚？

对小苏宁来说，季迟高高瘦瘦的，神情也冷冷的，跟不爱说话的姐夫很像。

被姐姐惩罚了，小苏宁委屈地嘟起了嘴巴，觉得手里的玩具变得不好玩儿了。

苏瓷抬起眼帘，看向正在跟苏母聊天的季迟，目光从他的脸上滑落到他的手上。

这时，季迟伸手去接用人端过来的茶，苏瓷看到了他的生命值，只有1个月的时间。

苏瓷眯了眯眼。

还有1个月的时间，富贵现在也不知道他是怎么死的。

苏瓷用手撑着下巴想着，这算不算是送上门的金色棉花糖？

苏瓷既开心又烦恼，突然觉得自己好忙啊。

晚饭的时候，苏父和苏致远都回来了。

“大哥，”苏瓷坐在苏致远的旁边，问他，“最近公司是不是很忙啊？”

大哥每天都早出晚归的，她很少与大哥碰面。

苏致远身上穿着一身银灰色修身西装，里面搭配一件黑色的衬衫，五官精致，再加上掌权者的压迫感，完全就是小说里的总裁人设。

“最近公司投资的项目比较多。”苏致远面对外人时神色冰冷，但面对家人，尤其是对着妹妹，总是神色温柔的。

苏氏集团涉及的行业很多，以地产、酒店、金融投资、新能源开发等为主。

“最近两个星期你有什么特别重要的事情吗？”苏瓷试探着开口。

苏致远笑了：“今天怎么这么关心哥哥？”

苏瓷一脸理直气壮的表情：“我一向关心你。哥哥，你这两周的行程出来了吧？”

大哥的工作需要经常出差，如果到时候他飞去了其他地方，她很难及时赶去救人。

“这周我有好几个会议，下周要去 C 市谈合同，查看一个工程的进展情况，应该会在那边待上几天。”苏致远对妹妹有问必答，“你还有 1 个月就要开学了，到时候我抽时间送你去学校。”

“C 市？”苏瓷皱眉，难道大哥是在 C 市出事的？

“怎么了？”

“你把我也带上吧，反正我下周没有安排。”

苏致远有点儿惊讶：“我是去出差的，没有时间陪你。”

“我知道。你放心，我不会妨碍你工作的。”苏瓷保证。

小时候，妹妹很喜欢跟在他身后，像一条小尾巴——他走到哪里，她跟到哪里；长大后，妹妹就不再像小时候那样缠着他了。现在，妹妹提出要跟他外出，苏致远惊讶又开心：“行，我让人安排一下。先说好了，到时候你觉得无聊也不能反悔。”

“绝对不反悔。”她又不是为了游玩。

晚饭的气氛很融洽，季迟没有想到苏家虽然是豪门，但是家庭氛围这么好。

用完餐回到房间后，他接到了母亲打来的电话。

听出了母亲语气里的担心之意，季迟安抚她：“阿姨对我很好，苏家人也很好。我只是在苏家暂时待一段时间，等开学了就住去学校的宿舍。”

方琴知道苏母善良，确实会照顾好她的儿子：“你记得不要给阿姨添麻烦。”她继续说道，“童芯的那几个孩子，你见过了？你跟他们好好相处，不要起冲突。如果真发生什么矛盾了，你要忍让。”

方琴知道儿子一向懂事，但依然提醒了一遍，这像是刻在骨子里的习惯。

季迟低着头，目光落在地面上，低声应着。

方琴叮嘱儿子：“如果钱不够，记得告诉妈妈，我会打钱给你。”

季迟回话的声音在安静的房间里特别清晰：“我明天会出去找兼职，您不需要为我的生活费忧心。”

方琴一阵心疼。

以前公司还没有破产的时候，他们家也算是富裕的家庭，儿子小时候也生活在优渥的环境里。

后来公司破产，丈夫出车祸去世，一件件事情逼着儿子快速成长着。

季迟的脸上没有什么表情，他跟母亲又聊了几句话，才挂断了电话。

这时，他的房间的门被敲响。

苏家的用人讲话的声音传来：“季迟少爷，这是您的生活用品，如果还有什么需要的东西，请告诉我们。”

“谢谢。”季迟接过用人手里的托盘，上面是牙膏、牙刷、杯子、毛巾等生活用品。

用人离开后，季迟发现托盘上还有一张银行卡。

季迟安静地看了银行卡几秒，拿着卡走了出去。

季迟把卡还给了苏母。或许在苏家看来，卡里的几万元不值一提，但对他来说，这是一笔巨款。他不能收。

苏瓷正在房间里跟陆折视频。

说是视频，其实就是她趴在床上，两手托着腮，看屏幕里的陆折工作。

他最近好忙啊。

苏瓷没有打扰陆折，就这样安静地看着他。神色专注的少年真好看。

这时，苏瓷的房门被敲响。

苏瓷没有起身，直接说道："进来。"

门被人从外面打开。

小苏宁率先走进来，奶声奶气地说道："姐姐，宁宁给你送水果。"

苏瓷有晚饭后吃水果的习惯，小苏宁每次都会主动承担起给姐姐送水果的任务。

"谢谢宁宁。"苏瓷这才抬头去看弟弟，没想到弟弟的身后还站着一个高大的身影。

苏瓷惊讶："你怎么进来了？"

她立刻从床上坐起。

"葡萄掉了，季迟哥哥帮宁宁捡起来了。"小苏宁主动告诉姐姐。

季迟手里拿着一碟子洗好的葡萄，脸上没有什么表情，只问苏瓷："放哪里？"

视频里突然传来男人低沉的声音，正看文件的陆折抬眸，却只看见了苏瓷的房间里的吊灯。

苏瓷从床上下来，裙摆落下。她踩着拖鞋，赶紧走过去。

季迟别开目光，不去看女孩儿过分白皙纤细的小腿。

苏瓷接过水果盘："麻烦你了，给我就行。"

"不客气。"季迟一板一眼地说道，"不打扰你了。"

他挺直腰，快步走出了充满少女香的房间。

视频里，陆折看见了季迟一闪而过的侧脸，漆黑的目光沉了沉，合上了文件。

季迟离开后，苏瓷把一颗葡萄喂进小苏宁的嘴巴里："来，跟你姐夫打个招呼。"

"截胡（姐夫）……"小苏宁嘴里含着葡萄，声音含混不清，把苏瓷逗笑了。

她摸了摸他的脑袋："行了，你走吧，姐姐现在没有时间陪你玩儿。"

苏瓷是典型的重色轻弟。

关上门后，苏瓷继续跟陆折视频："你看完文件了？"

她看见陆折面前的文件全都合上了。

陆折看着苏瓷在屏幕前放大的脸："嗯。"

听到陆折忙完了，苏瓷高兴起来："你陪我说说话。"

"刚才送水果的人是谁？"

"我和妈妈去接的客人。他叫季迟，是我妈妈的好友的儿子，暂时住在我家里。"苏瓷说着，开始低头剥葡萄皮。好麻烦啊，她最讨厌吃水果时剥皮了。

陆折下意识地皱了皱眉。

苏瓷把剥了皮的葡萄放进嘴里，显然没有在意季迟的事："下周我哥哥去 C 市出差，我也会跟着去。"

陆折问她："是有什么事吗？"

苏瓷点了点头，笑盈盈地看着陆折："我去给你攒好东西。"

陆折面露疑惑之色，听不懂苏瓷的意思。

苏瓷不指望他会听懂，又剥了一颗葡萄丢进嘴里后，声音也像是沾上了果子的甜意："等我回来，我就把好东西给你。"

陆折知道每次苏瓷说给他好东西，就是要亲他。

眼底藏了笑意，他看着苏瓷说："好。"

苏瓷的手指上全是葡萄汁，她舔了一下自己白皙的指尖，一脸坏笑地看着屏幕里的陆折："那你要好好配合我。"

"配合什么？"陆折想到她磨人的劲儿，装作听不懂。

早上，苏瓷从房间里出来，正好看见同样出门的季迟。

季迟经过她身边时，礼貌地打招呼："早。"

苏瓷点了点头。

她发现，住在她家的季迟就像一个隐形人，安静得过分。这几天对方早出晚归的，更像是不存在一般。

她昨晚听苏母说，季迟为了赚取生活费，在外面找了两份兼职。

今天是周日，季迟不需要去兼职。

吃过早餐后，苏母有事外出一趟，季迟被小苏宁和小天才拉着，正陪他们玩儿棋子。

两个小家伙现在可会看脸色了。虽然季迟看起来冷冷的，但是他们知道这个大哥哥不可怕，也不吓人。

“姐姐，”小苏宁看见姐姐端着一杯酸奶走过，屁颠屁颠地跑过去拉她，“一起玩儿棋棋。”

小苏宁这两天学会了玩儿飞行棋，已经入了迷，连小布丁也顾不上吃了。家里只要有大人在，他就会拉人陪他一起玩儿。

苏瓷吸着酸奶，低头看着弟弟：“太无聊了，不想玩儿。”

小孩子才喜欢玩儿这些无聊的东西。

小苏宁伤心地噘了噘小嘴巴，奶声奶气地反驳：“不无聊，好好玩儿。”

知道自己打击了弟弟幼稚的小心灵，苏瓷捏了捏他肉乎乎的脸蛋儿：“行，我只陪你玩儿一局。”

听到姐姐答应了，小苏宁的大眼睛亮起来，他乖乖点头：“好。”

小胖手牵上姐姐的手，他把人往茶几那边拉去。

棋子已经摆好了，季迟和小天才各占一方。

小苏宁跑到自己的位置，笑着说道：“我要绿色的棋棋。”

苏瓷在季迟的对面坐下：“开始吧。”

清晨的阳光透过宽大的落地玻璃照进客厅内，室内染上一层柔光。

耳边是孩子轻快的笑声，季迟垂着眼眸，不去看对面女孩儿过分漂亮的一张脸。

“到我了。”苏瓷悦耳的声音响起。

季迟看着棋纸，只见苏瓷白皙纤细的手指伸过来，捏起棋子。

季迟第一次知道，原来女孩儿的手指可以这样漂亮，就连指甲也泛着浅浅的粉红色，比白玉还要精致。

“轮到你了，季迟。”苏瓷说道。

季迟低垂着眼帘，遮挡住眼睛里的情绪，伸手拿起棋子。

苏母回来的时候，就看见苏瓷和季迟正陪着两个孩子围着茶几下棋。欢乐融洽的气氛，让她有点儿惊讶。

女儿好像在跟对面的季迟说什么，而季迟虽然冷着脸，但是会回应。

二人看起来相处得很融洽。

苏母心头一跳。不知道是不是错觉，她现在才发现季迟这个孩子不管是身形还是气质，似乎跟陆折有几分相像。

苏母目光落在女儿带笑的脸上，心头一松，她觉得女儿太小了，还不懂得区分什么是喜欢。

女儿喜欢陆折，那么现在出现一个跟陆折气质有几分相像的季迟呢？

苏瓷忙着收拾行李去C市。

她听大哥说了，要在那边逗留几天，所以她的护肤品、漂亮衣服、鞋子、包包，都要带上。

酒店的房间早已经让人安排好了，苏瓷跟着大哥直接拿着行李入住就行。

苏瓷的房间在大哥的旁边，她躺在床上，看着外面满天的乌云，显然会有大雨。

苏瓷讨厌下雨天，想到外出有可能被雨水打湿鞋子、弄脏裙子，就一阵郁闷。

这时，房间的门被敲响。

苏瓷懒洋洋地起身去开门。

苏致远换了一身休闲西装："今晚我约了客户谈合同。我帮你叫了晚餐，你别乱跑，外面快要下雨了。"

苏瓷乖乖点头。她知道大哥的生命值还有4天，明天就能知道他的死因了。

夜里，苏瓷洗完澡从洗手间里出来，雪白的肌肤透着淡淡的粉红色。

洗了一个热水澡，苏瓷觉得浑身有种说不出的难受，像感冒了。

苏瓷的呼吸有点儿不稳，她无奈又无措地侧躺在床上，半边脸埋在枕头里。呜……她想陆折了。

这时，放在一侧的手机响起。陆折发来了视频通话请求。

她接通视频，少年的俊脸出现在屏幕里。

苏瓷的眼睛亮起，她有气无力地喊了他一声。

屏幕里，苏瓷一张脸红通通的，眼睛湿润，眉头微蹙，看起来很难受的样子。

陆折目光一顿："发生什么事情了？"

苏瓷眨了眨眼，立刻向他诉苦："陆折，我不舒服。"

"哪里不舒服？生病了？"陆折的目光下意识地移向苏瓷的头顶，看见那里没有兔耳朵冒出来，才松了一口气。

"全身都不舒服。"

苏瓷确实是一副不舒服的模样，陆折担心地问她："很难受？要去医院吗？"

苏瓷摇了摇头，撒娇道："见到你，我就不难受了。"

苏瓷的话一出口，陆折心底的紧张感就消失了。他轻笑出声："我是你的药？"

苏瓷脸上染着红晕，眼尾下的小泪痣带着媚色，勾人至极，潋滟的黑眸看着陆折："对，你是我的药。"

通过屏幕，陆折发现苏瓷的脸越发红了，看着像连说话的力气也没有了，更加担心："团团，你到底怎么了？"

苏瓷努力忽视掉身体里的奇怪感觉，握紧了手机，可怜巴巴地说道："可能是感冒了。

"我挂了。"

只能看着手机里的陆折，又不能触碰，苏瓷觉得更难受，挂断了视频通话。

陆折眉头微蹙。

"崽崽，"温雅看见儿子提着行李袋从楼上下来，连忙问道，"这么晚了，你要出门？"

"妈，我有点儿事要去C市一趟，很快回来。"陆折脸上有几分着急之色。

温雅担心儿子的身体："崽崽，这里飞去C市要两三个小时，你先吃点儿饭再出门吧。"

"您放心，我会在飞机上吃的。"陆折看了一眼时间，"我先走了。"

看着儿子匆忙的身影，温雅哪怕不知道发生了什么事情，也能猜到必定是与苏瓷有关。

这段时间下来，她几乎摸清了儿子的性格。他的性子偏冷，年纪小却沉稳内敛，除了苏瓷，他面对其他事情，情绪从不会外露。

她的崽崽肯定是吃了很多苦头，才养成了这样沉闷冷漠的性子。

温雅心头一阵发酸。

夜色渐深，C 市的雨从下午到现在，一直没有停止，“淅淅沥沥”的，很是扰人。

苏瓷难受得又翻了一次身，收到了一条信息，看了一眼，随手回复了对方。

也不知道过了多久，房间的门铃被按响，苏瓷脸色潮红，扯了扯身上往下掉的睡裙，浑身无力地从床上爬了起来。

她从门上的猫眼里往外看了一眼。

陆折清冷的面容瞬间让她清醒了过来。

苏瓷打开房门，惊讶地看着门外的陆折：“你怎么来了？”

见苏瓷的脸颊两侧布满了红晕，额上沁着密密麻麻的细汗，陆折伸手去摸她的额头，体温正常：“哪里不舒服？”

少年的大手冰凉，带着外面雨水的凉意，苏瓷蹭了蹭他贴在她的脸颊上的手：“你是因为听到我说身体不舒服才赶过来的？”

陆折垂眸看着她：“嗯。”

苏瓷眼睛一亮，她的少年怎么这么好？

“怎么突然不舒服？我陪你去医院？”

苏瓷白皙的手指缠上他黑色的衣摆，踮起脚凑到他的耳边：“你要知道原因吗？”

少年浓密的睫毛颤了颤。

刚才她泡了太久的热水澡，才会脑袋发晕，现在已经没事了。苏瓷趁机逗弄陆折：“相思病。”

陆折抱紧她，哭笑不得。

苏瓷把陆折拉到床边，指挥他躺下，然后趴在他的胸膛上，胸口处像揣了一只小兔子，一直蹦跳个不停。她抬起头，一口咬在陆折精致的下巴上：“我们做。”

她有点儿紧张，又很期待。

跟陆折在一起，她是愿意的。

微微的刺痛感传来，陆折神色沉了沉，直接拒绝：“不行。”

哪怕苏瓷没有说清楚做什么，他也敏感地猜到了她话里的意思。

苏瓷抬眸，溢满水光的眼睛看着他："陆折，我想。"

陆折语气严肃地拒绝她："团团，不行！"

"是你不行？"苏瓷气得瞪他。

陆折："……"

苏瓷坏得很，故意激他："你要是真不行，我不怪你。"

陆折浑身的肌肉绷紧。

他知道女孩儿坏主意多，胆子又大，却没有想到她一次比一次作。

陆折闭了闭眼，一把扯过旁边的被子，将二人盖住。

苏瓷错愕间，听到了陆折咬牙切齿的声音："团团。"

苏瓷觉得自己浑身都是汗，听到门铃响了，根本不愿意起来。她好累啊，她的唇好痛啊。

陆折低头亲了亲苏瓷的额发："这么晚了，会是谁？"

苏瓷有点儿不想理会，但铃声一直响个不停，她睁开眼看着陆折："会不会是哥哥？"

想到有可能是大哥，她这才懒懒地从陆折的怀里起来。

她有点儿腿软地踩着酒店里的一次性拖鞋走到门前，往猫眼里看去，外面的人确实是大哥。

她回头去看侧躺在床上的陆折，突然有种自己金屋藏娇被家人发现的心虚感。

她小跑过去："外面的人真是我大哥。"

哪怕苏瓷的脸皮厚，她也不敢让大哥知道陆折在她的房间里。

陆折坐起身："需要我藏起来？"

"嗯嗯嗯。"苏瓷看了看周围，只有衣柜最合适。

"你藏衣柜里面。"苏瓷拉他。

陆折很配合，从床上下来，直接往衣柜那边走去。

衣柜是推门款，分上下两层，每层有一米高。

陆折人高马大，靠在衣柜一侧坐着，两条长腿屈着。

苏瓷把头伸进衣柜里，对着里面的陆折亲了一口："乖，我很快放你出来。"

“嗯。”

苏瓷心疼地拉上了衣柜的门。

她又跑去椅子那边拿过一件外套披起来，拨乱头发，才打开房间的门。

“哥哥，你找我有事吗？”苏瓷一脸睡意。

苏致远刚跟客户谈完事情，喝了点儿酒，眼里有了醉意。他伸手摸了摸妹妹的头：“看看你睡着没有，吵醒你了？”

“我刚准备睡。”苏瓷说完，故意打了个哈欠。

苏致远说道：“哥哥的房间就在隔壁，有什么事你随时找我。”

苏瓷乖乖地点头：“我知道了。”

这时，苏致远单手推开妹妹的房间的门，往里面走去。

“哥哥？”苏瓷惊得立刻挺直了腰背。

“我帮你检查一下房间。”苏致远往房间四周看了一眼，密封的宽大落地窗能看到整个城市。

他看了看天花板，又走进洗手间里检查镜子。虽然这家酒店的安全性高，但他还是要确定一下妹妹的安全问题。这段时间，他看到过好几次女孩子住酒店被骚扰的新闻，房间里安装摄像头的新闻也不少，不得不小心。

苏瓷的目光不经意地瞥到了床边的黑色鞋子，她倒吸一口冷气，趁大哥在洗手间里，赶紧将陆折的鞋子踢到了床底下。

才松了一口气，苏瓷转眼就看见从洗手间出来的大哥朝衣柜走去。

“哥！”苏瓷被吓得瞪圆了眼睛。

“怎么了？”苏致远带着醉意的眼睛看向妹妹。

“这家酒店是五星级的，安全性很好，你不用担心。我下午已经检查过一遍了。”苏瓷又故意打了个哈欠，“哥，我好困啊，想睡觉了。你也早点儿回去休息吧。”

苏致远带着醉意的眼睛里全是柔色：“明天我需要去施工现场那边一趟，你在酒店里吃过早餐后别乱跑。我忙完尽量回来陪你吃午饭。”

苏瓷继续乖乖地应着：“好。”

苏致远看着妹妹犯困的模样，说道：“去睡吧。”

然后他往外走去。

“哥哥，晚安。”

大哥离开后，苏瓷才终于舒了一口气。

她赶紧走到衣柜那边，打开衣柜的门。

陆折屈着长腿靠坐在衣柜里。

玄关处射来的暖光映照在他清冷的脸上。

苏瓷对上陆折平静的目光，一下子就受不了了。

她穿着酒店的一次性白色拖鞋，把脚伸进去，脚尖碰了碰陆折的脚：“你的脚放好一些。”

陆折正想从衣柜里出来，闻言疑惑地看向她。

下一秒，女孩儿像是寻到什么喜欢的东西，眼睛亮亮的，哪里有半点儿在大哥面前装出来的困意？

她也钻进了衣柜里，直接坐在陆折的身上，笑盈盈地看着他：“我们还没有尝试过在衣柜里亲。”

陆折扶额。

刚才在被窝里，眼尾泛红，哭喊着嘴巴疼的人怎么这会儿就不长记性了？

陆折用带着薄茧的指腹蹭了蹭女孩儿红艳艳的嘴：“不疼了？”

“有点儿。”苏瓷趴在他的怀里，一副得了便宜还卖乖的模样，“你轻点儿亲。”

说着，她伸手过去，把衣柜的门关上了。

第二天，苏瓷在陆折的怀里醒来，敛去眼睛里的困意，问富贵：“我哥哥是怎么死的？”

富贵知道主人紧张家人，已经为她哥哥的死因担心了3个月，丝毫不敢耽误，直接回道：“主人，你的哥哥是被人用刀刺死的。”

闻言，苏瓷倏地从床上坐了起来，眼睛里泛起冷色。

“怎么了？”陆折睁开眼。

其实他早已经睡醒了，只是舍不得松开女孩儿。

苏瓷回头，眼里的冷色退去：“陆折，我觉得我哥哥这几天会有危险。”

陆折起身，眼神变得清明：“你做噩梦了？”

苏瓷摇了摇头，把头抵在陆折的胸口处："不是。"

陆折轻抚着她的长发："你怎么知道你哥哥有危险？"

苏瓷声音闷闷的："我不能说，但就是知道。陆折，我要救哥哥。"

"好。"陆折没有继续追问，低头轻吻着她的发顶。

他的团团藏了不能说的秘密。

C 市最近的天气并不好，一直下雨。

苏致远带着两个助理去了工程施工现场。负责人听说苏家的大少爷来了，赶紧出来接待："苏总，您怎么来了？"

"前段时间发生事故的员工怎么样了？"苏致远问负责人。

前几天，工地上有一个员工从高空坠落，媒体争相报道，集团不得不重视起来。苏致远这次过来，除了商谈合同，还为了这件事情。

负责人态度恭谨，赶紧向苏致远汇报："苏总，我按照公司的意思，已经把赔偿款发放给家属。"

他没想到苏致远会亲自来 C 市询问这件事，毕竟苏致远是苏氏集团的掌权人，这样的小事情哪里需要惊动苏致远？幸好事情已经解决了。

"苏总，您放心，我当时亲自去医院探望了伤者，对方已经没有生命危险。"负责人一脸谄媚的样子，"伤者的家属同意接受赔偿，钱也打给他们了。"

苏致远没有再多问。

雨一直下，好些工人在临时搭建的铁皮屋里休息，等雨停后继续施工。

穿着银灰色修身西装的苏致远站在脏乱的工地里，有种说不出的精致感。他往里走去，被地上的泥水弄脏了昂贵的皮鞋，也毫不在意。

"苏总，里面乱糟糟的，别脏了您的衣服和鞋子。那边是我的休息室，要不您过去坐一会儿？"负责人小心翼翼地建议。

周围都是钢筋水泥，苏致远这样身份的人，负责人唯恐他在这里磕碰着。

"没关系。"苏致远接过助理手里的雨伞，自己撑着，继续踩着泥水在工地上巡查。

负责人只能撑着伞毕恭毕敬地跟在苏致远身后，不断跟他汇报工程的进展。

这时，一个工人跑了过来，对负责人使了一个眼色。

负责人立刻对苏致远说道："苏总，不好意思，这小子找我有点儿事。"

苏致远点了点头。

负责人拉着工人走到水泥堆那边："什么事？没看见我在招呼苏总吗？"

"李哥，"工人压低声音，着急地说道，"周明的家人来了，现在在外面，说要找你谈赔偿款的事情。"

"什么？"负责人一惊，下意识地看向走远的苏致远，"你赶紧找人拦住他，不能让他冲撞了苏总。"

工人赶紧说道："几个兄弟在外面拦他了，来的人是周明的大哥，叫嚷着要见你。"

负责人咬了咬牙，指挥工人："你们先稳住他，跟他说我现在有事忙，没空儿跟他谈，让他改天再来。如果他不愿意走，你就让他先等着，想办法拖住他。待会儿我招待完苏总，再跟他谈。"

"好，李哥，我这就去跟他说。"工人很快冒着雨跑开了。

负责人脚步匆匆，赶紧跟上苏致远，笑呵呵地说道："苏总，不好意思，手底下一群小子毛毛躁躁的，总是有事情找我。"

苏致远已经巡查得差不多："没事，虽然工程的进度要赶，但还是要以员工的安全为重。"

负责人以为像苏总这样的掌权人会以利益为先，没想到对方会说出这样的话。

负责人赶紧应声："这是当然。苏总您放心，类似的事，我保证不会再出现。现在天气不好，我让他们在屋子里好好休息，就是担心再出什么状况。"

"嗯。"苏致远带着两个助手离开。

看着苏致远上了车，负责人松了一口气。

众人都知道，自从苏致远接手集团事务后，苏氏集团赚的钱翻了好几番。

负责人笑呵呵地看着车子启动。

“李贵！”这时，旁边一个高壮的身影蹿了出来，几个工人拦都拦不住。

刚才传话的工人一脸为难的神色：“李哥，他非要见你。”

“行了，行了，你们进去吧，我来跟他谈。”负责人李贵赶紧往苏致远的车子的方向看去，车子已经离开了。

李贵问周明的大哥：“你来找我是为了周明的赔偿款？”

周豪神色激动：“对！你们太欺负人了，我弟弟从高空掉下来，医生说他半身瘫痪。这件事你们要负责赔偿。”

李贵掏出一根烟，放在嘴里叼着：“赔偿款我已经打到你们的账户上了，字你们也签了，同意和解。怎么，现在是贪心不足？”

周豪双手握拳，一双眼里充满了怒火：“你欺负我母亲老眼昏花，骗她老人家签字。说好了赔偿 20 万元，条约上却只写了 1 万元，这点儿钱连我弟弟的手术费都不够。你太过分了，分明就是吸我们的血！”

“我们当初谈好的就是 1 万元，哪里来的 20 万元？”李贵咬着烟，表情不以为然，继续说道，“我也是打工的，你别为难我，刚才离开的那辆豪车你看见了吧？你知道里面的人是谁吗？他就是大名鼎鼎的苏总，这里的整块地、整个工程，都是他的产业。

“在苏总面前，我只是普通的员工，什么都要听他的。”

李贵意味深长地说：“赔偿款的事我只是听从苏总吩咐办理。你也知道有些黑心的吸血鬼，根本不理会我们底下的人的死活。”

周豪想到躺在医院里的弟弟，气得浑身颤抖：“我不要听这些废话，你们休想用 1 万块钱打发我们！我弟弟现在还躺在医院里没有醒来，我们家根本就支付不起这么多治疗费。”

“我知道。我也很同情你们。”李贵拿下嘴里的烟，叹了一口气，“周明跟了我一段时间，也算是我的兄弟，我哪里能眼睁睁地看着他变成这样？来，这里有 1000 块钱，你先拿去。不够的话，我再想办法凑一凑。”

李贵把钱塞到周豪手里：“你也别为难我。我刚才跟你说了，我只是替苏总办事的员工，赔多少钱给你们，都是他说了算。钱我已经打过去了，你别找我闹，我也很为难。之前苏总连这 1 万块钱都不想出，还是我极力争取的。”

周豪眼睛发红地看着手里被塞过来的钱，攥紧手，像握着弟弟的命：“他欺人太甚！我弟弟的命就不是命吗？！”

李贵暗笑对方天真。

他拍了拍周豪的肩膀：“你也知道，他们那些有钱人一向看不起我们，根本不会把我们的命看在眼里的。我们吃了亏也只能乖乖受着，根本没有办法，毕竟鸡蛋怎么跟石头碰撞？”

雨水打湿了周豪身上的衣服。他握紧手里的钱，不甘心地瞪着李贵。

“反正这事我只是听从苏总的安排，有什么事，你别再来找我。你们拿了钱，也签了字，事情已经解决了。你回去好好照顾周明吧。”李贵丢下这些话，叼着烟离开了。

周豪站在原地，一双眼睛猩红，脖子上青筋尽显，将手里的钱攥得皱巴巴的。

“李哥，周明他哥走了吗？”传话的那个小工看见李贵进来，赶紧凑过去。

“我已经打发他离开了，以后他再来，就赶走他。”刚才也是怕苏总去而复返，李贵才安抚对方的。

“李哥，这……”小工有点儿犹豫。

李贵警告小工：“你给我闭紧嘴。只要有我在，绝对让你有肉吃。”

小工赶紧保证：“李哥，你放心，我绝对不会多嘴。”

李贵这人太狠。集团给了 100 多万元的赔偿款，全被他拿去填赌债了，只拿了 1 万块钱打发周明的家人。这件事情是小工无意间发现的，因害怕李贵的手段，只能收下李贵的钱，答应不泄露此事。

至于周明，只能认倒霉，碰上这么一个狠心冷血的家伙。

自从知道大哥会被人用刀刺死后，苏瓷一直不安。

她对大哥身边的人不了解，目标太多了，究竟是谁要杀害大哥？她只能叮嘱大哥这两天一定要把 3 个保镖带在身边。

到了第三天，苏瓷早早就去找苏致远，看到他手腕上依然是红色的细线，就知道大哥的危险还没有解除。

到底是谁要杀大哥?

难道是商场上的对手?

“不是说要陪我去吃早餐吗?”苏致远看见妹妹神色怔怔的，伸手弹了弹她的额头，“走吧。”

“好。”苏瓷跟着大哥到了酒店的用餐区吃早餐，刚在靠窗的位置坐下，就发现了斜对面的陆折。

陆折什么时候下来的?

因为担心大哥随时又进她的房间突击检查，所以昨天陆折住在另一个房间里。

要是平常，苏瓷必定会跑到陆折的房间里跟他一起住。但此时，大哥的危险逼近，她没有了逗弄陆折的心思。

“哥，你今天没有其他事情要忙吧?”苏瓷问坐在对面的苏致远。

“嗯，已经忙完了，怎么?待在这里很无聊，你想回家了?”这两天他一直在忙，妹妹一直待在酒店里，“今天不忙，我可以带你到外面走走。”

“不用了。”苏瓷立刻摇头。

在外面走更加危险，周围任意一个人都可能是行凶者，她根本防不住。

“不用?”苏致远有点儿惊讶，挑了挑眉，“你不是说过来是为了散心?”

“我突然又不想散心了。这里也没有什么好玩儿的地方，还不如待在酒店里。”苏瓷担心苏致远往外跑，“哥哥你也是，辛苦了几天，今天就好好待在房间里休息，别出去。我们晚上就回 B 市。”

“好。”苏致远笑着应下。

苏瓷抿了抿唇，千叮万嘱:“哥哥你下午一定不能出去，好好待在房里!”

苏致远对妹妹宠溺一笑，再次应下:“好，但你为什么这么紧张我外出?”

“外面这么大的雨，你还往外跑，很容易感冒的。”苏瓷撒起谎来眼睛都不眨一下，“反正你今天就乖乖待在房间里，我随时过去查房。”

苏致远脸上布满笑意，完全没有对外人的冷酷之色:“都听你的。”

用过早餐后，苏瓷催促大哥回房间，离开时还偷偷对不远处的陆折挤了挤眼。

看着大哥走进他的房间，苏瓷这才回自己的房间。

大哥的生命值还有 4 个小时，只要他好好地待在酒店房间里，对方就杀不了他。

中午，苏瓷让人把饭送到苏致远的房间里，和他一起吃的午饭。

就像苏瓷说的，她要看着大哥，寸步不离。

苏致远看着在他的房间里进进出出的妹妹。她不是借充电器就是借纸巾，什么借口都有。

“小瓷，你在担心什么？”他总觉得妹妹今天特别奇怪。

“我担心你不听我的话往外跑。外面雨大，我不想你外出。”苏瓷也不急着离开，看见大哥的生命值还有 1 个多小时。

苏致远伸手去敲妹妹的脑袋：“我是言而无信的人？”

苏瓷：“哥哥，你最讲信用了。”

苏致远起身，让服务员来收拾房间里的餐具：“行了，你回去你的房间，我要午睡。”

被妹妹这样一直盯着，苏致远总觉得不自在。

“你先睡，待会儿我再过来看你。”苏瓷起身，想着一会儿再过来。

“好。”苏致远送她到房门口，“你也好好休息。”

妹妹今天太缠人，苏致远终于觉得烦了。

30 分钟后，苏瓷又跑来大哥的房门前按响门铃。

苏致远看着门后的妹妹，挑了挑眉：“这次借什么？”

“我看看哥哥你醒了没有，你还困吗？继续睡吧，我待会儿再来看你。”确认哥哥安然无事，苏瓷一溜烟地走了。

虽然她已经吩咐保镖不要让陌生人靠近哥哥的房间，但还是忍不住担心。还剩下不到 1 个小时，她绝对不能放松。

又过了 30 分钟，苏瓷刚按响门铃，苏致远就开了门。

苏瓷看见神色无奈的大哥对她笑了笑，便再次离开。

快了，快了，还有 20 分钟。

苏致远觉得妹妹今天太奇怪了。她为什么一直防着他外出？

他看了一眼窗外的倾盆大雨，打消了疑惑。

这时，苏致远的手机响起，是助手打来的电话。

“苏总，出事了。”

苏致远挂了电话后，眉头紧皱，大步往外走去。

酒店大堂里，刚从外面回来的陆折正好看见苏致远神色着急地离开酒店。

眼看还剩下 10 分钟，苏瓷又跑过去按响了大哥的房间的门铃。

她等了好一会儿，门没有被打开。

苏瓷脸上的笑容凝固，拼命地按着门铃：“哥哥，哥哥开门！”

房间里依然没有人回应。

苏瓷的一颗心不断往下沉，她颤抖着手掏出手机，拨打了大哥的电话。

“哥哥，你在哪里？”苏瓷觉得自己的声音发颤。

“工地那边出了点儿事，我需要出去处理一下，很快回来。你放心，我带了雨伞，不会感冒。”

“哥哥你不能去！”苏瓷握紧手机，喉咙发干，“你会有危险的，立刻回来！”

从酒店到工地并不远，苏致远看着不远处的工地，对妹妹说道：“你放心，我会照顾好自己的，待会儿就回去。好了，我到了，回去再跟你说。”

电话被挂断，苏瓷惊慌地立刻找来保镖：“我大哥出去了，为什么不告诉我？！”

“小姐……”

“算了，我不想听废话。”苏瓷神色着急，“立刻带我去工地。”

苏致远来到施工现场，助理早已等在门口：“苏总，伤者的家属来闹事，现在挟持了负责人，要求见您。”

雨势太大，哪怕苏致远撑着雨伞，还是被雨水打湿了裤子。

“人在哪里？”

“他们在那边。”助理问苏致远，“苏总，需要报警吗？”

苏致远低沉的声音沾了空气中的冷意：“报警！”

助理赶紧拨打了电话。

苏致远走到刚建了一半的大楼前，那里只围着几个工人，其他的工人唯恐被误伤，都在屋里躲着，只敢探头出来，隔着大雨看热闹。

“让你们老板来！”周豪手里的刀子抵着李贵的脖子，锋利的刀尖已经在李贵的脖子上划出红痕。

李贵双腿发软，求饶道：“已经让人通知苏总了。周豪，我只是一个小小的包工头，所有的事情都与我无关。你有什么要求，去找苏总啊。”

“都是你们，没有良心，冷血无情！我弟弟为你们打工，从高空中掉下来，你们连赔偿款都克扣。我弟弟今天醒来，知道自己医治不好了，还需要大量的医疗费，才会伤心到自杀。是你们害死我弟弟的！”周豪手里的刀子几乎刺进了李贵的脖子。

脖子上的刺痛感传来，李贵脸色发白：“对不起，对不起，周豪大哥，这真不关我的事啊！我怎么知道周明会这么脆弱……啊啊啊，救命！刀子！你要注意刀子！”

“阿豪，不要冲动……”周豪的母亲得知儿子要去寻仇，赶紧跟了过来。一个儿子已经没有了，她不希望失去第二个儿子。

周豪没看母亲，握紧刀子：“你们的老板到底来不来？”

“你找我？”苏致远撑着黑色的雨伞站在倾盆大雨中，身上依然有种闲适的气息。

雨伞抬起，众人看到了他精致的一张脸。

除了李贵见过苏致远，其他人现在才知道，原来众人口中的苏总竟然是长得这么帅气的年轻人。

“你是伤者的家属？为什么要找我？”苏致远撑着雨伞走过去。

“你就是这里的老板？”周豪的面容因为极度愤怒而扭曲，他粗壮的手臂上青筋突显。

“苏总，救我！”李贵哭丧着脸，两腿发软。

周豪狠狠地瞪着苏致远：“就是你们这些心狠手辣、吸老百姓的血的资本家，害得我弟弟自杀，我今天是来跟你们算账的！”

“伤者是你的弟弟？他为什么要自杀？”他已经让财务发放了一笔赔偿金给李贵，让财务去跟进处理这件事，也表示后续对方有什么需求，随时可以找苏氏集团。

“你还有脸问我为什么？”周豪愤怒地吼了出来，“我弟弟摔成半瘫痪，你们竟然才赔偿 1 万块钱，还欺负我妈眼睛不好，骗她签和解条约。1 万块钱就连我弟弟的手术费都不够。弟弟知道情况后，不想成为我们的负担，才会自杀。”

苏致远紧皱着眉头，看了被挟持的李贵一眼：“我们发放的赔偿款是 180 万元，并不是 1 万元。”

很显然，赔偿款根本没有到家属的手里，被李贵吞下了。

此时的周豪根本听不进去苏致远的话，只觉得对方在狡辩，冷笑道：“你要救他的话，拿你自己来换。”

“我为什么要拿自己换他？”苏致远觉得莫名其妙，看着周豪，“你将人放了，赔偿款的事情我会查清楚，给你一个交代。”

“我弟弟死了，你觉得我还需要什么交代？”周豪手里的刀尖刺进了李贵的脖子。

鲜血流得更凶了，李贵被吓得几乎晕过去。

“我现在只想让你们偿命！”

“阿豪！”周豪的母亲制止儿子。

在众人都看向周豪时，周母不知道从哪里掏出一把刀，直接扑向一旁的苏致远：“赔我小儿子！”

刀子逼近，苏致远下意识地后退。

“妈！”周豪一把推开李贵，往母亲那边跑去。

周母像疯了一样朝苏致远刺去！苏致远闪躲不及，手臂上还是被划了一刀。

周豪上前帮忙，他的力气大，一脚将阻拦的助手放倒了。

苏致远踢掉了周母手里的刀，转身时，周豪的刀却往他身上刺来。

苏致远将伞挡在身前，刀子硬生生地刺穿了雨伞。

低头看了一眼近在眼前的刀尖，苏致远一把将周豪踢开。

周豪曾经打过拳，又长得高壮。哪怕苏致远身手不错，对上不要命且一身狠劲儿的周豪，还是很快落了下风。

工地上的人早就跑得远远的了。

眼看着刀尖下一秒就要刺进苏致远的心脏，周豪的刀被一只大手紧紧握住了。

苏致远和周豪同时愣住。

工地外面响起了警笛声。

周豪直接从来人手里抽出刀，带出一片血的同时，被人狠狠一脚踹得后退。

陆折感觉手掌发麻，血不断地从掌心里流出。

他冷冷地看着周豪，在对方冲过来的时候，躲开了对方的刀子，又一拳捶在周豪的侧腰上。

周豪痛得浑身顿了顿。

“别动！全部别动！”

警察来了。

摔倒在地的苏致远站起来，衣服上全是泥水。看了一眼被警察扣住的周豪，苏致远走向突然出现的陆折：“谢谢你救了我一命，你的手在流血。”

“哥！”苏瓷飞跑过来，身上的衣服早被雨水打湿了。

“陆折？”刚跑过去，苏瓷就发现陆折也在。

目光不经意地落在少年的手上，她惊呼出声：“你的手流血了！”

苏瓷的眼里哪儿还有哥哥？她眼里全是陆折手上的鲜红血迹。

医院里，苏致远的伤口已经被包扎完毕。

他身上还穿着沾满泥水的衣服，但气质出众，哪怕狼狈，依然吸引了不少目光。

陆折在包扎伤口，苏瓷一直围着陆折转，像极了遇见花朵的小蜜蜂。

苏致远没忍住走了过去，只见妹妹漂亮的眉头紧皱着，正心疼地看着陆折的手。

苏致远揪了揪妹妹扎起来的马尾：“哥哥的手臂受伤了，你怎么不问问我的伤势？”

妹妹对陆折似乎过分关心了。

苏瓷看着苏致远手腕上的绿格子，没好气地说道：“你是活该！我让你别往外跑，你就是不听我的话。”

哥哥还连累陆折受了伤，她可心疼死了。

“哥哥，你赶紧去处理你的事情吧，别吵到护士工作。”苏瓷转过头问陆折：“伤口是不是很痛啊？”

苏致远尴尬地摸了摸鼻子，有一种自己被妹妹深深嫌弃的错觉。

他没想到妹妹的话这么碰巧灵验了，她不让他走出房间是对的。

看向一直安静地坐着被包扎伤口的陆折，苏致远感激地开口：“陆折，谢谢你救了我。”

陆折再一次成了苏家的救命恩人。

当时要不是陆折及时握住周豪的刀子，恐怕刀子早已经插进了他的心脏。

苏致远不得不感叹，陆折与他们苏家很有缘分，几乎救了他们全家。

苏致远协助警方录完口供，确认陆折没有什么大碍后，才离开医院。

看着陆折包裹着厚厚一层白纱布的手，苏瓷心疼地在他的手上亲了一下：“你怎么不告诉我，你跟着我大哥去了工地？”

陆折唇色有点儿苍白：“我当时不知道你大哥会有危险。”

他只是记得苏瓷的话，她一直担心她大哥今天会出事。

当时他没有多想，下意识地跟了过去，也庆幸自己跟了过去。

“陆折，你救了我大哥，再次成为我们家的救命恩人。这么多的救命之恩，恐怕我们家是还不清了。”

陆折轻笑：“不用还。”

“要的。”

护士已经离开，苏瓷靠近陆折，主动亲了一下他苍白的唇。

她笑盈盈地看着他：“救命之恩，应该以身相许。我替我们家做主，把我自己许给你了。”

陆折伸出没有受伤的手，轻轻地捏了捏苏瓷白皙的脸蛋儿，漆黑的眼睛里一片深沉之色。

她的父母不会同意他们在一起，他也不会同意。

没有得到回应，苏瓷不乐意了，细白的指尖缠上了陆折的衣摆：“你还没有回答我。”

陆折沉默。

苏瓷瞪大了眼睛：“你不愿意？”

她以身相许，他竟然不愿意？

陆折微抿薄唇。

苏瓷松开他的衣摆，小脸儿绷紧，语出惊人："手牵了、嘴亲了、一张床上睡过了，你不要我的话，就是渣男！"

而且他是没心没肺还眼瞎的渣男。

她这样漂亮的大宝贝要投怀送抱，他都不愿意，绝对是眼神不好。

陆折叹了一口气，用冰凉的指腹蹭了蹭苏瓷气鼓鼓的脸颊，语气温柔地说："对不起。"

对上陆折幽深的目光，苏瓷就像泄了气的皮球，顿时蔫了。她知道，陆折以为自己快死了，不愿意耽误她。

苏瓷有点儿懊恼，只能努力攒金色棉花糖，才能治好陆折。

原本她以为今天能收到一团金色棉花糖，没想到最后是陆折救了大哥。

拿不到金色棉花糖，苏瓷的心里有点儿着急，接下来她只能努力救下季迟了。

苏致远让人去调查了赔偿款的事，查明李贵确实独吞了赔偿款。伤者周明只拿到1万元的赔偿款，家人还被李贵骗着签下了和解条约。周明醒来后知道自己半瘫痪，甚至让家庭背负了巨额医药费，选择了自杀。这也导致他的大哥周豪还有母亲失去了理智，想要为周明讨回公道。

这些事都是苏瓷从大哥口里得知的。

在她看来，李贵这种没有良心的小人最该死，害了周明一家。

他贪下赔偿款，自会受到法律制裁。而周豪虽然事出有因，让人同情，但不该采用这样极端的手段。他伤了她大哥，更伤了陆折。

他是杀人未遂还是故意伤人，会由法院判决，苏家的人不会干涉。

至于周母，她的精神原本就有问题，再加上失去小儿子受到刺激，她才动手。苏家的人并不打算追究她的责任，而且会把应付的赔偿款全部付给周家，甚至会找人办理周明的后事，聘请护工照顾年迈的周母。

过了一天，周豪的情绪已经平复不少。律师把这些事情传达给了周豪，他才知道自己确实被李贵那个小人蒙骗了。

周豪最放心不下的就是弟弟的后事和母亲没有人照顾，知道苏总安排好了一切事情，才发现自己错得有多离谱。

陆折受伤了，苏瓷名正言顺地跑去了他的房间里，美其名曰“要照顾他”。

她端着洗好的葡萄坐在陆折旁边：“大哥说我们明天回去。”她拿起一颗葡萄，开始剥皮，“昨天的事情，我爸妈已经知道了。他们很感激你救了我大哥。”

苏瓷把晶莹剔透的果肉喂到陆折的唇边：“等回去后，他们想邀请你来家里吃饭。”

陆折张开薄唇，被迫吃下苏瓷喂进嘴里的葡萄，清甜的果汁一下子在嘴里散开来：“是你父母的意思？”

“当然啊，你现在是我家最大的功臣，是我们的贵宾。我父母说了，这次也要好好答谢你。”苏瓷又把一颗剥好的葡萄送到陆折的唇边。

“我自己吃。”陆折的唇被苏瓷的指尖碰到，他下意识地抿紧了嘴唇。

“别动，你的手受伤了。”

医生说陆折的手差点儿伤到骨头。

陆折再次被迫吃下苏瓷喂过来的葡萄：“我的另一只手没有受伤。”

苏瓷气愤地瞪着面前的这个大直男：“这是小情侣之间的小情趣，你懂不懂啊？而且，这是我第一次喂人，你应该高兴。”

陆折轻笑：“嗯，我知道了。”他一点儿脾气也没有，“对不起，你继续喂吧。”

陆折靠在椅背上，眼睛漆黑，有几分慵懒的意味。

苏瓷将目光落在陆折的薄唇上，上面沾了果汁，有点儿湿润。

白皙的手指捏着小小的葡萄送到自己的嘴里，她靠近陆折，将葡萄喂给了他。

清甜的果汁在唇齿间散开来，二人舌尖上全是甜味。

第十三章
你在吃醋吗

第二天，苏瓷、陆折和苏致远一起回了 B 市。

天色暗下，别墅里的路灯已经亮起。

客厅内，苏母和苏父早已经让人准备好了饭菜，小苏宁和小天才乖乖地坐在沙发上等着哥哥和姐姐回来。

季迟安静地坐在单人沙发上。他今天拜托同事与他调班，没去上班。

苏致远先走进来。

看见手臂上缠着白纱布的大儿子，苏母赶紧上前，担忧地打量着他：“吓死妈妈了，你不是带了保镖去吗？怎么还受伤了？”

苏致远笑着摇了摇头。当时事发突然，他没有带保镖去工地。

“我没事，以后不会发生这样的事情了。这次多亏了陆折。”

亲眼看见儿子没事，苏母才舒了一口气，然后看见清冷的少年从外面走进来，女儿跟在他的身侧，二人有种说不出的般配感。

苏母心下发紧，却无可奈何。

苏瓷赶紧上前，一把抱住了她，有点儿撒娇的意味：“妈妈。”

苏母被心肝宝贝抱着，保养得当的脸上全是宠溺的笑容：“累不累？饿了吗？我已经让人准备好了饭菜，都是你喜欢吃的。”

苏瓷亲昵地挽着她的手："谢谢妈妈。"

陆折走进来，分别向苏母、苏父问好。

苏母将目光落在少年缠着白纱布的手上，内心触动："很感谢你救了我家致远，你手上的伤怎么样了？"

"妈妈，"苏瓷忍不住告诉她，"陆折手上的伤口很深。医生说快要伤到骨头了，他流了很多血。"

苏瓷不遗余力地描述着陆折的伤口，好让父母知道陆折付出了很多。

苏母性子柔软，如果不是为了女儿，哪里忍心去伤害一个品性良好的少年？

现在陆折为了救大儿子受伤，她心里感激又愧疚。

苏父也感慨，陆折这孩子跟陆沉完全不一样。换作陆沉，别提救人，他估计会嗑着瓜子看人互砍。

吃过饭苏父让人去泡茶，对陆折说道："这一次你救下了致远，我们苏家又欠了你一个人情。你有什么需要我们帮助的吗？或者你希望我们怎么答谢你？"

陆折坐在单人沙发上，腰背笔直，神色淡淡地说："苏伯父，我不需要答谢。当时陷入危险的人即使不是苏大哥，我也会帮忙的。"

火灾的时候，陆折义无反顾地救下了苏父和苏母；这一次在工地的时候，他又前去救下了苏致远。

其他人或许还会顾忌生命危险，但陆折自知寿命不长，根本没那么多顾虑。

苏父摆了摆手："不行，你对苏家的恩情不是一次两次这么简单。"

陆折救了他们一家。

"这次你还受了伤，你父亲若知道了，也会不爽快。我想把苏氏集团 10% 的股份转让给你，你觉得怎么样？"

苏氏集团的股份意味着什么，没有人会不知道，别说 10%，就算是 1%，也价值几十亿元了。

更重要的是，苏父把这 10% 的股份转给陆折，也就意味着他看重陆折的程度等同于将陆折当作苏家人。

苏致远震惊，但想到他这条命还有父母的命都是陆折救回来的，又觉得父亲的这个决定没有问题。

苏母没有想到丈夫会有这样的决定，不过救命之恩重如山，钱是身外物，陆折多次救下他们苏家的人，10% 的股份确实该给。

私心里，她是希望陆折收下股份的。

毕竟跟股份相比，女儿更重要。陆折是聪明的孩子，应该知道怎么选择。

客厅内安静下来，只有用人倒茶的细微声响。两个小家伙早已经被用人带上楼洗澡，季迟也回了房间里休息。

苏瓷坐在苏母的身旁，目光却一直落在陆折身上。她期待地看着他，希望他收下股份。

苏瓷丝毫不觉得自己的心偏得没边儿，认为这是陆折应得的东西。因为不管是火灾还是在工地的时候，陆折都在冒着生命危险救人。

她可心疼了。

钱哪有陆折重要！

明亮的灯光落在少年的发顶上，陆折穿着一件黑色 T 恤，衬得五官越发清俊。看到苏瓷对他挤眼，他勾了勾唇："苏伯父，股份我不能要。"

"你不要股份？"苏父眼神深沉地打量着陆折，就连苏致远也震惊了。

陆折神色认真地点了点头："嗯。"

他偷了苏家的小公主，已经抵过所有的救命之恩了。

苏母下意识地看向旁边的女儿，只见女儿眼睛一眨不眨地看着对面的少年。

苏母又叹了一口气。

苏父被拒绝了，只好作罢。

陆折这个年轻人一点儿也不像陆沉那个以利益为先的花狐狸。

苏父赞赏地看着陆折："既然你不要苏氏集团的股份，那苏家就继续欠着你的人情吧。以后有什么需要苏家帮忙的地方，你尽管开口。"

陆折这才应下。

又聊了好一会儿，苏致远要跟苏父谈谈工程那边的事情，二人就去了书房。

这时恰巧用人来找苏母，说是小苏宁要找她。

苏瓷觉得弟弟真给力。

苏母看了女儿一眼，又看了看陆折，皱着眉离开了客厅。

一时间，客厅内只剩下了苏瓷和陆折。

苏瓷赶紧起身走到陆折那边，主动牵上他的手："我去给你换药。"

昨天就是苏瓷帮忙换的药，之后顺手把陆折的药塞到了她的行李箱里。

她的行李箱已经被用人放回她的房间里。

"走啊。"苏瓷拉着少年。

陆折只好配合地站起来，跟着她上楼。

走廊里，苏瓷挨着陆折走着："你为什么不要我家的股份？"

"我手里已经牵着苏家最重要的宝贝了。"陆折捏了捏他掌心里的柔软小手，"再收下你们家的股份，你父母知道后会生气的。"

苏瓷惊讶地看着陆折，难得从他的嘴里听到夸赞她的话。

她笑着靠在陆折身上，逼问他："我是苏家重要的宝贝，那我是你的心肝宝贝吗？"

陆折垂眸看着她："嗯。"

得到满意的答案，苏瓷瞬间笑弯了眉眼。

她抬起下巴，亲了一下陆折的脸："奖励你的。"

陆折漆黑的眼睛看向了不远处从房间里走出来的季迟，对方正看向这里。

陆折的手下意识地扶上了苏瓷的腰。

季迟关上房门，手里端着一个杯子走过来，经过苏瓷和陆折身边的时候，向他们点了点头，面无表情地走出走廊，下了楼。

用人看见季迟拿着一个空杯子，赶紧上前说道："季迟少爷，您要倒水吗？我帮您。"

季迟拒绝道："谢谢，不用了。我自己来。"

在苏家的这段时间里，哪怕这里的用人对季迟很尊重，他仍然什么事都亲力亲为，从不使唤苏家的用人。

他清楚自己的身份。

他只是暂时在苏家住一段时间，这里的一切与他无关。

季迟走进厨房，手拿着水壶倒着水，脑海里却浮现出女孩儿踮起脚亲向那个叫陆折的少年的画面。

水从杯子里流了出来，季迟低垂的眼帘微颤。他放下水壶，拿过抹布，动作熟练地把打湿的厨台擦干。

苏瓷没有想到自己亲陆折时会被其他人撞见，不过幸好对方是季迟，而不是她的父母。

陆折问苏瓷："他的房间在你的隔壁？"

苏瓷眨了眨眼，很快反应过来这个"他"指的是季迟："不是隔壁，隔着好几个房间呢。"

陆折搭在苏瓷腰上的手没有松开，反倒将人搂紧了一些："他是你妈妈的好友的儿子，暂时在这里住一段时间？"

苏瓷点了点头："他开学后会搬去学校住。现在他每天出去兼职，早出晚归的，待在我们家的时间不会很长。"

陆折抿了抿薄唇："嗯。"

"怎么了？"苏瓷好奇陆折怎么会问起季迟的事情，毕竟陆折这样的性格，他很少对某一样东西或者人感兴趣。

对上苏瓷清澈明亮的眼眸，陆折轻笑了一声："我有点儿忌妒。"

苏瓷不明所以地看着他。

陆折亲了亲她漂亮的眼睛："我也想跟你住在同一屋檐下。"

苏瓷的一双眼睛亮了起来，她把脸埋进陆折的怀里，笑得发颤："你在吃醋？"

她觉得，说酸话的小可怜太可爱了！

经过书房时，苏瓷看见门缝里透出了光。

"小瓷。"

这时，书房的门被从里面打开，苏致远走了出来。他手里端着杯子，显然是准备去倒水。

"哥哥，这么晚了，你还有工作要忙吗？"

"嗯，还有一些文件要处理。"苏致远换上了家居服，一只手端着杯子，另外一只手随意地插在裤袋里，"陆折离开了？"

苏瓷点了点头。

苏致远打量着妹妹："陆折的伤怎么样了？"

"他手上的伤还没好，估计要1个月后才能拆纱布。"

苏致远当然知道陆折的伤没有好，但听出妹妹语气里的心疼之意，下意识地皱起了眉："小瓷，陆折对我们的救命之恩哥哥会报答的，你不需要承担这个责任。"

苏瓷看着自家大哥："不是责任，我只是在做我想做的事情。"

"小瓷？"苏致远这才意识到妹妹对陆折不一样。

哪怕之前他已经有所察觉，也只认为她是感激陆折，并没有多想。

苏瓷神色认真地说："哥哥，你不需要担心，我知道自己在做什么。"她装模作样地打了个哈欠，"哥哥，我有点儿累了。我先回房休息，你也早点儿睡吧。"

苏致远管着这么大的集团，手下这么多员工，就连公司里的老狐狸也斗不过他。妹妹这样拙劣的逃避借口，他哪里会看不出？

看着妹妹回房，他无奈地捏了捏眉心。

苏致远跟苏母不一样。一方面是苏致远没有谈过恋爱，也从不认为缺少爱情，人就活不下去；另一方面是他知道苏瓷的性子——妹妹决定的事情很难改变，他并不会过多干涉妹妹的感情。

苏致远身为大哥，不会拘束弟弟、妹妹的行为，只会在弟弟、妹妹需要他的时候，成为他们的支柱。

这天，苏瓷陪苏母和小苏宁、小天才逛商场。

苏母已经给两个小家伙办理了入学手续。暑假一过，不只苏瓷要去学校报到，这两个小家伙也要上幼儿园了。

小天才5岁多，原本是要上大班，但为了照顾小苏宁，愿意跟小苏宁一起读中班。

经过一家饮料店时，小苏宁突然停了下来，黑溜溜的大眼睛转了转，小手指指向店里面，奶声奶气地说道："是季迟哥哥。"

苏瓷抬眸看去，只见季迟穿着一件黑色的员工服，面容冷峻又帅气。他前面排着很多女生，都在激动地等待着买饮料。

听到小苏宁的话，苏母往店里看去。

站在收银台前的高大男孩儿可不就是季迟？

“原来小迟在这里上班。”苏母笑道，“苏宁和天才也走累了，我们进去喝杯饮料吧，顺道跟小迟打声招呼。”

苏瓷没有意见。

今天不是周六、周日，但店铺里面的顾客很多，生意兴旺。

苏瓷和苏母在靠门的一张小圆桌边坐了下来。

“你们要喝什么？”苏瓷问苏母和两个小家伙。

“果汁就行。”苏母并不怎么口渴，掏出手机给好友方琴发信息，告诉她小迟工作很认真，让她放心。

小苏宁指着招牌上的广告，大眼睛亮亮的：“姐姐，我要一杯西瓜汁。”

“好。”苏瓷看向小天才：“你呢？”

小天才今天穿着一件蓝色的格子衬衫，又奶又帅。他在苏家住了一段时间后，已经不像以前那般沉闷和内向了，有点儿害羞地指着广告牌上的紫色饮料：“我想喝那个。”

苏瓷点了点头：“好，我去买。”

“姐姐，宁宁也要去。”小苏宁伸出小胖手，牵住苏瓷的裙摆。

“走吧。”

排队的人很多，苏瓷带着弟弟排在队末。

季迟的颜值高，在他还没来奶茶店工作时，这家店铺的生意并不像现在这般火爆。

老板观察到不少顾客是冲着季迟来的，便安排季迟负责收钱，担当门面。

他的决定没错，季迟负责收钱后，光顾的客人更多了。每天都有不少女客人来问季迟的联系方式，甚至是偷拍他。毕竟像季迟这样高大帅气、气质清冷的小哥哥并不常见。

苏瓷牵着小苏宁，看见前面排队的不少客人在拍季迟。

长得好的人，果然在哪里都受欢迎。

没多久见排到自己了，苏瓷抱起了地上的小矮墩儿弟弟。

“季迟哥哥。”小苏宁笑咧了嘴，露出白白的小牙齿，奶声奶气地跟季迟打招呼。

季迟在苏瓷和苏母进店的时候便看见他们了，脸上露出几分笑意：

“你们要喝什么？”

季迟穿着店里的黑色工作服，神色冷冷的，这样一笑，引得后面排队的女孩儿红了脸。

小苏宁看见熟悉的哥哥，很高兴：“要西瓜汁。”

季迟看向苏瓷：“还有吗？”

“一杯葡萄酸奶，两杯橙汁。”苏瓷将目光落在季迟的手腕上，他的生命值只剩下 5 天了。

苏瓷问富贵：“你昨晚吃了一整团金色棉花糖，有效果吗？”

这段时间她碰巧又救了一个人，得到的金色棉花糖给了富贵。

为了表示自己没有白吃，富贵赶紧说道：“主人，富贵现在能看到生命值在一个星期以内的人的死亡原因啦。”

苏瓷闻言，眼睛一亮：“季迟是怎么死的？”

富贵：“被人殴打致死。”

苏瓷愣了愣，看向面前的季迟。他是被人打死的？到底怎么回事？

季迟将小票递给苏瓷：“你可以去座位上等，待会儿我把饮料送过去。”

苏瓷付钱后，带着小苏宁回到了座位上。

季迟让其他工作人员帮忙下单，自己则去后面帮忙调制饮料。一个年轻的女工作人员跟着他走了进去。

季迟个子高，在几个男员工里显得特别出众。

女工作人员走到他身旁，拿过他的单子，帮忙装着饮料。

“刚才那位客人是你的朋友？”女工作人员轻声问他。

“是我认识的人。”季迟将切好的西瓜放进榨汁机里。小苏宁太小，不适宜喝太冰的东西，他没有放冰块。

“季迟，她有男朋友吗？”一个男员工忍不住问出声。

刚才看到苏瓷，大家都看愣了。她太漂亮了，不仅长得精致，而且皮肤雪白，整个人像会发光。

季迟垂眸看着榨汁机里的西瓜被搅烂成汁，想到了那个叫陆折的少年：“有。”

女员工闻言舒了一口气，红着脸看着季迟：“你今晚还要去兼职吗？”

季迟随意地应了一声："嗯。"

年轻女员工看着季迟帅气的侧脸，一脸关心的表情："你不要太辛苦了。"

她知道季迟的家庭背景，和她一样是出来兼职减轻家里的经济压力，所以看季迟有种同病相怜的亲切感。

"小幽，我跟你一起工作这么久，第一次看见你这么关心人。"男员工忍不住调侃，一眼看透了女员工的心思。

丁小幽害羞地看了季迟一眼，转身去拍男员工："我关心同事不行吗？"

季迟没有理会二人的调笑，将做好的 4 杯饮料放在托盘上，端了出去。

"阿姨，饮料做好了。"

"小迟，阿姨才知道你在这里上班。"苏母问季迟，"我看这里的生意很好，这么忙，你工作累吗？"

季迟摇了摇头，细心地帮小苏宁和小天才插上吸管："不累的。"

他曾经在加油站兼职，试过站一整晚。奶茶店的员工可以轮流休息，他并不会很累。

苏母觉得好友的这个儿子太懂事了，看了一眼时间："你快下班了吧？我们在这里坐一会儿，等你下班。待会儿我们一起去吃午饭，中午就不回家吃了。"

季迟应下了。

苏母挑选了一家中式饭店。包间已经满了，他们选了大厅的位置。

小苏宁和小天才有点儿兴奋。苏家有专门聘请回来的大厨，加上两个孩子小，他们很少外出用餐。

季迟和苏瓷中间隔着小天才。

苏家人颜值高，小天才也长得白嫩，五官精致，现在加上帅气的季迟，他们刚入座，便吸引了不少人的目光。

此时，靠窗口的位置，方老板惊讶地告诉陆折："小折，我看到小瓷了。"

他跟陆折刚签完合同，因为公司就在附近，这才找了这家饭店，没想到会碰上苏瓷。

陆折顺着方叔的视线看过去，一眼看到了小脸儿白皙的苏瓷。女孩儿漂亮惹眼得很。

方老板笑道："你们也太有缘了，随便挑一家饭店都能碰到。"

陆折勾了勾唇。他看见苏母和两个孩子也在，又看向与苏瓷隔着一个位子的季迟。他们之间气氛融洽，季迟仿佛完全融入了苏家。

陆折的眼神沉了沉。

方老板问陆折："那个男孩儿是谁？小瓷的哥哥？"

对方正跟苏瓷说着什么，方老板不由得多看了几眼，总觉得那个男孩儿的气质有些熟悉。

"不是。他叫季迟，是苏家的客人，暂时住在苏家。"

方老板又多看了季迟几眼，转头去看陆折，恍然大悟。

难怪他觉得那个男孩儿给他一种熟悉感，对方身上清冷的气质可不正像陆折吗？

那个男孩儿跟刚来电脑店打工时的陆折很像。

方老板发现对方跟苏瓷聊得熟络，两个人看起来很般配。

方老板下意识地皱眉，问陆折："小折，既然碰上了，你要不要过去跟小瓷打个招呼？"

陆折摇了摇头："不用了。"

苏母也在，他过去会破坏他们之间的气氛。

方老板经历的事情多，一眼看出了陆折的想法："小瓷的家人知道你跟她在一起吗？"

陆折没有隐瞒方老板："不知道。"

方老板叹了一口气，也不再多说什么了。毕竟，他比任何人都清楚陆折的情况。

这孩子看着面冷，但有一颗炙热又温柔的心，处处替人着想。

除了健康的身体，陆折不管是外貌还是能力都比别人优秀，公司刚成立不久，就接到了不少单子。

如果不是患了绝症，陆折跟苏瓷就是绝配，哪里会被长辈反对？

看着苏瓷对季迟笑的模样，陆折微抿薄唇，眼神黯了下来。

方老板一阵惋惜，赶紧转移话题："对刚接下来的这个项目，我有点儿其他想法。我们赶紧吃完回公司，再讨论一下。"

陆折低垂下眼帘："嗯。"

苏瓷虽然知道季迟是被人殴打致死的，但是不知道行凶的人是谁。

她打算这几天多观察一下季迟身边的人。

早上，她带着浓浓的困意从房间里出来，正好碰见同样要出门的季迟。

季迟依然一身黑色着装，还背着一个黑色的背包，不过确实很帅气。

"早啊。"苏瓷主动跟他打招呼。

季迟看见苏瓷满脸困意，有几根碎发垂在她的脸侧，使得她白皙的脸越发柔和。

他不敢多看："早。"

苏瓷问他："你要去上班？"

"嗯。"

"我跟你一起去。你们店的饮料挺好喝的，我还想喝。"

像苏瓷这样的大小姐，哪里需要亲自去买这些东西？但季迟没有多说什么。

早上阳光温和，季迟平时上班不愿意麻烦苏家的司机，就从别墅走一段路到公交车站，搭乘公交车。

毕竟他是打工人的身份，不适合坐豪华的车子去上班。

苏瓷娇气惯了，根本不会跟着季迟去坐公交车："上车啊。"

季迟没有动。

"反正顺路，你上车啊。难道你还要浪费钱自己坐车去上班？"苏瓷坐在后座上，疑惑地看着站在车外的季迟。

季迟没有坚持，坐在副驾驶座上，礼貌地对司机道谢："麻烦您了。"

司机赶紧应声："季迟少爷太客气了。"

一路上，车子里很安静。

苏瓷起得早，靠在后座上犯困。

阳光透过车窗落在她的脸上，晕着一层柔光，她整个人漂亮得不太真实。

季迟从后视镜里收回目光，不敢细看。

车子到达商场，季迟比往常提前了10多分钟上班。

苏瓷在车上瞌睡了一会儿，精神才好了一点儿。她觉得自己为了攒金色棉花糖给陆折，实在是付出太多了。

奶茶店已经开门，员工也换好了衣服准备上岗。

丁小幽看见季迟来了，赶紧走上前去："季迟，我今天带了两份早餐，给你一份吧。"

季迟冷声拒绝："我已经吃过早餐了，谢谢。"

"小幽，我还没有吃早餐，你分给我呗。"一个男员工打趣她。

丁小幽瞪了对方一眼："我留着当午饭。"

"我去，昨天的大美人又来了。"男员工看见了走进店里的苏瓷，立刻拍了拍季迟，"你跟你朋友一起来的？"

季迟没有应声，去换工作服。

丁小幽忍不住看向女孩儿，对方不光长得好看，气质也好，身上的穿着打扮更不用说了，一看就是被娇养出来的女孩儿。

丁小幽咬了咬唇，一把推开男员工，语气有点儿冲："上班了，你还不工作，要偷懒吗？"

她掀开门帘，走进了后厨。

苏瓷走到角落的小圆桌旁坐下，这里的视野好。她无聊地托着腮，时不时地打量店里的员工。

同时，他们的信息已经被发到了她的手机上。

苏瓷觉得自己救人的准备工作做得越来越好了。

她看了一遍员工们的信息，都很普通，没有什么需要特别关注的人。

季迟这样安静不说话的性子，也不会轻易得罪别人。

苏瓷沉思着。

"不好意思，请让一让！"丁小幽拿着拖把站在苏瓷的旁边。

苏瓷回过神来，配合地让出位置，让对方打扫卫生。

走近看，丁小幽发现这个女孩儿更漂亮了，眼睛又水又亮，眼尾下有一颗小泪痣，皮肤白得一点儿瑕疵都没有，嘴唇光泽红润。而且，女孩儿是素颜！

丁小幽拖着地，目光不经意间落在了女孩儿的脚上，对方从浅裸粉色的凉鞋中露出的脚指头都粉嫩可爱。

再想到自己，丁小幽觉得自己完全不能和对方比。

被娇养大的女孩儿，果然跟她这种早早出来兼职补贴家里的女孩儿不一样，命真好！

不过，这样的娇气公主肯定高傲自大，不像她善解人意，懂得人情世故。

苏瓷并不知道自己被暗暗比较了一番。

方老板昨晚工作到深夜，今天精神不大好，便来店里想买杯咖啡，没想到苏瓷也在。

“小瓷。”方老板主动打招呼。

苏瓷懒懒地抬眸，看见是熟人，笑了：“方叔，好巧啊。”

“我过来买咖啡，你怎么也在？”

“有点儿事。”苏瓷很长一段时间没有看见方老板了，“小快乐最近好吗？”

提起儿子，方老板脸上全是父亲的爱意：“他现在走路跟正常人没有什么区别了，对义肢适应得很好。9月份开学的时候，我准备送他去幼儿园。”

“那太好了，我的两个弟弟也要去幼儿园。”

交流了一下，方叔才知道苏瓷的两个弟弟要去的幼儿园跟他儿子报名的是同一家。虽然那里学费昂贵，但是他想给儿子最好的学习环境，还是咬牙让儿子进去了。

苏家的孩子也去那家幼儿园，看来他的选择没有错。

聊了几句，方老板还要回去上班，没有再多说什么，走去收银台那边下单。

看着面前的男孩儿，方老板惊讶地回头看向苏瓷，一个不好的想法抑制不住地从心底涌了出来。

回到公司，方老板正好看见拿着文件从办公室里走出来的陆折。

“这里的数据有遗漏，你再检查一下。”陆折把文件递给员工，面容冷峻。

哪怕没有被训斥，员工也下意识地紧张起来。

“方叔。”陆折回头，正好看见端着咖啡回来的方老板。陆折很细心：“茶水间的咖啡没有了？我让人去买。”

“这样的小事，人事部的人会处理的。”方老板看着陆折，一脸犹豫和纠结的神色。

陆折今天穿着一件质感很好的白色衬衫，纽扣一直扣至领口最高处，显得严肃又禁欲，身姿挺拔，衣袖挽起，露出结实有力的手臂，有种少年的青稚感，又多了几分男人的沉稳气息。

陆折察觉到方老板神色有异，问道：“怎么了？”

方老板纠结一番，最后还是告诉他：“我刚才去买咖啡时，碰见小瓷也在店里，她应该还没有离开。你不要整天忙着工作，女孩子是需要花心思陪伴的。”方老板向他提议，“要不你今天休息一天，陪小瓷逛逛街？”

陆折轻笑：“不用，她知道我最近跟进项目，让我忙完再去找她。”

虽然有时候苏瓷缠人又磨人，但是不会蛮不讲理，知道他忙的时候，会乖乖地等他。

方老板忍不住瞪了陆折一眼，觉得他不争气。

那个男孩儿不仅气质跟陆折有几分像，还住在苏家，近水楼台的，太容易出事了。而且，方老板不得不承认，那个男孩儿有健康的身体。

发现方老板的迟疑，陆折问得直接：“方叔，你想对我说什么？”

“没有。”方老板赶紧摇摇头，喝了一口咖啡，忍着烫，装模作样地夸了一句，“这咖啡还不错，难怪小瓷说喜欢那家店。”

他又看向陆折：“小折，你有空儿也去买一杯尝尝，我先去工作了。”

方老板觉得自己尽力了，不管他的猜测对不对，起码让陆折警惕些。

饮料店的顾客越来越多，不少人是冲着季迟来的。好看的小哥哥谁不爱？尤其是这样高大帅气、气质偏冷的男孩儿，简直比男明星还要好看。

苏瓷观察完员工，又留意排队的顾客，发现都是一些年轻可爱的女孩子。她们看见季迟时脸都红了，不像会伤害季迟的样子。

陆折并不蠢。因方老板神色有异，两次提到这家饮料店和苏瓷，陆折还是来了。

陆折在店外透过玻璃往里看去，一眼便看到了坐在小圆桌旁的苏瓷。

女孩儿小脸儿白皙，很显眼，时不时往收银台那边看去。

顺着她的视线，陆折看到高大帅气的男孩儿穿着奶茶店的工作服，正忙碌地招待着顾客。

陆折垂在一侧的手开始发麻。他猛然发现，苏瓷一直看向他的目光，随时可以看向其他人。

一瞬间，陆折面色惨白，胸口处有种陌生的闷痛感。

肌肉抽动的疼痛传来，他渐渐清醒过来。

陆折一直都知道，苏瓷现在喜欢他，或许是因为需要跟他亲吻维持人形，从而产生了好感。

她还小，之后会遇到更多优秀的同龄人。尤其是在大学里，大家都朝气蓬勃、青春洋溢，最重要的是有顽强的生命力。

或许她会在某一天发现，他这个身患绝症的人并不值得她喜欢。

又或者，她见到他以后不能行走、四肢不能动、口不能言，生命力渐渐消逝的样子，会后悔跟他在一起。

这些情况，他全都想过。

当初他不同意她公开二人在一起的消息，其中一个原因就是不希望自己成为她的绊脚石。

将来她若是腻了他，遇到了真正喜欢的人，随时可以反悔。

陆折安静地站着，看着苏瓷看向季迟的样子，手臂上的肌肉一下一下地抽动，薄唇紧抿得失去血色。

过了好一会儿，陆折掏出手机打电话给苏瓷。

很快，手机里传来了女孩儿悦耳的声音："陆折。"

陆折抬眸，透过玻璃看向店里的人："我看见你了。"

苏瓷疑惑地抬头，一眼便看到了站在外面的高大少年，眼睛一亮，立刻往外走去。

"你怎么来了？"苏瓷走到他身旁，"是方叔告诉你我在这里的吗？"

"嗯。"陆折收回手机，与店里的季迟对上视线。

“你是想我了，所以第一时间过来找我？”苏瓷笑盈盈地牵上陆折的手，发现少年指尖冰凉，“你的手怎么这么冰，很冷吗？”

陆折摇了摇头。

他握紧苏瓷的手：“方叔告诉我这里的咖啡好喝。”

苏瓷睨了他一眼，眼神有些得意：“你分明就是想见我了。”

陆折垂眸看着她，薄唇逐渐恢复血色：“嗯。”

他自私又卑鄙地希望，这样偷来的时间再长一点儿。

得到回应的苏瓷，眉眼间尽是得意之色：“我就知道。”

季迟还剩下大半天生命时，苏瓷从早上就开始在奶茶店里守着。

店里的员工已经不是第一次看见苏瓷了，但每一次见到她，依然会被惊艳到。

后面的操作间里，几个男员工都在惊叹。

丁小幽看向喝水的季迟。男孩儿仰起头，吞咽间，喉结更加明显。

她看得入了迷，脸上红红的，心脏忍不住狂跳。

她觉得，只有季迟这样的男孩儿才不会像其他男人那样肤浅，只看重美色。这几天，那个娇娇女来了店里几次，分明就是冲着季迟来的，脸皮厚得很。庆幸的是，季迟对那个娇娇女态度冷淡。

不过，女追男隔层纱，现在季迟不动摇，不代表会一直不动摇，毕竟那个娇娇女长得是真好看。

丁小幽咬了咬唇，心里不安，问季迟：“你今晚要去酒吧做兼职吗？”

“嗯。”季迟做着准备工作。

丁小幽的手无意识地绞着衣摆上的一根细线，季迟工作比她勤奋，她根本找不到约他的机会。

苏瓷正感觉好无聊时，终于等到季迟下班，便跟着他离开。

丁小幽看得直皱眉。

怎么会有这样不要脸的女孩儿？

她一把丢开手里的抹布，立刻去休息室换掉工作服，追了出去。

商场大门口处，丁小幽果然看到了不紧不慢地跟在季迟身后的娇娇女。

丁小幽快步上前，走到季迟的身边：“季迟，我跟你顺路，你不介意我跟你一起走吧？”

季迟背着黑色的背包，上身穿着一件白色的T恤，下身穿着一条牛仔裤，年轻又帅气。丁小幽不禁又红了脸。

“随便。”走出商场后，季迟往不远处的公交车站走去。

丁小幽没有被拒绝，心里窃喜。

下班时间，公交车站已经有很多人在等车。

丁小幽跟着季迟挤上了公交车，还没来得及站稳，外面又有一拨人挤了进来。

一瞬间，公交车里挤满了人，别说让人转身的空间了，连站立的空间都快没有了。

被其他人挤开后，丁小幽只能眼巴巴地看着季迟距离自己越来越远。

原本丁小幽还打算在拥挤时借机钻进季迟的怀里，让他护着她，此时只能一阵懊恼。

公交车上人挤人，本来就天气炎热，现在车上更加闷热了。不少人身上出了汗，在这么小的空间里，各种汗味交杂在一起，让人窒息。

丁小幽今天特意穿了一条白色的长裙子，现在只能尽量缩着身体不去触碰旁边的人，唯恐自己的裙子沾上那些人的体味，被弄脏。

下车时，她挤开人群，踉跄着从公交车上冲下来，身上的裙子已经被挤得皱巴巴了。

丁小幽赶紧用手抚平裙子上的皱褶。

看见季迟大步走在前面，她只能匆匆弄几下裙摆，立刻追上去：“季迟，等等我。”

两个人快要走到门口时，一辆黑色的豪车停在他们面前。

司机打开车门，女孩儿伸出来的脚踝雪白纤细，上面缠绕着一条银色细链子，链子上挂的吊坠是一只笨笨的小兔子。

苏瓷走下车，模样还是那么精致漂亮，头发就像打了光，柔顺有光泽。

看着面前的苏瓷神清气爽的，狼狈不已的丁小幽下意识地咬紧了嘴唇。

丁小幽感觉就像吃了生葡萄，嘴里又酸又涩。

她第一次有了不公平的感觉，对方的命怎么这么好，生在了有钱的家庭？她这样勤奋努力又积极向上的女孩儿，为什么却要吃苦、受委屈？

丁小幽往季迟身边靠去。认为至少她跟季迟是同一个世界的人，她更了解季迟。

这样想着，丁小幽嘴里的酸涩感才稍稍淡去。

转眼间，又有两辆车子停在了门前。

丁小幽看去，好几个穿着黑色衣服、身强体壮的男人从车子上下来，步伐整齐、气势逼人，大步往这边走来。

丁小幽被吓得往季迟身后躲了躲。

那几个高大的男人态度恭谨地站在苏瓷面前："小姐。"

苏瓷点了点头："进去吧。"

看着几个高大的男人跟在娇娇女身后，簇拥着她往里走去，丁小幽满脸震惊之色。

这就是千金小姐的高姿态吗？

她心里的酸意克制不住地涌了上来。

酒吧的生意好，包间早已经被人订完了。

苏瓷以前只去过一次酒吧，而且当时是因为举办庆功宴，跟剧组的人一起去的。她对这样嘈杂的地方并不感兴趣。

酒吧内灯光闪烁，有种说不出的诡谲和迷乱气氛。

她身上穿着浅藕色的裙子，细软的长发自然地垂在肩膀后，加上肤色雪白，就像一只纯洁的兔子精闯入了昏暗的沼泽。

她刚出现，就吸引了不少人的目光。

季迟的生命值只剩下 1 个小时了。

苏瓷找了一张卡座，位置不算隐蔽，也不会过分惹眼。

她刚坐下，服务员就给她递上了酒水单："请问喝些什么？"

男服务员在酒吧里工作 2 年了，见过各种各样的美女，有性感的、妖娆的、可爱的、清纯的，但没有一个比得上面前这个女孩儿。

这样漂亮的女孩儿来酒吧，显然就是小白兔掉进了狼群，恐怕会被人吃掉吧。

“一杯果汁。”

“好的。”男服务员收回目光，“小姐，请问需要小吃吗？”

“一份果盘。”苏瓷将餐牌递回给服务员，问道，“季迟是你们这里的员工吧？他负责什么？”

男服务员愣了愣，原来这又是冲着季迟来的人。

自从季迟来酒吧兼职后，不少女顾客要求季迟服务。

服务员除了底薪，最主要的是拿酒水的提成。季迟才来不到1个月，光提成已经有5位数了。不得不说，男人拥有一张帅气的脸真好。

男服务员回道：“小姐，季迟是这里的服务员。”

苏瓷点了点头：“嗯，你下去吧。”

丁小幽之前告诉季迟朋友约她来酒吧根本就是借口。她担心苏瓷缠着季迟，才想等季迟下班。

她拦住季迟：“我第一次来酒吧，有点儿紧张，你能带着我吗？”

季迟冷声开口：“我要去上班了。”

看着周围晃动的灯光，听着嘈杂的声音，丁小幽按捺住了心里的不安情绪：“季迟，你几点下班？我一个女孩子回去不安全，想跟你一起回去。”

季迟冷硬的神色在迷乱的灯光下显得越发深沉：“我下班的时间很晚，也没有时间送你。”

说完，他往休息室走去。

酒吧的工作服是统一定做的，里面是一件白衬衫，外面搭着一件黑色的马甲。

季迟身材高大，即使穿着简单的工作服，依然帅气。

这时，他放进储物柜的手机响起，是方琴打来的电话。

“小迟，吃饭了？”方琴有一段时间没有给儿子打电话了，担心妨碍他工作。

季迟应声：“吃了。”

方琴问儿子：“最近辛苦吗？累不累？”

“不累。”

方琴早知道儿子会这样回答。

季迟从小就懂事得很。家里破产后，他就开始兼职，因为成绩好，以前寒暑假还会给小学生补课赚钱。

“你要注意休息，别太累了。还有几天就开学了，你要以学业为重。学费和生活费的问题，妈妈会解决的。”方琴知道儿子现在打两份工，担心他太累了。

季迟一一应下。

“开学后，你就搬去学校的宿舍住，我们不要麻烦苏家了。”方琴知道儿子很懂事，但还是提醒了一番。

季迟盯着储物柜，低低地应声：“嗯。”

方琴又问了儿子的近况，知道他现在要上班，才不舍地挂断了电话。

经理看见季迟从休息室里出来，有点儿不满：“4 号台的客人要找你，你赶紧过去。”

季迟走了过去。

4 号台坐着好几个穿着性感的女人。看见季迟来了，她们激动地互相推搡，目光落在季迟的脸上就离不开了，有的忍不住还调戏季迟，问他的联系方式。

季迟神色冷淡，但有职业操守，还是礼貌地询问她们需要什么。

女客人点了酒后，季迟转身离开，抬眸间看见了对面与周围气氛格格不入的苏瓷。

拿着单子的手下意识地收紧，季迟有种他站在泥沼里，而苏瓷一尘不染地站在泥沼边且居高临下地看着他的羞耻感。

季迟微抿薄唇，眼里藏着狼狈之色，对苏瓷点了点头便离开了。

季迟的脸色很冷，他来回给女客人们端着酒，没有再看对面的苏瓷，唯恐从女孩儿的脸上看到半点儿嫌弃和鄙视之色。

苏瓷吃光果盘里的水果后，无聊地吸着果汁，注意到还有半个小时。

她发现不管是在奶茶店还是在酒吧里，季迟都很受欢迎。

那么，他怎么会被人殴打致死呢？

苏瓷咬着吸管，一直关注着季迟。

这时，一个戴着眼镜、头发半秃的男人走了过来："小妹妹，一个人吗？哥哥可以请你喝酒。"

男人想在苏瓷的对面坐下。

"我同意你坐下了吗？"苏瓷抬眸，眼尾下的小泪痣在变幻的灯光下越发勾人心魄。

男人一下子被苏瓷迷了眼。

"求妹妹让哥哥我坐下吧。"男人痴迷地看着苏瓷。

苏瓷厌恶地皱了皱眉："你没有资格做我的大哥。一把年纪，头发都快掉完了，你好意思自称哥哥？"

她的大哥只有苏致远。

"滚！"苏瓷懒得搭理对方。

男人被骂得脸色难看，但头一次遇到这么漂亮的女孩儿，哪里舍得放弃？

他觍着脸，还撩了一下自己所剩无几的头发："你知道我是谁吗？"

苏瓷一阵无语："你是谁，我并不想知道。"

男人笑了笑，觉得苏瓷更有意思了。

看着苏瓷漂亮的小模样，他伸出手就想要摸她雪白光滑的脸。

对面的季迟眉心紧皱，快步走过去，想要阻拦那个男人。

然而，站在暗处的4个保镖动作更快，其中一个保镖一把抓住男人的手掰到他身后，另一个保镖掐着男人的脖子。

"小姐。"保镖等待着苏瓷的吩咐。

苏瓷单手托着下巴，神色慵懒，语气里是满满的嫌弃之意："把他丢出酒吧，我不想看见他的脸。"

"是，小姐。"

男人被两个保镖捂着嘴巴、扣着手臂，半拖半拉地带了出去，直接丢出了酒吧。

众人一阵惊愕，看着站在女孩儿身后的另外两个高大保镖，难以回神。

季迟收回脚，自嘲地笑了笑。苏家的宝贝，哪里轮得到他来保护？

季迟拿着托盘离开了。

看见季迟走过来，经理一把拉住季迟："这是108号包间的客人点的单子，你去负责。里面的客人来头大，是陆家的人，千万不能得罪，你好好服务，知道吗？”

“嗯。”

此时，108号包间里传来一阵哄闹声。

“我……我不认识你，请你放开我。”丁小幽咬着唇，弱小无助的姿态更激起了男人的占有欲。

陆无敌不仅没有松开手，还将人往怀里搂：“刚才是你往我身上撞的，是你主动勾引我的。”

这个女人的脸也没有多漂亮，不过她穿着一条白色长裙，看着清丽可爱，跟那些性感的浓妆女人完全不一样。

他吃多了鲍参翅肚，偶尔吃点儿清淡的家常菜也挺好的。

而且，陆无敌还是第一次看见女人脸上出现不屈服的神色，觉得挺有意思的。

他有钱，主动缠上他的女人很多，但对这样纤弱清丽的女人还没有试过。

“我没有。”丁小幽眼睛泛红，因为挣扎，裙子被弄得皱巴巴的。

周围的人都在看热闹，她屈辱得想哭。

刚才她想要去找季迟，但这个醉酒的男人撞上了她，还把她拉进了包间。

陆无敌拽紧她的手，吸了一口烟，喷在她的脸上。他喝了不少酒，脑袋有点儿晕，只觉得怀里的女人柔柔弱弱的。

他将人搂紧，凑到她的耳边说道：“知道我是谁吗？我是陆家的人，首富的堂侄子。你做我的女朋友，喜欢什么东西我都能送你。车子、房子、漂亮的衣服、珠宝首饰，我都可以给你。”

丁小幽挣扎的动作顿了顿。

她听说过陆家，店里的同事说陆家很有钱。

陆无敌亲了亲她的脸：“你叫什么名字？”

丁小幽看着亲她的男人。这人长得没有季迟帅气，有点儿胖，但五官还算不错，加上穿着质地很好的西装，确实有种有钱人的贵气。

她咬了咬唇，低声回他：“丁小幽。”

陆无敌又亲了亲她：“小幽啊，好名字。”

“陆哥，恭喜你又交到新女朋友。”其他几个男人举着酒杯，又是一阵起哄。

“我不是他的女朋友。我没有答应。”丁小幽赶紧否认。她一阵纠结：“我不要你送东西。我家里虽然穷，但是我能赚钱。你放开我，我要回家。”

“我还是第一次遇到这么有骨气的女人。”陆无敌打了一个嗝，挑了挑眉，“女人，你引起我的注意了。”

丁小幽红了脸，拉扯开他的手：“你放开我。”

这时，门被人打开，帅气的服务员推着车子走了进来：“先生，你们点的酒。”

丁小幽看见季迟，先是愣了愣，接着涨红了一张脸：“季迟，救我！”

她委屈地向季迟求救，希望对方出手救自己。

“哦，你认识这个小服务员？”陆无敌搂紧了丁小幽。

“我不喜欢你，你放开我！”丁小幽挣扎着：“季迟，救我，我不认识他，这个男人突然把我拉进了包间。”

“你让一个小小的服务员救你？”自己看中的女人向其他男人求救，陆无敌不爽地用脚将桌上的洋酒踢落到地面上，玻璃的酒瓶立刻碎裂。

陆无敌得意地看向季迟：“哦，掉了，服务员过来捡起来吧。”

季迟抿紧嘴唇，一声不吭地去拿扫把和簸箕。

陆无敌不满：“我让你用手捡。”

季迟垂着眸，放下扫把，弯腰去捡玻璃。

陆无敌笑着摸了摸丁小幽的脸：“看看，你喜欢这样卑躬屈膝的男人？他能给你什么？”

“我喜欢谁跟你无关。”丁小幽一阵心疼：“季迟救我。”

陆无敌嗤笑了一声，下一秒，一块玻璃抵在了他的脖子上。

“先生，请你放开她。”季迟神色很冷。

他并不想招惹麻烦，但别人向他求救了，更何况对方还是他认识的同事——他不可能做到无动于衷。

他选择学医，初衷不只是为妈妈治病，还想治疗其他人。

医者，需要有一颗善良的心。

如果现在见死不救，他之后也不用学医了。

陆无敌狠狠地瞪着季迟："呵，胆子不小。"

看着脖子上抵着的锋利的玻璃，他松开了丁小幽。

丁小幽赶紧躲到了季迟的身后，紧紧地拽着季迟的衣摆。

季迟收回手上的玻璃，对陆无敌说道："对不起，冒犯了。"

季迟的话音刚落，旁边的几个人就冲了过来："臭小子，欺负陆少爷，你简直不知死活！"

"不要打！"丁小幽赶紧躲到一边，惶恐地看着季迟被几个人围殴。

陆无敌阴阳怪气地笑了几声："打死了算我的！"

丁小幽瞳孔猛缩。

这次是彻底遇到麻烦了，她和季迟都是贫穷家庭的孩子，根本招惹不起陆家。

季迟明显不是他们的对手。丁小幽慢慢地挪到门边，推开门，快速地跑了出去。

她害怕得逃掉了。

苏瓷看着手机上的时间，还剩下 10 分钟。

她在周围寻找着季迟，却没有看见对方的身影。

苏瓷皱眉，吩咐身后的保镖："立刻去找季迟，我要知道他现在的位置。"

"是，小姐。"

下一秒，苏瓷看见了丁小幽在人群中慌乱逃跑的身影。

丁小幽逃出来后，就成了惊弓之鸟。看着突然拦在她前面的黑衣男人，害怕地往后退着："求求你，不要抓我，我不逃了。"

丁小幽惶恐又无措，想到季迟被他们围着殴打的情形，担心那位陆大少也这样对她。

她委屈地吸了吸鼻子："我答应做陆少爷的女朋友。"

保镖没理会她的话："我们小姐有事情找你，麻烦你过去一趟。"

丁小幽神色错愕，不是陆少爷让人来抓她？

她疑惑地跟着保镖，直到看见了坐在沙发上的明眸皓齿的苏瓷，才反应过来，原来是那个娇娇女。

丁小幽咬了咬唇，自己浑身狼狈，再看到对方模样精致，被保镖簇拥着一副高高在上的模样，就一阵心酸和气恨。

她被有钱人逗弄，还要担惊受怕，而这个娇娇女舒舒服服地坐在这里，身边有这么多人保护着。

苏瓷感觉这个奶茶店的女员工看她的目光很不善。

为什么？

苏瓷眯了眯眼，审视着对方："你为什么跑？"

想到自己刚才的难堪样子，丁小幽咬着唇，根本不想告诉对方发生了什么事，以免让对方看笑话。

苏瓷继续问她："你见过季迟？"

丁小幽神色愣了愣。

苏瓷盯着她："他在哪里？"

丁小幽张了张嘴，想到娇娇女身旁有几个保镖，刚好可以去救季迟。

但她担心娇娇女救下季迟后，季迟会被娇娇女打动。

丁小幽犹豫着。

一个高大的保镖快步走了过来，告诉苏瓷："小姐，我问过酒吧经理，季迟少爷在 108 号包间。"

丁小幽忍不住开口，声音带着哭腔："季迟为了救我，被一群人围着殴打……他在 108 号包间。"

苏瓷立刻站了起来，冷冷地看向丁小幽："刚才你为什么不说！"

丁小幽呼吸一窒，像是被苏瓷吓到了："我……"

苏瓷狠狠瞪了她一眼，对保镖说道："带路。"

"是，小姐。"

苏瓷没有再看丁小幽，直接离开了。

还有 6 分钟，希望季迟能撑住。

包间里，几个人仍然在围着季迟拳打脚踢。

一开始，季迟没有还手，意识到这几个人要对他下死手时，才开始反抗。

对方人多，季迟并不擅长打架。

其中一个人直接拿起玻璃瓶砸在了季迟的头上，血顺着他的额头流了下来。

五个人打他一个人，额头上还受了伤，季迟很难抵抗，被按在了地上。

“敢威胁我？你小子可以啊。”陆无敌嘲笑着季迟，“一个小小的服务员，竟然想英雄救美？也不看看自己是什么身份，你现在还不是被打得像一条死狗？”

陆无敌打开一瓶红酒，一条腿踩在茶几上，对季迟招手：“你从我的胯下钻过去，我就放了你。”

季迟的嘴唇已经失去了血色，他冷冷地看着对方，虽然单膝跪地，但是腰背依然笔直。

“陆哥让你爬过去，你聋了吗？”一个手下推着季迟，而季迟纹丝不动。

“爬过去！”

“陆哥，恐怕是打得还不够。”

有人往季迟直挺的后背上踢了一脚：“像狗一样爬过去。”

季迟痛得皱眉，闷哼了一声，依然没有动。

“陆哥，这小子骨头硬，我们再帮你训训他，打软了他就听话了。”有人嬉笑出声。

陆无敌居高临下地看着季迟：“行啊，继续打，打到他听话为止！”

几个人听到陆无敌的话，对着季迟又开始了新一轮的拳打脚踢。

包间外面，苏瓷正跟着保镖赶过来。

此时，她的手机突然响起，是陆折打来的电话。

苏瓷迟疑着。

“小姐，前面就是108号包间。”保镖提醒道。

苏瓷抿了抿唇，直接按掉了陆折的电话。

她往前面走去，声音很冷：“打不开门就撞开。”

“是，小姐。”

保镖听从苏瓷的话，撞开了门。

苏瓷站在门前，往里看去，只见季迟被人压着背，单膝跪地，一个穿着西装的男人高高举起酒瓶，就要往季迟的头上砸去。

眼看酒瓶快要落下，一个保镖冲上前握住了酒瓶。

“你是谁？”陆无敌错愕地看着突然出现在他面前的男人，“别多管小爷我的好事！”

苏瓷打量着包间，乌烟瘴气的，酒瓶、酒杯，一片凌乱。她从几个人的穿着打扮能看出，他们都是一些富家子弟。

苏瓷悦耳的声音带着一股子冷意：“报警！”

几个人惊愕地看向门口的漂亮女孩儿，还以为自己幻听了。

听到苏瓷的声音，季迟猛地抬起头。他额头上流着血，一边脸被打得肿了起来，嘴角也沾了不少血。

季迟扯了扯破损的嘴角，冷酷的面容柔和了下来，眼睛一眨不眨地看着门口的苏瓷。

他没有想到，来救他的人竟然是苏瓷。

他胸口被踹了几脚，阵阵发疼，而里面的一颗心脏跳动得厉害。

陆无敌让人动手，作为防卫，保护苏瓷的几个保镖同时动手。他们接受过特训，能将那几个富家子弟揍得“嗷嗷”叫，却不会留下明显的伤痕。

季迟缓慢地站了起来。

丁小幽不知道什么时候从门后钻了进来。她赶紧上前，扶住了摇摇欲坠的季迟。

季迟躲开她的手，冷声开口道：“我没事。”

丁小幽尴尬地收回了手。

发现季迟的目光落在苏瓷身上，丁小幽咬了咬唇：“我刚才遇到你的朋友，就告诉了她你有危险。”

丁小幽的言下之意，苏瓷是因为她的求救才来救季迟的。

季迟一眼都没看丁小幽，捂着疼痛的胸口，缓慢地走到苏瓷的面前，看着她，声音又低又哑地说：“谢谢。”

她救了他一命。

苏瓷的目光落在了季迟捂住胸口的手上。

没有死的季迟，会长命百岁。

“你受了伤，我让人送你去医院。”

季迟分不清胸口是被踹得发疼，还是因为心跳加速震得发疼。

丁小幽怨愤地看了苏瓷一眼，走到季迟身旁，看见他的额头上的伤口，想伸手去碰："季迟，你流血了。"

苏瓷冷声制止丁小幽的举动："不要用手碰他的伤口，你的手上有细菌，会导致伤口感染发炎。"

丁小幽委屈地咬了咬唇："对不起，我不知道……季迟是因为救我而受伤的，我太担心他了。"

"你不仅无知，而且又蠢又自私。"苏瓷丝毫不留情，"知道季迟为了救你被打，你为什么不求救？我让人拦住你，你在我面前还支支吾吾的。如果不是我的保镖查到了季迟的位置，你是不是想让他为你丢掉性命？"

这个女人自私自利，竟然不及时向人求救。如果不是苏姿救下季迟，他现在已经被人打死了。

苏瓷眼神厌恶地看了看丁小幽，转头告诉季迟："你救了一只白眼狼。"

季迟点了点头："确实。"

丁小幽闻言，脸色煞白，脖子根却因为羞耻而涨得通红："不是的，我只不过是太害怕了。季迟，我也想找人救你……"

苏瓷不去看丁小幽委屈的模样，只觉得恶心又虚伪。

"小姐，这些人怎么处理？"几个保镖轻松地将几个富家子弟揍得躺在地上"嗷嗷"叫疼。

苏瓷看着这群人，冷声说道："等警察来，这些人蓄意杀人。"

"你报警也没有用，知道我是谁吗？"陆无敌捂着肚子叫嚣着。

苏瓷："不管你是谁，做了犯法的事，就要接受法律的制裁。"

"呸，你拿法律吓唬我？告诉你，我是陆家的人。"陆无敌天不怕地不怕。

苏瓷勾起红唇，拿过旁边推车上的酒桶，里面是一桶冰。她提着桶，走到陆无敌面前，有些盛气凌人。

陆无敌下意识地咽了咽口水，面前的女孩儿美得惊人。

就在他心痒痒时，苏瓷举起酒桶，把桶里的冰块和冰水倒在了陆无敌的头上、身上。

"啊啊啊，你这个疯女人！"冰块落到陆无敌的头上，钻进他的衣领里，冰冷刺骨，他大叫。

陆无敌满身狼狈，想要站起身却被保镖死死地踩着。

苏瓷嗤笑："清醒了？"

陆无敌狠狠地瞪着苏瓷。

"我没有兴趣知道你是谁。据我所知，陆叔叔只有一个儿子。你这副蠢样，还妄想做陆折的兄弟？"苏瓷漂亮的小嘴里吐出的话简直扎心，"不要拿陆家来吓唬我，陆叔叔不会因为你这个蠢货，对苏家怎么样的。"

苏家？上一秒还气恨得面容扭曲的陆无敌，还有几个富家子弟，此刻全都不可思议地看着苏瓷。她是苏家的人？

这时，警察已经赶到。

刚才还嚣张的几个人意识到自己踢了苏家这块铁板，哪里还敢叫嚣？

整个B市的人都知道，苏家人根本不怕陆家的人，陆家的人也不可能为了一个旁支的子侄，去责怪苏家的小公主。

看着那些自命不凡、高高在上、看不起人的富家子弟被带走，丁小幽心下震惊又酸涩。

这个娇娇女竟然是苏家的千金！

她面对陆无敌时怕得要死，而欺负她的人，转头就被娇娇女治得无从反抗。这就是穷人的悲哀吗？

丁小幽酸得眼睛都红了，咬着唇埋怨这个世界不公平。

成功救下季迟，得到一团金色棉花糖后，苏瓷才开心起来。

苏瓷对季迟说道："走吧，我让人送你去医院包扎伤口。"

季迟点点头，没有拒绝："麻烦你了。"

一行人刚走出包间，苏瓷的手机再次响起，还是陆折打来的电话。

现在环境嘈杂，不适合接听电话，她也不好解释。苏瓷狠了狠心，还是挂断了电话，准备回家后再打给陆折。

方老板看陆折再次被挂断了电话，忍不住开口："怎么？小瓷不接你的电话？"

陆折刚应酬完，喝了一点儿酒，眼里有了醉意："她可能在忙。"

方老板没有多说什么："刚才那杯酒我替你喝就好了，你酒量不好，没有必要亲自喝。”

现在陆折的身份不一样了，就算他不喝酒，对方也不敢拿他怎么样。

“没关系，就当作是锻炼酒量。”

以后有不少场合需要喝酒，陆折不是遇事喜欢躲避的人。

方老板笑了：“行，我不劝你。”

陆折虽然年纪小，但是一直很有主见。

方老板松了松领带，哪怕穿了这么久的西装，还是没有习惯，觉得这身玩意儿完全没有 T 恤穿着舒服。

他疲倦地叹了一口气，往车窗外看去，却看见辉煌的酒吧门口，一个女孩儿正从里面走出来。

方老板以为自己眼花了，使劲揉了揉眼。

看着熟悉的身影，方老板惊讶出声：“小折，那个是不是……小瓷？”

陆折顺着方老板的视线看去。

不远处，女孩儿的小脸儿精致，除了苏瓷还会是谁？

“停车。”陆折声音有点儿沉。

车子靠路边停下。

方老板看了看陆折，又看向不远处的苏瓷，那个男孩儿也在……

糟了，他之前的想法不会成真了吧？如果苏瓷变心，陆折怎么办？

看着陆折下车，方老板也叹了一口气。

年轻人的恋爱真是折腾人。

苏瓷吩咐保镖送季迟去医院检查身体、包扎伤口，并且要拿到验伤报告。

季迟缓慢地走到苏瓷的面前，第一次距离苏瓷这样近，胸口因为心脏猛烈跳动更疼了。

他低头看着她，再次真诚地向她道谢：“谢谢你救了我一命。”

他欠她一条命。

丁小幽站在不远处，攥紧手指，心里酸得要死。

季迟是在生她的气？但他应该知道，像他们这样的人，根本斗不过那些富家子弟。她一个弱女子，也打不过他们，能做的只有逃跑，保全自己。

如果她有娇娇女那样的家世背景，也会救季迟，而不是狼狈逃命。

苏瓷对季迟说道："你妈妈跟我妈妈是好友，我不会见死不救的。"

季迟抿了抿受伤的唇："不管怎么样，都是你救了我。"

苏瓷笑了笑："行了，你去医院吧。"

真要计较，他只是她赚取金色棉花糖的工具人。

两个人准备上车时，穿着白色衬衫、身姿颀长的少年突然出现。

来人漆黑的眼睛注视着他们。

第十四章

他忌妒得发狂

“陆折？！”苏瓷惊讶出声。

陆折安静地看着站在季迟旁边的苏瓷，眼神有点儿冷：“团团，过来。”

对上陆折的眼睛，苏瓷莫名其妙地有种心虚感。她才挂了他的电话，没想到转眼就被抓包了。

苏瓷吩咐保镖：“你们送季迟去医院。”

然后，她乖乖地走向陆折。

女孩儿柔软飘逸的裙摆从指尖上拂过，季迟握紧了手。

季迟的嘴角、眉角带了伤，却没有折损他的帅气，反而让他冷酷的脸上多了几分不羁的气息。

看着女孩儿脚步轻盈地走向陆折，季迟无力地松了手。

苏瓷满脸惊喜之色：“你怎么在这里？”

“刚才在附近和客户谈事。”陆折动作自然地把手搭在苏瓷的腰间，占有欲十足，“你呢？”

“我也有事。”苏瓷想到自己又得到了金色棉花糖，心情很好。

看了对面的季迟一眼，陆折神色有点儿冷：“事情办完了？”

苏瓷点了点头：“办好了，我跟你一起走。”

陆折脸上的神色柔和了几分："好。"

方老板一直在车子里留意着陆折和苏瓷的情况，看见陆折带着苏瓷走过来，识趣地赶紧从后座上下来。

苏瓷打招呼："方叔。"

方老板笑呵呵地与她打招呼。

陆折打开后座的门："上车吧，先送方叔回去。"

"其实，我可以打车回去。"方老板极为识趣。他也年轻过，当然不想当二人的电灯泡。

"没关系，方叔你上车吧。"

"那行，我坐前面。"方老板坐在副驾驶座上。

车子启动，繁华街景往后退去，路上的行人并不多，夜里的B市有点儿安静。

苏瓷觉得与陆折之间的距离有点儿远，悄悄挪动着身体，直到手臂挨着他。

她看向陆折。下一秒，他也低头看向她。

少年漆黑的眼眸隐在昏暗的光线里，眼神有种难以形容的深沉感。

苏瓷的心尖一颤，她想要看清楚陆折的神色，却被他伸手摸她的头发的动作扰乱了视线。

没多久，车子开到了陆折的住处。

陆折打开灯，暖黄的灯光像漂亮的星辰落在女孩儿的眼眸里。

他关上门，嗓音有点儿低："喝水吗？"

苏瓷摇摇头，手臂缠上他的肩膀，身体贴近他，迫不及待地想要把金色棉花糖给他："亲我。"

陆折没有动。

苏瓷踮起脚，凑近他，闻到了他的薄唇上的酒味。

"你喝酒了？"她有点儿惊讶。

陆折扶上她的腰："只喝了一点儿。"

少年的眼睛漆黑湿润，带着醉意。

苏瓷笑了："陆折，你是不是醉了？"

陆折摇了摇头："没有。"他垂眸看着苏瓷，温柔地将她的碎发别在耳后，"为什么挂断我的电话？"

“季迟在酒吧里出事了，当时我忙着救他，没有接你的电话。”苏瓷解释，“第二次挂断电话，是因为酒吧太吵，我不想让你知道我在那里。”

苏瓷很诚实。

陆折的眸色沉了沉，他用冰凉的指腹轻轻摩挲着她的小耳珠，嘴里发苦：“为什么去酒吧？因为季迟？”

苏瓷点了点头。下一秒，陆折揉捏着她的耳珠的指尖加重了力气。

苏瓷感觉不痛，却很痒，想要伸手去挠一挠耳朵。

她理直气壮地说：“我去做好事。”

陆折安静地看着她。

苏瓷继续解释：“季迟被人打，我去救他。”

陆折松开手，低下头，薄唇凑到她的耳边，握着她的小手捂在胸口处：“团团，这里不舒服。”

苏瓷愣了愣，掌心下，少年胸腔里的心脏强有力地跳动着。

冰凉的薄唇轻轻地触碰着苏瓷的小耳珠，陆折问道：“你喜欢季迟吗？”

苏瓷被陆折的话惊得抬起了头：“怎么可能！”

她想要看陆折脸上的神色，想要向他解释，然而下一秒，她的耳珠直接被陆折含住了。

湿润温热的触感传来，苏瓷惊得瞪圆了眼睛。

陆折握着苏瓷的手，使劲捂在他的胸口处，里面又酸又疼。

“陆折……”耳珠被陆折轻咬着，苏瓷忍不住低哼出声，眼睛里氤氲着一层水汽。

“陆折，你在吃醋吗？”苏瓷忍着少年带给她的怪异感，敏感地察觉到了他周身的低气压。

“嗯。”陆折松开牙齿，温柔地亲了亲她被逗弄得发红的小耳珠。

他想过他不在后，苏瓷必定会找到其他人陪伴她。然而这个念头刚起，他就忌妒得发狂。

“团团，不要喜欢其他人。”陆折知道自己很自私，哪怕知道自己身患绝症，时间不多，依然想占有她，让她的眼里只有他。

在季迟那个男生身上，陆折看到了与自己相像的影子——孤冷、寂寞。

当看见苏瓷跟季迟站在一起时，他担心她会喜欢上对方。

毕竟在这个世界上，谁都比他有资格站在她的身旁。

苏瓷眨了眨眼，还是第一次从陆折嘴里听到恳求的话。

她喜欢看陆折吃醋的样子，却不舍得他这样卑微。

“原来，你这样喜欢我。”苏瓷眼眸里藏着笑意，“我不会喜欢其他人，只喜欢你。”

苏瓷将手抚上陆折僵冷的脸：“我是为了救季迟，你这样聪明，应该很早就看出了端倪。我跟你说过，我本来就是一个很自私的人，但因为你，我愿意成为一个救人的天使。”

陆折意识到，苏瓷要在他面前揭开她的秘密，心脏顿时猛烈跳动着，感觉指尖发麻。

苏瓷问他：“陆折，检验报告可能会欺骗你，但你的身体不会。难道你没有怀疑过你的身体状态为什么会变好？”

陆折愣了愣，眼里目光深沉。

他知道苏瓷救了很多人，她像能预测别人会有危险，至于他的渐冻症，发病的次数确实比以前减少了。

他从来没有将二者联系在一起。

苏瓷亲了亲陆折冰凉的薄唇：“你可以大胆一点儿猜测。”

毕竟，每一次救人，她都没有刻意避着他。

陆折一向聪明：“你救人是因为我？”

苏瓷点了点头。

“为什么？”陆折不知道这两者有什么关系，甚至觉得自己异想天开，“你救人后……我的病情会变好？”

苏瓷继续点头。太明显的话，她不能说出口。

她现在不算是开口告诉陆折真相吧？

陆折得到答案后，眼神沉了沉，僵冷的脸上浮现难以置信之色：“团团，为什么……？”

“我不能说。”苏瓷看着他，“反正你记住，只要有我在，你就不会死。”

“团团。”陆折低低地喊着苏瓷。

从知道自己患有渐冻症后，他就做好了面对死亡的准备。他不会自暴自弃，会过好每一天，但从不敢奢望自己的病能好起来。

现在，怀里的女孩儿告诉他，他的病情可以好起来，他不会死！

胸口一阵滚烫，陆折紧紧地皱着眉。

“你不开心吗？”苏瓷疑惑地看着陆折，藏了这么久的秘密被陆折知道，还以为他会很开心。

陆折点了点头：“开心。”

他并不怀疑苏瓷骗他。

陆折低下头，用额头抵着苏瓷的额头：“我不希望你因为我陷入危险之中。”

苏瓷笑了。

她的少年第一时间想到的是她会不会有危险，而不是他能活命。

“你放心，我不会盲目救人。力所不能及的情况，我会放弃。”苏瓷一向很惜命，绝对不会让自己置身于危险中。苏瓷抬起头：“所以，你要多亲亲我，这样我才能给你好东西，让你快快好起来。”

“好东西是什么？”陆折每次听到苏瓷说要给他好东西时，就是她要亲他。

他从没有见过她口中的好东西。

苏瓷想要告诉他，好东西能给他治病，然而这句话根本说不出来。

她亲上陆折的薄唇，唇齿纠缠间，回道：“你猜。”

陆折意识到，苏瓷口中的好东西应该能治疗他的病，所以她很早之前就开始为他续命了。

陆折感觉胸口发烫，这才知道她一直在为他做什么。

过了好一会儿，苏瓷两腿发软，嘴唇发麻，也不知道是不是陆折喝了酒的原因，这一次他亲得特别凶，她的舌根都痛了。

她无力地靠在陆折身上，一双眼睛湿漉漉的：“现在，你该知道，我救季迟是为了你。”

“嗯。”陆折搂紧她，唯恐她掉下去。

苏瓷纤细的指尖无力地拽着他的衣摆：“你不需要吃醋，我喜欢的人只有你。”

灯光下，陆折的脸色柔和下来，他轻轻地应了一声：“嗯。”

怀里柔软的触感让他知道，他不是在做梦。

苏瓷不满，气恼地瞪着他："我都表白了，你也要对我表白一次。"

陆折沉默了一会儿，薄唇凑到苏瓷的耳边，清冷的声音里带着几分轻哄之意，语气温柔至极："我也只喜欢你。"

苏瓷闻言，眼睛亮亮的，装模作样地说道："太小声了，我听不清。"

陆折又重复了一遍："我只喜欢你。"

苏瓷尝到了甜头，软软地靠着陆折，眼睛里是藏不住的笑意："没听见，你再说一遍。"

陆折看着她，一点儿脾气都没有："我喜欢你。"

苏瓷又开始作了，嫌弃道："字怎么一次比一次少？这次不算。"

陆折将薄唇贴着她的耳朵："苏瓷，我喜欢你。"

苏瓷在少年的怀里笑成偷腥成功的小狐狸："陆折，我还想听……"

苏瓷回到苏家的时候，季迟已经包扎完伤口从医院回来了，苏父、苏母正好也在。

显然，保镖将今晚的事情告诉了他们。

苏母看见季迟伤成这样，而且打人的一方很无理，苏母一阵恼怒，直接对丈夫说："这件事不能就这样算了，如果陆家那边的人出面，我们也要出面，没有小迟救人还要被打的道理。"

苏父点了点头："我待会儿跟花狐狸提一下这件事。如果他要插手，我也不会客气。"

不过依照苏父对陆沉的了解，没有利益可图的事，花狐狸根本不会为闯祸的旁支晚辈出面。

苏母还是很气："还好瓷瓷带了保镖，否则小迟就……这些富家子弟也太嚣张了。"

想到好友的孩子差点儿丢了性命，苏母一阵后怕。

"小瓷，你怎么会去酒吧？"苏父更关注的是女儿去了酒吧。

酒吧那里环境复杂，就算是熟人的产业，他也不放心，更何况那家酒吧的安全性并不高，否则那些富家子弟也不敢随意在那儿闹事。

"我去见识一下。爸爸，你放心，我没有喝酒，而且我还带人了。"苏瓷挨着苏母坐，向她撒娇："妈妈，我绝对不会让自己处于危险中的。

我只是有点儿好奇。”

她知道爸爸一向听妈妈的话。

季迟的目光从苏瓷的脸上轻轻滑过，他不敢去看她过分红润的唇瓣。

苏母瞪向丈夫：“女儿去玩儿玩儿而已，有什么大惊小怪的？如果今晚不是她去了，小迟的命就没有了。”

苏父被妻子训斥了，也不生气：“我是担心女儿的安全，小瓷以后再要去这样复杂的地方，一定多带些人手。”

苏家的宝贝可不能让人欺负了。

苏瓷乖乖点头。

看见季迟脸上的伤，苏母一脸不忍的表情：“小迟你先上楼好好休息。其他的事，我们会解决。”

苏瓷抬眸看去，只见季迟的额角、嘴角、侧脸上都贴了止血贴，原本帅气的模样变得有几分滑稽。

季迟应声，抬头对上苏瓷打量的目光，心上一紧，随即对她点了点头，起身上楼。

回到房间，季迟接到了方琴的电话。

“我听童芯说你被人打了？”电话里，方琴声音很着急，“小迟，你伤得怎么样？严不严重？需要妈妈过去看看你吗？”

“妈，我没事。”季迟在床边坐下来，用手按了按止血贴的位置，一阵疼痛感传来，“伤口已经包扎好了，并不严重。”

方琴舒了一口气：“到底是怎么回事？我听童芯说，你在酒吧里和几个富家子弟发生了矛盾？小迟，他们之后会不会报复你？”

那些人家大业大，而她和儿子只是普通人。如果对方怀恨在心，不愿意放过儿子，那么儿子必定会吃亏的……方琴越想越担心。

“妈，您不用担心，他们不会对我怎么样的。苏叔叔和阿姨会帮忙解决这件事。”季迟语速不紧不慢，稳住了电话那头的方琴。

听到儿子的话，方琴这才放松下来：“又要麻烦童芯他们了。”

方琴很担心麻烦别人，毕竟家里这样的情况，他们很难偿还苏家的人情。

季迟握紧了手机。

方琴继续问道：“小迟，你怎么会跟那些富家子弟打起来？”

儿子的性格她是知道的，他绝对不会主动惹事。

“当时同事遇到了困难。”季迟语气淡淡地说道。

方琴叹了一口气：“小迟，再有这样的事情，你千万不要意气用事，我们家的情况跟那些人不一样。”

这么多年来，方琴背负着这么多债务，早已经形成了谨慎的性格。她只想小心翼翼地守护家庭，守护儿子。

季迟垂下眼帘，声音在安静的房间里显得分外沉闷：“我知道的。”

方琴又叮嘱了季迟几句，让他这几天好好养伤，不要再去兼职。

待季迟一一应下后，她才挂断电话。

房间内只开了床头灯，季迟高大的身影投射在墙壁上，显得分外孤寂。

大学门口高挂着“欢迎新生入学”的横幅，周围已经有不少拉着行李箱的新生。不远处，学校设置的志愿者摊位旁，学长、学姐正在给新生答疑解惑。

苏瓷过来办理了入学手续，领取了军训用品，待会儿还要去参加班会。

她穿了一条精致的白底碎花裙子，撑着伞，肤色白皙，漂亮得让人移不开目光。路过的新生都忍不住偷偷打量她。

“苏瓷！”有人喊她。

一个拉着白色行李箱的女孩儿满头大汗地跑向她。

来人是工具人沈雪。

自从陆折来了B市，苏瓷就和沈雪断了联系，几乎忘了对方的存在。

“累死我了。”沈雪气喘吁吁地来到苏瓷面前，“没想到我跟你在同一所大学，我们太有缘分了。”

苏瓷点了点头：“确实有点儿。”

沈雪慢慢地平复呼吸：“不止我，赵优优和傅白礼也来B大了。”

闻言，苏瓷皱起了眉。

没想到傅白礼和赵优优也来了。

她不喜欢赵优优，对方的人品不怎么样。最重要的是，她想起陆折重获新生前为赵优优而死，打心眼儿里就排斥对方。

办理完入学手续后，苏瓷来到指定的教室参加班会。

“苏瓷。”沈雪坐在第三排的位子上，疯狂地朝走进教室的苏瓷招手。

苏瓷在她旁边坐下。

沈雪一脸激动的表情：“我竟然跟你在同一个班，这是什么缘分？！”

苏瓷整理了一下裙摆：“孽缘？”

沈雪委屈地撇嘴：“你也太打击人了。”

越是被苏瓷嫌弃，她越想黏着苏瓷：“我没想到你会报中文系。你是不是也喜欢文学？”

苏瓷摇摇头，单手撑着下巴，无聊地等待班会开始：“想不到自己喜欢什么专业。”

陆折报了计算机专业，属于理科，所以她报了一个文科的专业，两个人一文一理，绝配。

沈雪打死也想不到苏瓷选专业竟然这样草率。

这时，一个女生走到苏瓷旁边，声音激动地问：“我……我能在这里坐下吗？”

苏瓷懒懒地抬头看去。

哦，又是熟人。

她点了点头。

温朵雨眼里全是激动之色。她忍住想要尖叫的冲动，小心翼翼地在苏瓷身边坐下。

她不仅与苏瓷上了同一所大学，此时此刻还坐在苏瓷的身旁。

温朵雨觉得自己所有的辛苦都是值得的。

“苏……苏瓷，好久不见。”温朵雨偷偷地吸了一口气，好像闻到了苏瓷身上的香味。

苏瓷好香啊。

温朵雨激动得握紧手。

苏瓷点了点头："好久不见。"

"你们两个之前认识啊？"沈雪好奇地打量着温朵雨，对方长得白白净净的，脸上和眼里全是害羞之色，好内敛的一个妹子。

温朵雨害羞地点了点头："认识的，我以前跟苏瓷同班。苏瓷是我的救命恩人。"

"她是你的救命恩人？"沈雪惊得瞪圆了眼睛。

温朵雨再次点头："之前我想要自杀，是苏瓷拉住了我，还帮我解决了困难。"

苏瓷送她去警察局报案，她的钱才能被追回来。现在她能考上B大，很大一部分原因是受了苏瓷的影响。

她真的很感激苏瓷。如果不是苏瓷，她不可能坐在这里。

"我也……"沈雪有点儿激动，"苏瓷也救过我。"

温朵雨惊讶地看着沈雪。

真神奇，苏瓷的一左一右坐的都是她救过的人吗？

"姐妹，没想到我们同为被苏瓷救过的人，好有缘哪。"沈雪恨不得跟对方握握手。

温朵雨用力地点头。

苏瓷被二人夹在中间："要不，我跟你俩换个位置？"

温朵雨的脸红了。

沈雪问苏瓷："你究竟救过多少人？"

苏瓷掰着漂亮的手指开始数："一个、两个、三个……"

看到苏瓷认真数起来，沈雪震惊了："你真救过这么多人？"

苏瓷笑了："骗你的，你以为我是善良的天使还是救世主？"

"你在我的眼里就是天使。"温朵雨鼓起勇气，夸了苏瓷这么一句话，然后又害羞起来。

苏瓷又漂亮又善良，学习成绩又好。在她看来，苏瓷就是仙女般的存在。

苏瓷被吹了"彩虹屁"，心情瞬间变好。

果然，她的耳朵只适合听夸赞的话。

第二天要军训，沈雪早早地等在集合的地方，看见苏瓷出现，赶紧凑过去："苏瓷，你太过分了。"

苏瓷看向她。

"你怎么可以把迷彩服穿得这么好看？"沈雪不得不服气。

苏瓷细腰长腿，简直绝了。难怪说长得好看的人，就算披着麻袋也好看。

听到夸赞的话，苏瓷精神了不少，心情也好起来。

没多久，温朵雨也来了，神色怯怯又愉悦地跟苏瓷打了招呼。

想到自己能跟女神一起军训，她昨晚激动得失眠。

太阳越来越猛烈，周围的空气也变得热起来。

陆折个子高，站在第一排的第一个位置，很显眼。

他长得帅气，穿上迷彩服，身姿更显挺拔，惹得其他班的女孩儿频频偷看他。

陆折所在的班级男生偏多，休息时，大家很快混熟。

"你们看到了吗？隔壁班那个女孩子长得好漂亮。"其中一个男生忍不住说道。

"隔壁班第三排，最后那个女孩儿，穿着军训服也这么清纯好看。"

"怎么我们班没有这样好看的妹子？那是我们学校的校花？"

"她好像叫赵优优。"

…………

"站在第一排的那个男生太帅了，我想要他的联系方式。"隔壁班的女生也闲聊起来。

赵优优擦了擦额头上的汗，她的肤色本来就白，在阳光下更白了。现在的她已经脱胎换骨。

听到其他女生在讨论陆折，她下意识地皱眉，真诚地说道："他是我的哥哥，但身体不大好。"

她不希望其他人盲目地喜欢上陆折。

"你哥哥？"有人惊讶。

"他是我爸爸从儿童福利院收养的孩子，我们没有血缘关系。"赵优优解释得很清楚。

另一个女生忍不住问道："他有女朋友吗？身体不好不是问题，最重要的是我很会照顾人。"

赵优优摇了摇头："我哥哥没有女朋友。他患了渐冻症，并不适合恋爱。"

"渐冻症？"有人惊呼。

在平常人的印象里，渐冻症绝对是一个恐怖的病，会死人的。

刚才说很会照顾人的女生不出声了。渐冻症是绝症，哪怕对方长得再帅，她也不考虑了。

"好可惜啊。"也不知道是谁叹了一口气。

赵优优点了点头："你们不要外传，我不想其他人用异样的目光看我哥哥。"

女生们保证："你放心，我们不会外传的。"

太阳晒得地面都烫脚了，周围的树蔫蔫地垂下了叶子。

苏瓷班上的11个女生排在最后一排。

苏瓷排在中间，已经感觉自己的脚被硬底的鞋子磨得生疼了。

苏瓷上网查过，兔子的脚跟小猫、小狗的不一样，没有厚厚的肉垫，脚底只有浓密的毛毛，而且小，所以很敏感，也特别娇气。

哪怕苏瓷变成人后，她的脚也敏感得过分，平时穿着不舒服的鞋子就能被磨红，更不要说现在穿着这种硬的鞋训练了。

汗水不断从脸侧流下，苏瓷抿唇，忍着脚痛。

当教官说"解散休息"的时候，众人连忙走到树荫下乘凉喝水。

"好累啊，一个早上还没有过去，我感觉自己快要撑不住了。"沈雪有气无力地坐在石阶上。

苏瓷喝了几口水，拉起一侧的裤脚，发现脚后跟果然已经被鞋子磨得发红了。

"啊，苏瓷，你的鞋子是不是不合脚？"沈雪看过去，只见苏瓷的脚后跟已经被磨得通红。

温朵雨也看过去，赶紧说道："我这里有止血贴，可以贴在脚后跟上，这样不会磨脚。"

苏瓷接过止血贴："谢谢。"

"苏瓷，你怎么没有出汗？"沈雪擦汗的纸巾都湿透了。

大家都大汗淋漓的，温朵雨的刘海儿都成一绺了，唯独苏瓷还是清爽、干净的模样，让人赏心悦目。

苏瓷最怕热了："我里面的衣服已经被汗打湿了。"

沈雪向苏瓷看去，看见她的碎发都贴在了脖子上。

她意识到，原来仙女出汗也比普通人好看。

休息了10分钟，训练又开始了。

听到教官喊"集合"，众人哭丧着脸，快速跑过去，丝毫不敢耽误时间。

一个早上下来，简单的踏步、报数、站军姿训练，就足以让苏瓷腿软了。

最难熬的是下午，太阳正是最猛烈的时候，人被晒得眼睛都睁不开，脑袋发晕。

操场上一点儿风也没有，地面被烤得发热，班上的每一个人站得笔直，一动不动的。

苏瓷抿着唇，黑眸湿润，而红唇发干。

她感觉两条腿已经不是自己的了，脚后跟的止血贴早已经被蹭掉了，脚后跟被磨出了小水泡。

下午军训结束后，苏瓷双脚已经痛得不能走路了。

"苏瓷，你没事吧？"沈雪看见苏瓷眉心紧皱，坐在石阶上很不舒服的模样，有点儿担心。

温朵雨也没有离开，同样担心地看着苏瓷。

"我的脚有点儿疼，你们先走吧，有人来接我。"她给陆折打了电话。

沈雪秒懂："好吧，明天见。你要是真不舒服，明天请假吧。"

今天训练下来，她都累得不行，更不要说苏瓷这个娇滴滴的千金小姐了。

她的话音刚落，一个高大的身影就逆着人群往这边走来，少年满身清冷气息，让人忍不住注目。

沈雪回过头看去，果然，石阶上的女孩儿眼睛瞬间亮了起来。

沈雪扶额——她就知道。

"那个是……？"温朵雨惊讶地看着陌生的男生走向苏瓷。

沈雪一脸骄傲的表情，毕竟做过苏瓷和陆折的爱情的工具人："他是苏瓷喜欢的人。”

温朵雨更惊讶了。

苏瓷有喜欢的人？

温朵雨不懂得如何判断一个男生优不优秀，但觉得苏瓷的眼光肯定是好的。

操场上的人逐渐散去，都赶着去饭堂了。

陆折在苏瓷面前半蹲下来：“是不是脚疼？”

他今天一直在担心苏瓷的身体。

他知道她娇气，之前她穿着质量一般的鞋子也能把脚磨得发红，现在穿着硬底的军训鞋，长时间操练，她肯定受不了。

“脚痛。”军训的时候苏瓷忍了下来，现在面对陆折，就不想忍了。

她委屈地吸了吸鼻子。

陆折弯下腰，大手捉住了苏瓷的脚踝，直接把她的脚放在了他的大腿上：“我看看。”

苏瓷挣了挣脚。军训一天，她的脚出汗了，她有点儿不好意思：“不用看，你扶我去门口就好。”

“别动，是不是被磨破皮了？”陆折单手握着她的脚踝不放，脱掉了她的鞋子。

女孩儿穿着纯白的短袜子，小小的一只脚在陆折的大手里显得很可爱。

“我帮你把袜子脱掉。”

对方都不嫌弃，苏瓷索性任由他了，往后挪了挪，尽量把身体藏在大树后面。

陆折动作轻柔地将苏瓷的袜子脱下来，只见她圆润的脚指头被磨得红红的，脚底、脚后跟起了水泡。

陆折眉心紧皱，难怪她觉得疼。

陆折检查得很仔细，把苏瓷的另外一只鞋子也脱掉了，发现另一只脚的情况一样。

陆折帮她穿回鞋子，弯腰抱起她：“我送你去校医室擦药。”

苏瓷乖乖地点了点头。

陆折挑了一条小路过去。这个时候，学生几乎都在食堂里，小路上基本没人。

苏瓷心安理得地窝在陆折的怀里，抬头看着他，一眼便看到了他棱角分明的下颌线。

她昨天还在幻想陆折穿着迷彩服的样子，现在看着抱着她的少年，喜欢得不行。

陆折微抿着薄唇，身上带着一股子清冷气息。他身形高大，宽肩窄腰，腿也长，加上经常锻炼身体，隔着衣服，她也能感受到他结实的肌肉。

她抬起下巴，主动凑近陆折，亲了亲他的薄唇，然后嘴唇顺着他的脖子下移，最后亲上了他的喉结。

“团团。”陆折感受到她的动作，喉结忍不住上下滑动了一下。

他大手收紧，紧紧抱住苏瓷，在小路上蓦然收住了脚。

苏瓷已经撤离了，舔了舔唇，嫌弃道：“是咸的。”

陆折脸上发热，漆黑的眼睛里多了几分窘迫和无奈之色：“我出了很多汗。”

苏瓷又凑近陆折的脖子闻了闻。

陆折制止不住：“团团。”

下一秒，他听见了女孩儿悦耳的笑声：“确实有很大的汗味。”

陆折深深地看了她一眼。男生跟女生不一样，汗味会比较重，而他怀里的女孩儿还是清清爽爽的，身上散发着淡淡的清香。

他低下头，学着她蔫坏的模样，在她的唇上轻咬着，还故意用牙齿摩挲几下才松开：“你乖一点儿，再乱动就要摔下去了。”

尝到甜头，苏瓷不由得笑弯了眼。

苏父和苏母回来时，发现女儿正在抹药。

知道女儿的脚竟然被磨出水泡了，苏母心疼不已，让女儿在家里好好休息。

苏瓷恨不得立刻点头，可怜巴巴地看向苏父：“爸爸的意思呢？”

苏母忍不住瞪了丈夫一眼。

苏父希望女儿强身健体，但她从小就娇气，吃不下这个苦头。他哪里舍得逼她？

才军训第一天她的脚已经被弄成这样了，如果他硬要她参加军训，反而会得不偿失。

感受到旁边妻子的怒意，苏父咳了一声："小瓷在家好好休养，爸爸帮你向学校请假。"

女儿的脚受伤了，他确实不能勉强。

苏瓷这才高兴起来。

"小迟第一天军训得怎么样？辛苦吗？"苏母问安静地坐在一旁的季迟。

季迟冷淡的目光从女孩儿雪白的脚上滑过，不敢细看："挺好的，刚开始的训练量不大。"

"那就好。"苏母让用人准备饭菜，"厨房里熬了汤，你们都要喝。"

苏瓷乖乖点头。

晚饭后，苏瓷就回房洗澡、敷面膜了。

她爱惜自己的皮肤，白天晒了这么久，当然要好好护理。

掀开面膜，苏瓷看着自己像是喝饱了水的脸蛋儿，忍不住伸手摸了摸，太嫩了。

这时，房间的门被敲响。

门外，季迟把手里的药膏递给苏瓷："这药膏对你脚上的伤很有效，你可以试试。"

苏瓷有点儿惊讶："谢谢。"她接过药膏。看着对方额角上的白纱布，苏瓷问道："你的伤好了吗？"

季迟微微勾起嘴角："快好了。我先回房了，晚安。"

他很会和她保持距离。

苏瓷点了点头："晚安。"

因为脚受伤，苏瓷在家休息，正惬意地吃着用人端来的水果，却突然收到了沈雪发来的消息。

苏瓷点开视频，一眼就看见了队伍里的陆折，他在站军姿。

隔着屏幕，她都能感受到太阳的猛烈。

阳光照在陆折身上，像镀了一层光。少年身姿挺拔，有种冷冽的气势。

因为是站军姿，视频里的陆折一动不动。

苏瓷保存好视频，给沈雪发信息："视频怎么这么短？"

工具人沈雪感受到了来自苏瓷的嫌弃之意："陆折休息的视频你想看吗？"

苏瓷："看，看，看……"

工具人沈雪："等着。"

苏瓷往嘴里塞了一块水果。过了好一会儿，她收到了第二个视频。

天气炎热，众人摘掉了帽子，正无精打采地坐在地上休息，而陆折挺直腰背，独自坐在石阶上仰头喝着水。

沈雪聪明地把镜头推近，让苏瓷能清楚看到陆折吞咽水时上下滑动的喉结。

苏瓷想起前几天，她亲吻陆折的喉结时他强烈的反应。

所以，喉结是陆折的敏感区？

苏瓷又往嘴里塞了一块水果，继续看视频里的少年。

苏瓷觉得，就算光看他的脸，也十分赏心悦目。

视频晃动了一下，苏瓷看见一个女生走到陆折的面前，掏出纸巾递给他。

苏瓷目光微动。

视频里，陆折抬头看向女生，然后，视频戛然而止！

苏瓷："那个女生是谁？你怎么没有继续拍下去？"

然而，沈雪没有回复消息。

苏瓷知道，沈雪应该开始训练了。

没有看到后续发展，苏瓷抓心挠肝地难受。

操场上，陆折抬起头。

"我有纸巾，给你擦汗。"女生跟陆折同班，将手里的纸巾递给陆折，笑得温柔。

陆折冷声拒绝："谢谢，我不需要。"

女生点了点头，收回纸巾，大方地问陆折："我可以坐在这里吗？"

这里是公共地方，她想坐，陆折当然没有资格阻拦。但她顾及他的感受，还是礼貌地询问道。

"随意。"

女生笑了，在离陆折不远处坐下。

她没有特意与陆折搭话，而是安静地喝着水。

第二天，苏瓷又收到了沈雪发过来的视频。

陆折正在打军体拳。

少年目光犀利，动作利落，浑身有种说不出的狠劲儿。

不管是弓步冲拳，还是马步横打，陆折的每一个动作都充满了爆发力。

苏瓷目光灼灼地看着视频里的陆折，也不知道是不是她的错觉，他好像被晒黑了？

休息时，陆折坐在石阶上，女生又走向他，神色自然地坐在了他的身旁。

苏瓷的目光一顿，她认出对方是昨天给陆折递纸巾的女生。

女生摘下帽子，苏瓷审视着对方，长得白净，眉眼温柔，给人一种小家碧玉的感觉。

对方喝完水，又掏出纸巾擦汗，与陆折没有任何交流，像碰巧坐在陆折的身旁而已。她一直与其他人聊天，脸上的笑容不断。

女生拿起旁边的水壶，准备喝水。她拧开盖子的时候，手上动作不稳，盖子掉到了地上，往旁边滚去。

距离远，视频里没有声音，苏瓷听不到女生在说什么，但能猜到对方想让陆折把滚到他脚边的盖子捡给她。

女生微笑着从陆折手里接回水壶盖，继续与旁边的朋友聊天。

过了好一会儿，苏瓷看见女生拿出糖分给周围的人，最后才把糖递给陆折。

陆折脸上的神色淡淡的，通过他的嘴形，苏瓷知道他拒绝了女生的糖。

苏瓷有点儿不爽，看出女生在耍小心思和小手段。

操场上，教官让众人集合。

陆折快速起身。

女生跟在陆折身后，追上前，轻拍他的背："陆同学，你的鞋带松开了。"

陆折垂眸，鞋带确实松开了。

“谢谢。”他弯下腰去，修长的手指灵活地绑好了鞋带。

女生待陆折站直身，才柔声说道：“不用谢。”

仿佛这只是她不经意间对陆折的提醒。

打完军体拳后，教官让队伍解散。

陆折准备离开，下一秒，被人从身后轻拍了一下。

他回过头去。

“陆同学，我有几个动作做得不太好，能请教你吗？”

陆折打军体拳打得很好，就连教官也表扬他。训练时，陆折还作为标准模范给大家演示了一遍。

“你刚才演示的时候好厉害。”杨舒静崇拜地看向他，“我打一遍，如果有不好的地方，你可以帮我纠正吗？”

陆折拒绝道：“教官还没有离开，你可以找教官。”

杨舒静扎着高高的马尾，被晒黑了不少，但依然给人一种温婉动人的感觉，引得班上不少男生注意。

把脸侧的碎发别在耳后，她神情羞怯地看向陆折：“教官太严厉，我……不敢请教他。教官夸你动作标准，你能指导我吗？”

班上的女孩子都害怕教官。

旁边一个男生凑了过来：“明天打不好拳，教官可是要罚人跑操场5圈的。陆折，你就怜香惜玉，教教杨同学吧。”

杨舒静感激地看了男生一眼。

陆折神色冷淡，严肃感并不比教官少：“我赶时间。”

杨舒静赶紧摇了摇头，一脸善解人意的表情：“对不起，是我打扰你了。你去忙吧，我请教其他同学。”

刚才的男生主动请缨：“我可以教你。”

杨舒静感激地看向对方。

包间里，苏瓷等待已久。

她上身穿着一件白色的无袖小衫，下身穿着一条浅粉色的碎花裙子，头发松垮垮地绑成了丸子形状，零碎的几缕发丝自然地垂在耳朵两侧。

她无聊地玩儿着手机，也不知道等了多久，包间的门终于被人推开了。

穿着迷彩服的少年大步走了进来。

陆折来了。

苏瓷看向他，抱怨道："我等你好久了。"

陆折在她身旁的位子坐下，随手摘下了帽子："对不起，来晚了，你饿了吗？"

苏瓷点了点头，语气懒懒的："饿了，饿得我全身无力。"

她骗陆折的，就是想让他心疼她。

陆折想要摸摸她的头，发现她扎了头发，不好弄乱她的发型。

他拿过菜单，让苏瓷挑她喜欢吃的菜："先点菜。"

下单后，苏瓷开始打量旁边的陆折："陆折，你变黑了。"

她伸手想要去摸他的脸。

陆折握住她的手："不要摸，我出了很多汗，脏。"

苏瓷笑盈盈地看着他："我又不嫌弃你。"

之前，陆折是白皙的肤色，现在被晒黑了不少。

他因为戴着帽子，脸上还好一些，但脖子、手臂和手背都被晒成了小麦色。他穿着这身迷彩服，苏瓷觉得他多了几分厉色。

少年经过打磨，露出了锋芒，整个人越发帅气出众了。

苏瓷的小心脏狂跳了几下。

军训时出了不少汗，原本陆折打算先回去换一身衣服，再陪苏瓷吃饭，但担心她等太久，只好直接从学校赶了过来。

"不热吗？你把外套脱了吧。"陆折身上还穿着长袖迷彩服，她光看着就觉得好热。

陆折确实热，于是伸手去解腰带。

苏瓷的眼睛一亮，她伸手过去："我帮你解。"

苏瓷两只小手像没有骨头般缠上了陆折的腰带，细白的指尖开始解上面的扣子。

陆折赶紧握住苏瓷作乱的小手："我自己来。"

苏瓷故意逗他："你嫌弃我伺候你吗？"

"不是。"见苏瓷眼睛亮晶晶的，小脸儿白嫩，陆折想要伸手捏一捏她的脸。

“那你让我帮你。”苏瓷微勾嘴角，睨了他一眼，“这是情侣间的小情趣，你懂不懂啊？”

陆折低下头，捏紧她不安分的小手：“男人的皮带能乱解？”

苏瓷收回手，神色不快地说：“有本事以后你别求着我帮你解。”

陆折深深地看了她一眼，捉过她的小手，放在了他的腰带上：“你解。”

苏瓷忍不住，一下子笑出了声。

她第一次看见陆折立刻改口的模样。

苏瓷笑眯眯地看着他，开始作妖：“我现在不想帮你了，你自己来吧。”她用小手有一下没一下地玩儿着他的腰带上的扣子，“不过，要是你求我，我就帮你解。”

哪有这样坏的女孩儿？反复无常又折磨人。

陆折一点儿脾气也没有：“求你。”

苏瓷舔了舔唇，有点儿兴奋：“是你求我的。”

苏瓷细白的指尖开始解陆折的皮带，她的动作一点儿也不灵巧，两只小手一直在少年的腰间作乱。

陆折哪里看不出她在故意玩闹？

他按住她的手，带着她按下扣子的两侧，“嗒”一声，扣子松开了。

陆折松开手，漆黑的眼睛看向她：“抽出来。”

莫名其妙地，苏瓷的脸上有点儿发热。

顶着陆折深沉的目光，她将腰带从铁扣里抽出来，一把将腰带丢在了陆折的腿上。

“衣服你自己脱吧。”她不玩儿了。

陆折勾起薄唇，轻笑出声：“嗯。”

脱下外套后，苏瓷看见陆折里面穿的是短袖的迷彩服 T 恤，让他多了几分冷硬感。

这时，服务员端着饭菜走进来。

苏瓷这才按下逗弄陆折的心思，乖乖吃饭。

陆折将挑了刺的鱼肉夹到她的碗里：“待会儿喝点儿汤。”

看向旁边吃得脸颊鼓鼓的苏瓷，他拿起纸巾，帮她擦掉手上不小心蹭到的酱汁。

苏瓷任由他帮她擦手。

陆折的手背被晒成了小麦色，她雪白的小手放在他的手上，一黑一白，对比鲜明。

苏瓷感叹，自己的手怎么这么好看?

陆折将女孩儿的手递到自己的唇边，主动亲了一下她淡粉色的指尖。

喝下最后一口果汁，苏瓷已经饱了。

她站起来走到门那边，在陆折惊讶的目光中，把包间的门锁上了。

陆折的眉头挑了挑。

下一秒，他果然听到女孩儿说："陆折，我们还没有在包间里面接过吻。"

他不自然地咳了一声："你的饭还没有吃完。"

"我已经吃饱了。"苏瓷掰着漂亮的手指，开始数有多少天没有亲他了，抱怨道，"我都快要变回兔子了。"

她走过来，直接坐在陆折的大腿上："亲我。"

陆折并不是无欲无求，只是自制力强而已。

他伸手将女孩儿的裙摆往下拉了拉，薄唇凑近她："团团，不要穿这么短的裙子。"

苏瓷笑道："不好看吗？"

一双黑亮的眼眸瞪着他，大有他说不好看，她便要咬他的架势。

陆折下巴绷紧："好看。"

苏瓷满意地笑了："我给你好东西。"

她亲上少年的薄唇，把金色棉花糖送了过去，舌尖轻轻一钩，在陆折追过来的时候，突然撤离。

陆折眸色幽暗，大手覆盖在女孩儿的后脑勺上，想要将人推向自己。

苏瓷偏开头："等一下。"

陆折不明所以地看着她。

"我忘了问你。"她是故意的，故意勾引陆折又突然停下来。

陆折深吸一口气，声音低沉地问："什么事？"

“最近，你们班上有女生喜欢你吗？”这才是今晚她见他的主要目的。

“嗯？”陆折并不知道那个女生喜欢他，毕竟对方只是耍了一些小心思，而且表现得很隐晦。

苏瓷换了一个说法：“最近你有跟哪个女生接触比较多吗？”

陆折忍不住伸手捏女孩儿的脸：“没有。”

每天军训，他根本不会跟其他女生多接触。

苏瓷知道陆折并没有多想，也不会特意提那个女生。

“陆折，我很小气。”苏瓷趴在陆折的胸口处，认真地说道，“你要记住，以后你若跟哪个女生走得近，玩儿暧昧关系，我就不要你了。”

“团团！”陆折一点儿也听不得女孩儿说这样的话。

苏瓷听着他快速的心跳声：“你乖乖的，不招蜂引蝶就没事。”

陆折扶正女孩儿的身体，对上她漂亮的眼睛：“发生什么事了？”

否则，她怎么会突然问这样的问题？

“什么事都没有发生。”苏瓷细白的指尖缠上他的衣摆，“我只是提醒你。我听说很多情侣到了大学就会分手。”

陆折立刻反驳：“我们不会。”

以前他担心自己的病情会拖累她才想过放手，现在他的病有希望痊愈，哪里还舍得把她推开？

苏瓷点了点头：“我知道。”她相信陆折的人品，但还是要警告他，“反正你不能跟其他女生接触太多，不然我会吃醋的。我的心眼儿只有针孔那样小，我特别小气。”

陆折轻笑出声，应下了：“嗯。”

苏瓷这才满意。

她挪动了一下，贴近他，一双眼睛里溢满了笑意：“还要亲吗？”

女孩儿在他怀里蹭来蹭去的，又向他贴近。陆折收紧了扣着她的细腰的手：“别乱动。”少年提醒她，“团团，不要坐这么近。”

苏瓷撇了撇嘴，不满道：“你的要求好多啊，又不让我动，又不让我靠近你，不亲了。”

女孩儿作势要起身。

陆折扣着她的腰不放，叹了一口气：“团团，临阵脱逃，不是好行为。”

见苏瓷想要反驳，陆折主动亲向她，堵住了她的嘴。

陆折发了狠，磨人的小作精，总要吃点儿苦头。

季迟在军训结束后便第一时间赶回了苏家，呼吸都有点儿不稳。

用人看见季迟神色匆忙，赶紧打招呼：“季迟少爷。”

“苏……苏瓷回来了？”季迟问用人。

“小姐还没有回来。”

季迟冷静了下来，点了点头，然后上楼了。

用人奇怪地看了一眼季迟上楼的身影，也不知道他找小姐有什么事。平常在苏家，季迟和小姐之间的交流很少，二人根本没有什么接触。

苏瓷回来的时候已经是晚上 9 点多了。

她正想推开房门，突然看见了走廊上高大的身影。

对方突然向她走来。

“季迟？”苏瓷愣了愣。

她刚才没注意到他什么时候出现的，还是说他一直站在那里？

季迟身上依然穿着军训的迷彩服。他大步走来，带着一股子凌厉气势。他站在苏瓷的面前，冷酷的脸上看不出什么表情。

苏瓷问他：“怎么了？”

季迟低下头，对上她明亮的黑眸，第一次感觉心脏在疯狂跳动。

从懂事开始，他就知道自己能喜欢的东西不多，所以一直以来对周围的一切都没有过多欲望。

这是他第一次想要争取。

季迟的一只手放在裤袋里，他看着苏瓷，正想开口，不经意间看到了女孩儿雪白的颈项上的红色痕迹。

所有的话一下子堵在了嘴边，季迟的眼神黯了下来，他挪开了视线。

“你想说什么？”苏瓷疑惑地看着季迟。

季迟疯狂跳动的心像被人强行按压住了，神色平静地看着苏瓷。

军训后，他无意间听到别人在谈论陆折患有绝症的事情，一下子失去了理智，想要向她求证。

如果这是真的，他卑鄙地想，他能不能有一个机会，能不能等她？

但现在，这些事好像都不重要了。

季迟恢复理智，把裤袋里的手抽了出来：“你的脚好了吗？”

苏瓷点了点头：“好了，多谢你的药膏。”

季迟扯了扯嘴角：“那就好。”他声音有点儿哑，“我不妨碍你了。”

季迟转身回房，高大的背影有点儿落寞。

苏瓷有点儿茫然。

关上门后，季迟从裤袋里掏出一个小盒子。

小盒子里放着一个纯银的夹子，夹子上是一只迷你小兔子，比苏瓷脚踝上的那只笨拙兔子要精致不少。

季迟合上盖子，把小盒子放进抽屉里藏了起来。

第二天，天气依然炎热，学生们站在操场上，即使穿着鞋子也能感受到地面有多烫。

汗水不断从额上、脖子上冒出来，衣服都被打湿了，直到听到一声“解散”，众人才松了一口气，直挺的腰板儿顿时垮了下来。

陆折坐在树荫下，大口喝着水，引来不少女生注视他。

如果不是看了论坛上的消息，早就有不少女生上前跟陆折搭讪了。

杨舒静走得慢，看其他位置都坐了人，不紧不慢地走到离陆折不远的地方坐下。

她摘下帽子，掏出纸巾，动作温柔地擦着汗。

过了好一会儿，她神色犹豫地掏出手机。

“陆同学。”杨舒静声音柔柔的，在炎热的天气里，让人听着很舒服。

陆折看向她。

杨舒静翻到学校论坛的页面，把手机递到陆折面前：“论坛上有人发了关于你的帖子，说你患了渐冻症，活不长了。”她目光真挚地看着陆折，“你可以投诉帖子，让楼主删除。”

陆折随意地看了一眼帖子，标题“渐冻症”三个字被标红了。

杨舒静收回手机：“他们的评论你别放在心上。我觉得你好厉害啊，连教官都夸赞你。你比其他人厉害多了，一点儿也不像患病的人。"杨舒静崇拜地看着陆折，柔声道，"其他人都想办法逃避军训，你这样的情况却依然坚持训练。你真的很厉害。"

被杨舒静用这样崇拜仰慕的眼神看着，如果是其他男生，心里估计会波动不已，陆折却只是神色淡淡地点了点头。

杨舒静继续说："你要注意身体，承受不了训练时，可以向教官请假。"

陆折这才看向她。

被对方漆黑的眼睛看着，杨舒静心下一紧，目光变得含蓄。她下意识咬唇的动作，出卖了她内心的害羞情绪。

陆折冷声说道："我的身体情况，我自己清楚。"

杨舒静点了点头，语气充满善意："我爸爸认识治疗渐冻症的医生，那位叔叔对这方面的情况比较有经验。我可以加你的好友，到时候把医生的联系方式发给你。"

陆折直接拒绝了："不用了。"

下一秒，教官喊"集合"。陆折迅速起身离开，根本没有多看杨舒静一眼。

杨舒静收回手机，眼里带着笑意，毫无被陆折冷落的尴尬感。

军训完，杨舒静刚回到宿舍，室友喊住了她："舒静，你是不是跟沈适分手了啊？"

"对啊。"杨舒静走到椅子那边坐下，"怎么了？"

"沈适让我帮忙转达，他想跟你好好聊一聊。他说你把他拉黑了。"室友有点儿不忍心，"你要是有空儿，就回他一个电话。"

杨舒静笑道："我们都分手了，没有什么好说的。我不想给他希望又让他失望。"

室友一阵无语。

她跟杨舒静是高中同学。在外人眼里，杨舒静虽然不是很漂亮，但是性格温顺，身上带着让人舒适的温柔气息。

高中的时候，喜欢她的人很多。

让人意外的是，杨舒静竟然主动追求班上一个身体不太好、性格孤僻的男生。

没多久，杨舒静跟男生分手后，又追求了一个高年级的脚有问题、不合群的学长。

后来，杨舒静跟学长分手，开始照顾转校来的沈适。

因为患有心脏病，沈适比较安静和沉闷。

一开始，沈适对杨舒静很冷漠，也不搭理她，但架不住杨舒静温柔、坚持。最后，身处黑暗中的少年被温柔如水的杨舒静打动了。

现在知道杨舒静跟沈适分手的消息，室友一点儿也不惊讶。

别人都以为杨舒静美好又温暖，但这个室友跟杨舒静认识这么久了，哪里不知道她是一个什么样的人？

这时，室友的电话又响起，她看了一眼，把手机递向杨舒静："沈适又打电话给我了，你接听吧。"

杨舒静照着镜子，正准备敷面膜："我不听，你挂掉吧。"

室友握着手机，有点儿看不过去："你不喜欢他，当初为什么要跟他在一起？"

杨舒静笑了："之前喜欢他啊，现在不喜欢了而已。你可以告诉他，我现在有喜欢的人了。"她转过头看向室友，"我现在喜欢的人是陆折。"

室友惊讶。班上的陆折她是知道的——他高大帅气，但她今天看了校园论坛上的帖子，知道陆折身患渐冻症。

室友皱眉："你根本就不是喜欢陆折。"

之前杨舒静追求那些男生也一样，根本不是喜欢他们。

杨舒静转回身，继续照镜子："你又不是我，怎么知道我在想什么？"

她现在喜欢的人就是陆折啊。

他患有渐冻症，身处黑暗中，该多绝望啊。

她可以成为陆折的光，成为他的人生中的希望，成为他的天使，给他温暖。

室友问道："那沈适呢？"

杨舒静语气有点儿不耐烦了："我不喜欢他了。他太烦，我才拉黑他的。"

追求这些身处黑暗的人，让自己成为对方的光，这样比她跟普通男生在一起有挑战性得多。

她有预感，陆折比以前她遇到的那些男生更具挑战性。

室友看了一眼手机亮着的屏幕，按掉了电话："舒静，希望你有一天别惹祸上身。"

杨舒静笑着摇了摇头，室友不懂她。

她让自己成为别人的光，是在做好事。

论坛上关于陆折的帖子一直被挂着，陆折长相出众，又身患绝症，不少人关注他，帖子的热度一直很高。

这两天在学校里，遇到陆折的人难免会对他分外关注。

陆折并没有受任何人影响。在高中的时候，他就已经对那些同情或者厌恶的目光习以为常了。

他安静地坐在树荫下，杨舒静拿着一个保温杯走了过来。

她拧开保温杯，将里面的糖水倒在杯盖里，将杯盖递向陆折："今天太热了，我在饭堂打了一份绿豆糖水，可以消暑。你要喝吗？"

陆折冷声拒绝："不用，谢谢。"

杨舒静温柔地笑道："杯子和杯盖我都洗过的，很干净。你可以放心喝的，不用介意。"

陆折看向她，神色淡淡地说："我女朋友会介意。"

杨舒静拿着杯盖的手一紧。她没有想到陆折会有女朋友，这不符合常理。

陆折身患绝症，寿命不长了，而且渐冻症患者以后会变成什么模样，大家都知道。按道理来说，女生会同情患病的陆折，但不会有人喜欢他。

就像她以前追求过的那几个男生，都是被别人歧视、嘲笑的人，根本没有人愿意跟他们在一起。

只有她不介意，愿意成为他们的光。

杨舒静收回手，脸上没有一丝尴尬之色，真挚地说道："对不起，我没有想太多，只是看天气太热，你的身体又不好，觉得喝绿豆糖水可以解暑。"

陆折收回目光，没有再理会她。

杨舒静看着少年冷漠的侧脸。

不得不说，陆折比她以前追求的那些男生帅气多了。

她没有失态，而是伸手拍了拍前面的男生：“我带了绿豆糖水，你要喝吗？”

男生受宠若惊：“谢谢。”

男生接过杨舒静的杯盖，如果不是被晒得太黑了，早被人看出他的脸红了。

杨舒静大方温婉地笑了笑：“不客气。”

然后，她捧着杯子小口喝着绿豆糖水，没有再去打扰旁边的陆折。仿佛刚才请陆折喝糖水，只是随手一个善意的举动，并不是她刻意为之。

房间里开了空调，室内温度舒服得让人昏昏欲睡。

苏瓷根本不知道论坛上关于陆折的帖子的事情，还在为攒金色棉花糖发愁。

之前救下小胖子的那团金色棉花糖，她将一半给了陆折，还留了一半给富贵。

富贵又升级了。

它告诉她，陆折需要吃下 49 颗金色棉花糖才会痊愈。

苏瓷开始数数，发现她还需要救 40 个人。

这对她来说不容易，但也不是特别困难，只是时间上的问题。

苏瓷慵懒地靠在椅背上，光着的脚随着吊椅的摇晃而晃动着，乌黑的眼眸里闪着亮光。

她完成任务后，陆折就是她的了。

第十五章

她的少年可爱惨了

两周的军训结束了。

苏瓷在家里也穿得很精致。此时，她穿着布料轻柔亲肤的裸粉色裙子，裙摆及膝，露出白皙笔直的小腿，脚上是同色系的软底拖鞋，正不紧不慢地从楼上走下来。

她纤细的脚踝上，笨拙的小兔子随着她的动作不停晃动。

坐在沙发上的季迟不经意间看了她一眼，就收回目光，不敢多看。

苏瓷走向苏母，没有看见苏父和苏致远的身影，问道："爸爸和大哥还没有回来？"

苏母告诉她："还没有，他们今天有事，会晚点儿回来。待会儿小迟要搬去学校宿舍，我让人早点儿准备晚饭，免得耽误时间。他到了宿舍还要收拾行李，太晚了不好。"

"待会儿就搬？"苏瓷有点儿惊讶地看向季迟。

季迟已经洗过澡，黑色的短发还没有干透，有点儿随意地垂在额前。

注意到女孩儿看过来的目光，他与她对视，神色平静："嗯，明天要上课，不方便，今天搬过去比较好。"

他的伤已经痊愈了，他再赖在苏家并不合适。

苏母问季迟："小迟，行李都收拾好了？"

季迟点了点头："已经收拾好了。"

"吃完饭后，我让司机送你去学校，你带着这么多行李不方便。"

这一次，季迟没有拒绝苏母的好意："谢谢阿姨。"

吃过晚饭后，季迟把自己的行李拿了下来。他来的时候只背着一个黑色的背包，离开时依然是一个黑色的背包。

苏母看见季迟的行李这么少，开口道："小迟，我听说住宿需要被子、床垫还有其他日用品，你不带过去吗？"

"阿姨，我可以去学校那边买。"

"你这孩子，真是太客气了，我们这里都有，哪里需要去学校买？"苏母让人上楼收拾一套新的被单、被套、床垫以及其他生活用品给他。

季迟站在原地等待着："麻烦您了。"

小苏宁坐在沙发上，现在才意识到季迟哥哥去学校跟他去学校是不一样的。季迟哥哥去学校，之后都不住在他家了，他以后见不到季迟哥哥了。

"季迟哥哥，你要走？"小苏宁奶声奶气地问他。

"嗯，哥哥要去上学了。"

季迟不兼职时，小苏宁和小天才都会找他玩儿。他们很喜欢这个冷淡却温柔的大哥哥。

"季迟哥哥，你以后还来玩儿吗？"小苏宁仰头看着他，黑溜溜的大眼睛亮亮的。

季迟将目光落在了小苏宁旁边的苏瓷身上，她同样睁着一双眼睛看着他。

季迟对上两姐弟明亮水润的大眼睛，心软了软，冷硬的脸上露出了浅浅的笑意："会的。"

苏母开口："小迟，你平常放假有时间就过来吃饭。"

这孩子性子安静又内敛，她要是不叮嘱，恐怕他担心麻烦他们，之后也不会来苏家。

季迟应下："阿姨，我知道的。"

用人按照苏母的吩咐，帮季迟收拾好了行李送上车。

季迟背着当初来时的黑色旧背包，上了车。

车子开离苏家，季迟往窗外看去，手在裤袋里摸到了那只小兔子夹子。

眼神逐渐黯了下来，他自嘲地笑了笑。

第二天，学校开始正式上课。

苏瓷懒洋洋地从床上爬起来，挑了一条漂亮的裙子换上。

这段时间一直在家里养着，苏瓷越发白皙水嫩了，走在学校的路上，简直就是众多目光的聚焦点。

她来到教室时，沈雪和温朵雨早已经来了。沈雪的家不在B市，温朵雨的家离学校远，所以她们都住宿舍。

沈雪主动对苏瓷招手："苏瓷，这里。"

温朵雨赶紧起身，让苏瓷坐里面的位置。

看见苏瓷坐下，温朵雨有点儿害羞地问她："你吃早餐了吗？我这里有一份早餐。"

苏瓷摇了摇头："我已经吃过了，谢谢。"

温朵雨听到苏瓷对她说谢谢，高兴得笑眯了眼，露出一侧的小虎牙，笑容羞涩。

女神今天好漂亮。

想到以后都能跟苏瓷一起上课，甚至是坐在她的身旁，温朵雨觉得好幸福啊。

"呜，苏瓷你坐在我旁边，衬得我更加黑了。"另一边，沈雪看着精致又白嫩的苏瓷，差点儿哭出来。

她原本也白皙清秀，没想到被晒得这么黑，即使做好防晒也经受不起猛烈的太阳晒，肤色黑了几个度。

苏瓷原本肤色就白，现在坐在一群被晒黑的人中，简直成了发光体，惹眼得很。

沈雪把自己的手臂伸过去，跟苏瓷的比了比。

她更想哭了，肤色相差实在太明显了。沈雪叹气："也不知道我什么时候才能白回来。"

苏瓷最喜欢的就是自己雪白水嫩的肌肤了。别以为她不知道，就连陆折也喜欢——他抱着她时，最喜欢用带着薄茧的指腹摩挲她的手臂。

苏瓷同情地看了沈雪一眼："很快就是冬天了，可以慢慢养。"

沈雪凑近苏瓷的脸，满眼艳羡之色。她发现苏瓷的脸上一点儿妆容都没有，纯素颜，皮肤不光白，还一点儿毛孔也没有，水嫩得吹弹可破。

“小瓷瓷，你的皮肤是怎么保养的？”

沈雪觉得自己的皮肤也算好，但现在这样近距离看苏瓷，才发现根本没法跟苏瓷的比。

苏瓷轻挑眼尾，笑道：“我天生丽质。”

“你肯定没有看学校论坛吧。”沈雪不找虐了，转移话题，“不知道谁把陆折有渐冻症的事爆了出来，论坛上发了好多有关他的帖子，不少人在谈论陆折。”

陆折外表出众，在军训的时候表现出色，吸引了不少人关注，加上被爆出有渐冻症，认识他的人更多了。

“有人发有关陆折的帖子？”苏瓷皱眉。

“论坛是匿名的。”沈雪把手机拿出来给苏瓷看，“实名登录，但发帖子的时候我们都是匿名的。”

苏瓷看见论坛上有好几篇关于陆折的帖子，而帖子的标题不仅带着嘲笑意味，还恶意引导其他人歧视陆折。

“发帖子的都是同一个人。”苏瓷把手机还给了沈雪。

沈雪赶紧去看帖子：“啊？你怎么知道？几篇帖子的匿名都不一样。”

这些手段苏瓷都见识过：“用词方式、带节奏的手法出自同一个人。”

有人要对付陆折？

苏瓷的脸色沉了沉，她给大哥苏致远发了信息。

“你要举报楼主？”沈雪告诉苏瓷，“我可以帮你申请删除帖子。”

苏瓷摇了摇头：“不用，先放着。”

她护短。只有她能欺负陆折，其他人不可以。

另一边，班长让人上前领新书。

杨舒静领了自己的，还帮忙拿了新书给陆折，笑道：“你不用去领，我帮你拿了。”

陆折下意识地皱起了眉。

“你不用客气。我了解过，渐冻症患者的四肢都会出现问题，你的脚不利于行走。”杨舒静柔声说道，“我们是同班同学，互相帮忙是应该的。”

陆折站起身，将课本还给她：“我的脚没有问题，我不需要帮忙。”

他大步走去讲台上，亲自领书。

杨舒静的神色有点儿无奈，她把新书转手递给了另一个男生：“同学，我这里有一套新书。”

男生受宠若惊。

杨舒静对男生笑了笑，然后走到陆折附近的位子坐下。

她知道，像陆折这样身患绝症的人，心底自卑，不敢让人接近，只能用冷漠掩饰自己。

她已经摸透了这类型的男生，越是这样自卑、冷漠的男生，内心深处越渴望得到救赎。

杨舒静觉得，她更迫切地想让陆折喜欢她了。

她拿出手机，登录学校的论坛。

一个早上下来，杨舒静都没有再去打扰陆折。直到放学的时候，她看见陆折收拾东西准备离开，才赶紧起身。

看着拦在面前的女生，陆折紧蹙眉心：“有事？”

之前陆折没有关注，但几次下来，发觉对方都在找借口接近他。

杨舒静看着陆折冷淡的脸，并没有感到失落，已经做好了攻克陆折的准备。

她比谁都清楚，要让身处黑暗深渊的人对她敞开胸怀，打开心扉，不是一件容易的事情。

杨舒静被晒黑了不少，但脸上的温柔笑容让人看着很舒服。

她温和地开口：“我给爸爸打了电话，问到了那位治疗渐冻症医生的联系方式。爸爸帮忙打了招呼，那位叔叔同意我带你过去看诊。”

陆折拒绝：“不用了。”

杨舒静耐心地看着陆折：“我希望能帮助你。以前我身边也有患病的朋友，我很理解你们的心情。”她目光温和地看着他，“如果还有希望，你不应该放弃治疗。这位叔叔对治疗渐冻症有一定的经验。就算你不能痊愈，或许他可以帮你延缓病情。”

陆折脸上的神色很淡：“我的事与你无关，你管太多了。”

杨舒静愣了愣，看向陆折的目光黯下，神色有点儿委屈："对不起，我是真的希望能帮助你。其他人用异样的目光看你，但我不一样。"

"你哪里不一样？"门口处，女孩儿悦耳的声音传来。

陆折看过去，清冷的神色瞬间柔和了几分。

杨舒静错愕地看着一个长相极为精致的女孩儿走了进来。

苏瓷走到陆折身旁，抱怨地看着他："我等你很久了。"

没想到他竟然在这里跟其他女生闲聊！

陆折摸了摸她的头："对不起，有点儿事耽搁了。"

杨舒静又不蠢，看陆折对女孩儿举止温柔、语气温和，哪里还反应不过来这是他的女朋友？

她被女孩儿惊艳到了，思绪有点儿乱。

之前，陆折提及他的女朋友时，她下意识想到的是一个土气又或者长相普通的女生。

毕竟像陆折这样的情况，有姿色或者有资本的女孩儿，根本不会浪费时间在他身上。

杨舒静知道自己的长相不是十分漂亮，但胜在气质柔和、性格温顺、声音温柔动听，是众多男生心目中的理想对象。

所以，哪怕知道陆折有女朋友，她也不当回事。

她很自信，认为只要她努力感动陆折，绝对可以走进他的黑暗世界，成为照亮他的光。

但她看着突然出现的女孩儿，发现这跟她想象中的形象完全不一样。

女孩儿肤色胜雪，穿着精致的浅蓝色裙子，一双黑眸不带感情地看着她。杨舒静莫名其妙地第一次生出了怯意，甚至觉得窘迫。

她发现，跟女孩儿相比，她被衬托得像一只丑小鸭。

苏瓷原本就对这个女生很不爽，现在还当场碰见对方拦在陆折面前，心里更加不爽了："你说的耽搁，是被她耽搁了？"

陆折觉得此时的苏瓷像要奓毛的小兔子，马上给她顺毛："嗯，她拦着我，我没有要跟她说话的意思。"

杨舒静难以置信地看向陆折："陆同学？"

苏瓷上一秒还板着脸，闻言这才笑了："我饿了。"

陆折牵着她的手："我带你去吃饭。"

苏瓷点了点头，这才看向杨舒静："收起你图谋不轨的心思，陆折是我的男朋友，他的病情怎么样，我比你更了解。"

说完，苏瓷转过头看向旁边的少年，警告道："你要是找这么丑的小三，给我戴绿帽子，我就……"

苏瓷的话还没有说完，已经被陆折制止，他的语气无奈又纵容："别乱说，我连她的名字都不知道。我只喜欢你。"

苏瓷被捂着嘴巴，眨了眨眼睛，眼底全是得意之色。

杨舒静第一次这样尴尬和难堪。

苏瓷才不在乎对方的感受，看了一眼对方的生命值，还剩2天。一个快死的人，她不想救。

饭堂的三楼是饭店，有专门的包间，老师和领导有时候也会选择在三楼用餐。这里视野好，当然消费也贵，一楼和二楼的饭堂已经能满足学生的需求。

陆折点了几道苏瓷喜欢吃的菜。

"喝口水。"他把一杯柠檬水放在女孩儿的手边。

苏瓷喝了几口柠檬水，转过头，眼睛上下打量着陆折。

他今天穿了一件黑色T恤，哪怕晒黑了不少，依然很帅气，也难怪那个女生要小心思、小手段想要接近他。

苏瓷微抬下巴，开始秋后算账："如果我没有出现，你是不是一直要跟那个女生闲聊，让我等啊？"

陆折觉得，要是她的兔耳朵还在，此时必定会高高地竖起来。

陆折轻笑出声："不是。"

苏瓷眼尾微挑："那个女生长得没有我好看，声音没有我好听，性格也没有我好，也没有我善良……"苏瓷忍不住感叹了一句，"我的优点好多啊。"

她看着陆折："你千万不要眼瞎，放弃我这么优秀的绝世宝贝，喜欢一个处处不如我的人。"

否则，她会被硌硬得难受。

陆折伸手去捏她长发下小巧的耳朵："胡说什么？"

耳朵被少年捏着，苏瓷不满地哼了哼，而这时，她的手机响了。

苏瓷看了一眼，是大哥发过来的资料。

她让大哥帮忙调查论坛上关于陆折的事情，想知道是谁在故意煽动人，带节奏歧视陆折。

调查这样的小事情根本不需要耗费多少时间，苏致远不仅把资料发给了苏瓷，还发了一条信息："学业为重，谈恋爱为次。"

苏瓷自动忽略哥哥后面的这条信息。在她看来，陆折比什么都重要。

她打开调查的结果，原来发布那几篇关于陆折的帖子的人是一个叫杨舒静的女生，上面附有对方的照片，还有其家庭情况，信息很详细。

苏瓷看着照片里熟悉的面容，眯了眯眼。

"你看。"苏瓷直接把手机放到了陆折面前。

陆折看了一眼女孩儿，接过手机。

"她想做什么？"苏瓷疑惑，"她在论坛上故意抹黑你，带节奏嘲笑你，现实中又关心你，想要接近你。"

这个女生到底是什么意思？

苏瓷凑近陆折："不过，不管她打什么主意，在论坛上恶意中伤你，我就生气。"

陆折摸了摸苏瓷的头。他不在乎别人的言语和目光，只在意她的心情："我会删除这些帖子。"

"先别删。"苏瓷乌黑的眸子里闪过狡黠之色，"你能让她在论坛上发帖子的时候掉'马甲'吗？"

陆折点了点头："可以。"

苏瓷说道："那你让她掉'马甲'。"

那人明明是阴沟里的老鼠，藏着坏心，还装作善解人意，自认是纯善温柔的解语花，真让人很不爽。

陆折很配合："好。"

吃完饭后，苏瓷跟陆折准备在学校里走走。

她还没有好好参观过学校。

正午的时候，阳光正猛烈。

不少人已经回宿舍休息，路上的行人并不多。

苏瓷把手放进陆折的手心里，让他牵着。

陆折的体温偏低，这样炎热的天气里，她挨着他很舒服。

苏瓷愉悦地弯了弯眉眼，正想对陆折说什么时，正好看见了不远处的杨舒静。

她皱了皱眉，觉得很扫兴。

杨舒静和一个男生站在一起，对方半拖半扯着杨舒静，想将人拉走。

苏瓷一眼便看到了男生手腕上的生命值，竟然也是红色的细线。

啧，这个男生跟杨舒静都快死了？

距离有点儿远，她看不到男生的剩余生命时间。

苏瓷思忖了一下，问富贵："那个男生是怎么死的？还有几天？"

富贵赶紧回答："主人，他还有 2 天就死了，是自杀的。"

2 天？杨舒静也只有 2 天的生命值。

这两个人的死有关联？

苏瓷不情不愿地问富贵："杨舒静是怎么死的？"

刚才知道杨舒静会死的时候，她没有问富贵原因，是因为并不太想救下对方。

知道对方在论坛上带头网暴陆折，她更加不愿意救杨舒静了。

真要救杨舒静，她也是为了金色棉花糖，为了陆折。

富贵想到自己又可以拿到金色棉花糖，小奶音激动得颤抖："主人，杨舒静是被人杀死的。"

苏瓷愣了愣，这两个人一个自杀，一个被杀。

苏瓷很快便猜想到两种可能：杨舒静被其他人杀了，那个男生为了杨舒静自杀；杨舒静被那个男生杀了，男生自杀。

苏瓷看着杨舒静和男生越走越远，用指尖勾了勾陆折的手："我们跟上去看看。"

掌心被女孩儿的指尖轻轻撩拨着，有点儿痒，陆折握紧她作乱的手，没有问原因，配合着她跟踪前面的一男一女。

苏瓷看着二人一直往上走，显然是要上天台。

她好累啊，最讨厌体力活了。

"我背你。"陆折在苏瓷面前俯下身来。

苏瓷没有拒绝，熟练地爬上少年的后背，侧过头，凑到他的耳边："加油。"

温热的气息落在耳朵上，陆折收紧下巴，没有出声，放慢脚步往上走去。

前面的男生和杨舒静显然都沉浸在争执情绪中，根本没有注意到有人跟在他们后面。

男生推开天台的门，正午的阳光照过来，让人难以睁开眼。

“沈适，你抓疼我了。”杨舒静挣扎了一下，声音有些委屈。

男生拽着杨舒静走到天台的围栏边上，才松开她的手：“为什么要分手？为什么拉黑我的电话？”

男孩儿长相白净、斯文，因为有心脏病，脸色很白，是一种脆弱的苍白颜色，就连薄唇的颜色也很浅。

男孩儿黑色的瞳孔被猛烈的阳光映成了棕色，神色很温柔。他上身穿着一件白色的衬衫，下身搭配一条休闲裤，个子高，身材瘦弱，干净帅气。

杨舒静捂着被拽疼的手腕，没想到他竟然来找她：“你怎么会来？”

“你很不愿意看见我？”沈适的唇色很淡，他直勾勾地看着杨舒静，“你随便一句分手，就想这样算了？”

“对不起。”杨舒静咬了咬唇，眼里泛泪，“我不喜欢你了。”

沈适的脸在太阳底下又白了一分，他嘲弄地问道：“当初是谁一直跟在我身后，强势地闯进我的生活？是谁每天不要脸地对我死缠烂打，说不介意我有心脏病，随时会病发死去？是谁说要温暖我给我光？”

沈适执拗地逼问：“现在呢？你给了我光，又推我下深渊？”

杨舒静咬着唇不出声。

沈适上前，单手捏着她的脸颊，语气阴冷地问：“你在耍我？”

杨舒静赶紧摇头，委屈地哭了起来：“当初我是真想帮你。”

沈适斯文白净的脸上神色很冷：“追到我又甩掉我，这就是帮我？”

杨舒静愣了愣，反驳道：“不是的……”

“你现在喜欢的那个陆折，患有渐冻症吧？”沈适看着杨舒静惊讶的表情，手下收紧，在她脸上捏出红痕，“你准备像当初追求我一样追求他？”

杨舒静惊讶地看着对方。

“一个自闭症，一个瘸腿，一个心脏病，现在又多了一个渐冻症。”

沈适讽刺地看着杨舒静，“你在收集病人？你以为自己是谁，可以拯救病人，救赎我们？”

杨舒静又羞耻又难堪，红着眼反驳：“你不要这样羞辱我。”

苏瓷和陆折躲在楼梯口。

陆折把手机伸了出去。

通过手机屏幕，他们能看到那个男生和杨舒静争执的画面。

听到男生指责杨舒静喜欢陆折的时候，苏瓷不爽地对着陆折哼了一声。听到男生细数杨舒静喜欢过的人，她被震惊到了。

所以，杨舒静是因为陆折有渐冻症才喜欢他的？

还拉人出深渊？她是不是电视剧看多了？

苏瓷一阵无语。

她大概能猜到杨舒静被杀的原因了。

听着二人的争执内容，尤其是杨舒静的无力解释，苏瓷想要翻白眼。

她无聊地托着下巴，抬眸去看陆折，逐渐出神。

少年的侧脸棱角分明，与以前相比，脸没有带病时那么僵冷了，眉目清朗，有种说不出的好看，真是处处长在她的心尖上。

苏瓷看着陆折，突然觉得，偷听别人说话也不是一件无聊的事情。

女孩儿目光灼灼地看着他，陆折怎么会没有半点儿感觉？

他侧过头去看她，见苏瓷的眼睛又亮了亮，像缀满了漂亮的星辰。

女孩儿突然凑过来，压低声音说：“你不要看我，把头转回去啊。”

陆折看了她一眼，没有出声，转过头，不去看她。

下一秒，温热的气息落在他的耳朵上，陆折闻到了苏瓷身上的熟悉的淡淡香味，耳珠上传来一阵湿润触感。陆折握紧手机，手背上青筋突显。

少年几乎咬牙切齿，声音极低：“团团！”

手机屏幕里，杨舒静被男生推到了天台围栏旁，像要被推下去。

杨舒静尖叫出声。

陆折看了一眼手机里的情景，压低的声音哑哑的，问她：“要救吗？”

苏瓷惊讶地发现陆折的耳朵红透了，格外可爱。她当然听到了杨舒静的尖叫声，但不想理会。

“不。”苏瓷说。

杨舒静是 2 天后死的。现在就当作先吃点儿苦头吧，谁让她心思不正，还要阴暗的小手段接近陆折。

苏瓷觉得自己蹲得有点儿累了，索性整个身体靠向陆折，挨着他，好让自己舒服一点儿。

陆折刚才被舔了一下的耳朵红透了，仿佛能滴出血来。苏瓷抬头看向他，阳光下，能看见他的耳朵上的细小绒毛。

她的少年可爱惨了。

苏瓷笑盈盈地撞进了他的怀里。

女孩儿偷听得光明正大。

陆折担心动静太大被人发现，一只手握着手机，另外一只手捂上了女孩儿的嘴，压低声音提醒道：“团团，不要出声。”

苏瓷乖乖地点了点头，唇碰到了陆折的手掌心里的疤痕。

陆折手上的伤口已经愈合，但伤口比较深，现在留了疤。

她轻轻地亲了一下。

伤口长出了新肉，比较敏感，陆折感觉到掌心的异常，眸色深了深。

他还没来得及松手，掌心上的伤口又被女孩儿亲了一下。

陆折不动声色地收回手，掌心有点儿湿润。

他没去看女孩儿得意的眼神。如果不是场合不对，他还真想整治这个故意作乱又嚣张的小坏蛋。

那边，杨舒静的上半身被沈适推出了围栏，她被吓得尖叫出声：“你放开我！”

“怕吗？”沈适扯了扯嘴角，苍白的脸上病容很明显。

“不要，不要杀我！”杨舒静被吓哭了，浑身颤抖，“我不分手了，你不要这样对我！”

沈适听到杨舒静叫嚷出来的话，眼里的疯狂之色稍减，将杨舒静拉了回来。

看见她眼里的恐惧神色，还有脸上的泪痕，他伸手去擦她脸上的泪水：“不分手了？”

杨舒静哭着摇头，忍不住骂他："你神经病！"

沈适的眼睛漆黑，杨舒静却没有看到他眼底的偏执神色。

"是你说的，不介意我有心脏病，就算我随时会死去，你也会一直陪着我。"他用力擦着杨舒静脸上的眼泪，"你怎么突然反悔了？"

杨舒静顾不上脸上的痛，惶恐地看着他："我当时只是觉得你很孤单，想帮你。我照顾你这么长时间，还不够吗？你放过我吧。"

沈适转学过来的时候，身上带着一股生人勿近的气息，孤独又颓废。知道他有心脏病后，她想办法接近他，成为他的光，也做到了。

没想到，现在她想抽身反被缠上了。

沈适看到杨舒静颤抖、害怕，笑了笑："不够，你说要陪着我，那就陪到我死吧。"

杨舒静一脸震惊的表情。

沈适紧扣着她的手，冷笑道："答应吗？若是不答应，现在我就把你推下去，反正我的时间也不长了。"

杨舒静担心沈适发疯，真会不管不顾地把她丢下楼，赶紧点头："我答应你。"

看完闹剧，苏瓷对杨舒静的无耻程度感到惊叹。

杨舒静自以为可以救赎别人，拉人出深渊，实际是满足自己的私欲，高高在上地对别人施舍感情，感动自己，等玩儿腻了，又一脚把逃出深渊的人踹回去。

苏瓷一阵厌恶。

她告诉陆折："这两个人快要死了。"

早就知道苏瓷跟踪他们有她的理由，所以现在她告诉他这两个人要死了，他也不惊讶。

"一个自杀，一个被杀。"

陆折不知道苏瓷是怎么知道二人的死因的，但没有深究："这一次，你不能独自行动。"

苏瓷乖乖点头。

杨舒静回到宿舍的时候，整个人还是惊魂未定的。

"你回来了？沈适找到你了？"室友刚从洗手间里出来，正好看见杨舒静回来。

杨舒静看向室友:“你怎么知道沈适找我?”

“他打过电话给我。他来B市找你是不是想跟你复合?”室友问道。

杨舒静听到室友的话，刚才在沈适那里受的委屈终于找到了发泄的出口:“谁让你多管闲事了?”

室友被吼得有点儿蒙:“是你自己没有处理好这事，沈适才找到我这里!你以为我想管你的破事?”

杨舒静更生气了:“我说过，我和沈适已经分手了，你不要理会他。你知不知道他今天对我动手了?!”

“他打你?”室友一愣。

沈适看起来斯文白净，并不像那种人。

杨舒静摇了摇头:“他带我去天台，威胁我。”她一阵气愤，“他有心脏病，我怎么可能跟他长久地在一起?”

室友刚才还在担心杨舒静，这会儿听到杨舒静的话，一阵无语。

这时室友的手机振动，是沈适发来的信息。

她按下语音，问杨舒静:“你既然介意沈适有心脏病，当初为什么拼命追求他?”

杨舒静现在对沈适是又害怕又讨厌:“我之前是看他可怜，孤独冷漠又有心脏病，同情他，想要帮他，给他温暖，才跟他在一起。”

室友继续问:“现在你不需要温暖他了?”

杨舒静理直气壮地说:“我跟他在一起已经1年了，还不够?他心脏不好，走路快一些都会急喘，难道还指望我陪到他死?”

室友以前跟杨舒静接触得不多，只知道她是班上男生的女神，长相温婉，性格温柔，低声细语的。

现在看着神色愤怒、说话刻薄又自私的杨舒静，室友只觉得那些男生瞎了眼，就连沈适也是。

室友说着跟苏瓷一样的话:“杨舒静，你是不是脑残电视剧看多了?你真以为自己会发光?”

杨舒静一脸不可思议的表情:“你骂我?”

“你追求沈适时，死缠烂打，说什么给他光、温暖他;现在你不喜欢他了，就嫌弃他有心脏病。我看你是有精神病吧?!”室友对杨舒静的行为很不齿，不怕得罪她，反正也不打算跟这样的人做朋友。

平常这个室友的存在感很低，杨舒静没想到对方竟会指责她：“你有什么资格骂我？”

室友并不想跟她争执：“我不是骂你，只是说事实。”

她没有再理会杨舒静。看着一条条发送成功的语音消息，如果沈适还看不清杨舒静的真面目，她也无话可说了。

杨舒静气得直丢枕头。今天事事不顺，她先是被陆折的女朋友讽刺，再是被沈适纠缠，现在就连透明的室友也上前对着她踩一脚。

杨舒静感觉委屈死了。

她掏出手机登录论坛，直接发了一篇帖子：“患有绝症的人就应该好好待在家里，别出来祸害人。”

发完帖子后，她刷新了一下，点击进去看楼里的留言。

“我来看‘白莲花’楼主。”

“患绝症的人招惹你了？我求求你这样恶心的人好好待在家里，别来上学了。”

“我去，杨舒静是我们班的，很温柔啊，还常常请大家吃糖。她现在是在做什么？网上和现实里两副嘴脸？”

“这个杨舒静有毒吧！前面好几篇内涵陆折的帖子都是她发的，现在又在骂身患绝症的人。陆折跟她有什么仇什么怨？”

“哇，原来一直中伤陆折的人是杨舒静！她不发帖子，我都不知道陆折有渐冻症。”

“杨舒静背地里是这副嘴脸？”

“我呕了。陆折好帅啊，患了病还坚持参加军训，这样的精神值得我们学习。之前我就不能理解，人家患病不值得我们同情吗？为什么还要被嘲？原来是有人故意整他。”

…………

杨舒静茫然地看着帖子里的留言，快要崩溃了。为什么她的帖子不是匿名？

她快速找回之前发的那几篇帖子，也全是她的真实姓名。

杨舒静着急地翻看着下面的留言。之前她都是用小号发的留言，但现在上面全都显示出她的真实姓名。

这是怎么回事？！

杨舒静握着手机的手不断发颤。

她发现其他人的帖子也显示的真实姓名。

所以论坛是撤掉匿名功能了？

杨舒静慌乱地申请删除帖子，得到的提示是“论坛维护中，不能删除帖子”。

看着论坛里的骂声愈演愈烈，杨舒静忍不住委屈地哭了起来。

苏瓷当然知道这件事——论坛上的事情是她让陆折做的。

让她生气的是，杨舒静竟然又发了帖子内涵陆折，活该这人被骂。

如果杨舒静没有发这么多恶心人的帖子，其他人根本不会骂她。毕竟谁都讨厌背地里一套丑恶的嘴脸，转头笑脸迎人的小人。

苏瓷对陆折说道：“帖子不能让她删掉，要让更多人知道她是怎样的人。”

她心眼儿很小，最喜欢以牙还牙。

陆折合上笔记本：“嗯。”

帖子若是被删除，他也能恢复。

苏瓷这才笑起来，像报复成功的小狐狸，哪有小兔子的纯真样子？

陆折将女孩儿的碎发别在她的耳后：“还气吗？”

她因为别人伤害他而生气，他欢喜又心疼。

苏瓷摇了摇头。

陆折微勾薄唇，伸出大手让她牵着。

“我走不动了，你亲我一下。”苏瓷赖着不走。

陆折站起来，阳光透过树枝落在他的身上。他弯下腰，低头亲了亲长椅上的小无赖。

他很庆幸，自己遇到的是苏瓷。

论坛事件后，学校里的人暂时不敢发帖子了。毕竟用真实姓名在网上说话像是裸着身体，让人有种羞耻感。

不少人翻看之前的帖子，查看都是谁发的什么帖子。

最受人瞩目的还是杨舒静的几篇帖子，谁也没想到，平常那样低眉顺眼、说话温柔的人，在网上会上蹿下跳地狂踩陆折。她的形象反差太大，不得不让人吐槽。

杨舒静走进教室时，引得不少人关注。

她低着头，快速走到后面的座位，不去看别人嘲笑的目光。

深吸一口气，她才发现坐在前面位置的人竟是陆折。

看着陆折挺直的后背，杨舒静心里泛起阵阵涟漪。

握紧了手，杨舒静犹豫了好一会儿，忍不住轻拍了一下陆折的背部。

少年转过头来。

看着对方英俊的脸庞，杨舒静红了脸。

陆折比她以前遇到的所有男生都帅气。

陆折冷冷地看着她："有事？"

杨舒静的脸上发热，她咬了咬唇，小声说道："论坛上的事情不是真的，不知道是谁盗了我的号，发了那些针对你的帖子。"她极力解释着，"我很少上论坛。是别人告诉我，我才知道被盗号的事，给你带来麻烦，很对不起。"

陆折脸上的神色很淡。

苏瓷有时候喜欢对他撒谎，但都是一些无关紧要的谎言。真要碰上什么事，她都会坦诚承认，并不会找借口推卸责任。

陆折觉得，这就是人品上的差异。

"陆同学，你能不能原谅我？被盗号的事情，我也是受害者。"杨舒静放低声音，柔顺的眉眼显得特别可怜。

她发布有关陆折的帖子是打算让更多人远离陆折，用异样的目光看他，好让她有机会关心他、安慰他，成为他的光，没想到竟然出现论坛掉"马甲"的事情。

杨舒静的眼里泛着泪光，她可怜兮兮地看着陆折，恳求他的谅解。

然而，她太高估自己的魅力，也太小看陆折的自控力。

就连苏瓷自认的绝世美颜放在陆折的面前，他都能不为所动，更不要提杨舒静了。

陆折冷声开口："登录论坛需要验证码，我也查到了登录的地址和时间，你需要我拿出证明？"

闻言，杨舒静震惊不已，被吓得不敢与陆折对视。

她意识到，陆折从头到尾都在冷眼看她演戏。

想到这儿，杨舒静羞得脸涨红，根本说不出任何反驳的话。

陆折没有理会她的尴尬和羞耻感受，转过身换了其他座位。

周围的人注意到陆折的举动，再看向杨舒静的目光充满了嘲笑之意。

杨舒静上一秒还涨红的脸，这会儿“唰”一下白了。她死死咬着唇才没有哭出来。

杨舒静和沈适的生命值只剩下 1 个小时了。

小路上，苏瓷一眼便看见了站在树下的少年。

她快步走过去：“你等了很久？”

“没有多久。”陆折把手里的果汁递给她。

苏瓷确实有点儿渴，连续喝了几口果汁，才告诉陆折：“沈适来找杨舒静了。”

她派人盯着沈适还有杨舒静。沈适带杨舒静离开学校时，她就知道了。

陆折动作自然地接过女孩儿的饮料：“你想找他们？”

他派人调查了沈适和杨舒静，已经拿到了二人的资料。

沈适患有心脏病，最近频繁去医院，显然是身体出了问题，加上被分手打击到，打算选择偏激的报复手段。

苏瓷点了点头。

杨舒静跟着沈适离开，被他带到了窄小脏乱的小巷子里。巷子口倒满了垃圾，苍蝇乱飞，空气中是难闻的臭味。

杨舒静捂住鼻子，眼底全是嫌弃之色：“这里好脏好臭，你有什么话，不能找个好一点儿的地方跟我聊吗？”

沈适今天穿着一件白色 T 恤，白净的脸显得越发斯文俊秀，气息干净，像邻家的大哥哥。

“脏臭？”沈适看着杨舒静，眼底神色晦暗，“在你眼里，我是不是与这里很配？”

杨舒静赶紧否认：“我没有这样想。”

沈适笑出声：“没有？你不是觉得像我这样有严重心脏病的人早该死，苟活着只配生活在这样的地方？”他上前，紧扣住杨舒静的手，“你说过，就算我快要死了，你也会陪着我。”

感受到沈适身上的冷意，杨舒静被吓得立刻挣扎起来：“我那时候……被冲昏了头脑，答应的事情并不能当真。”

沈适紧紧地握着她的手，笑道：“我当真了。”

杨舒静使劲咽了咽口水：“你要做什么？”

沈适反手将她搂进怀里，也不知道从哪里掏出一把刀，锋利的刀尖抵在了杨舒静的脖子上。

感受到脖子上的冷意和刺痛，杨舒静被吓得声音都破了：“你……你要做什么？”

沈适扯了扯嘴角，依然像文气的邻居大哥哥：“我帮你兑现你的承诺，让你陪我一起死。”

感受到锋利的刀尖，杨舒静丝毫不敢挣扎，哭着求饶：“我不要死，求求你，不要杀我。”

“是你承诺要永远陪我的。你不是要救赎我吗？”沈适低声在杨舒静耳边说道，“我抱着你一起死，这样你就可以一直陪着我了。”

“我骗你的。对不起，我当时是哄你的，看你可怜……”杨舒静后悔招惹沈适了，根本没有想过沈适这样变态。他竟然要杀她！

“那你就继续骗我。”沈适用刀子在杨舒静的脖子上留下了浅浅的一道红痕，吓得杨舒静浑身僵硬，几乎崩溃。

“不要！我不要死！你这个神经病，放开我！”杨舒静泪流满面，两腿发软。如果不是被沈适强行搂着，她早就摔倒在地了。

看着杨舒静崩溃得眼泪鼻涕直流的样子，沈适冷笑：“后悔招惹我了？”

杨舒静声音发颤：“求求你放了我，我不想死。对不起，我真的不想死……”

巷子拐弯处的车子里，苏瓷听着保镖的手机里传来的声音，看了一眼时间，只剩下 5 分钟了。

苏瓷早已经让人守在四周。

“我们下车吧。”

苏瓷正要推开车门，下一秒被陆折拉住了手："答应我，如果有危险一定要躲起来。"

能不能救下那两个人，对他来说并不重要。他只在乎她的安全。

苏瓷乖乖应着："好。"

苏瓷和陆折走到巷子里时，沈适和杨舒静已经被保镖控制住了。

"陆折，救我。"杨舒静愣了愣，完全没有想到会在这里遇到陆折和他的女朋友。

杨舒静被保镖控制着，整个人动弹不得，而她的脖子上是被刀子划出的红痕。

杨舒静看见陆折像看见了救星。

沈适看向突然出现的高大少年，冷笑出声："他就是陆折？"

苏瓷挽上陆折的手臂："我男朋友为什么要救你？"

杨舒静咬了咬唇。

听到女孩儿的话，沈适嘲讽地看了杨舒静一眼——杨舒静喜欢的男生有女朋友。

"人是你们派来的？为什么？"沈适聪明，很快就猜到这两个穿黑色衣服的男人是他们的人。否则，遇到这样的情形，他们不会这样镇静。

苏瓷走过去，把沈适手上的刀子抽出来丢到了一旁。

沈适被两个保镖按着，根本动弹不了："你们要救杨舒静？"

"不是，"苏瓷摇了摇头，"我们要救你。"

沈适冷笑，显然不信。

"我为什么要救杨舒静？她想抢我的男朋友，我又不是傻子。"苏瓷说得直白。

杨舒静羞得脸通红。

苏瓷看着沈适，对方脸色苍白，唇色很淡，显然比小天才的病要严重。

"你想杀了她，然后自杀？"

沈适没有出声。

"你看起来并不蠢。杨舒静是什么样的人，你应该很清楚，为了杀她，赔上自己的性命，一点儿也不值得。这样不划算的事情，为什么要做？”苏瓷看见沈适的生命值还剩下3分钟。

“你是因为有心脏病，快死了，想拉杨舒静一起死？”苏瓷看着沈适的生命值，依然是红色的细线，“既然你的寿命不长，你更应该好好珍惜，不值得将其浪费在这样的人身上。”

沈适冷嗤出声：“你懂什么？不能感受别人之痛，就不要指责别人。”

“你说我不懂是指什么？是心悸心慌、心律失常、呼吸困难、不能情绪过激、不能做剧烈运动，就像温室里的花，只能观赏？”苏瓷笑了笑，“还是说每天担心自己明天就会醒不来？”

沈适安静地看着她。

苏瓷穿越前也有心脏病，比谁都清楚病发的痛苦，甚至是生命最后一刻的感受。

“假如有心脏病，我会更加珍惜每一天。”苏瓷背对沈适，走向陆折，“这个世界不是少了谁就不能活的，就算是为对方付出生命，也要看那个人值不值。”

沈适挺拔的腰背弯了下去。

“不到生命的最后一刻，你怎么知道自己还能活多久？为杨舒静赌上自己剩下的寿命，如果你觉得值得，我现在就让人松开你。”苏瓷冷声说道，“你还有家人吧？知道你这样放弃生命，不珍惜生命，他们会怎么想？”

沈适低着头，让人看不清他脸上的神色。

好一会儿，他缓慢地开口，声音低沉：“为什么要救我？”

苏瓷牵着陆折的手，回答沈适的话：“同病相怜。”

沈适疑惑地出声：“你也有心脏病？”

下一秒，苏瓷感觉到自己的手被陆折捏紧了，笑意盈盈地说：“不是，我现在身体健康得很。”

接着，苏瓷看见沈适的生命值变了，他还有10年的寿命。

“放开他吧。”苏瓷让保镖将人放开。

“不能放他！”另一边，杨舒静尖叫着制止，“他要杀我，不能放开他！”

苏瓷看着杨舒静满脸泪痕的模样，一阵无语。这样的人又毒又自私。

沈适活动了一下手，捡起刚才被苏瓷丢掉的刀子，走向杨舒静。

“快让人松开我，沈适要杀我了！”杨舒静疯狂地挣扎着，惊恐得浑身发颤。

刀尖抵在杨舒静的脖子上，杨舒静脸色煞白：“陆折，救我，救我！”

陆折没有看她，而是看向苏瓷。他相信她。

苏瓷将目光落在杨舒静的手上，对方的生命值变成了5个黄色的格子。

得到两团金色棉花糖，苏瓷的眼睛亮了亮，她牵着陆折的手，准备看戏。

“不要杀我，不要杀我。”杨舒静被吓得脸色发白。

沈适想到以前一直追在他身后，一直温柔地照顾他，承诺陪着他的女孩儿，再看着面前狼狈的杨舒静，扯了扯嘴角。

眼睛里的执拗之色消失，沈适冷笑一声，扔掉手里的刀：“你确实不值得。”

杨舒静已经被吓愣了，完全反应不过来沈适话里的意思。

沈适转身离开，经过苏瓷的身旁时，问她：“我不知道你们为什么要帮我，但是谢谢。”

沈适离开了，跟来时一样，像一个温柔文气的邻家大哥哥。

“松开她吧。”苏瓷让保镖松开杨舒静。

杨舒静两腿发软，突然被保镖松开，整个人直接摔倒在地。

“啊……”她痛叫。

苏瓷转头看去，只见杨舒静的脸被地上的玻璃划伤了。

“我的脸好痛。”杨舒静不敢伸手去摸脸，“好痛……”

苏瓷看得出对方脸上的伤口有点儿深，恐怕会留疤。要除去疤痕，她会吃不少苦头。

这也算是对她的教训和惩罚。

回到车上，陆折突然伸出手捂在苏瓷的胸口上。

苏瓷愣了愣，羞赧地对陆折抛着媚眼：“陆折，你变坏了。”

“这里是健康的，对吧？”陆折神色认真地看着女孩儿。

苏瓷没想到陆折这么敏感，点了点头：“很健康，你要听听我的心跳吗？”

陆折抿紧薄唇。

苏瓷笑盈盈地看着他：“我刚才的话是骗沈适的。我又没有心脏病，你不用担心。”

“嗯。”陆折舒了一口气，正准备收回的手却被女孩儿压住了。

苏瓷笑盈盈地看着他：“我现在的心跳好快啊，你感觉到了吗？”

陆折只觉得手掌心发烫，脸瞬间红了。

苏瓷又拿到 2 团金色棉花糖，心情很好。

这段时间，她已经拿到 13 团金色棉花糖了，富贵吃掉了 4 团，现在再把这 2 团金色棉花糖给陆折，还差 38 团金色棉花糖。

苏瓷细白的指尖钩上陆折的衣摆。

“嗯？”陆折眸色深沉，不自觉地紧握着手，掌心里残留着女孩儿柔软的触感。

苏瓷靠近他：“亲我，给你好东西。”

陆折看了一眼站在外面的司机，又幽幽地看向女孩儿，她的胆子真大。

“快点儿。”苏瓷催促道。

陆折垂眸，看着她的红唇，直接亲了过去。

看着金色棉花糖消失在陆折的嘴里，苏瓷想要撤离，然而下一秒，陆折抱紧了她，让她根本没有机会退缩。

对上陆折漆黑的眼睛，苏瓷一颗心颤了颤。

陆折好凶啊，她有种要被他吞下去的错觉。

第二天，杨舒静没有来学校。

苏瓷知道，杨舒静的脸被划伤，伤口感染，已经住院了。杨舒静的父母也去了学校，帮她办理了退学手续。

至于沈适，已经回到了他的城市。

沈适还有 10 年的寿命，苏瓷不知道他有没有想通，会不会过好剩余的每一天。

秋风吹起，清晨的天气没有了夏天的炎热。

苏瓷被苏母叫醒，去寺庙上香。

苏瓷懒懒地睁开眼帘，睡眼蒙眬地看向站在床边的苏母，开口的声音有点儿绵：“寺庙？”

“对，那家寺庙很灵验，我准备带你去走走。”本是不相信神佛的苏母，在女儿失踪后，很长一段时间都把希望寄托在神佛上。

温雅告诉她那家寺庙很灵验，她想去帮家人求平安。

“瓷瓷，快点儿起床，待会儿温雅阿姨要来了。”苏母提醒道。

苏瓷这才完全睁开眼：“温雅阿姨也去？”

苏母顺了顺女儿垂在一侧的头发，柔声说道：“她去给陆折祈福。”

温雅的车子已经在门外等着。

苏瓷看到坐在副驾驶座上的身影，双眼瞬间亮起。

陆折礼貌地向苏母问好：“苏伯母，早上好。”

苏母见陆折也来了，虽然惊讶，但仍点了点头：“早上好。”

温雅笑着解释：“小折今天没有课，我让他一起去上香，他亲自去比较有诚心。”

听到温雅的话，苏瓷悄悄地勾起嘴角。

她有陆折的课程表，当然知道陆折今天有课。

她递了个眼神给陆折，而少年神色淡淡的，半点儿余光都没有给她，很是正经。

苏母不是愚蠢迟钝的人。温雅打着什么主意，苏母不是不知道。

她在心底暗暗叹气，而后说道：“瓷瓷今天也没有课。”

温雅明艳的脸上笑意满满：“正好，我们二人聊天，他们年轻人做伴，也不会嫌我们闷。”

看见女儿脸上掩饰不住的喜悦之色，苏母思绪繁杂。

初秋的天气很舒服，早上阳光温和，偶尔伴着微风，让人心情舒适。

温雅积极地找着话题跟苏母聊天。

苏瓷掏出手机，细白的手指快速地在手机上敲打着。

副驾驶座上，陆折收到信息，苏瓷在问他为什么没有告诉她要去寺庙。

陆折回复得很快：“惊喜。”

苏瓷抿唇偷笑，眼里闪过狡黠之色。

她突然开口："陆折，你的座位上有矿泉水吗？"

苏母看过来。

苏瓷对着苏母撒娇道："我渴了。"

温雅赶紧开口："崽崽，前面有水，你给小瓷拿吧。"

说完，她笑着跟苏母继续谈论刚才的话题。

苏母这才移开目光。

陆折拿起矿泉水，动作自然地拧开盖子，递给了苏瓷。

在苏母和温雅看不见的角度，苏瓷用指尖轻轻地撩拨着陆折的掌心，还无所忌惮地对着陆折抛媚眼。

陆折拿着瓶子的手紧了紧。他凝视着使坏的女孩儿，低声说道："给你。"

苏瓷这才接过矿泉水，得意地喝起来。

陆折转过身，眼底全是笑意。

寺庙在隔壁市，开车1个多小时的路程。

苏瓷从小包里摸出一颗糖，是出门前顺手拿的小苏宁的零食。

她剥开糖纸，把橙子味的糖丢进嘴里。

然后，她又从包里摸出一颗糖，剥开糖纸。

趁着苏母不注意，苏瓷捏着糖递给陆折，低声说道："请你吃糖啊。"

苏母听到声音，随意地往这边看了一眼，就见女儿正伸着手给陆折递糖。

她收回目光，完全没有看见，副驾驶座上的少年咬住了女孩儿的手指。

陆折把那颗糖卷进嘴里，舌头碰到了苏瓷的指尖。

感受到手指上的湿润触感，苏瓷赶紧收回手，白皙的小脸儿染上了红晕。

车子经过高速公路服务区的时候停下，温雅和苏母去上洗手间。

司机经常接送陆折，早知道小少爷跟苏家小姐在一起了，找了个借口："少爷，我想下车买点儿东西。"

陆折点了点头。

司机离开，将车门关上。

一下子，车子里只剩下了苏瓷和陆折两个人。

苏瓷坐起身，直接趴在前面的椅背上，用指尖戳了戳神色清冷的少年：“陆折，现在没有人了，你想亲我吗？”

车窗上贴了膜，外面走过的人并不能看见车子里的情形。

陆折转过头，一眼便对上女孩儿溢满笑意的眼睛，轻笑出声：“不想。”

没想到会被拒绝，苏瓷气得瞪圆了眼睛。

她也不问他为什么，直接伸出双手捧住了陆折的脸。

在他惊愕的目光中，苏瓷主动亲过去，轻轻地舔了一下他的唇。

刚才她给他喂了奶糖，少年的薄唇上一股子奶味。

苏瓷弯了弯眼，咬了一下他的唇。

少年吃痛，眼神沉下。

苏瓷还想要作妖，不经意间看到了上完洗手间回来的苏母和温雅。

她只能松开捧着陆折的脸颊的手，正准备撤退，陆折用冰凉的指尖捏住了她的下巴。

苏瓷愕然地看着陆折贴了过来。

他无奈又纵容地训斥着她：“你就不能安分一点儿？”

话音刚落，他开始狠狠地亲她。

眼看苏母和温雅越走越近，苏瓷推了推陆折，得到的却是更激烈的纠缠。

苏瓷蓦然想起一句话：不作死就不会死。

车门被打开，车子内很安静，苏瓷乖巧地端坐着，副驾驶座上的少年也很安静。二人像没有任何交流，井水不犯河水。

温雅坐进来：“司机去哪里了？”

陆折回过头，低声回道：“他下车去买点儿东西。”

话音刚落，司机快速跑回来，打开车门坐了进来：“对不起太太，我刚才去买水了。”

温雅笑了笑：“没事，开车吧。”

苏瓷安静地看着窗外景致，抿了抿唇，小脸儿上还泛着红晕。

从高速公路上下来，车子开了将近半个小时才到达目的地。

寺庙在山上，山下已经停了不少车辆，显然很多人慕名而来。

下车的时候，苏瓷看到周围摆了不少摊位，有卖香和蜡烛的，有卖平安符的，有卖幸运风车的，有卖小吃的，很热闹。

寺庙附近是一个村子，摆摊的都是村民。

温雅和苏母下车："没想到这里这么热闹。"

陆折从副驾驶座上下来，转头看见了苏瓷露出来的两条白皙笔直的腿。

刚才在车上他没有发现，现在才看见她穿着短裤。

周围已经有不少目光投向了女孩儿，陆折叹了一口气，打开车门，把放在驾驶座上的一件薄外套拿在手上。

现在将近正午，太阳光猛烈了些。

看着那像没有尽头的台阶，苏瓷有点儿发晕。

温雅明艳的脸上笑意满满："看来今天不仅是来上香的，还是来运动的。"

苏母平常有健身的习惯，并不介意要走这么长一段路，但有些担心女儿："瓷瓷，待会儿你要是累了，记得开口。我们走慢点儿也没有关系。"

苏瓷点点头，庆幸自己穿了一双舒适的鞋，更庆幸自己涂了防晒霜。

温雅和苏母走在前面，苏瓷走在中间，陆折落在最后。

苏瓷走得很慢，逐渐与苏母拉开了距离。

她想回头去看陆折，下一秒，一双大手抚上了她的腰。

苏瓷惊讶地看着陆折把黑色薄外套系在了她的腰上。

"挡着。"

黑色的外套刚好遮住了她白皙漂亮的长腿。

苏瓷愣了愣，拒绝他："不要，这样很丑。"

陆折哄她："不丑。"

苏瓷才不要听他的。

看了一眼走在前面的苏母和温雅，陆折按住女孩儿的手，低头亲了亲她："团团，听话。"

上一秒还张牙舞爪的小兔子立刻被安抚了下来。苏瓷轻哼一声，勉为其难地顺从了他。

陆折被她不情不愿的小模样逗笑了，她就这么爱美？

也不知道走了多久，苏母和温雅的步速慢了下来，毕竟都是养尊处优的豪门太太，哪里走过这么多台阶？

“快到了，瓷瓷再坚持一会儿。”发现女儿腰上系了黑色外套，明显是陆折的，苏母只能装作没有看见。

苏瓷的脸被晒得红红的，又可爱又可怜，她没有力气地点了点头。

他们走了这么久，只有陆折神色不变，气都不粗喘一下。

他不紧不慢地跟在苏瓷身后，护着她。如果不是顾及长辈，他早已背着苏瓷上去了。

越往上走，周围的环境越幽深，给人一种古老神秘的感觉。

到达寺庙时，苏瓷已两腿发酸。

她跟着苏母她们走进庙堂，周围飘逸着焚香的淡淡气味，并不难闻。

苏母和温雅点香，上前叩拜供奉的佛像。

温雅心里有事，诚恳地求了签。苏母知道她是为陆折求的。

苏母看了一眼乖乖等在一旁的女儿，跟温雅走到解签处。

老先生接过签文：“太太求什么？”

温雅明艳的脸上神色紧张：“我儿子的健康。”

老先生戴上眼镜：“这支签是先凶后吉，天降福星，也就是有贵人相助，一切否极泰来。”

闻言，温雅着急地问道：“老先生，这是不是意味着我儿子的病情会好起来？”

旁边的苏母也带着几分紧张情绪看向老先生。她是期盼陆折能活得长久的。

老先生不紧不慢地开口：“这是吉签，如果太太问的是疾病，那就是没有灾难。”

温雅神色一喜。

这段时间，儿子的病情不仅没有恶化，而且跟正常人没有什么区别，如果不是看到检查报告，她经常认为儿子是健康的。

让她抱有希望的是，有医生认为陆折的病情在好转，但由于这样的情况从来没有出现过，陆折还需要长时间的观察和治疗。

现在听到老先生解签，温雅觉得一直压在胸口的大石终于被挪开了一些，得以喘息了。

她一直抱有儿子会痊愈的希望。

苏瓷和陆折站在不远处，看见温雅和苏母脸上的愉悦之色，就知道是好签。

苏瓷的心中并不好奇，因为她比谁都清楚陆折会好起来。

她勾了勾陆折的手，陆折看向她。

苏瓷问他："你要过去上香吗？"

陆折摇了摇头。他从来不信佛。

苏瓷小声说道："我也不拜，要拜就去拜月老，求月老将我们的红线换成铁丝，死死系在一起。"

陆折低笑出声，握住女孩儿作乱的小手："不用求月老，你求我就行。"

苏瓷眼里闪过狡黠之色，故意问他："以后送子观音也不用求，求你就对了？"

陆折捏紧她的小手，没有出声，黑色的短发下，耳朵悄悄红了。

温雅和苏母都求到了上签，心情愉悦，提出要捐香油钱。

因为数目太大，寺庙里的住持出来接见了他们。

住持面容祥和、眼神明亮，在温雅和苏母捐了香油钱后，还赠送了她们平安符。

当目光不经意间落在陆折的身上时，住持神色一惊。

"是有什么问题吗？"温雅看见住持震惊地看向陆折，心下不由得一紧。

住持闭了闭眼，再睁开，神色平静下来："这位少年是大福之人。"

温雅提起的心安定下来。她问住持是不是看到了什么，她儿子的病是否会痊愈。

但住持没有再多说什么："院内会有斋菜供应，几位施主可以移步食堂享用。"

住持离开了，跟在他身侧的弟子忍不住开口："师父，那位少年有什么问题吗？"

他第一次看见师父露出如此惊愕的神色。

他惊叹："那位少年一身功德，是大福之人。"

弟子好奇师父是怎么知道的。

还不待弟子细问，住持摇了摇头："不可说。"

食堂内，不少前来上香的客人正在用餐。

一个弟子带着他们来到一间厢房里，厢房环境幽静。

苏瓷发现，这里的斋菜很好吃，虽然菜式不多，但是每一道都做得色香味俱佳。

午饭过后，苏母和温雅听说寺庙里有僧人讲经，兴致盎然地去听课了。

苏瓷觉得无聊，偷偷地拉着陆折的手溜了出去。

看着女儿和陆折离开的身影，苏母叹了一口气，继续听佛经。

寺庙历史悠久，不像新建的寺庙那般金碧辉煌，周围有种远古悠长的森严和神秘感。

现在是秋天，周围的不少树木的叶子已经泛黄，地面上铺了不少枯叶，人踩在上面会发出"沙沙"的声响。

苏瓷拉着陆折的手，随意溜达着。

二人不知不觉来到了一片湖前。

湖的旁边立着一个牌子，写着"放生湖，可许愿"。

苏瓷看过去，只见湖的中间是一座乌龟石像，大乌龟背上驮着一个小乌龟，而乌龟旁堆满了硬币，看来不少人来这边许过愿。

陆折不知道从哪里摸出了一个硬币给她："你要许愿吗？"

苏瓷原本想说她没有什么愿望，她要的东西都有了。

可黑亮的眸子转了转，苏瓷拿过了陆折手上的硬币。

她对着硬币说："希望陆折能多亲亲我。"

说完，她直接把硬币丢向了湖中心。

苏瓷回过头，意味深长地看着陆折："也不知道我的愿望能不能实现。"

陆折："……"

教室里，沈雪凑近苏瓷："小瓷瓷。"

苏瓷懒懒地看向她："嗯？"

沈雪问苏瓷："国庆节班长准备办活动，好让大家更快地熟络团结起来，你要参加吗？"

苏瓷摇了摇头，对集体活动没有兴趣。

"听说我们班长和计算机一班的班长是情侣，到时候不仅我们班的人会参加，计算机一班的人也会参加。"沈雪比谁都精通这些小道消息。

计算机一班？上一秒还兴致缺缺的苏瓷，这会儿笑盈盈地说道："我也参加吧，毕竟是班级活动，不参加不好。"

沈雪直接愣住。果然，能影响苏瓷的只有陆折。

晚上，苏瓷跟陆折视频。

陆折白天有课，晚上要处理公司的文件，此时正边翻看文件边听女孩儿说话。

"陆折，我报名参加了班上的集体活动，你也参加吧。"到时候两个班的人一起去，相当于她跟陆折去旅游了，苏瓷觉得还挺好的。

"嗯？什么活动？"陆折抬头看向女孩儿。

苏瓷离镜头很近，一张白嫩的小脸儿几乎占满了整个手机屏幕。

陆折能清晰地看到她红润的唇瓣、浓密的睫毛。

"你们班长还没有跟你们说吗？你们班跟我们班的人一起搞活动啊。"苏瓷振振有词地对陆折说道，"我们是班集体的一员，应该积极参加这样的班级活动。"

陆折看着女孩儿眼里的狡黠之色，哪里不知道她打的小算盘？

"嗯。"

她希望他参加，那他就去报名。

而这时，陆折的房门被敲响。

陆折示意苏瓷等一下，起身去开门。

打开门，陆折看见温雅手里端着糖水，赶紧将东西接过来。

"我给你煮了糖水，你尝尝妈妈的手艺。"

温雅从小就是千金小姐，并不会做饭，嫁给陆沉后也没有进过厨房，但自从儿子回来后，便开始下厨了。

这让陆沉吃醋不已——他以前都没有吃过妻子做的食物。

"谢谢妈妈。"

温雅点点头，明艳的脸上溢满笑意。自从在寺庙里求完签，她也不知道是不是心理作用，紧绷的心弦放松了不少。

“过段时间是你的生日，你想怎么庆祝？”

她和丈夫的意思是举办盛宴，隆重庆祝。之前找回儿子的时候，他们只办了一个小型的家宴，儿子在其他人面前还没有正式露过脸。

“我的生日？”陆折一直不知道自己的生日是哪天。

在儿童福利院的时候，孩子们都不知道自己的生日是哪天。是老院长在卡片上写上一些吉利的日期，然后让大家抽取卡片，大家抽到哪个就把哪个当作自己的生日。

陆折之前过的生日，都不是自己真正的生日。

“对，妈妈没有跟你说过，你的生日在圣诞节的前一天。”温雅疼爱地看着儿子。

儿子出生在平安夜，她希望他这辈子都平平安安、无病无痛。

想到儿子出生以来只过了两次生日，温雅心里一酸。

转眼间，崽崽长得比她还高了。

以前走起路来还踉踉跄跄的儿子，现在她需要仰着头看他了。

温雅心酸，更庆幸儿子能被找回来。

“这一次生日我想大办，好好给你庆祝。”温雅想把这么多年来欠儿子的东西努力补回来。

陆家的继承人就该风风光光的，她一点儿也不想委屈儿子。

陆折没有意见：“您做主就行。”

温雅笑了：“喝完糖水早点儿休息，别太辛苦了。”

她儿子真勤奋，一边上学一边工作，比其他豪门子弟优秀多了。

陆折点头：“好。”

温雅跟儿子说了“晚安”后便离开了。

回到房里，温雅一眼看到了坐在床边满脸幽怨表情的丈夫：“你还不睡？傻坐在那里做什么？”

陆沉已经洗过澡，穿着一身酒红色真丝睡衣，衬得他的俊脸如玉。

别的男人穿这样的红色衣服只会俗气难看，但陆沉这个妖孽偏偏能驾驭这样的颜色。

他头发还湿着，一双桃花眼也像沾了雾气：“糖水呢？”

温雅走到梳妆台边扎起头发，准备去洗澡：“端给儿子了。”

“没有我的？”陆沉不爽了，挑着桃花眼，委屈地看着妻子，“我都没有尝过你煮的糖水。”

温雅拿过睡衣：“我只煮了一点儿。你想喝，下次我给儿子煮的时候，加上你的份儿。”

陆沉听出来了，她主要是给儿子煮，他是顺带的。

妻子的心真是偏得没边儿了。陆沉很生气。

“我刚才问过儿子的意思，他同意我们给他庆祝生日。”温雅说道。

“哦。”陆沉随意地应了一声，然后站起来，大步向妻子走了过去。

“怎么了？”温雅看见他一头湿发，催促道，“你赶紧擦干头发去睡觉。”

陆沉随手拿过一旁的毛巾，塞到妻子的手里，谄媚地说道：“雅雅你帮我擦，待会儿我帮你吹头发。”

温雅不愿意搭理他：“你自己擦，我要去洗澡。”

陆沉不要脸至极：“我帮你洗澡，你待会儿帮我擦头发。”

他就这样愉快地决定了，一把丢开毛巾，抱着妻子往洗手间走去。

另一边，陆折关上门，端着糖水走回书桌那边。

屏幕里，苏瓷的神色呆呆的，显然她是等得很无聊了。

陆折轻笑：“在想什么？”

“我在想，你生日的时候，我要给你准备什么礼物。”

上次陆折过生日，她没赶上，现在知道了他真正的生日，必须重视起来。

“可以不送礼物。”

在儿童福利院的时候，陆折也没有收过生日礼物，在赵家的时候更加没有。就连那个抽取出来的生日，他也经常忘记。

陆折并不看重这些东西。

苏瓷不打算听他的话。

第十六章

他向她臣服

入了深秋，清晨吹着阵阵凉风，路边的枯叶被风卷起，打着转飞舞着。

苏瓷从车上下来，接过司机从后备箱里拿出来的行李箱。

“小瓷瓷，这里。”沈雪看见苏瓷来了，赶紧挥手。

沈雪和温朵雨都是住学校，集合的地点在学校门口，很方便。

“早啊。”苏瓷拉着行李箱走过去。她今天穿着一条蔚蓝色的裙子，外面搭配一件柔软的白色针织衫，细软的头发松垮垮地扎成了丸子头，整个人显得越发明媚动人了。

沈雪咬着面包看着苏瓷，不由得看愣了。他们这些人确实像去旅游的，而苏瓷漂亮得像去看时装秀的。

“早上好。”温朵雨小声又害羞地跟苏瓷打招呼。

温朵雨的家境不好，上了大学后，她一直抓紧时间做兼职。对旅游这样的活动，她一向是不参加的。

不过，她听说苏瓷参加，所以特意请了假报名参加。

她最近赚到一点儿钱，换了一个拍照像素比以前好的手机，这次刚好有机会帮苏瓷拍照。

温朵雨这样想着，眼里是抑制不住的笑意，觉得能帮女神拍照实在是太幸福了。

沈雪对苏瓷挤了挤眼："有两辆旅游大巴，班长说了，两个班的人不需要分班坐。"

苏瓷发现，沈雪越来越懂她了。

不远处，计算机一班的人也到场了。他们班上的男生多，之前的班花杨舒静出事后就退学了，现在班上的女生更加少了。

现在看见中文系的女生，计算机一班的男生就像打了鸡血，非常激动。

"我去，那个就是校花？"一个男生看见苏瓷从车里下来，完全挪不开视线。

旁边的男生点了点头："之前论坛上选的校花就是她。当时我看她的照片觉得漂亮得太不真实，以为是用了美颜，所以把票投给了赵优优。好吧，现在我承认是我眼瞎。"

不少男生将目光投向了苏瓷："也不知道校花有没有男朋友。"

有人忍不住低声惊叹："绝了，这么细的腰，也不知道抱起来是不是很软。"

然后，众人的目光从苏瓷漂亮的脸蛋儿上转移到了她纤细的腰上。

男生在宿舍里也会谈论女孩儿的身材，现在人多，并不敢放肆，只是说了几句。

人群后，陆折身上穿着一件黑色T恤，下身是一条休闲的裤子，身材高大劲瘦，冷峻的脸上染了晨间的寒意，冷眼看着几个人。

这时，他的手机振动，是苏瓷发来信息，问他到了没有。

陆折快速回复她："嗯。"

他刚回复完，抬起头便看到了对面的女孩儿。

四目相对，女孩儿笑弯了眼眸，拉着箱子向他走来。

男生们注意到苏瓷走向他们这边，不由得激动起来，紧张又期待地看着她。

阳光下，众人看着耀眼夺目的女孩儿拉着行李箱绕过他们，走向了高大的少年。

"陆折，你来多久了？"

陆折动作自然地接过女孩儿手里的行李箱："刚到不久。"

与苏瓷不一样，陆折身上只背了一个黑色背包。

对男孩子来说，出行只需要带两套换洗的衣服就够了。

苏瓷理所当然地开口：“待会儿我要跟你一起坐。”

陆折并没有拒绝。

之前，他一直认为他和苏瓷的关系最好不在校内公开。现在，注意到不少男生看向她的目光，他只觉得之前的想法非常蠢。仅是别人觊觎她的目光，他都难以忍受。

众人震惊，校花和陆折在一起了？

陆折性子安静，平常没有什么存在感，在班上像透明人，所以众人对陆折的认知还是他患了绝症。现在，校花竟然跟陆折站在一起，二人之间有种说不出的暧昧感，很显然是情侣关系。

男生们看向陆折的目光不由得带上了艳羡之意。

担心苏瓷不习惯坐这样的大巴，陆折挑了中间的位置，让她靠窗而坐。

苏瓷平常出入都有司机专门接送，确实没有坐过旅游大巴，调整了一下坐姿，发现怎么坐都觉得不舒服。

旁边的女孩儿动来动去，陆折偏过头看向她：“怎么了？”

“这椅子坐着不舒服。”

陆折想倾身过去帮她调整座位，而苏瓷带着馨香的身体直接钻进了他的怀里。

她笑道：“这样坐会比较舒服。”

陆折扶着她的腰，想让这个小娇气坐好一点儿，但她要赖地扭了扭身体。

陆折只觉得手掌下女孩儿的细腰极软。

他叹了一口气，压低声音，语气无奈又纵容：“让你靠，你别乱动。”

车程是 2 个小时，周围的人都睡着了，车里很安静。

这时，苏瓷醒了，她的腿麻了。

“腿麻了？”陆折一直在闭目养神。女孩儿刚醒，他便发现了。

“嗯。”

陆折拿过背包里的矿泉水，拧开递给女孩儿，然后倾身过去帮她揉腿。

苏瓷确实渴了，连续喝了几口水后，呆呆地看着少年。

“好点儿了吗？”

苏瓷点了点头。

陆折这才松开手。他接过水瓶，从背包里掏出一包零食塞到她的手里：“吃吧。”

他掏出的是一包水果糖。苏瓷知道陆折不喜欢吃甜的东西，这显然是给她准备的。

拆开包装，发现糖有好几种口味，她选了一颗橙子味的塞进嘴里。

苏瓷看向周围的人，大家都睡着了。

她用手拍了拍陆折。

“嗯？”陆折看向她。

苏瓷笑着问他：“你要吃糖吗？”

陆折摸了摸她的头：“不用了，你吃。”

苏瓷瞪他，低声嫌弃道：“你怎么不懂情趣啊。”

“我吃一颗？”

苏瓷这才笑起来，伸出双手，捧住陆折的脸：“我请你。”

说着，苏瓷就亲上了他的薄唇。

陆折感觉一颗糖被顶了过来。

目的地是一座小岛，众人坐完车还要乘船上岛。

海上风大，不少女生穿着清凉，被海风吹得头发凌乱，瑟瑟发抖。

苏瓷穿着一件薄外套，并不觉得冷，但还是娇气地钻进了陆折的怀里，让众人吃了一肚子“狗粮”。

搭船上岛只需要 20 分钟，下船时，不少人被海风吹得脸色发白，有些晕船的人还蹲在一旁呕吐，狼狈不已。

沈雪也有点儿晕船，想吐。

接过温朵雨递过来的水，她连续喝了几口，才把恶心感压下去。

刚缓过来，她就看见苏瓷脸上带着愉悦的笑容，小脸儿白得发光，牵着陆折的手从船上走了下来。

沈雪觉得自己羡慕忌妒惨了。

为什么一路下来，苏瓷不仅没有一点儿疲倦的神色，反倒像喝了神仙露水一样，还是这么精致漂亮？

众人来到酒店，两个班的班长让众人分班集合，开始分配房间。

苏瓷和温朵雨一个房间，沈雪跟班上的另外一个女生一起住。

陆折他们班上的男生是单数。陆折在班上跟其他人并没有什么接触，自然是多出来的那个人，独自住一间房。

众人先去放好行李，中午吃完饭后参加比赛。班长提醒大家尽量穿运动服。

酒店靠海，苏瓷拿到了海景房，房里有一个大阳台，能出去吹海风。

温朵雨身上背着一个包，知道自己和苏瓷住一个房间，既兴奋又紧张。

她做梦都没有想到能与女神睡同一间房，放下背包，小声问苏瓷："瓷瓷，你要睡哪张床？"

她想把靠里面的那张床让给苏瓷，睡里面比较安全一些。

苏瓷无所谓："我都可以。"

"我睡外面吧。"温朵雨看过新闻，有些安全性不高的酒店，半夜会有陌生人拿着房卡突然开房门。

苏瓷点了点头。想到班长说的比赛，她在行李箱里拿出了要换的衣服。

没多久，温朵雨便看见白色T恤搭配牛仔短裤的苏瓷从洗手间里走了出来。

温朵雨一脸惊艳的表情。苏瓷不愧是她的女神，腿又白又直。

苏瓷想到下午要到外面，哪怕现在是深秋，紫外线也很强，于是拿出一瓶防晒霜抹了起来。

她转过身问温朵雨："你要吗？"

"啊？"温朵雨有点儿反应不过来。

"你伸手。"

温朵雨乖乖听话，赶紧把双手都伸出去，两手并放着。

"你不用紧张。"苏瓷把防晒霜挤在温朵雨的手掌心上，"外面有太阳，要做好防晒。”

苏瓷凑近温朵雨，仔细观察她脸上的肌肤。

温朵雨下意识地屏住呼吸，觉得自己紧张得仿佛下一秒就要晕过去。

这样近的距离，她发现苏瓷的脸上没有任何瑕疵和毛孔，皮肤白皙又光滑。

“你平常是不是很少护肤？”苏瓷打量着温朵雨的脸，转身走到行李箱前。

“我不太会。”温朵雨舒了一口气。

苏瓷在行李箱里拿出一瓶乳液：“给你，这个有保湿、收敛毛孔的作用。女孩子应该好好爱惜自己的皮肤。”

温朵雨赶紧摇摇头：“我……我不能要。”

虽然自身对护肤品不了解，但是这个瓶子看起来就很昂贵的样子，她不能收下。

“你拿着，我这里还有。一瓶乳液而已，朋友间不必这么见外。”苏瓷把乳液塞到温朵雨的手里。

温朵雨看着手心里的瓶子，害羞又高兴地傻笑起来。

苏瓷和温朵雨一起出门，刚巧看见穿着黑色T恤的少年走来。

苏瓷站在原地等着他。

然而，陆折走过来后却皱着眉：“怎么穿这么短的裤子？”

苏瓷低头看着自己的裤子：“不短啊，这是正常长度。”

再说了，她的腿漂亮，她穿着短裤好看。

陆折告诉她：“去的地方蚊子比较多，你不怕被叮？”

“怕。”苏瓷腿白，皮肤细嫩，被蚊子叮了会留下红印子，“我去换长裤。”

陆折深知苏瓷最爱漂亮：“嗯。”

温朵雨很惊讶，以前苏瓷在他们班上很高冷，对其他追求者也很冷漠，没想到陆折的一句话，就让苏瓷乖乖地去换衣服了。

她突然发现，一物降一物这句话挺有道理的。

午饭过后，众人回房休息，准备下午的比赛。

苏瓷才知道陆折单独住一个房间，于是打起坏主意："我今晚过去跟你睡，好不好？"

陆折忍不住捏了捏女孩儿的鼻尖，拒绝她："不行。"

苏瓷轻哼一声，没有理会陆折，认为反正行不行是她说了算。

两个班长将自己班的人集合起来，然后出发去逃生基地。

基地距离酒店不远，众人坐车10多分钟就到了。

这里的面积很大，周围都是树木，附近还设置了木屋、油桶、轮胎等遮掩道具。

两个班分为两队，谁身上中弹则被淘汰。在两个小时内，哪个班剩下的生存者多则胜出。

同时，每个班里，杀敌最多的队员会获得额外的奖励。

工作人员为大家分发道具枪，枪体是金属的，拿到手上有点儿沉，看起来很逼真。

道具枪打出来的是彩弹，子弹打在身上会有痛感，而且人中弹的一瞬间彩弹会在人的身上爆开，流出红色的液体，跟流血差不多。

工作人员提醒道："这是防目镜，彩弹打在身上会疼，大家保护好眼睛，有外套的尽量穿上，待会儿给你们分发护身背心。"

男生们激动起来。

这简直就是他们最爱的游戏。

穿上黑色的背心，戴上护目镜后，众人迫不及待、跃跃欲试。

班长叮嘱："友谊第一，玩儿的过程中一定要避免发生冲突。"

"放心吧班长，我们班肯定能赢。"

对面的女生比他们班多，简直就是送人头。

苏瓷他们班的人也忍不住开口："谁说的？待会儿看我们怎么收拾你们。"

苏瓷转头去看陆折，问他："待会儿碰见我，你会对我开枪吗？"

陆折垂眸看着女孩儿："我们不是一个队伍的。"

所以，陆折的意思就是会对她开枪。

苏瓷瞥了他一眼："我问错了，说不定我先干掉你。"

陆折轻笑，想要捏一捏她自恋的小脸蛋儿。

工作人员给大家戴上眼罩，然后将人分别带去不同的地方。大家摘掉眼罩后，比赛开始。

苏瓷睁开眼睛，开始打量周围。

她发现自己被人带到了一间小房子里，房内有沙发、衣柜、桌子等，可以作为遮掩物。

她才准备行动，就听到广播响起："黄队淘汰一人。"

苏瓷很惊讶，这么快就有人被淘汰了？

她刚走出房间，迎面就碰上一个戴着蓝色手绳的男生。戴蓝色手绳代表这是计算机班的学生。

男生看着苏瓷手上的黄色手绳，愣了一下。显然，他也没有想到这么快就碰上了对手。

男生用枪指着苏瓷，苏瓷也拿枪指着对方。

男生示意暂停："等一下。"

男生长得有点儿帅气，挪开对着苏瓷的枪口："你别怕，我不杀你。"

苏瓷不明所以地看着对方。

男生深吸一口气，有点儿不好意思地开口："作为交换条件，我能加你的微信吗？"

他没有想到第一个遇到的人竟然是校花。不得不说，校花太漂亮了，他不舍得淘汰对方。

苏瓷拒绝："当然……不行。"

话音刚落，她直接把彩弹打在了对方的黑色背心上，正中心脏的位置，红色的液体像血一样溢了出来。

苏瓷勾了勾红唇："因为我要淘汰你。"

广播响起："蓝队淘汰一人。"

男生没有想到苏瓷竟然这么利落、果断，自己就这样被淘汰了。

男生的眼里带着懊恼之色，他只能被藏在暗处的工作人员带走。

苏瓷有点儿得意，走出小房子，尽量往有遮掩物的区域走去。

她的手机被没收了，不能通话，她也不知道陆折在哪里。

苏瓷一路往森林里走着，路上有指示牌，以防众人迷路。

没走多远，苏瓷就看见蓝队的一个女生正躲藏在大树后面，刚好背对着她。

苏瓷挑了挑眉，枪口直接对准了女生的背部。

“啪”的一声，彩弹在女生的背后爆开，女生被吓了一跳，才后知后觉地反应过来自己中弹了，转过身看向淘汰她的人，发现竟然是校花。

对上苏瓷漂亮的眼睛，女生都不好意思埋怨她淘汰自己。

苏瓷笑道：“对不起了。”

女生赶紧摆手：“没……没关系。”

路上，苏瓷又分别遇到两个男生。在男生红脸又或者看着她愣神儿时，她立刻开枪。

苏瓷得意地把富贵喊了出来：“你的主人厉害吧，谁说漂亮的花瓶没有用？”

富贵拍马屁拍得很溜：“主人好厉害！主人是美貌与智慧并存的花瓶，其他花瓶怎么可能跟主人相提并论！”

苏瓷听着富贵的土味“彩虹屁”，心情愉悦。

凭借富贵的提醒，苏瓷又把两个藏在树后的蓝队队员淘汰了。

还剩下 40 分钟时，苏瓷在沙堆那边遇到了陆折。

他刚淘汰了一个人。

看见黄队的人被工作人员带走，苏瓷从树后走了出来：“陆折。”

少年冷峻的脸上神色淡淡的。听到女孩儿的声音，他转过身来。

苏瓷问他：“你要对我开枪吗？”

苏瓷已经打定主意，陆折要是敢对她开枪，今晚他就别想好过了。

她走向他。

陆折勾了勾唇，放下手里的枪，举起双手：“你开枪吧。”

他对她，臣服。

苏瓷愣了愣，随即笑弯了眼眸，一颗心在陆折对她举起双手时就酥掉了。

她抬起手里的枪，对准陆折的胸口，侧头看着他：“你要我对你的胸口开一枪？”

陆折勾唇：“嗯，心给你。”

我命也给你。

苏瓷不想再逗他了。

她丢开枪，直接冲向那个举手投降的少年，一头撞进他的怀里，抱住他："呜，陆折，我爱死你了。"

苏瓷扎了头发，陆折不想弄乱她的发型，用戴着黑色露指手套的手指轻轻捏她的脸蛋儿："不开枪了？"

苏瓷才不理会什么团结的精神了，队员跟陆折比，算什么啊？！

她把脸在他的胸口上蹭了蹭："不开，打死我我也舍不得对你开枪。"

陆折低头亲了亲女孩儿的额头："感谢不杀之恩。"

接着，苏瓷和陆折一起行动。

遇到黄队的人，苏瓷就躲起来，让陆折解决；遇到蓝队的人，就由苏瓷来应付。

广播响起："黄队淘汰一人。"

广播响起："蓝队淘汰一人。"

…………

时间剩下15分钟时，广播再次播报："蓝队剩余二人，黄队剩余一人。"

苏瓷很惊讶，所以自己是黄队的剩余者？

而蓝队除了陆折，还有另外一个人。苏瓷把那个人解决掉，比赛就能结束。

林子里的路并不好走，地面坑坑洼洼的，而且是黄泥土，会带起很多灰。比赛持续这么久，苏瓷早就累了。

"累了？"陆折看见女孩儿神色疲倦，"去那边休息一会儿。"

对面有一堆切割好的长木头，她可以用来遮掩。

"好。"

苏瓷嫌弃木头脏，想找纸巾垫着坐，但她的东西被工作人员没收了。

知道女孩儿娇气，陆折把身上的黑色背心脱下，垫在木头上："坐吧。"

苏瓷忍不住夸他："你怎么这么细心？"

陆折勾了勾唇。

苏瓷在他的背心上坐下来，抬头看着面前的陆折："你不坐？"

“我不累。”

他们还有一个蓝队的队员没有解决掉，对方应该藏在暗处。

苏瓷放下手里的枪，双手托腮看着陆折：“你的体力怎么这么好？”

陆折幽幽地看了女孩儿一眼，不自在地别开了脸。

看着陆折的耳根渐渐地红起来，苏瓷抿着唇偷笑着。

休息了5分钟，苏瓷已经缓过来了。游戏还有10分钟就要结束了，她不知道最后一个蓝队的人藏在哪里。

突然，陆折问她：“团团，你想赢吗？”

苏瓷点了点头。她都认真玩儿了，当然想赢。

她站起来，拍了拍背心上面的灰，将背心递给他：“不过，最后要剩下我和你，这样我们两个都算赢了。”

陆折轻笑：“不，我让你赢。”

苏瓷摇了摇头：“我不会对你开枪的。”

陆折漆黑的眼睛看向不远处：“我知道。”

“走吧，我们主动去找你的队友。”苏瓷伸手要去拉他。

突然，陆折的大手握上她的手，猛地一拉，苏瓷撞入了他的怀里。陆折紧紧抱着她，和她调换了位置。

苏瓷有点儿蒙。下一秒，她听到“啪”的一声，彩弹在陆折的背后爆开。

少年抱着她的手收紧。

苏瓷的耳边响起他清冷又温柔的声音：“小公主的衣服不能被弄脏。”

“陆折！”苏瓷先是愣了愣，之后就是生气、心软，再到愤怒。

她挣脱陆折的怀抱，一眼看见绑着蓝色手绳的男生从一棵大树后走出来，对方的枪口正对着这边。

对方显然没有想到陆折会替苏瓷挡枪：“喂，你忘记你是哪个队的人了？”

陆折应声：“我是蓝队的。”

但他更是小公主的裙下之臣。

按照游戏规则，队员之间不能互打，他能做的就是帮苏瓷挡枪。

苏瓷冷眼看着男生，在对方没有来得及反应时，一枪打了过去。

男生被吓得连连后退。

“啪”一声，彩弹落在了男生的脚上，爆开了。

只要人身上中弹就视为被淘汰。

广播响起：“蓝队淘汰二人，无生存者；黄队生存者剩余一人。”

男生一阵懊恼，没有想到苏瓷的反应这么迅速，自己竟然被淘汰了。

陆折看向苏瓷：“你赢了，团团。”

苏瓷没有应声，对着男生的手臂又打了一枪。

“哎，哎，哎。”男生闪躲不及，又中弹了。

彩弹落在身体上会疼的。

苏瓷抬起下巴：“这是你让陆折中弹的惩罚。”

她这才放下手里的枪。

男生委屈，觉得自己真倒霉，被虐就算了，还要被这两个人秀一脸。

苏瓷走到陆折身后，去看他的背。刚才他将身上的黑背心脱下来让她坐了，彩弹是直接打在他的背上的。

红色的液体在黑色的T恤上不显眼，但她也能看出痕迹。

“疼吗？”苏瓷伸手去触碰他被打中的位置，指尖沾到了红色的液体，这东西仿得很真，很像血。

陆折：“不疼。”

苏瓷瞪了他一眼。

怎么会不疼？为了让人有中弹受伤的真实感，彩弹打在人身上会有刺痛感，还有可能造成瘀青。

刚才听到陆折中弹，她心都痛了。

明知道这只是一场比赛，她也受不了。

休息室里面，两个班被淘汰的人都在，都好奇是谁赢了。

黄队这边很明显，苏瓷最惹眼。现在她不在这里，显然就是剩余者。

“哇，小瓷这么厉害？”沈雪一直在等苏瓷出来，等到最后却一直没有看见苏瓷。

她还以为苏瓷娇气，很快就会受不了地自己跑出来了，又或者快速被人淘汰掉，没想到苏瓷竟然是最后的胜利者。

温朵雨很激动："瓷瓷很厉害。"

不愧是她崇拜的女神，苏瓷太厉害了！

没多久，苏瓷和陆折，还有另外一个被淘汰的男生回来了。

众人开始鼓掌。

工作人员走出来宣布："今天胜利的队伍是黄队。"

黄队的人热烈地鼓起掌来，一阵欢呼。

工作人员示意大家安静下来："同时，黄队里获得奖励的队员是苏瓷。"

工作人员把一个金色的纪念勋章颁发给了苏瓷。众人震惊又激动，谁也没有想到，看起来娇柔的小公主竟然是最后的王者。

苏瓷接过勋章后，回到陆折的身旁，将勋章塞到了陆折的手里。

陆折看向她。

苏瓷对他眨了眨眼："你当了一回守护公主的骑士，奖励你的。"

他才是王者。

夜里，苏瓷理直气壮地对陆折说："我今晚在你这里睡。"

"嗯。"

听到陆折应声，苏瓷愉悦地坐在床边："我想洗澡。"

今天比赛时出了不少汗，她想洗澡。

苏瓷想到什么，眼睛一亮，问他："你要跟我一起洗吗？"

陆折："你自己洗。"

苏瓷有点儿失望："我没有衣服，先穿你的。"

她的行李箱在她的房间里。

陆折原本就带了两套衣服，下午的时候换了一套，只剩下一件白衬衫和一条裤子。

他从背包里拿出衣服和裤子，转身递给了苏瓷。

苏瓷嫌弃地看了他一眼，只接过衣服，没有拿裤子。

谁要穿他的裤子，穿上衣就够了，这才性感。

女孩儿的小算盘打得"啪啪"作响。

洗完澡，苏瓷打量着镜子里面的自己，白衬衫刚刚遮住她的大腿。

她满意得不行。

从洗手间里出来后，苏瓷没有看见陆折。

她往外面看去，只见少年身姿颀长，正站在阳台栏杆前看夜景。

苏瓷没有穿鞋，光着脚踩在地毯上，放轻脚步往外走去。

她悄悄地从背后抱住陆折的腰："我洗好了。"

陆折转过身，目光不经意间落在她的脚上，皱起了眉头："怎么不穿鞋？"

陆折抱起苏瓷，把她放到床边，用手握住她的脚，感觉有点儿凉。

"这拖鞋穿着不舒服。"苏瓷是故意不穿鞋的，为了看他关心她的模样。

"那也不能光着脚。"陆折叹了一口气，她真是娇气。

少年的指腹带着薄茧，蹭得她的脚背发痒。

苏瓷眼里染了笑意。不过，重点是她没有穿鞋吗？

他没有看见她这么性感的打扮？

眼里的笑意退去，苏瓷不爽了。

陆折却没有感受到她的不满情绪，去洗澡了。

洗手间的门被关上，苏瓷郁闷地在床上来回翻滚。

其他男生见到她不是脸红就是手忙脚乱，连话也说不顺溜，只有陆折——不管她多好看、怎么勾引他，这人都能保持冷静。

她刚才就该让陆折把生蚝全部吃掉。

夜色渐浓，沙滩上还有不少人在烧烤、聊天，气氛热闹。

而酒店的房间里异常安静。

陆折洗完澡出来时，苏瓷已经躺在床上了。

房间里的灯光暗了下来，只有床头的暖光灯开着。

陆折的喉结不自觉地上下滑动了一下。

他刚躺下，被子里的苏瓷马上缠了上来。她用柔软的身体紧贴着陆折。

陆折想要将人推开，手却不经意间碰到了苏瓷光裸着的大腿。

"你应该抱着我睡。"苏瓷没羞没臊地钻进他的怀里。真丝衬衫的布料凉凉的，苏瓷觉得很舒服。

陆折没有应声，把手搭在了她的腰上，抱着她睡。

苏瓷这才安分下来。

陆折闭上眼，被子里溢满了女孩儿淡淡的馨香。

阳台的玻璃门没有关上，远处隐隐传来了海浪声，室内越发安静。

也不知道过了多久，就在陆折快要睡过去时，怀里的女孩儿挪动起来。

“团团。”陆折讲话的声音在安静的夜里显得轻柔好听。

苏瓷贴近他。

喜欢的女孩儿在怀里乱动，陆折哪里还能忍受？

“不要乱动。”陆折只觉得被子里的温度不断升高。

苏瓷抬起头，小脸儿在暖黄的灯光下染着红晕，漂亮得不可思议，而一双眼眸水盈盈的。

她伸手去解陆折的纽扣。

她才不要忍了。

“团团！”陆折低头看见苏瓷细白的指尖缠上他的衣领，急急地要把他的衬衫纽扣解开，连忙把女孩儿的两只作乱的小手握住。

苏瓷又难受又气愤：“陆折。”

陆折低头，薄唇贴在她的耳朵上：“不能。”

“你是不是不行啊？”苏瓷又懊恼又生气，想要一口咬在他的胸口上。然而，陆折的肌肉结实得很，她哪里咬得下去？

陆折气笑了，伸手捏住了她的耳朵，告诉她：“激将法对我没用。”

苏瓷要哭了。

很快，怀里的小流氓兔安分了下来，没有出声，也没有乱来了。

陆折低头看去，只见女孩儿靠在他的胸口处，安静地掉着眼泪。

陆折的胸口一阵滚烫，他慌乱地抬起她的头：“团团。”

苏瓷垂着眼帘，不看他，也不闹，就这样安静地流泪，简直要将人逼疯。

“我错了，对不起。”陆折慌了，用指腹轻轻给她擦去眼角的泪珠，轻哄着她，“乖团。”

苏瓷的眼泪掉得更凶了。

陆折的心紧紧地揪着，他说：“我们用其他方法，好不好？”

苏瓷这才抬眸看着他。

灯光下，陆折脖子红了一片："你躺下。"

苏瓷不动，故意用一双红红的眼睛看着他。

陆折心疼地拭去她睫毛上挂着的泪珠，温柔地亲着她。

"团团，闭上眼睛。"陆折声音有点儿哑。

苏瓷才不听他的，睁着泛红的眼睛，就这样看着少年。她倒要看看，他要怎么哄她。

陆折的耳朵红透了，他继续亲着女孩儿。

陆折的手有点儿凉，激得苏瓷大腿上的皮肤起了一层小疙瘩。

陌生的感觉袭来，她闭上了眼睛，耳边是远处的海浪声……

也不知道过了多久，苏瓷睁开眼，眼角泛红，小脸儿也红红的。

她看着上方眼眸漆黑、薄唇紧抿的少年，推开了他，飁声飁气地说道："去洗手！"

陆折深深地看了她一眼，走进了洗手间。

苏瓷在床上翻滚着，像一只偷腥成功的流氓兔，精致的眉眼间满是愉悦之色。

陆折刚躺下，苏瓷又靠了过来。

她一下子就感觉到了他身上的冷意："你洗冷水澡了？"

"嗯。"

苏瓷瞪他："明明你也想。"

过了好一会儿，陆折才低声开口："团团，渐冻症有可能会遗传。"

苏瓷愣了愣，随即将脸贴在他的胸口处，闷声闷气地说道："有可能，又不是百分之百。而且我也不喜欢孩子，我自己还是孩子呢。"

陆折轻抚着她的头发，低声笑了笑，漆黑的眼眸让人看不透："睡吧。"

第二天，阳光透过玻璃洒在室内，点缀了一室的柔光。

苏瓷醒了过来，听到陆折说带她去沙滩，答应了。

酒店外面有卖泳衣的小店。

知道自己身材好，适合穿泳衣，苏瓷拿起一套性感款式的泳衣："这套好看吗？"

看着苏瓷手上薄薄的、小小的布料，陆折皱眉，头一回说出嫌弃的话："丑。"

"不好看吗？"苏瓷重新挑选。过了好一会儿，她拿起另一款布料极少的红色泳衣："这套呢？"

陆折："不好看。"

苏瓷瞪了他一眼："那你帮我挑，我帮你挑泳裤。"

她倒想看看他能挑出什么好看的款式。

男生的泳裤款式很少，要么紧身的，要么宽松的。

苏瓷早就眼馋陆折的身材了，特意挑了一条黑色紧身泳裤。

"我帮你挑好了，你呢？"苏瓷走到陆折的身旁，只见他拿起了一条老气的黑色连体泳裙，估计这是这些泳衣里布料最多的。

陆折将泳衣递给她："这款还不错。"

苏瓷鄙视地看了他一眼："老古板。"

最后，苏瓷还是买了陆折挑的那一款泳衣。毕竟在她看来，没有什么衣服是她驾驭不了的。

苏瓷看着镜子里面的自己，很满意。她还特意把头发扎成了丸子状，露出了后背大片的肌肤。

看见苏瓷的瞬间，陆折觉得自己挑错了泳衣。

苏瓷走到他面前，直接问他："好看吗？"

陆折："嗯。"

少年的反应很平淡，苏瓷有点儿不满，用脚尖轻踢了一下他的脚："你都没看我。"

陆折直视着她："好看。"

她怎么会不好看？她漂亮得就像勾人魂魄的小妖精。

苏瓷这才满意，催促他："到你换了。"

陆折看了一眼苏瓷替他挑选的泳裤，不由得扶额。

"赶紧去啊。"苏瓷已经迫不及待了。

陆折被推进了更衣室。

苏瓷在外面等着，过了好一会儿，陆折才出来。

目光像是不受控制般落在少年精壮的身体上，随后慢慢下移，看着他身上的黑色紧身泳裤，苏瓷红了脸。

陆折被苏瓷看得不自在，走过去捏了捏她的鼻尖："收敛一点儿。"

沙滩上很晒，苏瓷全身都涂了防晒霜，这才敢肆意地走在阳光下。

她牵着陆折的手，踩着细细的沙子，任由海浪冲击着她的脚。

太阳越来越猛烈，苏瓷走得累了，躲在太阳伞下，远远地看着陆折在海里游泳。

这时，一个小男孩儿跑了过来，蹲在一旁堆沙子。

小家伙长得白白嫩嫩的，五官精致，穿着小小的游泳裤，怎么看怎么可爱。

苏瓷目光不经意间落在小男孩儿的手腕上，发现他的生命值还有10分钟。

苏瓷的眼神黯了黯。

她问富贵："这个小男孩儿是怎么死的？"

富贵："主人，他是溺水死的。"

苏瓷抿紧了唇。

其实也不惊讶，以前她就看过家长带孩子去海边玩儿，没有看管好孩子，以致孩子被淹死的新闻。

苏瓷低头，跟玩儿沙子的小男孩儿搭讪："你能教我堆城堡吗？"

小男孩儿应该有4岁了，留着一个西瓜头发型，呆萌可爱。

看见说话的姐姐很漂亮，他好奇地问道："你不会吗？"

苏瓷摇了摇头："我没有玩儿过沙子。"

小男孩儿听到这话，用一种很可怜苏瓷的目光看着她。姐姐长这么大都没有玩儿过沙子，太惨了。他3岁就开始玩儿了。

"那你坐在这里，我教你。"小男孩儿的声音稚嫩，他像小老师一样，准备教苏瓷堆城堡。

苏瓷从椅子上下来，走到小男孩儿旁边坐下。

"姐姐，你看我，城堡是这样做的。"小男孩儿开始指导苏瓷。

"看到了，你继续。"苏瓷哄着小男孩儿，目光落在他的手腕上，生命值还剩下9分钟。

小男孩儿奶声奶气地教着苏瓷："你要动手学我。老师说做事情一定要亲自动手，不能偷懒，不然什么都学不会。"

苏瓷："……"

她在小男孩儿的注视下，学着他的样子把沙子堆了起来，手上沾满了湿湿的沙子。

小男孩儿纠正苏瓷的错误：“姐姐，你做错啦，城堡是这样的。

“姐姐你不能偷懒，偷懒学不了东西。

“姐姐你的城堡要倒了。

“姐姐，你太笨了……”

小男孩儿不断纠正着她。

苏瓷深呼吸。看着小男孩儿的生命值还有5分钟，她忍！

“姐姐，你的城堡不及格，要重做。”小男孩儿推倒了苏瓷那不成样的沙堆。

苏瓷被迫又开始玩儿泥沙。

“姐姐长得这么漂亮，为什么笨笨的？”小男孩儿拍了拍小手，有点儿嫌弃苏瓷。

为了金色棉花糖，苏瓷觉得自己还是该再忍忍。

小男孩儿的生命值还剩下3分钟。

小男孩儿自豪地挺了挺小肚子：“姐姐，你看我的城堡是不是很好看？”

苏瓷面无表情地回道：“是。”

小男孩儿的生命值还有2分钟。

小男孩儿看着苏瓷面前丑丑的沙堆，噘了噘小嘴巴：“姐姐太笨了。不过姐姐长得漂亮，像天使，我最喜欢天使了。”

听到“彩虹屁”，苏瓷才缓和了脸色。

她觉得小家伙虽然年纪小小的，但是审美在线，必定前途无量。

小男孩儿眨着黑溜溜的大眼睛问苏瓷：“姐姐，等我长大了，能娶你做老婆吗？”

他喜欢这么漂亮的姐姐。

苏瓷看着他手上的生命值，还有1分钟，红色的细线若隐若现。

这时，高大的身影出现在苏瓷的旁边，在沙子城堡上投下一片黑影，有一种大魔王来临的既视感。

苏瓷抬头看去，只见水珠顺着少年的胸一直没入他的泳裤，少年的湿发垂在额前，脸部轮廓分明，帅气得不行。

她站了起来，一把抱住陆折，得意地告诉小男孩儿：“不行，我已经有预定的丈夫了。”

陆折的眼里有笑意浮现。

小男孩儿拍了拍手上的沙子，奶声奶气地说道：“等我长大，他就变成老头子了。”

苏瓷看着小男孩儿的生命值从红色的细线变成了 7 个黄色格子，开心地说：“他老了我也喜欢。我不喜欢你这样的小屁孩儿。”

小男孩儿委屈地噘了噘小嘴巴，明明刚才漂亮姐姐还夸他厉害来着。

陆折低头看向小男孩儿：“等你长大了，再来跟我抢。”

得到金色棉花糖后，苏瓷对小男孩儿就翻脸无情了：“不用抢。他长大了也没有你帅，也没有你好。我只喜欢你。”

小男孩儿越发委屈了，明明姐姐刚才还夸他可爱来着。

这时，一个女人跑了过来：“你这孩子，怎么乱跑？妈妈转身就找不到你了。”

小男孩儿告诉妈妈：“我在教姐姐堆城堡。”

女人牵着儿子的手，将他拉走：“跟你说了多少次了，不要跟陌生人说话。”

小男孩儿不服气的声音传来：“漂亮姐姐不是坏人，我长大要娶她的。”

女人生气地说：“你是不是皮痒了？”

苏瓷没有再理会走远的母子，看向陆折，眼睛亮亮的：“我们回去吧，我有好东西给你。”

陆折知道，苏瓷每次救完人都会亲他，说要给他好东西。

所以，她刚才救了那个小男孩儿？

“好。”他伸手去牵苏瓷的手，却被她躲开了。

“我的手脏。”她刚才陪着小男孩儿玩儿沙子，现在满手都是泥沙。

陆折哪里会嫌弃，握住她的手，拉着她往海边走去。

陆折用海水帮苏瓷搓洗着手，她的两只小手很快又恢复了白皙漂亮。

他握着苏瓷的指尖，放在嘴里轻轻地咬了一下。阳光下的少年温柔得不像话。

苏瓷的小心脏不争气地狂跳着。

要死了，她怎么这么喜欢他啊？

下午的时候，旅程结束了。

陆折把苏瓷送到苏家才离开。

苏瓷刚到家，小苏宁和小天才就像两个小火箭炮般冲上前来。

“姐姐你去哪里玩儿了？”小苏宁两腮鼓鼓的，嘴里含着最后一口布丁，小奶音有点儿含混不清。

苏瓷把行李箱放在一旁，看着两个小萝卜头，分别摸了摸他们的头：“姐姐去了沙滩。宁宁和天才是想我了吗？”

小苏宁和小天才点了点头。他们都想姐姐了。

“这两天，他们一直念叨你。”苏母端着刚插好的花，笑着走了过来。

虽然入了秋，但中午的太阳还是很猛烈，尤其是沙滩上，人很容易被晒黑。

苏母看见女儿依然白嫩的皮肤，问道：“瓷瓷玩儿得开心吗？”

小苏宁学着苏母的口吻，奶声奶气地追问：“姐姐玩儿得开心吗？”

苏瓷点了点头：“很好玩儿。”

坐在沙发上，她一眼看见了放在茶几上的邀请函。

“妈妈，最近有宴会吗？”她拿过邀请函，才发现竟然是陆折的生日宴会的请帖。

苏母在心里暗自叹气：“邀请函是今早陆家派人送来的，12 月底左右是陆折的生日，到时候你要跟我和你爸爸一起出席吗？”

苏瓷想也没想就说：“要，到时候我跟你们一起出席。”

苏母对女儿的回答一点儿也不意外：“好，过几天我让人准备你的礼服。”

苏瓷笑着应下。

自从傅白礼给赵优优买了房子后，赵家就把 D 市的房子卖掉，住进了新房里。

傅白礼为了赵优优与家里闹了矛盾，被傅老太太赶出了傅家，现在身上没有多少钱。赵优优知道这事后，直接让他来她家住，毕竟房子是他送给她的。

二人刚开门进屋，客厅里的赵父就赶紧站了起来："你们吃过晚饭了吗？没有的话，我给你们煮点儿面？"

赵优优换上拖鞋："爸，不用了，我们在外面吃了东西才回来的。您怎么这么晚还没有睡？"

赵父个子不高，赵优优随了他，个头儿还没有一米六，算是娇小类型的女孩儿。

"我担心你们的安全，白礼赶紧过来坐。"赵父十分热情。

傅白礼在沙发上坐下。

这里的全部家具，都是傅白礼之前出钱添置的，不管是沙发还是茶几，价格昂贵，款式好看，而且全是进口货。

赵父和赵母当初知道后很满意。

傅白礼看着赵父吞吞吐吐的模样，直接问他："有事吗？"

"小礼啊，是这样的，我们家本来就不太富裕，现在你跟家里闹翻，住在我们这里，家里的开销多了不少。"赵父为难地看着傅白礼，"你放心，我不是问你要钱。你是优优的男朋友，相当于是我的半个女婿，我们又怎么好意思收你的钱？"

傅白礼点了点头，示意对方继续说下去。

"是这样的，我们搬过来后，我还没有找到工作。既然开销大了，我就该努力赚钱。我明天去面试，不过我的衣着普通，担心会被别人看不起……"赵父将目光落在傅白礼的手表上，眼睛一眨不眨的。

他的意思很明显了。

傅白礼看了一眼自己的手表，将其摘下来递给赵父："伯父，你先戴着。"

赵父惊喜地接过手表，立刻往手上戴："小礼你太客气了，叔叔就先借几天，过段时间还你。"

"爸。"赵优优想要阻止父亲的行为。

赵父赶紧戴好手表："这是小礼借我的，我又不是要贪他的手表。明天爸爸去找工作，不想让人看不起。"

一块手表而已，傅白礼并不在意："优优，既然伯父喜欢这块手表，我就送给他了。"

赵父满脸喜色地摆弄着手表："这……这，小礼真是太客气了，那叔叔就收下了。"

他之前在网上查过，这块手表正品要25万元，傅白礼是傅家的少爷，手表肯定是正品。

赵父仔细地擦着手，心情很好，这表可是价值25万元啊，有钱人就是不一样，也不知道他把手表卖出去能不能换回25万元。

赵父决定先戴几天过过瘾，然后把手表卖掉。如果傅白礼问起，他就说不小心将表弄丢了，反正傅白礼已经把手表送给他了。

电梯门打开，助理在前面带路。

助理推开董事长办公室的门，带陆折进去："陆少爷，陆总还在开会，会议很快就会结束。"

"嗯。"

助理态度恭谨："陆少爷，请问您要喝什么吗？"

"不需要，谢谢。"

"我先去工作，陆少爷有事可以随时吩咐我。"

陆折点了点头："好。"

他在办公室里等了好一会儿，办公室的门才再次被推开。

陆沉大步走了进来，身后跟着好几个高层。

"来了？"陆沉走到长桌那边，倒了半杯红酒，抿了两口才对众人开口："这是我的儿子陆折，你们认识一下，以后他会慢慢接手集团的事。"

在场的都是陆氏集团的老臣子。当初陆老爷子退休后，将集团交给陆沉这个混世魔王，众人都不服。

显然，他们错了。短短半年时间，陆沉就让陆氏集团的利润翻了一番，还顺手整治了一群老狐狸。

之后，陆氏集团上下没有人敢不服陆沉。

几个人看着少年的模样，眉眼确实跟陆沉相像。

陆沉这话已经很明显，以后陆氏集团由陆折继承。

高层们都是善于察言观色的老狐狸了，闻言笑呵呵地附和：“真是虎父无犬子，陆少爷一表人才。”

“陆总放心，以后我们会好好辅助陆少爷的。”

“陆少爷将来肯定能带领陆氏集团更进一步。”

…………

好听的话像是不要钱似的，众人使劲地拍着陆折的马屁。

陆沉不耐烦听他们的废话：“行了，你们出去吧。我还有事情要跟儿子谈。”

高层们已经熟知上司的性格，赶紧退了出去。

“从今天开始，我派助理辅助你学习处理集团的事。”陆沉又倒了一杯酒，递给儿子，“以后陆氏集团就交到你手上了。”

陆折接过父亲递来的酒杯：“爸，我的公司刚成立不久。”

“你的小公司算什么？你早晚要接手陆氏集团，早点儿熟悉是好事。”陆沉挑了挑眉，活脱脱一只坑儿子的花狐狸，“你妈妈整天埋怨我没有时间陪她，等将集团交给你后，我就能多些时间陪你妈妈了，还能带她去旅游。你不希望你妈妈开心？”

自从儿子被找回来，如果不是妻子心疼儿子，陆沉早就想把集团推给他了。

陆折听到他提起妈妈，就没有意见了：“好。”

陆沉的桃花眼里全是笑意，他拍了拍儿子的肩膀：“乖儿子。”

那天面试后，赵父在家里等了好几天，都没有收到录用的消息。

他刚才忍不住打电话问了一下，人家说已经有了适合的人选。

赵父的心情不太好，他坐在客厅内抽了好几根烟。

这时，他接到了朋友的电话：“老赵，我们之前入的那只股票也不知道怎么回事，疯狂下跌，你赶紧看看吧。”

“什么？”赵父惊得立刻站了起来。

电话那头的人语气着急：“你快想想办法，我听你的话，将全部积蓄都投进去了。”

“你别急，我先看看是什么情况，突然暴跌，肯定是资本在操纵，明天应该会上涨。”赵父稳住对方。

股票是别人介绍他买的，他把之前卖房子的钱都投进去了。

这时，赵优优和傅白礼从外面回来了。

傅白礼住在赵家后，二人基本同进同出。

当然，这是赵父和赵母乐意看见的情形，女儿跟傅白礼的感情越好，将来她嫁入傅家的概率越大。

“爸，我们回来了。”看见赵父的脸色不太好，赵优优问道，“怎么了？”

赵父收回手机，脸上是掩饰不住的丧气表情：“之前面试的工作没有了，公司已经请到了合适的人。”

赵优优听父亲说过面试的事。陆家在B市这么有名，她当然知道，也希望父亲能在那样的大集团里工作：“没关系，这份工作不行，可以重新找。”

“你说得对。”赵父看向傅白礼。对方气场很冷，他问女儿是怎么回事。

赵优优咬了咬唇，看了看傅白礼，低声说道：“今天傅家放出消息，要跟白礼断绝关系，傅老太太开始在傅家的其他后辈里挑选继承人了。”

她没有想到傅白礼的奶奶会这么不喜欢她，为了逼迫他们分手，竟然用断绝关系来威胁傅白礼。

“怎么会这样？”赵父难以置信，只觉得傅家的人是疯了！

傅白礼可是傅家唯一的继承人哪。

赵优优低着头，没有出声。

傅白礼蹙着眉头：“他们是为了逼我跟优优分手。”

看来这豪门还真不好进。

“要不你先答应你的家人，到时候继承了公司，再公开跟优优的关系？”赵父是精明人，算盘打得很好。

“如果我回去，意味着我答应跟优优分手，同时要跟霍家的千金订婚。”很早以前，奶奶就有意向让他跟霍家的千金联姻。

“这当然不行。”赵父惊得拍了一下大腿，“你要是娶了其他的千金小姐，我家优优怎么办？”

傅家的人做得真绝啊。

“我只喜欢优优。”傅白礼向赵优优保证，“我不会跟其他人订婚的。”

赵优优感动地看着傅白礼。

“小礼，如果你不回去，傅家真会跟你断绝关系？傅家这么大的家产，他们不会拱手送人吧？”

如果傅白礼没有了傅家，女儿跟他在一起还有什么用？

“我奶奶决定的事情，不会改变。”

奶奶虽然很疼爱他，但年轻时也是女强人。傅家有今天的成就，一半功劳要归于奶奶。

赵父满脸震惊之色：“就这样把家业送给其他人？”

傅白礼打定主意要跟赵优优在一起：“没有傅家，我靠自己也能过得很好。”

赵父：“这……”

“爸爸，您别再问了，让白礼好好想想。”赵优优心疼地看着傅白礼，“你不是说累吗？先去休息。”

“嗯。”傅白礼起身回房。

等他进房后，赵父忍不住问女儿：“闺女，难道你要看着小礼做不成傅家少爷？你该劝劝他。”

“爸爸，他能为我放弃一切，我很开心。他是真的爱我。”赵优优知道，傅白礼宁愿选择放弃傅家的一切，也要跟她在一起，以后不会有谁对她这样真心了。

不对，她还有陆折。

重获新生前，陆折为了救她放弃了生命。

赵父皱眉，没有再多说什么。

然而，接下来的几天，他的股票继续暴跌，最后还跌停了。

朋友告诉他，新闻报道这只股票是业绩造假的问题股，那家公司已经破产退市。这也就意味着他的股票全废了。

赵父得知这个消息后，几乎晕倒。

气温一天比一天低，冷风吹着树枝上的叶子，零零星星的枯叶摇摇欲坠，随着风落在地面上。

苏瓷刚走进学校，突然被一个男生拦住了。

男生手里捧着花，穿得周正，长相属于阳光大男孩儿类型：“送给你。”

早上上学的人多，众人一眼便认出苏瓷了。看见校花被表白，不少人放慢了脚步，等着看戏。

“我不要。”苏瓷拒绝得明明白白的，“我有男朋友了。”

“没关系，我可以等。”男生坚持把手里的花递到苏瓷面前。从第一眼看见苏瓷，他就喜欢她了。

这样近距离地看她，女孩儿更加漂亮了，男生觉得自己的心快要跳出来了。

苏瓷这才抬头看向他：“你要做小三？”

男生愣了愣：“我不是……”

“我已经说了我有男朋友，如果你再坚持追求我，不是男小三是什么？”苏瓷说话很不留情，“而且，你凭什么认为我会喜欢你？因为你的样貌？能力？品性？”

说完，苏瓷没有理会完全呆滞的男生，直接无视他手里的花，绕过他离开了。

周围希望能看一场浪漫表白好戏的人很失望，怎么这么快就结束了？

离得远，他们听不到校花对表白的男生说了什么，但从男生脸上惊愕、难堪、丧气的表情变化可以看出，校花肯定拒绝了他的表白。

不远处，冯小余挽着赵优优的手，艳羡地看着走远的苏瓷。

过了好一会儿，她感叹道：“不愧是校花。我听说每隔几天就有人去跟校花表白，而且表白的那些人条件很好，家里都很有钱。”

赵优优不得不承认，苏瓷长得确实很漂亮。不管前世还是现在，苏瓷都是她见过的女生里长得最漂亮的。

“我听说苏瓷有男朋友了，但她男朋友的条件好像不太好，所以一直没公开。”

赵优优有点儿意外，还以为像苏瓷那样长得好看又有钱的女孩儿，眼光应该会很高。

“爱情不在于物质。”赵优优有点儿感同身受，“喜欢一个人不会看对方的条件如何。”

“你怎么突然有这么深的感悟？”冯小余突然想起了什么，“我的亲戚在大酒店里当部长，我听她说，过段时间有个有钱人会在酒店里举办一个大型的生日宴会，需要大量人手。我那天会过去帮忙，做兼职赚钱。”

“你去酒店当服务员？”

酒店的服务员很辛苦，需要给客人点单、端盘子，还要笑脸迎人。

冯小余点了点头：“只是一天，我亲戚开的价格还挺高的，你要去吗？”她凑近赵优优，神秘兮兮地说道，“有钱人的生日宴会，肯定有很多重要人物到场，如果有缘认识，说不定我以后还能嫁入豪门。”

赵优优沉默了一会儿。

爸爸前段时间炒股把卖房子的钱都亏掉了，妈妈伤心得差点儿与爸爸打起来。

傅白礼被赶出傅家后，身上的钱已经花完了……她还要把存起来的零花钱给他。

她最近确实很缺钱。

“优优，我们一起去吧，你就当给我做伴。宴会在晚上，也就是说，我们只工作几个小时就能赚 300 块钱，很值得。”

赵优优同意了：“好，我就当是给你做伴。”

“优优，你太好了。”

赵优优羞赧地笑了笑。

天气寒冷，今天是平安夜，街道上挂满了圣诞节的装饰物，到处是一片喜庆气氛。

陆家已经很久没有举办宴会了，这一次鲜少在众人面前露脸的陆家少爷举办生日会，很多人都想要拿到邀请函。

“姚阿姨，这是我的好友赵优优，她跟我一起来帮忙的。”冯小余带着赵优优来到酒店找到亲戚。

姚芳上下打量了赵优优一眼，笑道：“小余你的朋友长得真清秀。”

“姚阿姨你好。”赵优优笑得甜美又有礼貌。

“你们跟我来。”姚芳将二人带去员工的休息室，把工作人员的服装递给她们。

“今晚是陆家少爷的生日宴会。”姚芳叮嘱二人，“待会儿有领班负责安排你们的工作。到场的宾客都是有身份地位的人，你们一定要小心，千万不要出差错。”

“姚阿姨你放心，我和优优都很谨慎，不会惹事的。”冯小余拍胸口保证。

“好，你们先把工作服换上，待会儿领班来分配工作。”姚芳还有很多事情要忙，赶着离开。

冯小余挽着赵优优的手，神色激动：“天哪，我之前只听说是有钱人的生日宴会，没有想到竟是陆家。”

赵优优也很惊讶。

“陆家啊！这是陆家啊！”冯小余激动得语无伦次，“虽然我们是来这里当服务员的，但能看到陆家的人，还有其他名媛，真的赚了！”

比起冯小余激动兴奋的样子，赵优优脸上的神色很平静。

“好了，你收敛一些，今晚我们不能出错。”赵优优提醒好友。

“我知道的，优优你真好。”

傍晚的时候，天色完全黑了下来，街道上寒风刺骨，两侧的枯树在风中瑟瑟发抖。

酒店里面很暖和，周围还飘散着好闻的熏香。

客人陆续到场，每个人都是光鲜亮丽的，举手投足间气质尽显。

冯小余和赵优优长相不错，被派到大厅入口处迎宾。

看着陆续走进来的宾客，冯小余觉得自己完全看不过来了，好多网上、电视上、杂志上的名人，还有那些千金小姐，穿着漂亮的礼服，化着精致的妆容，气质高贵。

冯小余羡慕不已，低声对旁边的赵优优感叹：“这些千金的命真好，用的、吃的都是最好的，也难怪她们的气质好。不过，优优你穿上礼服，肯定比这些千金更漂亮。”

赵优优低头微笑。

这时，冯小余突然握紧赵优优的手，压抑着想要尖叫的冲动：“好帅……啊啊啊，我要死了。”

赵优优不明所以地抬头，顺着她的目光看去。跟冯小余激动的情绪不一样，赵优优看着从不远处走来的男人，满脸难以置信的表情。

冯小余看见人往这边走来，赶紧恢复迎宾站姿，抬头挺胸，余光却一直落在对方的俊脸上。

赵优优愣愣地看着陆折穿着一身笔挺的黑色西装，大步从她面前经过，像不认识她一样，直接往大厅里走去。

等陆折离开后，冯小余忍不住低声尖叫起来："好帅，他比任何一个男明星都帅。我要死了！"

赵优优脑子发蒙，已经听不见旁边的冯小余说了什么，心里只有一个念头：陆折为什么会出现在这里？

"不过他好面熟啊，我好像在哪里见过。"冯小余一脸痴迷的表情，"也不知道他是哪个豪门的子弟，迷死我了。"

赵优优回过神来，小声说道："他是我的哥哥陆折。军训的时候，你见过他的。"

"啊？"冯小余愣住了，随即难以置信地咽了咽口水，"你……你哥？"

冯小余惊得目瞪口呆："我想起来了，军训的时候你说过他是你家收养的孤儿，还身患绝症。"

赵优优点了点头。

"天哪，你哥怎么会出现在这里？"冯小余震惊。

陆折气场太强了，气质高冷，看着很像豪门子弟。

"我也不知道。"赵优优根本没有想过会在这样的高档场所碰见陆折，"可能是他认识的朋友邀请他来的。"

冯小余点了点头："你哥真厉害，竟然结交了豪门里的朋友。"

要知道，这里的宾客非富即贵，随便一个宾客的身份都高不可攀。

第十七章

陆折，你紧张吗

临近宴会开始，苏家的车子在门口停下。司机打开车门，苏父和苏母从车上下来。

后面的另一辆车子，车门打开，苏瓷从车里下来，红色的礼服如火，在寒冷的冬夜里极为耀眼。

苏瓷只披着单薄的披肩。她怕冷，但更怕丑！

她宁愿成为冻美人，也不要成为丑死鬼。

苏瓷走进酒店的那一刻，感觉暖气扑面而来，让人浑身暖洋洋的。

她把身上的披肩拿下来交给服务员，和两个弟弟分别跟在父母的身边往里走去。

苏家的人颜值高，当他们一家人出现在大厅里时，周围的宾客纷纷投去目光。

苏父和苏母就不用多说了，保养得当，这么多年来，模样没有多大变化。

他们身旁的两个孩子五官精致，萌得像是小天使。

最惹人眼的就是苏瓷，她的身上穿着一件火红色的礼服。虽然礼服的板型设计简单，但是苏瓷长得明媚动人，而且肤色白，红色礼服跟她的气质很相称。

不少人在心里感叹，每一次见到苏家千金，都发现她比上一次更美了。所有人都看向苏瓷，舍不得移开目光。

听到苏家人来了，陆沉搂着妻子温雅的腰，身后跟着陆折，出来迎接。

“总算等到你们来了。”陆沉今晚被温雅逼迫着穿了黑色的西装，免得抢了儿子的风头。

苏盛国握住陆沉伸过来的手：“我很准时。”

陆沉挑了挑眉：“你没迟到，是我太心急想要见到你。S市的那块地，被你的好儿子抢先了。”

苏盛国笑得温和：“所以，我来给你的儿子庆祝生日作为补偿，够意思了吧？”

陆沉还想吐槽，却被旁边的温雅瞪了一眼，瞬间从雄狮变成小猫，收回了爪子。

“谢谢你们能出席，我们去那边聊。”温雅心情好，本就明艳的脸越发光彩照人了。

苏瓷跟在父母身后，对温雅旁边的陆折抛了个媚眼。

陆折看着女孩儿身上的红色礼服，抿紧了薄唇。

裙子背后没有任何布料，女孩儿头发半绾成了公主头，勉强遮住背部，而头发晃动时，女孩儿的雪背若隐若现。

宴会开始，陆沉向众人正式介绍陆折，话里话外都透露着陆折正在接手陆氏集团的意思。

此话一出，在场的宾客无不震惊。

众人都知道陆沉的这个儿子才被找回来没多久，一直没有正式公开露脸，原本以为陆家并不重视这个孩子，毕竟他不是在陆家养大的，陆沉他们对这个儿子或许没什么感情。

现在，看着长相出众，甚至要继承陆氏集团的陆折，众人一阵脸疼。谁说陆折不受重视的？

周围不少千金看向陆折的目光变得炙热和羞赧起来。她们谁也没有想到陆家少爷长得这么帅气，还会继承陆氏集团。

众人在心里打着算盘，开始思考跟陆家联姻的可能性。

苏瓷打量了周围人一番，看到不少千金的目光落在陆折的身上，不爽地撇了撇嘴巴。

直到开场舞时，看着中间翩翩起舞的二人，宾客们才突然意识到，陆家少爷和苏家千金很般配。

以前陆家和苏家是敌对关系，也不知道从什么时候开始，陆家和苏家的掌权人没有以前那般针锋相对了，说不定这两家还真有联姻的可能。

陆家和苏家任何一家单拎出来已经很强了，如果强强联手，众人无法想象届时陆家和苏家会变得多厉害。

苏瓷的背部裸露着，陆折轻搭在她的腰侧的手不经意间触碰到了她背后的肌肤。

陆折感受到掌心下一片滑腻的触感，眼神不由得沉了沉。

苏瓷有点儿不满，嫌弃陆折太过绅士，上前贴近他："你抱紧一点儿啊。"

二人的身体几乎贴上。

一身红裙的女孩儿明媚动人，陆折不自在地往后退了一些。

苏瓷更加不满了："你在怕什么？怕擦枪走火？"

苏瓷质问的话直白得很，陆折恨不得捂住她语出惊人的嘴。

他目光幽深地看着她："就这样想看我失态？"

苏瓷抿唇偷笑。

音乐停止，众人忍不住热烈鼓掌。

陆折松开苏瓷的手，二人分别走回各自父母的身边。陆折是今晚的主角，需要跟着父亲陆沉一起去应酬宾客。

赵优优和冯小余休息完，又被领班分配去负责会场的酒水服务。

她们来到大厅时，宴会已经开始好一会儿了，听说陆少爷跳了开场舞。

二人在人群中穿行。谁需要酒水，她们就端过去。

原本冯小余还自认长得不错，抱有被宴会上的有钱人看中的侥幸心理。

然而没过多久，冯小余觉得自己想太多了。

虽然她和赵优优长得不错，但是在这么多漂亮又有气质的千金的对比下，她们的身份仅仅是长得还不错的服务员而已，并不起眼。

冯小余很沮丧。

苏母不拘着女儿，让女儿去多结交一些同辈的朋友。

苏瓷走到休息区，刚坐下，便有好几个年轻的富家子弟和千金围了过来。

苏瓷想到苏母叮嘱的话，收敛起冷漠的态度，对他们点头问好。

“陆少爷在那边，要不我们把他也邀请过来吧。”其中一个人向苏瓷提议，毕竟刚才的开场舞是苏瓷和陆折一起跳的，二人的关系应该挺好。

苏瓷终于露出了笑脸。

没多久，陆折走了过来。

他看了一眼在场的人，然后到苏瓷的身边坐下。

苏瓷闻到了陆折身上淡淡的酒味：“你不用陪着陆叔叔应酬？”

“嗯。”陆折让服务员端一杯果汁给她。

在场的都是聪明人，从苏瓷和陆折的对话和举止就能看出，他们不仅仅是朋友，更像是情侣。

苏瓷和陆折家世好、外貌出众，两个人在一起，还让不让人活了？

众人看向他们的目光像沾了柠檬水，酸得不行。

这时，有胆子大一点儿的人提议玩儿游戏，毕竟玩儿游戏能促进感情，更容易结交朋友。

不管是苏瓷还是陆折，都是他们想要结交的对象。

苏瓷点了点头，反正也无聊。

在宴会上，众人不敢玩儿得太高调，有人拿来一个空酒瓶，提出瓶口指着谁，谁就说真心话或者选择大冒险，弃权的人要被罚酒。

苏瓷没有玩儿过这个游戏，顿时来了兴致。她紧挨着陆折，看对面的人转瓶子。

对面的男人转动了瓶子，看到瓶口对着苏瓷，一下子兴奋起来。

在他的眼里，苏瓷就是女神。现在有机会跟女神搭上话，他只觉得今晚像在做梦。

“你选择真心话还是大冒险？”胡天语气温柔地问苏瓷。

苏瓷懒懒地说道：“真心话吧。”

“你……”胡天紧张地咽了咽口水，“你有男朋友吗？”

他的话音刚落，众人一阵起哄，胡天才不管他们，期待地看向苏瓷。

“我有男朋友啊。”苏瓷回答得干脆，靠在陆折身上的姿势已经很明显了。

陆折很自然地把手搭上女孩儿的腰，占有欲十足。

这会儿众人不得不承认了，苏瓷和陆折真是一对。

胡天暗自失望。

赵优优脚上的高跟鞋是领班让换上的。她很少穿这样的细跟鞋子，走路时有点儿失衡。

突然，她撞上一个人，托盘上的酒全部倒在了对方的身上。

“啊！”

前面的人回头，发现自己的背部沾上了红酒：“你怎么回事？故意整我？”

赵优优赶紧摇头否认：“不是的，我刚才扭到脚了，没有站稳，才不小心撞上你。”她着急又慌乱，“我真的不是故意的，对不起。”

女宾客神色愤怒，气到身体发抖。发现周围不少宾客看了过来，她压着声音，咬牙切齿地警告出声：“你等着，我不会放过你的。”

说完，女宾客提着裙子离开了。

赵优优委屈又害怕，只能蹲下去，动作笨拙地把地上的杯子捡起来。

她想要离开，然而负责人不知道去哪里了。

赵优优害怕对方找她算账，脸色苍白，不知道自己此时能向谁求助。

过了好一会儿，她突然想起了陆折。

陆折也在宴会这里，既然他的朋友是豪门里的人，应该有能力帮她。

赵优优稳住慌乱情绪，去找陆折。

好几轮游戏玩儿下来，富家子弟和几个千金玩儿得放开了，气氛变得热烈。

苏瓷今晚运气不好，几乎每一轮的瓶口都转向她，旁边的陆折已经替她喝了好几杯酒。

这会儿，又轮到苏瓷转动瓶子。

在众人的注视下，瓶口对准了陆折，大家一副看好戏的表情。

苏瓷没有让陆折选择，直接说道："你只能选大冒险。"

陆折一点儿脾气都没有，很配合："嗯。"

等着看戏的众人一阵紧张，好奇苏瓷会让陆折做什么。

下一秒，苏瓷轻启红唇，只吐出两个字："吻我。"

这会儿，大家再也忍不住了，起哄声引得宴会上的人纷纷看过来。

赵优优在宴会上找了一圈，最后在休息区看到了陆折。

她脸上的神色欢喜，还没有走过去，便听到附近的宾客说道："陆家少爷与苏家千金是不是情侣？"

"肯定是，两个人一起跳了开场舞，而且你看那边，两个人坐在一起，举止亲昵。"

"没想到这个半路被认回来的陆家少爷不仅可以继承陆氏集团，还追到了苏家的宝贝，很不简单哪。"

"陆沉手段厉害，他的儿子肯定不会差。"

…………

赵优优并不蠢，听着宾客的话，震惊地看向陆折。

陆折是陆家少爷？

陆家的继承人是……是陆折？怎么可能？！

听到这个突如其来的消息，赵优优惊得浑身僵硬。

明明是又穷又落魄、患了绝症的少年，怎么一转眼就成了豪门子弟？

赵优优难以回神，慢慢地消化着陆折就是继承人这个消息。

目光不经意间落在陆折的身旁，她发现那里坐着一个漂亮得像妖精的女孩儿。

女孩儿是苏瓷！

赵优优倒吸一口气，根本顾不上自己的表情有多失态了。

她还没反应过来，就看见一向性格冷淡、神色冷漠的陆折，竟然当着众人的面，抬起苏瓷的下巴，难以自持地亲了下去。

莫名其妙地，赵优优的眼角红了。

她觉得胸口泛着浓浓的酸涩感，有自己不要的东西突然变成了珍贵的宝贝，还被别人捡走的怅然若失的感觉。

周围的人起着哄，苏瓷没羞没臊惯了，感觉到陆折冰凉的薄唇亲下来，眼睛亮亮地看着他。

陆折捏着苏瓷的下巴，在众人期待的目光中，抱着女孩儿一个转身，将她护在了怀里，背对着众人。

苏瓷眨了眨眼，眼底全是愉悦之色。

陆折张开唇，轻咬一下她的唇，然后又舔了一下，才将人松开。

苏瓷笑得得意，眼尾下的小泪痣媚得勾人心魄。

富家子弟们暗暗惊艳又惋惜，名花有主，而且这位主是他们得罪不起的。

陆折亲吻了苏瓷，完全坐实了两个人的情侣关系。

原本还想打陆折或者苏瓷的主意的人都赶紧打消了念头，谁敢与陆家或者苏家抢人？

众人看向两个人的目光越发敬畏。陆家和苏家真要强强联手，他们只有上赶着巴结的份儿。

直到陆家的管家找来，让陆折过去切蛋糕，游戏才停下来。

回到父母跟前，苏瓷不敢放肆，乖乖地看着站在中间切蛋糕的陆折，没有去逗他。

宾客们也围了过去，好听的祝福语源源不断地响起。

站在远处，穿过人群，赵优优看着众星捧月的陆折，神色呆呆的，依然觉得不可思议。

这时，她的手被人拉住。

赵优优这才回过神来。

“优优，你怎么在这里发愣？我一直在找你。”冯小余端着托盘，“你呆呆地在看什么？看见陆家少爷了吗？”

冯小余这个角度不好，前面的人挡住了她的视线。

她四处看了看：“那边有位置，我们过去。”

冯小余拉着赵优优走到人少的位置，看到正在切蛋糕的人时，震惊地捂住了嘴巴。

她看了一眼赵优优，又看向切蛋糕的少年，是陆折！

“这……”冯小余使劲咽了咽口水，“站在中间的人不是陆少爷吗？优优，他怎么会变成你哥？”

“他就是陆家的少爷。”赵优优看着那些人全都向陆折围过去，不断地对他说好话，讨好他，依然觉得难以置信。

“天哪！”冯小余死死地捂住自己的嘴，才没有尖叫出声。

赵优优的哥哥竟然是陆家的少爷！

“优优，你要过好日子了！”冯小余稍稍镇定下来，“你哥哥竟然是陆家的继承人！你家收养过他，他是你哥哥，你岂不是成为千金小姐了？”

“你别这样说，我不是。”赵优优咬了咬唇，低声否认。

“陆折是你的哥哥，你是他的妹妹，理所当然就是半个陆家千金啊。”冯小余兴奋地说道，“优优，你要自信一点儿。跟在场的这些千金比，除了身份，其他方面你根本不比她们差。”

赵优优确实不觉得自己比在场的千金小姐差：“我们家之前对哥哥做错了一点儿事情，他估计还在生我的气。”

赵优优看着一身笔挺的黑色西装的陆折，不得不承认此时的陆折出众耀眼。

她记得，以前的这个时候，陆折已经病发，就连走路都成问题，而且根本没有他成为陆家少爷这回事。

为什么他这辈子的经历跟以前不一样？

赵优优神色专注地看着陆折。

是因为她吗？因为她重生，改变了陆折的一切？

切蛋糕仪式结束后，不少宾客趁机跟苏父和陆沉攀谈，温雅和苏母也聊上了。

“姐姐，你要去哪里？”小苏宁拉住姐姐的裙摆，抬起小脑袋问苏瓷。

苏瓷原本是要跟陆折偷偷溜走的，没想到被弟弟抓住了。

她揉了揉小家伙的脑袋，小声说道：“姐姐要去给姐夫送生日礼物，宁宁帮姐姐保密好不好？”

小苏宁伸出一根小手指，抵在自己的小嘴巴前“嘘”了一声，奶声奶气地说道：“宁宁帮姐姐保守秘密，不会告诉其他人的。”

"谢谢宁宁。"苏瓷忍不住捏了一下弟弟肉肉的小脸蛋儿，趁着其他人不注意，溜走了。

陆折也跟着出去了。

比起暖洋洋的室内，大堂外寒风萧瑟。

苏瓷身上只穿着一件露背的礼服，寒风吹过，瞬间成为冻美人，忍不住抱住手臂。

下一秒，一件外套披在了她的肩膀上，带着暖意包裹住她的身体。

苏瓷转过头，看见了只穿着一件白衬衫的陆折。跟她冻得瑟瑟发抖的模样相比，他身姿挺拔，似乎一点儿都不冷。

"我已经让司机把车子开过来了。"陆折把手搭在苏瓷的腰上，"我们去哪里？"

"酒店啊。"苏瓷笑盈盈地看着他，"不过不是这家酒店。"

她的胆子还没有大到在父母的眼皮子底下干坏事的地步。

这时，一个纤瘦的身影不知道从哪里冒了出来。

"哥哥。"赵优优刚才在大厅里一直关注着陆折，想要上前找机会跟他搭话，却看见他悄悄离开了大厅，于是赶紧跟了出来。

苏瓷皱眉，没想到赵优优也在这里，身上还穿着酒店的工作服。

陆折没有应声。

赵优优知道自己的爸妈把陆折赶走后，他一直在生她家的气。她也习惯了陆折冷淡的性格，看见他没有理会自己，并没有生气。

"哥哥，恭喜你找回家人。"赵优优语气很诚恳。

她看见苏瓷身上披着陆折的黑色西装，整个人显得越发娇柔了，心里有点儿不舒服。

赵优优身上只穿着单薄的工作服，猛地打了个喷嚏，冻得直咬唇，表情有几分可怜地看着陆折。

上辈子，陆折为了救她，连命都丢了，说明她对他很重要。

赵优优想知道，她跟苏瓷比谁更重要，陆折会不会把西装从苏瓷的身上拿下来披在她的身上。

赵优优吹着寒风，瑟瑟发抖，清丽的小脸儿逐渐失去血色，像极了惹人心疼的小白花。

她连续打了几个喷嚏，可怜兮兮地看着陆折。

然而，陆折根本不为所动。

“你感冒了，麻烦离我远一点儿。”苏瓷说得直白。

她讨厌赵优优说话吞吞吐吐、姿态做作的模样，更厌恶赵优优用可怜兮兮的目光看着陆折。

闻言，陆折赶紧把苏瓷拉到自己的怀里。

他神色不悦地看向赵优优：“打喷嚏要捂着嘴巴，防止唾液喷出，这样的常识你不知道？”

赵优优羞耻得脸都涨红了。

她没想到苏瓷会用一种十分嫌弃的口吻让她走开，连带着陆折也指责她。

“苏小姐，虽然你是千金大小姐，但是也不能这样欺负人。”赵优优一脸凛然的表情，不屈服地反驳了回去，“我们生来平等。”

苏瓷一阵无语：“你不断对着我打喷嚏，病毒都飞到我身上了，我让你走远一点儿，是欺负你？”苏瓷居高临下地看着赵优优，“我真要欺负你，就会把保安叫来，直接把你丢出酒店大门。”

赵优优蓦地愣了愣，无法消化自己听到的话。

苏瓷冷冷地看着她：“收起你的小心思，不然，我就让你试试真正被我欺负的滋味。”

赵优优知道苏瓷家世好、长得漂亮，却没有想到她的性格这样刁蛮。

她委屈地看着陆折，他真舍得她被他身边的人欺负？

陆折对赵优优的目光视而不见，拉了拉苏瓷身上滑落的外套：“还冷吗？”

苏瓷摇了摇头。

这时，司机把车子开了过来。

“我们上车吧。”陆折牵起苏瓷的手。

“哥哥！”眼看着陆折就要离开，赵优优赶紧喊住他，“哥哥，我遇到了麻烦，你能不能……帮帮我？”

她害怕刚才得罪的女宾客会来找她出气。

“不能。”陆折没有回头去看她，声音冷冷的，“从离开赵家那天起，我就不再是你的哥哥，希望你以后别喊这两个字。”

赵优优难以置信地看着陆折牵着苏瓷上车。

陆折唯恐苏瓷碰到车顶，特意用手护着她的头。

赵优优瞬间红了眼。

她想起小时候，陆折刚来她家，当时他并不是这样冷淡的性格，那时候的陆折想要融入她家，想要当一个好哥哥。

不过，她觉得陆折是来跟她争宠的，所以会故意把陆折的作业本撕破，还会把陆折的饭倒掉，让他饿肚子。父母也告诉她，陆折在他们家是用人般的存在，她可以随意使唤他。

在她的印象里，陆折不是在厨房里做饭，就是在洗手间里洗衣服，还睡在杂物房里。确定陆折不会分走父母的宠爱后，她才没有再极力针对陆折，但依然会用嫌弃的眼神看他。

她从小到大也没有喊过几次陆折哥哥，现在愿意喊，他却不让了。

赵优优咬着唇，胸口一阵酸涩。

车子里，苏瓷并没有再提赵优优的事。她才不愿意让无关紧要的人破坏她的好心情。

她身上披着陆折的外套，身体已经暖和了，而陆折的手一向是冰凉的，冬天就更冰了。

苏瓷用两只手，将陆折的大手包裹了起来。

陆折抬眸看着她。

苏瓷笑道："你的手这么冷，我给你暖暖手。"

陆折轻笑出声："辛苦了。"

没多久，车子停在苏瓷指定的酒店门口。

"团团，"站在酒店的房间门口，陆折没打算进去，"你进去拿生日礼物，我在外面等你。"

苏瓷推开房门，听到陆折的话，气笑了："我又不是猛兽，你进房间后还能吃掉你？"

她充其量就是一只纯真可爱的小白兔而已！

见苏瓷瞪着眼，陆折用手背碰了碰她鼓鼓的脸颊，笑道："嗯，进去吧。"

苏瓷牵着陆折的手，将人往房间里面带去。

两个人刚走进去，甜腻的花香扑鼻而来。

不光地面上，白色的大床上也撒满了玫瑰花瓣，房间的餐桌上还摆着一大束火红的玫瑰花。

苏瓷订的是总统套房，房间的面积很大，人站在玻璃窗前能俯视整个 B 市，将城市的夜景尽收眼底。

最重要的是，玻璃窗前还放置了一个白色的大型浴缸。

苏瓷不由得多看了浴缸几眼。

她把玫瑰花塞到陆折的手里："送你的。"

怀里的玫瑰香气扑鼻、鲜艳欲滴。

陆折哭笑不得，没想到苏瓷会送花给他。

苏瓷发了条信息，然后拉着陆折走到玻璃窗前，一分钟后，漂亮的烟火在眼前绽放，绚烂夺目，流光溢彩。

"你让人放的？"陆折问旁边的苏瓷。

耀眼的光映在苏瓷的脸上，她乌黑的眼眸里也泛着光，比烟花还漂亮。

苏瓷的小手钻进陆折的掌心里，她用指尖不安分地挠着他："你喜欢吗？"

站在城市的最高处，她陪他看着这一场漂亮的烟火。

陆折握紧手里柔软的小手，眼睛漆黑、明亮："嗯，喜欢。"

璀璨的烟花散落，像落在了他的心上，他感到胸口一片滚烫。

烟花落幕，苏瓷松开陆折的手，伸手把绑在花束上的红色丝带解了下来。

"你等我一会儿。"苏瓷神神秘秘地说完，拿着丝带走进了洗手间。

再出来的时候，她已经把丝带绑在了自己的手腕上。

她把手伸到陆折面前："陆折，现在拆你的礼物吧。"

苏瓷的手腕纤细白嫩，红色的丝带在她的手腕上结成了漂亮的蝴蝶结，陆折轻轻一拉便能松开。

"团团。"陆折下意识地抿了抿唇，并没有伸手去解她手上的蝴蝶结。

"快啊，你不喜欢这份生日礼物吗？"苏瓷眯着眼睛看着他，"还是说，你不喜欢我？"

房间里的玫瑰花瓣，还有烛光，无一不提醒着他苏瓷在打什么坏主意。

陆折的目光落在苏瓷的手腕上，他认真说道："我只喜欢你。"

苏瓷笑得眉眼弯弯："那你解开啊。"

"团团……"

"快点儿。"苏瓷告诉他，"你放心，我帮你带了……"

陆折深吸一口气："哪里来的？"

"我上网买的，各种型号都有，肯定有适合你的。"自从上一次陆折告诉她孩子有可能会遗传渐冻症后，她已经有了这个打算。

陆折伸手揉着她细软的头发："就算用了，也不是百分之百安全。而且，这是男人该准备的东西。"

苏瓷才不管这个，催促他："你赶紧拆开你的礼物。"

陆折深深地看了她一眼，修长的指尖碰上她的手腕上漂亮的蝴蝶结，轻轻一拉，丝带松开了。

苏瓷上前一把抱住陆折："喜欢你的礼物吗？"

陆折低头亲了亲她的发顶："喜欢。"

他怎么可能不喜欢？

他的胸口胀得满满的，一颗心疯狂跳动，这些表现都在诉说着他有多喜欢她。

房间里有暖气，苏瓷只穿着一件红色的礼服，也不觉得冷。

哪怕苏瓷脸皮厚，但第一次她肯定紧张。

她拉着陆折走到长桌旁，打开酒瓶，倒了两杯酒："你需要喝一点儿吗？"

陆折摇了摇头。

苏瓷自己端起酒，连续喝了几口。然而，她还是紧张得嗓子发干。

把陆折按在椅子上，她两腿分开，面对着他，在他身上坐了下来。

陆折扶着她的腰："团团。"

"在呢。"苏瓷紧张得厉害，又倒了一杯酒给自己壮胆，"陆折，你紧张吗？"

陆折轻抚着她的背，触手是她细腻的肌肤："你害怕的话，我们以后再……"

“不行！”苏瓷瞪他，她的唇上沾了红酒，比地上的花瓣还要鲜艳欲滴，“就在你生日这天，我都想了很久了。”

“好。”苏瓷已经做到这个份儿上了，陆折再拒绝，会委屈了她。他也舍不得拒绝她。

他是正常的男人，不可能对喜欢的女孩儿没有想法。

苏瓷满意地勾起红唇，端起酒杯含了一口红酒，低头渡给了陆折。

来不及吞咽的红酒顺着陆折完美的下颌线，滴落在他白色的衬衫上。

唇齿间全是红酒的香气，苏瓷眼睛湿润，目光灼灼地看着陆折："你还要喝吗？"

以修长的指尖捏着女孩儿的下巴，陆折舔舐着沾在上面的红酒："嗯。"

苏瓷又开始给陆折喂酒。

片刻后，她头顶上的兔耳朵冒了出来。

漆黑明亮的眼睛盯着苏瓷的兔耳朵，陆折勾了勾唇，用指尖捏住了她的耳朵，声音像是带着醉意："团团。"

苏瓷瞬间全身无力，只能软软地靠在他的怀里。

她气愤地一口咬在陆折的肩膀上，换来的是陆折更加放肆地揉捏她的兔耳朵。

“不要玩儿我的耳朵！”苏瓷无力反抗。

陆折在宴会上原本就喝了不少酒，现在又被苏瓷喂了大半瓶酒，神色懒懒的，低哑的声音里带着笑意，酥得让人耳朵发软："小兔子白又白，两只耳朵竖起来。"

听着陆折在她耳边调侃她，苏瓷气得想要咬他。

“不要玩儿了。”苏瓷白皙的脸上染着红晕，细白的指尖拉着陆折的衣摆。

过了好一会儿，陆折才停下来。

他亲了亲女孩儿两侧的兔耳朵，就着现在的姿势，直接抱着苏瓷起身。

苏瓷躺在柔软的床上，满床的花香袭来。

她看着上方的陆折，胸口像藏着一只小兔子，一下一下地撞着她的小心脏。

“团团，要我亲你吗？”陆折清俊的脸上带着醉意。

“要！”苏瓷双手搭上他的脖子，任由他重重地亲了下来。

房间里的灯光暗了下来，只余下床头前的暖黄灯光。

少年强壮的身影投在墙壁上，一下一下地晃动着。

过了很久，整座城市已经陷入沉睡，月亮已经隐到了云层后。

陆折漆黑的眼眸恢复清明。他亲了亲女孩儿的眼睛、鼻尖、下巴，轻哄着女孩儿：“快了。”

苏瓷连推开他的力气也没有了，只能睨他一眼，才知道陆折也会撒谎。

陆折将女孩儿抱起来，放在房间的沙发上。然后，他从衣柜里拿出了备用的床单和被子。

将床铺好后，他抱起女孩儿重新回到床上。

陆折在旁边躺了下来：“团团。”他低哑的声音里带着几分懒意，“睁眼看我。”

苏瓷紧紧闭着眼睛，想到刚才失控的情形，即使没羞没臊惯了，也觉得太羞耻了。

陆折得不到回应，伸手捏了捏女孩儿软软的耳朵：“团团，看我。”

苏瓷气愤地睁开眼睛，使劲瞪他：“不要再捏我的耳朵！”

陆折低低地笑出声来。

苏瓷哼了一声，算是知道了陆折的小怪癖。就连刚才，他也没放过她的兔耳朵！

陆折正想要说点儿什么，苏瓷的手机突然响了起来。

陆折把手机递给她，是苏母打来的。

“接吧。”陆折轻抚着她的头发。

苏瓷抿了抿唇，接通了电话。

电话那头，苏母说道：“瓷瓷，玩儿得差不多了，该回家了。”

苏母的话惊得苏瓷握着电话的手抖了抖。

她现在这样的状态根本就不能回去，不说无力走路，连头上的一双兔耳朵也还没有收回去。

苏瓷脸上发热，说话的声音有点儿软，还有点儿哑：“妈妈，我今晚不回去了。”

“瓷瓷！”苏母显然不赞同。她知道女儿现在跟陆折在一起。

苏瓷脸颊发烫，看了一眼旁边的陆折，撒谎道：“我正在跟一些朋友给陆折庆祝生日，我们准备玩儿通宵。”

苏瓷有种小学生向大人撒谎，找借口不回家的羞耻感。

电话那头，苏母沉默了下来。许久，苏瓷好像听到了苏母低低的叹气声，轻得让她以为是错觉。

苏母最终说道：“好吧，你玩儿得开心一点儿，注意安全。回来的时候，我让家里的司机去接你。”

苏瓷一一应下。

挂断电话后，她放下手机，一头撞进陆折的怀里，声音闷闷的：“我妈妈是不是知道了什么？”

陆折将人抱紧，眼神黯下：“明天我去向苏伯父和苏伯母道歉，等毕业我们就结婚。如果你不希望进展这么快，我们可以先订婚。”

苏瓷被陆折的话惊得抬起头来，嫌弃地看着他：“哪里会有人在床上求婚的？”

结婚的事情，她还没有想好。

不过她能确定的是，陆折是她的。

陆折一点儿脾气也没有：“对不起。”

以后，他会准备好一切，再征求她的同意。

“我有点儿饿了。”苏瓷可怜兮兮地看着陆折。

在宴会上她没有吃东西，现在累得浑身无力，饿得慌。

她本来就娇气，受不了疼，刚才还吃了苦头。

陆折冰凉的指腹在苏瓷泛红的眼角蹭了一下。他心疼地在上面亲了亲：“我去点餐。”

陆折随手捡起掉在地上的衣物，背对着苏瓷穿着衣服。

苏瓷懒懒地趴在床上，眼睛直直地看着陆折。

现在她才有机会好好欣赏陆折：身材高大、宽肩窄腰、肌肉结实。

苏瓷的眼睛亮亮的，顶着一对耷拉下来的兔耳朵，她整个人像极了流氓兔。

点完餐后，陆折拿过白色的浴袍给苏瓷穿上。苏瓷穿上浴袍，懒懒地让陆折帮她系上腰间的带子。

收拾妥当后，她还是软软地趴在陆折的怀里，指挥他抱着她。

陆折点了很多菜，全是苏瓷喜欢的口味。

陆折先喂怀里的苏瓷喝汤，然后才开始给她喂饭：“团团，张嘴。”

苏瓷用指尖缠着腰间的带子，等陆折把饭喂到嘴边，才张嘴吃一口。

陆折第一次喂人吃饭，刚开始动作笨拙，却极为小心，几回下来便熟练了。

苏瓷小口吃着，他便耐心地小口小口地喂着。

虾肉和蟹黄羹做得很鲜美，鱼肉也被挑了刺，肉质鲜嫩，陆折一一喂给苏瓷吃。

“不要了。”苏瓷偏开头，已经饱了。

陆折放下碗筷：“好。”

他拿过旁边的纸巾给她擦了擦嘴，才就着剩下的饭菜吃起来。

陆折吃饭的速度很快，却不会发出咀嚼的声音，而且吃相很好看。

苏瓷靠在他的怀里，两只脚无聊地轻轻晃动着，纤细脚踝上的小兔子也跟着晃动，脚时不时地蹭着陆折的裤脚，故意用脚尖去触碰陆折的脚背。

陆折端着碗的手收紧，没有吭声。

把女孩儿剩下的汤喝完后，陆折把碗放下，倾身过去，伸手一把握住了女孩儿的脚踝。

苏瓷的脚踝被大手握住，提起，她只能屈着腿。为了惩罚她，陆折用指腹在她的脚底磨蹭着。

苏瓷的脚本就敏感，哪里受得住少年这样挠痒痒？

她笑着挣扎，挣扎间，那浴袍的衣摆滑落得更厉害了。

陆折呼吸一窒，警告女孩儿：“团团别动。”

苏瓷乌黑漂亮的眼眸里被逗出了笑意：“那你不要挠我！”

“嗯。”陆折这才松开女孩儿的脚。

阳光透过房间的玻璃窗，洒在玻璃窗边的浴缸上。

一夜过去了，落在浴缸旁的地面上的水迹还没有干，浴袍被丢在地上，已经被打湿。

苏瓷睁开眼，直接对上了陆折神色清明的眼睛。

“醒了？”陆折气色很好。

他吃了不少金色棉花糖。对比苏瓷初见他时两颊有些凹陷的样子，现在的他已经恢复正常，不管是皱眉还是笑，都帅气得过分。

苏瓷哼了哼，握着陆折的大手放在她的腰上：“你揉一下，好酸。”

陆折一点儿意见也没有，任由女孩儿使唤。

吃过早餐，陆折陪着苏瓷回到苏家门口，想陪她一起进去。

苏瓷不让陆折下车。

陆折轻抚着她细软的长发：“团团，我想跟苏伯父和苏伯母谈谈我们以后的婚事，而且我要向他们请罪。”

“你笨啊！”苏瓷睨了他一眼，“你不说，我爸爸、妈妈怎么会知道我们昨晚做了什么事？而且，我们还在上大学！”

对苏瓷来说，只要跟陆折在一起，结不结婚没有什么不一样的。

而且，结婚是以后的事，他们现在根本不需要考虑。

再说了，她的父母还不知道她跟陆折在一起了，就算她妈知道了，但她爸不知道啊。要是陆折主动向她爸妈坦承他们的事，她爸肯定不会轻易放过陆折的，打他一顿都算轻的。

苏瓷让陆折离开：“你回去吧。”

陆折叹了一口气，低头亲了亲她的额发：“如果身体不舒服，就立刻告诉我。”

苏瓷白皙的小脸儿红了，敷衍地点了点头。

回到家，苏瓷一眼便看到了客厅里的苏母。

“瓷瓷。”

苏瓷想要偷偷溜回房间的计划失败了。

她笑盈盈地看向苏母：“妈妈，早。”

“不早了。”苏母让人去拿一个瓶子过来，准备放花。

苏瓷对上妈妈审视的目光，不慌不忙地说道：“昨天庆祝生日闹得太晚了，我今天早上差点儿醒不来。爸爸去公司了？”

苏母看着光彩夺目的女儿——小脸儿雪白，嘴唇润泽，一双眼睛水汪汪的，眼尾带着勾人的媚色。

女儿好像突然长开了，越发精致动人。

苏母是过来人，看着女儿身上的变化，加上她身上穿着的并不是昨晚的礼服，很难不明白女儿跟陆折做了什么事。

苏母有点儿生气，但更多的是无奈。

“蓉嫂，你去让厨房炖点儿补身体的汤水，待会儿端给小姐。”苏母吩咐道。

用人赶紧应声。

苏母语重心长地说：“不管你多喜欢陆折，还是陆折多喜欢你，在你们还没有结婚前，一定不能怀孕。”

将来的事情苏母不能预料，陆折的病情会怎么样，现在也不好说。女儿现在满眼都是陆折，既然她阻止不了，只能要求女儿在结婚前不能怀孩子。女儿至少要留一条后路。

苏瓷耳朵都红了：“我知道的。”

她回到房间里，视频电话正好响起，是陆折打来的。

“妈妈知道我们昨晚的事了。”

“伯母说了什么？”

陆折想到自己不仅违背了对苏母的承诺，还抢走了苏家的小公主，确实自私。如果苏伯父和苏伯母责怪下来，他不会有任何怨言。

什么惩罚都是他该受着的。

苏瓷脸上发热，一双眼睛却亮得动人：“陆折，我妈妈好像不反对我们在一起了。”

只要妈妈这关过了，爸爸那里不成问题，毕竟爸爸最听妈妈的话了。

陆折的胸口一阵滚烫，他迷雾重重的前路好像又光明了几分。

“团团。”少年低低地喊着苏瓷。

苏瓷笑着应声：“在呢。”

“团团。”陆折重复了一遍。

苏瓷对上他漆黑的眼睛，眼睛弯成了漂亮的月牙儿：“我在。”

陆折轻笑道：“腰还痛吗？”

苏瓷摇了摇头：“有点儿酸。”

陆折认真地叮嘱她：“好，如果你还是不舒服，记得告诉我。”

苏瓷乖乖点头。

自从赵父炒股输光了卖房子的钱后，这段时间赵家的气氛都很不好。

赵父坐在客厅里抽烟，看见傅白礼出来，语气还算客气，但脸上没有了当初那种热切劲。

傅家已经对外宣布要跟傅白礼断绝关系，还选了新的继承人。所以傅家已经不是傅白礼的了，傅白礼还能不能回傅家当少爷也很难说。

“醒了？早餐准备好了，如果凉了，你就自己去厨房热一热。”换作之前，赵父哪里舍得让傅白礼动手热早餐？

“我不饿。”傅白礼准备出去。

赵父开口：“小礼啊，你不急着出去的话，叔叔想跟你谈谈。”

“什么事？”

对比以前，现在的傅白礼不光神色冷，以前的嚣张劲也没有了，这段时间越发沉默。

他穿得也很简单，白T恤、牛仔裤，不管是衣服价格或者是质感，根本不能跟以前相比。

“你也在我们家住了好长一段时间了，打算什么时候回傅家？再怎么闹，你也不能跟家人断绝关系。我不希望你为了优优跟家人闹不和，让我女儿成为罪人。”赵父点了一根烟，他的眼睛原本就小，现在几乎眯成了一条线。

傅白礼问：“这是优优的意思？”

赵父摇了摇头：“不是。那傻孩子一直担心你，又不知道怎么表达，我才替她开口的。你离开傅家以后，她很内疚。

“我们家现在的状况你也看见了。我炒股失败后，优优和她妈都哭了好几次了。如果小礼你能回傅家，这些都不成问题了。叔叔知道你很喜欢优优，不会希望她伤心。”

傅白礼低垂着眼帘，让人看不清他在想什么。

赵父越发语重心长了，一副好长辈的模样：“亲人之间没有隔夜仇，如果你回去好好向家人道歉，他们肯定原谅你。到时候，你也能接济我们家，优优也不用伤心和发愁了。”

傅白礼突然站起身，居高临下地看着赵父："我准备出去找工作。"

赵父看着傅白礼离开，脸色沉了下来。一个富家子弟，肩不能扛，就连上大学也是靠家里出钱，能找到什么好工作？

没有了傅家，傅白礼什么都不是。

赵优优一回到家，就看见父亲神色不悦，一旁的母亲满脸埋怨之色。

赵父开口："优优，你过来一下。"

"怎么了？"

"今晚你就劝傅白礼回家。他总不能一直住在我们家，靠我们养他吧？"赵父对女儿说道，"要是傅家真把他赶出来了，不认他了，你就跟他分手。"

赵优优不同意："爸！他是为了我才离开傅家的。"

"那又怎么样？是他犯蠢，放着有钱的大少爷不做。"赵父不满道，"他竟然还想去找工作。他能做什么？一个混吃等死的废物。"

赵母也忍不住劝女儿："优优，听你爸爸的话。如果傅白礼这孩子能回傅家，这当然是好事，将来你也能嫁给他当豪门夫人；如果傅家真的不要他了，那我们家总不能白养他。这段时间他不仅一分钱都没有给你，还花你的钱，你别以为我和你爸爸不知道。"

赵优优哪里想过跟傅白礼分手？

赵父说道："我们家现在是什么情况你是知道的，爸爸欠了别人 50 多万，根本没有余钱多养一张嘴。你别任性。"

赵优优咬了咬唇："我还没有告诉你们……我前两天看见哥哥了。"

"你提他做什么？"赵母觉得晦气。当初她就不赞同丈夫收养陆折。

"我是在一个豪华生日会上看见哥哥的。"赵优优告诉他们，"他找回亲人了。"

"什么？"赵父惊讶。

"爸，哥哥是陆家的孩子，他是陆家的继承人。"

赵父有点儿反应不过来："哪……哪个陆家？"

赵母也一脸蒙："陆家？"

赵优优解释："就是那个顶级豪门陆家！"

"什么？"赵父满脸震惊之色，声音直接拔高了几度。他猛地拍大腿："果然，天无绝人之路。"

他转头咒骂妻子："以前你还常常骂我养了个废物！你看，陆折哪里是废物？这是财神爷啊！"

赵母也激动得语无伦次："这哪里能怪我？谁能想到陆折是有钱人家的孩子？"

"不是有钱人，是非常有钱的人。"赵父高兴得满面红光，转头对女儿说："你这孩子，这么重要的事情，怎么不早点儿告诉我们？！"

"他对我的态度很冷淡。"赵优优已经没有脸皮再往上贴了。

"这都怪你妈，竟然把陆折赶出家门。"赵父还处于震惊中，慢慢消化着这个消息，"你哥是重情义的孩子。我们去给他道歉，他会原谅我们的。我们养了他十几年，难道他还记仇？"

赵优优柔声劝道："你们要好好给哥哥道歉，不要再像以前那样骂他、凶他了。"

赵母赶紧开口："我哪里舍得骂他？他现在可是家里的财神。"

赵父赞同地点了点头。没想到走了一个傅家少爷，又来了一个陆家少爷，赵父觉得这是老天爷在给他送财啊。

今天苏瓷没有课，苏致远给她打电话让她去他的书房拿一份文件给他。文件比较重要，他不放心让其他人经手。

苏氏集团位于寸土寸金的市中心，整栋办公大楼给人一种奢华、高级感。

苏瓷走到前台，工作人员礼貌地询问她找谁。

"我找苏致远。"

工作人员看着面前的漂亮女孩儿，刚想开口告诉她找苏总需要预约，就看见苏致远身边的得力助手走了过来。

助理态度恭谨地对苏瓷说："苏瓷小姐，苏总让我接您，请跟我来。"

看着苏瓷和助理进了苏总的专用电梯，工作人员才反应过来，原来这个女孩儿就是苏家的千金——苏总的妹妹。

不管是苏总还是这位苏家千金，颜值都太高了！

苏瓷是第二次来苏致远的办公室了，室内依然是黑色和灰色的装潢，冷冷清清的，严肃又古板。

“苏瓷小姐，苏总还在开会，很快结束。苏总交代了，让您等一下，等他开完会再送您回家。”助理转述着苏致远的话。

苏瓷把文件放下：“好，我知道了。”

“苏瓷小姐，您要是觉得无聊的话，我可以带您去八楼看看。剧组租用了我们公司的场地拍戏，男主角是我们创神影视公司旗下的谢一楠。”

苏瓷有点儿惊讶：“在八楼拍戏？那好，你带我下去看看。”

反正她待在这里也无聊。

大厦的占地面积很大，剧组租用了一层办公楼，费用本应很高，但因为创神影视是投资人之一，所以场地费用砍半了。

苏瓷以前拍过不少戏，所以看见拍戏的情形，并没有大惊小怪或者好奇。

不过引起她的注意的是，那个被演员揪住衣领暴揍的人，竟然是傅白礼。

“那几个人也是演员？”她问助理。

“是的。”

苏瓷惊讶，傅白礼脱离傅家后，竟然混得这么惨，要来当群演，还是被打的群演。

为了逼真，导演让演员真打。

苏瓷看着傅白礼挨揍，一点儿也不同情。

到导演喊停时，傅白礼已经受了几拳，嘴角流血，而另外两个男演员是特约演员。

有工作人员上前来，最先询问那两个男特约演员有没有受伤，最后才去问傅白礼，给他止血贴。

不光工作人员态度不一样，就连众人休息时的待遇也不一样。

特约演员是有小凳子坐着休息的，而群众演员只能找一个角落去蹲着，或者直接坐在地上。

苏瓷发现，比起在傅老太太的生日宴会上看见的傅白礼，现在的傅白礼变化很大。

以前的他嚣张又肆意，还自命不凡，浑身上下都是男主角光环，现在沦落到当被打的群演的地步，眉目间的傲气荡然无存。

傅白礼随意地在嘴角贴上止血贴，然后转身，默默地走到角落那边休息。

“我买了面包，给你一个吧。我看你今早没有吃早餐。”角落里的另一个男群众演员把一个面包递给傅白礼。

“不用了。”傅白礼的话刚响起，他的肚子就“咕咕咕”地发出声音，破天荒地，傅家大少爷窘得红了脸。

他昨晚回去太晚了，没有吃晚饭，今早出门的时候也没有吃早餐，确实饿了。

“拿着吧。”男群众演员姚成器把面包塞到傅白礼的手里，“我们群众演员跟其他演员不一样，中午不包餐，最好自己提前准备吃的东西。”

“谢谢。”傅白礼很少向人道谢，声音冰冷，语气有几分别扭。

“我们明天就不用来了，你接到别的戏了吗？”姚成器很热情，“我后天跟另外一个剧组去拍外景，当替身，200 块钱一天。他们还缺人，你要不要去？我介绍你。”

傅白礼想了想，答应道：“好。”

“你看那边，那个是剧组新请来的女演员吧，好漂亮。”姚成器碰了碰傅白礼的手，“她好像在看我们？”

傅白礼抬起头，一眼便看到了姚成器口中的“女演员”。他面无表情地偏开头，想起了在奶奶的生日宴会上苏瓷的嘴巴有多坏，性格有多嚣张，很不讨人喜欢。

这里是苏家的地盘，也难怪她会出现在这里。

苏瓷将目光落在傅白礼旁边的姚成器的手腕上，发现姚成器的生命值只剩 2 天，跟傅白礼的手腕上的绿色格子形成了鲜明对比。

苏瓷勾了勾唇，心想，陆折又可以吃到一团金色棉花糖了。

夜里，傅白礼拍完戏回到赵家，赵家的人已经休息了。

饭桌上并没有任何饭菜，傅白礼自嘲地扯了扯嘴角，摸黑走到房间门前。

隔壁的房门突然被打开了，灯光照亮了走廊。

“白礼，你回来了。”赵优优站在门前。

“你在等我？”傅白礼扭动门柄的手顿了顿。

“嗯，你这么晚都还没有回来，我担心你。”

傅白礼冰冷的神色柔和了下来。他走到赵优优面前，亲了亲她的额发：“今天剧组有夜戏。”

赵优优今早的时候听傅白礼说了他去当群演的事。

“你去睡吧，我收拾一套衣服，还要搭车去A市，那边有一个剧组需要群演。”傅白礼答应了今天的那个男群演姚成器一起去A市，“我会去3天。”

“多少钱？”赵优优咬了咬唇，问他。

傅白礼安抚地摸了摸赵优优的头发：“那边的费用会高一点儿，200块钱一天，3天是600块。”

赵优优皱眉，摇头：“你不该是这样的。你不该过这样的生活，不该为了区区几百块钱而四处奔波。”

在她的记忆里，傅白礼一直都是高高在上、遥不可及、嚣张肆意的富家子弟，他根本不会把几百块钱放在眼里。什么时候他竟然沦落到仅仅为了100块钱跑去当群众演员的地步？

“白礼，你回傅家吧。傅家的家业都是你的，你不能拱手让给别人。”赵优优接受不了傅白礼现在的样子。

“吵什么？这么晚还不睡？”赵父开门出来，看见站在走廊上的傅白礼和女儿，小眼睛里闪过不满之色，“傅大少爷回来了？我说谁这么晚还不休息。傅大少爷只需要管吃喝就行，我们跟你不一样，明天还要忙工作。”

“我回来收拾东西。”傅白礼走进房间，关上了门。

“他什么意思？要离开我们家，回傅家？”赵父问女儿。

赵优优一脸为难的神色。

不一会儿，傅白礼从房间里出来，身上背着一个黑色的背包，大步离开了。

“白礼……”赵优优犹豫着叫了一声。

傅白礼没有回头。

“他回傅家是好事啊，你别阻拦。”赵父还想去送一送傅白礼，问问他需不需要叫车，毕竟这么晚了，很难找车。

“他不是回傅家，是去工作。”赵优优听见傅白礼关门的声音，神色黯了下来，咬了咬唇，低声告诉赵父，“群众演员，一天200块钱，他要去3天。”

“他有病吧？放着好好的傅家大少爷不做，他竟然去当什么群众演员？”赵父气得瞪眼，“算了，就算他现在回傅家，傅家也已经有新的继承人了。估计傅家人早已经嫌弃傅白礼无能，才会这么轻易放弃他。

“我早就对你说过，他没有了傅家少爷的身份，就是一个混吃等死的废物。你现在看到了？”

“爸爸……”赵优优反驳不了赵父的话。

“现在陆折是陆家的继承人，你不要再目光短浅，只顾着一个什么都没有的废物。明天我们就去陆家把钱要过来。”说完，赵父回房休息了。

赵优优心里一阵烦乱。

她是喜欢傅白礼的，但喜欢的是以前那个高高在上的傅白礼，而不是现在这个落魄得只能去当群众演员的傅白礼。

第二天，赵优优跟着赵父和赵母来到了陆氏集团门口，心里有些发怵。

“爸爸，您的方法真的能行吗？”

赵父胸有成竹：“待会儿你们好好配合我就行。”

赵优优点头，跟着父亲走进了陆氏集团的大厦。大堂里高档、金碧辉煌的装潢让她一阵目眩。

她再次感受到了陆家有多有钱，而这些都是归她的哥哥陆折所有的。

赵优优很后悔，在重生回来后不应该想着离陆折远一点儿，不让他喜欢她。

要是她对他好一点儿——当初父母将他赶走的时候，她好好劝说父母，依照陆折的性格，他回到陆家后，会把她疼爱成不输其他千金的公主。

赵优优懊恼自己没有好好把握重生的机会。

三个人想要往大厦里走，却发现需要刷卡才能进入。

一旁的保安拦住了他们：“请留步。不是公司的员工，进入大厦需要到前台登记。”

跟上一次来这里面试时畏首畏尾完全不一样，赵父这一次底气很足：“我找你们的老板。”

保安面无表情地说：“几位请去前台登记。”

赵父没有办法，只能走到前台那边。

前台小姐十分有礼貌：“先生、太太、小姐，你们好。”

赵父直接开口：“你帮我把你们的老板喊下来，我找他有事。”

前台小姐愣了愣，忍不住打量面前的三个人，对方并不像合作的客户：“请问你们跟陆总或者小陆总有预约吗？”

“没有预约，也不需要预约。我是你们小陆总的爸爸，你通知他下来就可以了。”赵父腰杆儿挺得很直，双手放在背后，摆出了一种巡视自己产业的高姿态。

前台小姐觉得这人莫名其妙：“很抱歉，见陆总或者小陆总需要预约，或者几位直接联系陆总。”

赵优优敏感地察觉到前台小姐看他们的目光有异，不自在地咬了咬唇。

“麻烦你向小陆总通传一声，就说他的妹妹和父母在大堂这里。”赵优优忍下心里不舒服的感觉，温声拜托前台小姐。

妹妹？父母？

小陆总的父母不是陆总和陆太太吗？怎么会无缘无故地跑出来这么几个人？

前台小姐拨打了小陆总的助理的电话。

电话里，助理让这几个人离开。前台小姐礼貌、婉转地传达了助理的意思。

“你跟陆折说清楚是谁找他没有？”赵父一脸不满意的表情。

前台小姐：“已经说明了。”

赵优优正要开口说什么，就听到旁边传来了一个熟悉的声音：“你好，我找陆折，麻烦通传一声。”

赵优优转过头，发现竟然是苏瓷！

前台小姐显然被突然出现的苏瓷惊艳到了，呆呆地说：“请……请稍等，请问小姐您的名字？”

“苏瓷。”

前台小姐立刻打电话，得到的是助理让她务必招待好苏小姐的指示。

挂上电话后，前台小姐礼貌地说道：“苏小姐，请稍等。”

苏瓷点了点头：“麻烦了。”

她转过头，一眼便对上了赵优优错愕的目光，视线再移向旁边，赵优优的父母也在？他们是来找陆折的？

赵父听到苏瓷能上去，努力克制住怒气，准备跟着她一起上去。

没多久，电梯的门打开，一个高大的身影从电梯里面快步走了出来。

前台小姐一阵惊讶，完全没有想到小陆总会亲自下来接人。

少年身姿颀长，脸上的神色淡淡的，穿着一身黑色西装，有种说不出的矜贵和帅气的感觉。

赵优优愣愣地看着走向苏瓷的陆折，心里蓦地猛跳了一下。这样的陆折，是她以前没有见过的，跟重获新生前那个病发后满脸病容、落魄的陆折完全不一样。

赵优优红了脸，心跳越来越快。

苏瓷走上前，一下子被陆折的大手带进了怀里。

他低头问她：“怎么不打我的电话？”

苏瓷轻哼了一声：“你关机了。”

陆折一直忙着，并没有留意手机：“对不起，我的手机应该是没有电了，我带你上去。”

伸手握住苏瓷的小手，发现暖暖的，他这才松开。

陆折半点儿目光也没有分给傻眼的赵家人。

赵优优眼睁睁地看着陆折牵着苏瓷的手转身，完全无视了她和她父母的存在。

陆折太偏心了。这样明目张胆的偏爱行为，让赵优优心里一阵酸楚，嘴巴里也变得苦涩。

赵父和赵母呆在了原地。他们哪里见过陆折这样的穿着打扮？少年就连气势也变得让人不敢直视。

他们对陆折的印象还停留在以前。以前的陆折任劳任怨，住着杂物房，患了绝症，被他们赶出了家门。

而面前这个一副豪门少爷打扮的陆折，是他们从来没有见过的。

他们震惊的同时，心头更加激动，陆折是真真切切的有钱人了。

赵父赶紧上前："小折啊，你也在B市上学，怎么不来家里看看爸爸、妈妈？"

赵父完全忘记上一次在陆氏集团碰见陆折的时候，立刻转身躲了起来，还担心陆折上他家碰瓷的事。

陆折看了赵父他们一眼，并没有理会，径直牵着苏瓷要离开。

"对啊，你爸爸天天在家里念叨你。你这孩子，我们一家人哪里会有隔夜仇？你找到了亲生父母，应该告诉我们一声，我们只有替你高兴的份儿。"赵母语气有点儿埋怨。

陆折发财了，竟然藏着掖着。如果不是女儿发现他的真实身份，估计他们一辈子都不知道陆折竟然变得这么有钱了。

"你们当初说过，我跟你们没有任何关系。"陆折冷冷地说道："我们没有什么好谈的。"

"怎么会没有？"赵父瞪眼，"我们养了你十几年，总不能白养。"

既然打不了感情牌，赵父打算撕破脸了。

"我们这么辛苦地把你拉扯大，没有我们，你怎么会成为陆家的继承人？"赵父底气很足，"你该把我们花在你身上的钱赔偿给我们。"

陆折看着他们。

赵父竖起了一根手指头："1000万元，还有一套房子，这些东西对你来说根本不算什么。"

苏瓷觉得自己也算是不要脸的人了，没想到有人比她更不要脸。赵家人知道陆折是陆家的孩子，就缠上来分一杯羹，啧，还做梦想要1000万元加一套房子？

陆折语气很淡："我在赵家每天买菜、煮饭、洗碗、洗衣服，这些劳动足以抵过每天两顿剩饭的钱。"

赵优优咬了咬唇，红了脸。

以前在赵家，每天都是赵优优和父母吃完饭，剩下的才轮到陆折吃。

苏瓷知道陆折在赵家生活得不好，但没有想到会差成这样，再看向赵家人的目光带上了冷意。他们把陆折当成廉价劳动力?

“你……你胡说。”赵母一阵心虚。

当初让陆折吃剩饭是她的主意，因为她觉得收养陆折就是浪费钱。

“我做兼职的钱，你们也拿走了，那些钱加起来，足够抵上我的生活费。”

陆折很早以前就会利用假期做兼职，要么给同学辅导功课，要么在餐厅后厨洗碗，要么在大街上发传单。只要能赚钱，他就不怕吃苦。

赵父不认账:“你有什么证据证明我们拿了你的钱?反正我们把你养大了，你就该给赡养费。”

苏瓷觉得，像赵父、赵母这样不要脸、会赖账的人，根本不能跟他们讲道理。

她勾起红唇，冷笑道:“1000 万元?还有一套房子?你们现在是讹诈，我可以随时报警。”

“小姑娘，这是我们的家事，与你无关，劝你最好不要插话。”赵父语气很不满。

“她是我的女朋友，想怎么管我的事都可以。”陆折容不得别人质疑苏瓷。

赵优优心里更酸了。以前的陆折，就算被人用奇怪的目光打量，被人议论纷纷或者中伤，都毫不理睬;而现在苏瓷被说了一句，他便立刻出声维护。

这样的陆折太陌生了。

“而且，我跟你们不是一家人。”陆折看着赵家人，“我的名字不在赵家的户口本上。”

提起这事，赵父就很懊恼。要不是旁边的败家妻子目光短浅，害怕陆折分他们家的钱，早早地把陆折的名字从户口本上迁了出去，现在陆折就跟他们在一个户口本上了。

赵父看见陆折不松口给钱，就打起了电话。

很快，两个拿着相机的记者走进了陆氏集团。

“你们赶紧来，拍他!”赵父招呼两个记者过来，“这个就是我辛辛苦苦养大的儿子。现在他找到了有钱的亲生父母，就嫌贫爱富，抛弃了我们一家人。大家都来看看陆家的继承人是一副什么嘴脸。”

赵父早有准备，如果不能顺利拿到钱，就用陆折的名声威胁他。

“现在我们家负债累累，我找他拿点儿钱，这个不孝子竟然要驱赶我们。”赵母抹着眼角不存在的眼泪，恨不得坐地撒泼。

苏瓷一阵无语，这赵家人以为找来记者，就能拿到钱？

赵优优站在赵父、赵母身后，低着头，咬着唇，没有吭声。

她的沉默代表她支持父母的做法。

记者既然收了钱，当然要办事，而且事关陆氏集团的继承人，这可是大新闻。两个记者疯狂地拍起照来。

赵父威胁陆折：“现在有记者做证，你要是不想把事情闹大，就赶紧给钱！”

陆折的神色很冷，他将苏瓷护在身后，不让记者拍到她：“你们是哪家报社的？”

记者按着相机快门，没有回答他。

赵父和赵母挺直腰杆儿，一副十拿九稳的姿态。

就连赵优优也开口道：“哥哥，你还是把钱给爸爸、妈妈吧，不然他们真的会生气，让人报道你不好的事情，对你会有影响的。”

她不明白，就算以前她的父母对他真的不太好，至少把他养大了，现在家里有困难，而他现在这么有钱，不应该帮他们一下吗？

1000 万和一套房子对现在的陆折来说根本不算什么。

苏瓷气笑了，觉得赵优优白重生了，脑子还是那么蠢。

陆折没有跟他们废话，直接吩咐保安删除记者的相机里的照片，然后将这一群人赶出了陆氏集团。

“你们不能动手……”记者护着相机。

陆折冷冷地看着他们：“你们确定要跟陆家作对？”

自从回到陆家，陆折一直很低调，这还是第一次用家世压人。

两个记者的神色一愣，随后他们手里的相机被保安抢了过去。

赵父、赵母和赵优优被其他保安反剪着手，根本就动不了。

陆折语气很淡：“把他们全都丢出去，以后他们不能进入陆氏大厦半步。”

“是，少爷。”保安押着赵家人还有两个记者，直接将人丢出了大厦。

陆氏集团地处市中心，外面很多车辆和行人。

一群人被丢出来，不少人停下看戏。

赵父和赵母在大厦外破口大骂，想要再次冲进去。一排高大的保镖守在门口，他们哪里进得去？

苏瓷看着在门外吹着冷风、狼狈不已的赵家人，心情才愉悦起来。

“我带你上去。”陆折不愿意让那些人烦扰到她。

苏瓷点头，任由他牵着。她还是第一次来陆折的办公室，感觉跟苏致远的办公室的风格差不多，同样是冷冷清清、简单的装修风格。

陆折让苏瓷坐在沙发上，然后吩咐助理倒一杯热牛奶进来。

苏瓷留意了一下，发现陆折的两个助理都是男的。

“你有女秘书吗？”苏瓷喝了几口牛奶，温度适宜。

室内开了暖气，陆折在她旁边坐下来：“没有。”

苏瓷满意了：“我可不希望有什么女秘书勾引上司的戏码。”

陆折幽幽地看了她一眼，忍不住伸手捏了捏她光滑的脸蛋儿：“你的小脑袋瓜儿里都在想什么？”

苏瓷卖乖：“想你啊。”

陆折被苏瓷甜甜的话逗得轻笑出声：“怎么突然想来公司找我？”

“我无聊没事做，就想来骚扰你了。”苏瓷软软地靠在陆折身上，抱着陆折的腰，“我明天要去 A 市一趟，你要跟我去吗？”

陆折思忖了一下，问道：“去救人？”

苏瓷点了点头，陆折越来越了解她了。

陆折温柔地把苏瓷的脸颊上的碎发别在她的耳后：“我陪你去。”

他不会让她一个人行动。

苏瓷笑了起来：“好。”

小手像一只不安分的小兔子，隔着一层薄薄的白衬衫，在陆折身上乱摸，苏瓷感受到掌心下的肌肉一下子紧绷了起来，很结实。

“团团。”陆折的眸色沉了下来，他想要制止苏瓷不安分的小手。

苏瓷听出了陆折语气里的警告之意，但手上的动作不停，还抱怨着：“那天晚上我都没有好好摸你。”

她觉得亏了，现在趁着没有人，要补回来。

陆折笑哭不得，低下头，在女孩儿的耳边轻声开口：“团团，办公室里有休息间，要我带你进去，脱掉外套，好好让你看吗？”

这样的话，这样的福利，要是放在以前，根本就不可能有！以前的陆折只会离她远远的，不让她触碰。

果然，男人开了荤后就是不一样了。

苏瓷一双眼睛瞬间亮了起来：“要！”

陆折勾起薄唇，漆黑的眼眸里染上了笑意：“嗯。”

说完，他将苏瓷抱了起来，往休息室里走去。

而此时的大厦外，被丢出去的赵家人气得牙痒痒，正对着大厦破口大骂。

“你们在这里闹什么？”陆沉被一群保镖簇拥在中间，停在了门口。

门口的保安们异口同声，恭谨地喊道：“陆总！”

陆总？赵父和赵母震惊地回头，一眼就看到了跟陆折眉眼相似的男人。

赵优优在学校的迎新晚会上见过陆沉，现在近距离看着，觉得陆折跟对方更像了。

赵父收敛起来，没有了在陆折面前的嚣张样子。他咽了一下口水，走上前对陆沉伸出了手：“陆总，你好，我们夫妻是陆折的养父、养母，这个是陆折的妹妹，初次见面。”

陆沉挑了挑眉，不屑地看了一眼赵父的手，就挪开了视线。

“你们在我的公司门口闹事？”陆沉懒懒地开口。

赵父尴尬地收回了手：“不是闹事。我们只是想看看陆折，顺道谈点儿事情，却被这群保安丢了出来，不过跟陆总你谈也可以。”

“对啊，对啊。”赵母站在一旁，唯唯诺诺地附和着丈夫的话。

“跟我谈事？”陆沉讽刺地笑了笑，“你们是什么身份？有资格跟我谈事？”

陆沉一向嚣张惯了。除了温雅，没有谁治得住他。

赵父和赵母的神色尴尬到了极致，赵优优脸上也是一阵白一阵红的。

“说吧，我听听你们要说什么废话。”陆沉施恩般开口。

赵父觍着脸，讨好地看着陆沉：“是这样的，我们夫妻辛辛苦苦地把陆折养大，现在我们的境况不好，所以，想……”

陆沉挑了挑桃花眼："你们想要钱？"

赵父呼吸一窒。

陆沉桃花眼里带着笑意："说吧，要多少钱？"

赵父看到了希望，笑着说道："不多，我们夫妻只想要1000万元和一套房子。"

陆沉的桃花眼里的笑意变成了狠厉的锋芒，他冷冷地问旁边的助理："像他们这样的家庭，放养大一个孩子，需要多少钱？"

助理回答得很快："小学、初中是九年义务教育，高中是少爷自己赚钱付的学费，赵家一分钱没给。也就是说，少爷只有吃穿上用了他们的钱，数目不会超过10万元。"

陆沉摸了摸下巴："那就按10万元算，可你们要1000万元外加一套房子，是疯了吧？我不介意让人送你们去精神病院。"

陆沉是商人，怎么可能做亏本生意，被人骗钱？

"陆折是陆家的继承人，哪里只值10万元？"赵父不愿意了。

陆沉冷笑："不满意？那算了。"他笑眯眯地看着赵父，"我跟我儿子不一样。或许他在你们家长大，对你们会手下留情，我可不会。"

赵父和赵母愣了愣，被他盯得心里发寒，却依然不死心。

"如果你不给钱，我们就让全国的人看看陆家抠门儿的嘴脸。"赵父道。

陆沉脸上的笑意消失："你们知道吗？要弄死一个人很简单，让一个人无声无息地消失也很简单，不过这些都不好玩儿。"

赵优优脚底直冒寒气。下一秒，她又听到陆折的父亲说道："我更喜欢看着人一点点地绝望，却又无能为力，哭着求饶的样子。"

赵父和赵母瞬间被吓得腿软。

陆沉说的话让人心里发颤："鸡蛋妄想碰玉石？简直不知死活，滚吧！"

上回听妻子抱怨赵家的人贪心，他已经记下了。这回赵家人自己送上门，他并不会像妻子还有儿子那么顾忌。谁让他不爽，他就整治谁。尤其让他妻子不爽的人，死十遍也不够。

赵父还想开口，却被后面的赵优优拉住了。

"爸爸，不要说了，我们走吧。"

他们最大的倚仗是对陆折的养育之恩。人家不愿意理会他们，他们就什么都不是。

赵优优敏感地察觉到，陆折的父亲并不是在说笑话，他真的会对付他们家的。

赵父被赵优优拉走，赵母战战兢兢的，一句话都不敢说，赶紧跟着离开了。

陆沉觉得没意思极了，吩咐旁边的助理：“慢慢玩儿，让这一家人在B市待不下去，不能再出现在我太太和儿子的面前。”

助理跟在陆沉身边很多年了，赶紧应声：“是，陆总。”

赵家人灰头土脸地离开了，一点儿好处也没有讨到。

两个记者不仅没有拍到猛料，还被删除了照片，怨愤地拦住了赵父他们讨钱。

“你们什么都没有拍到，还好意思问我拿钱？”赵父不仅没有拿到钱，还被人驱赶，想想都一肚子气，哪里愿意给钱？

“你要耍赖？”记者也不爽得很，原本以为能拿到独家猛料，没想到什么都没有捞到，还得罪了陆家。

赵父之前答应给他们每人1000块钱，那是因为以为自己会从陆折手上拿到钱。

记者举起相机，对着赵父他们疯狂地拍着照片：“拿不了陆家的消息，你们碰瓷陆家的丑恶嘴脸，应该也有不少人喜欢看。”

“住手，不许拍！”赵父冲上去抢相机。

“你们打人？！救命啊，有人当街打人啊！”赵母嗓门儿大，引得不少人看了过来。

赵优优站在原地，羞耻得恨不得找个地缝躲起来：“爸，不要抢了，你把钱给他们吧……”

面对指指点点、低声议论的行人，她咬着唇，羞得几欲晕倒过去。

第十八章

我是不是怀孕了？

第二天，苏瓷和陆折一大早就赶去 A 市了。

剧组在山里取景，A 市前几天下过雨，地上的泥土还有点儿湿，演员穿的又是古装，尤其是女演员，裙子很容易沾到泥巴。

“哎，王哥，还有豆浆吗？我的朋友还没有拿到。”姚成器问负责发放早餐的工作人员。

“派完了，有包子吃已经不错了。”工作人员语气有点儿重，大清早地跑到山里集合，大家的心情都不会太好。

“好，谢谢王哥。”姚成器走到树干前蹲下：“我的这杯豆浆给你吧。天气冷，你喝点儿暖的东西比较舒服。”

姚成器把他自己的那一小杯豆浆递给了傅白礼：“拿着啊，我看你的脸色很差，是昨晚休息得不好？”

他们这些群众演员被剧组安排在小宾馆住，100 块钱一个晚上的双人房间，周围环境很差，隔音效果也不好，出入的人也比较复杂。

傅白礼哪里住过这样的地方？

就算他离开傅家，也是住在赵家，那房子本是他的，在高档小区里，环境和装修都很好。

昨天晚上的住宿环境，让傅白礼第一次吃到了糟心住宿的苦头。

豆浆被塞进手里，傅白礼感觉到掌心发暖，脸色缓了缓："还好。"

"我们赶紧吃吧，待会儿还要热热身，不然手发冷，打戏也打不动。"姚成器咬了一大口包子，"我女朋友快要过生日了，等回去后，我就用这几天的工资给她买一条链子。"

傅白礼也吃着冷冰冰的包子，安静地听着他说话。

"虽然我穷，但她从来没有抱怨过一句。"姚成器掏出手机，按亮了手机屏幕递给傅白礼看，"这是我的女朋友，漂亮吧？她笑起来比天使还好看。"

傅白礼点了点头，继续咬着包子。

姚成器亲了亲屏幕，放好手机后，傻笑道："她不嫌弃我穷，还陪着我吃苦，我这一辈子最大的幸运就是遇到她。等再多存点儿钱，我就跟她结婚，工资都交给她管着，我这个人也给她管着。"

傅白礼吃完最后一口包子，说道："祝你幸福。"

姚成器拍了拍他的肩膀："你也有女朋友吧？"

"嗯。"

"我就知道，你小子长这么帅，肯定有很多女孩儿喜欢，你不会没有女朋友的。"姚成器说道，"你的女朋友也善良，愿意跟着你吃苦的女孩儿，好好珍惜吧。"

傅白礼垂下眼帘："嗯。"

姚成器是男主角的替身，不光需要替拍打戏，吊威亚的好几个镜头也得上。

"替身去化装。"工作人员过来催促。

"我这就去。"姚成器站了起来，向临时搭建的帐篷那边走去。

傅白礼也站起来，正准备走走，也被拉去化装了。

群众演员跟其他演员不一样，男女主角都是有专门的化装师的，就连特约演员也有普通的化装师跟妆，而群众演员只能自己化装，又或者由化装师的助理负责。

傅白礼今天扮演的是众多士兵之一。

开拍的时候，他跟着其他群众演员，拿着道具刀冲向男主角，耍一两个动作后就被男主角干掉，倒在地上。

直到导演喊停，装成死人的他才能动，而后背的衣服早已经被地面的泥土弄湿了。

一个镜头要补录四五遍，而且要从不同角度去拍摄，傅白礼重复“死”了四五遍，整个人都麻木了。

等这个镜头结束，他需要换另外的服装，装扮成其他角色。

姚成器换了衣服，装扮得跟男主角一样，远远看去，就像是男主角本人。

姚成器把自己的手机塞到了傅白礼的手里：“兄弟，待会儿我要吊威亚，手机你先帮我保管。”

“嗯。”傅白礼擦了擦汗。刚才的一个镜头，他跟着跑了十几次，身上又穿着笨重的盔甲，出了不少汗。

“谢了。”姚成器满脸笑容地跑开。

工作人员检查了一遍威亚设备，然后让替身姚成器准备上去。

山上的路不好开，加上从飞机场出来后，路上遇到交通事故，造成严重塞车，还剩下 15 分钟的时间，苏瓷不由得急起来。

“师傅，还要多久？”

司机是剧组的工作人员。创神影视正好投资了这部戏，所以苏瓷来剧组参观，也算是师出有名。

“苏小姐，大概还有 10 分钟就能到达，这段山路比较难开，前几天下过雨，路上还没有干透，比较滑，我需要确保两位安全。”司机说道。

“嗯，安全第一。”陆折更在意苏瓷的安全问题。

苏瓷往后看去，后面的车辆跟在不远处。

姚成器被威亚吊起。这一场戏是男主角从悬崖上飞下来，然后跟人对打。

其他群演正凑在一起聊天、打游戏打发时间。傅白礼站在一旁，看着空中吊着威亚的姚成器。下一秒，姚成器狠狠地摔落在地。

“停，停，停，怎么回事？”导演喊停，“让人去看看演员有没有受伤。”

姚成器手撑着地面站起来，拍了拍腿上的泥土，对工作人员说道：“我没事。”

在场的不少人看出刚才是工作人员操纵威亚失误了，不过姚成器只是一个替身，而且他本人也表示没事，根本没有人指责工作人员什么。

导演命令道："重来一遍。"

姚成器挪了挪脚，才发现刚才先落地的左腿疼得厉害。

他咬紧牙关，点头示意可以了。

姚成器再次被高高地吊了起来。

就在飞向悬崖的时候，威亚突然脱离滑轨，姚成器再次从高空中摔下来。

在场不少工作人员发出尖叫声。

导演起身："这是怎么回事？为什么又掉下来了？你去看看。"

有过刚才的情况，众人以为姚成器很快又会站起来，然而过去检查的工作人员发现姚成器的头部出血了："导演，他晕过去了。"

导演觉得晦气，一大早还没有拍多少个镜头，就出了演员受伤的事故："严重吗？"

工作人员点点头。

这时，傅白礼冲上前，看着头部流血的姚成器，着急地说道："快让人来处理他的伤口，把他送去医院。"

导演也担心闹出人命，赶忙让工作人员立刻去处理。

"立刻送他去医院。"傅白礼没有挪动姚成器，人从这么高的空中摔下来，不知道哪里还受了伤。

工作人员跑回来，急忙道："剧组的车子开出去了，只能问主演他们借车子。"

他刚去问了，两位主演害怕沾上麻烦，闹出新闻，都没有借出车子的意思。

男女主演舒服地卧在躺椅上，周围有人热情伺候着，对受伤的群演冷漠地旁观。

傅白礼的脸色很冷，从脱离傅家，傅家宣布他不是继承人后，不光往日的朋友疏远了他，赵家人前后脸面不一样，现在他更是深刻感受到现实有多残酷。

以前的天之骄子被磨去了锋芒。他垮下双肩，眼底布满阴沉之色。

他想起不久前，姚成器给他的暖豆浆，还有请他吃的面包，对方笑容满脸地告诉他，要存钱跟女朋友结婚。

傅白礼将姚成器扶起，准备背姚成器去医院。

这时，黑色的车子突然出现，急刹车的声音引得在场的人纷纷看去。

一个漂亮的女孩儿从车上下来，众人都被惊艳到了。

另一辆车子也停在路边，车门打开，有医护人员从车上下来。

苏瓷一眼看到倒在不远处的人，眉心紧蹙，对医护人员说道：“救人！”

医护人员提着药箱，快速跑了过去。

傅白礼怔了怔，抬起头，看到医护人员和那个漂亮的女孩儿迎面走来。

今天明明没有太阳，但傅白礼看向苏瓷的眼睛像是被光芒闪到。他慌忙移开了视线。

苏瓷没有关注傅白礼，而是看着医护人员给姚成器止血，随后目光落在姚成器的手腕上，红色的细线若隐若现，姚成器的生命值还剩下 2 分钟。

周围的人议论纷纷，就连原本舒服地躺在躺椅上的男女主演也看向了苏瓷。

最先反应过来的是导演。他接到了电话，知道投资人的妹妹会来。剧组的司机去接人，他也是知道的。

导演赶紧上前，态度恭谨地招呼：“苏小姐，你来了。”

苏瓷声音很冷：“为什么演员受伤，不立刻将人送去医院救治？”

地面上有不少血，显然姚成器从威亚上掉下来有一会儿了，伤口却没有得到任何处理。

“这……”导演语塞，“我刚才正要派人，没想到苏小姐你就来了，还带来了医护团队。”

苏瓷没有兴趣听导演狡辩。

傅白礼看着导演对苏瓷客气又小心翼翼的模样，随后目光落在女孩儿雪白的侧脸上。他没有想到这位高高在上的苏家小公主会像天使一样出现。

对比其他事不关己、冷漠的人，她质问着为什么没有人对姚成器施救。

傅白礼突然觉得，这位傲慢的苏家小公主不像以前那样讨人厌了。

看见姚成器的生命值变成黄色的 6 个格子后，苏瓷才放心。

她转过头，对上了傅白礼的目光："你看我做什么？突然发现我满身圣洁的光芒？"

傅白礼："……"

苏瓷这才上下打量对方一番。

傅白礼脸上抹了灰，身上也穿着拍戏的服装，因为是扮演被杀的路人甲，满身狼狈的样子。

苏瓷说道："这会儿看你，倒像个人了。"

傅白礼沉下脸。以前的他不像人？

苏瓷才不理会傅白礼生不生气的问题。救回姚成器了，她已经得到金色棉花糖。看着医护人员把姚成器抬上车，她也转身离开。

傅白礼跟上前，要陪姚成器一起去医院。

走得近了，他才从车子后面的车窗看到，前面的黑色车子里坐着一个男人。

苏瓷上了车，头往男人那边凑去，两个人举止亲密。

看见男人亲向女孩儿，傅白礼垂下眼帘，转身上了后面的车。

车子里，陆折密切留意着车外的情况。直到苏瓷上车，他才收回视线。

"人救回来了。"苏瓷没有让陆折下车，是因为整个现场太多摄像机。陆折在生日时被公布了陆家继承人的身份，在场不少人认识他，苏瓷可不想高调救人。

她凑近他，低声催促着："趁着司机还没有上车，你快亲我。"

陆折轻笑，冰凉的指尖捏着苏瓷的下巴，亲向她。

苏瓷把金色棉花糖送过去，在陆折想要加深这个吻的时候，快速退开来。

苏瓷无视陆折幽深的眼神，无辜地眨了眨眼睛："司机来了。"

陆折看了一眼窗外，司机确实从远处小跑过来了。

司机打开车门，抱歉道："对不起，刚才我去上洗手间了。"

陆折正襟危坐，脸上表情淡淡的："没事，开车吧。"

苏瓷看向旁边的少年。

啧，她总觉得以前禁欲又冷淡的陆折变得厚颜无耻了。

“我突然发现，我也可以做好事。”苏瓷靠在陆折的怀里，感叹了起来。

陆折纠正她的说法：“你一直在做好事。”

她救了很多人。

苏瓷摇了摇头：“不一样的。”

之前她救人是为了拿到金色棉花糖救陆折。

她从来就不是善良的人，也知道自己的心很冷。如果不是因为陆折，她或许不会去救那些人。

毕竟以前，她周围的人都很冷漠，没有人去救她。

现在，她发现自己的想法改变了。

自己尽绵薄之力就能挽救一个人的生命，改变一个人的一生，苏瓷觉得很不可思议，也莫名其妙地有些感动。

她第一次发现，自己救人的举动很有意义。

她的心变热了。

苏瓷抬头，双手捧着陆折的脸：“我想救更多的人。”

“嗯。”陆折专注地看着她，“我陪你。”

她想做什么事，他都会陪着她。

苏瓷笑弯了眼眸，欢喜地亲了亲陆折。

她希望能救更多的人，也希望陆折能快快好起来，更希望自己多做好事，行善积德，以后他们的孩子不要遗传到渐冻症。

车子到达医院，医护人员立刻将姚成器送去救治。

傅白礼是等姚成器的女朋友赶来后才离开的。

回到小宾馆后，夜色已经深了，而宾馆里的环境不好，隔壁房时不时传来打闹的声音。

傅白礼疲惫地坐在床上，手机却没有任何动静。

以前，每天都有不同的朋友约他出去玩儿，现在不光没有朋友联系他，一整天下来，赵优优也没有找过他。

傅白礼黯下眼神，发了信息过去：“睡了吗？”

而此时，车子里的男生转动着方向盘，听到赵优优收到信息的提示声，随意地问了一句：“这么晚了，是谁发信息给你？男朋友？”

赵优优放好手机，羞赧地回道：“是垃圾信息。”

男生长得很阳光帅气，等红绿灯的时候，转过头看向她：“你有男朋友吗？”

见对方神色认真，赵优优的心猛地跳了一下，随即她缓缓地说道：“这是我的私事。”

“对不起，是我失礼了。”男生道歉，在信号灯变绿后启动车子。

赵优优咬唇，没再说话。

第二天临近傍晚，傅白礼回到了B市。

他去首饰店，用这几天赚到的钱买了一条手链。

几百块钱的手链对以前的傅白礼来说，会直接被丢到垃圾桶里；而现在，这是他用第一次辛苦赚的钱买来的——他想要送给自己心爱的人。

入冬的夜降临得很快，还是傍晚，天色已经暗了下来。

寒风刮得人脸生疼。

傅白礼有点儿感冒，戴着口罩往赵家赶去。

刚走到树下，他就看见赵优优从楼道里走了出来。傅白礼英挺的眉舒展开来。虽然这两天赵优优没有跟他联系，但他不是在意这些细节的人。

傅白礼勾起嘴角，想要快步走向女友。

然而，下一秒他就看见赵优优手按着被风吹乱的头发，笑得甜美地走向停在一侧的车子。

靠在车子旁的，是一个身形高大的男人。

傅白礼脚下一顿，随后看见男人掏出一个小礼盒，从礼盒里拿起一条链子。

“这是我送给你的礼物，你喜欢吗？”高尚进今天穿得很休闲，虽然长得没有陆折耀眼，也没有傅白礼帅气，但阳光俊朗的样子也很讨女孩子喜欢。

赵优优神色一惊：“你为什么突然送礼物给我？”

高尚进很直接，也很会说情话：“对喜欢的女孩子，送礼物追求她是一件很正常的事。”他弄开项链的扣子，“你不要有压力，我看见这条项链的时候，觉得很适合你，而且这条项链是限量版的，只有你才能拥有。”

高尚进不仅浪漫，还送昂贵又特别的礼物，长得也帅，任哪一个女孩儿都很难拒绝这样的异性。

赵优优羞赧地咬了咬唇，声音低低地说：“我不能收……”

“你不要的话，我拿回去放着也是浪费，还不如把它丢了。”高尚进作势要把项链丢向旁边的垃圾桶。

“不要！”赵优优赶紧阻拦。她知道这个牌子的项链起码价值5位数，以前还幻想过傅白礼能送她。

高尚进摊开手掌，镶嵌着钻石的吊坠在暖黄的路灯灯光下发出耀眼的光：“我帮你戴上吧。”

赵优优静默了一会儿，才不好意思地点了点头。

高尚进走到赵优优身后，贴近她，帮她戴上了项链：“真漂亮。”

赵优优瞬间红了脸。

树底下，傅白礼直直地站着，像是被黑暗吞没了。

他被赵优优脸上的娇羞之色刺伤了眼。

他原以为，她只有面对他的时候，才会有这样的表情。

手紧握成拳，傅白礼感觉胸口像有一股火烧了起来。他从树底下走了出来，眼睛猩红地紧紧盯着赵优优。

突然出现的身影吓得赵优优愣了愣。

她下意识地躲开了身后的高尚进的触碰。

“白礼……”赵优优咬了咬唇，走向傅白礼，“你别误会。”

口罩遮挡住了傅白礼脸上的神色，而他的眼神很冷：“误会什么？误会你收下了其他男人的项链，还是你任由其他男人帮你戴上项链？”

赵优优赶紧解释：“我跟他只是朋友。他昨天帮了我，我跟他之间真的没有什么。”

赵优优脖子上的项链刺得傅白礼胸口发疼。

他冷笑道：“我真是一个傻子。”

傅白礼从口袋里拿出小礼盒，丢到赵优优的身上，深深地看了她一眼后，转身离开。

“白礼！”赵优优委屈得不行，捡起那个小礼盒打开，看见里面放着一条细细的银手链，款式很简单。

“这条手链并不适合你。”高尚进伸手把赵优优手上的小礼盒合上，“优优，你应该拥有最好的东西。”

赵优优抬起头，眼睛红红的。

“这样便宜的玩意儿，你喜欢，我可以送一堆给你。”高尚进从赵优优的手上将那个小礼盒抽了出来，然后丢到一旁的草地上，笑道，“上车吧，我已经让人订好了位置，主厨是从国外聘请来的，厨艺很好，我带你去尝尝。”

赵优优红着眼睛，被高尚进带上了车。

车子离去，傅白礼折返回来，从草丛里捡回了小礼盒。

他上楼回到赵家。

赵父和赵母正好在客厅里打电话，跟中介讨论卖掉这房子的事情。

看见傅白礼回来，赵父随口对电话那头的中介工作人员说了几句话就挂掉了电话，然后不悦地对傅白礼开口：“小礼啊，这里到底不是你的家，以后你进出的时候记得打招呼。”

傅白礼把口罩摘下，神色很冷：“你要卖掉这套房子？”

赵父和赵母到底心虚，没有吭声。

“房子还没有过户给赵优优，你们无权处置。”傅白礼走进房间，收拾了几套衣服。

赵父和赵母急了。

“你是什么意思？这房子不是你买来送给优优的吗？你送给我女儿的，就是我们的。”赵父道。

傅白礼背上背包，看着面前跟他撕破脸的两个人，冷冷地说道：“房子是我父母的，还没有到赵优优手上，恐怕你们的算盘要落空了。”

房子原本是傅白礼的母亲送给他的生日礼物，当时他担心赵优优不愿意接受，才撒谎说是他买下的。

他一直没有带赵优优办理过户手续是因为当时他离开了傅家，这件事就被耽搁下来了。

“怎么会这样……”赵母傻眼了。

傅白礼看着两个人贪心的嘴脸，没有再跟他们纠缠，离开了。

冬天的夜特别冷，街道上的行人很少。寒风从傅白礼的脸上刮过，他英俊的脸上像是覆盖了一层寒霜。

他身上没有多少钱了，今晚只能找一家便宜的宾馆暂住。

而这时，一辆黑色的车子停在了傅白礼身旁。

他看了过去，车窗降下，露出了老人家祥和的面容。

傅白礼眼底泛红，声音瞬间哑了："奶奶。"

傅老太太叹了一口气："还不上车？"

司机赶紧下车，替傅白礼打开车门："少爷，请。"

坐进车子里，暖意一下子包裹全身，傅白礼眉目上的冷意退去。他眼眶红红的，哪里还是以前那个嚣张肆意的天之骄子？

这时的他，更像是受了很多委屈，终于找到亲人的孩子。

傅老太太看见孙子瘦了很多，显然是吃了不少苦头，到底是自己一手带大的亲孙子，哪里能不疼爱？

"小礼，奶奶从来就不是重视门当户对的人，也不会对普通家庭出身的女孩子有偏见，但这一切的前提是，对方品性纯良。"傅老太太缓缓说道，"你从小到大都是被身边的人捧着长大，可以自傲，却不能自欺欺人。这一次，你身在局中，被蒙蔽了眼睛，经过这么长的时间，也该清醒了。"

傅白礼脸色苍白，眼底猩红："奶奶，我错了。"

苏瓷并没有想过，因为她把傅老太太救下，完全改变了傅白礼和赵优优的关系。

期末考后，苏瓷几乎天天待在家里，怕冷不想外出，而且临近年底，陆折很忙，两个人只能抽时间在晚上视频通话。

此时，苏瓷悠闲地趴在床上，两条小腿翘起，小脚晃荡着。

陆折专心看着文件，她专心看着陆折。

这大半年里，或许是因为经常跟公司里的一群老狐狸打交道，陆折身上少年青稚的气息逐渐退去，变得越来越深沉、稳重了。

看着陆折的脸，苏瓷深深觉得他的五官长得甚合她的心意，喜欢得不行。

陆折并不会冷落苏瓷，翻看几页文件便会抬眸给她一个眼神。

苏瓷正要开口调戏他，突然忍不住作呕出声，立刻捂住了嘴巴。

一阵呕吐的冲动往上涌来，苏瓷被吓得赶紧往洗手间跑去。

陆折看见屏幕里的苏瓷蓦地跑开，眉心下意识地紧蹙起来。

过了好一会儿，苏瓷走了回来，一双黑眸水汪汪的。

陆折没有心思再看文件，看向屏幕里的女孩儿，眼底泛起紧张和关心之色："怎么了？"

苏瓷正要开口，下一秒又捂住了嘴巴，把想要呕吐的冲动压制下去。

陆折眼底全是担心之色："团团，你是不是不舒服？"

缓过来后，苏瓷才松开手，可怜巴巴地点了点头："陆折，我想吐。"

陆折着急地问她："是吃错东西了吗？需不需要去医院？"

那股呕吐的劲头又消失了，苏瓷摇了摇头："晚饭跟平常一样。"

她刚才去洗手间，根本没有吐出什么东西。

苏瓷摸了摸头顶："我的兔耳朵没有出来。"

所以，她没有生病。

陆折这才稍稍放心，下一瞬，又看见苏瓷作呕地捂住了嘴巴。

"团团。"

苏瓷松开手，黑眸越发水汪汪的，可怜地出声："陆折，我是不是怀孕了？"

她的话，惊得屏幕那头的陆折愣住了。

苏瓷又呕了一下，越想越觉得自己可能是怀孕了。

她眼泪汪汪地看向已发蒙的陆折："我怀孕了怎么办？"

之前苏母提醒过她要注意避孕的问题，然而苏瓷并没有放在心上，而现在猜到自己可能怀孕了，顿时慌了手脚。

她还是孩子呢，怎么可能生孩子？

而且她生了孩子后，她和陆折的二人世界就没有了。

苏瓷想哭。

屏幕那边，陆折浑身僵硬，手脚都发麻了，脸上全是紧张之色："团团，你确定吗？"

他们之前几次亲密都做好了安全措施的。

苏瓷眼神可怜到极致："我也不知道，但想吐。"

陆折的一颗心像是被紧紧捏住，他静默了一下，安抚着苏瓷："我们明天去医院做检查，如果真的是怀孕了……团团，我们结婚吧。"

这件事他也要告诉苏伯父和苏伯母。

他原本是打算在苏瓷大学后求婚的，但现在出现这样的状况，需要把计划提前。

"不要担心，一切有我。苏伯父和苏伯母责怪下来，全都是我的错，我会求他们原谅我。"陆折轻声哄着她，"你现在还有哪里不舒服吗？"

苏瓷摇了摇头，刚才只是有呕吐的冲动。

陆折这才稍稍放下心来："团团乖，你先去休息，明天早上我去接你。"

苏瓷心里也乱乱的，怎么突然就怀孕了？

她看了看时间，可惜现在夜深了，药店已经关门了，买不到验孕棒，只能等明天去医院检查。

等苏瓷挂断了视频通话，陆折立刻站起来，一把拿起椅背上的外套，大步往外走去。

温雅刚从厨房里出来，正准备把煮好的糖水端给儿子，却看见儿子脚步匆匆地从楼上下来了。

"崽崽，这么晚了，你还要出去吗？"温雅赶紧喊住儿子。

陆折回头："嗯，我有点儿事要出去一趟。"

说完，他就快速离开了。

温雅看着儿子紧张又匆忙的神色，有点儿担心，好像有什么严重的事情发生了。

她端着糖水走回了房间。

陆沉刚洗完澡，藏蓝色的真丝睡衣只扣了几颗扣子，领口敞开，打湿的刘海儿垂在额前。看见妻子端着糖水进来，他挑了挑眉，向妻子凑了过去："雅雅给我煮了糖水？"

果然，他才是妻子的真爱。雅雅终于给他煮糖水了。

温雅把手里的碗递给了他。

陆沉乐滋滋地接过爱心糖水。

"给儿子煮的，不过儿子急匆匆地出去了，也不知道发生什么事了，我看崽崽的脸色不太好。”温雅心里想的全是儿子。

陆沉的胸口像被重重一击，他感觉手里的糖水瞬间不甜了：“他这么大了，能有什么事？这么晚还出去，他肯定是去找苏家的小女儿。”

陆沉吃醋得不行，还以为妻子是给他煮的糖水，没想到自己是捡了儿子的便宜。他把勺子塞到妻子的手里，不要脸至极：“雅雅，我手酸，你喂喂我……”

陆折离开家后，开车去了苏家。

车子停在苏家门外路旁的树底下，黑色的车子与夜色融为一体。

棱角分明的侧脸隐在昏暗光影中，陆折坐在车里，看着苏家的大门，紧张和不安的情绪才逐渐平复下来，发麻的手脚也渐渐恢复知觉。

这时，陆折的手机响起，是苏瓷打来了电话。

他赶紧接通电话。

“陆折，我睡不着。”电话那头，苏瓷翻来覆去，一点儿睡意也没有。

安静的黑夜中，陆折讲话的声音低沉好听：“还想吐吗？”

“刚才又有一次。”苏瓷转身，换了只手拿手机，“陆折，我想见你了。”

陆折低垂的眼帘微颤，感觉喉咙发紧：“团团，我在你家门口。”

苏瓷怔了怔：“你来找我了？”

“嗯。”

苏瓷挂断电话，从床上起来，披上外套，穿上拖鞋，快步往外走去。

冬天的深夜特别冷，苏瓷走出大门，四处环顾，发现一辆车子停在路边的树底下，顿时眼睛一亮。

陆折站在车子旁，看见苏瓷小跑过来，冷风拂过她的白色裙摆，露出她纤细的脚踝。他赶紧上前：“团团，不要跑。”

他小心翼翼地接住冲进怀里的女孩儿，手握上她的小手，感觉有点儿凉。

陆折漆黑的眼底全是心疼之色。

“怎么穿这么少？”陆折将人抱上车。

苏瓷身上只穿着一条白色的睡裙，外面随意地披着一件长款针织毛衣，脚上穿着纯白色袜子，踩着拖鞋，显然是急着见他，挂断电话后就匆忙出来了。

车子开了暖气，陆折关上后车门，俯身下去触碰苏瓷的脚踝，感觉也有点儿冰凉："冷吗？"

苏瓷摇了摇头，目光亮亮的："你怎么来了？你要给我惊喜吗？如果我没有打电话给你，你是不是要一直在我家门外等着？"

陆折确实打算在苏家门口等到天亮。

他没有回答苏瓷的问题，手将她垂在脸侧的碎发别在耳后，低头亲了亲她："还想吐吗？"

"现在不想。"苏瓷无力地靠在陆折的怀里，"如果明天检查，我真的怀孕了，怎么办？"

陆折感觉喉咙发紧，想说尊重她的一切想法。

下一秒，他就听到苏瓷抱怨道："我跟你还没有开始二人世界，怎么就有孩子了？以后有了孩子，你的心就要被分走一半了。"

陆折是她的，只能爱她、哄她。

要是有了孩子，苏瓷能想象到，陆折的爱要分一半给孩子。

苏瓷觉得自己自私得很——她想要陆折全部的爱。

陆折闻言有点儿错愕。他担心的问题与苏瓷担心的问题，好像并不在同一个频道上。

陆折微蹙的眉头舒展开来，将人抱紧："不会。"

苏瓷吸了吸鼻子，脸埋进陆折的怀里："如果生的孩子是兔子怎么办？"

陆折："……"

陆折从没有想过这个问题，但并不担心。

他和她生出来的孩子应该是人。

苏瓷想的问题可多了："我听说怀孕会变丑的。"

对苏瓷来说，她的美貌要下降，这是最严重的问题。

陆折耐心十足，轻哄着怀里的人："团团什么样子都好看，我都喜欢。"

以前冷漠的少年，哪里会说这样的话哄人啊？

苏瓷抬头看着他："你今晚偷吃糖了？"

陆折轻笑，亲了亲她软软的脸："团团不要怕，一切有我在。"

第二天，苏瓷吃过早餐后赶紧出了门。

昨晚跟陆折聊完后，她回去睡得很沉，气色也很好，丝毫没有想要呕吐的感觉。

陆折早已经等在门口。他一夜没有睡，临近天亮的时候回去洗漱后，换了衣服又赶来了苏家。

苏瓷上车后，一眼便看见陆折眼底的红血丝，显然他昨晚没有休息好。

这会儿轮到她安慰他："你不要紧张。"

陆折勾了勾唇，倾身过去替她绑好安全带，还亲了亲她。

苏瓷今早喝了牛奶，他尝到了一股奶香味。

她今天穿着一件浅粉色的宽松毛衣，衬得一张白净的脸更明媚动人。陆折很难想象，娇娇的小公主怀了孩子的模样。

他昨晚想了一整晚，孩子会不会像她一样漂亮可爱，又有点儿娇气……

早上，医院里的人不多。

陆折牵着苏瓷的手。他连夜让人安排了今天负责给苏瓷检查的医生。

医生看着面前的两个小年轻，显然已经见惯了像他们这样紧张的神色，问了苏瓷相关的一些问题。

苏瓷的生理期一向不太准确，有时候会提前一个星期，有时候会推迟，而这个月就推迟了，加上想吐，她才怀疑自己怀孕了。

医生让苏瓷先去做检测。

赵优优最近过得很不好。那天傅白礼碰见她接受了其他男生的礼物后，生气地走了，而且还搬离了赵家。

他根本就不听她解释，明明她跟高尚进只是朋友关系。

赵优优觉得很委屈。

而且，高尚进在那天后像是突然消失了一般，没有再找过她了。

明明前一天高尚进还对她大献殷勤，送她礼物，请她吃饭，带她去看电影，在看电影的时候还吻了她。

赵优优想要找高尚进问问他是什么意思，却发现高尚进从头到尾没有说过要跟她在一起的话。

她回头找傅白礼，打了好多通电话给他，然而得到的是他说分手的回应。

让她震惊的是，傅白礼回傅家了。她在网上还看到了傅家跟王家将要联姻的消息。

赵优优发消息质问傅白礼，是不是因为他要跟其他人结婚，才选择跟她分手，却没有得到任何回复。

心累、疲倦，加上天气问题，赵优优生病了。

她走进医院，在挂号的地方拍了照，然后发给了傅白礼："我生病了，好希望你能陪着我。"

然而，她一直没有等到傅白礼回复消息。

赵优优越发觉得委屈。

她戴着口罩，往医院里走去，没想到会在医院里碰见陆折还有苏瓷。

赵优优抬头去看科室的牌子，震惊地发现，陆折和苏瓷是从妇科走出来的。

赵优优下意识地拉好口罩，看着两个人从不远处走过，小心翼翼地跟了上去。

苏瓷已经做好了各种心理准备，也跟陆折讨论了要怎么告诉家里人她怀孕的事，然而现在拿到检查结果，被告知她没有怀孕，她的脑子一时间又有点儿反应不过来了。

陆折反复看了几遍检查结果，脸上的神色淡淡的，让人看不出他此时是高兴还是失望。

苏瓷抬眸看向他："你这是什么表情？"

陆折将检验结果收起来，揉了揉她的头："庆幸。"

她还小，还不适合怀孕。

苏瓷眨了眨眼："我昨天突然想吐。"

而且，她觉得自己怀孕的感觉很强烈。

神奇的是，她今早起来后想呕吐的感觉就消失了。

陆折牵住她的手："可能是受凉了。"

苏瓷还是很疑惑，觉得会不会是有其他问题没有检查出来。

陆折看见她的神色愣愣的，伸手轻碰她的脸："怎么了？你不开心？"

苏瓷摇了摇头，一把抱住陆折，闷声闷气地说道："我闹乌龙了。"

陆折轻笑："我们都没有经验，误会也很正常。"

不过，陆折觉得他应该补充这方面的知识了。

看着陆折和苏瓷远去，赵优优收回手机。苏瓷怀孕了？

一直以来，赵优优觉得虽然她的家世不好，但她能重生，以后肯定能逆风翻盘。

然而遇到苏瓷后，赵优优被重重碾压了，她的优越感在苏瓷面前消失殆尽。

苏瓷不光家世绝好，就连模样也出众得让人羡慕忌妒。

就连陆折那样性格冷淡的人，也被苏瓷勾引了，以至陆折的眼里完全看不到她。

赵优优翻看着刚才拍下的照片，最近掉到低谷的心情才转好。

夜里，学校论坛上突然爆出消息：苏瓷未婚先孕，有陌生男人陪同她出现在医院里。

消息下面还有苏瓷出现在医院的照片，她的手被旁边的人牵着，照片里的男人只露出了手臂，并没有露脸。

论坛上瞬间炸锅了。

"苏瓷是怎么想的，居然未婚先孕？"

"听说她的男朋友不仅穷，还患了绝症。"

"不少人知道苏瓷的眼光不好，她的男朋友是孤儿，从小地方来的。"

有人带节奏，大家凭空想象出了各种可能。

"大多数情况，长得漂亮的女孩子最后都嫁给了又丑又油腻的男人。"

"苏瓷真的好漂亮，又有钱，就是脑子不太好使，白浪费了她自身这么好的条件。"

“这位花瓶千金是被男人设计未婚先孕，然后逼婚吧，不然按照豪门的惯例，都是订婚了再结婚啊。”

…………

论坛上的事情，还是大哥打电话给苏瓷，她才知道的。

苏瓷赶紧对大哥否认：“我没有怀孕。”

苏致远早知道妹妹跟陆折在一起的事，看到助手传来的消息，第一时间打了电话给她，听到妹妹否认，才舒了一口气。

妹妹还小，他可不想这么快做舅舅。

苏致远说道：“网上不少人在传你怀孕的消息，我会让人把消息压下去。不过，爸爸和妈妈应该也知道这事了，你想想怎么跟他们解释。”

挂断电话后，苏瓷立刻上网。

她随意地翻看了几眼评论，就见大家脑洞大开，纷纷可怜她被人设计怀孕，将来还会被骗婚。

还有不少人猜测骗她的男人又丑又老，还穷，是从乡下来的老男人。

苏瓷一阵无语，登录账号，发消息：“‘又丑又老，还穷，骗婚’的男朋友。”

她在下面附上了陆折工作时的侧脸照。

照片里，陆折穿着一件白色衬衫，眼帘低垂着，侧脸棱角分明，气质清冷矜贵，就连翻阅文件的手也骨节分明，好看得过分。

刚才还在幸灾乐祸的人们，现在见苏瓷发了照片出来，瞬间炸锅了。

“要死啦，侧颜无敌，这是什么盛世颜值？”

“这颜值是真的吗？苏瓷的男朋友好帅，跪求发他的正面照啊。”

“男生穿白衬衫什么的最好看了，尤其这样颜值高、有气质的男生，绝了，跟苏瓷好配。”

“我见过苏瓷的这个男朋友，他是陆家的继承人，没错，就是那个陆家。之前这位陆少爷的生日会，我有幸参加，顺道提一句，豪门圈子里，苏家和陆家就是中心。”

“悄悄说一句，陆折是我们班的，班集体活动的时候，他和苏瓷一起参加的，两个人超甜。”

…………

苏瓷看着评论，先前可怜她被骗未婚怀孕的人们全都换了说法，不少人在求嫁给陆折。

她轻哼了一声。

这时，房门被敲响，站在门外的是苏母。

“妈妈。”

苏母神色紧张：“瓷瓷，网上的消息是不是真的？你怀孕了？”

“假的。”苏瓷赶紧安抚母亲，“我没有怀孕。”

“你去医院是怎么回事？”

苏瓷当然不敢对母亲说真话：“我有点儿感冒，去了一趟医院，没想到被拍了。”

苏母这才松了一口气：“我还以为……我要做外婆了。”看到女儿怀孕的消息，她完全被吓蒙了，“谁那么坏，竟然胡乱造谣？”

苏瓷摇了摇头：“大哥说他会帮我调查。”

“等你大哥调查清楚是谁在背后搞事，我不会放过他！”苏母最疼苏瓷。女儿被人造谣，她是绝对要追究的。

这时，用人走过来向苏母和苏瓷汇报：“太太、小姐，先生回来了。”

“看来你爸爸也知道这件事了。”苏母轻拍女儿的手，“之前你爸爸还不知道你和陆折的事，待会儿你跟他好好解释。”

苏瓷乖乖应着。

苏父知道女儿怀孕的消息，是下属汇报的。

听到这个消息，他推掉了跟客户谈事的行程，立刻赶了回来。

一直以来他和妻子都把女儿捧在手掌心上宠爱，在他们夫妻的眼里女儿还很小，嫁人是很遥远的事。

突然传出女儿怀孕的消息，他简直受到重击，整个人都蒙掉了。

苏父坐在沙发上，小苏宁和小天才乖乖地待在一旁。两个小机灵鬼像是感受到气氛跟往常不一样，都没有玩闹。

苏父看着妻子和女儿下楼，神色严肃的脸这才柔和了几分。

“爸爸。”

“小瓷，这是怎么回事？”苏父舍不得对女儿放重语气说话。

苏瓷赶紧否认："我没有怀孕。"

苏盛国听到女儿否认的话，提着的心放下了，又问："照片里的男人是谁？"

他平常太忙了，竟然一直没有发现有臭小子打他女儿的主意。

苏瓷这会儿底气有点儿不足，告诉父亲："是陆折。爸爸，我喜欢陆折，我们在谈恋爱。"

她没打算再隐瞒任何人。

之前是陆折以为自己活不长了，想要给她留后路，才不愿意公开他们的关系。现在陆折已经知道自己的病能被治愈，和她自然不需要再藏着掖着。

苏父震惊，女儿和陆折在一起？

苏父到底沉得住气，看向妻子，想问她知不知道女儿和陆折的事。

比起坐不住的丈夫，苏母神色平静："我劝不住她。"

很久以前她就找陆折谈过了。人家是远离了，但劝不住女儿，她也没有办法。而且陆折是苏家的大恩人，她总不能恩将仇报。

听到妻子的话，苏父有些惊愕："你早知道女儿和陆折在一起？"

旁边，原本安静地看动画片的小苏宁听到爸爸提陆折的名字，偷偷对一旁的苏瓷说道："姐姐，宁宁好久没有看见姐夫了。"

小天才像小大人似的赶紧捂住了小苏宁的嘴巴，告诉他："笨蛋，你不能喊姐夫啦。"

被捂住嘴巴的小苏宁觉得他偷偷问姐姐，爸爸和妈妈肯定听不到。

苏瓷对上父亲的目光，脸皮再厚也红了。

"他们两个也知道你和陆折在一起？"苏父问女儿。

苏瓷乖乖点头。

这时，苏致远从外面回来，刚走进客厅便听到父亲问妹妹这样的问题，以为父亲在训斥妹妹。

苏致远帮忙劝道："爸，小瓷已经上大学了，谈恋爱也很正常。"

苏父问大儿子："你早知道她和陆折在谈恋爱？"

苏致远点头。

这会儿苏父不是震惊了，而是受到了打击。

苏家的宝贝被人抢走了，就连两个小家伙都知道这件事，只有他一无所知。

苏父舍不得对妻子和女儿生气，直接打电话给陆沉，想要拿花狐狸出气。

很显然，陆沉也知道了网上的消息，接到苏父的电话一点儿也不意外，甚至能想象到对方气急败坏的模样。

陆沉慵懒地靠在椅背上，笑道："怎么有空儿打电话跟我闲聊？"

听出了陆沉得意的语气，苏父气道："你教的好儿子。"

陆沉不要脸惯了，听到苏父生气指责的话，丝毫不介意："我的儿子当然好，你的女儿也被教得好，正好他们两个人般配。"

苏父重哼了一声，哪里不懂对方话里的意思："你想得美。你以为我会同意你儿子和小瓷在一起？"

陆沉早早就知道儿子跟苏瓷的事。两个小年轻甜得不行，他一点儿也不担心陆折和苏瓷会被拆散。

陆沉挑眉："你别做恶人。"

苏父目光发沉："花狐狸，不是我打击你，我很感激你的儿子对苏家有救命之恩，但你儿子的身体是什么情况，你是知道的，我只有这么一个宝贝女儿。"

陆沉眼里闪过暗光："你可以试试看能不能拆散他们。"

对方的话像是刀子，直接捅进了苏父的胸口，就连妻子也放弃劝阻女儿和陆折在一起，他哪里舍得让女儿不开心？

不仅妻子是他的软肋，女儿也是。

苏父眼神黯下："你别得意，就算我女儿跟你儿子谈恋爱也不代表什么，年轻人总是贪新鲜，能在一起多久，谁能预料？"

陆沉笑了，故意刺激苏父："是吗？你慢慢等他们两个人分手那天。"

苏父直接挂了电话。

陆家，温雅也知道了网上的消息，跟苏母一样惊得手忙脚乱。

陆折刚从公司里回来，就被母亲堵在了门口。

她问陆折："崽崽，我要当奶奶了？"

温雅脸上的神色有些复杂，又是开心，又是紧张。她还没有做好这么快当奶奶的准备。

当然，如果真有了孙子或者孙女，她也会很疼他们。

陆折被母亲莫名其妙的话问蒙了。

“网上传小瓷怀孕了，这是真的？”温雅掏出手机，打开给儿子看，“咦，帖子没有了？看来是苏家出手了。”

温雅对儿子复述了一遍事情经过。

陆折没想到他陪苏瓷去医院会被人拍下照片，还恶意造谣。

“不是真的。”陆折皱眉，“小瓷没有怀孕，我会让人调查是谁在造谣。”

第二天，陆折去苏家拜访苏父和苏母。

既然他和苏瓷的关系被爆了出来，他就该站出来。不管两位长辈对他持什么态度，他都会接受。

苏瓷知道陆折来了，赶紧去大门口接他。

看见她的衣着，陆折眉心微蹙：“怎么穿这么少？”

苏瓷身上只穿了一条单薄的米白色针织长裙，外面搭着一件宽松的外套，裙摆下露出了一小截纤细的小腿，踩着一双毛茸茸的拖鞋，就这样跑出来了。

陆折忍不住捏她软软的脸蛋儿：“就这样爱美？”

苏瓷点了点头。她宁愿做冷美人，也不要变丑。

她安抚着他：“你不要怕，如果我爸爸骂你，我帮你顶着。”

陆折的心一软，他握紧了苏瓷的手：“没事，被骂几句能得到你，很值。”

苏父今天没有去公司，这会儿看见女儿牵着陆折的手进来，脸色变得沉沉的。

陆折分别向两位长辈问好。

“小折来了。”放弃拆散女儿和陆折的念头后，苏母对陆折的态度平和了不少，“坐吧。”

陆折在对面的沙发上坐下。

苏瓷毫不避讳地坐在了他的身旁。父母已经知道她和陆折的关系，她不需要再遮遮掩掩的。

见状，苏父只能在心里默默叹气。

他和妻子熟知女儿的性格。女儿从小到大被娇养，性子骄傲，如果不是喜欢的东西，根本不屑于理会。从进门牵手到坐下还紧紧贴着陆折来看，女儿是真的喜欢陆折。

妻子说得对，如果他们反对，只会让女儿伤心。

陆折腰背挺直，坐姿端正，神色认真至极："很对不起一直瞒着你们我和小瓷在恋爱的事情。"

苏瓷赶紧替陆折辩解："爸爸、妈妈，我担心你们反对我们在一起，是我要求陆折配合瞒着你们的。"

看见女儿这样急着维护陆折的模样，苏父一阵心酸，再不愿意也不得不承认，苏家的宝贝小公主被人抢走了。

苏父站起来，脸上的神色不太好看。他看女儿一眼，对陆折说道："我们去书房谈。"

看见女儿想说什么，苏父心里又是一酸："难道你害怕爸爸会打陆折一顿？"

"当然不是。"苏瓷笑容甜甜地哄着他，"爸爸，你跟陆折聊吧，我给您泡茶。"

苏父到底疼女儿："这样的小事让其他人去做就行。"

苏瓷乖乖点头。

也不知道过了多久，苏父和陆折下来了。

她偷偷打量着父亲的神色，并没有发现什么异样。

她的目光移向陆折，只见少年脸上神色淡淡的，她同样看不出任何情绪。

苏瓷很好奇父亲和陆折在书房里聊了什么。

苏母问陆折："小折中午就在这里吃午饭吧，有什么东西是不能吃的？"

既然拆不开女儿和陆折，苏母只好接受这样的事实，将来的事情只能以后再说。

陆折应下："麻烦伯母了，我没有忌口的食物。"

撇去患病这一点，其他方面陆折都很优秀，苏母对他挑不出任何缺点。

苏父问陆折："会下棋吗？"

陆折礼貌地点头："学过一些。"

赵家所在的小区里有很多老爷爷喜欢在树底下下棋，陆折小时候没有玩伴，不用干活的时候便去看老爷爷们下棋当消遣。

小孩子都是坐不住的，没有耐性，而陆折不一样。

他会安安静静地托着小脑袋，蹲在一旁看老爷爷们下棋。老人家很喜欢这样有耐性又乖巧的孩子，有时候还会教他。

苏父让人准备棋盘，他和陆折对局。

下棋能观人心性，苏父一边落子，一边观察陆折。

不得不说，陆折跟陆沉的性格完全不一样，陆折诚恳又有耐性。

看见父亲和陆折相处融洽，苏瓷笑弯了眼。

中午吃饭的时候，气氛很好。

一旦接受了陆折，不考虑他身上的病情，苏父和苏母对陆折越发满意和赞赏。

吃饭期间，苏父还考验了陆折的酒品。

要不是苏母阻拦不让他们喝太多，苏父估计要跟陆折拼酒量了。

午饭过后，苏母陪着苏父去休息，散散酒气。

苏瓷趁机把陆折带上了楼。

她把湿毛巾递给陆折擦脸："你跟我爸爸在书房里谈了什么？"

"求他同意我和你在一起。"毛巾沾了热水，还带着热气，陆折敷在脸上，眉头舒展开来，一双眼睛越发漆黑明亮。

"没了吗？"

就这么简单，她父亲同意了？

"嗯，没了。"

陆折没有告诉苏瓷，他对着苏伯父发毒誓会一辈子宠爱她，如果违背诺言，他将来不得好死，任由苏家处置。

至于他的病，假如真的好不了，等病发那天，他会躲得远远的。

她的父亲疼爱她，他也爱她。

他们都希望苏瓷幸福。

苏瓷没有继续追问，在陆折的身旁坐了下来，问他："你要上床休息吗？"

陆折并不困，正要拒绝，便听到苏瓷坏坏地开口："你还没有睡过我的床吧？你想试试我的床舒不舒服吗？"

苏瓷一脸无辜又纯真的表情。

陆折抬眸看着她："不想。"

一肚子坏水的人故意勾他呢。

陆折说不想，苏瓷偏要他睡："我要休息，你陪陪我。"苏瓷脱掉脚上的毛毛鞋，直接钻进被窝里，催促陆折，"你上来啊。"

陆折没有吭声，配合着她。

苏瓷的床跟他的完全不一样，很软，人躺下去，像是陷入了棉花堆里。

裸粉色的被窝里溢满了淡淡的少女香，陆折知道这是苏瓷的体香。

陆折刚躺下，苏瓷的身体便靠过去了。

她钻进他的怀里，调整到最舒服的睡姿，才安静下来闭上眼睛。

见她安安分分地闭上了眼睛，陆折笑了笑，也合上了眼。

过了一会儿，陆折的手机响起，是下属打来的电话，汇报已经查出了造谣苏瓷的人。

挂掉电话后，陆折脸色不太好。

"怎么了？"苏瓷还躺在床上，懒懒地睁开了眼。

"造谣的人已经找到了。"

苏瓷嫌热，脚从被子里伸了出来，脚踝上的小兔子垂在一侧，十分可爱。陆折忍不住伸手去捏了捏她的脚踝，然后拉好被子。

"是谁造谣我？"

"赵优优。"

苏瓷有点儿惊讶："赵优优为什么要造谣？"

陆折安抚她道："不管出于什么目的，她设计你，就该受到惩罚，这件事我会处理的。"

而赵家里，这段时间气氛并不好，傅白礼离开后，赵家的一切事情都变得很不顺。

赵父和赵母到现在都没有找到合适的工作。

催债的人上门，逼迫着他们还钱。他们根本没有收入，哪里有钱还?

赵优优躲回了房间里。

昨天网上的消息已经被撤掉，苏瓷的命太好了，她出生在苏家，什么时候都有人护着。

陆折容不得苏瓷受委屈，行动很快。

他把赵优优造谣苏瓷的证据递到了校领导面前。

赵优优被人喊来领导办公室的时候，神色茫然，尤其是在办公室里看见了陆折，更加困惑。

校领导把陆折上交的证据放在赵优优面前："赵同学，你看看吧。这是你做过的事情，承认吗？"

赵优优神色疑惑地拿起校领导递过来的资料。

当看到上面的调查结果时，赵优优瞬间白了脸，惊慌地抬头去看陆折："不是我！我没有做过这样的事！"

陆折身上穿着一件黑色的高领毛衣，外面是一件同色风衣，整个人越发身姿颀长，有种贵公子的气质。

他神色淡淡的，不听赵优优的解释，问校领导怎么处罚赵优优。

校领导开口："赵优优同学诬蔑同校同学，不仅犯法，还严重违反学校的纪律。学校没有办法教育这样的学生，会予以开除处理。"

赵优优惊得脸上血色尽退，满眼惊愕之色："校长，你不能开除我，我没有做过这件事。"

校领导说道："待会儿学校会通知你的家长来。我们也会向全校通报这件事，让大家引以为戒。"

赵优优惊得手脚冰凉，差点儿晕过去。

对赵优优的处理结果，陆折没有意见。

赵优优追了出去："你帮帮我，我没有造谣苏瓷，求你帮我向校长求情。"

她想要伸手去拉陆折的手，被他躲开了。

"网上的消息不是我发布的！我不能被开除！"赵优优激动得语无伦次，怎么也没有想到这件事会被爆出来。

陆折根本不听她的狡辩："证据是我让人调查的。"

赵优优神色一愣。

“照片是你拍的。”伤害苏瓷的人，陆折一个也不会放过。

赵优优的心里，大股大股的酸意往上涌来。

她眼眶泛红：“就因为我拍了苏瓷的照片，你就对我赶尽杀绝？苏瓷又没有受到任何伤害。”

陆折冷冷地看着她：“按照你的意思，一个人拿刀去杀人没有成功，就不算犯法？”

赵优优呼吸一窒，憋屈又无奈地咬着唇，反驳不了。

陆折没有再搭理她，转身离开。

“陆折，我跟你一起生活了这么多年，也比不过一个苏瓷？”赵优优看见陆折大步走远，慌张地又追了上去。

明明她跟陆折从小一起长大，她应该是他最重要的人。如果没有苏瓷，她依然会是陆折最在乎的人。

陆折冷漠的声音响起：“别跟苏瓷比，你不配。”

赵优优脸色煞白，瞬间红了眼睛。

第十九章

陆折，长命百岁

大年三十这天，苏瓷跟家里人吃过年夜饭后，便跑了出去。

大门外，陆折站在黑色的车子旁，一身黑色装扮，身姿颀长。在看见苏瓷时，他冰冷的神色柔和了下来。

苏瓷小跑着冲向他，撞进他的怀里："你等了很久？"

"不是。"陆折将人抱紧，摸了一下她的小手，是暖的。

他打开车门，让苏瓷坐进去。

街上有不少人吃过年夜饭后出来闲逛。

苏瓷和陆折牵着手走在人群里，两个人的颜值都很高，引得路过的行人不断回头。

尤其是苏瓷，眉眼弯弯，明眸皓齿，因为过年，穿着一件红色毛衣，小脸儿显得越发雪白。

苏瓷发现商场里新开了一家沉浸式角色体验馆，外面排队的人很多，非常热闹。

她有点儿好奇，便拉着陆折去排队。

工作人员拿着平板电脑让她挑选剧本，其中大多是侦探、恐怖类型的剧本，只有一个是爱情的。

苏瓷怕死又怕鬼，选了爱情剧本。

剧本讲述的是公主与护卫的故事。

公主相貌倾城，护卫出身卑微，一直偷偷地爱慕着公主。后来，邻国入侵，护卫为了保护公主失去了一双眼睛。城门失守，皇帝派人议和，愿意让公主去和亲。

在公主离开的时候，失去眼睛的护卫站在城门的角落里，落寞地听着百姓欢送公主。

剧本体验有 3 个场景：公主和护卫的日常相处，护卫救公主受伤，以及公主和亲、护卫站在城墙下的一幕。

苏瓷以前拍过不少古装剧，但没有跟陆折演过对手戏。她期待地看着陆折。

陆折没有意见，只纵容地捏捏她的小脸蛋儿。

体验馆提供角色扮演的服装和专门做造型的化装师。

付了钱后，苏瓷和陆折分别被人带去化装。

体验馆的老板显然下了血本，不仅场地大、布置逼真，玩家玩儿游戏期间还有演员陪玩儿。

根据不同场景，玩家会穿不同造型的服饰。游戏期间，场景内有负责拍照的工作人员进行拍摄。当然，玩家要把照片拿走是需要付钱的。

苏瓷扮演的是公主。化装师还是第一次遇到这么漂亮的玩家，对方容貌与角色的契合度非常高，完全符合倾城公主这一角色。

第一个场景：公主和护卫的日常生活。

苏瓷换了一条浅蓝色的古装裙子，头发也做了造型。她的皮肤好，根本不需要擦粉底，化装师只帮她涂了口红。

苏瓷被工作人员带去了第一个场景。现场布置得很像宫殿，穿着宫女服饰的演员正等待着，看见她出场，立刻喊她“公主”。

苏瓷在红木椅上坐下，宫女很自然地给她端上了热茶、果盘，然后候在一侧。

苏瓷弯了弯眼，觉得体验馆的老板很用心。

苏瓷本着玩家精神，也进入了角色：“陆护卫到了吗？”

演员也很配合，赶紧开口：“回公主，已经有人去通传陆护卫了。”

这时，一名宫女带着陆折从外面走了进来。

陆折穿着黑色的护卫服装，腰间束着腰带，显得越发挺拔了。化装师给他的头发做了造型，他的长发被一条黑色发带高高地束起。

陆折气质清冷，眼神凌厉，还真像一个带刀护卫。

苏瓷看得小心脏乱跳，恨不得上前扒掉他的衣服。

她对着陆折招了招手，笑盈盈地看着他："陆护卫，我等你很久了。"

陆折走过去："公主。"

苏瓷端起一旁的果盘塞到陆折的手里："你喂我。"

按照剧本，应该是公主侧躺在长椅上，宫女伺候她吃水果，护卫站在角落里深情地注视着公主。

显然，苏瓷根本没有按照剧本来演。

陆折不自在地咳了一声："公主，这样不合情理。"

苏瓷挑眉，抬起精致的下巴，像极了刁蛮的公主："我的身份是公主，我说什么你都该听我的。你喂我啊。"

陆折到底还是配合着她："是，公主。"

这会儿，苏瓷躺在长椅上，裙摆落地，露出纤细的脚踝，而陆折站在一旁。

苏瓷抬眸，神色懒懒地看向站得笔直的男人，用脚尖轻踢了一下他的脚："陆护卫不知道怎么喂人吗？"

陆折低头，开始喂苏瓷公主吃葡萄。

后台负责拍照的工作人员："……"

虽然玩家没有按照剧本走，但是不得不说，这一幕很养眼，公主和护卫的颜值都太高了，就算是某些电视剧里的演员也不可能有这样的颜值。

盘子里的葡萄并不多，苏瓷吃了一会儿，捏起盘子里的最后一颗葡萄，起身送到了陆折的唇边："你伺候得很好，赏你的。"

陆折被她挑逗得耳朵发红，咬住苏瓷喂过来的葡萄，漆黑的眼睛定定地看着她："谢公主。"

第二个场景是护卫救公主。

苏瓷换了另外一个造型，穿着一条浅烟紫色的裙子，披肩垂地，仙气飘飘的。

场景设定是在花园里，她带着宫女去赏花，护卫守在一侧。

按照剧本，刺客刺杀公主，护卫为了救公主，双眼被刺瞎。

刺客冲过来的那一刻，苏瓷被陆折护在了怀里。

陆折提醒苏瓷："闭上眼睛。"

苏瓷才不听他的。

下一秒，陆折抱紧她，刺客的刀子从他的眼睛上划过。

苏瓷的瞳孔紧缩。

为了逼真，扮演刺客的演员手上的刀子是抹了仿真血的，然后在刺向陆折的时候，仿真的刀子会在他的眼睛上划过，他的眼皮上就会沾到血迹。

在被刺客伤到眼睛的那一刻，陆折也把刀子刺进了刺客的胸口。刺客死了，护卫瞎了。

陆折闭着眼，感觉眼皮上黏黏的，是沾了仿真的血。

按照剧本，护卫应该松开公主，问公主有没有事。然而，陆折的腰被苏瓷紧紧地抱着。苏瓷趴在他的怀里，指尖触碰上他的眼皮。

苏瓷心疼死了，红着眼睛问他："眼睛疼吗？"

陆折想要摇头。假的，他怎么会疼？

下一秒，温热馨香的气息包裹向他。陆折抿紧唇，感觉到柔软的唇瓣落在了他的眼帘上。

陆折挣扎了一下，双手扶在了苏瓷的腰侧，低低地喊了一声："团团。"

他想要提醒她，他们在玩儿游戏。

苏瓷踮着脚，艰难地亲着陆折的眼睛。然后，她对旁边的宫女说道："拿一条干净的湿毛巾来。"

宫女愕然，剧本里没有这一情节啊。

但按照游戏规则，适当地改变剧本是可以的，于是宫女小跑着去拿湿毛巾。

苏瓷轻柔地用湿毛巾擦着陆折的眼睛："陆护卫救了我，你想要什么奖赏？"

陆折的鼻间全是女孩儿的馨香，他绷紧了下巴："救公主是微臣的职责。"

苏瓷给他擦干净眼帘，还轻轻地吹了一下："我让你当驸马好不好？"

陆折再次被苏瓷逗得耳朵发红。

第三个场景的时候，苏瓷换了一身红色的嫁衣，美得惊人，不管是化装师还是在场的工作人员，都被惊艳到了。

而按照剧本，这时的护卫已经瞎了，所以化装师在陆折的眼睛上绑了黑色的布带。

他站在城墙的角落里，听着百姓欢送公主和亲。

苏瓷被宫女扶着上轿的那一刻，回头看向城墙下的陆折。他拄着竹竿，眼睛上绑了黑色布带，神色落寞。

苏瓷松开了宫女搀扶她的手，提起裙摆，再次不按照剧本来，走向了陆折。

突然被抱住，陆折神色一愣：“团团。”

下一秒，他眼睛上的黑色布带被扯开。眼前大亮，他一眼便与女孩儿乌黑的眼眸对上。

他看到了苏瓷穿着红色嫁衣的模样，明媚耀眼，很漂亮。

苏瓷回头对工作人员说：“我不和亲了。我要跟我的护卫成亲。”

幕后的工作人员：“……”

负责人开口：“对不起，剧情改变太大的话，我们没有办法满足你的需求。”

毕竟场景是固定的，重新布置需要花费大量的人力、物力。

苏瓷眨了眨眼，说道：“我加钱。费用全部由我出，多少钱都可以。你们快去布置公主和护卫拜天地的场景。”

工作人员第一次遇到这样的玩家。

体验馆的经理跟苏瓷沟通了一遍，知道面前的女孩儿是有钱的主，赶紧让员工去布置场景。

拜堂的场景并不难准备，隔壁就有一个相关的场景，再布置精美一点儿就可以直接使用了。

这一次，陆折换上了一身绣金的红色喜袍，越发清雅出尘了。

苏瓷看着跟她对拜的陆折，眼睛弯成了漂亮的月牙儿。

一旁的工作人员看了看陆折，又看向苏瓷，不得不感叹两个人站在一起太耀眼了。

离开体验馆前，玩家可以到前台购买游戏期间的照片。

苏瓷拉着陆折的手去了前台，发现摄影师竟然帮他们拍了上百张照片。

一般来说，摄影师会给玩家拍二三十张照片，供玩家挑选。

但苏瓷和陆折这对玩家的颜值实在是太高了，一举一动都像在拍电视剧。摄影师控制不住地按着快门，以至拍了不少照片。

陆折看着平板电脑里的照片，用相同的价格把电子版的照片也全部买走了，并且拒绝商家把他们的照片当作广告挂出来。

从商场出来后，苏瓷脸上还挂着喜悦的神色。

她把自己跟陆折拜天地的合照设置成了手机屏保，满意得不行："体验馆还挺好玩儿的，我们以后再来。"

陆折牵着她的手："好，我们现在去哪里？"

"去酒店啊。"苏瓷眼波流转，笑盈盈地看着他，"拜完天地，要送入洞房。"

房间里光线昏暗，被子一角掉在地毯上，床单皱巴巴的。

苏瓷浑身发软，小脸儿潮红，脑袋发蒙。

在新年到来的那一刻，她抬起头，轻咬着陆折的耳朵："新年快乐啊。"

夏天炎热，林荫道上，一个男生脸色涨红，手里捧着一份礼物："送……送给你。"

苏瓷穿着一条浅雾蓝色的连衣裙，雪肤墨发，裙摆下露出纤细白皙的小腿，就连脚踝上的笨拙小兔子也被衬托得精致起来。

被苏瓷乌黑的眼睛看着，男生害羞得仿佛下一秒心脏就要从胸口里跳出来。

"我有男朋友。"苏瓷语气淡淡的。

男生急切地说道："我不相信。我观察了一个月，你身边并没有其他男人。"

他觉得她有男朋友的话，只是借口。

"我跟其他男人不一样。我可以每时每刻守在……你身边的。"男生是真的喜欢苏瓷，第一次见到苏瓷的时候就觉得自己要栽了。

苏瓷直接拒绝："我不喜欢黏着我的男人。"

男生一脸错愕的表情，深受打击。

一直站在一旁"吃瓜"的沈雪同情地看了男生一眼。

这个师弟是挺帅气的，可惜除了陆折，谁也入不了苏瓷的眼。

苏瓷半点儿眼神也没有分给男生，转头对沈雪说："走吧。"

"好。"沈雪赶紧收敛起看好戏的神色。

两个人往教室走去。沈雪看着旁边的苏瓷，也不由得惊叹，苏瓷越来越漂亮了，也难怪有这么多男生前赴后继地向她表白。

沈雪忍不住开口："如果我是陆折，肯定天天守着你。他知道最近有很多大一的师弟在追求你吗？"

沈雪有很长一段时间没有看见陆折了。

苏瓷将脸侧的碎发别在耳后。夏天的气温太高了，在室外待这么一会儿，她就热得心慌。

听到沈雪的话，苏瓷摇了摇头："不用他守着我，我只喜欢他。"

沈雪突然被塞了一嘴"狗粮"，顿时觉得手里的雪糕不甜了："是，是，是，你只喜欢他。"

在苏瓷和陆折还没有在一起的时候，沈雪就是他俩的工具人，经常帮苏瓷拍陆折的视频，算是苏瓷和陆折的爱情见证人，只是没想到他们在一起这么久了，还这么喜欢对方。

沈雪一阵羡慕。

但让沈雪最佩服的是，她和苏瓷是同龄人，她在学校浑浑噩噩的时候，苏瓷已经有自己的事业了。虽然苏瓷说是打发时间的消遣，但是谁的消遣比得上她的？

苏瓷成立的救人基金会在国内很有名。沈雪关注过这个基金会的官方账号，上面每天都会转发被帮助过的学生的感谢信。

苏瓷的基金会是真的在做实事，帮助过很多被校园霸凌又投诉无门的学生。

她昨天在基金会官网上看见了一个家长写给基金会的感谢信。

这个家长的儿子被学校里的校霸欺凌后，变得自卑软弱，而且有了心理阴影，通过苏瓷的基金会的帮助，目前已经走出阴影。

这么多人得到帮助后能够重生，看到光明，全是因为苏瓷。沈雪看着身旁耀眼的苏瓷，眼里全是欣赏之色。

这时，温朵雨站在不远处对苏瓷和沈雪招手。

“瓷瓷！小雪！”温朵雨笑得腼腆。她刚从外面赶回学校，热得脸蛋儿红扑扑的。

沈雪掏出纸巾递给她：“擦擦汗吧。”

“谢谢。”没了以前的自卑、胆怯情绪，现在的温朵雨变得开朗了很多。

她现在在苏瓷的基金会实习。曾经她也迷茫过，遇到困境时也想过死。庆幸的是，苏瓷救了她，还帮助了她。

温朵雨很高兴自己也有机会帮助其他遇到困难的人，希望自己能像苏瓷一样，为别人带去光明。

“明天拍毕业照，小瓷瓷，你的家人来吗？”沈雪期待地看着苏瓷。

“嗯，他们都来。”

沈雪目光变得热切：“小瓷瓷，你的大哥来吗？”

之前沈雪无意中见过苏瓷的大哥一次，简直惊为天人，一颗小心脏怎么也按捺不住，跳个不停。

她没有胆子觊觎苏瓷的大哥，毕竟对方是高高在上的完美男神，但有机会再见一面，也是很值得开心的事啊。

苏瓷眯了眯眼，看出了沈雪对她大哥的心思，但不打算插手，毕竟感情是两个人的事情。

她点了点头：“我大哥也会来。”

闻言，沈雪激动得想要尖叫。

第二天是中文系拍毕业照的时间。

苏瓷一家人都来了，陆沉和温雅也来了。知晓苏家人和陆家人的到来，学校的领导们赶紧前来迎接。

得知他们是来参加苏瓷的毕业典礼的，校领导才松了一口气。

“小瓷，崽崽的电话打不通，估计他还在飞机上。”温雅把花递给苏瓷，“不知道他能不能赶上跟你一起拍毕业照。”

“没关系。我昨天已经跟他说好，他赶不上就留着下周他拍毕业照的时候补拍合照。”苏瓷和陆折不同系，拍毕业照的时间不一样。

苏致远也捧着一束花递给苏瓷：“毕业快乐。”

苏瓷满脸喜悦之色：“谢谢大哥。”

苏致远穿着一身宝蓝色的定做西装，身姿颀长，气质出众。

不远处的沈雪看得神色激动，紧紧地握着温朵雨的手，根本不敢上前："呜呜，小瓷瓷的大哥太帅了。我的心跳得很快，我要死了。"

温朵雨的手上也捧着花，她是用实习的工资买的，准备送给苏瓷："瓷瓷今天好漂亮，你不敢过去的话，我过去了。我要送花给瓷瓷。"

沈雪赶紧拉住温朵雨："等等我，我也去。"

温朵雨把花递给苏瓷时，沈雪偷偷瞄了一眼身材高大的苏致远，脸瞬间红了。

苏瓷拉着家人拍照。

这时，一个快递员给她送来了一束花。苏瓷有点儿茫然地接过花，卡片上落款写的是：李冉。

苏瓷想了很久，终于想起对方是曾经想在公司割脉的女员工，没想到李冉会知道她毕业，还给她送花。

接着，苏瓷又收到了快递员送来的花，是另一个被她救的人送来的。

过了一会儿，又有人送花来了。

接着，苏瓷还收到了季迟、何尔盟，以及被基金会帮助过的人送来的花，他们都祝福她毕业快乐。

花越来越多，苏致远、苏父、苏母也帮忙捧着花。

众人看向被鲜花包围的苏瓷，明眸皓齿，比花还漂亮。

临近中午，太阳越来越猛烈。

拍照快要结束了，苏瓷被晒得小脸儿通红。就在要跟父母离开的时候，她看到了从远处走来的陆折。

苏瓷瞬间笑弯了眼睛。

陆折穿着修身的黑色西装，手里捧着花，迈着长腿大步走向她。

几年过去，陆折已经从青涩的少年变成了沉稳的男人，宽肩窄腰，黑色的西装裤包裹着紧实有力的两条大长腿，帅气得让周围的女生惊呼出声。

苏瓷顾不得旁人的目光，小跑上前，撞进了陆折的怀里。

陆折抱紧苏瓷，清冷的神色柔和了几分："对不起，我来晚了。"

苏瓷眼睛很亮："我还以为你赶不上了。"

陆折低头亲了亲苏瓷的脸："毕业快乐。"

晚上，两家人吃过晚饭后，陆折带着苏瓷提前离开了。

"我们现在去哪里？"苏瓷眼睛一眨不眨地看着驾驶座上的陆折。

陆家在海外拓展了新的业务，陆折出差了一个多月，虽然她会和他视频，但是隔着一层屏幕总会有距离感。

陆折勾了勾唇，没有正面回答她的话。

他把准备好的零食拿出来，递给苏瓷："路程有点儿远，你觉得无聊的话，先吃点儿东西。"

陆折学会开车后，他的车子里就总会放着一些小零食，都是给苏瓷准备的。

苏瓷靠在椅背上，拆了一包橙子味的糖。她把糖丢进嘴里，偏过头去看陆折。

她觉得陆折专注地开车的样子很好看，棱角分明的脸隐在昏暗的光影里，多了几分神秘感，微抿的薄唇让人想要跟他接吻。

车子在红绿灯前停了下来。

苏瓷一向是行动派，眉目弯弯地看着陆折："你要吃糖吗？"

陆折转过头来，看着苏瓷的目光很温柔："不用。"

苏瓷不满地看了他一眼："我喂你你也不吃吗？"

陆折沉默了一下，倾身过去。

苏瓷这才开心起来。

她坐直身体，用带着甜甜的橙子味的嘴唇吻住他。

陆折的眸色加深，他的唇被软软的小舌头顶开了，接着他吃到了一颗橙子味的糖。

陆折口腔里全是甜甜的橙子味道，苏瓷的小舌头不安分地在他的牙齿上滑过。

陆折搭在方向盘上的手握紧，喉结上下滑动了一下。

就在他想咬住那调皮的小舌头时，苏瓷快速退了出去，还轻咬了一下他的薄唇。

苏瓷一脸得意的表情："好吃吗？"

陆折看了一眼前方的红绿灯，还有 10 秒。

他轻捏着苏瓷的下巴，让她不能后退，狠狠地亲了几下才松开。

前面的红灯刚好转为绿灯。

苏瓷抿唇偷笑，脸上发烫。

比起以前的青涩表现，现在的陆折就像情场老手。

夜里的车辆并不多，车子在公路上快速行驶着。

苏瓷靠着椅背，有点儿犯困，眼帘越来越重。

也不知道过了多久，陆折停下车子的时候，苏瓷已经睡了过去。

车窗外传来阵阵海浪声，显得周围越发安静了。

陆折熄掉了车前灯，车子彻底融入了夜色中。银白色的月光洒在车上，苏瓷靠着车椅睡得香甜。

陆折没有叫醒苏瓷，而是安静地看着她睡。

细软的头发垂在女孩儿的脸侧，陆折伸手过去，将她的头发别在耳后，白皙的小脸儿露了出来。

两个人分开一个多月了，陆折确实想她了。刚才在车上亲吻，她只稍稍逗了他一下，他便能失控。

指腹从小脸儿上滑过，落在柔软的唇瓣上，陆折留恋地摩挲着。

苏瓷是被亲醒的，看着眼前放大的俊脸，茫然地眨了眨眼。

呼吸几乎快被夺去，她双手搂住陆折的脖子，乖乖地配合着，唇齿间全是他清冽的气息。

过了好一会儿，苏瓷被松开，已经完全清醒过来了："你刚才是在偷亲我吗？"

陆折低笑出声："嗯，对不起，没忍住。"

男人的轻笑声在安静的夜里越发清晰，好听得紧，苏瓷感觉耳朵有点儿痒。

她轻哼了一声，往车窗外看去，才发现他们来到了海边。

苏瓷一阵惊喜。她前天随口说了一句想去海边，没想到陆折记住了。

她欢喜地亲了亲陆折："你怎么这么好啊。"

陆折笑道："我陪你下车走走？"

"不要。"苏瓷目光灼灼地看着他。

陆折："怎么了？"

苏瓷精致的眉眼间全是喜悦之色："你亲亲我，我再告诉你。"

她收到最后一团金色棉花糖了。

这几年来，她一直在帮助别人，攒金色棉花糖给陆折。最后这一团金色棉花糖她等了很久，现在终于得到了。

陆折配合地低头亲上她。

苏瓷立刻把金色棉花糖喂了过去。这一次，她没有故意使坏，而是第一时间去看陆折手腕上的生命值，只见红色格子瞬间变成了绿格子。

苏瓷欢喜地一把抱住他："陆折，长命百岁！"

陆折像有所感应，突然觉得身上的无力感和麻木的症状消失了，身体变得比之前更有力量。

苏瓷笑盈盈地看着他："你感觉到了吗？"

"嗯。"

"陆折，你的病终于好了。"苏瓷神色激动。

感受到苏瓷的喜悦，陆折也心情大好："谢谢你。"

如果不是苏瓷，他早已经在某个角落里死去了。

苏瓷觉得有点儿不真实，软软地趴在陆折的怀里："明天我陪你去医院做检查。"

陆折抱紧她："好。"

"做完检查后，我们就告诉家里人……我们可以说这是奇迹。"

"好。"

苏瓷乌黑的眼睛里全是笑意："陆折，你还没有回答我刚才的问题。"

"团团……"

清晨，太阳将要升起，陆折抱着苏瓷坐在沙滩上。

苏瓷又累又困，闭着眼睛靠在陆折的怀里，昏昏欲睡。

太阳升起的那一刻，陆折喊醒了她："团团，日出了。"

苏瓷懒懒地睁开眼，金黄的光洒在海面上，映入她的眼底。

太阳缓缓升起，美得不可思议。

苏瓷没有看太阳，抬眸看向陆折，金色的阳光落在他的脸上、眼里，晕成温柔的光。

陆折轻笑："再看就要亲你了。"

苏瓷的眼睛更亮了，她嘟着嘴巴："快亲！"

海浪在沙滩上翻滚着，浪花溅到苏瓷的脚上，又悄悄地退了回去。

陆折握住苏瓷的脚，用衣服小心地给她擦干，接着抱起小脸儿通红的苏瓷离开。

身后，浪花偷偷地冲洗着沙滩上的印迹……

第二十章

另一个世界的陆折

电脑店里没有开灯，光线有点儿暗。

方老板把一个信封递给陆折："小折，这是这个月的工资，谢谢你一直以来在这里帮忙。"

此时的方老板神色沉郁，头上多了不少白发，整个人苍老了10多岁。

陆折摸着信封的厚度，打开了信封："方叔，你给多了。"

"明天这里就要被转给别人了，我也会离开D市。钱你拿着，这都是你应得的，我也没有什么能帮到你的地方。"方老板神色哀戚地看着陆折，"还有半个月你就要上大学了，要花钱的地方很多，多的就算是我的一份心意。"

陆折握着信封，低垂着眼帘："谢谢方叔。"

方老板拍了拍陆折的肩膀，叹了一口气，转身上楼了。

陆折看了一眼店里，仿佛还记得第一次来店里工作的时候，小快乐自己滑着小轮椅来到他面前对他笑的样子。

陆折的神色黯了下来，他抿着薄唇走出了电脑店，将店门关上。

现在是晚上6点，电脑店外的夜市已经热闹起来，路两侧摆满了小吃摊位，香味飘了满街。

热闹的街道上，少年身材高大，独自行走着。他走得快了，左脚跛得厉害，好几次差点儿摔在地上。

这时，一个小胖子像脱了缰绳的马，在街道上乱窜，直接撞向了陆折。

因为患有渐冻症，陆折的左腿发麻、无力，被小胖子撞了一下，他根本站不稳，整个人直接摔在了地上。

看到陆折摔得厉害，小胖子被吓了一跳，害怕被骂，直接跑开了。

“臭小子，你乱跑什么？”中年女人揪住儿子的衣领，“周围这么多人，撞倒你怎么办？”

小胖子一阵心虚，转过头偷偷去看那个被自己撞倒的人，只见对方双手撑地，慢慢地站了起来，表情冷得吓人。

小胖子赶紧把身体藏在妈妈的身后。

陆折手掌被擦伤了，蓝色的校服裤子沾到了地上的酱汁，膝盖的位置全脏了。

他看了一眼自己的裤子，没有理会周围投来的目光，跛着脚离开了。

楼道里的电灯泡年久失修，时好时坏，光线也暗。

陆折上楼，发现有几个人站在他的住处的门外。

几个人全是非主流打扮，其中化着浓妆、烫了鬈发、穿着吊带和超短裙的赵优优看见陆折，赶紧开口：“陆折，我等你很久了。”

她旁边的几个男女看过去，只见往这边走来的少年脸部僵硬，还有些凹陷，病容明显。

赵优优走向陆折，看见他身上的衣服脏兮兮的，也不知道沾了什么脏东西，嫌弃地没有再靠近他。

赵优优理所当然地对陆折开口：“我的几个好朋友没有地方住，今晚想在你这里暂住一晚上。”

“不行。”陆折直接拒绝。

赵优优嚼着口香糖，鄙视地看了陆折一眼：“你拒绝？这小破地方有什么了不起的？我朋友还是看在我的面子上才愿意过来住的。”

陆折冷冷地看着她。

赵优优眼皮上的眼影很厚，嘴唇上涂着大红色口红。

“你不让我朋友住这里也行，我跟我朋友去外面住。”她对着陆折摊开了手，“我没有生活费了，你先借我一些。”

陆折神色冷淡：“没有。”

赵优优很不爽：“你不是天天都去做兼职吗？一分钱都没有赚到？”

“我的钱与你无关。”陆折没有再理会赵优优，转身去开门。

“你不会以为你搬出来了，就能跟我家撇清关系吧？”赵优优优越感十足，“你是我家养大的。就算你离开了，依然欠我家恩情，是要还的。”

陆折无视赵优优，直接推开门走了进去。在赵优优的叫嚣声中，他关上了门。

“优优，你这个什么大哥好像对你很无情啊。”旁边，一个长头发的浓妆女生嗤笑了一声，“你不是拍着胸口保证会拿到钱吗？”

赵优优咬了咬唇，气得狠狠地对着门板踹了几脚：“陆折，活该你又穷又有病。”

一旁的寸头男生伸了伸懒腰，对踹门的赵优优说道：“行了，我们走吧，去其他地方搞点儿钱。”

这里又破又旧，显然是穷鬼住的地方，他也不指望能从穷鬼手里抠出钱来。

赵优优这才停下来，对着门“呸”了一声，又把口香糖吐在门口，才和几个人离开了。

屋子里的陆折清洗着手掌上的伤口，只是擦破皮，就没有涂药。

室内冷冷清清的，陆折煮了晚饭，一个人坐在小茶几旁安静地吃着。

吃过饭后，他洗碗、洗澡、睡觉，生活平淡得像白开水。

第二天，阳光落在窗台上。

陆折醒来，他的手臂、腿上的肌肉又开始抽动、痉挛了。

他神色平静地躺在床上，等待着肌肉停止抽动。

陆折发现，他的手臂无力、发麻的情况比之前加重了。

患病 1 年，他早已经做好心理准备，病情恶化是在他的预料之中的事。

夏天炎热，太阳已经高高挂起。

陆折今天要去网吧维修电脑。

网吧的老板是方老板的客户，电脑都是从方老板那里买的，如果网吧里的电脑出了问题，就会打电话给陆折，请他过去维修。

毕竟像陆折这样闷声做实事、有能力又勤快的年轻人不多了。

网吧老板倒了一杯水给陆折："有问题的电脑我已经贴了标签。你先休息一会儿，我这边不急。"

之前，网吧老板从方老板那里听说过，陆折身患渐冻症，这一次见到陆折，发现他连走路都成问题了。

"谢谢。"陆折喝了一口水，就去机房修理电脑了。

网吧老板叹息着摇了摇头。他的儿子跟陆折差不多的年纪，但那个兔崽子整天只会打游戏，别说学习了，就连日常做点儿家务都喊辛苦。

比起有工作能力、读书厉害的陆折，他的儿子就是学渣。

陆折修理电脑的速度很快，网吧老板很满意。电脑有什么问题在陆折这里都不是问题。

老板付了钱给陆折，还跟他约好了下一次来维护电脑的时间。

这时，陆折的住处的门口，穿着一条浅蜜橘色裙子的苏瓷，正茫然地看着四周。

怎么她一觉醒来就来了这里?

苏瓷知道这里是陆折以前在D市租的房子，可两年前这里就拆迁了。

她怎么会在这里?

苏瓷想把富贵喊出来，然而根本得不到富贵的回应。

她走到门前按响了门铃，里面也没有动静。

苏瓷一阵茫然，这是怎么回事?

她想给陆折打电话，但身上什么都没有。

苏瓷走出小区，凭着记忆找到了方老板以前开的电脑店。

店铺还在。

看着拉着行李箱从电脑店里走出来的方老板，苏瓷一脸惊愕的表情。

自从方老板跟陆折开公司后，就把公司经营得很好，虽然到了中年，但是意气风发得很。而面前的方老板像老了十几岁，神色哀伤呆滞，身边也没了小快乐的身影。

苏瓷上前想跟方老板打招呼。下一秒，方老板拉着行李箱，目不斜视地从她身旁经过。

苏瓷微愣，赶紧喊道："方叔。"

方老板没有任何回应。

苏瓷上前："方叔。"

方老板这才逐渐回神，看着面前陌生的小姑娘："你在喊我？"

"你不认识我？"苏瓷被对方眼里的陌生神色惊到了。

方老板摇了摇头："小姑娘你认错人了，我不认识你。"

说完，他拉着箱子离开了。

方老板不认识她，陆折以前的住处也没有被拆迁，苏瓷突然意识到事情不对劲……她是不是回到以前了？

陆折从网吧离开后，还去了一个店铺帮客户解决电脑的问题。

陆折回到住处时，已经是下午。

奔波了一上午，陆折走路更跛了。刚才下公交车时，他差点儿摔倒。

陆折慢慢走上楼梯，发现有一个人蹲在门前。

他走了过去。

听到脚步声，苏瓷抬起头来。

看着面前的人，她惊喜地站了起来，一把抱住他："你怎么现在才回来啊？我等你很久了。"

苏瓷意识到回到了以前，便选择回来等陆折。

她站得腿发麻，周围又没有坐的地方，只能蹲着。这会儿，她总算等到陆折回来了。

苏瓷委屈得不行，抱紧陆折，撒娇道："你抱紧我，我的腿蹲麻了。"

说完，苏瓷将脸在陆折的怀里蹭了蹭。

然而下一秒，她被陆折推开了。

陆折冷冷地看着苏瓷："对不起，我不认识你。"

他侧过身，准备开门进屋。

苏瓷愣住了，陆折不认识她？

陆折推开门，正要走进去，衣摆突然被扯住了。

他转过头看去，只见女孩儿细白的指尖拉扯着他的衣摆，委屈地看着他。

“我没地方去了，你能收留我吗？”

面前的陆折看她的眼神很陌生，而且病容明显，看起来确实不认识她。

陆折将衣摆从女孩儿的手里扯了出来：“不行。”

苏瓷可怜兮兮地看着他：“陆折，你要看着我流落街头吗？”

陆折皱眉：“你怎么知道我的名字？”

“我不仅知道你的名字，还知道你的其他事情。你让我进去，我告诉你。”苏瓷伸手去拉他垂在一侧的大手，“我站了一个早上，又没有吃东西。陆折，我饿了。”

陆折想要甩开女孩儿的手，然而苏瓷早就察觉他的意图，直接从他身旁钻进了屋里。

苏瓷的脸皮厚得很，她回过头看着陆折：“你赶紧进来啊，别傻站在门外。”

说完，她自觉地走到了破旧的沙发边坐下。

陆折紧蹙着眉心，抿紧薄唇，关门走了进去。

苏瓷确实饿了，正想开口让陆折给她做饭。然而，看着跛着腿走进来的陆折，她呆住了。

“你的脚……”

陆折跛着左腿，脸上的神色淡淡的：“我不知道你是谁，也不认识你。我这里没有你需要的东西，请你离开。”

苏瓷哪里听得见他的话，她的目光落在陆折的左腿上，心里一酸。

她才发现，现在的陆折依然身患渐冻症，而且他的病情比她刚认识他的时候还要严重。

她想起了在电脑店外遇见的方老板，他身边没有小快乐。

苏瓷有一个不好的猜测。

她并不是回到了以前，而是来到了陆折的另一个世界。

那个世界里，没有她。

苏瓷皱眉，不知道这是怎么回事以及自己要怎么回去。

陆折看了一眼沙发上神色纠结的女孩儿，跛着腿走到厨房里，从保温瓶里倒了一杯热水。

他将热水放在苏瓷的面前："喝了水你就离开吧，我这里没有能收留你的地方。"

苏瓷抿了抿唇："我也想离开，但不知道离开的办法。我不知道怎么会出现在这里。明明我跟你正在睡觉，醒来就在这里了。"

陆折神色淡淡地看着她。

"我叫苏瓷，是你的未婚妻。不对，我是你以后的未婚妻，现在的你并不认识我。"苏瓷觉得自己也乱了，"反正我是你的未婚妻，所以在我没有找到离开的办法前，你不能赶我走。"

陆折的神色很平静，显然他不相信苏瓷的话。

"你不相信我的话？"眼睛转了转，苏瓷直接告诉他，"你的左腰侧、大腿根处都有一颗小痣。反正你身上的每一处地方我都看过了。"

陆折："……"

"你放心，找到回去的办法我就离开。"苏瓷堵住陆折要拒绝的话，"以前你也收留过我。当时我睡你的房间里，你住杂物房。这一次，我可以睡杂物房。"

陆折是不相信她的，但她对他的一切很熟悉，就连他身上的痣的位置也清楚……

她说，她是他以后的未婚妻。

陆折转身离开："随便你。"

苏瓷勾起红唇，知道陆折是同意她住下来了。

夜幕降临，苏瓷看着在厨房里做晚饭的陆折，主动走了过去："要我帮你吗？"

陆折冷声拒绝："不用。"

苏瓷经常看见陆折穿西装，现在看着陆折穿校服的样子，突然有种新鲜感。

她双手交叉在胸前，眼睛发亮地看着他。

陆折熟练地翻炒着菜，正想拿旁边的空碟子，苏瓷已经乖乖地将碟子递给了他。

他看了她一眼。

客厅里没有饭桌，陆折从杂物房里搬出来一张折叠桌子，支起张开。

苏瓷看着他腿脚不方便的样子，乖乖地去厨房拿抹布擦桌子。擦完，她期待地看着陆折，等他夸赞她。然而他一眼也没看她，沉默着去厨房里把菜端了出来。

陆折只简单地做了两个菜，番茄炒蛋和青瓜炒肉片。

苏瓷没有挑食，乖乖吃着。

饭桌上很安静，她一边吃一边用余光去看陆折。

现在的他，病情比以往要严重得多。

苏瓷抿紧了唇。这几年来，陆折吃了金色棉花糖后，病情一直很稳定。她来这儿前的一个星期，陆折已经痊愈了。她几乎忘了陆折患病时的样子。

陆折没有理会苏瓷打量他的目光，吃饭的速度很快，却不难看。吃完后，他收拾碗筷进厨房，旁边的苏瓷根本没有插手帮忙的机会。

苏瓷觉得，她又回到了跟陆折刚相识的时候。

不对，那时候的陆折知道她是兔子变的，对她没有这么冷淡；而现在的陆折，冷漠又疏离，连眼神也不屑给她。

在苏瓷看来，不管是之前的陆折，还是现在的陆折，都是同一个人。

她被陆折捧在手心里宠惯了，现在突然被冷落，就很难受。

苏瓷单手托着下巴，又尝试跟富贵沟通。然而，富贵一点儿反应都没有。

陆折洗碗的速度很快。他出来的时候，苏瓷已经发完呆了。

她站起来，目光灼灼地看着他："我去收拾杂物房。"

她一点儿也不想收拾。如果不是他看她的眼神太过陌生，她已经喊着要跟陆折一起睡了。

"嗯。"陆折回房。

苏瓷抿了抿唇，只好去打开杂物房的门。

杂物房里放了一些纸箱，还有坏了的椅子、铁架，东西不多，但房间不通风，有股发霉的气味，很难闻。

苏瓷叹了一口气，心里并没有什么想法。毕竟以前陆折就睡在这里，她也可以。

她想把里面的纸箱搬出来，刚摸上纸箱，她的手瞬间沾上了灰。

苏瓷鼓了鼓脸颊，继续搬着纸箱。

之后，她把坏了的椅子也搬了出来。最后，杂物房里只剩下一个 2 米高的铁架子，很重。

苏瓷平常娇生惯养的，哪里做过什么家务活？这样重的铁架子，她搬得很吃力。

扶着铁架子两侧，苏瓷才稍稍挪动，手指就被上面突出的铁尖划破了。

疼痛感传来，苏瓷皱眉，看着自己又脏又流血的手指，郁闷至极。

陆折在房间里举哑铃。他的手臂发麻的情况越来越严重了，虽然锻炼身体对渐冻症没有什么用，或者说根本是徒劳，但是他依然很自律，每天都会坚持锻炼。

房门被敲响，陆折动作一顿，起身去开门。

苏瓷站在门外，漂亮的眉毛微蹙着，眼睛里闪着泪光，小脸儿上满是委屈之色。

看见他，苏瓷把手递到他面前，声音也很委屈："陆折，我受伤了，流了很多血。"

沾了灰的小手上，一根手指被划出一道口子，渗出不少血。

"我刚才搬东西的时候弄伤了，好疼。"疼是真的，但在能接受的范围内，她故意夸大了效果。

"稍等。"陆折反身回房，拿出了一个药箱递给她。

苏瓷没有伸手去接药箱，可怜兮兮地说道："我单手没办法帮自己上药。"

陆折看她一眼，才提着药箱往外走去。

苏瓷在沙发上坐下，自觉地把手伸到陆折的面前，脏兮兮的，沾满了灰。

陆折示意她先把手洗干净。

苏瓷眨了眨眼，理直气壮地说道："你帮我洗啊，我受伤了。"

看见陆折没有应声，她轻哼了一声："连我的手都牵过了，嘴巴也亲过，更亲密的事情也做过，帮我洗手又不是什么为难的事，你在犹豫什么？"

陆折漆黑的眸子幽幽地看着她："你说的人不是我。"

苏瓷反驳他："以后的你，也是你。"

只是时间上不同而已，明明就是同一个人，她不会因为这是以前的他，就突然不爱他了。

只要陆折还是陆折，她一样会喜欢他。

陆折没有应声，握着苏瓷的手腕，将人拉进厨房，把她的手放在水龙头下冲洗。

苏瓷抿唇偷笑，嘴上依然不满："还没有洗干净，你应该揉一下我的手。"

陆折依然没有应声，大手握着苏瓷的手，轻轻地帮她搓洗着。

小手很快变回了原来白皙的样子。

陆折随手拿过一旁的纸巾递给她，让她自己擦手。

沙发上，苏瓷把洗干净的小手又伸到了陆折面前，让他帮忙擦药。

女孩儿的手揉捏起来软软的，手指纤细白嫩，指尖泛着浅浅的樱花粉色，怎么看怎么精致漂亮。

陆折用棉签蘸了消毒药水，涂在她的伤口上。

刺痛感传来，苏瓷疼得挣了挣手。

"痛？"陆折问她。

"这么大的伤口肯定疼啊。"苏瓷看着自己的手指，被划破皮了，她的手指变得不漂亮了。

陆折看着苏瓷的手指，上面只是一个小伤口，并不深。这样的伤口放在他的身上，他并不会有多在意。

陆折突然意识到，她很娇气。

"好了，你洗手的时候注意一点儿。"陆折松开苏瓷的手，收拾药箱往房间里走去。

苏瓷愣了愣，他不管她了？

陆折放好药箱，走进杂物房把铁架子挪了出来。然后，他拿着扫把开始打扫卫生。

对比苏瓷蜗牛般的速度，陆折很快就把杂物房打扫干净了。

房间通了风，室内的霉味消散不少，但气味依然不好闻。

苏瓷眼睛一眨不眨地看着忙活的少年，谄媚地问他：“你渴吗？我给你倒水。”

“不用。”陆折搬来一张折叠床。

苏瓷一眼认出那就是陆折以前睡的那张折叠床，一时间鼻子有些酸酸的。

陆折声音很冷淡：“你睡我的房间，我睡这里。”

苏瓷舍不得让陆折继续睡杂物房，用没有受伤的那只手拉住他的衣摆：“那我们一起睡。”

“不行。”陆折一口拒绝。

苏瓷睨他一眼：“这里的气味大，对人的身体不好。你把这张折叠床搬回房间，同睡一个房间又不是同睡一张床，怕什么？”

陆折没有应声。

苏瓷才不给他思考的时间：“你是担心我会对你做什么？但每次我跟你睡在一起的时候，都是你欺负我啊。”

陆折神色不自然地看向她，她还真是什么都敢说。

最后，陆折被苏瓷磨得没有办法，只能把折叠床搬去房间，但他的房间的空间不大，折叠床跟床只能并排放。

苏瓷打量着房间，熟悉感扑面而来，这里的布置没有什么变化，就连陆折的床也铺着灰色的床单。

“陆折，我想洗澡。”苏瓷在床边坐下来，抬头看向忙着整理折叠床的陆折，“我没有换洗的衣服，只能穿你的。”

陆折拿着枕头的手顿了顿。

苏瓷对这个房子的一切都很熟悉。她洗完澡出来，身上还带着水汽，沾着水珠的小脸儿红扑扑的，一双眼睛水汪汪的。

苏瓷穿着陆折的黑色T恤，衣服很大，直接遮住了她的大腿。

推开房间的门，苏瓷正好看到坐在折叠床上的陆折：“我洗好了。”

陆折不经意地瞥了一眼苏瓷的腿，笔直白皙，纤细的脚踝上还绑着一只笨拙的小兔子。

他偏开头，没有多看。

苏瓷穿着他的拖鞋走到床边。

“我去洗澡。”陆折站起来，跛着腿往外走去，像一刻都不想待在房间里。

夜色渐深，陆折洗完澡回来，发现苏瓷已经躺在床上了。

天气炎热，房间里并没有安装空调，只有一台风扇。

苏瓷嫌热，没有盖被子，侧身卧着。

看见陆折走进来，苏瓷的眼睛亮了一下，但她还没有说什么，“啪”一下，陆折关掉了灯，显然没有跟她闲聊的打算。

房间陷入昏暗之中。

苏瓷的身体转向折叠床这边，借着窗外的月色，她看见陆折平躺着，他的一只手搭在额头上。

陆折身材高大，睡在折叠床上显得很憋屈。

苏瓷往他那边挪动，轻声问他：“陆折，你睡在折叠床上是不是不舒服？我可以跟你换。”

陆折直接拒绝：“不用了。”

室内又陷入安静之中，只有风扇运作的声音。

过了好一会儿，苏瓷又忍不住开口：“陆折，你睡了吗？”

陆折没有应声。

苏瓷继续开口：“你热不热啊？”

陆折这才回应她：“不热。”

苏瓷知道陆折没有睡，翻过身对着他：“你想不想知道以后的你是什么样的？你想知道我和你的事情吗？”

陆折没有出声。

苏瓷来了兴趣，告诉他：“你对我一见钟情，然后对我穷追不舍。你可喜欢我了……”

陆折安静地听着苏瓷胡说八道。

苏瓷描绘着以后的陆折有多喜欢她，然而旁边的陆折没有一点儿反应。

苏瓷泄气了，趴在床上自言自语：“陆折，我想你了。如果是以后的你，肯定是抱着我睡的。”苏瓷低喃着，“我想回去。”

折叠床上，陆折紧闭着眼睛，鼻息间全是好闻的馨香。他知道，这是苏瓷的体香。

薄唇微抿，他依然没有应声。

夜色渐浓，周围一片幽静，窗外的月亮藏在云后，室内越发昏暗了。

床上的苏瓷安分下来，没有了动静，显然已经睡着。

折叠床上，陆折手臂上的肌肉抽动着，大腿发麻，全身无力。他拿开搭在额头上的手，沉默地看着天花板。

耳边是苏瓷细微的呼吸声，陆折静静地听着，觉得很陌生。

突然，他听到苏瓷轻哼了一声，转头看去，她没有醒。

下一秒，他听到她轻喃着他的名字，心脏猛地一跳。

陆折回头，继续看着黑暗中的天花板，等待肌肉停止抽动。

第二天，阳光透过窗户洒在桌面上。

陆折醒了，睁开眼便看到了对着他的苏瓷。

她双眼紧闭，头发散在脸上，隐隐约约可以看到秀气的鼻尖、红润的嘴，还有精致的下巴。

安静地睡着的苏瓷，比说话的时候乖巧多了。

陆折坐起来，正准备下床时，不小心碰到了床头的小柜子，发出了一阵声响。

陆折第一时间去看床上的苏瓷。

果然，苏瓷被惊醒了。

苏瓷懒懒地睁开眼帘，睡眼蒙眬地看着陆折，“喃喃”开口：“我还想睡。”

说完，她习惯性地想钻进陆折的怀里，然而这一次，差点儿从床上掉下去。

苏瓷坐起来，一把抱住站在床边的陆折的腰，脸在他的腰处蹭了蹭，向他撒娇：“你怎么这么早醒来啊？陪我再睡一会儿。”

突然被抱住，陆折愣住了。

他抿紧薄唇，低头去看抱住他的女孩儿。女孩儿小脸儿睡得红扑扑的，动作自然得仿佛平日经常这样抱他。

得不到回应的苏瓷不满地哼了哼，重复道：“陆折，你再陪我睡一会儿。”

苏瓷身上穿着陆折的T恤，没有注意到衣摆往上跑了，原本堪堪被遮住的大腿完全露了出来，白嫩、纤细，风光无限。

陆折不敢再看，偏开目光，想将腰上的人推开。

从苏瓷的话和她的行为来看，另一个世界的他应该很宠她。

但是他不明白，苏瓷这样娇生惯养的女孩儿，怎么会跟他走到一起？

“苏瓷，松手。”眼眸黯了黯，陆折想伸手推开抱着他的苏瓷，然而她全身软绵绵地靠着他，让他无处下手。

“不是苏瓷，你该喊我团团。”苏瓷把脸又在他的腰间蹭了蹭，依赖感十足。

陆折的薄唇抿得几乎失去了血色，他手上用了一些力，终于将她推开了。

苏瓷抬眸看他，眼神茫然又委屈，仿佛他推开她是十恶不赦的事情。

陆折脸上没有什么表情：“我先去做早餐，你自己起床。”

他转过身，跛着腿往外走去。

被推开的苏瓷一阵发蒙，眨了眨眼，睡意散去，才想起自己在哪。

她郁闷地躺回床上。

现在的陆折不给亲、不给抱，还凶她，一点儿也不好。

陆折做完早餐后，才看到苏瓷从房间里出来。

她身上还穿着他的黑色T恤，她的骨架小，他穿着合身的衣服在她的身上几乎变成了裙子。

衣摆晃动着，一双长腿又白又细，苏瓷像毫无察觉一样，随意地走到客厅里。

陆折下意识地皱眉：“苏瓷，地板脏，把鞋子穿上。”

闻言，正要去洗手间的苏瓷回过头看向他，嫌弃道：“你的拖鞋太大了，鞋底还硬，穿着一点儿也不舒服。”

原本她想借此机会让他抱她的，但想到现在陆折的腿跛得厉害，就打消了念头。

陆折板着脸。她这是什么借口？鞋子不舒服她就不穿？

他突然意识到，苏瓷比他想象中的还要娇气。

苏瓷看见陆折没有说什么，继续往洗手间走去。洗手台上放着新的杯子和牙刷、牙膏，显然是陆折为她准备好的。

不得不说，不管什么时候的陆折，都很细心。

门外传来了关门的声音。

苏瓷挑了挑眉，陆折出去了？

过了好一会儿，苏瓷洗完脸，又听到了外面的开门声，知道陆折回来了。

“把鞋子穿上。”陆折突然出现在洗手间的门口。

苏瓷惊讶地看着镜子里面的他，只见他手里提着一双浅粉色的拖鞋。

苏瓷惊喜地回过头去：“你刚才是出去给我买鞋子了？”

对上苏瓷亮晶晶的眼睛，陆折移开了目光。

他把鞋子放在她的脚边，只见女孩儿的脚雪白，脚指头泛着浅浅的粉红色，圆润可爱。他垂下眼帘：“穿好。”

苏瓷这才听话地把鞋子穿上。

鞋底很软，显然是陆折特意挑选的。

苏瓷抿唇偷笑。

早餐很简单，玉米粥搭配一些爽口的小菜。

苏瓷坐在他的对面小口吃着，才吃了一半，便看见陆折已经吃完了，快速地把碗筷拿进了厨房。

看着陆折背上背包准备外出，苏瓷赶紧起身：“你要出去吗？”

“嗯。”

“你去哪里啊？我也去。”苏瓷才不要自己一个人待在这里。

陆折拒绝：“我去工作，不方便带着你。”

苏瓷直接走过去，细白的手指拉住了他的衣摆：“方老板的电脑店关了，你去兼职吗？我跟你一起去。我会很安静的，不打扰你工作。”

陆折垂下眼帘，看着苏瓷拉住他的衣摆的手指：“不行。”

“以前你去兼职的时候，也会带上我的。”苏瓷眼巴巴地看着他，“你真的不让我跟着你吗？说不定我突然就消失，回去了。”

陆折冷淡的脸上没有什么表情：“把早餐吃完。”

苏瓷这才笑起来。

出门前，她换回了昨天的裙子："你有防晒霜吗？"

看着外面猛烈的太阳，苏瓷郁闷了。

"没有。"陆折打开门走了出去。

身后的苏瓷急忙问他："雨伞呢？"

然而，陆折已经大步离开。

苏瓷跟在他的身后，他走得不快，走起来左腿是跛的。

苏瓷知道，陆折的左腿应该是没有力气了。

她抿紧唇，乖乖地走在他的身侧，没有再吭声。

陆折刚才收到网吧老板的消息，说有几台电脑坏了，不得不让他今天再去一趟。

旧小区的不远处有一个公交车站，早上等公交车的人很多。

苏瓷紧跟着陆折，没有娇气地要求打车。

公交车从远处过来，刚停下，前面等车的人立刻往车上冲去。陆折走在前面，苏瓷赶紧拉住他的衣摆。

苏瓷还是第一次挤公交车，轻易就被别人挤到后面去了。

女孩儿明眸皓齿的，旁边有人故意往她身上挨。

苏瓷眉心紧蹙，下一秒，她的手腕被握住，往后拉扯。

转眼间，她站到了陆折的身旁。少年身材高大，将她围在了怀里。

苏瓷抬眸看他。陆折长得高，她只能看到他的下颌。

"你握着扶手。"陆折冷声开口。

苏瓷才不听他的，直接把手放在陆折的腰侧。车上人很多，气味难闻，她索性把头抵在陆折的胸口处，闻着他身上清冽的气息。

"苏瓷。"她太放肆了，陆折想让她站好。

苏瓷挨着少年，纠正他："你不要喊我苏瓷。"苏瓷低声告诉他，"你只会喊我团团。"

说完，她还得意地对着他眨了眨眼。

陆折脸上的神色淡淡的："你说的事我都不知道，那不是我。"

"我知道啊。你想知道什么？我可以告诉你。"苏瓷一双眼睛里满是笑意，"你不是陆折的话，那又是谁？"

陆折深吸一口气，发现苏瓷就像一个无赖，让人咬牙切齿又无可奈何。

由于是上班时间，车上的人越来越多，车内也越来越挤。

能站的空间逐渐变小，苏瓷被陆折护着。看见他吃力地抵抗着后背的挤压，她主动靠近他胸前，好让他多些空间。

苏瓷的身体很软，带着淡淡的馨香，在气味混杂的公交车上格外好闻。

陆折抿紧唇，想忽视呼吸间的香味。

从旧小区到网吧需要 20 分钟。下车后，苏瓷觉得自己活过来了，挤公交车的体验一点儿也不好。

裙子被挤皱了，苏瓷顾不上整理，只能快步跟上前面的陆折。

明明在车上还护着她的少年，下车后就翻脸不认人了。

网吧还没有开始营业，老板早已经在门口等着陆折了。

看见陆折来了，网吧老板笑道："小折，又让你一大早跑一趟了，吃过早餐了吗？我买了一些面包，你可以拿去吃。"

"我已经吃过早餐了，谢谢。"

陆折的话音刚落，后面的苏瓷就跟了上来。

老板赶紧说道："小姐，我们网吧还没有开始营业。"

"我是陆折的朋友。"苏瓷更想说自己是陆折的女朋友。

"啊，是小折的朋友？"网吧老板有点儿惊讶，陆折的这个朋友长得未免太显眼了。

"嗯。"陆折轻应了一声。

网吧老板热情地招待着："你们先进去坐，要喝水吗？"

陆折摇了摇头："坏的电脑在机房？"

"对，我都搬去那里了。"

陆折转过头叮嘱苏瓷："你坐着，我去维修电脑。"

苏瓷乖乖点头。

网吧老板说道："陆折，让你的朋友过去玩儿电脑等你吧，坐着会无聊。"

"谢谢。"

陆折带着苏瓷走到中间的位置，这边的座位比较干净。

他看着苏瓷乖乖坐下后，问道："渴吗？"

苏瓷点了点头。

陆折倒了一杯温水给苏瓷，还帮她打开了电脑："你先玩儿着，不要到处跑。"

苏瓷瞪了他一眼："我又不是3岁小孩儿，你去忙吧。"

"嗯。"陆折这才离开。

网吧老板也跟着陆折走进机房，有些问题要向他讨教。

这时，一个高瘦的男孩儿推门进来，在前台没有找到人，大喊了一声："老爸！"

没有得到回应的男孩儿看见机房开着灯，大步往那边走去。

走到中间位置时，他脚步一顿，整个人愣在了原地，惊艳地看着电脑前的苏瓷，一颗心疯狂地跳动。

他是在做梦吧？怎么来了一个仙女？

男孩儿瞬间一副痴汉脸，完全忘记了找老爸的事情。

他忍不住走过去搭讪："你好，我叫李杜渡，你在玩儿游戏吗？我游戏玩儿得很厉害，可以带你。"

苏瓷偏过头看了他一眼："不用。"

仙女的声音也很好听。

李杜渡忍住激动情绪："这里的老板是我老爸。你别喝白开水，想喝什么我去给你拿，免费的。"

苏瓷皱眉："不用了。"

李杜渡像打了鸡血，一直围着苏瓷献殷勤。这样近距离看，他发现女孩儿更漂亮了，他们学校的那个校花简直没有办法跟面前的女孩儿比。

他的目光落在苏瓷放在桌面上的手上，女孩儿的手纤细白嫩，指尖泛着粉红色，他觉得那个校花就连小仙女的手指也比不过。

"你饿不饿？这里有不少吃的东西，我去拿给你。"李杜渡有种陷入初恋的感觉，兴奋又毛躁，恨不得围着苏瓷转圈圈。

苏瓷觉得这个人好烦："不用。我不认识你，你离我远点儿。"

李杜渡被嫌弃了也不在意，痴痴地看着苏瓷："附近有电玩城，我可以带你去玩儿，比在电脑上打游戏好玩儿多了。"

苏瓷不理会他。

李杜渡被漠视了也没有放弃，像殷勤的小蜜蜂，给苏瓷拿了几瓶不同口味的饮料，还把茶水间的零食都搬了出来。

“这个口味的糖很好吃，你应该会喜欢。

“这个薯片也好吃，但容易上火，你可以尝一点儿，不能多吃。

“要不我去给你弄点儿水果？”

…………

陆折从机房里出来的时候，一眼就看到李杜渡贴在苏瓷旁边的椅背上，极力地讨好着她。

漆黑的眼眸黯了黯，陆折安静地看着他们。

“臭小子，你在做什么？”网吧老板也走了出来，看到自己的儿子骚扰女孩儿，一阵气恼，“李杜渡，你给我过来。”

李杜渡哪里会听，心思全在苏瓷身上，眼里全是她。

苏瓷看到陆折出来了，惊喜地走向他：“已经修完电脑了吗？”

“嗯。”

“我们走吧。”苏瓷觉得自己快要被吵死了。

苏瓷动作自然地握住他的手，陆折垂下眼帘，这一次没有让她松手，也没有甩开她的手。

“你是谁？”李杜渡看见小仙女竟然去牵其他男人的手，快要哭了。

“他是我的男朋友。”苏瓷嫌弃地瞪了李杜渡一眼，“你不要烦我，我喜欢的人是他。”

李杜渡傻眼了。

“臭小子。”网吧老板赶紧走过来，一把揪住儿子的耳朵，“你赶紧滚回家去，别给我丢人现眼。”

他揪着儿子的耳朵，连忙将人拉走。

“啊——老爸，痛，痛死了，你轻一点儿。”

网吧老板将人带到后面的房间里，把门给关上了。

处理完儿子，网吧老板出来给陆折付钱：“我那个儿子不懂事，打扰你的朋友了。”

陆折神色有点儿冷：“我们先走了。”

“好，好，好。”网吧老板客气地将两个人送到门外。

苏瓷牵着陆折的手：“我们现在回去吗？”

“先带你去买衣服。”

苏瓷眨了眨眼，故意逗他：“其实，我穿你的衣服也行。”

陆折拒绝：“不行。”

两个人走下楼梯，还剩下几级台阶的时候，陆折突然整个人往下掉。同一时间，他松开了苏瓷的手。

“陆折！”

陆折整个人从楼梯上摔了下去。

苏瓷匆忙跑上前，一眼便看到陆折的膝盖被磕破了。

苏瓷的眼睛红红的，鼻子也酸酸的，她伸手去扶他：“你的腿受伤了，其他地方有摔伤吗？我送你去医院。”

以前陆折也摔倒过，但没有摔得这么严重。

陆折摔下来的时候，膝盖磕到了楼梯台阶，摔到地面上的时候又擦破了皮。他觉得左腿更加麻木无力了。

“没事，不用去医院。”陆折没有让苏瓷扶他，自己缓慢地站了起来。

“你都流血了。”苏瓷抿了抿唇，到底没忍住哭了起来，“对不起，陆折，我救不了你。”

陆折惊愕地看着流泪的苏瓷，有点儿手足无措：“是我自己摔倒的，跟你无关。只是擦了一下，我真的没事。”

苏瓷摇了摇头。她说的不是他摔倒的事情。

“你的渐冻症，我救不了。”苏瓷说完，眼睛更红了。

现在的她联系不上富贵，也看不到任何人的生命值。这也意味着，她救不了陆折。

听到苏瓷的话，陆折扯了扯嘴角，觉得她傻气：“谁也救不了我。”

“不是的，我可以……”

陆折没有哄人的经验，看着眼睛红红的苏瓷，心像被狠狠地捏了一下，很不舒服。他打断她自责的话：“我的腿有点儿疼，你扶着我吧。”

听到陆折说腿疼，苏瓷顾不上哭了，赶紧靠近他，把他的手臂搭在自己的肩膀上：“能走路吗？我撑着你走。”

“嗯。”女孩儿身子纤细，哪里撑得起他？陆折将手臂虚虚地搭在她的身上，根本没有用力。

这次陆折带着苏瓷打的车，不想让她挤公交车了。

陆折不愿意去医院。回到住处的时候，苏瓷赶紧跑去拿药箱，催促陆折："你赶紧坐好，把裤脚挽上去。"

"我自己来。"陆折想接过药箱，然而苏瓷根本不听他的。

苏瓷拉着他到沙发那边坐下，示意他别磨蹭。

陆折抿紧唇，到底把裤脚挽了上去，膝盖上的伤口一下子显露出来，一大片瘀青。

苏瓷看得心里发酸，难受地吸了吸鼻子。

她在陆折的脚边蹲下，拿起棉签蘸了药水，然后轻轻地抹在陆折的伤口上。

看见陆折的脚动了动，她赶紧问他："很疼吗？"

"不是，你坐好。"陆折看着蹲在他脚边的苏瓷，神色有几分不自然。

苏瓷抬起头看了他一眼，低头继续帮他处理伤口。她担心陆折会痛，一边抹药，还一边轻轻地吹着陆折的伤口。

陆折看着苏瓷专注的神色，放在一侧的手逐渐握紧。

一种陌生的感觉让他无所适从。

苏瓷处理完他的伤口，将棉签丢到旁边的垃圾桶里，然后抬头去看神色淡淡的少年："还疼吗？"

陆折伸手去拉苏瓷："你不要蹲着，坐上来。"

苏瓷顺着陆折的力道被拉到沙发上，乖乖地坐在他的身旁："你还没有回答我，疼不疼？"

"不疼了。"陆折对上苏瓷的眼睛，她的眼角还有点儿泛红，一双眼睛黑白分明，水汪汪的，映着他的模样。

苏瓷习惯性地想靠在陆折的怀里，但想到现在的陆折对她很冷淡，只好端正地坐着。

陆折突然问她："另一个世界的我，也身患渐冻症？"

苏瓷点了点头。

陆折的眸色渐深，他有渐冻症，她为什么还跟他在一起？

"对不起。"苏瓷声音有点儿闷，"在那里你的病痊愈了，但现在我没有办法救你。"

陆折有点儿震惊：“痊愈？”

苏瓷点了点头：“我不知道怎么跟你解释。在那里你的病会好起来，你也找到了亲生父母。”

刚才在网吧，她上网搜索过陆家和苏家的资料，震惊地发现，这里没有苏家，只有陆家。

另一个世界没有她，所以苏家并不存在。

苏瓷收起纷杂的思绪，告诉陆折：“你的爸爸叫陆沉，是陆氏集团的董事长，你的母亲叫温雅。他们一直在找你，也会很疼爱你。

“陆折，你想跟他们相认吗？”

苏瓷话里的信息量太大，陆折听完沉默了。

过了好一会儿，他才开口：“不用了。”

苏瓷忍不住瞪他：“我就知道，另一个世界的你刚开始也不愿意跟你的父母相认。但你的病情越来越严重了，如果我突然消失……”苏瓷鼻子发酸，“你一个人怎么办……”

现在的陆折走路都成问题，病情再恶化下去，必定需要人来照顾。

对上苏瓷担心的目光，陆折告诉她：“我会住院。”

苏瓷知道陆折不想跟父母相认，是因为不希望父母在相认后再次失去他。

苏瓷沉默下来。

陆折腿上有伤，接下来的几天，苏瓷化身温柔的小天使，每天主动帮他擦药。

这天，苏瓷看见陆折从外面回来，手里提着一袋子水蜜桃，他的身后还有人搬着空调。

“你要安装空调？”

“嗯。”

陆折以前一个人睡的时候，晚上吹着风扇就可以了，无所谓热不热，但苏瓷不行。

苏瓷怕热，好几次被热醒了。

苏瓷笑得眉眼弯弯，知道陆折是为了她才特意买的空调。

视线落在他手里提的水蜜桃上，苏瓷更开心了。昨天她说了一句想吃桃子，没想到他记住了。

不管是哪一世，陆折都太好了。

陆折让工作人员把空调安装在房内，苏瓷主动拿着水蜜桃去洗干净。

这时，还没有关上的门外突然出现一个女生，对方不断地往屋子里张望。

陆折看过去，眼里的笑意消退。

“陆折，你不是说没有钱吗？怎么有钱安装空调？”赵优优看见工作人员往屋子里搬空调，顿时炸了。

陆折跛着腿走过去：“有事？”

毕业以后，没有学校管着，赵优优这段时间跑去染了头发，红棕色的发色配着大卷，加上她的妆容和衣着，显得很成熟。

赵优优抬起下巴：“我今天要在你这里住一晚。上一次，你拒绝我的朋友在你这里借宿，现在是我要在你这里睡，你不能拒绝。”

她跟家里人吵了一架，心烦得很，但没有钱住酒店，只能来找陆折。

苏瓷悦耳的声音从厨房里传来：“我拒绝。”

赵优优惊讶地看去，只见一个漂亮得耀眼的女孩儿走了出来，对方手上端着一碟子水蜜桃。

水蜜桃是洗过的，看着粉嫩香甜。女孩儿雪肤墨发，身上穿着一条浅透纱绿色的裙子，漂亮得让人挪不开视线，比她手里的水蜜桃更诱人。

赵优优看愣眼了，陆折的住处怎么会有女生？

苏瓷站在陆折的身旁，把手上的碟子递给他。

不得不说，如果不是赵优优的声音，苏瓷差点儿认不出她了。

她嫌弃地看了赵优优一眼：“我拒绝你住这里。”

“你是谁？有什么资格拒绝我？”赵优优觉得对方很碍眼。

苏瓷是素颜，皮肤又白又嫩，跟赵优优用粉底修饰出来的惨白肌肤完全不一样。

苏瓷直接挽上陆折的手臂：“我是他的女朋友，他的一切东西都是我的。我不同意你在这里住有什么问题吗？”

说完，她转过头问陆折："我说得对吧？"

陆折的手臂被苏瓷挽着，苏瓷递了一个眼神给他，一副他不配合她就要揍他的样子。

他还是第一次看见她傲娇的样子，微勾嘴角，纵容又配合："对。"

赵优优这会儿更震惊了，这人竟然是陆折的女朋友？

赵优优上一秒的自卑感立刻消失，像找到了优越感，忍不住嘲笑出声："你知不知道陆折有渐冻症，活不长了？"

这人长得漂亮有什么用，脑子和眼光都不好，竟然找陆折做男朋友？

苏瓷脸色瞬间冷了下来："你闭嘴。"

被苏瓷凌厉的眼神注视着，赵优优心里直打鼓。

她撇了撇嘴，小声说道："我说的是事实。"

苏瓷冷冷地看着她："陆折怎么样还轮不到你来说他，滚吧，否则我对你不客气！"

苏瓷看赵优优的眼神像看垃圾。

赵优优想嚣张地反驳回去，但不知道是被苏瓷身上的凌厉气势吓到了，还是被苏瓷通身的贵气镇住了，不敢吭声。

赵优优又不笨，能从苏瓷的气质、眼神，还有说话时的傲气样子看出来，苏瓷是有钱家庭的孩子。

"不住就不住，一个穷地方有什么了不起？"吐槽完，赵优优不敢去看苏瓷的脸色，不屑地甩着头发离开了。

苏瓷看着赵优优离开的身影，觉得这一世的赵优优超级讨厌。

"我不喜欢赵优优。以后她来找你，你把她赶走。"苏瓷直接向陆折表达了自己对赵优优的讨厌之情。

陆折垂眸，目光落在苏瓷挽着他的手上，低低地应了一声："嗯。"

夜里，苏瓷早早就洗完澡躺在床上了。

房间里装了空调，没有了平时的闷热感，很凉爽，她舒服地翻了个身。

陆折洗完澡回来，身上带着湿气，头发也没擦干，水珠顺着他的侧脸滚进了衣领里。

苏瓷坐起身，主动请缨："陆折，我帮你吹头发。"

"不用。"陆折走到书桌那边，拿起吹风机自己吹了起来。

苏瓷轻哼一声，趴在床上，无聊地托着下巴看着他。

书桌旁的少年背对着她，穿着黑色T恤，身材高大，连背影也给人冷漠的感觉。

吹风机的声音很吵，但苏瓷看得专注。不管什么时候的陆折，她都很喜欢。

只要是他，她就喜欢。

陆折关上吹风机，转过身就看到苏瓷目光灼灼地看着他。

苏瓷穿着一条白色的低领睡裙，这样趴着，领口露出了大片肌肤。

陆折下意识地偏开视线："坐好，这样趴着成什么样子？"

苏瓷不满地瞪着他。好烦啊，不管是什么时候的陆折，都会让她坐好。

陆折走到门边关了灯，室内一下子陷入了昏暗之中。

周围安静了下来，细微的声音被无限放大。

苏瓷还没有睡意，挪到床边，靠近旁边的折叠床："陆折，我睡不着，你陪我聊聊天啊。"

过了好一会儿，陆折才开口："嗯。"

想起今天的赵优优，苏瓷记起了书里的剧情："以后赵优优的事情，你不要管。"

之前，她还会质疑书里的陆折舍命救赵优优，是不是因为有点儿喜欢赵优优，但今天看见赵优优在这里的模样，觉得除非陆折瞎了眼，否则不可能喜欢赵优优。

陆折没有回应。

"如果赵优优真的出事，你会不会救她啊？"苏瓷想知道他是怎么想的。

陆折沉默了一下，回道："看情况。"

苏瓷傻眼了，觉得那他就有可能救赵优优，毕竟在书里他确实救了。

苏瓷很不爽也很不满："为什么？"

少年低沉的声音在安静的夜里很悦耳："任何人在我眼前有生命危险，力所能及的情况下，我都会救。我的命不长，能换来别人活着，很划算。”

他的寿命只剩不到 2 年。

苏瓷愣了愣，想起陆折在火灾现场把她的父母救了出来，还想起陆折为了救她的哥哥而受伤。

少年冷漠的外表下有最炙热、纯真的一颗心。

苏瓷眼睛发热，听不得陆折说这样的话。

下一秒，她从床上下来，挤上了陆折的折叠床。

柔软的身体靠过来，陆折被吓得赶紧坐起身：“苏瓷！”

苏瓷抱住他：“你的命也很珍贵，你不能轻视。”

她偏心得很，只在乎陆折。

“不管是谁，你都不能为了救对方而搭上自己的命。”苏瓷才不要陆折为了救人拼上自己的性命。

只要想到书里的陆折为了救赵优优而死，她就又气又酸：“尤其是赵优优！即使她有危险，你也不能去救她！不然我会吃醋，会酸死的，也会怄死的！”

突然被女孩儿抱住，陆折浑身发僵，尤其是她还在他的怀里蹭来蹭去，他的身体紧绷得有些发疼。

“快答应。”苏瓷催促他。

“你先松手。”陆折想将人推开，然而苏瓷穿着布料轻薄的睡裙，他的手刚搭在她的腰上，便觉得掌心下一片柔软，瞬间不自在地收回了手。

苏瓷像一个无赖，缠人得很：“你答应我再松手。”

呼吸间全是苏瓷身上的淡淡馨香，陆折收紧下巴：“嗯。”他声音沉了下来，“松手。”

苏瓷从来就不是讲信用的人，脸皮厚得很：“你先喊我一声，我再松手。”

“苏瓷。”

苏瓷不满意了：“不对，你不是这样喊我的。”

陆折抿紧了唇。

苏瓷磨着他：“快喊！”

昏暗中，陆折红了耳尖，几秒后，到底开了口：“团团。”

苏瓷笑弯了眼睛，乖乖地松开手。然后，她在折叠床上躺了下来。

陆折错愕："你回床上去睡。"

苏瓷一把拉住陆折的手，将人拉倒在折叠床上，转过身笑盈盈地看着他："以前我们也一起在这张床上睡过。"

"不是我。"

"就是你，就是你跟我。"看陆折还想反驳，苏瓷直接用手捂住了他的嘴巴，"我好困啊，赶紧睡。"

说完，她把头抵在陆折的胸口处，闭上了眼睛，坚决将无赖行为进行到底。

房间里安静了下来。

陆折可以听到自己"怦怦"乱跳的心跳声。

这天，陆折不用外出兼职，苏瓷端着洗好的桃子走了过来。

不用她说什么，陆折已经拿起小刀开始削桃子皮，还贴心地把桃子放在碟子上，切成均匀的小块。

"吃吧。"他把碟子推到苏瓷面前。

陆折发现苏瓷喜欢吃水蜜桃后，冰箱里便一直备着水蜜桃。

"我刚洗完桃子，手很酸啊，你喂我。"苏瓷没有动手，眼巴巴地看着陆折，眼尾处的小泪痣可爱又性感。

陆折脸上的神色淡淡的："自己吃。"

苏瓷靠近他，故意逗他："你喂我啊。你喂的会特别甜。如果你不喂我，说不定哪天我就突然消失了，到时候……"

苏瓷话还没有说完，一块桃子肉就抵在了她的唇边。

苏瓷笑倒在陆折的身上："你是不是真的怕我消失啊？"

陆折抿紧薄唇，耳朵有点儿红，漆黑的眼底全是纵容之色。

然而下一秒，靠在他身上的苏瓷突然消失了。

身旁的温热感消失了，手上的桃子掉在了地上，陆折浑身发冷，整个人愣在了原地。

过了很久，少年对着空气低低地应了一声："嗯。"

这时，门铃突然响起。

陆折猛地起身，跛着腿快步冲了过去，一把打开门。

门外站着一男一女。

女人看见陆折，神色震惊，瞬间红了眼："崽崽……"

苏瓷睁开眼睛，看着面前放大的脸，眨了眨眼。

刚才还在闹陆折，让他喂她吃桃子，怎么一转眼，她就和陆折睡在了床上？

苏瓷想把陆折喊醒，然而手触碰上陆折的脸，就发现了不同。

面前的陆折面色红润，两颊饱满，没有少年的青涩气息，也没有病容。

她用指尖描绘着陆折的五官，知道自己回来了。

苏瓷的手突然被握住，陆折睁开眼睛，漆黑的眼底还带着几分懒意："醒了？"

"嗯。"苏瓷轻应了一声。

看她神色呆呆的，陆折捏了捏她的小手："怎么了？团团，你是不是哪里不舒服？"

昨天他跟她闹得太晚了，最后他还失控了。他担心弄伤了她。

"不是。"

面前的陆折喊她团团。这个是她的陆折。

她回来了，或者说只是做了一场梦。

如果只是梦，那也太过真实了，在梦里她能感觉到痛。

苏瓷从陆折的大手里抽回自己的手，发现被铁架子划破的伤口根本不存在。

陆折把苏瓷的头发往后顺着，声音还有点儿哑："怎么了？你看起来很不开心。"

苏瓷往陆折的怀里钻去，把头抵在他的胸口处："我昨晚做梦了。"

她心里闷闷的。

苏瓷已经分不清那是梦还是陆折的另一个世界。

她没有想到自己会突然消失，有点儿猝不及防。她有点儿遗憾，没有好好跟另一个世界的陆折道别。

陆折抱住她："做噩梦了？"

"不是。"苏瓷把小脸蛋儿在陆折的胸口处蹭了蹭，依赖感十足，"我梦见你了。”

陆折安静地听着她的话。

“梦里的你好可恶，不仅对我很冷淡，还不让我牵你的手，不让我抱你，更加不让我亲你。”苏瓷声音闷闷的。

不管那是梦还是真实发生的事，她有点儿庆幸，自己遇到了另一个世界的陆折。

虽然陆折不愿意认亲，但是她很自私，她的眼里只有陆折，所以偷偷联系了陆家人。

至少，另一个世界的陆折病情加重时，并不会孤身一人，还有父母陪伴。

听着苏瓷指控的话，陆折勾了勾唇：“我也做梦了。”

苏瓷抬眸看向他：“你梦见什么了？”

“忘了。”陆折轻抚着她的头发，“时间不早了，吃完早餐我送你回家。”

苏瓷挑眉，凑上去对着陆折的下巴咬了一口。

微微的痛感传来，陆折忍不住闷哼了一声。

苏瓷没有用力，只是轻咬了一下。看着浅浅的牙印，苏瓷有点儿得意，小手不安分地从陆折的胸口往下滑去。

“团团，”陆折一把握住苏瓷的手，声音低沉，“你乖一点儿。昨晚是谁哭了？”

昨天哭得惨兮兮的人是她。这么快就好了伤疤忘了疼，真要闹起来，待会儿她又要娇气地哭了。

苏瓷软软地趴在陆折的怀里。跟梦里不一样，现在的她可以随意地让兔耳朵出来。

她顶着毛茸茸的淡粉色兔耳朵，一双眼睛湿漉漉地看着陆折：“时间太久了，我忘记昨晚的事了。你不想吗？”

苏瓷哪里是兔子精啊，活脱脱是一只勾人的小狐狸。

陆折扶在她腰上的大手用力，一个转身，两个人换了一个位置。他狠狠地咬了咬牙，捏住了苏瓷的兔耳朵：“待会儿不要哭。”

兔耳朵被揉捏着，苏瓷哼了哼，小手已经攀上陆折的脖子：“就要。”

两个人是下午回的苏家。

陆折把苏瓷送进去时，苏母正好从外面回来。

苏母看见女儿和陆折在一起，脸上溢满了笑意："小折来了，进去坐吧，今晚在这里吃饭？"

自从知道陆折的病突然好了后，苏母和苏父已经完全接受了苏瓷跟陆折在一起的事，再也没有任何意见。

苏母真的感谢上天让陆折这孩子平安无事。

"好，打扰了。"陆折应了下来。

苏母笑着去厨房吩咐今晚的菜式。

小天才和小苏宁已经上小学一年级了。今天是周六，两个小家伙不用上学，正在客厅里玩儿。

看见苏瓷和陆折走进来，两个人很有礼貌地打着招呼："姐姐，姐夫。"

苏瓷分别揉了揉两个小家伙的脑袋。现在家里人知道她和陆折在一起的事了，两个小家伙喊姐夫也不用悄悄地喊了。

用人端来茶，还端来了一碟子切好的桃子，淡粉色的桃子肉看着鲜甜诱人。

苏瓷想起梦里陆折喂她吃桃子的画面。她突然消失，还没有吃上陆折喂的桃子呢。

苏瓷拉着陆折坐在沙发上，对着他挤了挤眼："我想吃桃子。"

陆折没有应声，拿过旁边的小叉子，叉起一块桃子动作自然地喂到了苏瓷的嘴边。

苏瓷一口咬住，桃子果然很甜。

梦里的遗憾被弥补了，苏瓷这才开心地笑起来。

下星期是陆家老爷子的 70 大寿，但老爷子身体不好，并不想大办。陆家准备一家人吃一顿饭，苏瓷作为陆折的未婚妻，也去给陆老爷子拜寿了。

陆老爷子今天的气色很好。

自从陆折回来后，他的心情好了很多，但终归是上了年纪，陆老爷子身体大不如前了。看见自家孙子和苏家的小女儿走在一起，非常般配，陆老爷子笑呵呵地不住点头，显然很满意。

陆老爷子对陆折说道："你们两个已经毕业了，也该考虑婚事了。"

因为是在家里，陆折今天没有穿西装，而是穿着一件浅蓝色的衬衫，身姿挺拔，眉目清雅，俊朗出尘。

听到老爷子的话，陆折下意识地看向旁边的苏瓷，勾了勾唇："爷爷，小瓷还小，结婚的事情还不急。"

陆老爷子也不是顽固的老头子，知道现在的年轻人都流行晚婚："你们心中有数就行。"

对结婚的事情，苏瓷是不急的。

在她看来，她现在除了没有跟陆折住在一起，其他方面他们跟夫妻没有区别。

温雅明艳的脸上溢满了笑意，过来招呼大家："可以吃饭了。"

管家扶着老爷子去饭厅，陆折也牵着苏瓷的手走过去。

陆家聘请的是国宴级别的厨师，此时，饭桌上已经摆满了色香味俱佳的菜肴。

用人为众人端上了红酒。

苏瓷对自己的兔耳朵已经能收放自如了，不需要担心喝酒的问题了。

陆折凑近她，提醒道："只能喝一点点。"

苏瓷乖乖地点头，然而一顿饭吃下来，喝了三大杯红酒。

她没有醉，但红晕爬上了脸颊，一双黑眸水汪汪的，漂亮得耀眼。

对面的温雅看着苏瓷的模样，不得不惊叹苏家把苏瓷养得很好。她见过那么多豪门千金，却没有一个能和苏瓷媲美的。

温雅忍不住暗赞儿子眼光好，也替他高兴。

吃完饭，温雅让陆折带苏瓷去房间休息，不必在他们长辈旁边待着。

陆折的房间在二楼，以灰白色调为主，符合陆折的喜好。

房间里只有一张大床、一个衣柜、一张书桌，外面则有一个大阳台。

陆折看见苏瓷在他的床边坐下，问道："团团，你要睡午觉吗？"

喝了一点儿酒，苏瓷确实困了，朝陆折点了点头。

陆折走过去半蹲在她的身前，帮她脱掉脚上的鞋子："你先睡一下，我待会儿喊你。"

脚踝被陆折的大手握住，苏瓷觉得有点儿痒："你不陪我睡吗？"

"我还有几份文件没有处理完。你先睡，待会儿我再陪你。"陆折掀开被子，让苏瓷躺下来。

苏瓷神色慵懒地打了个哈欠："那你去忙吧。"

她躺在浅灰色的大床上，小脸蛋儿染着红晕。陆折不禁伸手捏了一下她的脸，然后给她盖上薄被。

房间里很安静。

苏瓷也不知道自己睡了多久，睡眼惺忪地坐起身来。

她下床，想穿上鞋子，却发现自己的鞋子不见了。

苏瓷听到翻书的声音，往窗边看去，陆折正坐在窗边的书桌前。

"陆折，我睡醒了。"苏瓷声音柔柔的，好听得很。

书桌前的男人背影一僵，定住了。

苏瓷眨了眨眼。

接着，男人缓慢地转过身来。

陆折漆黑的眼睛直直地看着苏瓷，声音像从喉咙里挤出来的："苏瓷？"

苏瓷看着面前穿着白色衬衫、面容瘦削的陆折，愣住了。她不确定地开口："陆折？"

陆折扯了扯嘴角，黑眸微亮。这并不是梦，消失将近一年的苏瓷又出现了。

他动作缓慢地捂住眼睛，低声笑了起来。

"你是另一个世界的陆折。"苏瓷确定了。

陆折松开手，看向苏瓷："团团，过来。"

苏瓷走向他。

她还没来得及说什么，陆折就皱起了眉："怎么又不穿鞋子？"

房间里没有铺地毯，苏瓷赤脚踩在地板上会很凉。

"鞋子被你脱掉了。"

睡觉前，陆折帮她脱了鞋子。没想到，她睡醒后又看见了另一个世界的陆折。

但这里还是陆折的房间。

苏瓷有点儿茫然，这是不是说明陆折已经被接回陆家了？

陆折听到苏瓷的话，目光黯了黯。她话里的人并不是他，而是另一个世界的陆折。

“陆折，你瘦了很多。”

面前的少年脸颊更加凹陷了，而且坐的是轮椅。

“你消失将近一年了，是回去了吗？”陆折的声音有点儿哑，他眼睛一眨不眨地看着面前突然出现的女孩儿，唯恐她下一秒又消失不见。

苏瓷点了点头：“我回去了。”

陆折眸色有点儿黯：“过来。”

苏瓷走近他，下一秒，她的手被陆折拉住，整个人往他怀里倒去。

“陆折！”苏瓷被陆折抱着，挣扎着要站起来，“你的腿……”

“没关系。”陆折抱紧苏瓷，让她坐在他的腿上，“你别乱动，我没有多少力气，怕抱不住你。”

苏瓷安静下来，面对着他：“我有点儿重，会压着你的腿。”

陆折勾唇：“不重。”

胸腔里那颗冰冷很久的心逐渐暖了过来，他贪心地抱着她。

苏瓷想好好看看陆折，然而被他抱得紧紧的，动弹不了。

少年的气息落在苏瓷的耳朵上，她颤了颤，然后听到陆折哑着声音说道：“团团，我后悔了。”

怀里的苏瓷软软的，从她消失那天起，他每一天都在后悔，后悔那天晚上她抱他而他推开了她。

她消失后的每一秒，他都奢望着她能突然出现。

现在，她真的出现了。

苏瓷愣了愣。

就在这时，门外突然响起了敲门的声音。

“有人来了。”苏瓷惊慌。

她突然出现在陆折的房间里，很难对人解释。

“崽崽，妈妈要进去了。”

听到了温雅的声音，苏瓷着急起来：“陆折，你先松手，你妈妈要进来了。”

陆折刚松开手，苏瓷立刻站起来，想要找地方躲起来。

苏瓷四处张望，唯恐温雅下一秒推门进来。她抿了抿唇，目光落在陆折的书桌上。

“团团。”陆折看见苏瓷躲进了书桌底下。

苏瓷拉扯了一下他的裤脚：“你挡住我。”

温雅推门进来了，手上端着托盘，托盘上放着一杯温水，还有一个装着药的小盒子：“崽崽，你该吃药了。”

她走过来，看见儿子坐在书桌前，正安静地看着书。

“妈妈。”陆折放下手里的书。

“该吃药了。”温雅笑容温和，把水杯和药放在书桌上。

看见儿子的腿上盖着一条毯子，温雅赶紧问道：“崽崽，你冷吗？是不是房间里的空调温度太低了？”

陆折的裤脚被苏瓷拉了拉。

陆折脸上的神色没什么变化，不慌不忙地说道：“有点儿。”

“我帮你把温度调高些。”温雅赶紧找到遥控器，把空调的温度调高一点儿。

“谢谢妈妈。”

“妈妈不妨碍你看书了。水是温热的，你记得吃药。”温雅叮嘱陆折。

门被关上，房间里变得安静。

陆折掀开腿上的小毯子：“可以出来了。”

他往书桌底下看去。

苏瓷穿着浅蓝色的裙子，委屈地蹲在桌底下，两只小脚光着，一双眼睛可怜兮兮地看着他。

陆折搭在轮椅扶手上的手收紧，眸色越发深沉。

他弯下腰，对苏瓷伸出手：“团团，出来。”

苏瓷刚将手搭在陆折的手上，就被他从书桌底下拉了出来。

“好险啊。”苏瓷舒了一口气。

“害怕吗？”陆折看着苏瓷明显松了一口气的样子，不由得勾唇。

“我不怕，但这样会吓到其他人的。”毕竟她是突然出现在陆折的房间里的。

陆折看着苏瓷光着脚站在地板上，说道："团团，去床边坐下。"

苏瓷不明所以，但还是乖乖照做。

她坐在他的床边，就见陆折自己转动着轮椅到门旁，给她拿了一双白色的拖鞋。

"你抬一下脚。"

"我自己穿就行。"要是平常，苏瓷很愿意让陆折帮她穿鞋子，这也是陆折喜欢做的事情，但面前的陆折坐在轮椅上，显然更需要被照顾。

"我想帮你穿。"陆折漆黑的眼睛平静地看着苏瓷。

苏瓷抬起脚，纤细的脚踝被少年的大手握住，冰冷的触感让她的身体下意识地颤了颤。

陆折垂眸，动作缓慢地把拖鞋套在了苏瓷的脚上。

拖鞋是他的，对苏瓷来说太大了，显得她的脚愈加小巧精致。

"另一个世界的我帮你穿过鞋子吗？"穿好一只鞋子后，陆折用手又握住了苏瓷的另一只脚。

"穿过。"

不只鞋子，他还很喜欢帮她穿衣服，有时候还会帮她扎头发。

苏瓷觉得自己被陆折宠坏了。

陆折用指尖拨了一下苏瓷的脚踝上的小兔子，小兔子笨得可爱。

苏瓷看见陆折竟然幼稚地玩儿她的脚链，挣了挣脚："这是你送的。"

陆折的指尖顿了顿，然后他继续给苏瓷穿鞋："不是我。"

"就是你啊。"苏瓷坚持。

陆折没有出声。

"你要吃药了。"苏瓷走到书桌那边，帮他把水和药拿过来，"这些都要一次吃完吗？"

"嗯。"陆折接过药，全部倒进嘴里，旁边的苏瓷赶紧把水杯递到他的嘴边。

陆折看了她一眼，没有接过杯子，而是就着她的手直接喝水。

见陆折只喝了两口水，苏瓷问他："不喝了？"

"嗯，够了。"陆折唇上沾着水，多了几分光泽，并不像刚才那样干干的了。

苏瓷的目光落在陆折的腿上，她一向聪明："陆折，你的腿……？"

"不能走了。"陆折的语气淡淡的，他看着苏瓷，"会嫌弃这样的我吗？"

苏瓷赶紧摇头："怎么会？"

她怎么会嫌弃陆折？

苏瓷语气很坚定："不管变成什么样，你还是你，我一样喜欢。"

"嗯。"陆折嘴角微微勾起。

晚上，护工敲响了房门，来推陆折下楼吃晚饭，没有得到回应，门却被打开了。

"陆少爷，到用餐时间了。"护工对陆折笑得甜美。

护工学历高，有专业的护理知识，是陆家高薪聘请来照顾陆折的。

她正准备走到轮椅后去推陆折，却被陆折制止了："我今天在房间里用餐。你把我的饭菜端上来，饭菜的分量要比平常多一倍。"想到了什么，陆折继续开口，"让厨房准备一份甜品，要桃子口味的。"

护工惊愕地看着陆折："桃子口味的甜点？"

陆折语气很淡："有什么问题？"

护工赶紧摇头："没有。"

她上前，想先把陆折推回房间里。

"你去准备吧。"陆折拒绝，自己转动着轮椅退回房间，顺手关上了门。

苏瓷从门旁走向陆折，故意逗他："你现在算不算金屋藏娇啊？"

陆折深深地看了她一眼，没有应声。

温雅看见护工下楼，却没有看见儿子，疑惑地问道："小折呢？"

"太太，少爷说今晚在房间里用餐。"

"怎么了？他是不是哪里不舒服？"陆折的情况一天比一天差，听到他不下楼用餐，温雅立刻担心起来。

护工赶紧回道："少爷的精神不错，他还说要吃甜品。"

"甜品？"温雅有点儿惊讶，毕竟儿子很少吃甜的东西。不过，听到他有想吃的东西，温雅很开心："那你去厨房交代一声，赶紧做出来送上去。"

“是，太太。”

护工将饭菜放在桌子上，一一摆好。

“陆少爷，饭菜都上齐了。”护工站在旁边，准备伺候陆折用餐。

陆折手脚不便，虽然手还能动，但是她作为他的护工，需要随时在他身旁伺候着，以防他的病情突然恶化。

陆折冷声说道：“你不用在这里守着，出去吧。”

接触几个月下来，护工知道陆折性格比较冷，也不喜欢身边有人：“是，陆少爷。”

门被关上，陆折转动着轮椅来到衣柜前，打开衣柜门。

苏瓷光着脚坐在他的衣服上面，细软的长发自然地垂在她的身后。

苏瓷看见衣柜门被打开，一双眼眸亮晶晶地看着他。

陆折的心脏猛地一跳，他向苏瓷伸出双手：“团团，出来。”

苏瓷被陆折抱住，坐在他的腿上，双手自然地攀上了他的肩膀，有点儿郁闷：“以后我是不是都要藏起来啊？”

“不用。”陆折转动着轮椅，带她来到桌子那边，“明天开始你不用藏起来。”

他舍不得让她这样委屈。

“我突然出现在这里，怎么解释？如果我又突然消失，那怎么办？”

苏瓷没看到陆折的眸色黯了下来。

“不用担心，我会跟他们解释。”陆折让苏瓷坐在旁边的椅子上，“刚才你说饿了，先吃饭。”

饭桌上放着六菜一汤，还有两碗饭、一份甜品，完全够陆折和苏瓷吃了。

陆家的厨师手艺很好，桃子味的蛋糕做成了一个桃子的形状，小巧精致，很逼真。

苏瓷尝了一口，然后夹起一小块蛋糕喂到陆折的嘴边：“这个蛋糕做得很好吃，你尝尝。”

苏瓷原本以为陆折会拒绝她，然而下一秒，少年张开嘴，一口吃掉了嘴边的蛋糕。

苏瓷发现，比起上一次陆折对她的冷淡态度，现在的他不仅对她很热情，而且很纵容，像极了另一个世界的陆折。

苏瓷笑弯了眼睛：“好吃吗？”

陆折平常很少吃甜的东西。甜腻的桃子味蛋糕在嘴里化开，陆折看着面前笑得比蛋糕还要甜的女孩儿，眼里染上了笑意：“好吃。”

两个人用完餐，用人进来收拾餐具。

护工也进来了：“陆少爷，按摩的时间到了。”

陆折的肌肉开始萎缩，每天都需要适量地进行按摩。

陆折示意护工离开：“今天不需要，你出去吧。”

护工惊愕：“陆少爷，这样不合适，你的腿……”

陆折语气淡淡的，却让人不敢反驳：“出去。”

护工看了一眼陆折，见他脸上神色冷淡，让人看不透他在想什么，只好退了出去。

门刚被关上，苏瓷自己从衣柜里跳了出来：“你的腿需要按摩，你为什么让她离开？”苏瓷关心陆折的病情，着急地说道，“我可以藏在衣柜里，反正衣柜通风，我在里面待多久都行。”

“团团，把鞋子穿上。”看见苏瓷又光着脚，陆折下意识地皱眉，“地上凉。”

苏瓷赶紧去穿鞋子。穿好后，她踩着大好几号的拖鞋走到陆折身旁：“你要是担心我待在衣柜里闷得慌，可以去书房让人给你按摩。”

“没关系，少一两次对我的病情没有影响。”

按摩对他的病情作用并不大，或者说微乎其微。

苏瓷在陆折的轮椅前蹲下来：“我可以帮你按一按。不过我不会，你要教教我。”

说着，苏瓷把手伸向陆折的小腿。

“团团。”陆折的下巴绷紧，他想要制止她。

“你别嫌弃我按得不好。”捏着陆折的小腿，苏瓷才发现陆折以前紧实、充满力量的腿变细了。她甚至捏不到他腿上的肌肉，好像只有骨头。

手顿了顿，她想要挽起陆折的裤脚。

“团团，不要看，我的腿很丑。”陆折搭在扶手两侧的手握紧，眸色晦暗。

苏瓷抬眸看着他，没有把他的裤脚挽起。她知道，少年也有自尊心。

“我不会按，按得不好，待会儿让护工重新帮你按一遍。”小手在陆折的腿上捏着、按着，苏瓷还是很有自知之明的。

陆折的双腿无力，但并不代表他失去了知觉。

苏瓷的小手软若无骨，哪里有什么力气？与其说她是在帮他按摩，不如说是在惹火。

陆折自嘲地笑了笑。在盼了一年的女孩儿面前，他没有任何定力可言。

晚上，苏瓷穿着陆折的衬衫从洗手间里走出来。

她不是存心要勾引他的，实在是这里没有她的衣服，只能穿陆折的衣服。

这时，陆折转动着轮椅进来。他刚才在其他浴室洗完澡。

“你也洗好了？”苏瓷不知道陆折自己一个人是怎么洗澡的。

苏瓷看着穿着整齐、顶着一头湿发的少年坐在轮椅上，鼻子发酸，平常简单的事情，对陆折来说都变得困难。

湿发垂在陆折的额前，他漆黑的眸子也变得湿润起来：“嗯，洗好了。”

“我帮你吹头发，好不好？”苏瓷主动请缨。

上一次她要帮他吹头发，但被他拒绝了。

陆折勾唇：“好。”

苏瓷消失后，这也成了陆折后悔的事之一。

听到少年应下，苏瓷愉悦地把他推到床边，拿起吹风机，站在轮椅后帮他吹起了头发。

苏瓷细软的指尖穿插在他的头发间，陆折闻着身后的女孩儿身上传来的馨香，神色变得柔软。

陆折的头发很软，苏瓷把他被吹乱的头发梳理好后，走到他面前，一把捧住他的脸：“头发吹好了，真帅。”

刚吹完的头发柔顺地垂了下来，少年那模样竟然有几分乖巧。

嘴角带着浅浅的笑意，陆折问苏瓷：“喜欢吗？”

苏瓷一点儿也不掩饰自己的感情：“当然喜欢。”

“什么模样的你，我都喜欢！”她又肯定地说了一遍。

陆折嘴角翘起，脸上的笑意更浓了。他觉得，就算他明天死去，也不会觉得遗憾。

房间的灯光暗了下来。

苏瓷乖巧地躺在床上，本想扶陆折上床，但被他拒绝了。

她没有去看他是怎么吃力地从轮椅上起身，然后挪动到床上的。

陆折刚在床上躺下，苏瓷一个翻身钻进了他的怀里。她闷声说道："你的什么样子我没有见过？我又不嫌你，下次让我帮你。"

这一次，陆折没有再像一年前那样将她推开。

他把手搭在她的腰上，低哑的声音在昏暗的房间中很清晰："好。"

直到耳边传来苏瓷平稳的呼吸声，陆折才睁开眼睛。

借着床头的灯光，陆折仔细地看着怀里的女孩儿。

暖光下，苏瓷白净的小脸儿上多了一层柔光。忍不住也不想忍，陆折低头亲了亲她的脸颊。

目光落在苏瓷红润的嘴唇上，陆折的薄唇压了上去，他尝到了她的甜。

她消失的这一年里，陆折觉得自己变得卑鄙又无耻，就像小偷想要窃取不属于自己的东西。

第二天，阳光透过白色的窗纱洒在地上，形成星星点点的光斑。

陆折早就醒了，低头看着怀里的苏瓷。她将头抵在他的胸前，只露出圆圆的后脑勺，而她的脚肆无忌惮地放在他的两脚之间，两个人的身体贴得很近。

突然，他怀里的苏瓷动了动。她抬起下巴，侧脸贴着他的脖子，温热的气息落在他的脖子上。

酥麻感传来，陆折的喉结上下滑动了一下，他想稍稍往后退开一点儿，然而苏瓷的手缠在他的腰上，整个人紧紧地抱着他。

陆折没有再动，抱紧苏瓷，看着照进室内的阳光，漆黑的眼底全是笑意。

今天，陆折需要去医院做检查，护工按照往常的时间来敲门。

苏瓷动了动，皱着眉往陆折的怀里钻去，嘟囔道："陆折，我还想睡。"

陆折不得不承认，他忌妒另一个世界的自己。

护工在门外继续敲门，苏瓷睁开眼，迷迷糊糊地看着陆折，显然还没有完全清醒过来。

“被吵醒了？”陆折低头亲了亲她的发顶。

苏瓷声音懒懒的：“谁在外面？”

陆折伸手捏了捏苏瓷睡得红扑扑的小脸儿：“是护工，我今天要去医院做检查。”

“检查？”苏瓷清醒过来了，面前的是另一个世界的陆折，“那你赶紧起床。”

她不拉着他赖床了。

门口，护工得不到回应，下意识地皱起了眉。这几个月下来，她知道陆折是一个非常自律的人，做什么事都很准时。

平常这个时间，陆折已经起床了。

而现在房间里没有任何回应，护工直接推开了门。

因为陆折是渐冻症患者，随时可能有生命危险，所以陆家人允许她在特殊情况下，自行进入陆折的房间救人。

护工突然推开了门。

“陆少爷……”她走进房间，震惊地看着床上的陆折和苏瓷。

苏瓷穿着陆折的白色衬衫，露在外面的皮肤一片雪白。

陆折拉高被子遮住了怀里的苏瓷，冷声质问护工：“谁让你进来的？”

“陆少爷，我……”护工傻眼了，以为陆折发生了什么状况，没想到他的床上竟然有女人！

“出去！”

护工被陆折训得有点儿蒙，赶紧应声，慌张地离开。

门被关上，苏瓷从被子里探出头来：“怎么办？被发现了。”

昨晚苏瓷忘记锁门了，陆折也没有锁门的习惯，毕竟他的病情需要人随时关注着。

陆折轻声安抚她道：“没事，有我在。”

既然被发现了，陆折也不遮掩了，让人去准备苏瓷穿的衣服。

温雅听护工说儿子的房内有陌生的女孩儿时，也很震惊。

当她来到陆折的房门前时，开门的正是苏瓷。

“温雅阿姨，您好。”苏瓷有点儿羞赧。她之前一直跟陆折的母亲相处得很好，哪怕在不同的时间见面，对温雅也没有陌生感。

温雅礼貌地点了点头，走进房间，看见儿子穿戴整齐地坐在轮椅上：“崽崽，这位是……？”

陆折没有看苏瓷。他确实自私：“她是我的女朋友。”

苏瓷闻言眼睛一亮，陆折承认她的身份了？

温雅被儿子突然出现的女朋友惊得回不过神来：“妈妈以前怎么没有听你提起过？”

陆折脸上的笑意很淡：“因为我以为把她弄丢了。”

温雅没有听儿子说过有女朋友的事，现在突然冒出这么一个陌生的女孩儿，一直处在震惊中。

但到底是见惯大场面的豪门夫人，温雅迅速整理好思绪，看向苏瓷。

她这才注意到，女孩儿长得很漂亮，不光气质好，还有股灵气。

温雅轻声开口：“我应该怎么称呼你？”

面对长辈的打量目光，苏瓷不卑不亢，大方地介绍自己：“我叫苏瓷。”

温雅想了一下，豪门里没有哪家姓苏。

但温雅不是注重门当户对的人。哪怕女孩儿身世普通，只要儿子喜欢，只要女孩儿品性纯良，她就不会反对。

再说了，她对苏瓷有种说不出的好感和熟悉感，也不知道是不是因为对方长得漂亮，让人忍不住喜欢。

温雅对苏瓷说道：“崽崽没有跟我提过你的事，等有空儿了，你陪我聊聊天。”

苏瓷知道，温雅阿姨接受她了。

温雅看向儿子：“你把人偷偷藏起来，是不打算让妈妈知道吗？”

陆折清朗的眉目舒展开来：“不是，我打算今天告诉您的。”

他也不想让苏瓷一直躲起来。

儿子性子冷，再加上他的病情，她根本就没有留意过儿子感情方面的事情，没想到他竟然有一个女朋友。

但有人愿意陪在儿子身旁，温雅终归是开心的。

温雅离开后，苏瓷蹲在陆折的脚旁，有点儿担忧地看着他："如果……如果我又突然消失了，你怎么跟温雅阿姨说？"

陆折的眸色黯了下来。

他垂眸看向苏瓷，指腹轻轻地在她光滑的脸蛋儿上摩挲："我会告诉她，你抛弃我了。"

"我才不是。"苏瓷瞪眼，"我只是去另一个世界了，一样跟你在一起。"

陆折捏了捏她气鼓鼓的脸颊，低声说道："不一样的。"

她消失后，他便不能拥有她了。

吃过早餐，陆折要去医院做检查，苏瓷也陪着，同行的还有护工。

护工坐在副驾驶座上，还没有从震惊状态中缓过来。

她没想过，今早在陆折的床上的女人竟然是陆折的女朋友。

护工偷偷地看向后视镜，女孩儿靠在陆折的怀里，笑得温柔，手里拿着什么东西喂到了陆折的嘴边。

护工不敢多看，转头看向窗外。

想到之前她一直认为自己学历高，模样清秀，追求者也多，虽然家世配不上陆家少爷，但是对方毕竟患了渐冻症，不会有其他女孩儿喜欢，所以一直犹豫着要不要跟陆折在一起，现在不由得感到一阵羞耻。

护工庆幸自己没有开口，否则在陆少爷的女朋友的映衬下，自己必定沦为笑话。

车后座上，苏瓷把一颗糖喂到陆折的嘴里："甜吗？"

糖是刚才苏瓷在客厅里随手拿的，水蜜桃味的。

对上苏瓷溢满笑意的眼睛，陆折眉目间的冷意退去："嗯。"

苏瓷往陆折手里塞了一颗糖："有来有往，换你喂我。"

陆折很配合，剥开糖纸，把糖喂到了苏瓷的嘴边。

下一秒，苏瓷张开嘴含住糖，也含住了陆折的指尖，小舌头把糖卷了进去，也舔了一下他的指尖。

陆折只觉得那小舌头软得不可思议。他压着声音，语气无奈又有种无从宣泄的欲望："团团。"

苏瓷递了个无辜的眼神给他："好甜。"

今天陆折做的是常规检查，医生根据陆折的情况调整了药量。陆折的病情比前段时间严重了一些，他肌肉的硬化程度加深了。谁都知道，渐冻症并没有办法治愈，现在医生只能用药尽量控制病情。

病情发展到后期，陆折全身的肌肉会萎缩，就连呼吸、吞咽、说话，也会变得困难。

渐冻症的症状，苏瓷早已经熟记于心，她的鼻子酸得厉害。在这一世，她没有办法救他。

从医院出来，苏瓷一直很安静，慢慢地推着陆折。

陆折开口："团团，你想陪我到处走走吗？"

"你想去哪里，我都陪着你。"

陆折让护工先回去。护工也识趣，哪里敢留下做电灯泡？而且，站在苏瓷身旁，她真的有种说不出的自卑感，很不舒服。

医院附近有商场，苏瓷推着陆折去那里闲逛。

陆折哪怕现在受病情影响，脸颊消瘦得凹陷，还坐在轮椅上，但底子在那里，还是很帅气的，加上推着他的苏瓷明媚动人，这样的组合惹得行人纷纷看过去。

陆折脸上的神色淡淡的，问身后的苏瓷："团团，你会介意吗？"

她介意什么？

路人的议论？还是路人替她惋惜的目光？

苏瓷很聪明，而且对陆折很了解，语气肯定地告诉他："我在乎的人只有你，其他人与我无关。"

陆折轻笑。

他只是太害怕还来不及跟她做点儿什么事，她便又突然消失了。

如果她再消失一年，恐怕他已经不在了……

"我们现在算是约会吗？"陆折问身后的苏瓷。

听到少年的话，苏瓷有点儿惊讶，随即笑出了声："算。"她告诉他，"约会要看电影，你想看吗？"

"你和另一个世界的他，一起看过电影？"

"当然，这是情侣必做的事情之一。"现在的陆折青涩得很，苏瓷喜欢的同时又有点儿想要欺负、逗弄他。

陆折的身体需要坐轮椅，普通的影院不适合他，庆幸的是商场五楼有私人影院。

影院是独立的包间，环境安静、舒适，还提供饮料、小吃等。

买完票，苏瓷推着陆折进入了包间。

室内开着暖黄的灯光，摆放着一张长长的沙发，茶几前面是一个大屏幕，整体装修风格很休闲，让人很容易放松心情。

陆折的轮椅靠近沙发旁，他拒绝苏瓷帮忙，支撑起上半身，吃力地挪到了沙发上。

苏瓷把他的轮椅推到旁边收起来，然后在他身旁坐下。

这时，工作人员敲门进来，把饮料、果盘、小吃一一摆在茶几上，然后礼貌地退了出去。

电影开始了。

最近没有什么好看的片子，苏瓷随意挑了一部科幻片。

她随手拿起茶几上的爆米花，捏起一颗喂到陆折的嘴里，然后自己才吃起来。

片子开头是比较激烈的打斗场面，苏瓷靠在沙发上安静地看着。

而陆折安静地看着苏瓷，屏幕上的光映在苏瓷的脸上，衬得她的小脸儿越发精致了。

"陆折。"苏瓷转过头，视线与陆折看向她的目光对上，笑弯了眼眸，"是不是电影没有我好看啊？"

"嗯。"

苏瓷得意地挑了挑眉，拿起果汁吸了一口，自恋得很："我也这样觉得。

"但你不要一直看着我，我会分心的。"

苏瓷咬着吸管，有点儿郁闷。

明知道她对他毫无抵抗力，陆折还这样直勾勾地看着她，这不是成心诱惑她做点儿坏事吗？

陆折低笑出声，把苏瓷手里的饮料放在茶几上，指腹挑起她的下巴："团团，我想亲一下你，可以吗？"

苏瓷眨了眨眼，还没有回应，少年已经亲过来了。

他一下一下地亲着她的唇，动作生涩得很。

苏瓷稍稍退开，取笑他："你是不是不会接吻啊？"想起了什么，苏瓷又点了点头，“我差点儿忘记，你第一次接吻的时候就是现在这样，笨笨的。”

陆折的眸色黯了下来。男人最怕被比较，哪怕那个人是另一个世界的他。

大手覆盖在苏瓷的后脑勺上，陆折将人搂向了自己。

这一次，陆折亲得有点儿重。苏瓷刚喝过果汁，嘴唇甜甜的。然而，他到底没有经验，只是急躁地描绘着她的唇线。

苏瓷的眼睛里含着笑意，她微微张开了唇。

陆折的眸色越发幽深，他只觉得舌尖处甜得要命。

大银幕上播放着电影的打斗场面，声音很大。

苏瓷眼帘微颤，呼吸几乎被掠夺，脑袋一阵眩晕。

刚开始，少年还生涩得很，但他的学习能力很强。

电影里放的是什么情节，苏瓷已经听不出来了，只觉得自己的心“扑通”地跳个不停。

陆折用指腹轻轻地摩挲着她的唇，声音低哑地问：“喜欢我这样亲你吗？”

苏瓷眼睛亮亮地看着他：“喜欢啊。”

虽然现在的陆折很生涩，但她还是很喜欢他亲她的。

苏瓷无力地靠在沙发背上，娇气地支使着陆折给她喂水果。

陆折喂了苏瓷一小块桃子，看着她慵懒的模样，心里一阵欢喜。他低头，再次抑制不住地亲她。

嘴里的桃子被分走了一半，苏瓷不可思议地瞪圆了眼睛。

清冷的陆折，她喜欢；这样坏坏的陆折，她也好喜欢啊。

电影结束后，苏瓷把轮椅推到陆折的面前。陆折双手撑着沙发借力，重新坐到了轮椅上。

苏瓷推着陆折走出电影包间，看完电影已经接近中午了。

她准备带陆折去吃午饭。经过一家精品店的时候，她看见店门口竟然挂着动物耳朵的发箍，其中毛茸茸的兔耳朵很显眼。

“怎么了？”发现身后的苏瓷突然停了下来，陆折转过头去，只见她定定地看着旁边的店。

“陆折，我想买点儿东西。”说着，苏瓷推着陆折来到精品店门口，拿起兔耳朵发箍。

陆折疑惑：“你喜欢这个？”

“不是我，是你。”苏瓷忍不住抿唇轻笑。

陆折的目光黯了黯，他知道苏瓷口中的人是另一个世界的他，而不是现在的他。

午饭的时候，苏瓷挑了一家中式饭店。

包间内的装修很古朴，旁边竟然还摆放着一面屏风，不仅有格调，而且私密性很好。

等服务员拿着菜单出去后，苏瓷把椅子挪向陆折：“你累不累啊？我们吃完饭就回去吧。”

“不累。”陆折拿着一旁的湿毛巾，握住苏瓷放在桌上的小手，替她擦手。

苏瓷一双手很漂亮，纤细白嫩，没有染指甲油，指尖泛着淡淡的粉红色。

陆折低着头，专注的神色并不像在擦手，而像在擦拭珍贵的白玉。

将纤细的十指都擦了一遍，陆折把她的小手送到嘴边，轻轻地亲吻着。

苏瓷忍不住笑了，不管是什么时候的陆折，都喜欢帮她擦手，而且会毫不嫌弃地亲吻她的指尖。

陆折点的菜都是苏瓷喜欢吃的。

苏瓷贴心地问陆折：“你想吃什么菜？我都帮你夹。”

“这些就够了。”

小碗里放着苏瓷给他夹的鱼肉。她很细心，把鱼刺都挑出去了。

“那你喝点儿汤。”苏瓷盛了一碗汤，放在陆折的手侧，“要不要我喂你？”

苏瓷一脸跃跃欲试的表情。

“不用，我自己吃。”

苏瓷有点儿惋惜：“你经常喂我吃饭，我都还没有喂过你。”

陆折轻捏了一下她的脸：“我又不是3岁小孩儿，我的手还能动。”

“你平常为什么喜欢喂我？”苏瓷轻哼一声，想到陆折可喜欢抱着她喂她吃饭了。

苏瓷口中的陆折不是他，他没有喂过她吃饭。但他知道，对方必定是把喂她吃饭当作一种乐趣。

眼里暗涌翻滚，陆折尝到了忌妒的滋味。

他端起碗，而下一刻，碗突然从他的手里滑落，汤全都洒在了他的身上。碗滚落在地，碎开了。

“陆折！”苏瓷赶紧起身，着急地抽过一旁的纸巾，“有没有被烫到？”

陆折穿着白色的衬衫，现在沾了汤水，衣服上一片油渍。

“别怕，汤是温的，不烫。”陆折想伸手握住苏瓷的手，然而他的手不受控制地颤抖着。

眼里的光黯了下来，陆折紧紧抿着薄唇。

苏瓷也看到了，赶紧伸手握住他的手，与他十指相扣。

眼睛发酸发胀，眼角泛红，苏瓷嘴角的笑意很勉强：“你看，刚才你就应该让我喂你。”

陆折刮了刮她的鼻尖：“对。”

苏瓷松开他的手，赶紧让守在包间外的保镖去买衣服。

交代完，苏瓷关上门，走回陆折身边，伸手帮他解着纽扣：“你先把衣服脱下来，我已经锁门了。”

苏瓷觉得，房间里有一面屏风还挺好的，正好可以遮住包间里的摄像头。

“团团，我自己……”

“你在害羞什么？”苏瓷抬头瞪着陆折，打断了他的话，“让我帮你。”

陆折轻应了一声：“嗯。”

苏瓷很少伺候人，解纽扣的动作有点儿笨拙。陆折的目光落在她神色专注的小脸儿上，喉结上下滑动了一下，他觉得自己很无耻——明明苏瓷在担心他，他却起了坏心思。

解开纽扣后，苏瓷发现陆折的身体很瘦。她抿紧唇，伸手想替他脱裤子。

“团团。”陆折按住苏瓷的手，“我自己脱，你先去屏风后面。”

“你身上的每一个地方我都见过，你不用害羞。”她对他一点儿也不陌生。

对上苏瓷清澈的目光，陆折几欲羞死：“团团乖，去屏风后面等我。好丑，不要看。”

苏瓷不悦地看了他一眼，还是听从了他的话。

等苏瓷走到屏风后，陆折才颤着手脱掉沾满汤水的裤子。

目光落在不能行走的腿上，陆折神色黯然。肌肉萎缩的双腿很丑，他并不愿意让苏瓷看到他这么丑的样子。

过了好一会儿，包间的门被敲响，是保镖买衣服回来了。

苏瓷拿过衣服，锁上门：“你不让我看，我现在是不是不能过去啊？”

“嗯。”

“我不过去的话，怎么把衣服给你？”

陆折告诉她：“你从屏风旁边递给我。”

苏瓷一阵气恼，他还真是防她防得紧。

“我的手不够长，”苏瓷逗他，“要不我闭着眼睛走过去给你吧。”

陆折没有应声。

苏瓷轻眯着眼睛，没有完全合上，装模作样地走向陆折。快走到他身边时，她故意“啊”了一声，扑向陆折的怀里。

“我不小心摔倒了。”苏瓷一脸得意的表情。

陆折扶着苏瓷的腰，恨不得捏捏她极厚的脸皮，怎么会有这样的小坏蛋？

“衣服给你，你要我帮你穿吗？”苏瓷担心压着陆折，很快就站起身来，目光落在他的双腿上，愣了愣。

陆折叹了一口气，神色难堪：“团团，很丑，别看。”

苏瓷吸了吸鼻子，俯身去亲陆折的唇：“我的陆折哪里都好，一点儿也不丑。”

她将手触碰上陆折的大腿，他的腿很瘦，没有了结实紧绷的肌肉。

陆折的下巴紧绷，就连他搭在两侧的扶手上的手也收紧了：“团团。”

“陆折，我喜欢的是你。不仅是你的皮囊，还是你整个人，不管你的外貌变成什么样，我都喜欢。”她咬牙切齿地瞪着他，“难道你以为我是肤浅的人？”

陆折叹了一口气：“不是。”

他只是希望，他在她的记忆里是一个高大的少年，而不是现在这副丑陋不堪的样子。

“还要帮我穿衣服吗？”

苏瓷赶紧应声：“要。”

吃过晚饭后，温雅喊住了苏瓷，让苏瓷陪她聊聊天。

“你和小折是怎么认识的？”温雅对儿子跟苏瓷的事很感兴趣。或者说，她希望从苏瓷的口中听到一些儿子以前的事。

“陆折救了我，把我捡回去养，然后我们就认识了。”苏瓷记得自己刚变成一只兔子时，正好被陆折捡走，并没有吃什么苦头。

她很庆幸她遇到的人是他。

温雅有点儿惊讶，没想到儿子和苏瓷竟然是这样认识的。

“刚开始的时候，陆折很冷淡，经常对我爱搭不理的，我还以为他不喜欢我。”苏瓷陷入回忆之中，“不过我脸皮厚，他比不过我，经常被我气得牙痒痒，却无可奈何。”

让一个冷静自持的人喜欢上她，苏瓷想想都觉得自己好厉害啊。

温雅安静地听着苏瓷的话，时不时被她逗笑。

过了好一会儿，温雅握住苏瓷的手，掏出一只血色的玉镯给她戴上：“这是小折他奶奶传下来的，现在我把它送给你。”

“温雅阿姨，这太贵重了。”苏瓷要拒绝。

“你戴着，别拿下来。”温雅眼里泛着泪光，“不管你跟小折能不能走到最后，能走多远，我都很感谢你。”

她感激苏瓷没有因陆折的病而选择分手。而且，她看到这两天陆折的笑容比过去一年还要多。

以前的陆折没有朝气和活力，每天神色平静地等待着生命结束；现在不一样了，有了苏瓷，陆折像活了过来。

“温雅阿姨，我怕不能陪陆折走到最后。”苏瓷抿紧了唇。

她随时有消失的可能。

“没关系，你不要有心理负担。”温雅知道，像苏瓷这个年纪的女孩儿，在以后的人生里还有很多选择。就算苏瓷离开，她也不会责怪苏瓷。

跟温雅聊完，苏瓷回了房间。

她推开门，看着坐在轮椅上的少年，心里苦涩不已。她担心自己再次消失，来不及跟陆折告别。

这样想着，她走向陆折。他刚洗过澡，身上穿着一件舒适的休闲白T恤，沾了水的眉眼越发俊朗，就像一个病美人。

“跟我妈妈聊完了？”陆折问苏瓷。

“聊完了。”苏瓷走到床边，把手伸出来给陆折看，“你妈妈把贵重的玉镯子送给我了。”

她戴着血红色镯子的手腕被衬得越发雪白。

“送给你就是你的，好好戴着。”

苏瓷摸了一下手腕上的玉镯子：“陆折，你怕我突然消失吗？”

陆折漆黑的眼睛里情绪暗涌：“嗯。”

“那我们从现在开始，每时每刻都好好在一起，以防我突然消失，再有什么遗憾。”

“团团。”陆折听不得她说消失的话。

苏瓷倾身过去，亲了亲他以示安抚：“好，我不说了。”

陆折看着她提着一个小袋子走进洗手间。

片刻后，门被打开，苏瓷从洗手间里走出来。她的身上还穿着今天的白裙子，头上戴着一对兔耳朵，是她今天在精品店买的。

苏瓷来到陆折面前，半蹲在他的脚边，低着头：“虽然兔耳朵不是真的，但是你可以捏一捏。”

现在她的兔耳朵出不来，她只能戴着假的兔耳朵逗逗陆折。

趴在陆折腿上的苏瓷漂亮极了，眼睛水汪汪的，顶着毛茸茸的兔耳朵，像一只兔子精。

陆折伸手，缓慢地摸上她的兔耳朵，毛茸茸的、软软的。

陆折的神色变得有点儿深沉。

原来不只另一个世界的他喜欢摸兔耳朵，现在的他也喜欢。

“喜欢我的兔耳朵？”苏瓷趴在陆折的膝盖上，目光灼灼地看着他。

“嗯。”陆折玩儿了几下苏瓷的兔耳朵，拉住了苏瓷的手，示意她坐在他的腿上，“想看月亮吗？”

苏瓷点了点头，只要跟他在一起，做什么事都行。

陆折没有松开她，自己控制着轮椅，从房间里出去。

护工正准备去找陆折，给他按摩，正巧看见陆折抱着苏瓷从房间里出来。

下一秒，护工看见陆折转动轮椅进了电梯。

护工愣在原地，神色呆呆的。一向清冷、沉默的陆折，对女孩儿笑得温柔，这是她从来没有看见过的陆折的样子。

电梯一直往上，直达天台。

陆家的天台上有一个空中花园，是陆沉特意为妻子温雅修建的。

温室花房里种着许多漂亮的鲜花，现在是夏季，加上有专门的用人负责打理，花开正盛，空气中飘着淡淡的花香。

苏瓷担心自己会压到陆折，就从他的腿上下来了。

“这里还有一个凉亭？”苏瓷有点儿惊喜。

凉亭在天台的中间，四面垂着白色的飘纱，还挂着一串串灯光暖黄的小灯泡。

陆折看着苏瓷撩开凉亭垂下来的飘纱：“可以躺在凉亭里看星星。”

苏瓷发现凉亭没有顶盖，中间摆放了一张圆形的大卧榻。

她走到陆折的身旁：“我跟你一起躺。”

卧榻很软，人躺下去像陷入软软的棉花里。

苏瓷与陆折平躺着，看着漆黑的夜空，只有一轮弯弯的月和几颗几乎看不见的星星，一点儿也不浪漫。

苏瓷侧过身，面向身旁的陆折：“月亮好看吗？”

陆折看着夜空，声音轻柔：“嗯。”

苏瓷伸出手，捧着陆折的脸：“别看月亮了，看我。”苏瓷脸皮厚得很，“反正，月亮再好看也没有我好看。”

四目相对，陆折轻笑出声，怎么会有这么自信的宝贝？

苏瓷靠近陆折，觉得看陆折比看月亮浪漫多了。

“陆折，你想亲我了吗？”苏瓷直白得很。

陆折勾唇：“不想。”

原本是准备等陆折说想就亲过去的，现在听到他的话，苏瓷下意识地瞪圆了眼睛。

不亲就不亲，她轻哼一声，准备躺回去。

陆折用指尖捏住她的下巴，让她转不了身，声音低哑地说：“团团，我想亲你，但不仅是想亲你。”

苏瓷怔了怔，明白陆折的意思后，脸红了。

天气变冷，B 市早已经下起了雪。

陆折的病情越来越严重了，他双手变得无力，动作缓慢，提不起重物。有时他端着杯子喝水，杯子也会从他的手里滑落，甚至吞咽食物也变得困难起来。

苏瓷救过不少人，唯独救不了这一世的陆折。

不管是白天还是夜里，苏瓷都跟陆折在一起。

她从护工那里学会了帮陆折按摩身体的手法，还学会了给陆折喂食的正确姿势。

看着日渐消瘦、逐渐枯萎的少年，苏瓷没有在他面前表现出任何担心和忧愁的样子。

早上，她会陪陆折在院子里看雪。

中午吃过饭后，她会陪陆折一起午睡。

到了下午，她会选择一些陆折喜欢看的书。两个人坐在软榻上，她慢慢地读给他听。读完了，她会撒着娇，求他抱抱或者奖励一个亲吻，缠人得紧。

晚上，给陆折按摩后，她会挑一部电影，两个人一起看。看到搞笑的情节，她会笑倒在他的怀里。

深夜，苏瓷改了贪睡的习惯。在陆折睡着后，她会偷偷描绘他的眉骨、鼻子、嘴唇，直到困极了才睡过去。

她害怕第二天醒来，他便不在了。

圣诞节的前一天是陆折的生日，陆家准备好好庆祝一番。

苏瓷俯身帮陆折整理着他的衣领，亲了亲他的唇，打趣道：“你今天这么帅，今晚我要好好守着你。如果你被别人勾走了，我会哭死的。”

轮椅上的陆折脸颊瘦削得凹陷，穿着黑色的西装。他现在太瘦了，西装显得大了，哪里还有半点儿以前身材高大挺拔的样子？

陆折知道苏瓷在故意逗他，扯了扯嘴角。他知道自己现在是什么模样，就像枯萎得掉落在地的枯枝，半点儿不能入人眼。

而他面前的苏瓷恰恰相反。她明媚得像一朵娇艳的花，朝气蓬勃，鲜活漂亮。

苏瓷凑到陆折的耳边，低声问他："你知道另一个世界你过生日的时候，我送了什么礼物给你吗？"

陆折吐字很吃力，甚至有点儿含混不清："不知道。"

"是我自己。"苏瓷轻轻地吻着他的耳朵，"我把自己送给你了。这一次，你还要我吗？"

陆折听到她提起另一个世界的自己，已经不忌妒了，甚至开始庆幸。他不在了，她还有另一个世界的他陪着她、宠着她。

陆折没有应声，目光温柔。

苏瓷在他的耳边轻笑："我等你好起来。"

生日宴会在陆家举办，被邀请到场的都是名流。众人一直听说陆家的儿子被找回来了，然而这位陆少爷身患绝症。

到场的千金不少，好些心思不正的人暗暗打着算盘。陆少爷患了绝症，但只要谁嫁给他，生下孩子，将来整个陆家的资产就是属于自己的。

有这样想法的人不少，甚至有人把侄女、外甥女之类的亲戚带来了，舍不得嫁自己的女儿，便用旁支的人代替。

众人各怀心思。直到陆沉和温雅出现，他们才稍稍按下想法，急着上前攀谈。

苏瓷推着陆折从电梯里出来，一出场就把众人的目光吸引了过去。

看见陆沉和温雅都走过去关心轮椅上的人，众人知道那就是传闻中患了绝症的陆少爷。

之前还打着嫁给陆折的主意的千金，纷纷按下了小心思。想象跟现实差太远，真嫁给一个快死的人需要很大的心理承受能力。

更多的宾客将目光落在了推着轮椅的女孩儿身上。

苏瓷穿着一身白色的晚礼服，明眸皓齿，五官精致，耀眼得吸引了所有人的注意力。

当听到温雅介绍苏瓷是陆折的女朋友时，不少人看向苏瓷的目光都带上了几分惋惜之意。

鲜活漂亮的花季少女和一个生命即将枯萎的绝症患者，不少人认为是陆家用了手段，才让这么漂亮的女孩儿成为陆少爷的女朋友，陪在陆少爷身边。

苏瓷的存在让打陆折的主意的人歇了心思。

苏瓷不管周围宾客的目光，一直陪在陆折身边。

“陆折，你渴不渴？”苏瓷俯下身低声问他。

陆折摇了摇头。

见他的唇泛干，缺少血色，苏瓷吩咐人去倒一杯温水。

苏瓷陪在陆折身边这么久，怎么会不知道他平常不敢多喝水，是担心上洗手间麻烦？

接过用人端来的温水和吸管，苏瓷熟练地把吸管放在陆折的唇边：“你喝两口，没有关系的。”

陆折看了她一眼，轻轻地点头。

陆折吞咽得很慢，水甚至从他的嘴边流了出来。

宾客愣愣地看着那个漂亮得耀眼的女孩儿拿着纸巾，神色温柔、耐心十足地帮陆折擦去了嘴边的水迹。

切蛋糕的时候，苏瓷握着陆折的手，和他一起切了下去。众人看见苏瓷俯下身，凑到陆折的耳边说了什么。

众人没有听见苏瓷对陆折的轻喃：“陆折，生日快乐。”

切完蛋糕后，苏瓷推着陆折离开了，带他来到了天台上。

因为下雪，天台上一片白色积雪，只有温室里的花还盛开着。

苏瓷把带来的小毯子盖在陆折的腿上，半蹲在陆折的脚边，陪他看雪花飘落。

“陆折，我这么漂亮，穿婚纱肯定更漂亮。”苏瓷趴在他的腿上。

陆折颤抖着手轻抚上苏瓷的头发：“嗯。”

苏瓷抬眸看向他：“你想看吗？”

“嗯。”

苏瓷起身：“你等我一会儿。”

她说完就离开了。

雪花打着旋儿落在陆折的腿上，又渐渐融化，他神色平静地等待着。

过了好一会儿，他听到了脚步声。

“陆折。”

苏瓷依然穿着白色的礼服，而她的头上戴着白色的头纱，双手捧着一束花，向他走来。

雪花落在苏瓷的身上，她漂亮得犹如雪夜里的精灵。

苏瓷停在陆折面前，半蹲下来，把花塞到陆折的手里，抱住他，在他耳边低语：“陆折，我爱你。”

陆折勾起嘴角，僵硬的身体里一颗心疯狂地跳动着。

生日会后，陆折的病情更严重了，苏瓷一直在医院陪着他。

两个人一直待在一起，不需要陆折开口，只要一个眼神，苏瓷便知道他要表达什么。

严冬过后迎来初春，天终于放晴了。

这天天气很好，阳光透过窗户落在病房内，冷清的病房里多了一丝暖意。

苏瓷让护工帮忙，一起扶起陆折，让他坐在轮椅上。

“苏小姐，陆少爷已经……”护工喊住苏瓷。

苏瓷打断了护工的话：“我带他出去晒晒太阳，你不用跟着。”

护工站在原地，震惊地看着苏瓷推着陆折出去了。

医院的绿化做得很好，住院部后面还有一个人工的浅水湖，四处是绿油油的草地，小路两边还有长椅。

苏瓷推着陆折来到长椅旁，停了下来。

苏瓷握着陆折的手。

少年的手枯枝一般，冷冰冰的，没有什么温度。

苏瓷两只手合起来包裹住他的手：“陆折，今天的天气很好，我们晒晒太阳。”

眼睛紧闭的少年没有任何反应。

她将头轻靠在陆折的肩膀上：“以前你担心病不能好，怕我选择跟你在一起会后悔，但是你看，我陪你走到了终点，一点儿也没有后悔。”

少年依然没有任何回应。

苏瓷侧过头亲了亲他：“陆折，你不在了，我想回去了。”

她抱紧他，身体逐渐变得透明。

苏瓷睁开眼睛，茫然地看着周围，认出这是陆折的房间。

想到了什么，苏瓷掀开被子，立刻往外跑去："陆折！"

打开房间的门，苏瓷撞上了门外端着托盘的用人，托盘上的杯子、茶壶掉在地上，全碎了。

用人惊恐不已："苏小姐，对不起。"

"陆折呢？"苏瓷着急地问她。

"少爷在书房里。"

苏瓷转身就跑。

"苏小姐，你的脚……"用人看见苏瓷的脚被瓷片划伤，流了不少血，而她浑然不觉般快速跑开了。

另一个世界，苏瓷在陆家生活了很久，早知道书房在哪里。

来到书房前，苏瓷快速拧开了门把。

"陆折！"

她一眼便看到了趴在书桌上的身影。

"陆折！"苏瓷眼睛酸得厉害。

陆折醒了，抬起头与站在门边的苏瓷四目相对。

他对苏瓷伸出手："团团，过来。"

苏瓷快步走过去，直接撞进了陆折的怀里，被他抱了个满怀。

她抱紧他，头埋在他的怀里，感受着他的体温："陆折。"

"我在。"

"陆折。"苏瓷贪恋地在他的胸口处蹭着脸。

陆折抱紧她："嗯。"

"陆折。"苏瓷声音有点儿颤抖，"我疼。"

陆折神色着急起来："怎么了？哪里疼？"

他低头去看苏瓷，目光正好落在她沾满了血的脚上。

陆折瞬间变了神色："团团，你的脚在流血。"

苏瓷抬起头，眼睛红红的，泪珠子不断滑落。

另一个世界，每天照顾陆折的时候，她没有哭；看着陆折病情加重的时候，她没有哭；甚至陆折在她面前离开，她也忍住没有哭。

而现在被陆折抱着，苏瓷哭得伤心极了。

“是不是很痛？我带你去医院。”见苏瓷哭得委屈极了，陆折心急如焚。

苏瓷的小脸儿上沾满了眼泪。

他轻哄着她：“团团别哭，让我看看你脚上的伤口。”

苏瓷哪里顾得上自己的伤，伸手捧住陆折的脸，泪汪汪的眼睛认真地打量着他。

现在的陆折气色正常，是健康的。

“我刚才做噩梦了，你亲亲我。”苏瓷急需被他安抚。

陆折扶着她的腰，低头亲上了她的嘴唇，漆黑的眼底是难以形容的暗涌和悸动情绪。

陆折亲了苏瓷几下，尝到了她嘴角的泪水。

温热的指腹轻轻地擦去她睫毛上挂着的泪珠，陆折惦记着她脚上的伤：“团团，先处理你脚上的伤口。”

苏瓷定定地看着陆折：“我又梦见你了。”

陆折的神色沉了沉，他轻吻着苏瓷的发顶，声音低沉地问：“团团梦见我什么了？”

苏瓷依然抱着陆折的腰不放，一想到梦里的场景，眼角更红了。梦太过真实，失去陆折的痛让她几乎透不过气来。

苏瓷刚要开口，眼泪又掉了下来。

苏瓷心里难受：“我梦见你的病没有好，你离开我了。

“我怎么跟你说话，你都不回应我……”

苏瓷眼睛被泪水蒙住了，眼前一片模糊。

下一秒，陆折低下了头，声音有点儿哑：“是我不好。”他轻轻地吻着苏瓷的眼睛，把她挂在睫毛上的泪珠吸去，“我让你伤心了。看着我在你面前死去，你肯定很难过。”

陆折眼底全是心疼之色：“团团，我现在已经痊愈了，以前的一切事情都不会发生。”

苏瓷的眼泪不断滚落，烫得他心尖发疼。

他低声哄着她：“团团别怕，这一世我会一直跟你在一起。”

苏瓷吸了吸鼻子，泛红的眼睛愣愣地看着陆折，脑子一时间没有反应过来。下一秒，她瞪圆了眼睛："你怎么知道另一个世界的事情？"

陆折拿过书桌上的纸巾，动作轻柔地给她擦着脸上的泪痕："不管是梦里还是梦外，那都是我。团团，我会一直陪着你。"

苏瓷是真的震惊了："你也梦见我了？"

"嗯。"陆折告诉她，"第一次的时候，我忘记了梦里的内容，这一次才全部想起来。"

苏瓷的神色愕然，她没想到陆折跟她做了同一个梦。

"为什么你刚开始的时候没有认出我？"

一开始的时候，少年陆折对她可冷漠了。

"对不起。"陆折亲了亲她哭得发红的鼻尖，"在梦里，我没有了现实里的记忆。"

否则，他不会蠢到一直忌妒现实中的自己。

苏瓷趴在陆折的怀里，眼里滚落的泪珠子更多了，像是梦里的遗憾被弥补了。

不管是梦里还是现实中，她身边的人都是他。

陆折找来药箱，蹲在苏瓷的脚边，大手握住她的脚踝。

苏瓷的脚内侧被划伤了，她因皮肤白，哪怕只有一个红点也很明显，更不要说被划出了一道伤口。

陆折把她的脚放在他的膝盖上，拿棉签蘸着消毒药水给她处理着伤口，低声问："团团，怎么弄伤的？"

"我不小心撞到用人，被地上的瓷片划伤的。"苏瓷看着蹲在她脚边的陆折专注地处理她的伤口，心尖一软，眼睛又酸又胀。

可能是受到药水刺激，苏瓷痛得缩了缩脚，陆折按住她的脚不让她动。

苏瓷雪白的脚踩在他黑色的西装裤上，纤细的脚踝上还戴着他送她的脚链。

陆折轻柔的声音有点儿哑："怎么又不穿鞋子？"

"我急着见你，忘了。"她醒来后只想着见他，哪里还顾得上穿鞋？

"团团，不要怕，我以后会一直陪着你。"陆折在她的伤口上贴好止血贴，然后用棉签蘸了水，轻轻擦拭伤口旁边的血迹。

"陆折。"苏瓷眼睛一眨不眨地看着面前的男人。

跟梦里的他不一样，此时的陆折不再脸颊凹陷、瘦削，而是清俊出尘，脸色健康，她揪着的心像是慢慢被抚平。

"嗯？"陆折应声。

"我们结婚吧。"梦里为他穿的婚纱不正式，她想穿真正的婚纱给他看，"以前我觉得，只要我们在一起就可以，结不结婚或者什么时候结婚并不重要。"

她认真地看着他："现在我的想法改变了，我想每时每刻都跟你在一起，就连名字也要跟你的放在一起。"

梦里那种窒息的痛，她不想再尝试了。

握着苏瓷的脚踝的手一紧，陆折抬眸看着她，只觉得喉咙干涩："团团，这些话应该我对你说。"

苏瓷才不管这些："你答应了吗？"

漆黑的眼底满含笑意，陆折单膝跪在苏瓷面前，抬起苏瓷的脚，轻轻地吻在她的脚背上："你的一切要求，我都会答应。"

在梦里，他最遗憾的是不能与她结婚，不能一直守着她，与她白头到老。

在现实中，他会一辈子守着她。